蘭州大學人文社會科學類高水平著作出版經費資助

國家社科基金西部項目

「《元刊雜劇三十種》集校與研究」（18XYY021）結項成果

集校箋注
《元刊雜劇三十種》

上册

焦浩 著

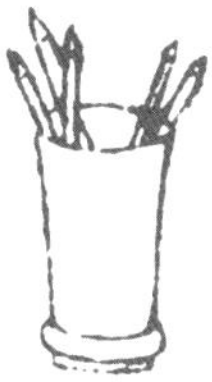

中国社会科学出版社

圖書在版編目（CIP）數據

集校箋注《元刊雜劇三十種》：全二册 / 焦浩著.
北京：中國社會科學出版社，2025. 3. -- ISBN 978-7-5227-4988-4

Ⅰ. I237. 1

中國國家版本館 CIP 數據核字第 2025QC9356 號

出 版 人　趙劍英
責任編輯　王小溪
責任校對　師敏革
責任印製　戴　寬

出　　版　中国社会科学出版社
社　　址　北京鼓樓西大街甲 158 號
郵　　編　100720
網　　址　http://www.csspw.cn
發 行 部　010-84083685
門 市 部　010-84029450
經　　銷　新華書店及其他書店

印　　刷　北京君昇印刷有限公司
裝　　訂　廊坊市廣陽區廣增裝訂廠
版　　次　2025 年 3 月第 1 版
印　　次　2025 年 3 月第 1 次印刷

開　　本　710×1000　1/16
印　　張　60.5
字　　數　903 千字
定　　價　336.00 元（全二册）

总　　目

上　册

下　册

上册目録

凡　　例

◎三十種元刊雜劇排序依據鄭騫《校訂元刊雜劇三十種》。王國維《元刊雜劇三十種序録》按時代先後順序進行編次，排序基本上與鍾嗣成《録鬼簿》相同。鄭騫本排序與王國維所定次序主要差别在于關漢卿四種雜劇的排列上，王國維排序爲：《西蜀夢》《拜月亭》《單刀會》《調風月》，鄭騫認爲《單刀會》《西蜀夢》同爲三國故事，《調風月》《拜月亭》同爲金代故事，不應間隔排列，又因《西蜀夢》是關張死後的故事，《拜月亭》爲金末的故事，故排定次序爲：《單刀會》《西蜀夢》《調風月》《拜月亭》。

◎原書不分折，今據各校本進行分折，標明“第×折”“楔子”。

◎“原本”指《古本戲曲叢刊四集》中元刊雜劇的珂羅版影印本。

◎每劇正文前先列出所有校本、作者及文獻名稱，其他出版信息省略，詳見參考文獻。因校注字數較多，爲節省篇幅，所有引用不標注頁碼，徑云“某本作”“某本校記云”“某本注云”“某本校作”“某本改作”等。

◎爲顯示文本原貌，保留原書中的异體字和被現代接受的規範簡體字。如“淚”與“泪”并存，“裏外”之“裏”多作簡體“里”，同一劇中甚至同一曲牌中都不統一，此類均保留原字。過于簡省的字體則改爲規範繁體，如“”改爲“能”，“”改爲“錢”。現代作者的引文與本書作者的論述文字均使用規範繁體字。爲方便論述，部分文字采用圖片形式。

古杭新刊的本関大王單刀會

關漢卿

校本八種

鄭騫本：鄭騫《校訂元刊雜劇三十種》

徐沁君本：徐沁君《新校元刊雜劇三十種》

甯希元本：甯希元《元刊雜劇三十種新校》

王季思本：王季思《全元戲曲》（第一卷）

盧冀野本：盧冀野《元人雜劇全集》（第一册）

藍立蓂本：藍立蓂《匯校詳注關漢卿集》（上册）

王玉章本：王玉章《雜劇選》（選零折－第一折）

赤松紀彦本：赤松紀彦等《元刊雜劇の研究》（一）

第一折

（駕①一行上，開住②）（外末③上，奏住，云〔一〕）（駕云）（外末云住）（正末扮喬国老上，住〔二〕）（外末云）（尋思云）今日三分已定，恐引干戈，又交〔三〕④生灵受苦。您眾宰相每⑤也合⑥諫天子咱⑦！（過去見礼数了）（駕云）（云〔四〕）陛下万歲！万歲！據微臣愚見，那荆州不可取！（駕又云）（云〔五〕）不可去！不可去！〔六〕

〔校〕〔一〕徐沁君本、甯希元本、王季思本删「云」。〔二〕甯希元本于「住」上補「開」字。〔三〕盧冀野本將「交」改作「教」。

〔四〕徐沁君本、王季思本改作「（正末云）」。〔五〕徐沁君本、王季思本改作「（正末云）」。〔六〕兩個「不可去」，藍立蓂本據上文改作「不可取」。徐沁君本校記云：「兩『去』字疑均當作『取』。此接上白『那荆州不可取』而云然。」徐沁君本、王季思本于「去」下補「（唱）」。

〔注〕①「驾」，車駕，以古代帝王車駕代指帝王，此駕扮孫權。②「住」，元雜劇中用來表示角色做完某動作。③「外末」，正末之外的末，此外末扮魯肅。④「交」，同「教」，讓，使。下同。⑤「每」，們，人稱代詞複數標記。元代及明初人稱代詞、指人名詞的複數標記多作「每」。元代「每」還可用作非指人名詞複數標記，如古本《老乞大》：「馬每分外喫得飽」，該句《老乞大諺解》作：「馬們分外喫得飽」。今河北辛集方言人稱代詞、指示代詞、所有名詞後都可帶「每」，如：他每、誰每、這每、那每、馬每、糧食每、水每等。⑥「合」，應該、應當。⑦「咱」，音雜，句末祈使語氣詞。

【仙吕】〔一〕【點絳唇】咱本是〔二〕漢国臣僚，欺負他漢君軟弱，興心①鬧。當日五処鎗刀②，併③了董卓誅了袁紹。

〔校〕〔一〕原本無宮調名【仙吕】，鄭騫本、徐沁君本、甯希元本、王季思本、赤松紀彦本均補，今據補。盧冀野本、藍立蓂本、王玉章本未補。〔二〕「是」原本爲俗體「[illegible]」，此種俗體習見于元刊雜劇。王玉章本作「[illegible]」，應是因形近致誤。

〔注〕①「興心」，存心；故意。②「五処鎗刀」，指與董卓、袁紹之死有關的五次征戰。③「併」，拼、拼殺。

【混江龍】存的孫刘曹操，平分一国作三朝。不付能①河清海晏②，雨順風調，兵器改為農器用，征旗不動酒旗摇，軍罷戰，馬添膘〔一〕，杀氣散，陣雲消，役將校〔二〕，作臣僚，脱金甲，着羅袍，帳前旗捲虎潛竿，腰間劍插龍歸鞘③，撫治④的民安国泰，却又早將老兵驕〔三〕。

〔校〕〔一〕「膘」原本作「漂」，鄭騫本、徐沁君本、甯希元本、王季思本、盧冀野本、藍立蓂本、赤松紀彦本均改作「膘」，今從。覆元槧本、王玉章本仍作「漂」。〔二〕原本「校」作「挍」，鄭騫本、徐沁君本、甯希元本、王季思本、盧冀野本、藍立蓂本、王玉章本、覆元槧本、赤松紀彦本均改作「校」，今從。〔三〕「驕」原本作「喬」，鄭騫本、徐沁君本、甯希元本、王季思本、盧冀野本、王玉章本、赤松紀彦本均改，今從。藍立蓂本未改，注「喬，通『驕』」。

〔注〕①「不付能」，亦作「不甫能」，義爲「好容易」，同「好不容易」。「不」無義。②「河清海晏」，本指黄河水清，大海無浪，喻天下太平。③「帳前」至「歸鞘」喻無征戰，天下太平。惠崇詩云：「劍静龍歸匣，旗閑虎繞竿。」④「撫治」，同義并列，治理。《逸周書·大聚》：「維武王勝殷，撫國綏民。」撫國綏民即治國安民。

（駕云）喒合与它這漢上九州。想當日曹操本來取咱東〔一〕吴，生被那弟兄每當①住。（駕末云住）

〔校〕〔一〕「咱東」原本爲墨丁，今從鄭騫本、徐沁君本、王季思本、赤松紀彦本改，甯希元本作「俺東」，藍立蓂本、王玉章本作□□。

〔注〕①「當」，抵擋。

【油葫芦】他兄弟每雖多軍將少〔一〕，赤緊的①把夏陽城〔二〕先困了。肯分②的周瑜和蔣〔三〕幹是布衣交③，股肱臣諸亮〔四〕施韜畧，苦肉計黄蓋添粮草。那軍多半向〔五〕火内燒，三停來④水上漂。若不是天交有道伐無道，這其間⑤吴国亦屬曹。

〔校〕〔一〕甯希元本改「兄弟」爲「弟兄」，改「軍」爲「兵」。藍立蓂本加按語「軍，兵」。〔二〕原本「夏陽城」，甯希元本改作「陽夏城」，校記云：「漢陽、夏口，合稱爲『陽夏』」，藍立蓂本從甯希元本改。徐沁君本、王季思本據明趙琦美《脉望館鈔校本古今雜劇》改作「夏侯惇」。鄭騫本、盧冀野本、王玉章本、赤松紀彦本均未改。王玉章本注：「『夏陽』疑是『陽夏』之誤。」〔三〕「蔣」原本作「將」，各本均已改，今從。〔四〕原本「諸亮」，徐沁君本、王季思本、藍立蓂本改作「諸葛」。按，「諸亮」即諸葛亮，該詞在【油葫蘆】第四句，據曲譜，第四、五兩句須對，爲與「黄蓋」對言，故簡作兩字，不可補「葛」。《西蜀夢》第二折【隔尾】：「這南陽耕叟村諸亮，輔佐着洪福齊天漢帝王。」「村諸亮」對「漢帝王」。故不必改作「諸葛」。〔五〕「向」原本作「[illegible]」，甯希元本、王季思本、赤松紀彦本改作「向」，王玉章本改作「⿰月向」，鄭騫本、徐沁君本、盧冀野本改作「晌」，鄭騫本校記云：「『多半晌』疑當作多半向，與下句三停來對文」。按，疑刻者將「半向」聽作「半晌」，「晌」又誤作「⿰月向」。其實「多半」一詞，「向」與「火内燒」連用。「向……方位詞 + VP」結構習見于元刊雜劇。《西蜀夢》第三折【紅綉鞋】：「諕的我向陰雲中无処趓。」

〔注〕①「赤緊的」，習見于元刊雜劇，意義複雜繁多，此處「想不到；不料」「一時間；轉眼間」二義皆通。②「肯分」，恰好；正好。③「布衣交」，貧賤之交，此指周瑜與蔣幹自幼便是同窗好友。該句指群英會蔣幹中計之事。④「三停」，即三成，十分之三。「來」表概數。「三停來」與上句「多半」均言曹軍損失慘重。⑤「這其間」，這樣的話，與上句「若」呼應。「其間」由空間虛化指時間，又進一步語法化表假設，「那其間」亦有此用法。

【天下樂】銅雀春深鎖二喬①！這三朝，恰定交②，不争③咱一日〔一〕錯番④為一世錯。你待使霸道，起戰討〔二〕，欺負関雲長年紀老。

〔校〕〔一〕「日」原本作「月」，今改。盧冀野本、王玉章本仍作「月」，其他校本均已改。〔二〕「討」原本作「計」，盧冀野本、王玉章本仍作「計」，其他校本均已改。按，「討」與「計」形近而訛。「討」爲第六句韻脚，與「喬」「朝」「交」「錯」「老」同屬「蕭豪」，第五句不須叶韻，然該曲「道」亦屬「蕭豪」，入韻。「戰討」即「征戰；討伐」。

〔注〕①「銅雀」，銅雀臺，「銅雀春深鎖二喬」出自杜牧《赤壁》。②「定交」，結爲朋友關係，指魏、蜀、吴三分天下，参上文【混江龍】曲。③「不争」，不料；不想；想不到。④「番」，同「翻」。《西游記雜劇》第九折【勝葫蘆】【幺篇】：「空著我望斷雲山恨不消，愁隨著江水夜滔滔，一日錯番爲一世錯。」

（等云了）〔一〕

〔校〕〔一〕徐沁君本、王季思本于「（等云了）」下補「（正末唱）」。徐沁君本校記云：「『等』下疑脱『外末』二字。趙本爲『魯云』，可證。」「趙本」即明代趙琦美脉望館鈔本。藍立蓂本校記云：「元刊雜劇在標注外貼角色『某云了』的上頭，有時冠上一個『等』字，這個標識外貼角色的科白的『等』與『云了』之間的角色名稱，或者不省，或者省去。此處即省去了角色名稱，非脱字。元刊本第一折爲魯肅、孫權和喬國老串演，與鈔本之魯肅同喬國老折辯不同，『等云了』的『等』字下省去的當不僅僅是『外末』魯肅。」

【那吒令】收西川白帝城，把周瑜送①了；漢江边張翼德〔一〕，把尸灵②當着；船頭上把魯大夫，險幾乎間諕倒。將西蜀地面争，関將軍听的又鬧，敢乱下風雹③。

〔校〕〔一〕「翼德」原本作「習單」，今改。盧冀野本、王玉章本仍作「習單」，其他各校本均已改。

〔注〕①「送」，斷送、葬送。②「尸灵」，尸體。③「乱下風雹」，喻亂發脾氣。

(外〔一〕云住)〔二〕你道関將軍會甚的①?〔三〕

〔校〕〔一〕徐沁君本「外」下補「末」字。〔二〕「你」上徐沁君本、王季思本補「(正末云)」。〔三〕此處徐沁君本、王季思本補「(唱)」。

〔注〕①「甚的」，什麼。

【鵲踏枝】它〔一〕誅文丑〔二〕騁麤操〔三〕，刺顔良显英豪，向百万軍中，將首級輕梟。那赤壁时相看的是好。〔四〕今日不比往常，他每怕不口〔五〕和咱好説話。〔六〕他每都喜姿姿〔七〕的咲①裏藏刀。

〔校〕〔一〕原本「它」，鄭騫本、徐沁君本、甯希元本、王季思本、盧冀野本均改作「他」，藍立蓂本、王玉章本、赤松紀彦本未改。〔二〕原本「丑」，鄭騫本、甯希元本、盧冀野本、王季思本、藍立蓂本改作「醜」，徐沁君本、王玉章本、赤松紀彦本未改。〔三〕「麤操」原本作「鹿操」，鄭騫本、徐沁君本、王季思本改作「粗躁」，盧冀野本、藍立蓂本改作「麤操」，藍立蓂本校記引《公羊傳》何休注「操，迫也」，又引阮元校勘記「操，古本作躁」，又云：「『鹿』爲『麄』或『麁』的省寫，『麄』、『麁』乃『麤』之俗字(見《集韻》平聲模韻，聰徂切)。……麤操，粗魯暴躁。亦作麄躁。」甯希元本改作「粗慅」，赤松紀彦本改作「麁躁」，王玉章本未改。〔四〕鄭騫本、王季思本、赤松紀彦本此處補「云」，徐沁君本此處補「（帶云）」。〔五〕藍立蓂本校記云：「『不口』二字疑有誤，待校。」按，「怕不」爲「恐怕；也許」義，「口」與「和咱好説話」連用，與「咲裏藏刀」形成對比，以表心口不一之意。〔六〕徐沁君本、赤松紀彦本此處補「（唱）」。〔七〕「姿姿」甯希元本改作「孜孜」。

〔注〕①「咲」，同「笑」。

【寄生草】倖然〔一〕①天無禍，是咱這人自招。全不肯施仁發政②行王道，你小可如③多謀足智雄曹操？豈不知南陽諸葛應難料。〔二〕

〔校〕〔一〕原本「倖然」，鄭騫本、徐沁君本、甯希元本、王季思本改作「幸然」，其他各本未改。藍立蓂本校記云：「倖，用同『幸』。倖然，本來。」〔二〕據曲譜【寄生草】應有七句，「倖然」至「難料」爲前五句。明趙琦美《脉望館鈔校本古今雜劇》后兩句爲：「你則待千軍萬馬恶相持，全不想生靈百萬遭殘暴。」鄭騫本、徐沁君本、甯希元本、王季思本均已據補，徐沁君本無「則」字。其他各本未補。

〔注〕①「倖然」，同「幸然」，即幸虧，好在。②「施仁發政」，即施行仁政。發，行。參藍立蓂注。③「小可如」，即「難道如」，表反問。該句是喬國老對魯肅説：「你難道比得上足智多謀的梟雄曹操？」

【金盞兒】上陣処①三綹美須〔一〕飄，將九〔二〕尺虎軀摇，五百個爪〔三〕関西②簇捧定個活神道。敵軍見了，諕得七魄散五魂消。你每多披〔四〕取幾副甲，剩〔五〕③穿取幾層袍。您〔六〕的呵④敢蕩番〔七〕那千里馬，迎住那三停刀⑤！

〔校〕〔一〕原本「須」字，鄭騫本、甯希元本、王季思本、盧冀野本改作「鬚」。鄭騫本校記云：「應從鈔本作鬚。」藍立蓂本注：「須，『鬚』本字。」原本「美須」漫漶不清，赤松紀彦本認作「灵須」，校作「美須」。〔二〕原本「九」漫漶不清，覆元槧本刻作「七」，鄭騫本、王季思本、盧冀野本、王玉章本校作「七」。〔三〕原本「爪」字，甯希元本改作「懆」，以「懆」爲憋懆、性格猛烈義，以「爪」爲「懆」之假借。藍立蓂本注：「爪關西，稱關西大漢。」按，「爪」音同「找」，是模擬關西口音鼻音重這一特點的擬聲詞。參見下文注釋②。〔四〕「披」原本作「波」，形近而誤，盧冀野本、王玉章本未改，其他各本均已改。〔五〕原本「剩」字，甯希元本改作「賸」，其他各本未改。藍立蓂本注：「剩、賸均猶多。」按，「剩」同「賸」「盛」，與前句「多披取幾副甲」之「多」對言，互文見義。〔六〕原本「您」字，甯希元本、王季思本改作「恁」，藍立蓂本注：「您的，即恁的，如此。元時『您』『恁』通用，『恁』常借作『您』，『您』也偶用作『恁』。」按，「恁的呵」元雜劇中習見，義爲「這樣的話」或「那樣的話」。「恁的」也作「恁地」「恁底」「恁迭」等。〔七〕原本「番」字，鄭騫本、徐沁君本、甯希元本、王季思本、盧冀野本改作「翻」，藍立蓂本注：「番，用同『翻』。」

〔注〕①「処」，即「處」，指「時」，亦可理解爲表假設的「的話」。「處」由空間義轉向時間義，又進而語法化爲表假設的後置連詞。②「爪関西」，帶關西口音的人，「関西」指山西、陝西兩地。「爪関西」指帶山西口音的關羽部下。「爪」今音與「找」同，是鼻化韻母，用于描繪關西人鼻音重的特點是很合適的。元雜劇中還有「爪驢」「爪馬」「爪畜生」「爪子」等説法，例句從略，均指帶陝西或山西口音的人。今河北、山東等地方言「爪」仍有此義，已泛化，指外地口音。如河北辛集方言：他媳婦兒是個外路人，説話爪聲哩不行（他媳婦兒是外地人，説話外地口音很重）。③「剩」，多。同「賸」「盛」。④「呵」，表示假設的後置詞，相當于「的話」或後置的「如果」。其本質是蒙古語假設關係的語法標記，是元代由漢蒙語言接觸造成的語言現象。表假設的「呵」還可以構成「X……呵」格式，X 多爲假設連詞，是漢語的前置詞（介詞或連詞），X 主要有：倘或間、至、至如、便、待、若、但、不争、怕。這種漢蒙「融合式」或「混用式」，既是漢蒙語言接觸過程中蒙古語後置詞成分對漢語産生的影響的體現，同時也是漢語系統對蒙古語成分進行融合與調整的表現。如《七里灘》第四折：「倘或間失手打破這盞兒呵，家裏有幾个七里灘賠得過！」⑤「三停刀」，刀刃部分占全長三分之一的長柄刀，此處爲關羽的青龍偃月刀。

【醉扶歸】你當初口快①將它〔一〕保，做的個膽大把身包。您待暗暗的

埋伏緊緊的邀？你若是請得它〔二〕來到，若見了那勇烈〔三〕威風相兒，那其間②自不敢把荆州要。〔四〕

〔校〕〔一〕原本「它」字，鄭騫本、徐沁君本、甯希元本、王季思本、盧冀野本改作「他」，其他各本未改。〔二〕原本「它」字，鄭騫本、徐沁君本、甯希元本、王季思本、盧冀野本改作「他」，其他各本未改。〔三〕「烈」原本作「列」，鄭騫本、徐沁君本、甯希元本、王季思本、盧冀野本均已改。原本「勇列」，王玉章本校作「羅刹」，誤；赤松紀彦本認作「男列」，校作「勇烈」；藍立蓂本未改，注：「列，通『烈』。」〔四〕原本該曲下衍「【金盞兒】你道三條計决難逃，若是一句話不相饒，那其間自不敢把荆州要」。各本均已删。

〔注〕①「口快」，説話不加思索，不考慮後果。②「那其間」，那樣的話。

【金盞兒】你道三條計决難逃，若是一句話不相饒〔一〕，那其間使不着武官麤鹵〔二〕文官狡〔三〕。那漢酒中火性显英豪，圪〔四〕塔的①腰間揝〔五〕住宝帶，項上按着剛〔六〕刀。雖然你岸边頭②藏了戰船，却索与他水面上搭起浮橋。

〔校〕〔一〕「饒」原本作「遶」，音近而誤，鄭騫本、徐沁君本、甯希元本、王季思本、盧冀野本、王玉章本、藍立蓂本、赤松紀彦本均已改。饒，讓。〔二〕「麤」原本俗寫作「鹿」，鄭騫本、藍立蓂本均已改。「鹿鹵」盧冀野本改作「麤魯」，徐沁君本、王季思本改作「粗魯」，甯希元本誤作「粗囱」，赤松紀彦本改作「麄鹵」，王玉章本誤作「鹿卣」。按，「麤鹵」同「粗魯」。〔三〕「狡」原本作「校」，形近而誤，鄭騫本、徐沁君本、甯希元本、王季思本、藍立蓂本均已改。〔四〕原本「圪」字，盧冀野本從覆元槧本作空圍，徐沁君本校記云：「『圪』字原空缺。據趙本補。」〔五〕原本「揝」字，王季思本改作「抓」。按，「揝」同「攥」，抓住，攥住，揪住。〔六〕原本「剛」字，徐沁君本、甯希元本、王季思本改作「鋼」。按，剛刀即鋼刀。

〔注〕①「圪塔的」，一下子，指動作快。②「岸边頭」，岸邊上，與下句「水面上」對言。

【后庭花】您〔一〕子〔二〕道関公心〔三〕見小，您須知曹公心量〔四〕高①。一个主〔五〕意②争天下，一个封金謁故交。上的霸陵〔六〕橋，曹操便不合神道，把軍兵先暗〔七〕了。

〔校〕〔一〕原本「您」字，盧冀野本、徐沁君本、王玉章本改作「你」。〔二〕原本「子」字，盧冀野本改作「衹」，王季思本改作「只」。按，「子」即「只」。〔三〕「心」原本作重文符號，赤松紀彦本存疑，今從盧冀野本、徐沁君本、甯希元本、王季思本改。〔四〕「量」原本作「亮」，音同而誤，盧冀野本、王玉章本未改，其他各本均已改。〔五〕原本「主」字，盧冀野本、王玉章本據覆元槧本誤作「生」。〔六〕「陵」原本作「时」，鄭騫本、徐沁君本、甯希元本、王季思本、藍立蓂本、赤松紀彦本均已改，盧冀野本、王玉章本未改。甯希元本、王季思本「霸」改作「灞」。按，霸陵橋與灞陵橋同，又稱霸橋，在灞水上，附近是漢文帝霸陵，故名。霸陵橋是關羽掛印封金，離開曹操投奔劉備的地方。參藍立蓂本注。〔七〕原本「暗」字，鄭騫本「疑當作按」，甯希元本改作「掩」，王玉章本改作「諳」，藍立蓂本謂「『揞』之同音代替。《集韻》去聲勘韻『揞』『暗』同音（烏紺切），『揞』字下注云：『掩也。』掩，藏也。」按，「暗」義爲遮擋、隱藏，動詞。南朝梁劉孝威《妾薄命》：「嚴霜封碣石，驚沙暗井陘。」

〔注〕①「心量高」，心量大、心量寬。「心量」當以寬窄大小言之，此處因叶韻而用「高」。②「主意」，决意。動詞。

【賺煞尾】送〔一〕路酒手〔二〕中擎〔三〕，送行礼盤〔四〕中托。没乱①杀〔五〕姪兒共嫂嫂。曹孟德〔六〕心多能做小，倚〔七〕着漢雲長善与人交。高〔八〕声叫，驚〔九〕杀許褚、張遼。那神道須〔十〕追風騎，輕掄動偃月刀。曹操埋伏將役，隱匿軍兵。〔十一〕準備下千般奸狡，施其智力，費尽機謀。〔十二〕臨了也則〔十三〕落的一場談笑，到倍〔十四〕②了一領③西川十樣錦④征袍⑤！〔十五〕（〔十六〕云了）〔十七〕

〔校〕〔一〕「送」原本作「无」，「送」的部件「关」與「无」形近。盧冀野本校作「無」，王玉章本校作「无」，其他各本均校作「送」。〔二〕「手」原本作「年」，疑二者因草體形近而誤。盧冀野本、王玉章本仍作「年」，其他各本均已改作「手」。〔三〕「擎」原本作「敬」，盧冀野本、王玉章本仍作「敬」，其他各本均已改作「擎」。〔四〕「盤」原本作「月」，盧冀野本、王玉章本仍作「月」，其他各本均已改作「盤」。〔五〕原本「杀」字，王季思本改作「煞」。按，「杀」即「殺」，同「煞」，不必校改。〔六〕「德」原本作草體「得」，各本均已改。〔七〕「倚」原本作「奇」，甯希元本校作「欺」，其他各本均校作「倚」。〔八〕「高」原本作「万」，盧冀野本、王玉章本校作「萬」，其他各本均校作「高」，「高」字草體與「万」形近致誤。〔九〕「驚」原本作「得与」，「得」字爲草體。從徐沁君本改，藍立蓂本亦從。鄭騫本、王季思本據鈔本校作「險諕」，甯希元本校作「險唬」；赤松紀彦本校作「險諕」，但存疑；盧冀野本校作「得急」，王玉章本校作「得與」。〔十〕鄭騫本校記云：「須字待校，此句似有脱誤。鈔本作勒着追風騎，可從。」徐沁君本、王季思本據鈔本于「須」下補「勒著」二字。甯希元本將「須」改作「順著」，校記云：「『順』，即擺順、擺正。……今地方戲中，仍有『順轎』、『順馬』的説法。原本『順』，形誤爲『須』。」藍立蓂本校記云：「『須』疑『徐』字之誤，二字音近，同屬魚模韻平聲。據譜，此句爲【仙吕】【賺煞尾】之第八句，七字（『神道輕掄偃月刀』）。徐本校補，於譜無礙，於義可通，似可從。」盧冀野本、王玉章本、赤松紀彦本未改。〔十一〕「曹操」至「軍兵」，盧冀野本誤作曲文。鄭騫本、徐沁君本、王季思本、赤松紀彦本「曹」上補「帶云」，王玉章本「曹」上補「帶白」，徐沁君本、赤松紀彦本「兵」下補「唱」。原本「役」字，鄭騫本校記云：「『將役』疑當作將校。」徐沁君本、甯希元本、王季思本、藍立蓂本、赤松紀彦本改作「將校」，盧冀野本、王玉章本未改。按，「將役」即兵將，不必校改。《南史·齊紀下·廢帝東昏侯》：「凡注病者，或已積年，皆攝充將役。」〔十二〕「施其」至「機謀」，盧冀野本誤作曲文。「其」原本作「[illegible]」，各本多認作「家」，校作「窮」，以「家」爲「窮」字簡寫「穷」之形誤，實非。「施其智力」指施展其智力，多言壞人。《魏書·安同傳》：「西圍既固，賊至無所施其智力矣。」《兩晋秘史》

第三〇七回：「不如爲浮梁渡汾西，遠圍以拒之。虜至無所施其智力矣！」「[illegible]」字迹不清，但當爲「其」字俗體。元刊雜劇「其」字及「期」「欺」字之部件「其」常刻作俗體「[illegible]」。如前文【金盞兒】：「那其間使不着武官麤鹵文官狡」之「其」字原本作「[illegible]」。【天下樂】：「欺負関雲長年紀老」之「欺」字原本作「[illegible]」。「[illegible]」實應為「[illegible]」。鄭騫本、徐沁君本、王季思本、赤松紀彦本于「施」上補「帶云」，徐沁君本、赤松紀彦本于「謀」下補「唱」。王玉章本「力」校作「刁」，誤。「費」原本作「廢」，盧冀野本、鄭騫本、徐沁君本、甯希元本、王季思本、藍立蓂本、赤松紀彦本均改作「費」，王玉章本未改。〔十三〕原本「則」字，盧冀野本改作「只」。按，「則」同「只」。〔十四〕原本「到」字，徐沁君本、甯希元本、赤松紀彦本均改作「倒」，其他各本未改。「倍」原本作「[illegible]」，盧冀野本、王玉章本校作「倚」，鄭騫本校記云：「倚字待校。」徐沁君本、赤松紀彦本改作「賠」，甯希元本改作「倍」，藍立蓂本校作「陪」，甯希元本校記云：「『倍』，即『賠』字。元人多寫作『倍』或『陪』。」藍立蓂本校記云：「賠償的『賠』本作『陪』，《元典章》、容與堂本《水滸傳》裏也多見，例不贅。『賠』字後起。『倚』爲『倍』之形誤，『倍』爲『陪』的錯字。到陪，倒貼。」按，「到」通「倒」，可不改。綜合甯希元本和藍立蓂本，今校作「倍」。「倍」「[illegible]」形近而誤。〔十五〕徐沁君本此處補「下」。〔十六〕徐沁君本、赤松紀彦本此處補「外末」。〔十七〕盧冀野本將「云了」移至第二折開頭。

〔注〕①「没乱」，心神不定。②「倍」，通「賠」，損失。③「領」，上衣量詞，此處爲「征袍」的量詞。④「十様錦」，十種錦，指長安竹、天下樂、雕團、宜男、寶界地、方勝、獅團、象眼、八搭韵、鐵梗衰荷，出自元代戚輔《佩楚軒客談》。参見藍立蓂本注。⑤「征袍」，即戰袍。

第二折

（正末重扮先生〔一〕引道童上坐定云）貧道是司馬德操〔二〕的便是了①。自襄陽會罷，与刘皇叔相見，本人有高皇之氣。將門生寇〔三〕封与皇叔為一〔四〕子，舉南陽卧龍為半〔五〕师，分了西川。向山間林下，自看了十年龍争虎鬥〔六〕。貧道絕名利，無寵〔七〕辱，到亦〔八〕快活!〔九〕

〔校〕〔一〕「先生」原本作「正」，徐沁君本、甯希元本、王季思本、藍立蓂本改作「先生」。徐沁君本校記云：「『正』爲『生』之形誤，『生』上當脱『先』字。元代稱道士爲先生。本折司馬德操自稱『貧道』，固一道士打扮也。」鄭騫本、盧冀野本、赤松紀彦本未改。鄭騫本校記云：「正字疑衍。」〔二〕「司馬德操」原本作「同馬得操」，各本均已改。〔三〕「寇」原本作「里」，盧冀野本、徐沁君本、甯希元本、王季思本、赤松紀彦本均已改。《三國演義》第三十六回劉備認劉泌外甥寇封爲義子。鄭騫本校記云：「『里封』疑當作劉封或寇封。」〔四〕原本「一」字，甯希元本、藍立蓂本均已改作「義」。鄭騫本、徐沁君本、王玉章本、赤松紀彦本未改。〔五〕原本「半」字，盧冀野本、徐沁君本、甯希元本、王季思本、藍立蓂本均改作「軍」。鄭騫本、赤松紀彦本未改。鄭騫本校記云：「『一子半師』疑當作義子軍師；但原文義亦可通，且一子與半師對文，似非偶然巧合，故未改。」按，今從鄭騫本，不校改。〔六〕「鬥」原本作「聞」，赤松紀彦本校作「鬦」，其他各本均校作「鬥」。按，「鬥」「鬦」「鬭」均同。〔七〕「無」原本作「[illegible]」，各本均校作「無」。「寵」原本殘作「[illegible]」，鄭騫本、甯希元本、王季思本均校作「寵」，徐沁君本校作「罣」，盧冀野本校作「榮」，赤松紀彦本作空圍。〔八〕「到亦」原本作「到一」，盧冀野本未改。藍立蓂本校作「到亦」，赤松紀彦本校作「到大」。鄭騫本、徐沁君本、甯希元本、王季思本「到」改作「倒」。徐沁君本、藍立蓂本「一」校作「亦」，鄭騫本、甯希元本、王季思本校作「大」。按，今從藍立蓂本改，「到」同「倒」。〔九〕徐沁君本、王季思本此處補「唱」。

〔注〕①「貧道是司馬德操的便是了」中「是」和「的便是」共現，是元代漢蒙語言接觸造成的特殊語法現象。漢語爲 SVO 語序，蒙古語爲 SOV 語序，疊加方式爲：SVO + SOV = SVOV，即貧道是司馬德操 + 貧道司馬德操的便是 = 貧道是司馬德操的便是。元刊雜劇中人

物角色出場的自報家門多爲這種漢蒙混合形式。可參看江藍生《語言接觸與元明時期的特殊判斷句》（載《語言學論叢》第二十八輯，商務印書館2003年版，第43頁）。

【正宫】〔一〕【端正好】我本是个釣魚〔二〕人，却做了扶犁〔三〕叟。嘆英布、彭越、韓侯①！斂〔四〕我這一身外兩隻拿云②手，再不出麻袍袖！

〔校〕〔一〕【正宫】原本無，今補。鄭騫本、徐沁君本、甯希元本、王季思本、赤松紀彦本均補，盧冀野本未補。〔二〕原本「魚」字，甯希元本、藍立蓂本改作「鰲」。甯希元本校記云：「釣鰲人：抱負不凡的人，典出《列子·湯問》……原本『鰲』字，誤省爲『魚』，諸家不察，失校。」藍立蓂本注云：「釣鰲，比喻本領高强和抱負不凡。」〔三〕「犁」原本作「利」，盧冀野本未改，其他各本均已改。〔四〕「斂」原本字迹不清，似「險」，鄭騫本、甯希元本、赤松紀彦本改作「斂」，徐沁君本、王季思本將「險」處理爲曲中夾白，盧冀野本未改。

〔注〕①「英布、彭越、韓侯」，此三人爲漢初三大名將，韓侯即韓信。三人均輔佐劉邦，後被殺。司馬德操有感于此，故斂起拿雲手。②「拿云」，比喻本領高强。

【滚綉球】我如今聚村叟，會詩友，嘿〔一〕的是活魚新酒，問甚瓦盆、砂餅〔二〕、磁甌。推〔三〕臺不換盞①，高歌〔四〕自打手。任從②他陰晴〔五〕昏晝，我直吃的醉时眠衲〔六〕被③蒙頭。睡〔七〕徹窗外三竿日④，為的傲杀人間万户侯。到大優游〔八〕。

〔校〕〔一〕原本「嘿」字，盧冀野本改作「吃」，其他各本未改。按，「嘿」爲「噴」義，不通，疑與「饌」形近而訛。〔二〕原本「餅」字，徐沁君本、甯希元本改作「瓶」，王季思本改作「缽」，其他各本未改。按，「餅」同「瓶」，砂餅即陶罐。〔三〕原本「推」字，甯希元本改作「椎」，校記云：「原本『棰』（chui）字，音假爲『推』（tui）。今改。各本失校。『棰臺』，即『搥臺』，用手敲打桌子。《警世通言》卷六《遇上皇》：『乘著酒興，敲臺打櫈，弄假成真起來。』可證。又，《中原音韻》『吹』、『炊』、『推』字并爲一空，自可相假。」藍立蓂本校記云：「甯希元本誤辨，『推』改作

『椎』。按，推臺，讓酒，勸酒。推，讓也。《史記·淮陰侯列傳》：『（漢王）解衣衣我，推食食我。』臺，臺盞。」按，甯希元本、藍立蓂本均不確，參下文「推臺不换盞」注釋。〔四〕「歌」原本作「哥」，各本均已改。〔五〕「晴」原本作重文符號，盧冀野本作「陰」，其他各本均校作「晴」。按，「陰」「晴」相對，「昏」「晝」相對。〔六〕原本「衲」字，藍立蓂本誤校作「袖」。〔七〕「睡」原本作「也」，盧冀野本未改，其他各本均改作「睡」。〔八〕「到大優游」原本作「到大優由」，赤松紀彦本未改。「到」盧冀野本未改，其他各本均改作「倒」。「由」甯希元本改作「悠」，其他各本均改作「游」。按，「到」通「倒」。

〔注〕①「推臺不换盞」，指「不使用臺盞，也不互相敬酒」。該句將「臺盞」「换盞」二詞糅在一起使用。「臺盞」指帶托盤的盞，是精細的茶具或酒具。文獻習見「臺」「盞」分用者，如玉臺金盞、擎臺執盞等。「换盞」是元代源于蒙古族的煩瑣的敬酒形式，元明時期的「把盞」意義與之大致相同。司馬德操使用的是瓦盆、砂鉼、磁甌，而不是臺盞，過的是與村叟、詩友飲酒爲樂的快意生活，自然不喜歡煩瑣的敬酒方式。故「推臺不换盞」是不使用精美的臺盞，也不需要繁縟的敬酒形式。張玉來、耿軍《中原音韻校本》「吹炊推」小韻下注曰：「推，《廣韻》有尺隹切一讀，與『吹』等同音。然，本韵缺［t‘ui］音節，當讀他回切更妥，『推』前或當有『○』，爲獨立小韵。」可見，「推」與「吹」「炊」音不全同。甯希元本所論有誤。詳參焦浩《“换盞”源流考——兼論元刊雜劇之“推臺不换盞”》，刘迎勝主編《元史及民族與邊疆研究集刊（第三十七輯)》，上海古籍出版社 2019 年版。②「任從」，聽憑、不管。③「衲被」，縫補、連綴過的被子。④「三竿日」，日上三竿，指時間不早。因該句要求七字，故作「三竿日」。

【倘秀才】林〔一〕泉下濁生〔二〕爽〔三〕口，御宴上堂食①惹手②，留的前〔四〕生喝下酒〔五〕。你道這一出〔六〕漢，共那壽亭〔七〕侯，是故友。

〔校〕〔一〕「林」原本作「休」，各本均已改。〔二〕原本「濁生」，盧冀野本、徐沁君本、王季思本、藍立蓂本改作「酒生」，徐沁君本校記云：「『酒生』指『生酒』。」甯希元本改作「濁腥」。赤松紀彦本未改。按，「濁生」存疑。〔三〕「爽」原本作「[illegible]」，各本均校作「爽」。〔四〕原本「前」字，徐沁君本、藍立蓂本改作「殘」。其他各本未改。〔五〕「酒」原本作「濁」，各本均改作「酒」。〔六〕原本「出」字，赤松紀彦本未改。盧冀野本改作「村」，鄭騫本、王季思本改作「山」，徐沁君本改作「拙」，甯希元本、藍立蓂本改作「粗」。按，各本或因形近或因音近而改，似均可通，存疑。〔七〕「亭」原本作「單」，各本均已改。

〔注〕①「堂食」指官署的膳食。②「惹手」指使喜歡，不願放手。

【滚綉球】你着〔一〕我就席上央①他幾甌，那漢劣性子②輸〔二〕了半籌③，問甚麼安排來後，目前鮮血交流。你為漢上九座州，我為筵前一醉酒，咱兩个落不得個完全尸首，我共④你伴客同病相憂。你為兩朝作〔三〕保十年恨〔四〕，我却甚一盞能消万古愁？說起來魂魄〔五〕悠悠！

〔校〕〔一〕「着」原本作「看」，盧冀野本仍作「看」，其他各本均改作「着」。〔二〕「輸」原本作「翰」，各本均已改。〔三〕「作」原本作「你」，盧冀野本未改，其他各本均已改。〔四〕原本「恨」字，盧冀野本、徐沁君本改作「限」，其他各本未改。〔五〕「魄」原本作重文符號，各本均改作「魄」。

〔注〕①「央」，求；懇求。②「劣性子」，惡劣的品性。③「半籌」，半個籌碼。比喻極小量。④「共」，和；與。

【倘秀才】你子〔一〕索①躬着身將他來問候，跪膝着〔二〕慇慇〔三〕勸酒，他待②吃後吃、側③後側、那里交他受後〔四〕受。他道東你隨着東去，他道西呵④你順着西流，他醉时節你便走。

〔校〕〔一〕原本「子」字，王季思本改作「只」，盧冀野本改作「衹」。按，「衹」「祇」不同。「祇」音 qí，是地神；「衹」同「只」。此處「子」是「只」的記音字。〔二〕原本「跪膝着」，鄭騫本、徐沁君本、甯希元本、王季思本改作「跪着膝」，盧冀野本、藍立蓂本、赤松紀彦本未改。按，「跪膝着」即「跪着」。元代楊梓《忠義士豫讓吞炭》第三折：「教我跪膝着他，折末斬便斬敲便敲剮便剮。」〔三〕「慇慇」原本作「慇〻」，字迹不清。鄭騫本校作「慇慇」，徐沁君本、王季思本校作「殷殷」，盧冀野本、甯希元本、赤松紀彦本校作「愁愁」，藍立蓂本校作「悠悠」。按，今因形近校作「慇慇」。〔四〕該句及前兩句「後」字原本均作「候」，鄭騫本、甯希元本、王季思本改作「後」，其他各本未改。鄭騫本校記云：「三後字原俱作候，同音假借，據文義改。」甯希元本校記云：「三『後』字，均音假爲『候』。依鄭本改。『後』，猶『呵』，語氣詞。」藍立蓂本注：「候，猶時。」按，「後」相當于「就」。「後」由指方位到指時間，進而虚化爲假設助詞。表假設的「後」與「時」經歷了相同的語法化過程，即從假設助詞又進一步虚化爲話題標記，有的相當于「啊」，有的相當于連詞「就」。脉望館鈔校本此三句改爲「飲則飲、吃則吃、受則受」，「則」即「就」，亦可證。「候」單用表時間的用法較少見，不易發生語法化。

〔注〕①「子索」，只須、只得。亦作「則索」。②「待」，想要；要。③「側」，斜倚、斜靠，是舒適的卧姿。④「呵」，的話，表假設的後置詞。

【滚綉球】他鍾〔一〕前有半點兒言，筵前帶二分酒，那漢酒性躁〔二〕不中調閂〔三〕，你是①必挂〔四〕口兒②則休提着那荆州。圓睁〔五〕開杀人眼，輕舒③開捉將手④，那神道恒〔六〕將卧蚕眉皺〔七〕，登时敢五蘊山⑤列〔八〕火難收。若是他玉山低趄⑥你則頻斟酒，若是他宝劍離匣你則準備着頭！枉送了八十〔九〕座軍州！

〔校〕〔一〕「鍾」原本作「終」，徐沁君本、藍立蓂本改作「鍾」，盧冀野本、鄭騫本、王季思本、赤松紀彦本改作「尊」，甯希元本改作「樽」。按，應校作「鍾」，音同致誤。〔二〕「躁」原本作「操」，盧冀野本改作「燥」，鄭騫本、徐沁君本、王季思本改作「躁」，甯希元本改作「懆」，藍立蓂本、赤松紀彦本未改。鈔本此句作「他酒性躁不中撩閂」。按，今據鈔本改。〔三〕原本「閅」字，鄭騫本、赤松紀彦本作「鬦」。盧冀野本、藍立蓂本繁體作「閂」，甯希元本簡體作「斗」。王季思本「调閅」改作「挑逗」。按，「閅」「鬦」皆與「閂」同。「挑逗」非，改動過大。〔四〕「挂」原本作「桂」，各本均已改。校作簡體「挂」，是因爲與「桂」形近。〔五〕「圓睁」原本作「完争」，各本均已改。〔六〕原本「恒」字，徐沁君本、藍立蓂本改作「横」，王季思本、甯希元本改作「但」，盧冀野本、赤松紀彦本未改。按，「恒」理解爲總是、經常，可通，不改。〔七〕「皺」原本作「坡」，盧冀野本校作「縐」，其他各本均校作「皺」。〔八〕原本「列」字，藍立蓂本未改，其他各本均改作「烈」。藍立蓂本注：「列，通『烈』。」藍説是，可不改。〔九〕甯希元本于「八十」下補「一」字。鈔本此句作「枉送了八十一座軍州」。其他各本均未補。

〔注〕①「是」，表假設，義爲「如果」。②「挂口兒」，義爲提及、談到。該句意思是：「你如果要説只是不要提荆州。」③「舒」，伸。今河北辛集方言可説「舒手」「舒胳膊」「舒腿」。④「捉將手」，能捉住兵將的手，喻武藝高强。⑤「五蘊山」，即五蘊，佛教將人的色、受、想、行、識五種刹那變化稱爲「五蘊」。「五蘊山列火難收」指控制不住自己的脾氣、情緒。⑥「玉山低趄」，指不高興、生氣的樣子。「玉山」代指俊美的儀容，「低趄」本指頭低垂，脚步趔趄。

【倘秀才】你道東吴国魯大夫仁兄下手，則〔一〕消的①西蜀郡諸葛亮先生啟口，奏与那海量仁慈的漢皇叔。那先生操琴風〔二〕雪降，彈〔三〕劍鬼神愁。則怕〔四〕您急難措手②。

〔校〕〔一〕原本「則」字，盧冀野本改作「只」。按，「則」同「只」，不必校改。〔二〕原本「風」字，甯希元本改作「霜」，甯希元本校記云：「原本『霜』字，音假爲『風』。」按，甯説無據。〔三〕「彈」原本作「撣」，各本均已改。〔四〕「怕」原本作「帕」，各本均已改。

〔注〕①「則消的」，只需要。②「措手」，應對，處理。

【滚綉球】黄漢昇〔一〕勇似彪①，趙子龍膽如斗，马孟起是杀人的領袖，那杀〔二〕漢虎牢関立伏了十八鎮〔三〕諸侯〔四〕，騎一疋千里騅②，横一条丈八牟〔五〕，當陽坡〔六〕有如雷吼，曾當③住曹丞相一百万帶甲貔貅④，叫一声混天塵土紛紛的橋先断，喝一声拍岸驚濤厭厭⑤的水逆流，這一火〔七〕怎肯干休！

〔校〕〔一〕原本「昇」字，徐沁君本、甯希元本改作「升」，其他各本未改。〔二〕原本「杀」字，徐沁君本、藍立蓂本改作「煞」，盧冀野本改作「黑」，赤松紀彦本改作「條」，其他各本未改。徐沁君本校記云：「『殺』疑爲『煞』」按，殺同煞，指凶神、惡鬼。「杀漢」即「煞漢」，也就是面目凶惡的男人，此處指張飛，該句及以下諸句皆言張飛事迹。〔三〕「鎮」原本作「車」，今從甯希元本改。甯希元本、藍立蓂本改作「鎮」，鄭騫本、盧冀野本、王季思本、赤松紀彦本改作「路」。甯希元本校記云：「原本『鎮』字，當音假爲『陣』，誤省爲『車』。『鎮』，即晚唐五代以來之藩鎮。《三國志平話》上：『曹豹入寨，言吕布只待捉十八鎮諸侯。』」〔四〕「侯」原本作「候」，盧冀野本未改，其他各本均已改。〔五〕原本「牟」字，盧冀野本、鄭騫本、徐沁君本、甯希元本、王季思本、藍立蓂本均改作「矛」，赤松紀彦本未改。按，「牟」用與「矛」同，可不改。「丈八牟」是張飛所用兵器。文獻中有「牟槊」一詞，即爲古代長矛之一種。《北史·齊紀中·文宣帝》：「每至將醉，輒拔劍掛手，或張弓傳矢，或執持牟槊。」〔六〕原本「坡」字，徐沁君本據鈔本改作「坂」，藍立蓂本據《三國志·蜀書·張飛傳》「曹公追之，一日一夜，及于當陽之長阪」改作「阪」，其他各本未改。按，「長阪」本義爲高坡，并非專名，漢司馬相如《哀二世賦》：「登陂阤之長阪兮」，南朝齊陸厥《奉答内兄希叔》：「駿足思長阪，柴車畏危轍。」故可不改。〔七〕原本「火」字，盧冀野本、徐沁君本、甯希元本、王季思本均改作「伙」，鄭騫本、藍立蓂本、赤松紀彦本未改。按，「火」同「伙」「夥」，集合量詞。「這一火」指黄漢升、趙子龍、馬孟起、張飛等人。

〔注〕①「彪」，虎。②「千里騅」，千里馬，「騅」指毛色青白相間的馬。③「當」，同「擋」。④「貔貅」，即「貔貅」，傳説中的獸名，比喻勇猛善戰的軍隊、士兵。文獻中習見「百萬貔貅」的説法，指數量龐大、作戰勇猛的軍隊、士兵。⑤「厭厭」，整齊貌。該句指張飛喝斷當陽橋，水齊整整地逆流。

【叨叨令】若是你鼕鼕戰皷声相輳〔一〕，不剌剌①戰馬望前驟②，他惡喑喑③揎④起征袍袖，不鄧鄧〔二〕惱犯⑤難收救⑥。您索与他死去也末哥！索与他死去也末哥！〔三〕那一柄青龍刀落処都多〔四〕透！

〔校〕〔一〕原本「輳」字，徐沁君本、王季思本改作「湊」，其他各本未改。按，「輳」同「湊」，加。〔二〕「不鄧鄧」原本作「不鄧」，下脱一重文符號，今補。盧冀野本未補，其他各本均已補。「不鄧鄧」狀憤怒貌，亦作「不登登」。〔三〕「索与他死去也末哥」原本爲重文符號，今從徐沁君本、甯希元本、藍立蓂本改。鄭騫本、盧冀野本、王季思本作「您索與他死去也末哥」，赤松紀彦本作「您與他死去也末哥」。〔四〕原本「多」字，甯希元本改作「刴」，其他各本未改。藍立蓂本注：「都多，多半。」

〔注〕①「不剌剌」，狀馬快跑貌。②「望前驟」，往前疾馳。③「惡噌噌」，凶惡的樣子。④「揎」，擼起袖子。⑤「惱犯」，惹惱；觸犯。⑥「收救」，挽救；收拾。

【煞尾[一]】蓆條[二]兒①□[三]怕[四]勢[五]着我手，樹葉兒隄[六]防打破我頭！他千里独行覓二友，疋馬單刀鎮九州，人似巴[七]山越嶺彪，馬跨番[八]江混海虬②，他輕舉龍泉杀車冑，怒拔[九]昆吾[十]壞文丑，麾[十一]蓋③下顔良劍梟了首，蔡陽英雄立取了頭。這个避是非的先生决應了口④，吾兄呵[十二]！那杀人的関公更怕他下不的手！

（下）

〔校〕〔一〕原本作「【尾】」，盧冀野本未改，其他各本均改作「【煞尾】」。〔二〕原本「蓆條」，盧冀野本作「□你」，徐沁君本、王季思本、藍立蓂本作「席條」，鄭騫本、赤松紀彦本作「蓆你」，甯希元本作「蓆篾」。〔三〕□原本殘作「[illegible]」，徐沁君本校作「子」，甯希元本校作「我」，王季思本校作「只」，其他各本作空圍。〔四〕「怕」原本作「帕」，各本均已改。〔五〕「勢」原本作「利」，徐沁君本、甯希元本、王季思本改作「勢」，鄭騫本改作「刺」，藍立蓂本改作「勢」，盧冀野本、赤松紀彦本未改。按，「勢」即刺，割。〔六〕「隄」原本作「低」，盧冀野本、鄭騫本、徐沁君本、甯希元本、赤松紀彦本、藍立蓂本改作「隄」，王季思本改作「提」。按，亦可校作「堤防」「提防」。〔七〕原本「巴」字，徐沁君本、甯希元本改作「爬」，其他各本未改。藍立蓂本注：「巴，爬。」按，「巴山越嶺」即「爬山越嶺」。「巴」義爲「爬」，「巴山越嶺」亦作「巴山度嶺」。「爬山虎」亦作「巴山虎」。該句意爲：人像爬山越嶺的老虎。〔八〕原本「巴」字，藍立蓂本、赤松紀彦本未改，其他各本均改作「翻」。按，「番」同「翻」。〔九〕「拔」原本作「抜」，徐沁君本誤校作「撥」。〔十〕原本「昆吾」，甯希元本改作「錕鋙」。按，「昆吾」代指寶劍，本指用昆吾石冶煉而成的鐵製成的寶劍。「昆吾」亦作「錕鋙」「錕吾」「錕鋘」。〔十一〕「麾」原本作「魔」，各本均已改。〔十二〕「呵」原本作「[illegible]」，像「呵」又像「阿」，藍立蓂本校作「阿」，其他各本均校作「呵」。

〔注〕①「蓆條兒」，即「席篾兒」，即編席子的竹條兒或葦條兒等，今河北辛集方言「席篾兒」指高粱秆硬皮劈成的細條兒。②「馬跨番江混海虬」，騎馬像騎著翻江混海的虬龍。「馬跨……」是習慣性表達，如《水滸傳》第八十七回：「馬跨越嶺巴山獸，槍掿翻江攪海龍。」又，第一〇七回：「陣前馬跨一條龍，手内劍横三尺水。」③「麾蓋」，本指將帥所用的旌旗、傘蓋，泛指儀仗。此處「麾蓋下」同「麾下」。④「應口」，言行一致。司馬德操深知關羽性情，不會在宴席上勸關羽交還荆州。

第三折

（净開，一折）（関舍人①上，開，一折）（净上）（都下了）（正末扮尊子②燕居，扮將麈〔一〕拂子③上，坐定，云）方今天下鼎峙〔二〕三分，曹公占了中原，吴王占了江東，尊兄皇叔占了西川。封関某〔三〕為荆王，某〔四〕在荆州撫鎮④。関某〔五〕暗想，日月好疾也！自從秦始皇滅，早三百余年也。又想起楚漢分〔六〕争，圖王霸業，不想有今日！

〔校〕〔一〕「麈」原本作「主」，徐沁君本、甯希元本、王季思本、藍立蓂本、赤松紀彦本改作「麈」，盧冀野本未改。〔二〕「峙」原本作「时」，各本均已改。〔三〕「某」原本作「公」，鄭騫本未改，其他各本均已改。徐沁君本校記云：「元本（按，原本）『某』字本簡作『厶』，因誤作『公』。」藍立蓂注：「厶，古『某』字。」按，該句中爲關羽自稱，應稱「関某」，而非「関公」。〔四〕〔五〕兩「某」字原本簡作「厶」，各本均改作「某」。〔六〕原本「分」字，徐沁君本、甯希元本、王季思本改作「紛」，其他各本未改。

〔注〕①「舍人」，宋元時期指顯貴子弟。②「尊子」，指關羽。元代關羽已經被神化，作者或刻印者爲表敬意將關羽尊稱作「尊子」。③「麈拂子」，指一種用鹿尾做的拂麈。④「撫鎮」，鎮守。

【中吕】〔一〕【粉蝶兒】天下荒荒，却周秦早屬了刘項，[illegible]〔二〕君臣遥指咸陽。一个力拔〔三〕山，一个量容海，這兩个一时開創。想當日黄閣①烏江。一个用了三傑②，一个立誅了八〔四〕將③。

〔校〕〔一〕原本無宫調名【中吕】，鄭騫本、徐沁君本、甯希元本、王季思本、赤松紀彦本已補，盧冀野本、藍立蓂本未補。〔二〕原本「[illegible]」字，鄭騫本、王季思本校作「楚」，徐沁君本校作「建」，甯希元本、藍立蓂本、赤松紀彦本校作「定」。按，存疑。〔三〕「拔」原本作「拨」，形近而誤，各本均已改。〔四〕原本「八」字，唯盧冀野本改作「大」。

〔注〕①「黄閣」，漢代丞相及漢代後三公工作的官署，因門被塗成黄色，故稱。②「三傑」，指蕭何、韓信、張良。③「八將」，所指不明。

【醉春風】一个短劍一身亡，一个净〔一〕鞭①三下響〔二〕。暗想祖宗傳〔三〕授与兒孫，却都是枉！枉！枉！〔四〕献帝又無靠無挨②，董〔五〕卓又不仁不義，吕布又一冲一撞。

〔校〕〔一〕原本「净」字，徐沁君本、甯希元本改作「静」，其他各本未改。〔二〕鄭騫本、盧冀野本、藍立蓂本認爲此處脱「響」字，下句以「暗」開頭。其他各本以下句「暗」字爲「響」之形誤，下句以「想」開頭。按，「響」「暗」形不近，應脱「響」字，下句以「暗」開頭。〔三〕「傳」原本作「専」，各本均已改。〔四〕原本第一個「枉」字下是兩個重文符號。鄭騫本、徐沁君本、王季思本、藍立蓂本、赤松紀彦本均將兩個重文符號校作「枉」字，盧冀野本將兩個重文符號校作「是枉」。〔五〕「董」原本作「重」，各本均已改。

〔注〕①「净鞭」，亦作「静鞭」，指古代帝王的一種儀仗，抽響鞭子令人肅静。②「無靠無挨」，指無依無靠。「挨靠」亦作「捱靠」，即依靠。

【十二月】那时節兄弟在范陽，兄長在楼桑〔一〕，関某〔二〕在解良〔三〕，諸葛在南陽。一时英雄四方，結義①了皇叔関張〔四〕。

〔校〕〔一〕「楼桑」原本作「楼𣛻」，盧冀野本校作「汴梁」，非也。〔二〕「某」原本作「厶」，赤松紀彦本未改，其他各本均已改。〔三〕原本「良」字，徐沁君本、甯希元本、藍立蓂本改作「梁」，其他各本未改。〔四〕「張」原本作「厶」，蓋承上「関厶在解良」誤，「張」字入韻，指張飛。各本均已改。

〔注〕①「結義」，以義氣結拜爲兄弟姐妹。

【堯民歌】一年三謁①卧龍崗，早鼎足三分漢家邦。俺哥哥稱孤〔一〕道寡②作蜀王，関某〔二〕疋马单刀鎮荆襄。長江經今③幾戰場，恰便似後浪催〔三〕前浪。

〔校〕〔一〕「稱孤」原本作「你吉」，徐沁君本校作「稱君」，鄭騫本、甯希元本、王季思本、藍立蓂本、赤松紀彦本校作「稱孤」，盧冀野本校作「你只」。按，蓋「稱」字簡體與「你」形近而誤，「孤」音近字「古」又形誤爲「吉」。〔二〕「某」原本作「厶」，赤松紀彦本未改，其他各本均已改。〔三〕「催」原本作「崔」，各本均已改。

〔注〕①「謁」，拜見。②「稱孤道寡」，稱帝；做皇帝。③「經今」，至今；到現在。

【石榴花】兩朝相隔〔一〕漢陽江①，寫着道魯肅請雲長。這的每安排〔二〕着筵宴不尋常。休想道畫堂别是風光②，休想鳳凰盃滿捧瓊花釀③，决然安排〔三〕着巴豆砒霜。玳瑁筵④擺〔四〕列着英〔五〕雄將，休想肯開宴出紅粧⑤。

〔校〕〔一〕「隔」原本作「鬲」，各本均已改。〔二〕〔三〕「排」原本作「非」，各本均已改。〔四〕「擺」原本作「摇」，各本均已改。按，蓋因「擺」字簡體「摆」與「摇」形近而誤。〔五〕「英」原本簡作「央」，各本均已改。

〔注〕①「漢陽江」，代指長江。②⑤「畫堂别是風光」，「開宴出紅粧」，二句出自蘇軾《滿庭芳·香瑷雕盤》：「香瑷雕盤，寒生冰箸，畫堂别是風光。主人情重，開宴出紅妝。」③「瓊花釀」，酒名。亦作「瓊花露」，或因押韵「露」改作「釀」。④「玳瑁筵」，亦作

「璹瑁筵」，指珍貴豪華的宴席。

【鬧鵪鶉】安排〔一〕下打鳳撈龍①，準備着天羅地網。那里②是待客筵席，則是③个杀人的戰場。他每誠意誠心便休想，全不怕〔二〕後人講。既然他謹謹④相邀〔三〕，我与你親身便往。

〔校〕〔一〕「排」原本作「非」，各本均已改。〔二〕「怕」原本作「帕」，各本均已改。〔三〕「邀」原本作「[illegible]」，各本均校作「邀」。

〔注〕①「打鳳撈龍」，亦作「打鳳牢龍」，比喻設下圈套使强有力的對手中計。②「那里」，即哪裏。③「則是」，只是；就是。④「謹謹」，殷勤貌。

【上小樓】你道他兵多將廣，人強马壯。大丈夫双手俱全，一人拚命，万夫難當①。你道隔〔一〕漢江，起戰場，急難侵〔二〕傍②，交他每③鞠躬恭〔三〕送的我來船上。

〔校〕〔一〕「隔」原本作「鬲」，藍立蓂本未改，其他各本均已改。〔二〕原本「侵」字，徐沁君、甯希元本改作「親」，其他各本未改。藍立蓂本注：「侵傍，靠近。」按，「侵傍」義爲「接近、靠近」，可指侵略性的靠近，此指若關羽有難，難以快速靠近接應。〔三〕「恭」原本作重文符號「[illegible]」，鄭騫本、藍立蓂本將重文符號校作「鞠躬」，即「鞠躬鞠躬」；盧冀野本誤將重文符號「[illegible]」校作「又」，即「鞠躬又」，徐沁君本、甯希元本、王季思本校作「鞠躬躬」。按，「鞠躬鞠躬」不通，「鞠躬躬」不詞，疑因「躬」「恭」同音，誤將「恭」刻作重文符號。

〔注〕①「當」，抵擋；敵擋。②「侵傍」，親近；靠近。③「每」，們，複數標記。

【幺篇】你道先下手強，後下手央〔一〕。一隻手揝〔二〕住宝帶，臂展猿猱①，劍扯秋霜②。他待暗暗藏，〔三〕緊緊防，都是狐〔四〕朋狗黨，小可如③我千里獨行，五関斬將。

〔校〕〔一〕原本「央」字，各本均改作「殃」。按，「央」通「殃」，《張協狀元》戲文第四齣：「張協離家，一千里外，無央厄免得致疑。」〔二〕原本「揝」字，唯王季思本改作「抓」。按，「揝」同「攥」，抓住，攥住，揪住。〔三〕徐沁君本、甯希元本、王季思本補「我索」，與上句「他待」對文。按，不必校改。〔四〕「狐」原本作「狘」，各本均校作「狐」。

〔注〕①「猿猱」，泛指猿猴。②「秋霜」，代指寶劍，「劍扯秋霜」即扯出寶劍。③「小可如」，表轉折，即「不過如」。

【快活三】小可如我攜親姪〔一〕訪冀王①，引阿嫂覓蜀皇②。霸〔二〕陵橋上氣昂昂，側③坐在雕鞍④上。

〔校〕〔一〕原本「姪」字，徐沁君本、甯希元本、藍立蓂本改作「侄」，其他各本未改。〔二〕原本「霸」字，甯希元本、王季思本改作「灞」，其他各本未改。

〔注〕①「冀王」，袁紹。②「蜀皇」，即蜀國皇帝劉備。③「側」，歪、斜。④「雕鞍」，雕刻著精美圖案、花紋的馬鞍。

【鮑老兒】戰鼓才挝①斬了蔡陽，血濺在沙場上。刀挑了征袍離了許昌，撣〔一〕了曹丞相。向單刀會上，對兩朝文武，更小可如三月襄陽②。

〔校〕〔一〕「撣」字疑有誤，鄭騫本、王季思本改作「辭」，徐沁君本改作「掙」，甯希元本改作「癱」，藍立蓂本改作「怔」，盧冀野本、赤松紀彦本保留未改。按，各本所校未知孰是，俟考。

〔注〕①「挝」，敲、擊。②「三月襄陽」，出自唐代胡曾《咏史詩·檀溪》：「三月襄陽綠草齊，王孫相引到檀溪。」本指陽春三月的襄陽，此處指關羽單刀赴會，面對東吴的文武大臣毫不畏懼。末句意爲：不過如走在三月的襄陽。

【剔銀燈】折〔一〕末①他雄糾糾軍排〔二〕成杀場，威凜凜兵屯合②虎帳③，大將軍氣〔三〕鋭在孫吴上，倚着馬如龍人似金剛。不是我十分強，硬主張〔四〕，題着〔五〕厮杀去磨拳擦掌④。

〔校〕〔一〕「折」原本作「拆」，盧冀野本未改，王季思本「拆末」改作「遮莫」，其他各本均將「拆」改作「折」。〔二〕「排」原本作「兆」，該劇「排」字多刻作「非」，此處「非」又誤作「兆」。各本均已改。〔三〕「氣」原本作「奇」，徐沁君本、甯希元本、藍立蓂本改作「氣」，其他各本未改。徐沁君本校記云：「鄭光祖《王粲登樓》第四折：『你元來爲咱氣鋭加涵養。』氣鋭，志氣昂揚。」按，「氣鋭」指士氣高漲，常用于形容軍隊。《晋書》第一百一十五卷：「呂光新定西國，兵强氣鋭，其鋒不可當也。」〔四〕「張」原本作「仗」。鄭騫本、甯希元本、王季思本改作「張」，其他各本未改。徐沁君本校記云：「『張』字讀去聲。」徐沁君本列舉多個例證，認爲詩、曲中的「主張」之「張」常因平仄要求讀去聲，從而寫作「仗」。鄭騫本校記云：「據鈔本改，此字應用平聲。」藍立蓂本校記云：「此【剔銀燈】曲第六句，末字雖多用平聲，然亦有用仄聲例，如元刊本孟漢卿《魔合羅》第四折、鄭廷玉《後庭花》第四折。主仗，即主仗。」按，「主張」與「主仗」意義有别。「仗」有「憑藉」義，「主仗」爲「依靠」義，此義不合語境。「硬主張」即很有主意之義。此句意思是：不是我（關羽）倔强、有主意，而是一提廝殺我就摩拳擦掌。「硬主張」爲習語。關漢卿《望江亭中秋切鱠》第一折：「非是貧姑硬主張，爲他年少守空房。」無名氏《海門張仲村樂堂》第二折：「不是我私過從硬主張，嗏，你莫不便要一紙從良。」《儒林外史》第四回：「張家硬主張著許與方纔這窮不了的小魏相公。」另，盧冀野本「硬」下斷句，以「強硬」爲一詞，下句爲「主仗題着廝殺」，誤，如此則不合曲律要求。〔五〕原本「題着」，王季思本改作「提着」，甯希元本改作「題起」。

〔注〕①「折末」，任憑、無論、不管，亦作「折莫」「折麼」「遮末」「遮莫」「者末」「者莫」「者麼」「者磨」，是近代漢語常見的連詞，還有即使、假如、什麼、爲什麼、莫非、大約等義。②「屯合」，聚集、聚合。③「虎帳」，指將軍的營帳。④「磨拳擦掌」，同「摩拳擦掌」。元康進之《李逵負荆》第二折：「俺可也磨拳擦掌，行行裏按不住心頭氣。」

【蔓菁菜】他便有快對才〔一〕，能征將，排〔二〕戈戟，列旗鎗〔三〕，對仗〔四〕，三國英雄漢雲長，端的①豪氣有三千丈。

〔校〕〔一〕「才」原本作「不」，徐沁君本、藍立蓂本改作「才」，鄭騫本、王季思本改作「付」，甯希元本改作「兵」，盧冀野本、赤松紀彦本未改。按，「快對才」即善于應對的人才。文獻中别無用例，但有「專對材」「專對才」二詞。「專對」義爲「單獨應對」。文獻中，「專對材」指單獨應對的才能，《漢書》卷七十二：「光禄勳匡衡亦舉駿有專對材」，《新唐書·于王二杜范》：「（于頔）爲吐蕃計會使，有專對材」；「專對才」指善于單獨應對的人才，蔡東藩《兩晋通俗演義》第九十四回：「（姚興）不亢不卑，是專對才」，又《南北史演義》第十五回：「遂一揖而散，（張暢）好算一位專對才。」故該條之「快對才」可以理解爲「能够應對的人才」，可通。「快對才，能征將」爲六字折腰句。「快」與「能」互文見義，「快」爲「能、會」義。文獻中多有其例，如白居易《有感》：「馬肥快行走，妓長能歌舞。」元代李文蔚《破苻堅蔣神靈應》第一折：「古來自有能征將，誰比我將軍快吃食。」元刊雜劇《調風月》第三折：「少甚末能言快語官媒證」，「道我能言快語説合成」。《張協狀元》戲文：「小子快説夢，又會解夢。」這幾例中，「快」都與「能」或「會」互文。該條亦如此。「對」與「征」相對，均爲動詞，「對」爲「應對」，「征」爲「征戰」。〔二〕「排」原本作「非」，各本均已改。〔三〕「旗鎗」原本作「亣倉」，盧冀野本、鄭騫本、王季思本、赤松紀彦本校作「旗鎗」，其他各本均校作「旗槍」。按，「亣」是「其」之俗體，此處是「旗」的簡寫字，「倉」爲「鎗」之簡寫，本劇第一折【點絳唇】有「五処鎗刀」。「旗鎗」與上句「戈戟」對言，兩句爲六字折腰句。〔四〕「仗」原本作「幛」，徐沁君本、王季思本、藍立蓂本、赤松紀彦本改作「仗」，甯希元本改作「陣」。徐沁君本校記云：「對仗，指兩軍作戰。趙本（即明趙琦美脉望館鈔本）作『各分戰場』，亦兩軍對仗之意。」鄭騫本校記云：「此二字疑當作對仗。」甯希元本校記云：「原本『陣』（zhen）字，音假爲『幛』（zhang），『真文』轉入『庚青』。」甯説非，失之迂遠。

〔注〕①「端的」，的確；真的。

【柳青娘】他止不过擺金釵六行①，教仙音院②奏〔一〕笙〔二〕簧〔三〕。按③承雲樂章④，教光禄司〔四〕備瓊漿〔五〕。他那珍羞百味□□□，□□□金盃玉觴〔六〕。暗〔七〕藏着，闊劍長槍。我不用三停刀，□□□，□衣郎〔八〕。

〔校〕〔一〕「奏」原本作「秦」，形近而誤，唯盧冀野本未改。〔二〕「笙」原本作「生」，唯盧冀野本未改。〔三〕原本「簧」字略不清，盧冀野本脱此字，其他各本均校作「簧」。〔四〕原本

「司」字，徐沁君本、藍立蓂本改作「寺」，其他各本未改。按，「光禄司」，官署名，原爲「宣徽院」，唐代開始設立，宋南渡後廢除，元代馬端臨《文獻通考·職官十二·宣徽院》：「官制行，罷宣徽院，以職事分隸省、寺。」此處用「寺」，不用「司」。明初「宣徽院」的職能并入「光禄寺」。明清文獻中，「光禄司」與「光禄寺」并存。該劇用「光禄司」而不用「宣徽院」，表明《古杭新刊的本関大王單刀會》是經過明初改易的。〔五〕「備瓊漿」原本作「[illegible]瓊將」，鄭騫本、赤松紀彦本校作「准瓊漿」，盧冀野本、徐沁君本、甯希元本、王季思本、藍立蓂本校作「準備瓊漿」。按，該句爲【柳青娘】第四句，據曲譜，第四句與第二句正格字數、平仄要求相同，均爲「××仄、仄平平」。第二句爲「教仙音院奏笙簧」，「仙音院奏笙簧」爲正格字，故第四句「光禄司備瓊漿」爲正格字。「[illegible]」改爲「準備」，不合正格字數要求。「[illegible]」似「准」字，疑是「備」字之誤，「准」單用無「準備」義。〔六〕原本【柳青娘】第五、六句有空白，盧冀野本補四空圍，鄭騫本注「（原缺六字）」，徐沁君本據文義補「也尋常，更休題」六字，甯希元本、王季思本、藍立蓂本補六空圍，赤松紀彦本補五空圍，二屬上句，三屬下句。按，據曲譜，第五、六句均爲正格七字句，第五句「味」字殘損，但可辨認，「珍羞百味」爲第五句前四個正格字，且符合「平平仄仄」的平仄要求，因此，「味」下應有三個正格字。第六句平仄爲「×××、×平厶平（上）」，「×」表示平仄不論，「厶」表示宜用去聲，「（上）」表示末字平聲可改用上聲。又，第六句須押韻，故「金盃玉觴」無疑爲后四個正格字，「金」上缺三個正格字。〔七〕「暗」原本作「按」，徐沁君本、甯希元本、藍立蓂本、赤松紀彦本改作「暗」，鄭騫本、盧冀野本、王季思本未改。〔八〕原本「三停刀」與「衣郎」之間缺字。盧冀野本補九空圍。藍立蓂本補七空圍。鄭騫本「刀」下注「（原缺六字）」，據文義在「衣郎」上補「錦」字。王季思本同鄭騫本。徐沁君本補「千里騎，和那百萬鐵」。甯希元本、赤松紀彦本「衣郎」上補「鐵」字，「刀」「鐵」之間補六空圍。按，「我不用三停刀」至「衣郎」爲末三句，據曲譜，均爲三字正格句，中間缺失，故應補四空圍作爲正格字。三字成一句，第四字與「衣郎」連爲末句。

〔注〕①「金釵六行」，比喻一定數量的女子。南朝梁武帝《河中之水歌》：「頭上金釵十二行，足下絲履五文章。」「金釵十二行」本喻姬妾衆多，後代有引作「兩行」「數行」者。②「仙音院」，設立于蒙古汗國中統元年，是掌管樂工的機構，元朝建立後改作玉宸院，後泛指宫廷音樂機構。③「按」撫，彈奏，演奏。④「承雲樂章」，即承雲樂，傳説是黄帝的樂曲。《楚辭·遠游》：「張樂『咸池』奏『承雲』兮，二女御『九韶』歌。」《淮南子·齊俗訓》：「『咸池』、『承雲』、『九韶』、『六英』，人之所樂也。」但據黄康斌考證「承雲樂」是顓頊之樂，可參看其《古樂〈承雲〉考——楚辭古樂考之一》［《阜陽師範學院學報》（社會科學版）2007 年第 6 期］一文。

【道和】我斟〔一〕量①，我斟量，東吴子敬有□□，□□□。□□□□無謙讓〔二〕，把咱把咱閑磨〔三〕障。我這龙泉□□□□□，□□都只為竟边〔四〕，你見了咱，搊搜〔五〕相②，交它家，難侵傍。□□□□□□□，交它交它精神喪〔六〕。綺羅叢③血水④似鑊〔七〕湯⑤，覓……杀的死尸骸屯滿屯滿漢陽江。〔八〕

〔校〕〔一〕「斟」字原本作「[illegible]」，盧冀野本、鄭騫本、王季思本校作「商」，其他各本均校作「斟」。按，【道和】首二句要求重叠，故應校作「斟」。〔二〕「子敬」下「有」字殘存上部，「無謙讓」上有兩個重文符號。重文符號上約缺八字。盧冀野本、藍立蓂本「敬」「無」之間作十空圍，三與「子敬」連，三獨立爲句，四與「無謙讓」連。鄭騫本「子敬」下注「（原缺八字）」，「無謙讓」上爲「××」。徐沁君本「子敬」與「無謙讓」之間爲「有謀量。□□□，把咱把咱」。甯希元本「子敬」與「無謙讓」之間爲「有□□。□□□，把咱把咱」。王季思本「子敬」與「無謙讓」之間爲八空圍。赤松紀彦本「子敬」與「無謙讓」之間爲「有□□。□□□。□□」和兩重文符號。按，據曲譜，【道和】第三句正格七字，第四句正格三字，第五句正格七字。故「子敬」與「無謙讓」之間應校作「有□□，□□□。□□□□」。〔三〕原本「磨」字，徐沁君本改作「魔」，其他各本未改。按，「磨障」同「魔障」，阻礙；折磨；糾纏；使麻煩。〔四〕「龙泉」與「都」之間約缺八字。盧冀野本補「□□□」。鄭騫本、王季思本補「三尺掣秋霜，□□□」。徐沁君本補八空圍，均屬上句。藍立蓂本補八空圍，未斷句。甯希元本補「□□□，□□□。□□」。赤松紀彦本補「□□□。□□□。□□」（赤松紀彦本均用「。」斷句）。按，「我這」至「竟边」應爲第七、八句，每句正格七字。「我這」應爲襯字，故「龙泉」下應有五個正格字，「都」上應至少缺二個正格字，共應補七個正格字。另，原本「竟」字，鄭騫本、王季思本改作「鏡」，徐沁君本、赤松紀彦本改作「競」，盧冀野本、甯希元本、藍立蓂本未改。藍立蓂本注：「竟邊，邊境。」〔五〕「搊搜」原本作「[illegible]」，鄭騫本、徐沁君本、甯希元本、王季思本、藍立蓂本、赤松紀彦本改作「搊搜」。盧冀野本作兩空圍。〔六〕原本「難」與「交」之間約缺九、十字，「難」下似「侵」之殘損。藍立蓂本「難」與「交」之間補八空圍，未斷句。鄭騫本「難」與「交」之間補「侵傍。（原缺六字）」。徐沁君本、赤松紀彦本「難」與「交」之間補「侵傍。□□□□□□，」。甯希元本「難」與「交」之間補「侵傍。□□□□□□□，」。王季思本「難」與「交」之間補「侵傍，□□□□□□」。盧冀野本作「教它家難。教他教他情神繞綺羅叢。」，「教它家難」屬上句。按，第九句至第十二句，應爲四個三字正格句，「難」下補「侵傍」可通，「傍」字爲韵脚字。「傍」後至該曲完，應爲六個七字正格句。故「交它交它精神喪」上應補七空圍，爲一句。另，盧冀野本三「交」字均改作「教」，後二個「它」字改作「他」。鄭騫本、徐沁君本、甯希元本、王季思本三個「它」字均改作「他」。藍立蓂本、赤松紀彦本未改。按，三個「交它」均不必校改。〔七〕「鑊」原本作「護」，各本均已改。〔八〕原本「覓」與「杀」之間約缺八字。盧冀野本補五空圍，未斷句。徐沁君本、甯希元本、藍立蓂本「覓」下補八空圍，爲一句，「杀的」至「陽江」爲一句。鄭騫本「覓」下注「（原缺八字）」。王季思本「覓」下補八空圍，「覓」至「陽江」未斷句。按，「骸」字不押韵，故「杀的死尸骸屯滿屯滿漢陽江」應爲一句，正格七字爲「尸骸屯滿漢陽江」，符合平仄要求。如此，據曲譜要求，「綺羅」至「陽江」應爲該曲最後三句，那麼「覓」及缺文爲一句，不能確定是否有襯字，故不能確定應補幾個空圍，用省略號代替。

〔注〕①「斟量」，思量；估量。②「擲搜相」，英武、英俊、威武之貌。③「綺羅叢」，指富貴者叢集之處。「綺羅」本指絲織品或絲質衣物，代指富貴之人。④「血水」，此指血液。⑤「鑊湯」，或喻水深火熱之境，或指佛教十八地獄之一。此指後者。

【尾】〔一〕須無①那會臨潼秦穆公〔二〕，又無那宴鴻門楚霸王。行下〔三〕滿筵人都列着先鋒將〔四〕……你前日上〔五〕，放心！小可如②我万軍中下马刺顔良〔六〕！

〔校〕〔一〕原本【尾】，鄭騫本、甯希元本、王季思本改作【啄木兒煞】，其他各本未改。〔二〕原本「須」與「公」之間約缺八字，「須」下「無」字殘損下半部。鄭騫本、徐沁君本、甯希元本、王季思本據鈔本校作「須無那會臨潼秦穆公」，赤松紀彦本校作「須無□□□□□□□公」。盧冀野本「須」與「公」之間補五空圍。藍立蓂本「須」與「公」之間補八空圍。今從鄭騫本校。〔三〕原本「行下」，徐沁君本、甯希元本、藍立蓂本改作「折末」，王季思本改作「遮莫」。盧冀野本、鄭騫本、赤松紀彦本未改。按，未知孰是，暫不改。〔四〕原本「都」下約缺八字，盧冀野本「都」與「你」之間補五空圍。藍立蓂本「都」與「你」之間補八空圍，未斷句。鄭騫本、甯希元本、王季思本、赤松紀彦本據鈔本補「列着先鋒將」。徐沁君本補「擺列着先鋒將」。今據鈔本改。〔五〕「你」上應缺約三字。鄭騫本、甯希元本、王季思本補三空圍。徐沁君本「你前日上」與下句「放心」處理爲夾白，上補「（帶云）」，下補「（唱:）」，校記云:「『你』上疑有脱字」。赤松紀彦本「你」上補三空圍。按，未知孰是，暫補一省略號。〔六〕原本「刺」字殘損下半部，其後空白，盧冀野本「马」下爲兩空圍。赤松紀彦本校作「馬刺□□」。鄭騫本校作「馬刺顔良」。徐沁君本、甯希元本據脉望館鈔本校作「馬刺顔良時那一場攘」。王季思本此句作「小可如我萬軍中下馬刺顔良」。今從王季思本。按，「刺顔良」是關羽事迹。

〔注〕①「須無」，肯定没有；一定没有。②「小可如」，不過如，有轉折意味。此指關公單刀赴會之險不過就像萬軍中刺顔良一樣容易。

第四折

(〔一〕舍人①云住。)（一行都下。）（净上〔二〕，云〔三〕）（正末扮文子〔四〕席間〔五〕引卒〔六〕子做船上坐）……〔七〕你是小可②。

〔校〕〔一〕「舍人」前唯徐沁君本增一「關」字。〔二〕「上」原本作「一」，各本均已改。〔三〕「云」下有缺文，各本均未補。徐沁君本校記云：「『云』字下有缺文。」赤松紀彦本注：「以下缺。」〔四〕原本「文子」，鄭騫本據第三折開頭「正末扮尊子燕居」改作「尊子」。王季思本也改作「尊子」。其他各本未改。〔五〕「間」原本作「問」，鄭騫本、徐沁君本、甯希元本、王季思本、藍立蓂本、赤松紀彦本均已改，盧冀野本未改。〔六〕「卒」原本作「辛」，鄭騫本、徐沁君本、甯希元本、王季思本、藍立蓂本、赤松紀彦本均已改，盧冀野本未改。〔七〕「坐」下原本缺。鄭騫本補「定云」，注曰：「原缺約七字。」王季思本「坐」下補「定。云」及七空圍。盧冀野本視作不缺文字。徐沁君本「坐」下補「云」字及九空圍。甯希元本「坐」下補「云」字及七空圍。赤松紀彦本「坐」下注曰：「以下缺。」按，原本「坐」下缺文，但不能判斷空白是否都爲缺文，故不能判斷所缺字數，用省略號代替。

〔注〕①「舍人」，宋元時稱貴家子弟爲舍人。此「舍人」指關羽之子關平。②「小可」，猶言「細小、低微、尋常」，顯示了關羽對魯肅方面的蔑視。

【雙調】〔一〕【新水令】大江東去……〔二〕舟一葉。不比九重龍鳳闕〔三〕，這里是千……〔四〕來，來，來！我覷的單刀會似村〔五〕會社①！

〔校〕〔一〕原本無【雙調】，鄭騫本、徐沁君本、甯希元本、王季思本、赤松紀彦本均已補，盧冀野本、藍立蓂本未補。〔二〕「東」原本作「東」，覆元槧本刻作「東」，各校本均校作「東」。「去」與

「舟」之間約缺十字。盧冀野本「去」下作七空圍。鄭騫本補「浪千疊，趁西風駕着這小」，校記云：「原缺此十字，據集成曲譜補。鈔本此曲首兩句作『大江東去浪千疊。引着這數十人駕着這小舟一葉』。若從鈔本，則須補十三字，與原本所缺字數相差過多；集成則與原缺字數恰好相符，故從之。」徐沁君本、甯希元本、王季思本據鈔本補「浪千叠，引着這數十人駕着這小」。藍立蓂本補十空圍，未斷句。盧冀野本補七空圍，三屬上句，四屬下句。赤松紀彥本補十空圍，三屬上句，七屬下句。按，未知孰是，以省略號代替。〔三〕「龍」原本作「龙」，赤松紀彥本疑爲「龍」，其他各本均校作「龍」。「闕」原本作「闩」，各本均已改，其中赤松紀彥本疑爲「闕」。按，「龙」應是「龍」之簡寫體「龙」，「闩」是「闕」之俗寫。「九重龍鳳闕」借指帝王住所。〔四〕原本「千」下約有十字空位。盧冀野本作五空圍。鄭騫本補「丈虎狼穴，大丈夫心別」，校記云：「鈔本此九字作丈虎狼穴大夫心別八字，孤本（即王季烈《孤本元明雜劇》本）作丈虎狼穴大丈夫心烈九字。今據孤本添大丈夫之丈字，別字仍從鈔本，不從孤本作烈。心別，謂與衆不同也。」徐沁君本、甯希元本、王季思本補同鄭騫本。藍立蓂本作十空圍，未斷句。赤松紀彥本作九空圍，四屬上句，五獨立成句。〔五〕「村」原本作「材」，各本均已改。

〔注〕①「會社」，指某種團體，「村會社」即村裏的某種團體，表現了關羽對單刀赴會的無所畏懼。

【駐馬聽】……〔一〕年少周郎何処也？不覺〔二〕灰飛烟滅，可憐……〔三〕當時絶，鏖兵①江水尤然热〔四〕。好交〔五〕我心下②……〔六〕不尽英雄血！

〔校〕〔一〕原本曲牌名只殘存「駐」字上部，盧冀野本作三空圍，其他各本均校作「【駐馬聽】」。盧冀野本未補空圍。鄭騫本、王季思本據集成曲譜補「依舊的水湧山叠」。徐沁君本、甯希元本據鈔本補「水湧山叠」。藍立蓂本補四空圍，未斷句。赤松紀彥本補七空圍，自成一句。〔二〕「覺」原本作「著」之簡體「着」。徐沁君本、甯希元本、藍立蓂本、赤松紀彥本校作「覺」。盧冀野本校作「着」。「不覺」鄭騫本、王季思本補改作「不覺的」。〔三〕「憐」字原本殘作「[illegible]」，當爲「憐」簡體之殘損。覆元槧本刻作「今」，盧冀野本校作「今」。其他各本均校作「憐」。「憐」下「當」上約缺九字。盧冀野本作六空圍，未斷句。鄭騫本、徐沁君本、王季思本據鈔本補「黄蓋轉傷嗟，破曹檣櫓」。甯希元本補「黄蓋轉傷嗟，破曹的檣櫓」。藍立蓂本補九空圍，未斷句。赤松紀彦本補九空圍，五屬上句，四屬下句。〔四〕「鏖」字原本作「塵」，各本均已改。甯希元本「兵」下補一「的」字。「尤」原本作「元」，盧冀野本、徐沁君本仍作「元」，鄭騫本、甯希元本、王季思本校作「猶」，藍立蓂本、赤松紀彦本校作「尤」。按，尤同猶，「尤然」即仍；尚；還。〔五〕原本「交」字，唯盧冀野本改作「教」。按，交同教，不必校改。〔六〕「下」「不」之間約缺九字。盧冀野本作五空圍，「不」上補一「流」字。鄭騫本據集成曲譜補「慘切，這是二十年流」。徐沁君本據鈔本補「情慘切！二十年流」，王季思本補「情慘切！這是二十年流」。甯希元本校作「好交我心慘切。這也不是江水，二十年流不盡英雄血」，「這也不是江水」爲夾白。藍立蓂本作九空圍，未斷句。赤松紀彦本作九空圍，三屬上句，六屬下句。

〔注〕①「鏖兵」，鏖戰，指激烈的戰鬥，苦戰。②「心下」，心内；心中。

【風入松】文學得〔一〕行与……〔二〕國能〔三〕[illegible]〔四〕不休說，一時多少豪傑〔五〕。人生百年□□，□□□□〔六〕不奢。

〔校〕〔一〕「得」原本作草體「[illegible]」，鄭騫本、徐沁君本、甯希元本、王季思本、赤松紀彦本校作「德」，盧冀野本、藍立蓂本校作「得」。藍立蓂本注云：「得，通『德』。」〔二〕「与」下至「國」上約缺九字。盧冀野本、甯希元本作十空圍，二屬「文學」句，五獨立成句，三屬「國能」句。鄭騫本注：「（原缺八字）。」徐沁君本作八空圍，二屬「文學」句，五獨立成句，一屬「國能」句。王季思本作八空圍，未斷句。藍立蓂本作九空圍，未斷句。赤松紀彦本「與」下補「立」，但存疑，又補八空圍，一屬「文學」句，四獨立成句，三屬「國能」句。按，据曲谱【风入松】前三句正格字数分别为七、五、七，或七、四、七。故不能確定所補空圍數目。〔三〕「能」

字原本簡作「[illegible]」，各本均作「能」。〔四〕「[illegible]」字不清，不知何字，各本均校作「謂」，似非，待考。〔五〕「傑」字原本簡作「[illegible]」，各本均校作「傑」，赤松紀彦本疑當作「傑」。按，【風入松】第四句正格字數應爲七字，該句應短一字。〔六〕「年」字及以下至「不」上殘缺。盧冀野本、王季思本作七空圍，未斷句。鄭騫本注：「（原缺七字）。」徐沁君本作六空圍，二屬上句，四屬下句。甯希元本作九空圍，二屬上句，七屬下句。藍立蓂本作八空圍，未斷句。赤松紀彦本作八空圍，二屬上句，六屬下句。按，據曲譜，【风入松】後三句正格字數分别爲七、六、六。

【胡十八】恰一國興，早一朝滅。那……〔一〕，二〔二〕朝阻隔〔三〕六年别，不付〔四〕能見也，却〔五〕又早老……〔六〕心兒咲①一夜。

〔校〕〔一〕「那」下至「二」上约缺八字。盧冀野本補五空圍，與「那」連爲一句。鄭騫本、徐沁君本、甯希元本、王季思本補「裹也舜五人、漢三傑」。藍立蓂本補八空圍，未斷句。赤松紀彦本補八空圍，五與「那」連爲一句，三獨立爲句。〔二〕原本「二」字，唯徐沁君本改作「兩」。〔三〕「隔」原本簡寫作「鬲」，唯藍立蓂本未改。〔四〕原本「付」字，甯希元本、王季思本改作「甫」。按，「不付能」同「付能」，好容易，好不容易。「不」字無義，「付」又作「甫」，「甫」爲本字，義爲「剛剛；方纔」。〔五〕原本「却」字，唯徐沁君本改作「恰」。〔六〕「那」下至「二」上约缺八字。盧冀野本作六空圍，四屬上句，二屬下句。鄭騫本、徐沁君本、甯希元本、王季思本補「也，開懷的飲數杯，盡」。藍立蓂本補八空圍，未斷句。赤松紀彦本作八空圍，一屬上句，六獨自爲句，一屬下句。按，【胡十八】九句，每句正格字數分别爲三、三、三、三、七、二、二、三、三。據曲譜和殘存文字不能確定應補幾字。

〔注〕①「咲」，同「笑」。

【慶東原】你把我心下〔一〕待，將……〔二〕今[illegible]〔三〕古閑支〔四〕節①。之乎者也，詩云〔五〕子曰。這句話早……〔六〕道說孫刘，生被您〔七〕般〔八〕②的如吴越。

〔校〕〔一〕原本「心下」，徐沁君本、甯希元本改作「真心」。按，

「心下」即心中、心裏。「你把我心下待」指你真心待我。〔二〕「將」下至「今」上約缺七字，「將」字下部殘缺。盧冀野本無「將」字，作五空圍，未斷句。鄭騫本、徐沁君本、甯希元本、王季思本據鈔本校補作「將筵宴設，你這般攀」。藍立蓂本作七空圍，未斷句。〔三〕原本「」字，有殘損。鄭騫本、赤松紀彦本校作「吊」，徐沁君本、藍立蓂本校作「覽」。盧冀野本校作「日」。甯希元本校作「攬」。王季思本校作「弔」。〔四〕原本「支」字，徐沁君本、甯希元本、王季思本改作「枝」。按，「支節」即枝節，指節外生枝之事。〔五〕「云」字原本脱，各本均已補。按，「子曰詩云」爲習語。〔六〕原本「早」下至「道」上約缺七字，「早」字下部殘缺。盧冀野本作五空圍，未斷句。鄭騫本、王季思本據鈔本補「該豁口截舌，有」。徐沁君本、甯希元本補「該豁口截舌，有意」。藍立蓂本作七空圍，未斷句。赤松紀彦本作七空圍，五屬上句，二屬下句。〔七〕原本「您」字，盧冀野本、徐沁君本、甯希元本改作「你」，其他各本未改。〔八〕原本「般」字，鄭騫本、徐沁君本、甯希元本、王季思本改作「搬」，其他各本未改。按，「般」是「搬」之簡寫，指搬弄、調唆、慫恿。

〔注〕①「支節」，枝節，指節外生枝之事。②「般」，通「搬」，搬弄、調唆、慫恿。

【沉醉東風】□□□□□子業〔一〕，漢光武秉政〔二〕除邪，漢王〔三〕帝把董卓下〔四〕，漢……〔五〕王親〔六〕①合②情受③漢朝家業④。則您〔七〕那吴天子是俺……〔八〕你个不克己〔九〕⑤的先生自說！

〔校〕〔一〕原本【沉醉東風】，「東」字下部殘缺，「風」字缺，下缺約六字。盧冀野本、藍立蓂本、赤松紀彦本作五空圍，與「子業」爲一句。鄭騫本據鈔本補「漢高皇圖王」，校記云：「圖王霸業與下句秉正除邪相對，霸字如此作動詞用，似不甚妥，擬改此四字爲開基創業，或勝于舊。」王季思本所補與鄭騫本同。徐沁君本補「想著俺漢高皇圖王」，校記云：「元本（按，即原本）可能没有『想著俺』這幾個襯字。」甯希元本所補與徐沁君本同。原本「子業」，盧冀野本、赤松紀彦本未改，其他各本均改作「霸業」。按，【沉醉東風】首句正格七字，今補五空圍。〔二〕原本「政」字，鄭騫本、徐沁君本、甯希元本皆改作「正」，盧冀野本、藍立蓂本、赤松紀彦本保留未改。按，改作「正」，是以「正」對「邪」，文獻較習見「秉正除邪」「秉正除奸」，指秉持正義鏟除奸邪。然「秉政除邪」亦通，指執掌政權，鏟除奸邪。《三國志・魏書一》裴注：「太祖到，皆毀壞祠屋，止絶官吏民不得祠祀。及至秉政，遂除奸邪鬼神之事，世之淫祀由此遂絶。」這段注文是對「禁斷淫祀」的注釋，其中的「太祖」指魏太祖曹操，説的是曹操執政後鏟除了奸邪鬼神之事。該曲説「漢光武秉政除邪」可通，不必改字。〔三〕原本「王」字，鄭騫本、藍立蓂本改作「皇」。徐沁君本、甯希元本改作「獻」，王季思本「王帝」改作「王允」。盧冀野本、赤松紀彦本未改。按，「王帝」即帝王、皇帝。〔四〕「董」原本作「重」，各本均已改。原本「下」字，鄭騫本、徐沁君本、甯希元本、王季思本、藍立蓂本改作「誅」，盧冀野本、赤松紀彦本未改。藍立蓂本校記云：「疑原誤作『朱』，再誤刻作『下』，『誅』『朱』同音，『朱』『下』形近。曲譜，此句末字例用平聲，『下』字不合律。」按，「下」爲第三句韻脚字，據曲譜須押韻。「業」「邪」「説」均屬車遮，「下」屬家麻，韻近，而「誅」屬魚模，失韻。況「下」有除掉、除去義，可通，不煩改字。〔五〕原本「漢」下約缺七字。盧冀野本作五空圍，未斷句。鄭騫本補作「皇叔把温侯滅。是」。王季思本所補同鄭騫本。徐沁君本、甯希元本補作「皇叔把温侯滅。俺」。藍立蓂本補七空圍，未斷句。赤松紀彦本補七空圍，六屬上句，一屬下句。按，該句應爲【沉醉東風】第四句，據曲譜，第四句正格三字，然空圍不止三字，故不可確定應補幾個空圍，今以省略號代替。〔六〕原本「王親」，盧冀野本、赤松紀彦本未改，其他各本均改作「皇親」。〔七〕原本「則您」，盧冀野本改作「只你」。按，不必改字。「只」同「則」。〔八〕原本「俺」字，覆元槧本誤刻作「花」，鄭騫本因以覆元槧本爲底本而誤作「花」。「俺」下約缺六字。盧冀野本脱「俺」字，此處作「只你那吴天子是□□□」。鄭騫本補作「兒的甚枝葉。請」。徐沁君本、甯希元本、王季思本補作「劉家甚枝葉?

請」。藍立蓂本補六空圍，未斷句。赤松紀彥本補七空圍，五屬上句，二屬下句。按，「則您」至「自說」爲該曲最後兩句，正格均爲七字，然殘存字數已超十四，故不能確定應補幾個空圍，以省略號代替。〔九〕原本「己」字，盧冀野本誤作「已」字。

〔注〕①「王親」，皇親、皇族，皇帝的親屬。此指劉備，是漢朝皇帝之後。②「合」，應該；應當。③「情受」，繼承、擁有，文獻中常指從他人手裏繼承或占有國家的統治權，此指劉備應該繼承漢朝的統治。今河北方言中，「情受」指繼承或占有父母、祖輩、長輩的財産等。如，咱從恁爺爺那兒什麼也没情受。④「家業」，本指家産或家傳的事業等。封建社會王權至上，天下皆是帝王的「家業」，此指國家的統治權。⑤「克己」，當爲「克己復禮」之省。「克己復禮」指約束自己，使言行符合先王之道。此處「不克己的先生」指魯肅。魯肅想要回荆州，但關羽認爲天下皆應歸劉備所有，魯肅要回荆州的想法是不合先王之道的。

【雁兒落】則〔一〕為你〔二〕……〔三〕犯這三尺無情鐵①。這鐵飢飡〔四〕上將②頭，渴〔五〕飲讐人血！

〔校〕〔一〕原本「則」字，盧冀野本改作「只」。按，「則」同「只」。〔二〕「你」字原本下部殘損。藍立蓂本作空圍，其他各本均校作「你」。〔三〕原本「你」下「犯」上約缺六七字。盧冀野本補五空圍，作「只爲你□□□□□」。鄭騫本、徐沁君本、甯希元本據鈔本補「三寸不爛舌，惱」，王季思本所補同。藍立蓂本作六空圍。赤松紀彥本作六空圍，五屬上句，一屬下句。按，據曲譜，【雁兒落】四句，每句正格五字。不能確定此處應補幾空圍，用省略號代替。〔四〕原本「食」字，盧冀野本、藍立蓂本未改。鄭騫本、徐沁君本、甯希元本、赤松紀彥本改作「飡」。鄭騫本校記云：「食字義雖可通，聲響太啞，應是形近致誤。」王季思本改作「餐」。按，「飢餐上將頭，渴飲仇人血」爲習語，言劍之鋒利。「飡」，同「餐」，吃。〔五〕「渴」字原本作「匕」，各本均已改。

〔注〕①「三尺無情鐵」，寶劍。②「上將」，軍中主帥或高級將領。

【得〔一〕勝令】子〔二〕是條龙在鞘①中蟄，謊〔三〕得人向座間〔四〕呆②！俺這故友才相見，劍阿〔五〕！休交〔六〕俺弟兄每厮間〔七〕别③。我這里听者④，你个魯大夫休喬怯⑤！暢好⑥是隨〔八〕邪⑦，休怪我十分酒醉也！

〔校〕〔一〕「得」原本殘損，但可辨認，是「得」。唯盧冀野本校作「德」。〔二〕原本「子」字，盧冀野本改作「祇」，王季思本改作「只」。藍立蓂本注：「子，猶這。王伯成《貶夜郎》二折【尾】：『那是安禄山乂子台意怒，子是楊貴妃賊兒膽底虛。』子是，這是。」〔三〕原本「謕」字，徐沁君本、甯希元本、王季思本誤校作「唬」。〔四〕「間」字原本作「問」，各本均已改。〔五〕原本「阿」字，盧冀野本、藍立蓂本未改。其他各本均改作「呵」。按，可不改。〔六〕原本「交」字，盧冀野本改作「教」。按，「交」同「教」，不必改。〔七〕「間」字原本作「問」，唯盧冀野本未改。〔八〕「隨」字原本不清。覆元槧本誤刻作「暗」，盧冀野本、鄭騫本校作「暗」。

〔注〕①「鞘」，音俏，劍套。②「向座間呆」，謕呆（待）在座位上。③「間别」，離間，分别。④「者」，表祈使語氣。⑤「喬怯」，害怕；膽怯。⑥「暢好」，正好；甚好。⑦「隨邪」，亦作「隨斜」，任性胡爲。

【攪箏琶】鬧炒炒〔一〕軍兵列，上來的休遮當〔二〕莫攔截。我都交〔三〕這〔四〕劍下為紅〔五〕，目前見血！你好〔六〕似趙盾〔七〕，我飽如灵輒〔八〕。使不着①你騙〔九〕口張舌，枉〔十〕念的你文竭②！壯士一怒，别話休提！〔十一〕來，來，來，〔十二〕好生③的送我到船上者④！咱慢慢的相别！

〔校〕〔一〕原本「炒炒」，徐沁君本、甯希元本、王季思本改作「吵吵」，其他各本未改。〔二〕原本「當」字，徐沁君本、甯希元本、王季思本改作「擋」，其他各本未改。藍立蓂本注：「當，擋。」〔三〕原本「交」字，唯盧冀野本改作「教」。按，「交」同「教」，不必改。〔四〕甯希元本脱「這」字。〔五〕「紅」字原本作「江」，鄭騫本未改，盧冀野本、甯希元、藍立蓂本、赤松紀彦本已改，徐沁君本、王季思本據鈔本將「為江」改作「身亡」。按，「紅」字可通，不改。〔六〕「好」原本作「奸」，甯希元本、藍立蓂本已改。其他各本未改。按，「奸」字不通，下句言「我飽如灵輒」，趙盾給桑下飢餓的靈輒食物，是行好事，故應作「好」，而非「奸」，此事見《左傳·宣公二年》。形近而誤。〔七〕「盾」原本作「遁」，各本均已改。〔八〕「輒」原本作「下」，盧冀野本改作「輙」，其他各本均改作「輒」。〔九〕「騙」原本作「片」，盧冀野本、鄭騫本、藍立蓂本未改，藍立蓂本注云：「片，疑借作『諞』，誇耀也。」甯希元本改作「諞」。徐沁君本、赤松紀彦本改作「騙」，徐沁君本校記云：「『片』、『諞』音同，疑『片』爲『騙』之借用。」王季思本校作「擘」。按，徐沁君本所疑是。「騙口張舌」義爲搬弄唇舌。用例主要見于元明時期。元無名氏《馬陵道》第四折：「你道是同心共膽，還待要騙口張舌。」《金瓶梅詞話》第八十三回：「娘不打與你這奴才幾下，收他騙口張舌，葬送主子。」〔十〕「枉」原本作「往」，盧冀野本未改，其他各本均已改。〔十一〕「壯士一怒，别話休提」原本爲大字，盧冀野本、甯希元本改作小字，處理爲夾白。徐沁君本也處理爲夾白，并于「壯」上補「『帶云:』」，「提」下補「『唱:』」。按，據曲譜，【攪箏琶】第七句下可增若干四字句，「枉念」至「休提」應爲三個增句，是曲文，不是夾白。〔十二〕三「來」字原本爲大字，鄭騫本、徐沁君本、甯希元本、王季思本、藍立蓂本改爲小字，作爲夾白。盧冀野本、赤松紀彦本仍爲大字。

〔注〕①「使不着」，用不着。②「文竭」，詞窮。③「好生」，好好地。④「者」，祈使語氣詞。

【離亭宴帶歇指煞】見紫衫〔一〕銀帶①公人②列，晚天凉江水冷〔二〕芦花謝，心中喜悦。見昏慘慘③晚霞收，冷颼颼〔三〕江風起，急颭颭④雲帆⑤扯。重重待〔四〕，多承謝。道与梢工〔五〕且慢者⑥，早纜解放岸边云，船分開波中浪，棹〔六〕攪碎江心月。下〔七〕談有甚尽期，飲會⑦分甚明夜。兩国事須當⑧去也！隨〔八〕不下〔九〕老兄〔十〕心，去不〔十一〕了俺漢朝節！〔十二〕

〔校〕〔一〕原本「衫」字，甯希元本改作「袍」。〔二〕「冷」原本作「一」，鄭騫本、甯希元本、王季思本、藍立蓂本、赤松紀彦本改作「冷」。盧冀野本未改。徐沁君本删。甯希元本校記云：「原本『冷』字，由文字待勘符號『卜』形誤爲『一』。吴本疑爲『上』字；徐本疑爲衍文，徑删，非。今據脉鈔本校改爲『冷』。鄭本同。」藍立蓂本校記云：「元刊雜劇有以一横代替某字的用例，如宫天挺

《范張鷄黍》、闕名氏《替殺妻》、《小張屠》等劇常見，例不多贅。『一』非衍字，亦非字訛。鈔本此句作『晚天凉風冷蘆花謝』。」〔三〕「冷颼颼」原本作「令颩颩」，各本均已改。〔四〕原本「重重待」，盧冀野本、徐沁君本、赤松紀彦本未改。鄭騫本、甯希元本、王季思本改作「重管待」。藍立蓂本作「承重待」。按，未知孰是，暫不改。〔五〕「梢」原本作「悄」，各本均已改。按，梢工即艄公。北宋《朱子語類》卷九十六：「今人終日放去，一個身恰似個無梢工底船，流東流西，船上人皆不知。」〔六〕「棹」原本作「掉」，各本均已改。〔七〕原本「下」字，盧冀野本、鄭騫本、赤松紀彦本未改。徐沁君本改作「辯」，校記云：「元本（按，即原本）『辯』字原以『卞』字代替，『下』與『卞』形似致誤。」王季思本、藍立蓂本從徐沁君本改。甯希元本改作「笑」，校記云：「『笑談』、『歡會』二句對文。原本『笑』字，爲文字待勘符號『卜』，形誤爲『下』。脉抄本此二句作『正歡娛有甚進退，且談笑不分明夜』。『談笑』即『笑談』之倒文，據改。徐本不明此例，誤以『下』爲『卞』之形誤，改作『辯談』，則與下句文意不相銜接矣。」按，甯希元本將下句「飲」改作「歡」。未知孰是，暫不改。〔八〕「隨」原本作簡體「虽」字，鄭騫本、甯希元本、赤松紀彦本改作「隨」。藍立蓂本改作「遂」。徐沁君本、王季思本改作「稱」。徐沁君本校記云：「『虽』爲『称（稱）』字形誤。」藍立蓂本注云：「二字形體相遠，疑當是『遂』字之誤，『雖』『遂』音近。遂，順也。」盧冀野本未改。按，據曲譜，【離亭宴帶歇指煞】該句首字平仄不論。故「遂」「隨」均可通，今改作「隨」。〔九〕原本「下」字，盧冀野本、鄭騫本、赤松紀彦本未改，其他各本改作「了」。〔十〕「兄」原本無，唯盧冀野本未補。〔十一〕「去不」原本作「不去」，唯盧冀野本未改。〔十二〕鄭騫本、王季思本于下行補「散場」二字。

〔注〕①「紫衫銀帶」，《漢語大詞典》「紫衫」：「紫色衣衫。隋時皇帝侍從服用，唐宋時爲軍校之服。南宋以後，爲便于戎事，文官亦服之。參見《隋書・禮儀志七》、《宋史・輿服志五》。」《漢語大詞典》「銀帶」：「銀飾的腰帶。常借代高官顯宦。南朝梁元帝《和彈

箏人》之一：『舊柱未移處，銀帶手輕持。』《宋史·輿服志五》：『雖升朝著緑者，公服上不得繫銀帶。』清唐孫華《偕夏重至國學觀古槐》詩：『推排列拜皆新貴，烏紗銀帶紛趨蹌。』」按，此處「紫衫銀帶」指官員。②「公人」，差役。③「昏慘慘」，昏暗無光貌。④「急颮颮」，急速飄動貌。⑤「雲帆」，白色船帆。⑥「者」，祈使語氣詞。⑦「飲會」，宴飲聚會。⑧「須當」，應當；應該。

【沽美酒】魯子敬没道理〔一〕，請我來喫筵〔二〕席，誰想您〔三〕狗幸〔四〕狼心使〔五〕見識〔六〕，偷了我衝敵軍的軍騎，拿住也怎支持①！

〔校〕〔一〕「理」原本不清。盧冀野本校作「忙」。徐沁君本、甯希元本、王季思本、藍立蓂本、赤松紀彦本均改作「理」。鄭騫本校作「忙」，并在「也」字下斷句。按，【沽美酒】五句均須押韵，「理」字可押，「也」字不押韵。應校作「理」。〔二〕「筵」原本作「延」，各本均已改。〔三〕原本「您」字，盧冀野本、甯希元本改作「你」。藍立蓂本注曰：「您，你。」按，不必改。〔四〕原本「幸」字，鄭騫本、徐沁君本、甯希元本、王季思本改作「行」。盧冀野本改作「肺」。藍立蓂本、赤松紀彦本未改。藍立蓂本校記云：「幸，即行。参見《調風月》第二折校注〔九〇〕。狗幸狼心，即狗行狼心，也即狗的品性，狼的心腸。脉望館鈔本闕名氏《雲窗夢》四折【折桂令】：『再休題孟母三移，你狗幸狼心，短命相識！』」按，今從藍立蓂説，不改。〔五〕「使」原本作「侠」，唯盧冀野本校作「使」。〔六〕「識」原本作「了」，唯盧冀野本未改。藍立蓂本注：「使見識，用計謀。」

〔注〕①「支持」，對付；應付。

【太平令】交下①麻繩牢拴子〔一〕，行下省會〔二〕与愛杀人撇〔三〕烈関西②，用刀斧手施行③可忒到爲疾〔四〕。快將斗來大銅鎚〔五〕准備，將頭梢〔六〕定起，大□□掂④只⑤〔七〕，打爛大腿，尚古自⑥豁⑦不□〔八〕我心下惡氣！

〔校〕〔一〕原本「子」字，盧冀野本、鄭騫本、甯希元本、王季思本、藍立蓂本未改。徐沁君本、赤松紀彦本改作「了」。徐沁君本校記云：孫楷第文：「『子』疑當作了。」從之。甯希元本校記云：「『子』爲語助。徐本依孫楷第説改爲『了』，似可不必。」藍立蓂本注：「子，猶着。」按，藍立蓂説是。《漢語大詞典》「子」：「助詞。

表示時態、動態，相當于『著』『了』。明無名氏《精忠記・臨湖》：『逢子朋友也要哈酒，遇子娼妓也要使幾個銅錢。』」〔二〕盧冀野本「行下」下斷句，鄭騫本「牢拴子」下斷句，「行下省會」屬第二句。徐沁君本、甯希元本、藍立蓂本、赤松紀彦本「省會」下斷句，「行下省會」屬第一句。王季思本「牢拴子」下斷句，「行下省會」獨立成句，爲第二句。按，「行下省會與愛杀人撇烈関西」爲第二句。「行下」指行文下達，「省會」爲吩咐、告知義，「與」是介詞，引介「省會」的對象「関西」。據曲譜，【太平令】各句均須押韵，子、西、疾、備、起、只、腿、氣爲韵脚。藍立蓂本注：「省會，審理處刑。」非也。〔三〕原本「潎」字，藍立蓂本未改，注曰：「潎烈，猶暴烈。潎，借作『憋』。」盧冀野本作一空圍。鄭騫本作「×」，校記云：「×原本似是憋字，何煌校作潎。」甯希元本作「憋」，甯希元本認爲「憋烈」義爲「性格暴躁」。徐沁君本校作「勇」，校記云：「『勇』字變形作『潎』。」王季思本從徐沁君本。赤松紀彦本校作「撇」。按，應校作「撇」。據《漢語大詞典》，「撇烈」亦作「撇捩」「撇挒」，迅疾貌。例句略。「迅疾」與下句「疾」呼應。〔四〕盧冀野本「疾」下未斷，誤，「疾」字押韵。原本「可忒到爲」，赤松紀彦本校作「可成到揚」，以「爲」爲「昜」，以「昜」爲「揚」之省。其他各本均校作「可忒到爲」。未知孰是，暫從衆校作「可忒到爲」。該句大意應是刀斧手動手會很快。〔五〕「鎚」原本不清，盧冀野本作一空圍，鄭騫本作「×」，徐沁君本、甯希元本、王季思本、藍立蓂本、赤松紀彦本均校作「鎚」。按，今從衆校作「鎚」。〔六〕原本「梢」字，盧冀野本、鄭騫本、徐沁君本、甯希元本、王季思本、藍立蓂本改作「稍」，赤松紀彦本未改。藍立蓂本注云：「稍，通『梢』。頭稍，頭髮。」按，「頭梢」亦作「頭稍」，頭髮。〔七〕原本「大」下二字空白，「掂」字右上角殘損。該句盧冀野本與下句連在一起，脱「掂」字，校作「大□□只打爛大腿」。該句鄭騫本、藍立蓂本校作「大□□掂只」。徐沁君本參考鄭廷玉《後庭花》第一折「有一日掂折你腿脡，打碎你腦門」，校作「待腿脡掂只」，赤松紀彦本從徐沁君本。甯希元本校作「待□□掂只」，

「待」字從徐沁君本。按，存疑。〔八〕原本「不」下極其不清。盧冀野本、徐沁君本、赤松紀彦本校作「了」。鄭騫本、甯希元本、王季思本、藍立蓂本校作「盡」。按，未知孰是，存疑。

〔注〕①「交下」，俱下；一齊下。②「関西」，代指關西人，即關羽手下隨從。③「施行」，動手。④「掂」，提；拿。⑤「只」，助詞，相當于「著」。⑥「尚古自」，亦作「尚故自」「尚古子」，猶自，尚且。⑦「豁」，排遣；發泄。

題目　喬國老諫吴帝　司馬徽〔一〕休①官職

正名〔二〕　魯子敬〔三〕索荆州　関大王〔四〕單刀會

古杭新刊的本関大王單刀會〔五〕

〔校〕〔一〕「司馬徽」原本只有「司」清晰可見。盧冀野本作三空圍。藍立蓂本作「司□□」。其他各本均校作「司馬徽」。按，司馬徽即司馬德操。〔二〕原本無「正名」二字。赤松紀彦本未補。其他各本均已補，藍立蓂本「正名」補于「題目」後。〔三〕原本「魯子」缺，「敬」殘損但可辨識。藍立蓂本校作「□□敬」，其他各本均校作「魯子敬」。〔四〕原本「関」「王」二字缺。藍立蓂本校作「□大王」，其他各本均校作「關大王」。按，本劇題目及文中「關」均作「関」。〔五〕原本只有「古杭」和「單刀會」依稀可辨，今據題目校。王季思本、藍立蓂本、赤松紀彦本删「古杭新刊的本関大王單刀會」，鄭騫本作「關大王單刀會終」，盧冀野本、甯希元本作「關大王單刀會雜劇終」。

〔注〕①「休」，辭；棄。

大都新編閔張雙赴西蜀夢全

關漢卿

校本十三種

鄭騫本：鄭騫《校訂元刊雜劇三十種》
徐沁君本：徐沁君《新校元刊雜劇三十種》
甯希元本：甯希元《元刊雜劇三十種新校》
王季思本：王季思《全元戲曲》（第一卷）
盧冀野本：盧冀野《元人雜劇全集》（第一册）
藍立蓂本：藍立蓂《匯校詳注關漢卿集》（中册）
隋樹森本：隋樹森《元曲選外編》（第一册）
北大本：北京大學中文系《關漢卿戲劇集》
吴國欽本：吴國欽校注《關漢卿全集》
吴曉鈴本：吴曉鈴等編校《關漢卿戲曲集》
王學奇本：王學奇等《關漢卿全集校注》
施沈本：施紹文、沈樹華《關漢卿戲曲集導讀》（選零折－第四折）
赤松紀彦本：赤松紀彦等《元刊雜劇の研究》（一）

第一折

【仙吕】〔一〕【點絳唇】織履編席〔二〕，能勾〔三〕做大蜀皇帝，非容易。官裏①旦〔四〕暮朝夕，悶似三江②水。

〔校〕〔一〕原本無宫調名，盧冀野本、北大本、吴曉鈴本、藍立蓂本未補。其他各本均已補。〔二〕「編席」原本作「媥席」，「媥」各本均已改作「編」。「席」字，盧冀野本、吴曉鈴本、隋樹森本改作「蓆」。藍立蓂本注：「席，即『蓆』。」〔三〕原本「勾」字，盧冀野本、甯希元本、王季思本、隋樹森本、吴國欽本改作「够」，其他各本未改。按，「能勾」同「能够」。〔四〕「旦」原本壞作「口」，鄭騫本、徐沁君本、甯希元本、王季思本、吴國欽本、藍立蓂本、赤松紀彦本改作「旦」，盧冀野本、吴曉鈴本、隋樹森本、北大本、王學奇本改作「日」。按，應校作「旦」，「旦暮」與「朝夕」相對。

〔注〕①「官裏」，皇帝。②「三江」，此處指岷江、涪江、沱江。清李慈銘《越縵堂讀書記·升庵集》：「蜀之三江：外水岷江，中水涪江，内水沱江也。」

【混江龍】唤[一]了聲関、張仁[二]弟，无言低首泪[三]雙垂；一會家[①]眼前活見[四]，一會家口内掂提[②]。急煎煎[③]御手頻槌[五]飛鳳椅，撲簌簌[④]痛泪常淹衮龍衣[⑤]。每日家獨上龍樓上，望荆州感嘆，閬州傷悲。

〔校〕〔一〕「唤」原本作「奐」，赤松紀彦本認作「奐」，校作「喚」，其他各本均直接作「唤」。〔二〕原本「仁」字略有殘損，吴國欽本、王季思本校作「二」，其他各本均校作「仁」。〔三〕吴國欽本脱「泪」字。〔四〕原本「見」字，徐沁君本、甯希元本、王季思本改作「現」。按，「見」即「現」。〔五〕原本「槌」字，盧冀野本、隋樹森本、鄭騫本、吴國欽本、吴曉鈴本、王季思本、甯希元本、北大本、赤松紀彦本改作「搥」，徐沁君本、王學奇本改作「捶」。藍立蓂本未改，校記云：「槌，捶。《樂府詩集》卷七十三古辭《焦仲卿妻》：『阿母得聞之，槌床便大怒。』」按，槌、捶、搥，三者在敲擊、敲打這一動詞義上相同，不必校改。

〔注〕①「家」，詞綴，亦作「價」。②「掂提」，提到；念叨。③「急煎煎」，焦急貌。④「撲簌簌」，流泪貌。⑤「衮龍衣」，即衮龍袍，古代綉有龍紋的皇帝朝服。據《漢語大詞典》，「衮」是「古代帝王及上公穿的繪有卷龍的禮服」。

【油葫芦】每日家作念[①]煞[②]関雲長、張翼[一]德，委[③]得俺宣限[④]急，西川途路受〔二〕驅馳⑤。每日知它〔三〕過幾重深山谷〔四〕，不曾行十里平田地。恨征騌〔五〕四隻蹄，不這般插翅般疾。踴〔六〕虎軀〔七〕縱徹黄金轡⑥，果然道心急馬行遲。

〔校〕〔一〕「翼」原本作「翌」，各本均已改。〔二〕原本「受」下有一重文符號，鄭騫本、徐沁君本、王季思本、王學奇本、北大本、藍立蓂本删。隋樹森本、吴曉鈴本、赤松紀彦本校作「受受」，吴曉鈴本校記云：「『受受』下一『受』字疑衍。」吴國欽本、甯希元本校作「受盡」。盧冀野本校作「受了」。按，重文符號衍，當删。〔三〕原本「它」字，吴曉鈴本、藍立蓂本、赤松紀彦本未改，其他各本均改作「他」。〔四〕原本「谷」字，唯甯希元本改作「脊」，校記云：「原本『脊』字，形誤爲『谷』，失韻，各本失校，今改。」按，據曲譜，【油葫蘆】第四句不須押韵，故「谷」字不存在失韵的問題。第四、五兩句須對仗，「知他過幾重深山谷」對第五句「不曾行十里平田地」，「平」修飾「田地」，「深」修飾「山谷」，若以「深」修飾「山脊」則不通。且原本「谷」字形清晰，不似「脊」之形誤。〔五〕「騌」原本作「[illegible]」，各本均校作「騌」。藍立蓂本注：「征騌，戰馬。」〔六〕「踴」原本作「勇」，盧冀野本、隋樹森本未改，赤松紀彦本改爲「踊」，其他各本均改作「踴」。按，「踴」「踊」爲繁簡體關係，義爲「跳；躍」。〔七〕原本「軀」字，盧冀野本、隋樹森本改爲「驅」，誤。此二本蓋因「勇」字未改而致誤改「軀」字。

〔注〕①「作念」，思念；掛念；想念；懷念。②「煞」，極；甚。高程度副詞，作補語。③「委」，委派；委托。④「宣限」，藍立蓂本注：「皇帝命令的期限。宣，皇帝的詔書。」⑤「受驅馳」，承受路途上的辛勞。⑥「縱徹黄金轡」，用力甩動以黄金爲飾的馬韁繩，使馬疾馳。「縱轡」指放開韁繩縱馬奔馳；「徹」即完全，是「縱」的補語；「黄金轡」是黄金爲飾的韁繩。

【天下樂】緊趾〔一〕定葵花鐙折皮〔二〕，鞭催，走似飛，墜的雙滴些〔三〕腿脡①無氣力。换馬処②側〔四〕一會兒身，行行裏〔五〕喫一口兒食，無明夜③不住地。

〔校〕〔一〕「跐」原本作「[illegible]」，盧冀野本、鄭騫本校作「踏」。吴曉鈴本作一空圍并疑是「蹲」字。隋樹森本從覆元槧本作「[illegible]」。其他各本均校作「跐」。按，今從衆作「跐」。今河北辛集方言仍説「跐」，義爲脚着地并用力向前、後、側方向踩，多是有力量對抗時使用。〔二〕原本「折皮」，徐沁君本、王學奇本、藍立蓂本合爲「菠」，藍立蓂本注：「菠，趚，揮動。」吴國欽本校作「趚」。吴曉鈴本懷疑「折」是「趚」之誤，并在「鐙」下斷開，「折皮」屬下句。甯希元本改作「鞑」，校記云：「原本假作『鐙折皮』，馬具名，指懸繫馬鐙的皮帶。敦煌《俗務要名林》雜畜部有『鞑』字。注云：『懸鐙皮，之列反。』各本不知『折皮』爲何物，多以二字屬下讀，實誤；徐本又强合『折皮』爲『菠』，改全句爲『緊跐定葵花鐙菠鞭催』，合二句爲一句，不取。」王季思本「折」「皮」之間斷句。盧冀野本、北大本「鐙」下點斷，「折皮」屬下句。隋樹森本、鄭騫本、赤松紀彦本與筆者所校相同。按，「鐙折皮」爲一詞，是懸掛馬鐙的皮帶。「折」是記音字，本字是「鞑」，古文作「[illegible]」，俗字作「靳」，記音字還可作「徹」。「皮」字韻。甯希元本「鞑」誤，形近而訛。〔三〕「滴些」原本作「滴此」。鄭騫本、隋樹森本未改。盧冀野本、徐沁君本、吴國欽本、吴曉鈴本、北大本、王學奇本、藍立蓂本「滴」改作「鏑」，下斷句，以「雙鏑」爲一詞，「此」屬下句。王季思本、甯希元本「此」改作「溜」。赤松紀彦本「此」改作「似」，并以「雙滴」爲一詞，認爲是獸面兩側的飾物。按，各本所校或句讀有誤，或所改有誤。「此」是「些」之形誤，「滴些」是「蹀躞」的二字格變體，其他變體有「跌屑」「叠屑」「滴屑」「滴[illegible]」「鐵屑」等，均用來摹狀顫抖貌。二字格常變爲三字格 ABB 式，如「跌躞躞」「叠屑屑」「滴屑屑」「鐵屑屑」等。亦有四字格變體，如「滴羞蹀躞」「滴羞跌屑」等。「雙」是「腿脡」的量詞。按照曲譜要求，「皮、催、飛、力、食、地」押韵，這六字具屬《中原音韵》「齊微」韻。有關該曲【天下樂】的校勘，詳細論述參見焦浩《元刊雜劇〈雙赴夢〉【天下樂】曲校勘研究》（《中國語文》2016 年第 5 期）。〔四〕「側」原本作「[illegible]」，各本均已改。按，「側」

即斜靠；斜倚。〔五〕「裏」原本作「至」，盧冀野本、隋樹森本、北大本、吴曉鈴本未改，其他各本均已改。徐沁君本校記云：「『行行裏』爲元曲中習用語。」「行行裏」即行進中。

〔注〕①「脡」，腿挺直、修長。「腿脡」即腿。②「処」，相當于「時」。③「無明夜」，暗夜。

【醉扶歸〔一〕】若到荊州内，半米兒①不宜遲，發送②的関雲長向北歸；然後向閬州路上轉〔二〕馳驛③。把関、張分付④在君王手里，交〔三〕它〔四〕龍虎風雲會⑤。

〔校〕〔一〕「醉扶歸」原本作「醉中天」，盧冀野本、隋樹森本、北大本、吴曉鈴本、王學奇本未改，其他各本均已改。徐沁君本校記云：「【醉中天】七句，【醉扶歸】六句，兩者聲韻亦異。」〔二〕「上」原本作「十」，「轉」原本作「[illegible]」，唯吴曉鈴本「十」未改，其他各本二字均已改。鄭騫本校記云：「轉字不成字形，從全集改；然轉字仍嫌不妥。」按，今從衆改。〔三〕原本「交」字，盧冀野本、隋樹森本改作「教」，其他各本未改。按，「交」同「教」，使，讓。〔四〕原本「它」字，吴曉鈴本、藍立蓂本、赤松紀彦本未改，其他各本均改作「他」。

〔注〕①「半米兒」，半粒米，表示極少量，相當于「半點兒」。②「發送」，打發，使離開。③「馳驛」，動賓結構，乘著驛站的馬疾馳。④「分付」，交給，交到。⑤「龍虎風雲會」，君臣會合。

【金盞兒】関將軍但①相持，无一个敢欺敵。素衣疋马单刀會，覷敵軍如兒戲，不若土和泥。殺曹仁七〔一〕万軍，刺〔二〕顔良万万〔三〕威。今日被歹〔四〕人將你筭，暢則為②你大膽上③落便宜④。

〔校〕〔一〕原本「七」字，徐沁君本、吴國欽本、王學奇本、王季思本改作「十」，其他各本未改。徐沁君本校記云：「高文秀《襄陽會》第三折白：『曹丞相命曹仁爲帥，曹章爲前部先鋒，領十萬雄兵，前來討伐。』又第四折白：『殺的他十萬軍只剩的百十騎人馬。』兹據校改。」〔二〕「刺」原本作「剌」，各本均已改。〔三〕「万万」原本爲一「万」字和一重文符號，盧冀野本、鄭騫本、北大本、吴曉鈴本校作「萬萬」，其他各本均校作「萬丈」。〔四〕「歹」原本爲

「不」，鄭騫本校作「小」，吴國欽本改作「一个」，王學奇本改作「坏」，王季思本改作「壞」。吴曉鈴本未改，「疑『不』字下脱一字」。北大本未改，校記云：「『不人』二字疑有訛脱。」赤松紀彦本未改。其他各本均改作「歹」。按，「歹」與「不」應是形近而誤。

〔注〕①「但」，如果；只要。②「暢則為」，正因爲。③「上」，是由元代的漢蒙語言接觸而成的離格標記，與前置詞「爲」構成「爲……上」結構，表示原因。④「落便宜」，猶吃虧。

【醉扶歸〔一〕】義赦了嚴顔罪①，鞭打的督郵𡈼〔二〕，當陽橋喝〔三〕回个曹孟德〔四〕。倒大②个張車騎③，今日被人死羊兒般剁了首級，全不見石亭驛④。

〔校〕〔一〕「醉扶歸」原本作「醉中天」，盧冀野本、隋樹森本、北大本、吴曉鈴本、王學奇本未改，其他各本均已改。〔二〕原本「𡈼」字，覆元槧本空缺未刻，鄭騫本以覆元槧本爲底本，據文義補「廢」，稱「補碎字亦可」，王季思本同。徐沁君本據《三國志平話》卷上「張飛鞭打（按，原文無打字）督郵邊胸，打了一百大棒，身死」校作「死」，吴國欽本、王學奇本同。甯希元本校作「亏」，校記云：「『亏』，殘損破滅之意。原本當音假爲『圭』，形壞如『壬』。」藍立蓂本從甯希元本作「虧」。盧冀野本、隋樹森本、北大本、吴曉鈴本、赤松紀彦本作一空圍。按，未知孰是，存疑。〔三〕「喝」原本左側「口」殘損，各本均校作「喝」。〔四〕原本「孟德」作「𡥉盛」，吴曉鈴本未改，校記云：「『子㚷盛』三字疑有錯簡，疑『㚷』字當作『殤』字，『盛』字衍文。盧冀野本校改爲『曹孟德』三字，不從。」北大本未改，校記云：「『子㚷盛』三字當有訛誤。」其他各本均校作「孟德」。藍立蓂本校記曰：「張飛於當陽長阪据曹操一事，徐本校記引證已詳，亦見于《三國志·蜀書·張飛傳》。又據曲譜，此爲【醉扶歸】曲第三句，上四下三句法，且用韵。盧改于史相符，於譜亦合，吴校則於譜不合，於史亦不知所云矣。」徐沁君本校記云：「本劇第三折：『當陽橋將曹操喝。』又《單刀會》第二折寫張飛：『當陽坡有如雷吼，曾擋住曹丞相一百萬帶甲貔貅，叫一聲混天塵土紛紛的橋先斷，喝一聲拍崖驚濤厭厭的水逆流。』都寫此事。盧改可從。」按，「[illegible]」不是兩字，當是「孟」之形誤。「盛」字不知如何訛誤。應校作「孟德」。

〔注〕①「義赦了嚴顔罪」，参見《三國志·蜀書·張飛傳》：「飛怒，令左右牽去斫頭，顔色不變，曰：『斫頭便斫頭，何爲怒邪！』飛壯而釋之，引爲賓客。」②「倒大」，非常；無比。③「張車騎」，張飛。張飛曾做過車騎將軍。④「石亭驛」，指張飛在石亭驛摔死袁術之子袁襄之事。

【金盞兒】俺〔一〕马上不曾離，誰敢傯〔二〕動滿衣身？恰〔三〕離朝兩个月零十日，勞而无役①枉驅馳②。一个鞭挑〔四〕魂魄去，一个人和的哭声回。宣③的个孝堂④里関美髯，旛上〔五〕漢張飛。

〔校〕〔一〕原本「俺」字，鄭騫本據文義改作「鞍」，甯希元本、王季思本同。其他各本均未改。按，不必改。「俺」與下句的「誰」對言，都是使臣自述其旅途之勞頓，「俺」「誰」都是使臣自指，這樣完全可以講通，故不必改。〔二〕原本「傯」字，鄭騫本改作「傯」，藍立蓂本、赤松紀彦本從。徐沁君本改作「松」，校記云：「『傯』爲『傯』之形誤。『傯』即『松』。關氏《調風月》第二折：『把襖子疏剌剌傯開上拆。』隋本『傯』改『鬆』；王季思《〈詐妮子調風月〉寫定本説明》，改作『松』。『鬆』爲『松』的繁體。『傯』亦寫作『憁』。脉望館抄校本關氏《單鞭奪槊》第三折：『人和馬暫憁。』朱筆改作『鬆』。」吴國欽本、王季思本、王學奇本同。隋樹森本改作「鬆」，甯希元本同，甯希元本校記云：「原本『鬆』，當音假爲『傯』，形誤爲『傯』。依隋本改。」盧冀野本、吴曉鈴本、北大本未改。〔三〕原本「恰」字，盧冀野本誤改作「記」。〔四〕盧冀野本此處衍一「的」字。〔五〕「旛」字原本作「幡」，「兒」字不清。徐沁君本、甯希元本、王學奇本校作「幡兒」。鄭騫本校作「旛上」，王季思本、吴國欽本校作「幡上」。盧冀野本、吴曉鈴本、北大本校作「播□」。赤松紀彦本校作「幡□」。按，從鄭本。「旛」與原字更接近，「上」與上句「里」對言。

〔注〕①「勞而無役」，勞而無功。②「驅馳」，辛勞。「枉驅馳」，白白付出辛勞。③「宣」，皇帝召見。④「孝堂」，靈堂。

【賺煞〔一〕】殺的那東〔二〕吴家死尸骸堰①住江心水，下溜頭②淋流〔三〕着血汁。我交〔四〕的茸茸〔五〕簑〔六〕衣渾〔七〕染的赤，變做了通紅〔八〕獅子毛衣③。殺的它〔九〕敢〔十〕血淋灕〔十一〕，交吴越托〔十二〕推，一霎兒番〔十三〕為做太湖石〔十四〕。青鴉鴉④岸堤〔十五〕，黄壤壤⑤田地，马蹄兒踏做搗椒泥⑥。

〔校〕〔一〕「賺煞」原本作「尾」，鄭騫本、徐沁君本、甯希元本、王季思本、赤松紀彦本已改，其他各本未改。〔二〕「東」字原本殘損，各本均已改。〔三〕「淋」原本作「林」，吴曉鈴本未改，校記云：「林流——疑當作『淋漓』。」吴國欽本從吴曉鈴本改作「淋漓」。其他各本均改作「淋流」。〔四〕原本「交」字，盧冀野本、隋樹森本改作「教」，其他各本未改。按，「交」同「教」，不必改。〔五〕「茸茸」原本作「茸」和一重文符號，徐沁君本、吴國欽本、王季思本、王學奇本、藍立蓂本、赤松紀彦本校作「茸茸」，鄭騫本校作「××」。甯希元本校作「件件」。盧冀野本校作「茈茈」，隋樹森本、北大本、吴曉鈴本校作「茜茜」。徐沁君本校記云：「茸字下截原殘損。今補。盧本改作『茈茈』，吴、隋、北本均改作『茜茜』，均不從。按：《太平樂府》卷八無名氏【南吕】【一枝花】《夏景》套：『緑茸茸蓑展青毡』。」按，今從徐沁君本。〔六〕原本「簑」字，鄭騫本據覆元槧本校作「×」，徐沁君本、吴國欽本、隋樹森本、王學奇本、王季思本、藍立蓂本校作「蓑」。甯希元本校作「縗」，校記云：「件件縗衣：即件件喪服，劉備爲關、張復仇伐吴，當三軍縞素，故云。原本『件』(jian) 音假爲『茜』(qian)；『縗』，當省作『衰』，誤增爲『蓑』。今改。盧本改作『茈茈蓑衣』，徐本改作『茸茸蓑衣』，均誤。按：元代北方方音多讀『件』如『茜』，故元刊小説戲曲中，多有省『箭』爲『前』之例。今山、陜方言，仍有此讀，可證。」甯希元本所改太過迂折。盧冀野本、吴曉鈴本、北大本、赤松紀彦本未改。〔七〕「渾」字原本作「浑」，盧冀野本、隋樹森本、吴曉鈴本校作「満」，其他各本均校作「渾」。按，「浑」是「渾」之簡寫。〔八〕「紅」原本左部略不清，覆元槧本刻作「江」，吴國欽本、吴曉鈴本、隋樹森本、北大本沿誤作「江」，其他各本均校作「紅」。按，「通紅」狀血色。〔九〕原本「它」字，盧冀野本、隋樹森本、鄭騫本、徐沁君本、甯希元本、北大本、吴國欽本、吴曉鈴本、王學奇本、王季思本改作「他」。藍立蓂本、赤松紀彦本未改。〔十〕「敢」原本作「憨」，鄭騫本、徐沁君本、甯希元本、王季思本、吴國欽本、藍立蓂本、赤松紀彦本改作「敢」，其他各本未改。徐沁君本校記云：「『憨』、『敢』通用，在唐變文中就有先例。王重民等編校《敦煌變文集》『叙例』中説：『敦煌寫本中有很多的同聲通用字，如……『感』、『憨』與『敢』之類。』本曲『憨』亦應作『敢』。鄭光祖《老君堂》第三折：『俺元帥刀起人頭落，呀，敢血淋漓錦征袍。』可爲旁證。」按，今從徐本，「敢」猶可能。〔十一〕「灕」原本作「離」，吴曉鈴本、王學奇本、北大本未改，其他各本均已改。〔十二〕「托」原本作「[illegible]」，鄭騫本以覆元槧本爲底本校作「×」，存疑。甯希元本校作「扒」，校記云：「扒推：眼泪不斷的意思。原本『扒』字，形壞如『托』。各本多誤改爲『托推』。王校：『疑當作「把推」，即「扒推」。』按：王疑是，今從。」其他各本均校作「托」。「托推」即「推托」，因押韵倒文。〔十三〕原本「番」字，徐沁君本、甯希元本、吴國欽本、王季思本、赤松紀彦本改作「翻」。其他各本未改。按，「番」同「翻」。〔十四〕原本「石」字，盧冀野本、隋樹森本、北大本、吴曉鈴本、王學奇本改作「鬼」，其他各本未改。鄭騫本校記云：「原本石字尚可辨認，太湖石是現成名詞，此處借喻人死後僵硬如石。全集（即盧冀野本）作太湖鬼，語意生造，且與原本字形不類。」〔十五〕「堤」原本作「[illegible]」，覆元槧本誤刻作「兒」，盧冀野本、鄭騫本、吴曉鈴本、北大本、徐沁君本、甯希元本、吴國欽本、王學奇本、王季思本校作「兒」，隋樹森本、赤松紀彦本校作「提」，藍立蓂本校作「堤」。按，「岸堤」即「堤岸」，因押韵倒文。「青鴉鴉」對下句「黄壤壤」，「岸堤」對「田地」。「岸堤」與「田地」均爲并列結構。本劇第二折末曲【收尾】「河邊堤土坡上」之「堤」原本作「[illegible]」，清晰可辨，與「[illegible]」十分相近，可證「[illegible]」係「堤」字。該劇第三折第九支曲子【哨遍】「提起來把荆州摔破」之「提」字原本刻作「[illegible]」。

〔注〕①「堰」，堵；擋。②「下溜頭」，江、河的下游。③「獅子

毛衣」，像獅子毛一樣顔色的衣服。④「青鸦鸦」，濃青色。⑤「黄壤壤」，土黄色。⑥「椒泥」，加入花椒籽的泥。

第二折

【南吕】〔一〕【一枝花】早晨間占《易經〔二〕》，夜後觀乾象①。據賊星②增焰彩③，將星④短光芒。朝野⑤内度量〔三〕，正俺南邊上，白虹貫日光⑥〔四〕。低首参詳⑦，怎有這場景象？

〔校〕〔一〕原本無宫調名【南吕】，鄭騫本、徐沁君本、隋樹森本、甯希元本、吴國欽本、王季思本、王學奇本、赤松紀彦本補，其他各本未補。〔二〕原本「經」字，覆元槧本誤刻作「理」，盧冀野本、吴曉鈴本、隋樹森本、鄭騫本、王季思本、北大本、吴國欽本據覆元槧本校作「理」。其他各本均作「經」。〔三〕「量」原本作「星」，鄭騫本、甯希元本、王季思本、藍立蓂本、赤松紀彦本均改作「量」，其他各本未改。徐沁君本、盧冀野本、北大本、吴國欽本、吴曉鈴本、王學奇本「星」下未點斷。按，據曲譜，「量」或「星」下應斷。〔四〕甯希元本作「白日貫虹光」，誤。

〔注〕①「乾象」，天象。②「賊星」，彗星；流星。③「焰彩」，火焰的光芒、色彩。④「將星」，據《漢語大詞典》：「古人認爲帝王將相與天上星宿相應，將星即象征大將的星宿。」⑤「朝野」，朝廷和民間。⑥「白虹貫日光」，即「白虹貫日」，據《漢語大詞典》：「白色長虹穿日而過。一種罕見的日暈天象。古人認爲人間有非常之事發生，就會出現這種天象變化。」⑦「参詳」，仔細思量、考慮。

【梁州第七〔一〕】单注①着東吴国一員驍將②，砍〔二〕折俺西蜀家兩條金梁③。這一場苦痛誰承望④！再靠誰挾人捉將⑤？再靠誰展土開疆⑥？做宰〔三〕相幾曾做卿相？做君王那个做君王？布衣間昆仲心腸⑦。〔四〕再不看官渡口剄〔五〕刺顔良，古城下刀誅〔六〕蔡陽，石亭驛手捽〔七〕袁襄！殿上帝王，行思坐想，正南下望，知禍起自天降。宣到我朝下〔八〕若問〔九〕當，着甚話〔十〕声揚⑧？

〔校〕〔一〕原本無「第七」，徐沁君本、甯希元本、王季思本補。按，【梁州第七】簡稱【梁州】。〔二〕「砍」原本作「𣂷」，各本均已改。

〔三〕原本「宰」字，甯希元本改作「卿」，校記云：「與下句『做君王那個做君王』爲對句。係讚美劉、關、張三人之間兄弟之情遠遠超過了君王的界限，説他們做卿相的不像是做卿相，做君王的也不像是在做君王。所以下面緊接説他們仍然是『布衣間昆仲心腸』。原本上句誤爲『做宰相幾曾做卿相』。此條各本均失校，學友西南師院徐洪火同志特爲指出，書此致謝。」〔四〕甯希元本此處補七空圍，校記云：「依譜，此處當脱一上三下四的七字句，與上句『布衣間昆仲心腸』作對。」鄭騫本校記云：「此曲較常格少一句，無從校補。」〔五〕原本「衂」字，吴曉鈴本、北大本未改，其他各本均改作「劍」。按，「衂」亦作「衄」，出血。「衂刺」可通，不必校改。〔六〕「誅」原本作「诛」，各本均已改。〔七〕「摔」原本作「[illegible]」，盧冀野本、吴曉鈴本、北大本、吴國欽本、鄭騫本、王學奇本、隋樹森本、王季思本、甯希元本校作「挎」，徐沁君本、藍立蓂本、赤松紀彦本校作「摔」。徐沁君本校記云：「各本均校作『挎』，不從。按：本劇第三折：『惱犯我，拿住他，天靈摔破。』『摔袁襄』同此『摔』字。無名氏《黄鶴樓》第一折：『你休賣弄安喜縣鞭督郵，石亭驛摔袁祥。』袁祥即袁襄。《全相三國志平話》卷上，寫張飛在石亭驛捽死袁襄（袁術子）事。『捽』即『摔』的簡寫。」按，今從徐沁君本改。〔八〕原本「下」字，覆元槧本誤刻作「不」，以其爲底本的盧冀野本、隋樹森本、鄭騫本、吴曉鈴本、北大本皆作「不」，非。藍立蓂本注：「下，猶裏。」〔九〕「問」字原本作「何」，徐沁君本、甯希元本、王學奇本、藍立蓂本、赤松紀彦本改作「問」，其他各本未改。鄭騫本「何」下點斷，「當」字屬下句。藍立蓂本已辨明，注曰：「問當，問。當，後綴。」〔十〕「話」字原本似「括」，盧冀野本、隋樹森本、鄭騫本、吴曉鈴本、北大本校作「括」，其他各本均校作「話」。按，應校作「話」。

〔注〕①「注」，注定。「單注」，偏偏注定。②「驍將」，勇猛善戰之將。③「金梁」，比喻國家棟梁、重臣。④「承望」，想到；料到。⑤「挾人捉將」，在戰鬥中捉住敵軍將領。⑥「展土開疆」，擴展、開闢疆土。⑦「布衣間昆仲心腸」，平民百姓中的兄弟之情。

「布衣」代平民。「昆仲」，兄弟。年長曰「昆」，年輕曰「仲」。「心腸」，感情。⑧「声揚」，聲張宣揚。此處指回話。

【隔尾】這南陽①耕〔一〕叟村諸亮，輔佐〔二〕着洪福齊〔三〕天蜀帝王〔四〕，一自②為臣不曾把君誑。這場，勾當③，不由我索④〔五〕君王行⑤醞釀个謊。

〔校〕〔一〕「耕」原本形似「排」，徐沁君本、王學奇本、藍立蓂本、赤松紀彦本校作「耕」。徐沁君本校記云：「無名氏《博望燒屯》第三折：『他則是單搦這耕夫。』『耕夫』即諸葛亮。『耕叟』與『耕夫』義同。」甯希元本校作「逃」，校記云：「逃叟：即隱者，避世之人。原本當音假爲『桃叟』，形誤爲『排叟』，依文義改。鄭本疑作『俳叟』，徐本改作『耕叟』，恐非。」其他各本均校作「排」，鄭騫本校記云：「排字待校，疑是俳字。」按，今從鄭騫本改。〔二〕原本「佐」字，徐沁君本誤改作「助」。〔三〕原本「齊」字殘損，形似「斉」字，覆元槧本誤刻作「斉」。〔四〕「蜀帝王」原本作「[illegible]帝五」，甯希元本、藍立蓂本、赤松紀彦本校作「蜀帝王」，其他各本均校作「漢帝王」。甯希元本校記云：「原本『蜀』字，壞不成形。各本多依盧本改作『漢帝王』，與原本字形相去較遠。按：本劇第一折［點絳唇］曲，稱劉備爲『大蜀皇帝』；《單刀會》第三折［堯民歌］曲，又稱劉備爲『蜀王』，自當以『蜀』字爲正。」按，今從甯希元本改。〔五〕盧冀野本、隋樹森本、鄭騫本、甯希元本、王季思本、藍立蓂本于「索」下補「向」字，鄭騫本校記云：「原無向字，從全集補，無此字則句法不合。」甯希元本稱依曲譜，【隔尾】末句爲七字。按，不須補「向」字，後「行」字是後置詞，相當于「向」。「君王行」即向君王。「行」是「上」的音變形式。元代漢語中方位詞具有一些特殊功能，是受蒙古語影響産生的結果。祖生利認爲「漢語方位詞的後置性特徵與蒙古語静詞的變格成分相一致」，「宋元時期漢語方位詞意義、功能虚化，與蒙古語静詞的變格成分有相通之處」，「金元明初漢語文獻裏『介詞 + NP + 方位詞 + VP』結構中介詞的省略現象，可能與北方阿爾泰語静詞變格形式的影響有關」。參見祖生利《元代白話碑文中方位詞的格標記作用》（《語言研究》2001 年第 4 期，第 62 頁）。「君王行醞釀个謊」是該句七個正格字。

〔注〕①「南陽」，據王學奇本：「郡名，秦置，在河南舊南陽府，湖北舊襄陽府一帶。諸葛亮早年曾隱居于此。諸葛亮《出師表》：『臣本布衣，躬耕于南陽，苟全性命于亂世。』」②「一自」，自從。③「勾當」，事情。④「索」，得；須。⑤「行」，相當于後置的「向」。

【牧羊関】張達那賊〔一〕禽獸，有甚早①難近傍②？不走〔二〕了麋竺、麋芳〔三〕！咱西蜀家威風，俺敢將東吴家滅相〔四〕③。我直交金皷〔五〕震〔六〕傾〔七〕人膽，土〔八〕雨〔九〕④湔〔十〕的日无光，马蹄兒踏碎金陵府，鞭梢〔十一〕兒蘸〔十二〕乾〔十三〕揚子江。

〔校〕〔一〕「賊」原本作「[illegible]」，盧冀野本、吴曉鈴本校作「厮」，其他各本均校作「賊」。按，今從衆。「賊禽獸」較習見，元無名氏《羅李郎大鬧相國寺》第一折：「若來時不道的輕放了那賊禽獸。」〔二〕原本「走」字，盧冀野本誤改作「是」。〔三〕兩「麋」字原本均作「梅」，唯赤松紀彦本保留未改，其他各本均改作「麋」。「芳」原作「方」，唯赤松紀彦本未改。下同，不再出校。〔四〕「相」原本作「[illegible]」，各本均已改。〔五〕「皷」原本作「[illegible]」，盧冀野本校作「被」，甯希元本校作「鈹」，徐沁君本、吴國欽本、王季思本、王學奇本、藍立蓂本、赤松紀彦本校作「鼓」，隋樹森本、鄭騫本、北大本、吴曉鈴本校作「破」。徐沁君本校記云：「『鼓』亦寫作『皷』，因與『破』字形近致誤。」按，「[illegible]」應是「皷」之誤，校作「鼓」亦可。元刊雜劇中「鼓」常作「皷」。〔六〕王季思本、甯希元本據下句于「震」下補一「的」字。〔七〕「傾」原本作「腥」，徐沁君本、吴國欽本、王學奇本、藍立蓂本校作「傾」，徐沁君本校記云：「『傾』之爲『腥』，蓋以音近致誤。」甯希元本校作「喪」。吴曉鈴本未改，校記云：「金破震——疑有脱文，似當作『金□震破』。」北大本未改，校記云：「『金破震腥』四字疑有訛舛。」藍立蓂本注：「傾人膽，使人喪膽。傾，喪。《太平廣記》卷一六一引《會稽先賢傳》：『（陳）業兄渡海傾命。』」其他各本未改。按，今從徐沁君本改。文獻中「驚人膽」亦有用例。〔八〕盧冀野本「土」下斷句，誤。「土雨」一詞。〔九〕「雨」原本作「兩」，各本均已改。〔十〕原本「湔」字，吴國欽本、徐沁君本、王季思本改作「濺」，其他各本未改。按，「湔」通「濺」。〔十一〕「梢」原本形壞似「悄」，各本均已改。〔十二〕「蘸」原本作「醮」，盧冀野本、隋樹森本校作「醮」，其他各本均校作「蘸」。按，今從衆校作「蘸」。〔十三〕「乾」原本殘作「屹」，各本均校作「乾」。

〔注〕①「早」，王學奇本注：「襯詞，無義。」按，疑是副詞，猶「本；本來」。②「近傍」，靠近；接近。藍立蓂本注：「碰。」③「滅相」，佛语，王學奇本注：「滅却形象之意。元劇用爲輕視、藐視之意。『將東吴家滅相』，就是不把東吴放在眼裏的意思。」④「土雨」，像雨一樣落下的塵土。

【賀新郎】官里行行坐坐〔一〕①則是関、張，常則是挑在舌尖，不離了心上。每日家作念②的如心癢〔二〕，没日不心勞意攘〔三〕③，常則是心緒悲傷。白晝間頻作念，到晚後④越思量⑤。方信道夢是心頭想：但合眼早逢着翼〔四〕德，才做夢可早見雲長。

〔校〕〔一〕「行行坐坐」原本作一「行」一重文符號和「行坐」，盧冀野本、鄭騫本校作「無行坐」。吴曉鈴本、隋樹森本校作「□行坐」。北大本校作「行行坐」。徐沁君本、王季思本、吴國欽本、王學奇本、甯希元本、藍立蓂本、赤松紀彦本校作「行行坐坐」。徐沁君本校記：「關氏《調風月》第三折：『時下且口口聲聲，戰戰兢兢，裊裊停停，坐坐行行。』《太平樂府》卷三張可久【柳營曲】《閨怨》：『行行步步只念想。』『行行坐坐』爲『行坐』之延伸重叠以加强語氣者。曲譜，此四字二平二仄。」按，今從徐沁君本改。〔二〕「癢」原本作「庠」，各本均已改。〔三〕「攘」原本作「纕」，吴曉鈴本校作「穰」，其他各本均校作「攘」。藍立蓂本注：「攘，亂。」〔四〕「翼」原本作「翌」，各本均已改。

〔注〕①「行行坐坐」，不管做什麼。②「作念」，思念；想念。③「心勞意攘」，心煩意亂。今河北辛集方言「撓攘」謂心煩意亂。④「晚後」，晚上。「晚」與「後」均指晚上，是同義聯合。今河北辛集方言「後上」即「晚上」。⑤「思量」，思念；想念。

【牧羊関】板築的商傅說①，釣魚兒姜吕望②，這兩个夢善感〔一〕動歷代君王。這夢先應③先知，臣則是悞打悞〔二〕撞④。蝴蝶迷莊子⑤，宋玉赴高唐⑥。世事雲千變，浮生夢一場。

〔校〕〔一〕「感」原本作「威」，唯吴曉鈴本未改。〔二〕原本兩「悮」字，吴曉鈴本、藍立蓂本、赤松紀彦本未改，其他各本均改作「誤」。藍立蓂本注：「悮，通『誤』。」

〔注〕①「傅說」，殷代人，曾爲奴版築，商王武丁（高宗）夢見傅説，後于傅險（傅巖）得之。「板築」即「版築」，是一種造墻方法，先按墻的厚度在兩面豎好板子，再往中間填土、夯實。②「姜吕望」，姜太公，名尚，字子牙，號飛熊。西伯侯（周文王）夜夢飛熊，後于渭河邊得姜太公。③「應」，應驗。④「悮打悮撞」，即誤打誤撞，謂巧合。⑤「蝴蝶迷莊子」，即莊周夢蝶。參見《莊子·齊物論》。喻浮生若夢。⑥「宋玉赴高唐」，「宋玉」是楚國士大夫，曾作《高唐賦》，描寫楚懷王與巫山神女的歡會。「蝴蝶」至「一場」，均爲説明人生如夢。

【收尾】不能勾侵天①松柏長三〔一〕丈，則落的②蓋世功名帋半張③！關將軍美形狀，張將軍猛勢况④，再何时得相訪〔二〕？英雄歸九泉壤⑤！則落〔三〕的〔四〕河边堤土坡上釘下个纜〔五〕椿，坐着條〔六〕擔杖⑥，則落的村酒漁樵話兒講⑦！

〔校〕〔一〕原本「三」字，吴國欽本、王季思本改作「千」。〔二〕原本「訪」字，甯希元本改作「彷」，校記云：「相彷：王校《西厢記》云：『相當、相對之意。』原本『彷』字偏旁中斷。仿刻本誤改爲『訪』，各本沿誤。」按，甯希元本誤改。此處用「訪」是爲押韵，「相見」義。〔三〕「落」原本作「⿱玖土」，盧冀野本、鄭騫本校作「掘」，鄭騫本校記云：「全集（即盧冀野本）改作掘，又似與下釘字意複，姑從之。若以玖字之音推測，疑是就字。」北大本校作「⿱玖口」，校記云：「『⿱玖口』字疑訛，元曲選外編校改爲『落』字。」其他各本均校作「落」。按，應校作「落」，疑爲形近而誤。該曲三個「則落的」前後呼應。〔四〕原本「的」字，唯王季思本改作「得」。〔五〕「纜」原本作「鏡」，鄭騫本注：「鏡字待校。」甯希元本改作「井」，校記云：「井椿：井上支撑桔槔的粗木柱。此處指河邊繫船的木椿。原本音假爲『鏡椿』。」盧冀野本、隋樹森本、北大本、吴曉鈴本未改，其他各本改作「纜」。徐沁君本校記：「『纜』之作『鏡』，形近致誤。《太平樂府》卷九曾瑞【哨遍】《思鄉》套：『羇縻人舟纜樁橛釘。』《警世通言》卷一《俞伯牙摔琴謝知音》：『分付水手，將船灣泊，水底抛錨，岸邊釘橛。』釘橛即釘樁。元刊本范康《竹葉舟》第三折：『把船纜在枯樁便辭舟。』（《元曲選》本作：『我這裏將半橛枯樁船纜住。』）《陽春白雪》後集卷二鮮于樞【八聲甘州】套：『小舟斜纜壞橋樁。』關氏《望江亭》第一折：『收了纜，橛了樁，踹跳板，掛起這秋風布帆。』都可見『纜樁』是指纜船的樁。」〔六〕「條」原本作「[illegible]」，盧冀野本校作「齊」，吴曉鈴本、隋樹森本、北大本校作「舉」，其他各本均校作「條」。按，形誤，「條」是「擔杖」的量詞。

〔注〕①「侵天」，侵入雲天，喻極高。②「則落的」，只落的。③「帋半張」，即半張紙，喻微不足道。④「勢況」，情况；架勢。⑤「九泉壤」，因押韵將「九泉」和「泉壤」合成「九泉壤」，指地下、泉下，也指暮穴。⑥「擔杖」，扁擔；擔東西的木杖。⑦「則落的村酒漁樵話兒講」，謂成爲漁夫、樵夫酒後的談資。「話兒」，民間講唱的故事。

第三折

【中吕】〔一〕【粉蝶兒】運去〔二〕时过，誰承望有這場喪身災禍？憶當年鐵马金戈①。自桃園初〔三〕結義，把尊兄輔佐。共敵軍擂鼓鳴鑼②，誰不怕俺弟兄三个！

〔校〕〔一〕原本無宫調名【中吕】，隋樹森本、鄭騫本、徐沁君本、甯希元本、吴國欽本、王季思本、王學奇本、赤松紀彦本補，其他各本未補。〔二〕「去」原本作「[illegible]」，覆元槧本誤刻作「失」，盧冀野本、鄭騫本、北大本、吴曉鈴本、王季思本、王學奇本因之誤作「失」。〔三〕原本「初」字，徐沁君本誤作「三」。

〔注〕①「鐵马金戈」，即金戈鐵馬，喻指戰争。②「擂鼓鳴鑼」，喻奮力作戰。

【醉春風】安喜縣把督郵鞭，當陽橋將曹操喝，共吕温侯配戰①九十合②，那其間③也是我，我！壯志消磨，暮年〔一〕折剉〔二〕④，今日向匹〔三〕夫行⑤伏落⑥。

〔校〕〔一〕「年」原本作「𫞣」，盧冀野本校作「軍」，其他各本均作「年」。〔二〕原本「剉」字，鄭騫本、甯希元本、吴國欽本、王季思本改作「挫」。按，「剉」同「挫」。〔三〕「匹」原本作「四」，各本均已改。

〔注〕①「配戰」，「配」謂匹敵，此句是説張飛和吕布武功不相上下。②「合」，回合，交鋒一次爲一個回合。③「那其間」，那時候。④「折剉」，受挫折。⑤「行」，因宋元時代漢蒙語言接觸而産生的後置詞，是方位詞「上」的音變形式，相當于「向」。與前置詞「向」共現，是漢語系統對外來成分調整、吸收、融合産生的新用法。⑥「伏落」，猶淪落。

【紅綉鞋】九尺軀〔一〕陰雲里〔二〕惹〔三〕大〔四〕①，三縷髯把玉帶垂过，正是俺荆州里②的二哥哥。咱是陰鬼，怎敢隨〔五〕它〔六〕？諕的我向陰雲中无処趓③。

〔校〕〔一〕原本「軀」字，盧冀野本改作「驅」，誤。〔二〕原本「里」字，覆元槧本誤刻作「黑」，盧冀野本、吴曉鈴本、鄭騫本、北大本因之誤作「黑」。盧冀野本、吴曉鈴本、北大本均在「黑」下斷句，誤。〔三〕原本「惹」字，吴曉鈴本、北大本、吴國欽本、王季思本、甯希元本改作「偌」。吴國欽本「偌大」獨立成句。藍立蓂本注：「惹，與『偌』同。」〔四〕原本「大」字，盧冀野本改作「得」，「惹得」屬下句，誤。吴曉鈴本、北大本「偌大」亦屬下句。藍立蓂校記云：「按譜，此本曲首句，用韵，『大』字韵，盧本、吴本、北本誤。」〔五〕原本「隨」字不清，似「陷」，覆元槧本刻作「陷」，盧冀野本、吴曉鈴本、隋樹森本、北大本、徐沁君本、王季思本、王學奇本因之誤作「陷」。赤松紀彦本認作「陷」，校作「隨」。吴國欽本改作「見」。鄭騫本、甯希元本、藍立蓂本校作「隨」，鄭騫本校記云：「影印原本隨字尚可辨識。覆刻及石印誤作陷字，格律不合，文理不通。（此字應用平聲。）」〔六〕盧冀野本、鄭騫本、吴曉鈴本、吴國欽本、北大本、徐沁君本、隋樹森本、王季思本、王學奇本、甯希元本將「它」改作「他」，藍立蓂本、赤松紀彦本未改。按，可不改。

〔注〕①「惹大」，偌大，如此之大。②「里」，元雜劇中習見「地名＋裏（的）」的用法，「裏」兼具方位詞和結構助詞「的」的功能。③「趓」，同「躲」。

【迎仙客】居在人間〔一〕世①，則合②把路上經过，向〔二〕陰雲中步行因甚麼？往常爪〔三〕関西把它〔四〕圍〔五〕繞合③，今日小校④无多，一部從⑤十余个。

〔校〕〔一〕「間」原本作「問」，各本均已改。〔二〕盧冀野本誤刪「向」字。〔三〕「爪」原本作「瓜」，鄭騫本、徐沁君本、吴國欽本、王學奇本、王季思本、藍立蓂本、赤松紀彦本校作「爪」。徐沁君本校記云：「無名氏《張仲村樂堂》第二折，正末扮演曳拉，是個關西人，句中其他人物都叫他做『爪子』，并且罵他做『爪驢！爪弟子孩兒！爪畜生！』正末唱詞也説：『不似那昨來個爪驢、爪賊、爪馬叫吖吖的眼睛荒。』清唐英《十字坡》雜劇，孫二娘白：『啐！你這瞎眼的爪牛羊，燥了老娘多少脾！』此指劇中副扮之貨郎，貨郎陝西人也。可知『爪』是詈詞。『爪關西』是詈詞轉爲謔詞。」按，這種看法是受了「爪」後面「驢」「畜生」「賊」等詈詞的影響，「爪」字本身并無詈詞義，「爪關西」也并無戲謔之義。徐沁君本也未能注意到「爪」與「關西人」之間的關係。甯希元本改作「慅」，認爲「慅」意思是「憋慅，性格猛烈」，讀音標爲「Cao」，將「爪」標爲「Zao」，二者因音近而假借，「『慅』讀若『爪』，實爲古音之遺留。黄侃《説文同文》：『爪，同叉，又同操。』敦煌變文《韓朋賦》：『宋王大喜，出八輪之車，爪騮之馬』，即爲『棗騮之馬』。元曲中亦多有此例，脉抄本《不伏老》第一折正末云：『我在澄清澗爪馬』，當爲『澡馬』，即洗馬；又，《三戰吕布》第二折孫堅云：『恨不的一刀爪了他首級哩』，本字或當爲『釗』，指殺頭。今陝西秦腔戲中，仍作此讀」。按，甯希元本所引有誤，黄侃《説文同文》：「爪，同叉、㕚。同𠂇、操。」「㕚」非「叉」字，最末二筆是點、捺，不是一筆。可參看黄侃箋識，黄焯編次《説文箋識四種》（上海古籍出版社 1983

年版，第 15 頁）甯希元本所校純係牽强附會，太過迂折，所舉例證不能必然證明「爪」是「懆」之假借，此説亦有濫言假借之嫌，而且「憋懆，性格猛烈」義不能解釋其他文獻中含「爪」的詞語，如「爪子」「爪驢」「爪賊」「爪畜生」等。盧冀野本、隋樹森本校作「時」。吴曉鈴本、北大本保留原形，吴曉鈴本「疑是『從』字」。且志宇認爲「瓜」是「瓜」，「瓜」爲「傻」義，「瓜關西」即愚蠢的關西人，誤。參見且志宇《「瓜娃子」考釋》（《文史雜志》2012 年第 1 期，第 61 頁）按，文獻中「爪」常常修飾「關西」，「關西」包括山西和陝西兩大地域。「爪」是個擬聲詞，音與「找」同，即［tʂɑu^{214}］，用于描摹關西口音的發音特點。［ɑu］是鼻化母音，用［tʂɑu^{214}］描摹關西口音後鼻音重的發音特點是很合適的，關西人因此被稱爲「爪子」或「爪關西」。「爪驢」「爪畜生」等詞中的「爪」亦皆作此解。現代河北辛集方言用「爪聲」指稱外地口音，如「他娶哩個外路媳婦，説話爪聲哩不行（他娶了個外地媳婦，説話外地口音很重）」，還用「爪」模擬小狗的叫聲，如「小狗飢哩爪爪叫（小狗餓得爪爪叫）」。指稱外地口音的「爪」，文獻中也有其例，《醒世姻緣傳》第四回：「晁大舍道：『那位相公相（應爲像）那裹人聲音?』典書回説：『爪聲不拉氣的，像北七縣裹人家。』」可見，從明末清初直至現代的北方方言中，「爪」都有使用，已經由指關西口音泛指外地口音。吕永衛指出，「今徐州方言稱山西人爲『山爪子』，『爪』特指山西口音，無貶義，如董老師説話真爪。山東方言形容外地口音叫『又腔又爪』或『爪言八語』」。此外，「爪」「瓜」二字的糾葛也與古人的四種刻書習慣有關，第一，把「瓜」刻印爲「瓜」；第二，把「瓜」刻印爲「爪」；第三，把「爪」刻印爲「瓜」；第四，把「爪」刻印爲「瓜」。限于篇幅，例子及論述從略。〔四〕原本「它」字，藍立蓂本、赤松紀彦本未改，其他各本均改作「他」。〔五〕「圍」原本作「閪」，吴曉鈴本、北大本校作「閧」，吴曉鈴本「疑是『闌』字」，其他各本均校作「圍」。徐沁君本校記云：「『閧』乃『闌』之誤。元刊本『圍』、『闌』二字，常以音同互用。如金仁傑《追韓信》第四折：『左右槍刀厮闌定。』『闌』應作『圍』。鄭光祖《周公攝政》

第三折：『娘娘道不放微臣出宫圍。』王伯成《貶夜郎》第三折：『香靄暗宫圍。』兩『圍』字均當作『闈』。本曲先誤『圍』爲『闈』，再誤爲『闌』。」按，「圍繞」一詞。

〔注〕①「人間世」，即人世間；人間；世上；俗世。②「合」，該；當；應該；應當。③「合」，相當于「起來」，作補語。④「小校」，低級武官；士兵或小卒。⑤「部從」，隨從；部下。

【石榴花】往常開懷〔一〕常是笑呵呵，絳雲①也似②丹臉〔二〕若頻〔三〕婆③，今日卧蠶〔四〕眉瞅〔五〕定面没羅④。却是爲〔六〕何，雨〔七〕泪如梭〔八〕⑤？割捨了向前先攙逐〔九〕，見咱呵⑥恐怕收羅⑦。行行里⑧恐懼明聞〔十〕破，省可里⑨到〔十一〕把虎軀⑩那〔十二〕。

〔校〕〔一〕「懷」原本作「[illegible]」，盧冀野本校作「顏」，其他各本均校作「懷」。〔二〕「臉」原本作「[illegible]」，盧冀野本、北大本校作「頰」，吴曉鈴本「疑是『眼』字」，其他各本均校作「臉」。〔三〕原本「頻」字，盧冀野本、王季思本改作「蘋」，其他各本未改。〔四〕「蠶」原本作「蚕」，各本均已改。〔五〕「瞅」原本作「[illegible]」，吴曉鈴本校作「[illegible]」，盧冀野本、隋樹森本、鄭騫本、藍立蓂本、赤松紀彦本校作「瞅」，其他各本均作「瞅」。按，「瞅」同「瞅」。〔六〕「爲」原本作「[illegible]」，似「嗚」，盧冀野本、隋樹森本、鄭騫本、北大本校作「因」，甯希元本校作「無」，吴曉鈴本校作「嗚」，校記云：「『嗚』字不文，疑有誤。」其他各本均校作「爲」。徐沁君本指出，「爲」與「嗚」是形近致誤。按，徐沁君本是，今從。〔七〕「雨」原本作「[illegible]」，盧冀野本、隋樹森本、吴曉鈴本、北大本、王學奇本校作「兩」，其他各本均校作「雨」。按，「雨」字是。〔八〕「梭」原本作「[illegible]」，盧冀野本校作「梳」，其他各本均作「梭」。〔九〕原本「攙」字，甯希元本改作「參」。原本「逐」字，鄭騫本、甯希元本、吴國欽本、王季思本改作「過」。其他各本未改。藍立蓂本注：「攙逐，搶步跟隨。攙，搶先。」按，藍立蓂本所注是，有「攙先」一詞，意思是「搶先」。〔十〕「聞」原本作「[illegible]」，似「聞」又似「開」。徐沁君本、甯希元本校作「開」，其他各本校作「聞」。藍立蓂本注：「『聞』字可通，不煩校改。」藍立蓂本《救風塵》第三折第一三三條注：「明聞，明白地表示出來讓人知道。脉望館古名家本闕名氏《藍采和》二折【烏夜啼】:『眼睁睁不敢往前進，不敢明聞。』」按，今從藍立蓂本。〔十一〕原本「到」字，徐沁君本、吴國欽本、甯希元本改作「倒」，其他各本均未改。按，「到」同「倒」。〔十二〕原本「那」字，吴曉鈴本、藍立蓂本、赤松紀彦本未改。吴曉鈴本校記云:「那——即『挪』字。」按，吴曉鈴本是，「那」可用同「挪」，文獻中習見，可不改。

〔注〕①「絳雲」，紅雲，狀臉紅色貌。②「也似」，一般；似的。③「頻婆」，蘋果。藍立蓂本注:「頻婆，柰，蘋果之一種。李時珍《本草綱目》果部卷三十:『柰，梵言謂之頻婆。』」④「面没羅」，發痴；發呆；面無表情。⑤「雨泪如梭」，猶「泪如雨下」，痛哭流泪貌。⑥「呵」，表假設的後置詞，相當于「如果」或「的話」，元代白話文獻中習見。⑦「收羅」，收場；了結。⑧「行行里」，行進中，元雜劇中習見。⑨「省可里」，省得；免得；休要。⑩「虎軀」，强壯的身軀。

【鬬鵪鶉】哥哥道你是陰魂，兄弟是甚麼? 用捨行藏①，尽言始末〔一〕②：則為帳下張達那厮厮〔二〕嗔喝③，兄弟更性〔三〕似火，我本意待侑〔四〕④它〔五〕，誰想它〔六〕興心〔七〕⑤壞我!

〔校〕〔一〕「末」原本作「未」，各本均已改。〔二〕後「厮」原本作一重文符號，盧冀野本、隋樹森本、王季思本校作「那厮那厮嗔喝」，其他各本未改。鄭騫本校記云:「上厮字是名詞，下厮字是副詞。全集（盧冀野本）作那厮那厮嗔喝，非。」按，今從鄭騫本。〔三〕「性」原本作「往」，形近而誤，各本均已改。「更性」吴國欽本誤乙作「性更」。〔四〕「侑」原本作「[illegible]」，吴曉鈴本、隋樹森本校作「[illegible]」，盧冀野本、鄭騫本校作「饒」，北大本校作「侔」，徐沁君本、吴國欽本、王季思本、甯希元本、王學奇本、藍立蓂本、赤松紀彦本校作「侑」。〔五〕〔六〕原本兩「它」字，吴曉鈴本、藍立蓂本、赤松紀彦本未改，其他各本均改作「他」。按，可不改。〔七〕盧冀野本誤删「心」字。

〔注〕①「用捨行藏」，出自《論語·述而》:「用之則行，捨之則

藏」，被任用就出仕，不被任用就退隱。此處指行迹；行止。②「始末」，事情的來龍去脉。③「嗔喝」，呵斥。④「侑」，同「宥」，寬宥；寬恕。⑤「興心」，起壞心；存心。

【上小樓】則為咱當年勇过，將人〔一〕折剉〔二〕①，石亭驛上，拿住〔三〕袁襄，怎生結末〔四〕②？惱犯我，拿住它〔五〕，天靈③捽破。亐圖〔六〕④了他〔七〕怎生饒过！

〔校〕〔一〕「人」原本作「夂」，各本均已改。〔二〕原本「剉」字，鄭騫本、甯希元本、吴國欽本、王季思本、王學奇本改作「挫」，其他各本未改。按，「剉」同「挫」。〔三〕原本「石亭驛上袁襄怎生結末」，疑「袁襄」上脱二字。據曲譜，「石亭」至「結末」應爲【上小樓】第三、四、五句，正格均爲四字。張飛在石亭驛上摔死袁術之子袁襄的故事出自《三國志平話》：「先主即時使張飛爲接伴使，南迎袁襄。約行三十里地，有一亭名曰石亭驛，接著袁襄，二人相見禮畢，張飛置酒三杯。……張飛拿住袁襄，用手舉起，于石亭上便摔。」似可據補「南迎」或「接著」或「拿住」。「拿住」合乎平仄要求，且第七句有「拿住它」，「它」代指袁襄。【上小樓】有【幺篇】换頭，除將首二句换爲三字句外，其餘相同。該曲【上小樓】之後的【幺篇】爲：「哥哥你自喑約，這事非小可。投至的曹操、孫權，鼎足三分，社稷山河。筋厮鎖，俺三個，同行同坐，怎先亡了咱弟兄兩個？」第三、四、五句正格應爲「曹操、孫權，鼎足三分，社稷山河」，此亦可證。赤松紀彦本亦補二空圍。〔四〕「末」原本作「未」，盧冀野本改作「果」，其他各本均校作「末」。鄭騫本校記云：「結末爲曲中常用語，與結果結束同意。」〔五〕原本「它」字，吴曉鈴本、藍立蓂本、赤松紀彦本未改，其他各本均改作「他」。〔六〕「亐圖」原本作「亐周」，覆元槧本刻作「亐固」，吴曉鈴本從。盧冀野本校作「若遇」，其他各本均校作「亐圖」。藍立蓂本校記云：「『亐』乃『虧』字之省，『周』乃『圖』字之誤。」是。〔七〕原本「他」字，徐沁君本、王學奇本、藍立蓂本改作「我」，均無校語。

〔注〕①「折剉」，即挫折；使受挫。②「結末」，結束；結果；收場；

了結。③「天靈」，即天靈蓋。④「亏圖」，使吃虧；謀害；謀算。

【幺篇〔一〕】哥哥你自暗〔二〕約①，這事非小可。投至②的曹操、孫權，鼎足三分，社稷山河。筋斷鎖③，俺三个，同行同坐，怎先亡了咱弟兄兩个？

〔校〕〔一〕「幺篇」原本作「幺」，吴曉鈴本、赤松紀彦本未改。徐沁君本、王季思本、王學奇本、甯希元本改作「幺篇」，其他各本均作「幺」。〔二〕原本「喑」字，盧冀野本誤改作「暗」，誤。

〔注〕①「喑約」，考慮；思忖。②「投至」，等到。③「筋斷鎖」，王學奇本注：「謂人體肢解，只剩筋絡相連。用以比喻山河破碎。」

【哨遍】提起來把荆州摔破，争柰〔一〕①小兄弟也向壕〔二〕中卧！雲霧里自評薄〔三〕②，劉封那厮於礼如何？把那厮碎剮割！糜芳、糜竺，帳下張達，显見的東吴趖〔四〕。先驚覺③與軍師諸葛，後入宫庭托夢与④哥哥。軍〔五〕臨漢上⑤马嘶風，尸〔六〕堰⑥滿江〔七〕心血流波。休想逃亡，没処潛藏，怎生的趖〔八〕？

〔校〕〔一〕原本「柰」字，各本均改作「奈」，藍立蓂本曲文作「奈」，校記引文作「柰」，注曰：「柰，同『奈』。」〔二〕原本「壕」字左側殘損，各本均已改。〔三〕「評薄」原本作「」，盧冀野本校作「拼搏」，吴曉鈴本校作「抨搏」，鄭騫本校作「評博」，王季思本、甯希元本校作「評跋」，甯希元本校記云：「其他各本或有作『評薄』者，亦通。」其他各本均校作「評薄」。〔四〕「趖」字原本不清，覆元槧本空缺，盧冀野本、隋樹森本、吴曉鈴本、北大本作一空圍。鄭騫本「依韻及文義補」一「躲」字，徐沁君本、吴國欽本、王季思本、王學奇本、甯希元本同，赤松紀彦本疑當補「躲」。藍立蓂本作「趖」，注曰：「趖，即『躲』。」按，今從藍立蓂本改，該曲最後一字爲「趖」。〔五〕「軍」原本作「」，各本均校作「軍」。〔六〕「尸」原本不清，但可辨認。覆元槧本空缺，隋樹森本、吴曉鈴本因之作一空圍。藍立蓂本校作繁體「屍」，其他各本均作「尸」。〔七〕盧冀野本「江」下斷句，誤，藍立蓂本已辨明。〔八〕原本「趖」字，吴曉鈴本、藍立蓂本未改，其他各本均作「躲」。

〔注〕①「争柰」，亦作「争奈」「争耐」，即怎奈；怎耐。②「評

薄」，亦作「評泊」，評論；思忖。③「驚覺」，驚醒。④「与」，給。⑤「漢上」，指荆州。⑥「堰」，堵塞。

【耍孩兒】西蜀家炁勢〔一〕威風大，助鬼兵①全无坎坷。糜芳、糜竺共②張達，待③奔波④怎地奔波？直取了漢上纔還國，不殺了賊臣不講和。若是都拿了，好生的將護⑤，省可里⑥拖磨⑦。

〔校〕〔一〕「炁勢」原本作「[illegible]」，藍立蓂本校作「炁勢」，其他各本均作「氣勢」。藍立蓂本注：「炁，古『氣』字。」

〔注〕①「鬼兵」，據《漢語大詞典》，「鬼兵」指「三國蜀將徐瑤統率的軍隊，因其衣裝怪異，故名。」②「共」，和；與。③「待」，要；想要。④「奔波」，此處指逃走。⑤「將護」，控制、保護。⑥「省可里」，省得；免得；以免。⑦「拖磨」，拖延。

【三煞〔一〕】君王索〔二〕①懷痛憂，报了讎也快活。除了刘封，檻車②里囚着三个。並无喜况敲金鐙③，有甚心情和凱歌。若是將賊臣破〔三〕，君王〔四〕將咱祭奠，也不用道場□□〔五〕。

〔校〕〔一〕「三煞」原本作「三」，鄭騫本、徐沁君本、王季思本、甯希元本補「煞」字，其他各本未補。〔二〕原本「索」字，盧冀野本、甯希元本改作「素」，甯希元本校記云：「原本『素』，形誤爲『索』，依盧本改。」其他各本未改。藍立蓂本注：「索，猶啊（疑有誤）。」〔三〕「破」原本作「[illegible]」，覆元槧本刻作「報」，盧冀野本、隋樹森本、吴曉鈴本、王季思本、鄭騫本、北大本因之作「報」，其他各本均校作「破」。按，「破」字韻。〔四〕吴曉鈴本、北大本「君王」屬上句。〔五〕盧冀野本「若是」至該曲結束未斷句。原本「□□」殘作「[illegible]」，鄭騫本、吴國欽本、王季思本、甯希元本、藍立蓂本校作「鑼鈸」，盧冀野本校作「鐙鍩」，隋樹森本、吴曉鈴本、北大本、徐沁君本、王學奇本校作「鐃鍩」，赤松紀彥本作二空圍。按，未知孰是，存疑。

〔注〕①「索」，應；須；得。②「檻車」，囚車，也指可裝載猛獸的帶欄杆的車。③「敲金鐙」，喻凱旋。

【二煞〔一〕】燒□半□□〔二〕，支起九鼎〔三〕鑊①，把那厮四肢梢②一節節剛〔四〕刀剉〔五〕，亏圖〔六〕③了腸肚鷄鴉〔七〕哫〔八〕④，數筭⑤了肥膏⑥猛虎拖〔九〕⑦。咱可〔十〕灵〔十一〕位上端然坐，也不用僧人〔十二〕持咒⑧，道士宣科〔十三〕⑨。

〔校〕〔一〕「二煞」原本作「二」，鄭騫本、徐沁君本、王季思本、甯希元本補「煞」字，其他各本未補。〔二〕原本此句只有「燒」「半」可識，其他三字殘損，分别爲「[illegible]」「[illegible]」「[illegible]」。盧冀野本校作「燒賤半樹□」，隋樹森本校作「燒殘半[illegible]柴」，鄭騫本校作「燒×半×」，徐沁君本校作「燒殘半橛柴」，吴國欽本、北大本、王季思本、王學奇本、甯希元本、藍立蓂本校作「燒殘半堆柴」，吴曉鈴本校作「燒殘半□□」。赤松紀彦本從徐沁君本，但「殘」「橛」二字存疑。按，未知孰是，存疑。〔三〕「鼎」原本作「頂」，徐沁君本、甯希元本、吴國欽本、王學奇本、藍立蓂本、赤松紀彦本改作「鼎」，其他各本均未改。按，應改作「鼎」。元刊本紀君祥《趙氏孤兒》第二折【感皇恩】有「九鼎鑊」一詞。〔四〕原本「剛」字，藍立蓂本、赤松紀彦本未改，其他各本均改作「鋼」。按，不必改。藍立蓂本注：「剛，鋼。」〔五〕原本「剉」字，甯希元本、吴國欽本改作「挫」，其他各本未改。按，不必改。藍立蓂本注：「剉，鍘。」〔六〕「亏圖」原本作「[illegible]」，徐沁君本、吴國欽本、藍立蓂本校作「虧圖」。吴曉鈴本、北大本校作「亏闓」，北大本校記云：「疑當作『亏圖』。」盧冀野本校作「虧剆」。隋樹森本校作「虧闓」。鄭騫本、王季思本、甯希元本校作「剆開」。王學奇本校作「亏闰」，疑爲「剆開」。赤松紀彦本校作「剆開」，但「開」字存疑。按，今從徐沁君本。〔七〕原本「鵶」字，盧冀野本、隋樹森本、吴曉鈴本、北大本、徐沁君本、王學奇本改作「鴨」。甯希元本「鷄鵶」改作「飢鵶」。其他各本未改。鄭騫本校記云：「『鵶啄人腸』語見七里灘雜劇，古樂府中亦有同樣寫法，不必改鴨。」〔八〕「哚」字原本作「[illegible]」，盧冀野本、隋樹森本、赤松紀彦本校作「朶」，吴曉鈴本、北大本、徐沁君本、王學奇本校作「剁」，鄭騫本、吴國欽本、王季思本校作「啄」，甯希元本校作「奪」。藍立蓂本校作「哚」，校記云：「吴曉鈴本、鄭騫本、北京大學本、徐沁君本、甯希元本、吴國欽本、王學奇本并謂原作『朶』。按，元刊本、覆元槧本原作『[illegible]』，左邊『⺈』乃『口』旁俗寫。吴本等誤辨。哚，啄。今北方方言猶有此説。」按，今從藍立蓂本。〔九〕「猛虎拖」原本作「[illegible]」，前字盧冀野本校作「溢」，吴曉鈴本校作「盂」，其他各本校作「猛」。中字徐沁君本、王學奇本校作「覷」，隋樹森本、鄭騫本、吴國欽本、王季思本、甯希元本、藍立蓂本、赤松紀彦本校作「虎」，盧冀野本、吴曉鈴本、北大本校作「虚」。後字徐沁君本、王學奇本校作「他」。〔十〕原本「可」字下部殘缺，盧冀野本校作「們」，鄭騫本校作「人」，甯希元本校作「呵」，隋樹森本、吴曉鈴本作一空圍，吴曉鈴本「疑當作『在』字」，其他各本均校作「可」。〔十一〕「灵」原本殘損，可以辨認出是簡體「灵」殘存下部，各本均校作「靈」或「灵」。〔十二〕原本「人」字，吴國欽本誤改作「厮」。〔十三〕「科」原本作「枓」，各本均校作「科」。

〔注〕①「九鼎鑊」，大鍋，此處用于刑罰。②「四肢梢」，即四肢，「肢」「梢」義同，指身體各部位。③「亏圖」，使吃虧；謀害；謀算。④「哚」，啄。⑤「數筭」，謀算；算計。⑥「肥膏」，肥肉。⑦「猛虎拖」，被猛虎拖走吃掉。⑧「持咒」，唸咒誦經，謂超度，此指佛教法事。⑨「宣科」，念誦經咒，亦謂超度，此指道教法事。

【收尾〔一〕】也不須〔二〕香共燈，酒共果，□〔三〕得①那腔子②里的热血往空潑，超度了哥哥發奠③我！

〔校〕〔一〕原本「收尾」，徐沁君本改作「煞尾」，藍立蓂本按律改作「尾聲」，其他各本未改。〔二〕「須」原本作「烱」，徐沁君本、王學奇本、藍立蓂本校作「須」。盧冀野本、鄭騫本、吴國欽本、王季思本校作「用」。隋樹森本、吴曉鈴本、北大本校作「烟」，吴、北二本均疑「不」下脱一「用」字。徐沁君本校記云：「香燈酒果四物之上，著一『烟』字，則爲贅詞。」甯希元本校作「煩」，認爲「原本偏傍（應爲『旁』）『火』至爲清晰也」。赤松紀彦本疑是「須」或「用」。按，不能確定孰是孰非，此真乃校勘之遺憾也。暫從徐沁君本。〔三〕原本此處幾乎空白，盧冀野本作二空圍，徐沁君本據上下語意補一「但」字。甯希元本、吴國欽本、王學奇本、王季思本從徐沁君本。藍立蓂本校記云：「然從殘存點劃看，恐非是『但』字。」隋樹森本、鄭騫本、北大本、吴曉鈴本、藍立蓂本作一空圍。赤松紀彦本亦作一空圍，疑是「但」字。按，宜存疑。

〔注〕①「得」，能够；某種願望能够實現。②「腔子」，胸腔；胸腹；軀體。③「發奠」，發送、祭奠（逝者）。

第四折

【正宫】〔一〕【端正好】任〔二〕①劬勞②，空生受③，死魂〔三〕兒有国難投。横〔四〕亡④在三个賊臣手，无一个親人救。

〔校〕〔一〕原本無宫調名【正宫】，隋樹森本、鄭騫本、吴國欽本、徐沁君本、王季思本、王學奇本、甯希元本、赤松紀彦本補，其他各本未補。〔二〕原本「任」字，鄭騫本、甯希元本改作「枉」，無據。〔三〕「死魂」二字原本殘作「[illegible]」，覆元槧本空缺。盧冀野本、吴曉鈴本、隋樹森本作二空圍，吴曉鈴本「疑是『那答』二字」。鄭騫本作「一靈」。赤松紀彦本疑是「死魂」二字。其他各本均作「死魂」。〔四〕「横」原本作「[illegible]」，盧冀野本、吴曉鈴本、北大本、甯希元本、吴國欽本、王學奇本、施沈本校作「梗」，隋樹森本校作「頓」，其他各本校作「横」。徐沁君本、藍立蓂本均已指出原本「横」字筆畫簡化。

〔注〕①「任」，任憑；聽憑。②「劬勞」，辛勞；勞苦。③「生受」，承受辛苦、辛勞。④「横亡」，横死；非正常死亡。

【滚綉球〔一〕】俺哥哥丹鳳之目〔二〕①，兄弟虎豹頭②，中它〔三〕人機彀〔四〕③，死的來④不如个蝦蟹泥鰍！我也曾鞭督〔五〕郵，俺哥哥誅文丑，暗襲〔六〕了車胄〔七〕，虎牢関酣戰温侯。咱人三寸氣在千般用，一日無常万事休⑤，壯志難酬！

〔校〕〔一〕「滚綉球」原本簡作「衮秀求」，各本均已改。〔二〕「目」原本作「具」，盧冀野本、隋樹森本、吴曉鈴本、徐沁君本、北大本、王學奇本、施沈本校作「具」，吴國欽本、甯希元本校作「軀」，鄭騫本、王季思本校作「眼」，藍立蓂本、赤松紀彦本校作「目」。徐沁君本校記云：「『具』疑是『目』之形誤。『丹鳳目』指關羽，下句『虎豹頭』張飛自指。」〔三〕原本「它」字，吴曉鈴本、藍立蓂本、赤松紀彦本未改，其他各本均改作「他」。按，不必改。〔四〕「彀」原本作「殺」，各本均已改。〔五〕「鞭督」原本作「鞭及」，北大本、吴國欽本、施沈本校作「鞭及督」，徐沁君本否定了這一意見，認爲「『及』爲『督』之殘字，當改作『督』，不應『及』、『督』并存」。其他各本均作「鞭督」。〔六〕「襲」原本作「灭」，似「滅」之簡體「灭」，又似「襲」之簡體「袭」。鄭騫本、王季思本、甯希元本、藍立蓂本校作「梟」。盧冀野本、隋樹森本校作「殺」。吴曉鈴本、北大本、徐沁君本、吴國欽本、王學奇本、施沈本校作「滅」。赤松紀彦本據《三國志平話》「關公襲車胄」和《三國演義》「關雲長襲斬車胄」校作「襲」。甯希元本校記云：「此處當須平聲。」按，今從赤松紀彦本。〔七〕盧冀野本「胄」誤作「胃」。

〔注〕①「丹鳳之目」，即丹鳳眼，細長而眼角上翹的眼型，形似丹鳳的眼。②「虎豹頭」，像虎豹一樣的頭，喻勇猛。③「機彀」，機謀；圈套；陷阱。④「來」，助詞，無意義。⑤「三寸氣在千般用，一日無常万事休」，指活著一切都好，死了萬事皆休。「三寸氣」，一口氣，代指生命、性命。「千般」，多；多種多樣。「一日」，有朝一日；一旦。「無常」，死；去世。

【倘秀才】往常真户尉①見咱當胸叉手，今日見㕛判官②趨前退後③，元〔一〕來④這做鬼的比陽人⑤不自由！立在丹墀⑥内，不由我泪交流，不見一班兒⑦故友。

〔校〕〔一〕原本「元」字，吴國欽本、王季思本改作「原」。按，不必改。

〔注〕①「户尉」，門神，左爲門丞，右爲户尉。②「㕛判官」，「判官」是陰司閻羅王下掌管生死簿的官員。「㕛」有蔑視之義。③「趨前退後」謂畢恭畢敬，小心謹慎。④「元來」，原來。⑤「陽人」即陽間之人。⑥「丹墀」，宫殿或祠廟的紅色臺階。⑦「一班兒」，猶一幫；一群。

【滚綉球〔一〕】那其間①正〔二〕暮秋②，九月九，正是帝王的天壽③，列〔三〕丹〔四〕墀宰相王侯〔五〕。攘〔六〕的我奉④玉甌⑤，進御酒⑥，一齊山〔七〕壽⑦，官里⑧回言道臣宰千秋。往常擺〔八〕滿宫彩〔九〕女在堦〔十〕基⑨

下，今日駕一片愁雲在殿角頭⑩，痛泪〔十一〕交流！

〔校〕〔一〕「滚綉球」原本簡作「衮秀求」，各本均已改。〔二〕「正」原本作「王」，各本均已改。〔三〕「列」原本作「烈」，唯藍立蓂本未改，注曰：「烈，通列。」〔四〕藍立蓂本校記云：「覆元槧本『丹』誤作『舟』。吴國欽本校記、王季思本校記謂『丹』原作『舟』。按，作『舟』者乃覆元槧本，非元刊本，吴本、王本誤校。」〔五〕「侯」原本不清，覆元槧本缺，吴曉鈴本因之作一空圍。其他各本均作「侯」。〔六〕「攘」原本作「[illegible]」，盧冀野本校作「□朱衣」，隋樹森本、吴曉鈴本作「□衣」，鄭騫本作「×衣」，北大本、施沈本作「方依」，甯希元本作「讓」。赤松紀彦本作一空圍。其他各本校作「攘」。徐沁君本將原字認作「襄」，校記云：「『襄』爲『攘』之簡省。元刊本馬致遠《陳摶高卧》第二折：『鬧攘攘的黄閣上爲官的貴人。』『攘』字正簡寫作『襄』。『攘』有鬧攘、勞攘、亂攘諸義。關氏《單刀會》第三折：『小可如我百萬軍中刺顔良時那一場攘。』」按，今從徐沁君本。〔七〕原本「山」字，盧冀野本、鄭騫本、王季思本改作「上」，誤。〔八〕「擺」原本作「[illegible]」，覆元槧本刻作「擇」，盧冀野本、隋樹森本、吴國欽本、吴曉鈴本、北大本、鄭騫本、施沈本校作「擇」，其他各本作「擺」。徐沁君本校記云：「擺，排列義，往往與排、列對舉或并用。」〔九〕「彩」原本作「[illegible]」，吴曉鈴本、隋樹森本、北大本、施沈本作一空圍。王學奇本作「彩」。其他各本作「綵」。按，殘字與「彩」更接近，今從王學奇本。〔十〕「堦」原本作「[illegible]」，吴國欽本、徐沁君本、王學奇本、北大本、甯希元本、施沈本校作「阶」，鄭騫本、王季思本校作「階」，盧冀野本、隋樹森本、吴曉鈴本、藍立蓂本、赤松紀彦本校作「堦」。〔十一〕王學奇本「泪」字誤改作「愁」。

〔注〕①「那其間」，那時候。②「暮秋」，晚秋；深秋。③「天壽」，帝王壽誕日。④「奉」，進獻。⑤「玉甌」，玉製酒杯。⑥「御酒」，帝王飲用或賞賜的酒。⑦「山壽」，長壽，語出《詩經·小雅·天保》：「如南山之壽，不騫不崩。」此處用如動詞，指祝皇帝長壽。⑧「官里」，皇帝；君王。⑨「堦基」，臺階。⑩「殿角頭」，殿角

上。因押韵而用「頭」。

【叨叨令】碧粼粼①緑水波紋〔一〕皺〔二〕，疎〔三〕剌剌②玉殿③香〔四〕風透。皁〔五〕朝靴跐〔六〕不響玻璃甃④，白象笏⑤打不響黄金獸⑥。元來⑦咱死了也麼哥，咱死了也麼哥〔七〕，耳听銀箭〔八〕⑧和更漏⑨。

〔校〕〔一〕「紋」原本作「[illegible]」，可辨認。覆元槧本缺，盧冀野本、吴曉鈴本作一空圍。其他各本均作「紋」。〔二〕「皺」原本作「[illegible]」，覆元槧本刻作「忽」，盧冀野本、吴曉鈴本因之作「忽」，吴曉鈴本「忽」字屬下句。其他各本均校作「皺」。按，今從衆校作「皺」。〔三〕「疎」原本作「[illegible]」，盧冀野本脱此字，王季思本、王學奇本、施沈本作「疏」，甯希元本作「踈」，其他各本均作「疎」。〔四〕原本「香」字，徐沁君本誤改作「金」。〔五〕「皁」原本作「早」，鄭騫本、徐沁君本、吴國欽本、甯希元本、王季思本、赤松紀彦本改作「皂」。王學奇本作「皁」。盧冀野本、隋樹森本、北大本、吴曉鈴本、藍立蓂本、施沈本未改。藍立蓂本校記云：「《廣雅·釋器》：『早，黑也。』王念孫疏證：『陸璣《毛詩疏》云：『早斗殼爲汁，可以染早。』《説文》作草，俗作皁。』」按，該字與下句「白」對舉，是顔色詞，爲更明顯表明這一點，應校作「皁」或「皂」，二者皆黑義，「皁」更形近。〔六〕「跐」原本作「[illegible]」，覆元槧本缺，隋樹森本、吴曉鈴本因之作一空圍。盧冀野本、鄭騫本、王季思本校作「踏」。施沈本作「[illegible]」。其他各本均作「跐」。徐沁君本據白樸《流紅葉》劇「緊跐定玻璃鴛甃」校作「跐」。按，今從徐沁君本。〔七〕第一個「也麼哥」下有一點，應是重文符號。王學奇本脱第二句。盧冀野本、隋樹森本、吴曉鈴本、北大本、徐沁君本、吴國欽本、甯希元本、赤松紀彦本、施沈本不疊「元來」二字。〔八〕「箭」原本作「前」，各本均已改。

〔注〕①「碧粼粼」，水緑而光亮貌。②「疎剌剌」，擬聲詞，此處狀風聲。亦作「疏剌剌」「踈辣辣」「疎喇喇」。③「玉殿」，皇宫中的宫殿。④「玻璃甃」，玻璃磚。⑤「白象笏」，古代大臣上朝時所執的象牙做的板子，也叫手板，材質除象牙外，還有竹木、玉石等。⑥「黄金獸」，宫殿裏用于熏香的黄金打造的獸。⑦「元來」，原

來。⑧「銀箭」，古代銀質的用來計時的漏箭。⑨「更漏」，古代滴漏計時器。

【倘秀才】官里向龍床上高声问候，臣向燈影内恓〔一〕惶①頓首，躲〔二〕避着君王倒退〔三〕着走〔四〕。只管里②問緣由，歡容兒③抖擻④。

〔校〕〔一〕「恓」原本作「[illegible]」，隋樹森本校作「悽」，其他各本均作「恓」。〔二〕「躲」原本作「探」，各本均校作「躲」。〔三〕原本「退」字，甯希元本誤改作「褪」。〔四〕原本「走」字，盧冀野本、吴曉鈴本誤改作「後」。

〔注〕①「恓惶」，悲傷不安，亦作「悽惶」。②「里」，詞綴，無意義。③「歡容兒」，笑臉；愉悦的神情。④「抖擻」，精神振奮貌。

【呆古朵】終是三十年交契①懷着□〔一〕，咱心〔二〕相愛志意相投。遶着②二兄長根〔三〕前③，不離了小兄弟左右。一个是急颭颭〔四〕雲間鳳，一个是威凛凛〔五〕山中獸。昏慘慘風内燈，虚飄飄水上漚④。

〔校〕〔一〕此字原本作「[illegible]」，徐沁君本、王學奇本、藍立蓂本校作「愁」，赤松紀彦本疑是「愁」。盧冀野本作「心想」二字。隋樹森本、北大本、施沈本作一空圍。鄭騫本作「×」。甯希元本作「旧」。吴國欽本、王季思本作「熟」。吴曉鈴本作「[illegible]」，「懷着[illegible]」屬下句。按，未知孰是，存疑。〔二〕原本「咱心相愛」，盧冀野本作「相處」二字，吴曉鈴本作「想相處」三字。〔三〕原本「根」字，唯王季思本改作「跟」。按，不必改。〔四〕「急颭颭」原本作「吉占人」，甯希元本、藍立蓂本校作「頡頏」，盧冀野本、鄭騫本校作「吉瑞」，隋樹森本校作「吉佑」，吴曉鈴本、北大本、施沈本校作「吉贞」，校記云：「『贞』字疑訛。」徐沁君本、吴國欽本、王季思本、王學奇本、赤松紀彦本校作「急颭颭」。徐沁君本校記云：「『吉』爲『急』的同音借用，『占』爲『颭』的簡寫，『占』下『人』爲重文符號。『急颭颭』爲元曲中習見語，關劇即屢用之。《單刀會》第四折：『急颭颭雲帆扯。』《望江亭》第三折：『您娘向急颭颭船兒上去也。』《陳母教子》第三折：『急颭颭的三檐傘低。』他例不具引。」按，今從徐沁君本。〔五〕原本「凛」字不叠，徐沁君本、吴國欽本、王季思本、王學奇本、赤松紀彦本叠。今從。「威凜凜」對「急颩颩」。

〔注〕①「交契」，交情；友情。②「着」，在。③「根前」，同「跟前」，元代白話文獻習見。④「水上漚」，水面上的氣泡或泡沫。

【倘秀才】官里身軀在龍楼鳳楼①，魂魄赴荆州閬州，争知②兩座磚城換做土丘！天曹③不受，地府④難收，无一个去就⑤！

〔注〕①「龍楼鳳楼」，即龍樓鳳閣、龍樓鳳闕，代指帝王的宫殿。因押韵末字用「楼」。②「争知」，怎知。③「天曹」，天上的官署。④「地府」，陰間；陰司。⑤「去就」，選擇，此處指著落。

【滚綉球〔一〕】官里恨不休，怨不休，更怕俺不知你那勤厚①，為甚俺死魂兒全不相俫〔二〕！敘故旧〔三〕②，厮问候，想那說來的前咒③，桃園中宰白马烏牛④。結交兄長存終始，俺伏〔四〕侍君王不到頭⑤，心緒〔五〕悠悠⑥！

〔校〕〔一〕「滚綉球」原本簡作「衮秀求」，各本均已改。〔二〕原本「俫」字，吴曉鈴本改作「倸」，鄭騫本改作「睬」，吴國欽本、王季思本改作「睬」，其他各本未改。按，不必改。藍立蓂本注：「俫，即睬，猶理睬。」〔三〕原本「旧」字，覆元槧本誤作「由」，盧冀野本、鄭騫本、吴曉鈴本、北大本、吴國欽本、王季思本、施沈本因之誤作「由」。〔四〕原本「伏」字，吴國欽本、王季思本改作「服」。按，不必改，「伏侍」同「服侍」。〔五〕「緒」原本作「暗」，吴國欽本、王季思本、徐沁君本、王學奇本、甯希元本、藍立蓂本、赤松紀彦本改作「緒」，其他各本未改。按，應改爲「緒」，徐沁君本校記云：「此元曲習用語。」

〔注〕①「勤厚」，殷勤厚道。②「故旧」，過去的友情、交情。③「前咒」，以前的誓言。④「桃園中宰白馬烏牛」，指劉關張桃園三結義之事。「白马烏牛」是盟誓或祭祀時用的犧牲。⑤「伏侍君王不到頭」，元雜劇習語，指爲君王服務一輩子却不得善終。⑥「心緒悠悠」，指心情惆悵、悲傷。

【三煞】來日交〔一〕諸葛將二〔二〕愚男①將引②丁寧〔三〕奏，兩行泪才那〔四〕不断頭。官里緊緊的相留，怕〔五〕不待慢慢的等候，怎禁那滴滴銅壺③，點點更籌④。久停久住，頻去頻來，添悶添愁！來時節玉蟾〔六〕⑤出東海，去时節殘月下西楼。

〔校〕〔一〕原本「交」字，盧冀野本、隋樹森本改作「教」。按，不必改，「交」同「教」。〔二〕盧冀野本脱「二」字。〔三〕原本「丁寧」，吴國欽本、王季思本改作「叮嚀」，其他各本未改。藍立蓂本注：「丁寧，詳細。」〔四〕「那」原本作「[illegible]」，各本均校作「那」。鄭騫本校記云：「那爲挪之省文。」藍立蓂本注：「那，用于句中，表語氣之停頓。」〔五〕「怕」原本作「快」，吴國欽本、王季思本、甯希元本、藍立蓂本、赤松紀彦本改作「怕」，其他各本未改。藍立蓂本注：「怕不待，豈不要。」徐沁君本校記云：「疑當作『怕』。」王學奇本注云：「『快』，急的意思。『不待』，懶得、不想、不願意。『快不待慢慢的等候』，是説急得不願意慢慢等候。」按，應改作「怕」，「怕不待」即「豈不要」，也作「怕不大」「怕不道」。句意是説劉備苦留關、張魂魄，豈不要慢慢等待，但魂魄來見劉備是有時間限制的，長時間停留或頻繁往來，會增添愁悶。〔六〕「蟾」原本作「[illegible]」，各本均校作「蟾」。

〔注〕①「愚男」，謙稱。②「將引」，引導；帶領；引路。③「銅壺」，滴漏計時器。④「更籌」，古代夜晚報時用的計時竹籤。⑤「玉蟾」，代指月亮。傳説月宫中有三足蟾蜍。

【二煞〔一〕】相逐着古道狂風走，趕定長〔二〕江雪浪①流。痛哭悲凉〔三〕，少添僝〔四〕僽②。拜辭了龍顔，苦度春秋。今番若不説，後過〔五〕難來〔六〕，千〔七〕則千休③！丁寧④説透，分明的報冤讎！

〔校〕〔一〕原本無「煞」字，鄭騫本、徐沁君本、王季思本、王學奇本、甯希元本補「煞」字。今從。〔二〕「長」原本作「湘」，徐沁君本、吴國欽本、王季思本、王學奇本、藍立蓂本改作「長」。徐沁君本校記云：「吴蜀交兵，與湘江無涉。本折【尾】：『駐馬向長江雪浪流。』據改。」按，今從徐沁君本改。〔三〕「凉」原本作「京」，唯吴曉鈴本未改，校記云：「疑當作『凉』字。」其他各本均改作「凉」。〔四〕「僝」原本作「潺」，唯吴曉鈴本未改。〔五〕「過」原本作「[illegible]」，隋樹森本、藍立蓂本校作「遍」，其他各本均校作「過」。徐沁君本、王學奇本均「疑當作『遍』」。按，未詳何義，暫從眾校作「過」。〔六〕原本「來」字，甯希元本誤作「求」。〔七〕原本「千」字，覆元槧本誤作「十」，盧冀野本、隋樹森本、吴曉鈴本因之作「十」。

〔注〕①「雪浪」，白色浪花。②「僝僽」，煩惱；煩悶。③「千則千休」，藍立蓂本注：「猶言全完了。」④「丁寧」，詳細。

【尾〔一〕】飽諳①世事〔二〕慵②開口，會尽③人間只點頭。火速的驅軍④炫〔三〕戈矛⑤，驻马向長江雪浪流，活拿住糜芳共糜竺，閬州里張達檻車内囚。杵尖上挑〔四〕定四顆頭，腔子⑥内血向成都鬧市里流，強如⑦与⑧俺一千小盞黄封頭⑨祭酒〔五〕⑩！

〔校〕〔一〕原本「尾」，鄭騫本、甯希元本、王季思本補作「煞尾」，徐沁君本補作「遂煞尾」。〔二〕原本「事」字，盧冀野本誤改作「裏」。〔三〕「炫」原本作「怰」，鄭騫本、藍立蓂本校作「統」，吴國欽本、王季思本校作「炫」，其他各本均校作「校」。按，今從吴國欽、王季思本，該句正格字節奏爲「火速/驅軍/炫戈矛」。〔四〕「挑」原本作「[illegible]」，鄭騫本、王季思本、藍立蓂本、赤松紀彦本校作「挑」，其他各本均校作「排」。〔五〕「酒」原本作「[illegible]」，鄭騫本、吴國欽本、徐沁君本、王季思本、甯希元本、藍立蓂本、赤松紀彦本將「[illegible]」認作「奠」，并于「奠」下補一「酒」字。盧冀野本、施沈本校作「奠」。吴曉鈴本校作「奠」，并于「奠」下補二空圍。隋樹森本校作「奠」，并于「奠」下補一空圍。王學奇本校作「酒」。北大本校作「奠」，并疑有脱文。按，今從王學奇本。

〔注〕①「飽諳」，熟知。②「慵」，懶；懶得。③「會尽」，都經歷過後全明白。④「驅軍」，使軍隊行動。⑤「炫戈矛」，炫耀兵器，謂準備戰鬥。⑥「腔子」，胸腔；腹腔；軀體。⑦「強如」，强于；比……强。「如」是比較標記。「A 强如 B」體現 VO 型的語序類型。⑧「于」，給。⑨「黄封頭」，王學奇本注：「即御酒。皇帝賞賜的酒，以黄色泥封住瓶口，故稱御酒爲『黄封』或『黄封頭』。」⑩「祭酒」，祭奠用的酒。

大都新編関張雙赴西蜀夢全〔一〕

〔校〕〔一〕吴曉鈴本、吴國欽本、隋樹森本、北大本、王季思本、王學奇本、藍立蓂本、赤松紀彦本删「大都新編関張雙赴西蜀夢全」。徐沁君本作「大都新編《關張雙赴西蜀夢》全」，(「赴」誤作「赶」)。盧冀野本、甯希元本作「關張雙赴西蜀夢雜劇終」，鄭騫本作「關張雙赴西蜀夢終」。

新刊関目詐妮子調風月

關漢卿

校本十七種

鄭騫本：鄭騫《校訂元刊雜劇三十種》

徐沁君本：徐沁君《新校元刊雜劇三十種》

甯希元本：甯希元《元刊雜劇三十種新校》

王季思本：王季思《全元戲曲》（第一卷）

王季思寫定本：王季思《王季思學術論著自選集·〈詐妮子調風月〉寫定本説明》

盧冀野本：盧冀野《元人雜劇全集》（第一册）

隋樹森本：隋樹森《元曲選外編》（第一册）

吴國欽本：吴國欽校注《關漢卿全集》

吴曉鈴本：吴曉鈴等編校《關漢卿戲曲集》

王學奇本：王學奇等《關漢卿全集校注》

北大本：北京大學中文系《關漢卿戲劇集》

藍立蓂本：藍立蓂《匯校詳注關漢卿集》（上册）

鄭振鐸本：鄭振鐸編《世界文庫》（第七册）

劉堅本：劉堅《近代漢語讀本》

康李本：康保成、李樹玲選注《關漢卿選集》

施沈本：施紹文、沈樹華《關漢卿戲曲集導讀》（選零折－第三折）

高橋繁樹本：高橋繁樹等《新校訂元刊雜劇三十種》（四）

第一折

（老孤①、正末②一折③）（正末、卜〔一〕兒一折）（夫人上，云住④）（正末見夫人，住）（夫人云了，下）（正末〔二〕書院坐定）（正旦扮侍妾上〔三〕）夫人言語，道有小千户⑤到來，交〔四〕燕燕伏〔五〕侍去〔六〕，别个不中⑥，則尔〔七〕去。想俺這等人好難呵！〔八〕

〔校〕〔一〕原本「卜」字，甯希元本改作「六」，校記云：「元曲中多稱書童爲『六兒』，猶丫鬟之稱『梅香』。此處指小千户帶領書童六兒去洛陽探親。原本『六兒』，誤作『卜兒』。各本失校。」王季思寫定本云：「老孤、卜兒是小千户的父母。老孤、正末一折，正末、卜兒一折，依元劇慣例推測，應是小千户的父親吩咐小千户去探親，小千户聽了父親吩咐後再跟父母作别，然後他們先後下了場。」藍立蓂本注：「卜兒，元劇中老年婦女扮演者的俗稱。王國維《古劇脚色考》：『扮老婦者，謂之卜兒。』市語也稱老婦爲卜兒。闕名氏《墨娥小録》卷十四『行院聲嗽·人物』：『婆婆：卜兒。』本劇中爲小千户之母。」按，據王季思寫定本、藍立蓂本，甯希元本誤改。〔二〕盧冀野本「末」下衍一「下」字。〔三〕鄭騫本、徐沁君本、王季思本、王學奇本、高橋繁樹本此處補「云」字，其他各本未補。〔四〕原本「交」字，盧冀野本、隋樹森本、王季思本改作「教」。按，「交」同「教」，不必改。〔五〕原本「伏」字，吴國欽本、王季思本、王季思寫定本、康李本改作「服」。按，「伏侍」同「服侍」，不必改。〔六〕原本「去」字，藍立蓂本誤作「云」。〔七〕原本「尔」字，鄭振鐸本、藍立蓂本未改，其他各本均改作「你」。〔八〕徐沁君本、王季思本、王學奇本此處補「唱」字。

「夫人」至「難呵」，各本標點、斷句有異。吴國欽本、康李本作「夫人言語，道有小千户到來，交燕燕服侍去。『别個不中，則你去。』想俺這等人好難呵！」徐沁君本、王學奇本作「夫人言語，道有小千户到來，交燕燕伏侍去：『别個不中，則你去！』想俺這等人好難呵！」劉堅本作「夫人言語，道有小千户到來，交燕燕伏侍去。

『别個不中，則你去!』想俺這等人好難呵!」王季思本作「夫人言語道：『有小千户到來，教燕燕服侍去，别個不中，則你去。』想俺這等人好難呵!」王季思寫定本作「夫人言語道：『有小千户到來，交燕燕服侍去，别個不中，只你去。』想俺這等人好難呵!」鄭騫本、甯希元本作「夫人言語道：『有小千户到來，交燕燕服侍去，别個不中，則你去。』想俺這等人好難呵!」藍立蓂本作「夫人言語道：『有小千户到來，交燕燕服侍云，别個不中，則爾去。』想俺這等人好難呵!」鄭振鐸本作「夫人言語道，有小千户到來，交燕燕服侍去。『别個不中，則爾去。』想俺這等人好難呵!」其他各本「夫人」至「難呵」均處理爲燕燕賓白，不直接引用夫人原話。

〔注〕①「孤」，元劇中官員扮演者的俗稱。「老孤」，扮演老年官員的角色。本劇「老孤」扮演小千户之父。（參見藍立蓂本）②「正末」，藍立蓂本注：「正末，元劇角色名。《太和正音譜》卷上：『當場男子，謂之末。』焦循《劇説》卷一：『考元曲無生之稱，末即生也。』本劇係旦本，『正末』實應作『末』。本劇中爲小千户。」③「一折」，藍立蓂本注：「一折，猶今戲劇中之過場。元刊本中，這種用以貫穿前後情節的簡短表演，常注以『一折』或『一折了』。」④「住」，元雜劇中用來表示角色做完某動作。「云住」猶「説完」。⑤「千户」，古代武官名，金代爲世襲官制，「小千户」即千户之子。⑥「不中」，不行；不可以。

【仙吕】〔一〕【点絳唇】半世為人，不曾交〔二〕大人①心困②。虽是搽胭〔三〕粉，子〔四〕争③不裹頭巾④，將那等不做人⑤的婆娘恨。

〔校〕〔一〕原本無宫調名【仙吕】，吴國欽本、隋樹森本、鄭騫本、徐沁君本、王季思本、王學奇本、甯希元本、康李本、高橋繁樹本補，其他各本未補。〔二〕原本「交」字，盧冀野本、隋樹森本、吴國欽本、王季思本、康李本改作「教」。按，「交」同「教」，不必改。〔三〕「胭」原本作「𦙶」，鄭騫本、吴曉鈴本、鄭振鐸本未改，其他各本均改作「胭」。〔四〕原本「子」字，盧冀野本、王季思本、王季思寫定本、隋樹森本、吴國欽本、鄭振鐸本、康李本改作「只」。按，「子」同「只」，不必改。

〔注〕①「大人」，父母；長輩。②「心困」，心煩；操心。③「争」，差；相差。今河北辛集方言「争你一塊錢」，即差你一塊錢，欠你一塊錢。④「不裹頭巾」，即不戴頭巾。「子争不裹頭巾」是燕燕説自己才能不輸男子，和男人比，只差一塊頭巾。⑤「不做人」，謂不争氣。

【混江龍】男兒人若不依本分，不〔一〕搶白①是非兩家分。壯鼻凹②硬如石鐵，交〔二〕滿耳根都做了燒雲③。普天下漢子佲做□□□〔三〕都先有意，牢把定〔四〕自己休不成人④。雖然兩家无意，便待⑤一面成親，不分曉⑥便似包着一肚皮乾牛糞⑦。知人无意，及早⑧抽身⑨。

〔校〕〔一〕原本「不」字，吴國欽本、王季思本、王季思寫定本、甯希元本、康李本改作「一个」。〔二〕原本「交」字，隋樹森本、吴國欽本、王季思本、王季思写定本、康李本改作「教」。按，「交」同「教」，不必改。〔三〕「佲做□□□」原本作「佲[illegible]」，「[illegible]」盧冀野本删，徐沁君本、王學奇本、藍立蓂本、高橋繁樹本校作「做」，吴曉鈴本、隋樹森本、鄭騫本、北大本、劉堅本、鄭振鐸本作一空圍，甯希元本校作「他」，吴國欽本、王季思本、王季思寫定本、康李本校作「教」，劉堅本疑是「教」。藍立蓂本校記云：「本劇『教』作『交』，此例似不應例外。儘做，猶即使。」按，各本均未注意曲律要求。【混江龍】第五、六句須對，平仄爲：×仄×平平仄仄，×平×仄仄平平。此二句應爲「四三」或「二二三」節奏的對仗句。第六句正格字爲「把定自己不成人」，第五句「先有意」應與「不成人」對，「普天下漢子」不可能與「把定自己」相對。對句中的襯字亦多須相對，故「佲」「牢」必對。因此，與「把定自己」相對的只能是「[illegible]□□□」，「[illegible]」下脱三字。「[illegible]□」應與「把定」一樣，爲述補結構。故「做」比「教」似更好些，因爲使令詞「教」不帶補語。暫校作「做」。「做□」後的「□□」應爲雙音節代詞或名詞，與「自己」相對。〔四〕盧冀野本、鄭振鐸本將「牢把定」屬上句，藍立蓂本校記云：「本句意爲：牢牢把握住自己，别没出息。似不應『定』下讀斷。定，猶住。」

〔注〕①「搶白」，猶責備、奚落、頂嘴。②「壯鼻凹」，謂臉皮厚。

「鼻凹」是鼻翼凹下去的地方。③「燒雲」，即火燒雲，紅雲。「滿耳根都做了燒雲」，謂害羞；羞赧。④「不成人」，謂没出息。⑤「待」，要。⑥「分曉」，明白，動詞。⑦「包着一肚皮乾牛糞」，謂糊塗。⑧「及早」，儘快；趁早。⑨「抽身」，脱身；離開。

【油葫芦】大剛來①婦女每②常川③有些没事〔一〕哏〔二〕④，止〔三〕不过人道村⑤，至如那村字兒有甚辱家門？更怕〔四〕我脚踏〔五〕虛地難安穩，心無實事自資隱⑥。即漸⑦了〔六〕虛變〔七〕做實假做真，直到說得交〔八〕太〔九〕半人評論，那时節⑧旋⑨洗垢不盤根〔十〕。

〔校〕〔一〕「事」原本作「是」，吴國欽本、徐沁君本、王季思本、王季思寫定本、劉堅本、甯希元本、藍立蓂本、康李本改作「事」，其他各本未改。〔二〕原本「哏」字，吴國欽本、王季思本、王季思寫定本、徐沁君本、甯希元本、康李本、高橋繁樹本改作「狠」。藍立蓂本注：「陳垣《元典章校補釋例》卷四第二十九『不諳元時用語而誤例』云：『哏字，亦元時常語，猶言甚也，今或作狠。』没事哏，過分凶狠。」〔三〕原本「止」字，吴國欽本、康李本改作「只」。〔四〕「怕」原本作「帕」，唯鄭振鐸本未改。〔五〕「踏」原本作「查」，吴國欽本、徐沁君本、北大本、王學奇本、甯希元本、王季思本、藍立蓂本、康李本校作「踏」。藍立蓂本注：「踏，踩，踏。元劇習用，例不贅。洛陽、徐州方言猶説『踩』爲『踏』。脚踏虛地，即一脚踩空，意指中計上當。」鄭振鐸本、吴曉鈴本、劉堅本未改，吴曉鈴本「疑當作『踏』字」，劉堅本注：「『查』即『踏』」。盧冀野本、隋樹森本、鄭騫本、王季思寫定本校作「踏」。高橋繁樹本删「脚查虛地」。〔六〕原本「了」字，王季思寫定本、甯希元本、高橋繁樹本改作「裏」，其他各本未改。藍立蓂本注：「了，猶地。」〔七〕「變」原本爲簡體「变」，覆元槧本誤刻作「交」，鄭振鐸本、鄭騫本、吴曉鈴本、劉堅本沿誤，盧冀野本、隋樹森本校作「教」。誤。〔八〕原本「交」字，吴國欽本、隋樹森本、王季思本、王季思寫定本、康李本改作「教」。按，「交」同「教」，不必改。〔九〕「太」原本作「太」，北大本、藍立蓂本校作「太」，其他各本均作「大」。藍立蓂本注：「太半，大半。《史記·項羽本紀》：『漢有天下太半。』裴駰集解引韋昭曰：『凡數三分有二爲太半，一爲少半。』」〔十〕原本「不盤根」，甯希元本改作「求瘢痕」。按，「不盤根」无误，無須校改。甯希元本「洗垢求瘢痕」所本爲成語「洗垢求瘢」，亦作「洗垢求瑕」「洗垢索瘢」，意爲：洗净污垢尋找瑕疵，比喻竭盡全力找尋缺點。若如此解釋，則不符合燕燕本意。燕燕把原本没影兒的事（與小千户成婚）逐漸變成現實，當有很多人議論此事時就要趁機下手，終止議論。從劇情來看，燕燕一直有意于小千户，其目的不是把事情搞砸，而是要借助輿論之勢玉成與小千户的婚事。故此處「洗垢不盤根」指澄清事实但不問根由。關漢卿此處用「洗垢」是對「洗垢求瘢」的化用，是对成語的不完全使用。【油葫蘆】末句正格五字，首字平仄不拘，後四字平仄要求爲「仄仄平平」，「洗垢不盤根」正好合乎平仄要求。盧冀野本、藍立蓂本、鄭振鐸本、鄭騫本、徐沁君本、甯希元本「垢」下未斷，其他各本均在「垢」下點斷。據曲律要求，「垢」下不應點斷。

〔注〕①「大剛來」，大概；總之；通常。亦作「大綱來」「待剛來」。「來」，詞綴。②「每」，複數標記，們。③「常川」，通常；經常；不時。④「没事哏」，過分凶狠，「哏」同「狠」。亦作「没事狠」「無事狠」「無事哏」。⑤「村」，鄙俗；粗野。⑥「資隱」，隱藏。「資」，「隱；藏」。「資隱」與上句「安穩」對。宋代楊億《受詔修書述懷感事三十韻》：「紬繹資金匱，規模出玉除」，「資」與「出」相對，「資」爲「隱」，「出」爲「顯」。⑦「即漸」，逐漸；漸漸。⑧「那时節」，那時候；那樣的話。⑨「旋」，就；便。

【天下樂】合下手休交〔一〕惹意〔二〕論①。（見末〔三〕了）（末云了〔四〕）哥哥的家門，不是一跳身②。（末云了〔五〕）便似一團兒掿③成官定粉④。燕燕敢道末?〔六〕（末云了〔七〕）和哥哥外名〔八〕⑤，燕燕也記得真，喚做磨〔九〕合羅⑥小舍人⑦。（末云了〔十〕）（捧砌末⑧唱）

〔校〕〔一〕原本「交」字，盧冀野本、王季思本、王季思寫定本、隋樹森本、吴國欽本、康李本改作「教」。按，「交」同「教」，不必改。〔二〕原本「意」字，盧冀野本、鄭振鐸本、吴曉鈴、藍立蓂本未改，其他各本均改作「議」。藍立蓂本注：「意。猜测。《管子・小問》:『君子善謀而小人善意。』意論，猜測談論。」按，不必改。〔三〕徐沁君本、王學奇本「末」上補一「正」字。〔四〕徐沁君本、王學奇本「末」上補一「正」字。王季思寫定本「了」下補「（旦唱）」。徐沁君本、王季思本、王學奇本補「（正旦唱）」。〔五〕徐沁君本、王學奇本「末」上補一「正」字。王季思寫定本「了」下補「（旦唱）」。徐沁君本、王季思本、王學奇本補「（正旦唱）」。〔六〕原本「燕燕敢道末」爲大字，盧冀野本、鄭振鐸本仍爲大字曲文，其他各本均改作夾白。「燕燕」上王季思寫定本補「（旦云）」，鄭騫本、王季思本補「（云）」，徐沁君本、王學奇本補「（帶云）」，高橋繁樹本補「《正旦云》」。「末」字隋樹森本、吴國欽本、王季思寫定本、康李本改作「麽」，其他各本未改。藍立蓂本注:「末，與『麽』同，不煩校改。」〔七〕王季思寫定本「了」下補「（旦唱）」，徐沁君本、王學奇本、王季思本補「（正旦唱）」，徐沁君本、王學奇本「末」上補一「正」字。〔八〕鄭騫本「名」下補「兒」字，校記云:「原無兒字，今補。少此字不合句法。」藍立蓂本據補。〔九〕原本「磨」字，甯希元本改作「摩」，王季思本改作「魔」。按，不必改。〔十〕徐沁君本、王學奇本「末」上補一「正」字。鄭振鐸本將「末云了」與下句科介「捧砌末唱」連爲一句。藍立蓂本已辨明「捧砌末唱」是正旦科介，不是末的科介。

〔注〕①「意論」，以己之意發表議論。②「一跳身」，一下子成功。③「搭」，捏。④「官定粉」，官宦人家使用的一種粉。「一團兒搭成官定粉」，謂小孩或年輕人長得白净。⑤「外名」，外號；綽號。⑥「磨合羅」，亦作「磨喝樂」「摩睺羅」「魔合羅」，本是佛典文獻中印度神名的音譯形式，宋元時代兒童玩具小偶人被稱作磨合羅。⑦「舍人」，官家子弟。⑧「砌末」，戲劇表演中所用的道具、布景等。

【那吒令】等不得水温，一声要面盆〔一〕①；恰遞与面盆〔二〕，一声要手巾②；却〔三〕执与手巾，一声解紐門③。使④的人，无淹潤⑤，百般支分⑥。（末〔四〕云了）（笑〔五〕云）量姊妹房里有甚好?〔六〕

〔校〕〔一〕「盆」字原本作「鎜」，盧冀野本、鄭振鐸本、王季思寫定本、吴曉鈴本、北大本、吴國欽本、康李本校作「盤」，隋樹森本、鄭騫本、徐沁君本、王季思本、王學奇本、劉堅本、甯希元本、藍立蓂本、高橋繁樹本校作「盆」，因下一句用「盆」。按，經電子語料庫檢索，發現洗臉盆義的「面盤」僅此一例，且下句用「面盆」，故應校改作「盆」。〔二〕原本「盆」字，吴國欽本、王季思寫定本、康李本改作「盤」。誤。〔三〕原本「却」字，徐沁君本改作「恰」。按，不必改。「却」是副詞，「纔，剛剛」義，參見中華書局編輯部《詩詞曲語辭辭典》「却」第⑨義項。〔四〕徐沁君本、王學奇本「末」上補一「正」字。〔五〕「笑」上吴國欽本、王季思寫定本、康李本補一「旦」字，徐沁君本、王季思本、王學奇本、高橋繁樹本補「正旦」。〔六〕徐沁君本、王季思本、王學奇本此處補「（唱）」。〔注〕①「面盆」，洗臉盆。②「手巾」，毛巾。③「紐門」，用來扣紐扣的襻。④「使」，支使。⑤「淹潤」，温存；腼腆；和順；寬宏；圓潤。⑥「支分」，支使；吩咐。

【鵲〔一〕踏枝】入得房門〔二〕，怎回身①？一个〔三〕獨卧房兒窄窄別別②，有甚鋪陳〔四〕③？燕燕己〔五〕身④有甚末〔六〕孝順⑤？拗〔七〕不過⑥哥哥行⑦在意殷懃。

〔校〕〔一〕「鵲」原本作「雀」，盧冀野本、鄭振鐸本、王季思寫定本未改，其他各本均已改。〔二〕「門」原本簡作「门」，鄭振鐸本誤作「内」。〔三〕「一個」原本作「厅」，盧冀野本校作「斤」，吴曉鈴本、隋樹森本校作「廳」。鄭騫本、甯希元本、王季思本、高橋繁樹本校作「一个」。其他各本均校作「斤」。按，應校作「一个」，「厅」由「一个」誤合而成，該劇「個」均作「个」，刻作「丅」者較常見。〔四〕「陳」原本作「呈」，鄭騫本、徐沁君本、吴國欽本、王季思寫定本、王季思本、甯希元本、藍立蓂本、康李本、高橋繁樹本改作「陳」，其他各本未改。按，「呈」是「陳」的記音字。〔五〕原本「己」字，甯希元本改作「一」。〔六〕原本「甚」字，王學奇本改作「什」。原本「末」字，王季思寫定本、王季思本、吴國欽本、康李本改作「麼」。〔七〕「拗」原本作「描」，盧冀野本、吴曉鈴本、北大本、鄭騫本、鄭振鐸本、隋樹森本未改，其他各本均改作「拗」。

〔注〕①「回身」，轉身。②「窄窄别别」，窄仄。猶「窄窄巴巴」。③「鋪陳」，陳設；擺設。④「己身」，自身；自己。⑤「孝順」，討好、愉悦他人。⑥「拗不過」，無法改變他人意見、看法、做法等。⑦「行」是由漢蒙語言接觸而成的領格標記。「行」是「上」的音變形式，字形隨著讀音的變化而發生變化。元代因漢蒙語言接觸，「行」産生了多種格標記用法，用來對應蒙古語静詞的格附加成分。此「行」是領格標記，相當于表領屬的結構助詞「的」。該句意爲：拗不過哥哥的在意殷勤。

【寄生草】卧地①觀經史，坐地對聖人〔一〕。尔〔二〕觀〔三〕國風雅頌〔四〕②式〔五〕古〔六〕訓③，頌〔七〕的典謨訓誥④居⑤堯舜。（末云〔八〕）説的温良恭儉行忠信。燕燕子〔九〕理會⑥得龍盤〔十〕虎踞⑦滅燕齊，誰會甚兒婚女聘⑧成秦晋⑨？（末云）這書院好。〔十一〕

〔校〕〔一〕盧冀野本「人」下未斷。按，「人」字韵脚。〔二〕原本「尔」字，鄭振鐸本、盧冀野本未改，其他各本均改作「你」。〔三〕吴國欽本、王季思本、康李本「觀」下增一「的」字。〔四〕「頌」原本作「訟」，唯鄭振鐸本未改。〔五〕「式」原本作「施」，唯甯希元本改作「式」。〔六〕「古」原本作「頡」，鄭振鐸本未改，甯希元本改作「古」，其他各本均改作「詁」。甯希元本校記：「你觀國風雅頌式古訓：語出《詩經・大雅・烝民》：『古訓是式，威儀是力。』《集傳》：『古訓，先王之遺典也。式，法。』按譜，［寄生草］此句，與下二句『誦的典謨訓誥居堯舜，説的温良恭儉行忠信』，須成扇面對。原本『頌』字，音假爲『訟』；『式』字，音假爲『施』；『古』字，音假爲『頡』。各本改『訟』爲『頌』，是，帷（按，應爲唯）以『施頡訓』爲『施故訓』，則失。」今從甯希元本改。〔七〕原本「頌」字，王季思寫定本、王季思本、鄭騫本、徐沁君本、吴國欽本、甯希元本、王學奇本、康李本、高橋繁樹本改作「誦」，其他各本未改。藍立蓂本注：「頌，通『誦』。《孟子・萬章下》：『頌其詩，讀其書，不知其人可乎？』朱熹注：『頌誦通。』」〔八〕「云」下王季思寫定本補「（旦唱）」，徐沁君本、王學奇本、王季思本補「（正旦唱）」。徐沁君本「末」上補一「正」字。王學奇本改作「（正末云了)」。〔九〕原本「子」字,盧冀野本、吴國欽本、王季思寫定本、康李本改作「只」,隋樹森本、高橋繁樹本改作「則」。按,不必改,「子」「則」均同「只」。〔十〕原本「盤」字,盧冀野本、吴曉鈴本、隋樹森本、吴國欽本、劉堅本、北大本、王學奇本、康李本、高橋繁樹本改作「蟠」,其他各本未改。藍立蓂本注:「盤,盤曲。不煩校改。」〔十一〕盧冀野本作「(末云這書院好)」。鄭振鐸本作「(末云:這書院好)」。藍立蓂本指出:「本劇係旦本,賓白屬正旦,其他角色賓白均未列出,兩本未審,誤。」「末」上徐沁君本補一「正」字。王學奇本「末云」改作「正末云了」。「末云」下王季思寫定本補「(旦云)」,徐沁君本、王學奇本、高橋繁樹本補「《正旦云》」。「好」下徐沁君本、王學奇本補「(唱)」,王季思本補「(正旦唱)」。

〔注〕①「地」,猶「着」。下同。②「國風雅頌」,代指《詩經》。③「式古訓」,效法古聖王做法。式,效法;遵循。④「典謨訓誥」,《尚書》之《堯典》《大禹謨》《湯誥》《伊訓》的合稱。後泛指經典之篇章。⑤「居」,以……自居。「居堯舜」即以堯舜的品德自居。⑥「理會」,懂得。⑦「龍盤虎踞」,亦作「龍蟠虎踞」,謂英雄豪傑盤踞。該句是説燕燕有男子氣概。⑧「兒婚女聘」,男婚女嫁。聘,女子訂婚或出嫁。⑨「秦晋」,「秦晋之好」的簡稱,代指締結婚姻。春秋時期秦晋兩國世代締結婚姻,後世以「秦晋之好」代稱締結婚姻。

【幺篇〔一〕】這書房〔二〕存①得阿马②,會得客賓。翠筠③月朗龍蛇印〔三〕④,碧軒夜冷燈香信⑤,緑窻雨細〔四〕琴書潤。每朝席上宴佳賓,抵多少⑥十年窻下无人問⑦。(云住〔五〕)

〔校〕〔一〕「幺篇」原本作「么」,徐沁君本、甯希元本、王季思本改。〔二〕原本「房」字,甯希元本改作「院」。〔三〕「印」原本作「胤」,鄭騫本、吴國欽本、王季思本、徐沁君本、劉堅本、甯希元本、藍立蓂本、康李本、高橋繁樹本改作「印」。王季思寫定本改作「亂」。盧冀野本、鄭振鐸本、隋樹森本、吴曉鈴本、北大本改作「徹」。王學奇本改作「映」。徐沁君本校記云:「曲譜,此句應叶韻，『徹』『亂』皆失韻。元本蓋本作『胤』字，『胤』爲『印』之音誤。」〔四〕原本「雨細」，甯希元本乙作「細雨」，誤，「月朗」「夜冷」「雨細」均爲主謂結構。〔五〕「云」上王季思寫定本、王季思本、吴國欽本、康李本補一「末」字，高橋繁樹本補「《末》」，徐沁君本、王學奇本補「正末」二字。「住」下王季思寫定本補「（旦唱）」，徐沁君本、王季思本、王學奇本補「（正旦唱）」。

〔注〕①「存」，存在；停留；停歇。②「阿马」，女真人稱父親爲阿馬。此處當是燕燕的男主人。③「翠筠」，绿竹。④「龍蛇印」，指竹影。⑤「燈香信」，燈和香傳遞出的信息。⑥「扺多少」，猶「比得過；勝過」。⑦「十年窻下無人問」，出自高明《琵琶記》：「十年窻下無人問，一舉聞名天下知。」指寒窗苦讀時默默無聞，求得功名後天下盡知。

【村里迓鼓〔一〕】更做道①一家生女，百家求問。才②說真〔二〕烈，那里取一個時辰〔三〕？見他語言兒裁〔四〕排得淹潤③，怕不待④言詞硬⑤，性格村⑥，他怎比尋常世人。（末云〔五〕）

〔校〕〔一〕「鼓」原本作「古」，盧冀野本、隋樹森本、鄭振鐸本未改，其他各本均已改。〔二〕原本「真」字，徐沁君本、甯希元本、王季思寫定本、王季思本、王學奇本、吴國欽本、藍立蓂本、康李本、高橋繁樹本改作「貞」。按，不必改。「真烈」同「貞烈」，《三國演義》第一一四回：「真烈心無異，堅剛志更清。」〔三〕盧冀野本「辰」下未斷，誤，「辰」字韵。〔四〕原本「裁」字，王季思寫定本、王季思本、吴國欽本、鄭騫本、徐沁君本、王學奇本、甯希元本、康李本、高橋繁樹本改作「裁」。藍立蓂本注：「裁排，剪裁安排，也即安排。」〔五〕原本「末云」，王季思寫定本、王季思本改作「末云了」。下王季思寫定本、吴國欽本補「（旦唱）」，徐沁君本、王季思本、王學奇本補「（正旦唱）」。

〔注〕①「更做道」，即使；縱使。亦作「更做」「更做到」「更則道」。②「才」，如果；若；一旦。表假設，與「那里（哪裏）」呼應使用。③「淹潤」，和順；柔和。④「怕不待」，難道不；豈不。⑤「言詞硬」，話語直接、强硬。⑥「村」，鄙俗；粗野。

【元和令】无男兒①只一身〔一〕②，擔寂〔二〕寞受孤悶；有男兒役〔三〕夢人勞魂③，心腸百処分④。知得有情人不曾來問肯〔四〕⑤，便待要成眷姻⑥。

〔校〕〔一〕盧冀野本、鄭振鐸本、王季思寫定本「身」下未斷，「身」字韵。〔二〕原本脱「寂」字，鄭振鐸本、吴曉鈴本未補，吴曉鈴本校記云：「疑『寞』上脱『寂』字。」其他各本均補「寂」字。〔三〕「役」原本作「意」，王季思寫定本、王季思本、吴國欽本、徐沁君本、王學奇本、康李本、高橋繁樹本改作「囈」。甯希元本改作「役」，校記云：「『役夢』，原作『意夢』。按，語出柳永《征部樂》詞：『役夢勞魂苦相憶』。今改。」藍立蓂本從。其他各本未改。按，今從甯希元本改。〔四〕盧冀野本、隋樹森本、鄭振鐸本、吴曉鈴本、吴國欽本、北大本「問」下斷句，「肯」屬下句，誤。「問肯」爲一詞。

〔注〕①「男兒」，此處指夫婿。②「一身」，一人。③「役夢入勞魂」，即「役夢勞魂」，牽引夢魂。④「心腸百処分」，謂心煩意亂、心碎。⑤「問肯」，宋元時定婚前的一種禮俗。（參見王季思寫定本）⑥「眷姻」，姻緣。

【上馬嬌】自勘婚①，自説親②，也是賤媳婦貴〔一〕媒人。往常我冰清玉潔難侵〔二〕近，是③他因〔三〕，子〔四〕管交〔五〕話兒因〔六〕。我煞！待嗔，我便惡相聞④。〔七〕

〔校〕〔一〕「貴」原本作「責」，鄭騫本、甯希元本、王季思本改作「貴」，其他各本均未改。藍立蓂本注：「責，求。」誤。按，應改作「貴」，形近致誤。元代「賤媳婦貴媒人」爲習語，「賤」「貴」對言，表明媒人的重要作用，秦簡夫《晋陶母剪髮待賓》第四折：「這的是賤媳婦貴媒人。」〔二〕原本「侵」字，徐沁君本、王學奇本、甯希元本、高橋繁樹本改作「親」，其他各本未改。鄭騫本校記云：「侵當作親，但侵近義亦可通。」藍立蓂本注：「侵近同義連文，猶近。隋樹森校本《梨園樂府》卷下闕名氏小令【快活年】：款步輕移暗傳情，不能勾相侵近。」按，「侵近」可通，不必改字。「侵近」有「靠近；接近」義，《佛説鹿母經》：「昔者有鹿數百爲群，隨逐美草侵近人邑」，《西京雜記》卷六：「王畏懼之，不敢侵近」，元刊本《東窓事犯》第四折：「施全心膽大將他壞，秦檜福氣大難侵近。」「侵近」除一般的「靠近；接近」義，還指「帶侵略性的靠近」，并非「親近」義。細細揣摩，似乎用「侵」更合適：燕燕是説以前自己冰清玉潔不可侵犯。若用「親」則有輕佻之嫌。〔三〕此處鄭騫本、吴曉鈴本、王季思本、劉堅本、藍立蓂本、高橋繁樹本點斷。北大本以分號點斷，「是他因」獨立成句，但與上句關係近。盧冀野本、吴國欽本、隋樹森本、王季思寫定本、徐沁君本、王學奇本、鄭振鐸本、甯希元本、康李本未點斷。按，此處應斷，「因」字韵，且「是他因」與下句關係更緊，而非上句。《漢語大詞典》「侵近」條下所引例句：「元關漢卿《調風月》第一折：『往常我冰清玉潔難侵近，是他因。』」將「是他因」屬前，斷句誤。〔四〕原本「子」字，盧冀野本、吴國欽本、康李本改作「只」。按，不必改，「子」同「只」。〔五〕原本「交」字，盧冀野本、隋樹森本、吴國欽本、王季思寫定本、王季思本、康李本改作「教」。按，不必改，藍立蓂本注：「交，用。」〔六〕該句兩「因」字，原本均作「囙」，王季思寫定本、吴國欽本、徐沁君本、王學奇本、王季思本、康李本、高橋繁樹本改作「親」，第二個「因」字盧冀野本改作「困」。其他各本未改。按，「因」，親近。不必改字。《左傳・閔公元年》：「親有禮，因重固」，章太炎《春秋左傳讀》卷一：「因，亦親也。」韓愈《祭薛助教文》：「同關太學，日得相因」，「日得相因」即「日得相親」。〔七〕「我煞！待嗔，我便惡相聞。」原本爲大字。各本有兩處失校。其一，「煞」是語氣詞，相當于「啊；呵」，「我煞」即「我啊」，「煞」下應斷。其二，「我煞」至「相聞」應爲夾白，不是曲文。【上馬嬌】六句，末句爲「子管交話兒因」，下一曲【勝葫芦】亦六句，不缺句。且這兩個曲牌均不增句。故「我煞！待嗔，我便惡相聞」是賓白，不是曲文。諸校本蓋因「嗔」「聞」亦入韵，而將其也當作曲文了。

〔注〕①「勘婚」，定婚前對勘男女雙方生辰八字。（参見藍立蓂本）②「説親」，説媒。今河北多地方言「説」有説媒之義。如「給他説個人」，「給小紅説個婆家」。③「是」，如果；若。表假設。④「惡相

聞」，猶惡名相傳；惡名遠播。

【勝葫芦】怕〔一〕①不依隨②蒙君一夜恩，争柰〔二〕③忒④達地〔三〕忒知根，兼上⑤親上成親好對門⑥。覷了他兀的⑦模樣，這般身分⑧，若脱過⑨這好郎君？

〔校〕〔一〕「怕」原本作「帕」，唯鄭振鐸本未改。〔二〕原本「柰」字，盧冀野本、隋樹森本、吴曉鈴本未改，康李本改作「夸」，其他各本均改作「奈」。按，不必改。藍立蓂本注：「柰，同『奈』。」〔三〕原本「地」字，甯希元本改作「底」，校記云：「達底知根，即達知根底。此爲元人常語，也有寫作『踏地知根』的。以往各本，由于『底』字未能校出，故詞義不太顯豁，今爲改正。」其他各本未改。藍立蓂本注：「達底知根，知根知底。」

〔注〕①「怕」，如果；若。表假設，由「懼怕」義語法化而成。②「依隨」，順從。③「争柰」，怎耐；怎奈，亦作「争奈」。④「忒」，很；特别。⑤「兼上」，再加上。⑥「對門」，門當户對。⑦「兀的」，那樣；那種。⑧「身分」，身姿；樣貌。⑨「脱過」，錯過；放走。

【幺篇】〔一〕交〔二〕人道眼里无珍一世貧①。成就了又怕辜恩②！若往常烈焰飛騰③情性緊，若一遭兒恩愛④，再來⑤不問，枉〔三〕侵⑥了這百年恩！子末⑦尔不志誠⑧？〔四〕（云了）〔五〕

〔校〕〔一〕【幺篇】原本作【么】，徐沁君本、甯希元本、王季思本改作【幺篇】，其他各本未改。〔二〕原本「交」字，盧冀野本、吴國欽本、王季思寫定本、王季思本、隋樹森本、康李本改作「教」。按，「交」同「教」，不必改。〔三〕「枉」原本作「往」，唯吴曉鈴本未改，其他各本均已改。〔四〕該句原本爲大字，盧冀野本、吴曉鈴本、鄭振鐸本、劉堅本仍爲大字，其他各本均改作小字，作爲賓白。原本「子」字，王季思寫定本、王季思本、隋樹森本改作「怎」。按，不必改。「子」上吴國欽本、王季思寫定本、康李本補「（旦云）」，王季思本、鄭騫本、徐沁君本、王學奇本補「（云）」，高橋繁樹本補「《云》」。原本「尔」字，鄭振鐸本、藍立蓂本未改，其他各本均改作「你」。〔五〕「云」上王季思寫定本、吴國欽本、王季思本、康李本補「末」字，高橋繁樹本補「《末》」，徐沁君本、王學奇本補「正末」。「了」下王季思寫定本補「（旦唱）」，徐沁君本、王季思本、王學奇本補「（正旦唱）」。

〔注〕①「眼里无珍一世貧」，人如果没有眼光就會一輩子受窮困。②「辜恩」，辜負恩情。③「烈焰飛騰」，謂情感熾烈。④「一遭兒恩愛」，不長久的愛情。⑤「再來」，今後；以後。⑥「侵」，背棄；背叛。⑦「子末」，怎麽。⑧「志誠」，真誠；實誠。

【后庭花】我往常笑别人容易①婚，打取②一千个好咈〔一〕噴③；我往常說真〔二〕烈④自由性⑤，嫌輕狂惡尽人〔三〕⑥。不争⑦尔話兒因〔四〕。自評自論，這一交⑧直是⑨哏〔五〕，亐折〔六〕⑩了難正本⑪。一个个忒忺〔七〕新⑫，一个个不是人。

〔校〕〔一〕原本「咈」字，劉堅本、王季思本改作「嚏」。按，不必改。〔二〕原本「真」字，王季思寫定本、徐沁君本、吴國欽本、王季思本、甯希元本、王學奇本、藍立蓂本、康李本、高橋繁樹本改作「貞」。〔三〕盧冀野本此處未斷，「人」字韵。〔四〕原本「因」字，盧冀野本脱，王季思寫定本、徐沁君本、吴國欽本、王季思本、康李本、高橋繁樹本改作「親」。按，「因」，親。不必改，参見上文【上馬嬌】校記。〔五〕原本「哏」字，盧冀野本改作「恨」，鄭騫本改作「很」，王季思寫定本、徐沁君本、王季思本、甯希元本、高橋繁樹本改作「狠」。其他各本未改。藍立蓂本注：「改『恨』不通，改『狠』『很』亦不必。」按，「哏」同「狠」，不必改。〔六〕「折」原本作「折」，盧冀野本、吴曉鈴本、劉堅本未改，其他各本均已改。吴曉鈴本校記云：「『折』字疑當作『折』字。」〔七〕原本「忺」字，盧冀野本改作「坎」，隋樹森本改作「欺」，其他各本未改。

〔注〕①「容易」，輕易；隨意。②「取」，補語，猶「上」。③「咈噴」，噴嚏，方言常倒作「嚏噴」，「咈」是「嚏」的記音字。④「真烈」，即貞烈。⑤「自由性」，自然由著性子。⑥「惡尽人」，把人都惡心完了。⑦「不争」，不料；想不到。⑧「交」，同「跤」。「這一交」即「這一跤」，指燕燕失身于小千户。⑨「直是」，真是。⑩「亐折」，虧本。⑪「正本」，收回成本。⑫「忺新」，高興；愉悦。

【柳葉兒】一个个背槽抛糞①，一个个負義忘恩，自來魚雁②无音信。自思忖③，不審得〔一〕④話兒真，枉葫芦提⑤了燕爾新婚。(調讓⑥了)〔二〕許下⑦我的休忘了！(〔三〕末云了)(〔四〕出門科)〔五〕

〔校〕〔一〕原本「得」字，甯希元本改作「的」。〔二〕「了」下鄭騫本補「(云)」，王季思寫定本、吴國欽本、康李本補「(旦云)」，徐沁君本、王學奇本、王季思本補「(正旦云)」，高橋繁樹本補「《正旦云》」。〔三〕「末」上徐沁君本、王學奇本補「正」字。〔四〕「出」上吴國欽本、王季思寫定本、王季思本、康李本補「旦」字，徐沁君本、王學奇本補「正旦」，高橋繁樹本補「《正旦》」。〔五〕「科」下徐沁君本、王季思本、王學奇本補「(唱)」。

〔注〕①「背槽抛糞」，以牲口在槽上吃草又在旁邊拉糞比喻人忘恩負義。②「魚雁」，代指書信。③「思忖」，思量；考慮。④「不審得」，不明白。⑤「葫芦提」，糊塗；糊裏糊塗。亦作「葫蘆蹄」「葫蘆題」「葫蘆啼」。⑥「調讓」，調和退讓。王季思寫定本注：「這裏的『調讓了』根據劇情應是燕燕在對小千户的言語引起懷疑，發作了一番之後，小千户再向她解釋，許娶她作小夫人等等情節。」⑦「下」，補語，猶「給」。

【尾】〔一〕忽地①却②掀簾，兜地③回頭問，不由我心兒里便親。尔〔二〕把那並枕睡的日頭兒④再定論〔三〕，休〔四〕交〔五〕我逐宵價⑤握雨攜雲⑥。過今春〔六〕，先交我不繫〔七〕腰裙⑦，便是半簸〔八〕箕頭錢⑧撲个復純⑨。交人道眼里有珍⑩，尔可休言而无信！(云〔九〕)許下我包髻⑪、團衫⑫、紬〔十〕手巾！〔十一〕專等尔世襲千户的小夫人！

(下)

〔校〕〔一〕原本【尾】，鄭騫本、徐沁君本、甯希元本、王季思本改作【賺煞】。〔二〕該曲三「尔」字，鄭振鐸本、藍立蓂本未改，其他各本均改作「你」。〔三〕「論」原本作「輪」，徐沁君本、甯希元本、藍立蓂本改作「論」，其他各本未改。王學奇本注：「『輪』，當作『論』。」〔四〕原本「休」字，盧冀野本誤作「你」。〔五〕該曲三「交」字，盧冀野本、王季思寫定本、隋樹森本、吴國欽本、王季思本、康李本改作「教」。按，「交」同「教」，不必改。〔六〕「過今春」，盧冀野本、鄭振鐸本、吴曉鈴本、吴國欽本、北大本、劉堅本、康李本斷屬上句。誤。藍立蓂本校記云：「按譜，此本曲第六句，三字，『春』字與第五句的『雲』字均押韵，應斷開。」〔七〕「繫」原本作「擊」，唯鄭振鐸本未改。〔八〕「簸」原本作「[illegible]」，唯盧冀野本未改。〔九〕「云」上徐沁君本、王學奇本補「帶」字。〔十〕原本「由」字，王季思寫定本、吴曉鈴本、隋樹森本、徐沁君本、劉堅本、王學奇本、甯希元本、藍立蓂本、高橋繁樹本改作「紬」，王季思本改作「綢」，吴國欽本、康李本改作「綉」。盧冀野本改作「袖」，并在「袖」下斷句。其他各本未改。鄭騫本校記云：「疑是油或紬字之省」。藍立蓂本注：「『紬』即『綢』，元時習用。陳垣《元典章校補釋例》卷三：『綢字古已有之，然元時絲紬之紬不用綢，以綢爲紬，起於元後。』」〔十一〕「專」上王季思寫定本、王季思本、徐沁君本、王學奇本補「（唱）」。

〔注〕①「忽地」，忽然。②「却」，纔；剛。③「兜地」，馬上；立刻；突然。亦作「兜的」「兜底」。④「日頭兒」，日子。⑤「價」，詞綴，也作「家」。⑥「握雨攜雲」，男女交歡。⑦「腰裙」，圍裙。「不繫腰裙」，謂不再做用人。⑧「頭錢」，古代賭博用具。據《漢語大詞典》：「共用錢六枚。博者擲下去，看『字』（正面）和『鏝』（背面）的多少，决定勝負。」⑨「撲個復純」，「撲」，抛擲。「復純」，抛擲頭錢朝上的一面都是字或都是鏝，亦作「渾純」。⑩「眼里有珍」，謂有眼光；有眼力。⑪「包髻」，古代婦女包頭髮的頭巾。⑫「團衫」，古代女真婦女的上衣。

第二折

（外孤①一折）（正末、外旦②郊外一折）（正末、六兒③上）（正旦帶酒④上〔一〕）却〔二〕⑤共⑥女伴每⑦蹴⑧罷秋千，逃席⑨的⑩走來家。這早晚⑪小千户敢來家了也。〔三〕

〔校〕〔一〕「上」下鄭騫本、徐沁君本、王季思本、王學奇本、高橋繁樹本補「云」。〔二〕原本「却」字，徐沁君本、王學奇本改作「恰」。〔三〕徐沁君本、王季思本此處補「（唱）」。

〔注〕①「外孤」，元雜劇角色名，另一個孤，劇中配角，此指鶯鶯父。王國維《古劇脚色考》：「然則曰冲，曰外，曰貼，均係一義，謂于正色之外，又加某色以充之也。」②「外旦」，元雜劇角色名，此指鶯鶯。③「六兒」，女真童僕的通稱，元雜劇中泛稱家童。（参見藍立蓂本）④「帶酒」，醉酒。《三國志平話》卷上：「却説張飛，每日帶酒不醒，不理正事。」⑤「却」，纔；剛。⑥「共」，和某人一起。⑦「每」，們，人稱代詞複數標記。⑧「蹴」，站著蕩（秋千）。⑨「逃席」，從宴席上逃離，謂逃避飲酒。⑩「的」，猶「了」。⑪「早晚」，時候。

【中吕】〔一〕【粉蝶兒】年例[①]寒食[②]，鄰〔二〕姬每閗[③]來邀會[④]。去年时没人將我拘管收拾[⑤]，打千秋〔三〕，閑閗草[⑥]，直到个昏天黑地。今年个[⑦]不敢來遲，有一个未拿着性兒[⑧]女婿。（做到書院見末〔四〕）尔吃飰未未〔五〕？（末不柰煩科）〔六〕

〔校〕〔一〕原本無宫調名【中吕】，隋樹森本、鄭騫本、徐沁君本、吴國欽本、王學奇本、王季思本、甯希元本補。〔二〕「鄰」原本作「憐」，唯鄭振鐸本未改。〔三〕原本「千秋」，盧冀野本、隋樹森本、鄭騫本、王季思本、王學奇本、甯希元本乙作「秋千」。藍立蓂本注：「千秋，即秋千。吴景旭《歷代詩話》卷五九『千秋』：山谷詩：『穿花蹴蹋千秋索，挑菜嬉游二月晴。』」〔四〕「末」下鄭騫本、徐沁君本、王季思本、王學奇本補「云」，高橋繁樹本補「《云》」。「末」上徐沁君本、王學奇本補「正」字。〔五〕「未未」原本作「末未」，上字有的校本認作「末」，有的認作「未」。盧冀野本、王季思寫定本、隋樹森本、鄭騫本、吴國欽本、王季思本、康李本校作「你吃飯未?」藍立蓂本校作「爾吃飯未?」鄭振鐸本校作「爾吃飰未。未。」徐沁君本、劉堅本、王學奇本校作「你吃飯末?」吴曉鈴本校作「你吃飯末。」甯希元本、北大本校作「你吃飯末未?」高橋繁樹本作「你喫飯來末?」藍立蓂本校記云：「『末未』二字必衍一字。鄭振鐸本似有將『末』字作末白之嫌。北本、甯本處理，亦迂曲難通。按之文意，以删『末』字爲宜。未，没有。」按，暫存疑。〔六〕「末」上徐沁君本、王學奇本補「正」字。「科」下王季思寫定本補「（旦唱）」，徐沁君本、吴國欽本、王季思本、王學奇本、康李本補「（正旦唱）」。原本「柰」字，鄭振鐸本、鄭騫本、隋樹森本、北大本、徐沁君本、甯希元本、劉堅本、王學奇本、高橋繁樹本改作「奈」，王季思寫定本、吴國欽本、王季思本、康李本改作「耐」，盧冀野本、吴曉鈴本、藍立蓂本未改。藍立蓂本注：「柰，同『奈』。……奈，通『耐』。……柰煩，即耐煩。」

〔注〕①「年例」，每年如此；歷年如此。②「寒食」，即「寒食節」，在清明前一或二日，此日禁烟火，冷食，是爲了紀念春秋時期晋文公大臣介子推。介子推隱于綿山，文公爲了逼介子推出仕而燒山，介子推抱樹被火燒死。③「閗」，聚；凑。④「邀會」，聚會。⑤「拘管收拾」，謂約束、管束。⑥「閗草」，婦女們的游戲。宗懔《荆楚歲時記》：「五月五日四民并蹋百草，又有鬥百草之戲。采艾以爲人，懸門户上，以禳毒氣。是日……采雜藥。」田汝成《熙朝樂事》：「春日婦女喜爲鬥草之戲。」（参見藍立蓂本）⑦「个」，詞綴。⑧「拿着性兒」，了解、清楚某人性情。

【醉春風】因甚把玉粳米牙兒①抵②？金蓮花攢枕③倚？或④嗔〔一〕或喜臉兒⑤多？哎！尔！尔！〔二〕交〔三〕我没想没思，兩心兩意，早辰〔四〕古自⑥一家一計。

（旦〔五〕云）我猜〔六〕尔〔七〕咱⑦！（末云〔八〕）

〔校〕〔一〕原本「嗔」字，鄭振鐸本誤作「真」。〔二〕原本二「尔」字，鄭振鐸本、藍立蓂本未改，其他各本均改作「你」。吴曉鈴本校記云：「正格一字句有三，疑元刊本脱一『爾』字。」徐沁君本校記云：「本曲自有此格，不拘于三叠也。」藍立蓂本云：「徐説是。」〔三〕原本「交」字，盧冀野本、隋樹森本、王季思寫定本、吴國欽本、王季思本、康李本改作「教」。〔四〕原本「辰」字，王季思寫定本、鄭騫本、北大本、徐沁君本、吴國欽本、劉堅本、甯希元本、王學奇本、王季思本、康李本改作「晨」，其他各本未改。〔五〕徐沁君本、王學奇本删「旦」字，王季思本上補「正」字，高橋繁樹本上補「《正》」。〔六〕「猜」下徐沁君本、王學奇本補一「着」字。〔七〕原本「尔」字，鄭振鐸本、藍立蓂本未改，其他各本均改作「你」。〔八〕「末」上徐沁君本、王學奇本補「正」字。王學奇本「云」改作「云了」。「云」下王季思寫定本補「（旦唱）」，徐沁君本、王學奇本、王季思本補「（正旦唱）」。

〔注〕①「玉粳米牙兒」，潔白而細密的牙齒。「玉粳」代指牙齒。②「抵」，咬。③「金蓮花攢枕」，綉有團花圖案的枕頭。「攢」，聚。（參見藍立蓂本）④「或」，有時。⑤「臉兒」，表情。⑥「古自」，仍然；還。亦作「古子」。⑦「咱」，語氣詞，吧。

【朱履曲】莫不是郊外去逢着甚邪祟〔一〕①？又不風〔二〕又不呆痴②，面没羅〔三〕③、呆答孩④、死堆灰〔四〕⑤。這煩惱在誰身上？末〔五〕不在我根底⑥，打听得些闲是非？

（〔六〕末云了）（〔七〕審住〔八〕⑦）是了！〔九〕

〔校〕〔一〕「祟」原本作「崇」，各本均已改。〔二〕原本「風」字，盧冀野本、吴國欽本、王學奇本、康李本改作「瘋」，其他各本未改。藍立蓂本注：「風，通『瘋』。」〔三〕原本「羅」字，鄭振鐸本誤作「雍」字。〔四〕原本「堆灰」，甯希元本乙作「灰堆」。藍立蓂本注：「死堆灰，没有生氣的樣子。」〔五〕原本「末」字，王季思寫定本、隋樹森本、鄭騫本、甯希元本、吴國欽本、王季思本、康李本改作「莫」。藍立蓂本注：「『末』『莫』同音通用。末不，即莫不，猶莫非。」〔六〕「末」上徐沁君本、王學奇本補「正」字。〔七〕「審」上王季思寫定本、吴國欽本、王季思本、康李本補「旦」字，徐沁君本、王學奇本補「正旦」，高橋繁樹本補「《正旦》」。〔八〕「住」下鄭騫本、徐沁君本、王學奇本、王季思本補「云」，高橋繁樹本補「《云》」。〔九〕「了」下徐沁君本、王季思本、王學奇本補「（唱）」

〔注〕①「邪祟」，作祟害人的鬼怪。②「呆痴」，呆傻。③「面没羅」，發怔；發呆；面無表情。亦作「面磨羅」「面魔羅」「面波羅」。「没羅」原作「矁矖」，日無光義。參見中華書局編輯部編《詩詞曲語辭辭典》（中華書局 2014 年版）、藍立蓂本。④「呆答孩」，發呆貌。「答孩」，無義，亦作「答頦」「打孩」「打頦」。⑤「死堆灰」，無生氣貌。「堆灰」，無義。⑥「根底」，猶「處；這裏」。⑦「審」，思索；思考。

【滿庭芳】見我這般微微喘息，語言恍惚，脚步兒查梨①；慢憁憁〔一〕②胸帶兒頻那〔二〕繫〔三〕③，裙腰兒空閑里偷提；見我般〔四〕氣絲絲〔五〕偏斜了鬏〔六〕髻，汗浸浸折皺了羅衣。〔七〕似尔〔八〕這般狂心記〔九〕，一〔十〕番家④搓揉人的様勢⑤，休胡猜人短命黑心賊！

（末云了〔十一〕）尔〔十二〕又不吃〔十三〕飦也〔十四〕，睡波⑥！（末更衣科〔十五〕）

〔校〕〔一〕原本「憁憁」，盧冀野本誤作「惚惚」，鄭騫本作「惚惚」，北大本作「憁憁」，吴國欽本、徐沁君本、王學奇本、王季思寫定本、劉堅本、甯希元本、康李本作「松松」，隋樹森本、王季思本、高橋繁樹本作「鬆鬆」，吴曉鈴本、鄭振鐸本、藍立蓂本保留原字未改。〔二〕原本「那」字，盧冀野本改作「拿」，徐沁君本、吴國欽本、甯希元本、王季思本、康李本改作「挪」，其他各本未改。按，「那」通「挪」，可不改。〔三〕「繫」原本作「擊」，唯鄭振鐸本未改。〔四〕「般」上王季思寫定本、徐沁君本、劉堅本、吴國欽本、甯希元本、王季思本、王學奇本、藍立蓂本、康李本補「這」，高橋繁樹本補「《這》」，其他各本未補。北大本校記云：「『般』上疑脱一『這』字。」按，不必補，「我般」，即「我這樣；像我這樣」。人稱代詞後可以直接用「般」，如《大藏經》卷八二：「壽相空時契本真，舉頭盡是我般人。」元刊本鄭光祖《古杭新刊関目輔成王周公攝政》：「為甚不交你皓首退朝歸？似你般白髪故人稀。」《元朝秘史》卷六：「原是仇人子孫，今遍又來窺伺，似他般的都殺盡了，更有何疑？」〔五〕「絲絲」原本作「糸」和一重文符號，鄭振鐸本、藍立蓂本未改，其他各本均改作「絲絲」。藍立蓂本校記云：「糸糸，即『絲絲』。……氣糸糸，喘息微弱的様子。亦作『氣絲絲』。」按，文獻中無「氣糸糸」用例，今從衆校作「絲絲」。〔六〕原本「鬏」字，盧冀野本、王季思寫定本未改。王學奇本正文未改，注釋中作「鬏」。其他各本均改作「鬏」。王學奇本「鬏髻」注：「古代婦女的一種髪型，把頭髪盤成螺旋狀，然後再戴上網罩的一種髪髻、頭髻。『鬏』原本作『鬏』，各本已改。」按，「鬏髻」習見于文獻，也是婦女盤在腦後的髪髻，故可不改。「鬏」「鬏」之混，疑與字形相近有關。〔七〕「似」上王季思寫定本、王季思本補「誰」

字。〔八〕原本「尔」字，鄭振鐸本、藍立蓂本未改，其他各本均改作「你」。〔九〕原本「記」字，鄭騫本、王季思本改作「計」，其他各本未改。藍立蓂本注：「心記，心性。」〔十〕盧冀野本脱「一」字。〔十一〕「末」上徐沁君本、王學奇本補「正」字。「了」下鄭騫本補「（云）」，王季思寫定本、吴國欽本、康李本補「（旦云）」，徐沁君本、王學奇本、王季思本補「（正旦云）」，高橋繁樹本補「《正旦云》」。〔十二〕原本「尔」字，鄭振鐸本、藍立蓂本未改，其他各本均改作「你」。〔十三〕「吃」原本作「乞」，鄭振鐸本、藍立蓂本未改，高橋繁樹本改作「喫」，其他各本均作「吃」。藍立蓂本注：「乞，『吃』的省寫。元刊本馬致遠《任風子》一折【寄生草】：『道士每都修善，他們更不乞羶。』」〔十四〕盧冀野本、鄭振鐸本「也」下未斷句，鄭騫本「也」屬下句。〔十五〕「末」上徐沁君本、王學奇本補「正」字。「科」下王季思寫定本補「（旦唱）」，徐沁君本、王季思本、王學奇本補「（正旦唱）」。

〔注〕①「查梨」，脚步不穩貌。②「慢忪忪」，遲緩貌。「忪」即「惚」「憁」，同「鬆」。③「那繫」，挪動與繫上，即解和繫。④「家」，詞綴。⑤「様勢」，架勢。⑥「波」，語氣詞，猶「吧」。

【十二月】直到个天昏地黑〔一〕，不肯更換衣袂。把兔胡〔二〕解開，紐扣〔三〕相離，把襖子踈剌剌〔四〕①惚〔五〕開上拆〔六〕②，將手帕撇漾③在田地。（末荒科〔七〕）

〔校〕〔一〕盧冀野本「黑」下未斷，「黑」字韵。〔二〕原本「兔」字，王季思寫定本誤作「手」。原本「胡」字，徐沁君本、吴國欽本、王季思本、甯希元本、康李本改作「鶻」，其他各本未改。藍立蓂本注：「元劇『鶻』『胡』常互用。兔胡、兔鶻，束帶。《金史·輿服志下》：『金人之常服四：帶，巾，盤領衣，烏皮靴。其束帶曰吐鶻。』」故「兔鶻」又作「吐鶻」。〔三〕「紐扣」原本作「[illegible]叩」，鄭振鐸本保留原字未改，吴曉鈴本、北大本、徐沁君本、劉堅本、吴國欽本、甯希元本、王學奇本、藍立蓂本、康李本、高橋繁樹本校作「紐扣」，盧冀野本、王季思本、鄭騫本校作「掙扣」，王季思寫定本校作「紐叩」，隋樹森本作「扭扣」。鄭騫本校記云：「疑當作紐（鈕）叩（扣）。」〔四〕原本「踈」字，盧冀野本、吴曉鈴本、鄭騫本、甯希元本未改，鄭振鐸本、隋樹森本、高橋繁樹本改作「踈」，其他各本均改作「疏」。「剌剌」盧冀野本誤作「刺刺」。〔五〕「悤」原本作「𢙢」，鄭騫本校作「悤」，盧冀野本、鄭振鐸本、北大本、吴曉鈴本校作「悤」，吴國欽本、徐沁君本、王季思寫定本、王學奇本、甯希元本、劉堅本、康李本作「松」，隋樹森本、王季思本、高橋繁樹本作「鬆」，藍立蓂本改作「憁」。按，「悤」「憁」同「鬆」，「悤」是「悤」之形誤。〔六〕「折」鄭騫本誤改作「折」。〔七〕「末」上徐沁君本、王學奇本補「正」字。「科」下王季思寫定本補「（旦唱）」，徐沁君本、王季思本、王學奇本補「（正旦唱）」。原本「荒」字，鄭振鐸本、藍立蓂本未改，其他各本均改作「慌」。藍立蓂本校記云：「荒，慌。元稹《元氏長慶集》卷九《夢井》：『井上無懸綆，念此瓶欲沈，荒忙為求請，遍入原上村。』」

〔注〕①「踈剌剌」，擬聲詞，此處狀快速解衣聲。亦作「疏剌剌」「踈辣辣」「踈喇喇」。②「上折」，古代女性大襟襖紐扣從領口處向右腋再向下排列，從領口到右腋的部分為「上折」，舊時婦女常把手帕掖在此處。下句「將手帕撇漾在田地」可證。③「撇漾」，扔；拋。

【堯民歌〔一〕】見那厮手荒〔二〕脚亂緊①收拾，被我先藏在香羅袖兒里。是②好哥哥〔三〕和我做頭敵③，咱兩个官司④有商議。休題！休題〔四〕！哥哥撇下的手帕是阿誰⑤的？（末云了〔五〕）

〔校〕〔一〕「歌」原本作「哥」，唯鄭振鐸本未改。〔二〕原本「荒」字，盧冀野本、鄭振鐸本、藍立蓂本未改，其他各本均改作「慌」。〔三〕第二個「哥」原本作「剌」，王季思寫定本、徐沁君本、吴國欽本、王學奇本、康李本、高橋繁樹本改作「哥」，其他各本未改。甯希元本校記云：「好哥剌：即『好哥呵』。『剌』為語助，無義。」按，將「剌」當作語助詞，證據不足。「剌」應是「哥」之形誤。〔四〕原本兩「題」字，吴國欽本、王季思本、康李本改作「提」，其他各本未改。按，不必改。「題」同「提」。〔五〕「末」上徐沁君本、王學奇本補「正」字，「了」下王季思寫定本補「（旦唱）」，徐沁君本、王季思本、王學奇本補「（正旦唱）」。

〔注〕①「緊」，趕緊；趕忙；趕快。②「是」，真是。③「頭敵」，對頭。④「官司」，猶「事情」。⑤「阿誰」，誰。「阿」是前綴。

【江兒水〔一〕】老阿者①使將②來伏〔二〕侍尔〔三〕，展〔四〕污了咱身起〔五〕。尔養着别个的，看我如奴婢！燕燕那些兒亏負③尔？

（旦〔六〕做住）（末告科〔七〕）

〔校〕〔一〕原本「江兒水」，鄭騫本、甯希元本、藍立蓂本改作【快活三】。鄭騫本「據律改題」。〔二〕原本「伏」字，王季思寫定本、王季思本、吴國欽本、康李本改作「服」，其他各本未改。按，不必改，「伏侍」同「服侍」。〔三〕該曲三個「尔」字，鄭振鐸本、藍立蓂本未改，其他各本均改作「你」。〔四〕原本「展」字，盧冀野本改作「玷」，其他各本未改。按，「展污」，玷污，元雜劇習見，不煩校改。〔五〕原本「起」字，盧冀野本改作「體」，其他各本未改。按，「身起」，身體，不必校改。〔六〕「旦」字徐沁君本、王學奇本删，「旦」上高橋繁樹本補「《正》」字。〔七〕「末」上徐沁君本、王學奇本補「正」字，「科」下王季思寫定本補「（旦唱）」，徐沁君本、王季思本、王學奇本補「（正旦唱）」。

〔注〕①「老阿者」，老夫人。女真人呼母親爲「阿者」。②「將」，助詞，用于動詞後。③「亏負」，虧欠；虧待；對不起。

【上小樓〔一〕】我敢摔〔二〕碎這盒子〔三〕，玳瑁納子①交〔四〕石頭砸〔五〕碎。剪了靴簷，染了鞋面，做了鋪持〔六〕②。一〔七〕万分好待尔，好覷尔〔八〕。如今刀子根底③，我敢割得來④粉零〔九〕麻碎⑤！

（末云了〔十〕）直恁⑥直〔十一〕錢？

〔校〕〔一〕「樓」原本作「婁」，各本均已改。〔二〕「摔」原本作「𢱧」，王季思寫定本、鄭騫本、徐沁君本、王季思本、吴國欽本、甯希元本、王學奇本、康李本、高橋繁樹本校作「摔」，其他各本均校作「捽」。徐沁君本校記云：「『摔』簡寫作『捽』，再簡作『𢱧』。」藍立蓂本校記云：「『𢱧』乃『捽』的或體（見《龍龕手鏡》上聲卷二上手部），與『摔』非一字。《改併五音類聚四聲篇海》卷十二審母二十九手部：『捽，存兀切，擊也。』」〔三〕「盒子」下盧冀野本、鄭振鐸本、隋樹森本、北大本未斷，「玳瑁」下點斷。

〔四〕原本「交」字，隋樹森本、吴國欽本、康李本改作「教」。按，不必改，「交」同「教」。〔五〕「砸」原本作「雜」，盧冀野本校作「插」。鄭振鐸本、吴曉鈴本未改，吴曉鈴本校記云：「疑當作『砸』字。」其他各本均校作「砸」。〔六〕「剪了」至「鋪持」，原本作「剪了靴簷，染了鞋面，做鋪持」，鄭騫本、北大本、盧冀野本、隋樹森本、吴曉鈴本、鄭振鐸本、劉堅本、高橋繁樹本保留未改，王季思本、吴國欽本作「（帶云:）這手帕（唱）剪了做靴簷，染了做鞋面，攞了做鋪持」。徐沁君本、康李本作「這手帕剪了做靴簷，染了做鞋面，攞了做鋪持」。王學奇本作「這手帕剪了做靴簷，染了做鞋面，捋了做鋪持」。甯希元本作「剪了做靴簷，染了做鞋面，攞了做鋪持」。藍立蓂本作「剪了做靴簷，染了做鞋面，攞了做鋪持」。王季思寫定本作「（這手帕）剪了（做）靴檐，染了（做）鞋面，(㩌了）做鋪持」。按，各本所補無據，「做」下應脱一「了」字。據曲譜，【上小樓】曲牌的第三、四、五句都爲四字句，且平仄相同，均爲「×仄平平」，×表示平仄不拘。此句式應有以排比增强氣勢的作用，故第五句應改爲與前兩句句式相同的「做了鋪持」。〔七〕「一」字吴國欽本脱。〔八〕該曲兩「尔」字，鄭振鐸本、藍立蓂本未改，其他各本均改作「你」。〔九〕「零」原本作「合」，鄭騫本、徐沁君本、王學奇本、王季思本、康李本、高橋繁樹本校作「零」，甯希元本校作「磕」，藍立蓂本校作「令」，其他各本未改。按，「合」應是「令」之形誤，「令」同「零」。〔十〕「末」上徐沁君本、王學奇本補「正」，「了」下鄭騫本補「（云)」，王季思寫定本、吴國欽本、康李本補「(旦云)」，徐沁君本、王季思本、王學奇本補「（正旦云)」，高橋繁樹本補「《正旦云》」。〔十一〕原本「直」字，吴曉鈴本、劉堅本、鄭振鐸本、藍立蓂本未改，其他各本均改作「值」。按，不必改，「直」通「值」。

〔注〕①「納子」，手帕的綴子。②「鋪持」，破布，零碎布頭兒，可作縫補、鋪墊或打袼褙之用。亦作「鋪尺」「鋪遲」「鋪陳」「鋪襯」。今河北辛集方言説「鋪扯」。③「根底」，本爲方位詞，元代的漢蒙語言接觸使漢語的方位詞産生了格標記功能，用來對譯蒙古

語名詞、代詞等静詞的格附加成分。此處「根底」是工具格標記，相當于後置的「用」。句意爲：如今我敢用刀子把手帕割碎！④「來」，助詞。⑤「粉零麻碎」，粉碎。⑥「直恁」，真的那麼。

【幺篇】〔一〕更做道①尔〔二〕好処〔三〕、打换〔四〕來得〔五〕，却怎看得非輕，看得直〔六〕錢，待得尊貴！這兩下里②，撚梢的〔七〕，有多少功績〔八〕？到〔九〕重如③細攙絨綉〔十〕④來胸背？

(云了〔十一〕)

〔校〕〔一〕【幺篇】原本作【幺】，徐沁君本、王學奇本、甯希元本補，其他各本未補。〔二〕原本「尔」字，鄭振鐸本、藍立蓂本未改，其他各本均改作「你」。〔三〕「処」下盧冀野本、吴國欽本、王季思本寫定本、王季思本、鄭振鐸本、康李本、高橋繁樹本未斷。按，「処」下按譜當斷，否則該曲短一句。〔四〕「换」原本作「唤」，王季思寫定本、徐沁君本、劉堅本、甯希元本、王學奇本、藍立蓂本、高橋繁樹本改作「换」，其他各本未改。按，「打换」，淘换；調换。〔五〕原本「得」字，吴國欽本、王學奇本、王季思本、王季思寫定本、康李本改作「的」。〔六〕原本「直」字，吴曉鈴本、劉堅本、鄭振鐸本、藍立蓂本未改，其他各本均改作「值」。按，不必改，「直」通「值」。〔七〕「的」下盧冀野本、鄭振鐸本、康李本未斷，「的」字韵。原本「撚」字，吴國欽本、王學奇本、王季思寫定本、劉堅本、康李本改作「捻」。「梢」字原本作「綃」，盧冀野本改作「絹」，王季思本、甯希元本改作「捎」。按，「撚綃」應作「撚梢」，「綃」係「梢」的同音别字。「撚梢」也作「撚梢子」，意思是「摇小鼓」，宋曾三異《因話録》：「鞀鼓，古樂也。今不言播鞀而曰撚梢子，世俗之陋也。」「鞀」即「鼗」，是一種帶手柄的小鼓，即俗所謂「撥浪鼓」，多爲貨郎所用。摇小鼓有傳遞消息之意，可以告訴人們賣貨的來了。王季思本云：「『撚綃的』，語意雙關，表面説羅帕，骨子裏説它傳遞消息」，此解正確，但以「綃」爲羅帕則誤矣，未能發明「綃」之本字爲「梢」。蓋「撚」爲「拿」「握」義，「梢子」即小鼓的手柄。甯希元本云：「『撚捎』，指在男女雙方奔走撮合以成其事者」，不知何據。〔八〕「績」原本作「積」，盧冀野本、北大本、吴曉鈴本、劉堅本、鄭振鐸本、隋樹森本未改，吴曉鈴本、北大本均「疑當作『績』」。〔九〕原本「到」字，王季思寫定本、徐沁君本、吴國欽本、康李本改作「倒」。按，「到」同「倒」，不必改。〔十〕「綉」原本作「秀」，唯鄭振鐸本未改。藍立蓂本注：「細攙絨綉來胸背，指胸背部綉有圖案的女真貴族官服。」〔十一〕「云」上徐沁君本、王學奇本補「正末」二字，高橋繁樹本補「《末》」。「了」下徐沁君本、王學奇本補「（正旦唱）」。

〔注〕①「更做道」，元雜劇習見，亦作「更做」「更做到」「更則道」，義爲「即使；縱使」。②「兩下里」，兩方面；兩邊。③「重如」，「如」是比較標記，「A 重如 B」即「A 比 B 重」，元代表比較的「形容詞＋如」式習見。元刊本《博望燒屯》第四折：「這一所強如那一茅庐。」④「細攙絨綉來胸背」，由「胸背攙絨」化成，指胸背部有刺綉的錦綉服裝。「來」，結構助詞，相當于「的」。元代賈仲明《鐵拐李度金童玉女》第二折：「看了俺胸背攙絨宫錦袍」，第四折：「則俺那頭巾上珍珠砌成界，畫拖四葉飛霞帶。綉胸背攙絨可體裁，玉兔鶻堪人愛。」藍立蓂本釋「攙」爲「綉」，其他諸校本未作解釋。按，文獻中「攙」多爲「搶奪」義，并未見「綉」義。「細綉絨綉」義不可通。文獻中「攙」可通「摻」，「摻」有「纖細」義，與「纖」同。《方言》卷二「㩘、摻，細也。自關而西秦晋之間斂物而細謂之㩘，或曰摻」，《廣雅・釋詁二》：「摻，小也」，王念孫疏證：「摻之言纖也」，朱駿聲《説文通訓定聲・臨部》：「摻，假借爲纖。」「細攙絨」即「細纖絨」，「細攙絨綉來胸背」即「用細纖絨綉的服裝」。「細攙絨」借以突出服裝做工精良，喻其貴重。本劇第四折第二曲【駐馬聽】有「細攙絨全套綉衣服」。

【哨遍】並不是婆娘人把尔〔一〕抑勒〔二〕①，招取那肯心兒②自説來的神前誓。天果报③无差移④，子〔三〕争⑤个來早來遲。限时刻，十王地藏⑥，六道輪回〔四〕⑦，單勸化人間世⑧。善惡天心人意，人間私語，天聞若雷⑨。但⑩年高都是積行〔五〕好心人，早壽夭〔六〕都是辜恩負德〔七〕賊。好説話清辰〔八〕，变了卦⑪今日，冷了心晚夕。

（〔九〕末云）（出来科〔十〕）

〔校〕〔一〕原本「尔」字，鄭振鐸本、藍立蓂本未改，其他各本均改作「你」。〔二〕盧冀野本、鄭振鐸本、隋樹森本、吴曉鈴本、北大本、劉堅本、王學奇本「勒」下未斷，「招取」下斷。「勒」字韵。〔三〕原本「子」字，盧冀野本改作「衹」，鄭振鐸本、王季思寫定本、吴國欽本、隋樹森本、康李本改作「只」。按，不必改，「子」同「只」。〔四〕原本「回」字，高橋繁樹本改作「廻」。〔五〕「行」原本作「㚔」，王季思寫定本、徐沁君本、甯希元本、吴國欽本、康李本改作「行」，鄭振鐸本、盧冀野本、劉堅本、吴曉鈴本、鄭騫本、隋樹森本、王季思本、王學奇本、高橋繁樹本改作「善」。北大本校作「㚔」，校記云：「『㚔』，同『幸』。」藍立蓂本未改，注曰：「積幸，積行，猶積德。元曲中德行的『行』每作『倖』，如『薄倖』、『短倖』，即薄行、短行。『倖』同『幸』，行也。」按，「積行」習見。〔六〕「夭」原本作「天」，唯康李本未改。〔七〕「德」原本作「悳」，各本均已改。〔八〕原本「辰」字，王季思寫定本、鄭騫本、隋樹森本、北大本、吴國欽本、徐沁君本、甯希元本、王學奇本、王季思本、康李本、高橋繁樹本改作「晨」，其他各本未改。按，「辰」同「晨」，不必改。〔九〕「末」上徐沁君本、王學奇本補「正」字。〔十〕「出」上王季思寫定本、吴國欽本、康李本補「旦」字，徐沁君本、王學奇本、王季思本補「正旦」，高橋繁樹本補「《正旦》」。「科」下徐沁君本、王學奇本、王季思本補「唱」。

〔注〕①「抑勒」，壓抑；控制。②「肯心兒」，願意的心。③「果报」，佛教的因果報應。④「差移」，差錯。⑤「子争」，只差。⑥「十王地藏」，「十王」即十殿閻君，「地藏」即地藏王菩薩。⑦「六道輪回」，佛教術語，指天道、人道、阿修羅道、地獄道、餓鬼道、畜生道。生命各因其所行善惡在六道中轉世相續爲「六道輪回」。⑧「人間世」，即人世間。⑨「人間私語，天聞若雷」，在人間的私語，上天都能聽得一清二楚。謂什麼話都瞞不過上天。⑩「但」，凡；只要。⑪「变卦」，改變主意。

【耍孩兒】我便①做花街柳陌②風塵妓，也无那〔一〕則〔二〕忺〔三〕③過三朝五日。尔〔四〕那浪〔五〕心腸④看得我□〔六〕容易，欺負我是半良不〔七〕賤身軀〔八〕。半良身情深如⑤尔那指腹為親婦，半賤体意重似⑥拖麻拽布⑦妻。想不想於〔九〕今日，都了絶⑧爽利⑨，休尽我精細⑩。

(〔十〕云) 我往常伶俐〔十一〕，今日都行不得了呵!〔十二〕

〔校〕〔一〕原本「那」字，王季思寫定本、吴國欽本、康李本誤作「奈」。〔二〕原本「則」字，吴曉鈴本脱，王季思寫定本改作「只」。〔三〕原本「忺」字，隋樹森本改作「欺」。〔四〕該曲兩「尔」字，鄭振鐸本、藍立蓂本未改，其他各本均改作「你」。〔五〕原本「浪」字，盧冀野本、隋樹森本改作「狠」。〔六〕原本「我」下之字殘缺，王季思寫定本、徐沁君本、鄭騫本、吴國欽本、甯希元本、王季思本、王學奇本、康李本、高橋繁樹本校作「忒」，吴曉鈴本、北大本、劉堅本、鄭振鐸本、隋樹森本、藍立蓂本作一空圍，劉堅本疑當作「忒」，盧冀野本删此字。〔七〕原本「不」字，王季思本、甯希元本、藍立蓂本改作「半」。按，「半良不賤」，即不良不賤、半良半賤，不煩校改。〔八〕「軀」原本作「驅」，唯鄭振鐸本未改。〔九〕「於」原本作「𢬵」，盧冀野本、鄭振鐸本、吴曉鈴本、王季思寫定本、吴國欽本、隋樹森本、徐沁君本、劉堅本、王季思本、王學奇本、康李本、高橋繁樹本校作「在」，其他各本校作「於」。吴曉鈴本「又疑是『於』字」。按，「𢬵」應是「於」之形誤。〔十〕「云」上高橋繁樹本補「《正旦》」。〔十一〕「俐」原本作「利」，唯鄭振鐸本未改。〔十二〕「呵」下徐沁君本、王季思本、王學奇本補「（唱）」。

「注」①「便」，即便；即使；就算。②「花街柳陌」，即花街柳巷，是妓院集中之所。③「忺」，高興。④「浪心腸」，放蕩的性情。⑤「深如」，比……深，「如」是比較標記，用于形容詞之後。⑥「重似」，比……重，「似」是比較標記，用于形容詞之後。⑦「拖麻拽布」，指戴孝。⑧「了絶」，了結；完結；結束。⑨「爽利」，爽脆；乾脆；利索。⑩「精細」，精明。

【五煞】别人斬〔一〕眉①我早舉動眼，道〔二〕頭知道尾，尔〔三〕這般沙糖般甜話兒多曾吃〔四〕。尔又不是殘〔五〕花醞釀蜂兒蜜〔六〕，細雨調和燕子泥。自笑我狂蹤〔七〕跡②，我往〔八〕常受那无男兒煩惱，今日知有丈夫滋味。

〔校〕〔一〕原本「斬」字，盧冀野本改作「嶄」，王季思本、甯希元本改作「睴」，其他各本未改。藍立蓂本注：「斬，猶眨。」是。〔二〕「道」原本作「到」，徐沁君本、吴國欽本、王學奇本、甯希元本、王季思本、康李本、高橋繁樹本改作「道」，其他各本未改。藍立蓂本注：「到，通『道』。」〔三〕該曲兩「尔」字，鄭振鐸本、藍立蓂本未改，其他各本均改作「你」。〔四〕「吃」原本作「乞」，吴曉鈴本、盧冀野本、鄭振鐸本、藍立蓂本未改，高橋繁樹本改作「喫」，其他各本均改作「吃」。盧冀野本、鄭振鐸本「乞」下未斷，「爾（你）」下斷，「吃」字韵。〔五〕原本「殘」字，甯希元本改作「閑」，藍立蓂本從。甯希元本校記云：「與下句『細雨調和燕子泥』，均胡紫山小令［喜春來］曲中語。『閑』（xian）字，原本音假爲『殘』（can）。今改。紫山此曲，《太平樂府》、《樂府群珠》、《中原音韵》均録，除《太平樂府》作『殘花』外，其餘二本均作『閑花』。按：當以『閑花』爲正。因為『殘花』不可釀蜜，故取《中原音韵》。」按，甯希元本濫言音假，俗文學引用詩句允許略有出入，不必改。〔六〕「蜜」原本作「密」，盧冀野本、鄭振鐸本未改，其他各本均已改。〔七〕「蹤」原本作「跡」，鄭振鐸本、吴曉鈴本、王季思寫定本未改，其他各本均已改。〔八〕「往」原本作「枉」，吴曉鈴本、鄭振鐸本未改，吴曉鈴本校記云：「疑當作『往』字。」其他各本均已改。

〔注〕①「斬眉」，猶「擠眉」，該句的意思是别人眉眼一動，我就知道他想説什麼。②「狂蹤跡」，疏狂的行爲、作爲。

【四煞〔一〕】大〔二〕争來①怎地②争？待悔來怎地悔〔三〕？怎補得我這有氣分③全身體？打也阿兒包髻④真加要帶，与别人成美况⑤團衫⑥怎能勾披？〔四〕它〔五〕若不在俺宅司⑦内，便大家南北，各自東西！⑧

〔校〕〔一〕原本無「煞」字，王季思寫定本、鄭騫本、徐沁君本、王學奇本、甯希元本、王季思本、康李本、高橋繁樹本補，今從。〔二〕原本「大」字，王季思寫定本、隋樹森本、鄭騫本、徐沁君本、甯希元本、吴國欽本、王學奇本、王季思本、康李本、高橋繁樹本改作「待」，其他各本未改。藍立蓂本注：「大，通『待』，猶想要，打算。」〔三〕「悔」字原本作「𢛧」，吴曉鈴本、劉堅本、鄭振鐸本未改。鄭騫本、王季思本「地」下補一「悔」字，「再」字斷屬下句。其他各本均改作「悔」。〔四〕「打也」至「勾拔」，盧冀野本、鄭振鐸本、吴曉鈴本、隋樹森本、北大本、劉堅本、王學奇本、康李本「髻」「美」下斷，「帶」下不斷。王季思本「加」改作「價」。盧冀野本、吴曉鈴本、劉堅本、鄭騫本「要」改作「腰」。王季思本「帶」改作「戴」。盧冀野本「怎」改作「這」。盧冀野本、隋樹森本、鄭騫本、徐沁君本、吴國欽本、王學奇本、王季思本、康李本「勾」改作「够」。徐沁君本校記云：「曲譜，這兩句是七言對句。本曲上句言包髻，下句言團衫，其中没有加上『腰帶』的必要。」按，徐沁君本是，今從。〔五〕原本「它」字，鄭振鐸本、吴曉鈴本、劉堅本、高橋繁樹本未改，其他各本均改作「他」。藍立蓂本注：「它，即『他』。《説文解字》它部『它』段玉裁注：『其字或假佗爲之，又俗作他，經典多作它，猶言彼也。』徐灝箋：『古無他字，假它爲之，後增人旁作佗而隸變爲他。』」下同，不再出校。

〔注〕①「來」，假設助詞。相當于「的話」。②「怎地」，怎麼；怎樣。③「氣分」，志氣。④「包髻」，古代用來包頭髮的頭巾。⑤「美況」，猶「美事」。⑥「團衫」，古代女真族婦女上衣，元代也指北方漢族女性的禮服。⑦「宅司」，官署的宅院。⑧「大家南北，各自東西」，謂分手、分道揚鑣。

【三煞〔一〕】明日索①一般供与②它衣袂穿，一般過〔二〕与③它茶飰吃，到晚送得他被底成双睡。他做成煖帳三更夢，我撥尽寒炉一夜灰。有句話存心記：則〔三〕願得〔四〕辜恩負德，一个个蔭〔五〕子封妻④！

〔校〕〔一〕原本無「煞」字，王季思寫定本、鄭騫本、徐沁君本、王學奇本、甯希元本、王季思本、康李本、高橋繁樹本補，今從。〔二〕原本「過」字，盧冀野本改作「送」。藍立蓂本注：「過，送，遞。」〔三〕原本「則」字，王季思寫定本改作「只」。按，「則」同「只」，不必改。〔四〕原本「得」字，徐沁君本、甯希元本改作「的」。〔五〕「蔭」原本作「廕」，盧冀野本、隋樹森本、鄭騫本、吴曉鈴本、王季思本、鄭振鐸本、北大本、高橋繁樹本未改，其他各本均改作「蔭」。

〔注〕①「索」，要；應該。②「供与」，供給。③「過与」，遞給；端給。④「蔭子封妻」，即封妻蔭子，妻子得到封號，兒子得到蔭庇。指建功立業，光耀門楣。

【二煞〔一〕】出門來一脚高，一脚低〔二〕，自不覺鞋底兒着田地。痛連〔三〕心除他外誰根〔四〕前①說？氣夯破肚〔五〕②别人行③怎又不敢提！獨自向銀〔六〕蟾④底〔七〕，則〔八〕道是孤〔九〕鴻伴影⑤，幾時吃四〔十〕马攢蹄？

〔校〕〔一〕原本無「煞」字，王季思寫定本、鄭騫本、徐沁君本、王學奇本、甯希元本、王季思本、康李本、高橋繁樹本補，今從。〔二〕「低」原本作「底」，盧冀野本、鄭振鐸本未改，其他各本均已改。〔三〕「連」原本作「怜」，徐沁君本、甯希元本、吴國欽本、王學奇本、王季思本、藍立蓂本、康李本、高橋繁樹本改作「連」，其他各本未改。〔四〕原本「根」字，王季思寫定本、王季思本改作「跟」。按，不必改，「根前」同「跟前」，元代白話文獻習見。〔五〕吴曉鈴本「疑『肚』字下脱一『皮』字」。〔六〕「銀」原本作「艮」，唯鄭振鐸本未改。〔七〕原本「底」字，吴國欽本改作「低」，誤。藍立蓂本注：「底，猶下。」〔八〕原本「則」字，王季思寫定本改作「只」。按，「則」同「只」。〔九〕「孤」原本作「辜」，鄭振鐸本未改，王季思寫定本誤作「弧」，其他各本均已改。〔十〕原本「吃」字、「四」字，甯希元本改作「乞」「駟」。甯希元本校記云：「幾時乞駟馬攢蹄：即幾時能够乘駟馬香車，攢蹄急馳。這裏是燕燕原先對婚後生活的想往。即《拜月亭》第四折［夜行船］曲所云：『便坐駟馬香車，管着滿門良賤，但出入唾盂掌扇。』原本『乞』，音假爲『吃』；『駟』，省借爲『四』。今改。」藍立蓂本注：「吃，猶被。參看《詩詞曲語辭匯釋》卷五『喫』。四馬攢蹄，捆住手脚。攢，聚。《水滸傳》六十五回：『把手脚四馬攢蹄，捆縛做一塊。』」按，藍立蓂本是。

〔注〕①「根前」，跟前，是方位詞作與位格標記，表示動作的對象，相當于後置的「對」或「向」。元代的漢蒙語言接觸使漢語的方位詞産生了格標記功能，用來對譯蒙古語名詞、代詞等静詞的格附加成分。②「氣夯破肚」，極生氣之謂。③「行」，是方位詞

「上」的音變形式，此處爲與位格標記，表示動作的對象，相當于後置的「對」或「向」。④「銀蟾」，代指月亮。傳説月宮中有三足金蟾。⑤「孤鴻伴影」，一隻鴻雁與自己的影子相伴，喻孤單。

【尾】呆敲才①、呆敲才〔一〕休怨天，死賤人、死賤人自罵尔〔二〕！本待②要皂腰裙，剛③待要藍包髻，則〔三〕這的是折桂〔四〕攀高落得的〔五〕！（下）

〔校〕〔一〕原本第一個「呆敲才」下爲兩個重文符號，王季思寫定本、鄭騫本、吴國欽本、徐沁君本、王學奇本、王季思本、甯希元本、藍立蓂本、康李本、高橋繁樹本均重三字，其他各本均重「敲才」二字。下句「死賤人」亦同，不再出校。〔二〕原本「尔」字，鄭振鐸本、藍立蓂本未改，其他各本均改作「你」。〔三〕原本「則」字，唯王季思寫定本改作「只」。藍立蓂本注：「則這同義連文，意猶這。則這的是，猶這就是。」〔四〕原本「折桂」，盧冀野本、隋樹森本「桂」誤改作「挂」，吴國欽本、徐沁君本、甯希元本、王學奇本、康李本「折桂」改作「接貴」。其他各本未改。藍立蓂本注：「折桂攀高，用想上月亮去攀折桂花來比喻高攀。義本可通，不煩校改。」〔五〕原本「的」字，吴曉鈴本「疑當作『低』字」，非也。

〔注〕①「呆敲才」，詈詞，猶「欠打的東西」。②「待」，要；想要。③「剛」，偏又。

第三折

（〔一〕孤一折）（夫人一折）（〔二〕末、六兒一折）（正旦上，云）好煩惱人呵！（長吁了〔三〕）

〔校〕〔一〕「孤」上徐沁君本、甯希元本、王學奇本補一「外」字，高橋繁樹本補「《外》」。〔二〕「末」上徐沁君本、王學奇本補一「正」字。〔三〕「了」下吴國欽本、徐沁君本、王學奇本、王季思本補「唱」，康李本補「（唱）」。

【越調】【鬪鵪鶉〔一〕】短嘆長吁，千声万声；倒〔二〕枕搥床①，到三更四更。便似止渴思梅②，充飢畫餅③。因甚頃刻休？則〔三〕傷我取次④

成〔四〕。好个个舒心，干支刺〔五〕⑤没興⑥。

〔校〕〔一〕原本「鵪鶉」簡作「奄享」，「奄」字殘損，各本均校作「鵪鶉」。「鬦」上原無【越調】，隋樹森本、鄭騫本、徐沁君本、吴國欽本、王季思本、王學奇本、甯希元本、康李本、高橋繁樹本補，其他各本未補。〔二〕原本「倒」字，鄭振鐸本、吴曉鈴本、北大本、藍立蓂本、施沈本未改，其他各本均改作「搗」。藍立蓂本注：「倒，借作『搗』，捶。白仁甫《東墻記》三折【醉春風】：『一會家倒枕捶床，長吁短嘆，教咱無柰。』」按，藍立蓂本是，今從。〔三〕原本「則」字，王季思寫定本改作「只」。按，「則」同「只」，不必改。〔四〕盧冀野本「成」下未斷，「成」字韵。〔五〕原本「刺」字，鄭振鐸本、盧冀野本誤作「刺」。

〔注〕①「倒枕搥床」，即搗枕搥床，拍打枕頭捶打床，謂極痛心。②「止渴思梅」，是對「望梅止渴」的化用，喻空想。③「充飢畫餅」，即畫餅充飢，喻空想。④「取次」，輕易。⑤「干支刺」，白白地；平白地。亦作「乾支刺」。⑥「没興」，倒霉。

【紫花兒〔一〕序】好輕乞〔二〕列①薄命，热忽刺〔三〕②姻緣，短古取③恩情！(見灯蛾科〔四〕）哎！蛾〔五〕兒！俺兩个有比喻〔六〕。見一个耍蛾兒來往向烈焰上飛騰，正撞着銀灯〔七〕，攔頭④送了性命。咱兩个堪為比並⑤。我為那包髻白〔八〕身⑥，尔〔九〕為這灯火青熒〔十〕⑦。

(云）我救〔十一〕這蛾兒。(做起身挑灯蛾〔十二〕科〔十三〕）哎！蛾〔十四〕兒，俺⑧兩个大剛來⑨不省⑩呵！〔十五〕

〔校〕〔一〕原本無「兒」字，唯鄭振鐸本未補。〔二〕鄭振鐸本「乞」下斷，誤。〔三〕原本「刺」字，鄭振鐸本誤作「刺」。〔四〕「科」下鄭騫本、徐沁君本、王學奇本、王季思本補「云」。〔五〕「蛾」原本作「娥」，唯鄭振鐸本未改。〔六〕「俺兩个有比喻」原爲大字，從隋樹森本、徐沁君本、鄭騫本、王學奇本、王季思本、甯希元本、高橋繁樹本改爲説白。康李本「哎！蛾兒」爲説白。〔七〕「灯」下鄭振鐸本、盧冀野本未斷，「灯」字韵。〔八〕原本「白」字，甯希元本改作「敗」，校記云：「『敗身』，指燕燕爲了那『小夫人名稱』，被小千户引誘上當。」藍立蓂本注：「白身，使身份顯著。白，顯著。……

身，身份，地位。」〔九〕原本「尒」字，鄭振鐸本、藍立蓂本未改，其他各本均改作「你」。〔十〕「青」原本作「清」，「熒」字原本無。從鄭騫本、徐沁君本、吴國欽本、王季思本、王學奇本、藍立蓂本、康李本、高橋繁樹本改。徐沁君本校記云：「曲譜，應作四字句。」甯希元本「清」改作「輕」，下補一「生」字，校記：「『輕生』，指撲燈蛾爲了追逐燈火的明亮而不愛惜自己的性命。」按，「燈火青熒」習見于文獻。〔十一〕盧冀野本「救」誤改作「教」。〔十二〕「蛾」原本作「娥」，唯鄭振鐸本未改。〔十三〕「科」下王季思本補一「云」字。〔十四〕「蛾」原本作「娥」，唯鄭振鐸本未改。〔十五〕原本「哎」爲小字，「娥兒」至「省呵」爲大字，吴曉鈴本「俺兩」至「不省」爲曲文，校記云：「『呵』字原接『省』字，不成文，今改爲賓白。」按，「蛾兒」至「省呵」應爲賓白，不是曲文。

〔注〕①「輕乞列」，輕。「乞列」爲雙音節後綴，加上後形容詞程度升高。②「热忽剌」，熱。「忽剌」爲雙音節後綴，加上後形容詞程度升高。③「短古取」，短。「古取」爲雙音節後綴，加上後形容詞程度升高。④「攔頭」，猶「當頭」。⑤「比並」，比較。⑥「包髻白身」，平民的身份。燕燕爲了改變平民身份而想嫁給小千户。⑦「灯火青熒」，燈火的光亮。燈蛾爲了燈火的光亮而犧牲性命。⑧「俺」，咱，包括式。⑨「大剛來」，大概。⑩「不省」，糊塗。「省」，明白；頭腦清醒。

【幺篇〔一〕】我把這銀灯來指定，引了咱兩个魂灵①，都是②這一點虚名。怕〔二〕不百伶〔三〕百俐③，千戰千赢〔四〕④，更做道⑤能行怎離〔五〕得影⑥？這一場已〔六〕身不正！怎當⑦那厮大四至⑧鋪排⑨，小夫人名称？（〔七〕末、六兒上）（〔八〕開門了）（〔九〕末云〔十〕）

〔校〕〔一〕【幺篇】原本作【幺】，徐沁君本、甯希元本、王季思本、王學奇本補「篇」。〔二〕「怕」原本作「帕」，各本均已改。〔三〕「伶」字原本不清，鄭振鐸本、藍立蓂本校作「怜」。藍立蓂本校記云：「《廣韵》平聲青韵：『怜，心了，黠貌』；郎丁切。百怜百俐，非常聰明。亦作『百伶百俐』。」按，文獻中無「百怜百俐」用例，應作「百伶百俐」。〔四〕「赢」原本作「羸」，盧冀野本、鄭振鐸本作「羸」，其他各本均改作「羸」。〔五〕「離」原本作「[illegible]」，鄭振鐸本誤作「難」。〔六〕「己」原本作「ア」，王季思寫定本、吴國欽本、王季思本、甯希元本、藍立蓂本、康李本校作「其」，王季思寫定本校記云：「『其身不正，雖令不從』，《論語·子路》篇文。」其他各本均校作「了」。按，疑「ア」爲「己」之形誤。「己身不正」是燕燕自省，符合該曲語境。〔七〕「末」上徐沁君本、王學奇本補「正」字。〔八〕「開」上徐沁君本、王學奇本補「正旦」，高橋繁樹本補「《正旦》」。〔九〕「末」上徐沁君本、王學奇本補「正」字。〔十〕「云」下王季思寫定本、吴國欽本、康李本補「（旦唱）」，徐沁君本、王季思本、王學奇本補「（正旦唱）」。

〔注〕①「魂灵」，魂魄。②「是」，因爲。③「百伶百俐」，十分伶俐、聰明。④「千戰千羸」，猶「百戰百勝」。⑤「更做道」，即使；縱使。亦作「更做」「更做到」「更則道」。⑥「能行怎離得影」，熟語，走路離不開自己的身影。此處是説燕燕擺脱不了做奴婢的命運。楊梓《豫讓吞炭》第二折【尾聲】：「更做你能行離不了影。」（參見藍立蓂本）⑦「當」，敵。⑧「大四至」，猶「大四八」「大厮八」「大厮把」，謂大模大樣，有排場。⑨「鋪排」，安排；布置。

【梨花兒】是①交〔一〕我軟地上吃〔二〕交我也不共②尔争。煞是③多勞重〔三〕降尊臨卑〔四〕，有勞〔五〕長者車马④，貴脚踏於賤地，〔六〕小的每多謝承〔七〕⑤。本待麻線道⑥上不和尔一処⑦行，（〔八〕云）尔依得我一件事〔九〕，依得我願隨鞭鐙〔十〕⑧。

（云）尔要我饒尔〔十一〕咱〔十二〕，再對星月賭〔十三〕一个誓。（〔十四〕云了）（出門了〔十五〕）

〔校〕〔一〕原本「交」字，王季思寫定本、隋樹森本、吴國欽本、王季思本、康李本改作「教」。按，不必改，「交」同「教」。〔二〕原本「吃」字，高橋繁樹本作「喫」，盧冀野本「吃」下斷句。按，「吃交」一詞，猶「摔跤」。〔三〕原本「重」字，鄭騫本、王季思本、高橋繁樹本改作「動」，其他各本未改。藍立蓂本校記云：「勞重，疑爲『勞台重』或『勞尊重』之省，猶今云『勞駕』。」〔四〕甯希元本校記云：「『卑』字失韵，疑誤。《北詞廣正譜》引本曲此句作『索是輕勞重降尊臨』。雖『真文』可協『庚青』，然語意晦澀難通，似亦不妥。俟再考。」按，「勞重」「降尊」「臨卑」均爲動賓結構。〔五〕「勞」原本作「老」，盧冀野本、鄭振鐸本、吴曉鈴本未改，其他各本未改。〔六〕「有勞」至「賤地」原爲大字，隋樹森本、北大本、吴國欽本、徐沁君本、王學奇本、甯希元本、康李本、藍立蓂本、高橋繁樹本改爲賓白。鄭騫本校記云：「兩句似是帶唱。」「有」上徐沁君本、王學奇本補「（帶云）」，「地」下補「（唱）」。「蹅」原本作「查」，鄭振鐸本、劉堅本未改，北大本、徐沁君本、吴國欽本、甯希元本、王學奇本、藍立蓂本、康李本、施沈本作「蹅」，吴曉鈴本「疑當作『蹅』字」，盧冀野本、王季思寫定本、隋樹森本、鄭騫本、王季思本、高橋繁樹本改作「踏」。「賤」原本作「踐」，唯鄭振鐸本未改。〔七〕「承」原本作「成」，王季思寫定本、隋樹森本、北大本、吴國欽本、徐沁君本、王季思本、王學奇本、劉堅本、甯希元本、藍立蓂本、康李本、施沈本、高橋繁樹本改作「承」，鄭振鐸本、盧冀野本、吴曉鈴本未改，吴曉鈴本校記云：「疑當作『承』字。」盧冀野本「成」下未斷，「本」下斷。〔八〕「云」上徐沁君本、王學奇本補「帶」字。〔九〕「事」下王季思寫定本、徐沁君本、王學奇本、王季思本補「（唱）」。〔十〕「鐙」原本作「凳」，鄭振鐸本、鄭騫本未改，其他各本均已改。〔十一〕該曲五「尔」字，鄭振鐸本、藍立蓂本未改，其他各本均改作「你」。〔十二〕盧冀野本、王季思寫定本、吴國欽本、王季思本「咱」字屬下句，誤。「咱」是祈使語氣詞。〔十三〕「賭」原本作「覩」，唯鄭振鐸本未改。〔十四〕「云」上徐沁君本、王學奇本補「正末」，高橋繁樹本補「《末》」。〔十五〕「出」上徐沁君本、王學奇本補「正旦」，高橋繁樹本補「《正旦》」。「了」下徐沁君本、王學奇本補「唱」。

〔注〕①「是」，即使；縱使。②「共」，和；跟。③「煞是」，真是；確是。「煞」，程度副詞，猶「真」「很」。④「車马」，謂車馬勞頓。⑤「謝承」，感謝。⑥「麻線道」，黄泉路；陰司之路。⑦「一処」，一起；一塊。⑧「隨鞭鐙」，謂願意跟隨并服侍。猶「鞍前馬後」。

【紫花兒序〔一〕】尔把遥天〔二〕①指定，指定那淡月踈星，再說一个海誓山盟；我便收撮②了火性，鋪撒③了人情，忍氣吞聲〔三〕，饒過尔〔四〕那亏人不志誠④。賺⑤出門桯〔五〕⑥。（入房科〔六〕）呼⑦的関〔七〕上櫳〔八〕門，鋪⑧的吹滅殘灯。

（〔九〕末告）（〔十〕不開門了）（〔十一〕末怒云了，下）（〔十二〕旦閃下）（夫人上住）（〔十三〕末上见住，云了）（夫人唤了）（〔十四〕旦上见夫人了）（夫人云了）〔十五〕燕燕不會！去不得！〔十六〕

〔校〕〔一〕【紫花兒序】原本作【子花兒】，唯鄭振鐸本未改。〔二〕原本「遥天」，藍立蓂本疑應作「瑶天」，「瑶，光潔美好，用爲稱美之辭。瑶天，天。劉唐卿《降桑椹》二折增福神白：『蕩蕩神威氣象寬，親傳敕令下瑶天』」。按，「遥天」可通。〔三〕盧冀野本「聲」下未斷，「聲」字韵。〔四〕該曲二「尔」字，鄭振鐸本、藍立蓂本未改，其他各本均改作「你」。〔五〕「桯」原本作「程」，鄭騫本、徐沁君本、劉堅本、甯希元本、吴國欽本、王學奇本、藍立蓂本、康李本、高橋繁樹本改作「桯」，其他各本未改。北大本校記云：「疑當作『桯』。」〔六〕「科」下徐沁君本、王學奇本補「唱」。〔七〕「関」原本作「閔」，唯吴曉鈴本未改。〔八〕「櫳」原本作「笼」，鄭騫本、徐沁君本、甯希元本、吴國欽本、王學奇本、王季思本、藍立蓂本、康李本、高橋繁樹本改作「櫳」，王季思寫定本改作「攏」，其他各本未改。盧冀野本「籠」下增一「房」字。徐沁君本校記：「白樸《墻頭馬上》第二折：『小業種把櫳門掩上些。』王實甫《西厢記》第一本第一折：『投至到櫳門兒前面，剛挪了一步遠。』第三本第四折：『把似你休倚著櫳門兒待月。』櫳，房室泛稱。櫳門，此指房門。」〔九〕「末」上徐沁君本、王學奇本補一「正」字。〔十〕「不」上徐沁君本、王學奇本補「正旦」，高橋繁樹本補「《正旦》」。盧冀野本、鄭振鐸本、鄭騫本、隋樹森本連成「（末告不開門了）」，藍立蓂本指出：「『（末告）』與『（不開門了）』各爲末旦科介，應分開。」〔十一〕「末」上徐沁君本、王學奇本補「正」字。〔十二〕「旦」上徐沁君本、王學奇本補「正」字，高橋繁樹本補「《正》」。〔十三〕「末」上徐沁君本、王學奇本補「正」字。

〔十四〕「旦」上徐沁君本、王學奇本補「正」字，高橋繁樹本補「《正》」。〔十五〕「燕」上王季思寫定本、吴國欽本、康李本補「（旦云）」，鄭騫本補「（云）」，徐沁君本、王學奇本、王季思本補「（正旦云）」，高橋繁樹本補「《正旦云》」。〔十六〕「得」下徐沁君本、王學奇本、王季思本補「（唱）」。

〔注〕①「遥天」，遠天；高天。②「收攝」，收斂。③「鋪撒」，猶抛散；抛却。④「志誠」，真誠；實誠。⑤「賺」，騙；哄；哄騙。⑥「門桯」，門檻。⑦「呼」，狀快速關門聲。⑧「鋪」，即「撲」，狀吹氣滅燈聲。

【小桃紅】燕燕上覆〔一〕① 傳示② 煞③ 曾經，誰會甚兒女〔二〕成〔三〕婚聘④？甚的是許出羞下紅定〔四〕？向〔五〕這洛陽城，少甚末〔六〕能言快語⑤ 官媒證⑥？燕燕怎敢假名托姓？但〔七〕⑦ 交〔八〕我一權為政⑧，情取⑨ 火上弄〔九〕冬凌。

〔十〕燕燕不去！（末云〔十一〕）（夫人怒云了）〔十二〕

〔校〕〔一〕鄭騫本、鄭振鐸本、康李本「覆」下斷句。王學奇本、康李本「覆」改作「復」。按，不必改，「覆」有「答復；回報」義。（參見《漢語大詞典》）〔二〕吴國欽本脱「女」字。〔三〕王學奇本脱「成」字。〔四〕原本「許出羞下紅定」，有二處疑問。一是「許出羞」意義不明；二是依曲譜該句應脱一字。藍立蓂本認爲「羞」與「饈」同，并引《東京夢華録》「娶婦」條「凡娶媳婦，先起帖子，次擔許口酒」，認爲「許出羞」是「定親的許口酒」，吴國欽本、康李本同。文獻中「羞」確可通「饈」，是「進獻食物」「美食」等義，并不指「酒」。「出羞」義爲「丢臉、出醜」，「許出羞」只此一見，别無他例，故以其爲許口酒證據不足。但此處確應與訂親之酒有關。元代訂親酒稱「肯酒」，顧名思義，就是應允親事之酒。「肯酒」與「紅定」常常共現，元石德玉《秋胡戲妻》第二折：「恰才這三鍾酒是肯酒，這塊紅是紅定。」元王曄《桃花女》第二折：「适才周公家肯酒你也吃了，紅定你也收了。」劉堅本也認爲「羞」同「饈」，指訂婚用的羊、酒等物。「許出羞」即下定，指男方向女方贈送訂婚禮物，「下紅定」亦爲此義。鄭騫本校記云：

「『許出羞下紅定』，此句有脱誤，待校。」【小桃紅】屬【越調】曲牌，全曲八句，第三句七字，節奏多爲「四三」式，元刊本《竦者下船》第二折【小桃紅】第三句爲「痛泪偷淹/錦袍袖」，元刊本《老生兒》第三折【小桃紅】第三句爲「輩輩留傳/祭祖上」。【小桃紅】前三句大意：燕燕只習慣于做上傳下達的工作，誰會什麼給男女説親，誰知道什麼是「許出羞下紅定」?「甚的是許出羞下紅定」一句中，「甚的是」即「什麼是」，是襯字，「下紅定」是「四三」格式之後三字，因此「許出羞」三字其間應脱一字。由于文獻資料中缺乏確切有力的證據，只能存疑。〔五〕原本「向」字，盧冀野本、隋樹森本改作「像」，吴國欽本、徐沁君本、王學奇本、王季思本、康李本改作「問」，其他各本未改。藍立蓂本注：「向，在。」〔六〕原本「末」字，王季思寫定本、吴國欽本、王季思本、康李本改作「麼」。〔七〕「但」原本作「旦」，各本均已改。〔八〕原本「交」字，王季思寫定本、隋樹森本、吴國欽本、王季思本、康李本改作「教」。按，「交」同「教」，不必改。〔九〕「弄」原本作「等」，北大本、王學奇本、藍立蓂本、施沈本、高橋繁樹本作「弄」，其他各本未改。「火上弄冬凌」爲元代習語，藍立蓂本注：「火上弄冬凌，比喻事情必然失敗。」〔十〕「燕」上王季思寫定本、吴國欽本、康李本補「（旦云)」，鄭騫本、徐沁君本、王學奇本、王季思本補「(云)」，高橋繁樹本補「《云》」。〔十一〕「末」上徐沁君本、王學奇本補「正」字。「云」下王學奇本補「了」字。〔十二〕此處王季思寫定本、吴國欽本、康李本補「（旦唱)」，徐沁君本、王學奇本、王季思本補「（正旦唱)」。

〔注〕①「上覆」，向上回復、回稟。②「傳示」，向下傳達。③「煞」，雖。④「婚聘」，婚姻；姻緣。⑤「能言快語」，能説會道。「快」，能。⑥「官媒證」，即「官媒」「官媒婆」，因押韵用「證」字。指舊時官府批准以做媒爲業的婦女（參見《漢語大詞典》)。⑦「但」，一旦；只要。⑧「一權為政」，權時做主。(參見藍立蓂本）⑨「情取」，必定；一定。

【調笑令】這厮短命，没前程①，做得个輕人②還自輕！横死③口里栽排④定，老夫人隨邪水性⑤，道我能言快語說合成。我說波〔一〕娘⑥七代先靈〔二〕！

〔校〕〔一〕王季思寫定本、王季思本「波」下斷句。藍立蓂本注：「波，襯字。無義。」〔二〕「靈」原本作「天」，鄭振鐸本未改，盧冀野本校作「人」，其他各本均校作「靈」。藍立蓂本注：「七代先靈，祖宗。脉望館鈔本高文秀《遇上皇》一折【賞花時幺】：『六合内只經你不良，把我七代先靈信口傷。』」按，「七代先靈」習見。

〔注〕①「没前程」，謂不得善終。②「輕人」，輕賤之人。③「横死」，凶死。④「栽排」，安排。「横死口里栽排定」，指詛咒他人横死。⑤「隨邪水性」，任性而無主見。⑥「娘」，詈詞，猶「他媽的」。

【聖藥王】然道〔一〕户厮迎〔二〕①，也合②再打听〔三〕，兩門親便走一遭兒成。我若到那户庭，見那娉〔四〕婷③，若是那女孩兒言語没实誠〔五〕，俺這厮強風情④。

（虚下⑤）（外孤上）（旦〔六〕上，見孤〔七〕云）夫人使來問小姐親事，相公⑥許不許，燕燕回去。（外孤云了）（閃下〔八〕）（外旦上）（旦〔九〕隨上，見了）特地來問小姐親事，許不許，回〔十〕去。（外旦許了，下〔十一〕）

〔校〕〔一〕「然」上隋樹森本、王季思本補一「雖」字。吴曉鈴本校記云：「然——疑當作『煞』字。」盧冀野本「道」改作「到」。藍立蓂本注：「然道，雖是。」〔二〕原本「迎」字，甯希元本改作「應」，校記：「户厮應：即門户相當。《倩女離魂》第四折［四門子］曲：『咱兩個門厮當，户厮應，則怕言行不清。』」按，核鄭光祖《迷青瑣倩女離魂》，原文爲：「是這等門厮當，户厮撑，怎教咱做妹妹哥哥答應?」并無「户厮應」之説。藍立蓂本注：「迎，對也。户厮迎，門當户對。」〔三〕盧冀野本、鄭振鐸本「聽」下未斷，「聽」字韵。〔四〕「娉」原本作「聘」，各本均已改。〔五〕「誠」原本作「成」，鄭騫本、徐沁君本、甯希元本、吴國欽本、王學奇本、王季思本、康李本、高橋繁樹本改作「誠」，其他各本未改。藍立蓂本校記云：「成，通『誠』。《墨子・貴義》：『子之言則成善矣。』孫怡讓《間詁》引王念孫云：『古或以成爲誠。』實成，真心實意。」〔六〕「旦」上徐沁君本、王季思本、王學奇本補「正」字，高橋繁樹本補「《正》」。〔七〕「孤」上徐沁君本、王學奇本補「外」字，高橋繁樹本補「《外》」。〔八〕「閃」上高橋繁樹本補「《正旦·外孤》」。「下」下原有一重文符號，鄭振鐸本、吴曉鈴本、鄭騫本未删，其他各本均已删。吴曉鈴本校記云：「下一『下』字疑衍。或此『下』字上脱一『旦』字。」王季思本「據關目」「閃下」改作「同下」，删重文符號。〔九〕「旦」上徐沁君本、王季思本、王學奇本補「正」字，高橋繁樹本補「《正》」。〔十〕「回」原本作「聞」，王季思寫定本、吴國欽本、徐沁君本、王學奇本、王季思本、康李本、高橋繁樹本改作「回」，其他各本未改。藍立蓂本注：「聞，達，禀報。」按，「聞」字太文，應校作「回」。〔十一〕原本「下」字，王季思寫定本、徐沁君本、甯希元本、吴國欽本、王學奇本、王季思本、藍立蓂本、康李本、高橋繁樹本删。北大本云：「『下』字疑衍。」王季思寫定本、吴國欽本、康李本「了」下補「（旦唱）」。

〔注〕①「户厮迎」，謂門當户對。因押韵用「迎」字。亦有作「户厮當」者。關漢卿《錢大尹智寵謝天香》第二折：「怎做的門厮敵、户厮當?」「厮」，相；互相。②「合」，該；應該；應當。③「娉婷」，美人；佳人。此指鶯鶯。④「強風情」，强作風流情事。（參見藍立蓂本）⑤「虚下」，元雜劇用語，指角色作背身下場狀，仍在臺上，但觀眾覺得他已下場。（參見《漢語大詞典》、藍立蓂本）⑥「相公」，泛指官吏。此指鶯鶯父。

【鬼三台】女孩兒言着婚聘①，則〔一〕合低了胭頸②，羞答答地禁〔二〕声③；剗地④面皮上笑容生，是一个不識羞伴等⑤。俺那厮做事一滅行⑥，這妮子⑦更敢有四星⑧，把体面粧沉⑨，把頭梢自領⑩。〔三〕

（旦〔四〕背云）着幾句話，破了這門親。（對外旦云）小姐，那小千户酒性歹。（外旦駡住）〔五〕呀！早弟〔六〕一句兒！〔七〕

〔校〕〔一〕原本「則」字，王季思寫定本改作「只」。按，「則」，就，不同「只」。〔二〕原本「禁」字，鄭騫本、徐沁君本、甯希元本、王季思本、康李本、高橋繁樹本改作「噤」，其他各本未改。藍立蓂本云：「『禁』字可通，不煩校改。禁聲，不作聲。」〔三〕甯希元本【鬼三台】曲後補一曲：【雪裏梅】你道是延壽馬素聞名，你莫不背地裏早先曾，先曾這般悄悄冥冥，潛潛等等，你兩個嫌殺月兒明。校記云：「［雪裏梅］曲，原本脱，依《北詞廣正譜》補。于此，可知小千户名子（字）叫『延壽』。『馬』，爲金人對男子之尊稱。呼小千户爲『延壽馬』，猶云『延壽少爺』。」藍立蓂本指出：「《北詞廣正譜》『素』作『索』。」〔四〕徐沁君本、王學奇本删「旦」字，王季思本「旦」上補「正」字，高橋繁樹本補「《正》」。〔五〕「呀」上徐沁君本、王季思本、王學奇本補「（正旦云）」，王季思寫定本、吴國欽本、康李本補「（旦云）」，高橋繁樹本補「《正旦云》」。〔六〕原本「弟」字，唯鄭振鐸本未改，其他各本均作「第」。〔七〕鄭騫本將「呀！早第一句兒」置于【天净沙】下。

〔注〕①「婚聘」，婚姻。②「胭頸」，即咽頸，脖子。③「禁声」，不出聲；不作聲。「禁」，同「噤」。④「剗地」，却；反而。⑤「伴等」，同伴；伙伴。⑥「一滅行」，一味任性。⑦「妮子」，猶「丫頭」。⑧「有四星」，有下梢，即有結局；有結尾。北斗七星斗柄爲上梢，四星爲下梢。（参見藍立蓂本）⑨「把体面粧沉」，裝得很端莊持重的様子。体面，猶様子。（参見藍立蓂本）⑩「把頭梢自領」，自己扯自己的頭髮，比喻自討苦吃、自作自受。「頭梢」，頭髮。「領」，拉；引。

【天净沙】先交〔一〕人掩〔二〕撲①了我幾夜恩情，來這里被它〔三〕罵得我百節酸疼②，我便似剗墻賊蠍蜇噤声③！空使心作倖〔四〕，被小夫人引了我魂灵。

（外云〔五〕）你道有鉄脊梁④的，你手里做媳婦！〔六〕

〔校〕〔一〕原本「交」字，盧冀野本、王季思寫定本、吴國欽本、隋樹森本、王季思本、康李本改作「教」。按，「交」同「教」，不必改。〔二〕「掩」原本作「俺」，王季思寫定本、鄭騫本、吴國欽本、徐沁君本、劉堅本、甯希元本、王季思本、藍立蓂本、康李本、高橋繁樹本改作「掩」，北大本、施沈本「俺撲」乙作「撲俺」，其他各本未改。王季思寫定本説明：「掩撲是當時一種賭博，掩撲了意即輸去了。」徐沁君本校記云：「『掩撲』一詞亦見于《樂府群玉》王日華【鳳引雛】：『滿懷寛，被馮魁掩撲了麗春園。』『掩撲』倒言之則爲『撲掩』。王實甫《西厢記》第二本第二折（舊稱楔子）：『你休只因親事胡撲俺。』明王伯良注引碧筠齋本作『撲掩』。」〔三〕原本「它」字，吴曉鈴本、劉堅本、鄭振鐸本、藍立蓂本、高橋繁樹本未改，其他各本均改作「他」。〔四〕原本「心作」，吴國欽本、康李本乙作「作心」。原本「倖」字，吴國欽本、北大本、徐沁君本、王學奇本、康李本、施沈本、高橋繁樹本改作「幸」，其他各本均未改。藍立蓂本注：「『倖』『幸』通。倖，猶心計。臧本武漢臣《老生兒》一、二折兩處『使心用倖』，作『倖』。《録鬼簿》卷上鄭廷玉《冤家債主》題目正名『貪財漢空使倖勞神，看錢奴買冤家債主』，亦作『倖』。使心作倖，即用心機。臧本王日華《桃花女》四折【收江南】：『多謝你使心作倖白頭翁，若不是這些懵懂，怎能勾一家兒團聚喜融融？』」〔五〕「外」下王季思寫定本、吴國欽本、徐沁君本、王季思本、王學奇本、甯希元本補「旦」字，高橋繁樹本補「《旦》」。「云」下王季思寫定本、吴國欽本補「（旦云）」，鄭騫本補「（云）」，徐沁君本、王學奇本、王季思本補「（正旦云）」，高橋繁樹本補「《正旦唱》」。「外云」康李本改作「外旦云了」，下補「（旦云）」。〔六〕「婦」下徐沁君本、王學奇本、王季思本補「（唱）」。

〔注〕①「掩撲」，輸掉。②「百節酸疼」，渾身骨節疼痛。③「剌墻賊蠍蜇噤声」，挖墻鑽洞的賊被蝎子蜇了也不敢聲張，比喻有苦難言。（參見藍立蓂本）④「有鉄脊梁」，謂不怕挨打。

【東原樂】我是你心頭病，你是我眼内釘，都是那等①不賢會〔一〕的婆娘傳槽病②。你子〔二〕牢〔三〕踏〔四〕着八字行③，俺那厮陷〔五〕坑④，没一日曾干净⑤。

〔校〕〔一〕原本「會」字，盧冀野本、隋樹森本、北大本、施沈本改作「惠」，徐沁君本、吴國欽本、王季思本、甯希元本、康李本改作「慧」。其他各本未改。藍立蓂本注：「會，用同『惠』。……賢會，即賢惠。」〔二〕原本「子」字，鄭振鐸本、吴國欽本、王季思寫定本、隋樹森本、康李本改作「只」，盧冀野本改作「衹」。按，「子」同「只」，不必改。〔三〕原本「牢」字，北大本、施沈本改作「勞」，誤。〔四〕「踏」原本作「查」，徐沁君本、吴國欽本、甯希元本、王季思本、王學奇本、藍立蓂本、康李本改作「踏」，王季思寫定本、鄭騫本、高橋繁樹本改作「踏」。〔五〕「陷」下高橋繁樹本補「人」字。

〔注〕①「等」，種。②「傳槽病」，同槽進食的牲口互相傳染疾病。用作髒話，指壞毛病互相影響。③「牢踏着八字行」，嚴格按照生辰八字走。「踏着」，猶「按照」。「八字」，人出生的年月日時的干支。④「陷坑」，陷阱，指小千户狡猾多端。⑤「干净」，猶「停止；罷休」。

【綿搭〔一〕絮】我又不是停眠①整宿，大剛來②竊〔二〕玉偷香③，一時間寵倖〔三〕。數日〔四〕間忺〔五〕④過〔六〕，俺那厮一日一个王魁負桂英⑤，你被人推⑥、人推更不輕。俺那厮一霎兒⑦新情⑧，撒地⑨腿脡麻，㪣地⑩腦袋〔七〕疼。

〔校〕〔一〕「搭」原本作「荅」，盧冀野本、北大本、吴國欽本、吴曉鈴本、王季思寫定本、王學奇本、王季思本、鄭騫本、隋樹森本、劉堅本、鄭振鐸本、藍立蓂本、施沈本、康李本、高橋繁樹本校作「答」，徐沁君本、甯希元本校作「搭」。〔二〕「竊」原本作「切」，唯盧冀野本未改。〔三〕原本「倖」字，北大本、吴國欽本、徐沁君本、王學奇本、劉堅本、甯希元本、施沈本、康李本改作「幸」，其他各本未改。按，「倖」同「幸」，可不改。〔四〕「日」原本作「月」，徐沁君本、吴國欽本、王季思本、王學奇本、甯希元本、藍立蓂本、藍立蓂本、康李本、高橋繁樹本改作「日」。今從。〔五〕原本「忺」字，盧冀野本、隋樹森本改作「欺」。〔六〕吴國欽本、王季思本謂此句應押韵，「過」字疑有訛誤。藍立蓂本云：「此本曲第四句，有不押韵者，如關氏《哭香囊》、白仁甫《東墻記》。」〔七〕「袋」原本作「代」，唯鄭振鐸本未改。

〔注〕①「停眠」，留宿。②「大剛來」，大概。③「竊玉偷香」，謂引誘女性。④「忺」，高興；愉悦。⑤「王魁負桂英」，藍立蓂本注：「故事傳説：宋時，書生王魁下第，與妓女桂英相遇，誓不相負。逾年，有詔求賢，桂英備川資，送魁赴選。魁狀元及第，竟背盟另娶。桂英自刎。後來桂英的鬼魂索要了王魁的命。本事見張邦基《侍兒小名録》。《南詞叙録》『宋元舊篇』有《王魁負桂英》，曹

本《録鬼簿》尚仲賢《海神廟王魁負桂英》雜劇。」⑥「推」，指算計。⑦「一霎兒」，短時的；短暫的。⑧「新情」，新的感情經歷。⑨「撒地」，猛地。⑩「歇地」，一會兒。

【拙魯速】終身〔一〕无簸〔二〕箕星①，指雲中雁做羹②。時下且口口声声，戰戰兢兢，裊裊停停〔三〕③，坐坐行行。有一日孤孤另另〔四〕④，冷冷〔五〕清清，咽咽哽哽⑤，覷着你个拖〔六〕漢精⑥！

〔校〕〔一〕原本「身」字，徐沁君本改作「生」。〔二〕「簸」原本作「[illegible]」，各本均已改。〔三〕原本「停停」，鄭騫本、王季思本、王學奇本、甯希元本、藍立蓂本、康李本改作「婷婷」。〔四〕原本「另另」，徐沁君本、吴國欽本、王季思本、康李本改作「零零」。〔五〕「冷冷」原本作「吟吟」，唯鄭振鐸本未改。〔六〕原本「拖」字，王學奇本改作「馱」。

〔注〕①「簸箕星」，指災星。②「指雲中雁做羹」，即不切實際的幻想或願望。③「裊裊停停」，即裊裊婷婷，指女子走路體態輕盈柔美之貌。④「孤孤另另」，即孤孤零零，孤單貌。⑤「咽咽哽哽」，哽咽；抽泣。⑥「拖漢精」，詈詞，勾引男人的淫婦。「拖」，拉；拽，謂「勾引」。

【尾〔一〕】大剛來①主人有福牙推勝〔二〕②，不似這調風月③媒人背斤〔三〕。說得他美甘甘④枕頭兒上雙成⑤，閃⑥得我薄設設⑦被窩兒里冷！

（下）

〔校〕〔一〕原本【尾】，鄭騫本、王季思本、甯希元本改作【收尾】。〔二〕原本「勝」字，鄭振鐸本改作「敗」。〔三〕原本「斤」字，盧冀野本改作「地」，「背地」斷屬下句。鄭騫本改作「斤」，校記云：「斤字應協韻，疑是听（聽）字之誤。但被聽意不可解，存疑待校。」藍立蓂本注：「背廳，疑猶背時，不走運。」

〔注〕①「大剛來」，大概。②「主人有福牙推勝」，元代俗語，主人有福，牙推纔能得到好處。「牙推」，亦作「衙推」，是醫卜星算等術士。③「調風月」，指調和男女風情之事，此指做媒。④「美甘甘」，猶「美滋滋」。⑤「雙成」，即「成雙」，因押韻倒文。⑥「閃」，拋撇；坑害。⑦「薄設設」，比較薄。「設設」，雙音詞綴，用後程

度升高。

第四折

（老孤、外孤上）（衆外①上）（夫人上住）（正〔一〕末、正旦、外旦上住）〔二〕

〔校〕〔一〕高橋繁樹本删「正」字。〔二〕王季思寫定本此處補「（旦唱）」，徐沁君本、王季思本、王學奇本、康李本補「（正旦唱）」。

〔注〕①「衆外」，指外末、外旦。

【雙調】〔一〕【新水令】撒敦是□部尚書〔二〕，女婿是世襲千户，有二百匹金勒馬①，五十輛畫輪車②。説得他〔三〕兒女夫妻〔四〕，似水如魚。撇③得我鰥寡孤獨，那的④是撮合山⑤養身処⑥？

〔校〕〔一〕原本無宫調名【雙調】，隋樹森本、徐沁君本、甯希元本、吴國欽本、王學奇本、王季思本、康李本、高橋繁樹本補。〔二〕該句原本作「雙撒敦是部上書」，「上」各本均改作「尚」。各本「雙」字均保留。按，疑「雙」爲宫調名【雙調】之錯訛。「撒敦」是蒙古語音譯詞，義爲「親戚」。「雙撒敦」似不詞。「尚書」是官職名，多言「某部尚書」，是其細類。常見的六部尚書指的是禮部尚書、工部尚書、刑部尚書、吏部尚書、兵部尚書、户部尚書。另外，文獻中還見：起部尚書、選部尚書、祠部尚書、民部尚書等，而未見「部尚書」的單獨用例。故疑「部」上脱一字。首二句「撒敦」與「女婿」相對，「□部尚書」與「世襲千户」相對。這樣處理符合曲譜字數要求：【新水令】前兩句正格都爲七字。但「□」爲何字，只能存疑。〔三〕徐沁君本、王學奇本脱「他」字。〔四〕原本「夫妻」，鄭騫本、甯希元本、王季思本、藍立蓂本、高橋繁樹本乙作「妻夫」。鄭騫本校記云：「此句須協韻。」

〔注〕①「金勒馬」，口銜金嚼子的馬。②「畫輪車」，輪轂上有彩飾的馬車。③「撇」，猶「抛；閃」。④「那的」，哪裏。⑤「撮合山」，喻指媒婆。⑥「養身処」，存身之處。

【駐〔一〕馬聽】官人〔二〕石碾連珠①，滿〔三〕腰背无瑕玉兔胡〔四〕②。夫人每是依時按序，細攙絨〔五〕全套綉〔六〕衣服，包髻是纓絡③大真珠④，額花⑤是秋色玲瓏玉⑥。悠悠的⑦品着鷓鴣⑧，雁行⑨般但舉手都能舞〔七〕。

（做与外旦插帶了科）（外旦云）〔八〕

〔校〕〔一〕「駐」原本作「主」，各本均已改。〔二〕吴國欽本、王季思本「人」下補「每是」二字。〔三〕「滿」字盧冀野本斷屬上句，誤。〔四〕原本「胡」字，王季思寫定本、徐沁君本、甯希元本、吴國欽本、王季思本、康李本改作「鶻」。按，「兔胡」同「兔鶻」。〔五〕「絨」原本作「戎」，鄭振鐸本、吴曉鈴本未改，其他各本均已改。〔六〕「綉」原本作「秀」，各本均已改。參見第二折【上小樓】【幺篇】注釋④「細攙絨綉來胸背」。〔七〕「舞」下原本有一重文符號，王季思寫定本、隋樹森本、鄭騫本、徐沁君本、甯希元本、吴國欽本、王學奇本、王季思本、藍立蓂本、康李本、高橋繁樹本均删。〔八〕「云」下王季思寫定本、吴國欽本、康李本補「（旦唱）」，徐沁君本、王季思本、王學奇本補「（正旦唱）」。

〔注〕①「石碾連珠」，玉兔鶻帶上的裝飾品。「石碾」當是珠子製作方法。藍立蓂本引《五侯宴》三折【倘秀才】：「那官人繫着條玉兔鶻連珠兒石碾。」②「无瑕玉兔胡」，没有瑕疵的玉製兔鶻。③「纓絡」，即「瓔珞」，成串的珠玉。④「真珠」，珍珠。⑤「額花」，古代婦女額頭上的飾品。⑥「秋色玲瓏玉」，白色的玲瓏剔透的玉飾品。「秋色」指白色，白色是與秋季相應的顔色。⑦「悠悠的」，悠閑地。⑧「鷓鴣」，即鷓鴣曲，是女真族樂曲名。⑨「雁行」，天上成行的大雁。喻整齊。

【甜水令】姐姐骨甜肉净〔一〕①，堪描堪塑②，生得肌膚似凝酥③。從〔二〕小里④梅香嬤嬤⑤擡舉⑥，問燕燕梳裹何如〔三〕？

〔校〕〔一〕藍立蓂本疑「净」本字是「婧」。〔二〕盧冀野本「從」下衍一「泛」字。〔三〕「何如」原本作「如何」，鄭振鐸本、盧冀野本、吴曉鈴本未改，其他各本均乙作「何如」，「如」字韵。

〔注〕①「骨甜肉净」，謂身材秀美。②「堪描堪塑」，極言貌美。③「凝酥」，凝固的酥油，猶「凝脂」。④「里」，猶「時」。⑤「梅香嬤嬤」，代指女用人。「梅香」代指丫鬟，「嬤嬤」指女僕或乳母。⑥「擡舉」，照顧；照料。

【折桂令】他是不曾慣①傅粉施朱〔一〕②，包髻不仰不合③，堪畫堪圖④。

尔〔二〕看三〔三〕插花枝⑤，顫嵬嵬⑥穩當扶踈〔四〕⑦。則〔五〕道是烟霧内初生月兔，元〔六〕來是雲鬢⑧後半露瓊梳⑨。百般的觀覷⑩，一刱〔七〕的全无市井塵俗，壓尽⑪其余。

（末〔八〕云了）（揪搜⑫末科〔九〕）

〔校〕〔一〕「傅粉施朱」原本作「赴粉施珠」，「赴」唯鄭振鐸本改作「敷」，其他各本均改作「傅」；「珠」吴曉鈴本、北大本、劉堅本、王學奇本改作「硃」，王季思寫定本、隋樹森本、徐沁君本、甯希元本、吴國欽本、王季思本、康李本、高橋繁樹本改作「朱」，其他各本未改。藍立蓂本注：「珠，通『朱』。」〔二〕原本「尔」字，鄭振鐸本、藍立蓂本未改，其他各本均改作「你」。〔三〕原本「三」字，甯希元本改作「散」。〔四〕原本「踈」字，鄭騫本、吴曉鈴本、甯希元本未改，盧冀野本、鄭振鐸本、隋樹森本、高橋繁樹本作「踈」，吴國欽本、北大本、王季思寫定本、徐沁君本、王季思本、劉堅本、藍立蓂本、康李本作「疏」，王學奇本作「梳」。〔五〕原本「則」字，盧冀野本、王季思寫定本改作「只」。按，「則」同「只」，不必改。〔六〕「元」原本作「亢」，吴曉鈴本、鄭騫本、北大本、徐沁君本、劉堅本、甯希元本、王學奇本、藍立蓂本、高橋繁樹本校作「元」，盧冀野本、王季思寫定本、隋樹森本、吴國欽本、王季思本、康李本校作「原」。鄭振鐸本未改。藍立蓂本注引陳垣《元典章校補釋例》卷三云：「原免之原，與元來之元異。自明以來，始以原爲元，言版本學者輒以此爲明刻元刻之分。因明刻或仍用元，而用原者斷非元刻也。」按，爲保存元刊本原貌，應校作「元」，而非「原」。〔七〕原本「刱」字，盧冀野本改作「般」，王季思寫定本、隋樹森本、徐沁君本、甯希元本、吴國欽本、王學奇本、康李本、高橋繁樹本改作「剗」，王季思本改作「劃」，其他各本未改。藍立蓂本注：「一刱，同一剗，猶一概。」〔八〕「末」原本作「夫」，王季思寫定本、甯希元本、吴國欽本、藍立蓂本、康李本、高橋繁樹本改作「末」，徐沁君本、王學奇本改作「正末」。盧冀野本、吴曉鈴本、隋樹森本、鄭騫本、北大本、劉堅本、王季思本改作「夫人」。鄭振鐸本未改。徐沁君本校記云：「下緊接『揪搜末科』，燕燕這一動作應該是由『末云』引起的。」〔九〕「揪」上徐沁君本、王學奇本補「正旦」，吴國欽本補「旦」字，王季思本補「正旦」。「末」上徐沁君本、王學奇本補「正」字。「科」下徐沁君本、王學奇本補「唱」，王季思本補「（唱）」，王季思寫定本補「（旦唱）」。

〔注〕①「慣」，習慣。②「傅粉施朱」，搽胭脂抹粉，泛指化妝、打扮。③「不仰不合」，不高不低。「合」，俯。④「堪畫堪圖」，指怎麼打扮都好看。⑤「三插花枝」，應指頭上插了三枝花。⑥「顫嵬嵬」，首飾顫動貌。⑦「扶疎」，亦作「扶疏」，本指樹枝樹葉錯落有致的樣子。此指花插在頭上牢固又顫動的樣子。⑧「雲鬢」，女子盛美如雲的頭髮造型。⑨「瓊梳」，以美玉裝飾的梳子。⑩「覷覷」，觀看；欣賞。⑪「壓尽」，完全勝過。⑫「揪搜」，應指掐、扭、推搡等動作。

【水仙子】推那〔一〕領係〔二〕眼落処〔三〕，採揪①住〔四〕那繫〔五〕腰②行行③掐胯骨〔六〕。我這般拈拈掐掐〔七〕有甚難當処④，想我那声〔八〕冤⑤不得苦痛処。尔〔九〕不合⑥先發頭怒〔十〕。尔若无言語，怎敢〔十一〕將尔覷付〔十二〕，則〔十三〕索⑦做使長郎主⑧。

（孤云了〔十四〕）

〔校〕〔一〕原本「那」字，王季思本、甯希元本改作「挪」。〔二〕原本「係」字，王季思寫定本、北大本、徐沁君本、劉堅本、甯希元本、吴國欽本、王學奇本、康李本改作「系」。藍立蓂本注：「係，帶，繩。《漢書·枚乘傳》：『係方絶，又重鎮之。』領係，衣服上的繫領子的帶子。亦作『領系』。《救風塵》一折外旦白：『但你妹子那裏人情去……替你妹子提領系，整釵鐶。』」〔三〕鄭騫本「処」下未斷，「採揪毛」下斷。按，「処」字韵。〔四〕「住」原本作「毛」，王季思寫定本、徐沁君本、甯希元本、吴國欽本、王季思本、王學奇本、藍立蓂本、康李本改作「住」，其他各本未改。〔五〕「繫」原本作「擊」，鄭振鐸本、吴曉鈴本、隋樹森本、北大本未改，其他各本均已改。〔六〕「掐胯骨」原本作「恰跨骨」，徐沁君本、甯希元本、吴國欽本、王學奇本、藍立蓂本改作「掐胯骨」，康李本校作

「恰胯骨」，高橋繁樹本校作「掐跨骨」，其他各本未改。北大本「疑當作『掐胯骨』」。〔七〕「掐掐」原本作「恰恰」，徐沁君本、甯希元本、王季思本、王學奇本、藍立蓂本、康李本、高橋繁樹本均已改，其他各本未改。藍立蓂本注：「拈拈掐掐，即捏捏掐掐。《救風塵》二折【浪裏來煞】夾白：『我將他掐一掐，拈一拈，摟一摟，抱一抱，着那厮通身酥，遍體麻。』」〔八〕原本「声」字，盧冀野本改作「伸」。〔九〕該曲三「尔」字，鄭振鐸本、藍立蓂本未改，其他各本均改作「你」。〔十〕「先發頭怒」原本作「先發[illegible]怒」，盧冀野本「[illegible]」校作「了」，唯鄭振鐸本保留「怒」字。甯希元本校記云：「『頭怒』一詞費解，疑誤。或原本此句當作『先頭發怒』。」按，「先發頭怒」存疑。〔十一〕原本「敢」字，徐沁君本、王學奇本改作「肯」，誤。〔十二〕鄭騫本「覷」下斷，「付」改作「你」并屬下句。按，「覷付」一詞，指「照顧」。〔十三〕「則」上王季思本衍一「你」字。盧冀野本、王季思寫定本「則」改作「只」。按，「則」同「只」，不必改。〔十四〕「孤」上徐沁君本、王學奇本補一「外」字，高橋繁樹本補「《外》」。「了」下王季思寫定本、吴國欽本、康李本補「（旦唱）」，徐沁君本、王季思本、王學奇本補「（正旦唱）」。

〔注〕①「採揪」，揪住；扯住。②「繫腰」，腰帶。③「行行」，意義不詳。第二「行」字原爲重文符號，疑衍。「繫腰行」，繫腰處。④「处」，相當于結構助詞「的」，由處所義語法化而成。⑤「声冤」，喊冤。⑥「合」，該；應該；應當。⑦「則索」，只需；只要。⑧「使長郎主」，指主人。藍立蓂本注：「使長，徐渭《南詞叙録》：『金元謂主曰使長。』郎主，亦主人之稱。王明清《投轄録·玉條脱》：『予，公之家奴也，奴爲郎主丈人，鄰里笑怪。』」

【殿前歡】俺千户跨龍駒[1]，称得上[2]的敢望七香車[3]。願得同心結[4]永掛合歡樹[5]。鸞鳳嬌雛[6]，連理枝[7]比目魚[8]。千載相完聚[9]，花發[10]无風雨。頭白相守，眼[一]黑処[11]全無。

（老孤問了）[二]煞曾[12]勘[三]婚來[13]。[四]

〔校〕〔一〕「眼」原本作「服」，王季思寫定本、劉堅本、徐沁君本、甯希元本、王學奇本、吴國欽本、王季思本、藍立蓂本、康李本、高橋繁樹本校作「眼」，其他各本未改。鄭騫本校記云：「［服黑］此兩字待校，疑當作眼黑。」吴曉鈴本、隋樹森本、北大本「服」字斷屬上句，誤。王季思寫定本云：「眼黑與頭白正相對，它是形容夫婦不和時瞪眼珠的神態的。」徐沁君本校記云：「元劇中有幾處用到『眼黑』這一詞：賈仲明《對玉梳》第三折白：『俺那虔婆眼黑愛錢。』邾經《鴛鴦冢》殘曲：『望夫石當不得衡鋼鏨，暢好是眼黑心饞，有苦無甘。（趙景深《元人雜劇鈎沉》引《詞林摘艷》）』無名氏《貨郎旦》第二折：『現淹的眼黄眼黑。』本曲是形容發怒時瞪眼的神態的。」〔二〕「了」下鄭騫本補「（云）」，徐沁君本、王學奇本、王季思本補「（正旦云）」，王季思寫定本、吴國欽本、康李本補「（旦云）」，高橋繁樹本補「《正旦云》」。鄭騫本「了」下用冒號，將正旦賓白誤歸老孤。〔三〕「堪」原本作「看」，王季思寫定本、鄭騫本、徐沁君本、甯希元本、吴國欽本、王學奇本、王季思本、康李本、高橋繁樹本改作「堪」。按，「勘婚」指定婚前對勘男女雙方生辰八字。下一曲首句有「勘婚」。〔四〕「來」下徐沁君本、王學奇本、王季思本補「（唱）」。

〔注〕①「龍駒」，駿馬。②「称得上」，配得上。③「七香車」，用多種香料塗飾或用多種香木製作的車。亦泛指華美的車。（參見《漢語大詞典》）④「同心結」，用錦帶等編織成的連環結，象徵男女相愛不分離。⑤「合歡樹」，樹名，喻男女交歡或和好。⑥「鸞鳳嬌雛」，喻夫妻。⑦「連理枝」，枝條相連的兩棵樹，喻夫妻。⑧「比目魚」，喻形影不離的夫妻。⑨「完聚」，團聚。⑩「花發」，花開。⑪「処」，猶「時」或「情況」。⑫「煞曾」，哪曾；何曾。⑬「來」，猶「來著」，表已然。

【喬牌兒】勘婚処①恰〔一〕歲數，出嫁〔二〕後②有衣禄。若言招女婿〔三〕，下財錢③將他娶過去。

〔校〕〔一〕原本「恰」字，甯希元本、高橋繁樹本改作「掐」。按，所改無據。「恰歲數」，歲數正好合適。〔二〕「嫁」原本作「家」，王季思寫定本、徐沁君本、吴國欽本、甯希元本、王季思本、王學奇本、藍立蓂本、康李本、高橋繁樹本均已改，其他各本未改。

〔三〕盧冀野本「婿」下未斷，「婿」字韵。

〔注〕①「処」，猶「時」或「的話」。「処」表時間或假設。②「後」，「以後」或「的話」。「後」表時間或假設。與上句「処」對言。③「下財錢」，猶「下彩禮」。

【掛玉鈎】是个破〔一〕敗家私鉄掃箒〔二〕①，没些兒②發旺③夫家処④。可更〔三〕絶子嗣、妨⑤公婆、克〔四〕⑥丈夫！臉上擎〔五〕泪靨无重〔六〕數，今年見吊客⑦臨、喪門⑧聚！反陰復陰〔七〕，半載其余⑨。

〔校〕〔一〕原本「破」字，盧冀野本誤作「硬」。〔二〕「掃箒」原本作「箒」和一重文符號，鄭振鐸本、吴曉鈴本校作「箒箒」，劉堅本、北大本作「帚帚」，盧冀野本、鄭騫本、隋樹森本、高橋繁樹本作「掃箒」，其他各本均作「掃帚」。〔三〕「更」原本作「史」，王季思寫定本、鄭騫本、徐沁君本、甯希元本、王季思本、王學奇本、吴國欽本、藍立蓂本、康李本、高橋繁樹本均校作「更」，盧冀野本、吴曉鈴本、隋樹森本、劉堅本、北大本校作「使」。按，「史」「更」形近致誤。〔四〕原本「克」字，盧冀野本、隋樹森本、吴曉鈴本、鄭騫本、王季思本、王學奇本、甯希元本、高橋繁樹本改作「尅」，其他各本未改。藍立蓂本注：「克，通『尅』。」〔五〕「擎」原本作「[illegible]」，王季思寫定本、吴國欽本、徐沁君本、王學奇本、王季思本、甯希元本、康李本、高橋繁樹本改作「承」，藍立蓂本改作「擎」，盧冀野本、鄭騫本、隋樹森本、北大本、吴曉鈴本、鄭振鐸本、劉堅本作「肇」，劉堅本「疑應爲『擎』」。藍立蓂本注：「擎泪靨，婦女泪腺下的愈痣，迷信説法認爲是苦命的標誌。」〔六〕「重」原本作「里」，徐沁君本、吴國欽本、王學奇本、王季思本、藍立蓂本、康李本校作「重」，王季思寫定本、鄭騫本、甯希元本、高橋繁樹本改作「其」，其他各本未改。藍立蓂本注：「無重數，無數。」徐沁君本校記云：「『無重數』，曲中習見語。關劇《救風塵》（古名家本）第四折：『走遍花街請妓女，道死了全家誓，説道無重數，論報應全無。』《五侯宴》第一折：『我可也受禁持、吃打罵敢無重數。』」按，「里」「重」形近而誤。〔七〕第二個「陰」字，盧冀野本、鄭騫本、吴曉鈴本、北大本改作「陽」，其他各本未改。王季思寫定本云：「『反陰復陰』，即『反吟復吟』，命書裹説遇到反吟復吟，婚事不易成功。」徐沁君本校記云：「『反吟復吟』，見《西厢記》第三本第四折，王季思注：元無名氏《孤兒記》：『他生時年月充（冲），反復吟害凶凶。』《詐妮子》劇第四折【掛玉鈎】曲：『今年見吊客臨，喪門聚，反陰復陰，半載其餘。』反陰復陰，即反吟復吟。沈青門《玉芙蓉》小令：『姻緣事全無下梢，想應他卜金錢偏遇反吟爻。』王伯曰：『反吟復吟，見沈括《筆談》六壬論。』又命書：『年頭爲伏吟，對宫爲反吟。』云：『伏吟反吟，涕泪淫淫。』術家占婚姻遇此，雖成，亦有遲留之恨。』」

〔注〕①「鉄掃箒」，比喻敗家的能手，像鐵掃帚一樣把家私向外掃除乾净。（參見王學奇本）②「没些兒」，没一點兒；一點兒也没有。③「發旺」，使興旺。④「処」，虚化的「地方」，猶「優點」。⑤「妨」，妨害；不利于。⑥「克」，妨害；損傷。⑦「吊客」，凶神，主疾病哀泣。⑧「喪門」，凶煞之一。⑨「半載其余」，半年多。

【落梅風】據着①生的年月、演②的歲數，不是个義夫節婦③，休想得五男并二女，死得交〔一〕滅門絶户④！

（〔二〕云了）（〔三〕旦跪唱）

〔校〕〔一〕原本「交」字，盧冀野本、隋樹森本、王季思寫定本、吴國欽本、王季思本、康李本改作「教」。按，「交」同「教」，不必改。〔二〕「云」上鄭騫本、徐沁君本、王季思本、王學奇本、康李本補「夫人」二字，高橋繁樹本補「《夫人》」。〔三〕「旦」上徐沁君本、王學奇本、王季思本補「正」字，高橋繁樹本補「《正》」。

〔注〕①「據着」，根據。②「演」，推演；推算。③「義夫節婦」，專情的丈夫和貞節的妻子。④「滅門絶户」，詈詞，謂後繼無人、無子嗣。

【雁兒落】燕燕那書房中伏〔一〕侍処①，許弟〔二〕二个夫人做。他須②是人身人面皮，人口人言語③！

〔校〕〔一〕原本「伏」字，吴國欽本、王季思寫定本、王季思本、康李本改作「服」。按，「伏侍」同「服侍」，不必改。〔二〕原本

「弟」字，鄭振鐸本、藍立蓂本未改，其他各本均改作「第」。藍立蓂本注：「弟，即『第』。《吕氏春秋·原亂》：『亂必有弟。』高誘注：『弟，次也。』畢沅注：『弟，古第字。』」

〔注〕①「処」，時，由處所義虛化爲時間義。②「須」，應該；應當。③「人身人面皮，人口人言語」，燕燕説小千户是人的身子有人的臉皮，就應該説話算話，娶燕燕作小夫人。

【得勝令】到如今揔〔一〕是徹梢虚①！燕燕不是石頭鐫、鉄頭做②！交〔二〕我死臨侵③身无措④，錯支刺〔三〕⑤心受苦！（夫人云〔四〕）癱中〔五〕着身軀〔六〕，交我兩下里⑥難停住；氣夯破胸脯⑦，交燕燕兩下里没是処⑧。

〔校〕〔一〕原本「揔」字，藍立蓂本未改。其他各本均改作「總/总」。藍立蓂本注：「揔，『總』的古字（參見《龍龕手鏡》上聲卷第二手部第一），猶全，都。」〔二〕該曲三「交」字，盧冀野本、隋樹森本、吴國欽本、王季思本、康李本校作「教」。按，「交」同「教」，不必改。〔三〕盧冀野本「錯」字斷屬上句，誤，「刺」誤作「剌」。〔四〕「云」下王季思寫定本、吴國欽本、康李本補「（旦唱）」，徐沁君本、王季思本、王學奇本補「（正旦唱）」，鄭騫本、王季思本「云」下補一「了」字。〔五〕原本「癱中」，甯希元本改作「痰冲」，藍立蓂本從。甯希元本校記云：「痰冲着身軀：與下文『氣夯破胸脯』互文。『痰』即痰涎。中醫以痰瘀上潮凝聚，導致精神錯亂、神志不清，喉間作響爲『痰』。或云『痰迷心竅』。」王季思本「中」改作「瘓」。按，甯希元本似可通。〔六〕「軀」下盧冀野本未斷，「軀」字韻。

〔注〕①「徹梢虚」，完全是假的、騙人的。②「石頭鐫、鉄頭做」，石頭雕刻的，鐵做的。③「死臨侵」，毫無生氣貌。「臨侵」，詞綴，用于形容僵硬無生氣貌。④「身無措」，謂不知所措。⑤「錯支剌」，驚慌失措貌。亦作「措支剌」。「支剌」，詞綴。⑥「兩下里」，兩邊；兩方面。⑦「氣夯破胸脯」，謂極生氣、氣憤。「夯」，脹；膨脹。⑧「没是処」，没對的地方；不知怎麼辦好。

【阿古令〔一〕】滿盞内盈盈①緑醑②，子〔二〕合當③作婢爲奴。謝相公夫人擡舉，怎敢做三妻兩婦？子得和丈夫、一処、對舞④，便〔三〕是燕燕花生滿路⑤。

〔校〕〔一〕原本【阿古令】，鄭騫本、王季思本、甯希元本改作【太平令】。〔二〕該曲兩「子」字，鄭振鐸本、王季思寫定本、吴國欽本、隋樹森本、康李本改作「只」。〔三〕「便」原本殘作「」，盧冀野本、鄭振鐸本、隋樹森本、鄭騫本、北大本、吴國欽本、徐沁君本、甯希元本、王季思本、王學奇本、藍立蓂本、康李本、高橋繁樹本校作「便」，吴曉鈴本、劉堅本均作一空圍，但均疑當作「便」。王季思寫定本删此字。

〔注〕①「盈盈」，水、酒等液體滿貌。②「緑醑」，緑色的美酒。③「合當」，應該；應當。④「和丈夫一処對舞」，謂夫唱婦隨。⑤「花生满路」，路上開满花朵，謂燕燕獲得美满婚姻。

正名〔一〕　雙鶯燕暗争春

詐妮子調風月

新刊関目詐妮子調風月〔二〕

〔校〕〔一〕原本只有「正名」，無「題目」二字。盧冀野本、吴國欽本、徐沁君本、王季思本、王學奇本、藍立蓂本、康李本補「題目」，作「題目　雙鶯燕暗争春

正名　詐妮子調風月」。

盧冀野本「題目」下補兩行各六空圍，「雙」誤作「鸞」。作

「題目　□□□□□□

□□□□□□

正名　鸞鶯燕暗争春

詐妮子調風月」

關于元雜劇「題目」與「正名」的排列體例，藍立蓂本校記有十分詳盡的論述。此不贅述。〔二〕原本「新刊関目詐妮子調風月」，鄭振鐸本、王季思寫定本、吴曉鈴本、隋樹森本、劉堅本、北大本、吴國欽本、王學奇本、王季思本、藍立蓂本、康李本删。盧冀野本、甯希元本作「詐妮子調風月雜劇終」，鄭騫本作「詐妮子調風月終」。徐沁君本作「新刊關目《詐妮子調風月》」，高橋繁樹本作「新刊關目詐妮子調風月」。

新刊関目閨怨佳人拜月亭

關漢卿

校本十七種

鄭騫本：鄭騫《校訂元刊雜劇三十種》

徐沁君本：徐沁君《新校元刊雜劇三十種》

甯希元本：甯希元《元刊雜劇三十種新校》

王季思本：王季思《全元戲曲》（第一卷）

王國維本：王國維《二牖軒隨録》（《王國維全集》第三卷，謝維揚、房鑫亮主編）

盧冀野本：盧冀野《元人雜劇全集》（第一册）

隋樹森本：隋樹森《元曲選外編》（第一册）

北大本：北京大學中文系《關漢卿戲劇集》

吴國欽本：吴國欽校注《關漢卿全集》

吴曉鈴本：吴曉鈴等編校《關漢卿戲曲集》

藍立蓂本：藍立蓂《匯校詳注關漢卿集》（上册）

王學奇本：王學奇等《關漢卿全集校注》

人民本：人民文學出版社編輯部《關漢卿戲曲選》

康李本：康保成、李樹玲選注《關漢卿選集》

施沈本：施紹文、沈樹華《關漢卿戲曲集導讀》（選零折－第三折）

邵曾祺本：邵曾祺《元人雜劇》（選零折－第三折）

高橋繁樹本：高橋繁樹等《新校訂元刊雜劇三十種》（一）

楔子

（孤、夫人①上，云了）（打喚②了）（〔一〕旦③扮引梅香④上了，見孤科）（孤云了）（〔二〕情理打别科⑤）（把盞⑥科〔三〕）父親年紀高大，鞍馬⑦上小心咱⑧！（孤云了）（做掩泪⑨科〔四〕）

〔校〕〔一〕「旦」上徐沁君本、吴國欽本、王季思本、王學奇本、康李本、高橋繁樹本補「正」字。〔二〕「情」上高橋繁樹本補「正旦」，「把盞」上用頓號，也是「正旦」科介。「把」上徐沁君本、王季思本、王學奇本補「正旦」。〔三〕「科」下鄭騫本、高橋繁樹本補「云」字。〔四〕「做」上徐沁君本、王季思本、王學奇本、高橋繁樹本補「正旦」，「科」下徐沁君本、王季思本、王學奇本補「唱」。原本「做」字，甯希元本誤改作「作」。

〔注〕①「孤」扮王瑞蘭之父王鎮，「夫人」扮王瑞蘭之母。②「打喚」，呼喚，指王父、王母呼喚女兒瑞蘭。③「旦」扮王瑞蘭。④「梅香」，婢女、侍女名。⑤「情理打别科」，指按規定程式表演送别情景。⑥「把盞」，本指跪地敬酒，後泛指敬酒。⑦「鞍馬」，代指旅途。⑧「咱」，語氣詞，表祈使語氣。⑨「掩泪」，掩面哭泣。

【仙吕】〔一〕【賞花時】捲地狂風吹塞沙，映日踈〔二〕林啼暮鴉。滿滿的捧流霞①，相留得半霎②，咫尺隔天涯。

〔校〕〔一〕原本無【仙吕】，隋樹森本、鄭騫本、徐沁君本、吴國欽本、王季思本、王學奇本、甯希元本、康李本、高橋繁樹本補。〔二〕原本「踈」字，盧冀野本、隋樹森本、吴曉鈴本、人民本、高橋繁樹本作「踈」，王季思本、北大本、吴國欽本、徐沁君本、王學奇本、藍立蓂本、康李本、王國維本作「疏」，鄭騫本、甯希元本未改。

〔注〕①「流霞」，仙酒名。②「半霎」，極短的時間。

【幺篇】〔一〕行色①一鞭催瘦馬。（孤云了）〔二〕你直待白骨中原如卧〔三〕麻。雖是這戰伐②，負着个天摧地塌③，是必④想着俺子母⑤每早來家。

（下）（孤、夫人云了）〔四〕

〔校〕〔一〕【幺篇】原本作【么】，徐沁君本、王季思本、王學奇本、甯希元本均改作【幺篇】，吴曉鈴本、人民本仍作【么】，其他各本均作【幺】。〔二〕「你」上徐沁君本、王學奇本、王季思本補「（正旦唱）」。〔三〕原本「卧」字，盧冀野本改作「亂」。鄭騫本校記云：「卧麻謂白骨縱横散卧地上如麻，用字確切，不應改。」是。〔四〕「孤、夫人云了」盧冀野本、隋樹森本、王國維本歸于第一折開頭，誤。徐沁君本校記云：「孤已于楔子中出發離家，第一折開頭似不應再有孤出場。」是。

〔注〕①「行色」，行旅或行旅出發前後的狀况、情景。②「戰伐」，戰爭。③「天摧地塌」，天塌地陷，謂戰爭慘烈。④「是必」，一定要。⑤「子母每」，母子們。

第一折

（〔一〕末、小旦云了）（打救①外了〔二〕）（〔三〕共夫人〔四〕相逐荒〔五〕走上了）（夫人云了）〔六〕怎〔七〕想有這場禍〔八〕事！（做住了）〔九〕

〔校〕〔一〕「末」上徐沁君本、王學奇本補「正」字。藍立蓂本云：「本劇係旦本，不必補。本劇中末爲蔣世隆。小旦，元劇角色名。飾演少女。王國維《古劇脚色考》：『至元劇，而末旦二色支派彌多。……旦則正旦外，有老旦、大旦、小旦、色旦、搽旦、外旦、旦兒。』本劇中小旦爲蔣世隆之妹瑞蓮。」〔二〕「打」上徐沁君本、王學奇本補「正末」，高橋繁樹本補「末」，「外」下三本均補「末」。按，外是外末之省。本劇外末扮陀滿興福。〔三〕「共」上徐沁君本、吴國欽本、王季思本、王學奇本、康李本、高橋繁樹本補「正旦」，甯希元本補「旦」。〔四〕盧冀野本「人」誤作「了」。〔五〕原本「荒」字，盧冀野本、王國維本、隋樹森本、藍立蓂本、人民本未改，其他各本均改作「慌」。藍立蓂本注：「荒，慌。」〔六〕「怎」上鄭騫本補「（云）」，徐沁君本、王季思本、王學奇本、高橋繁樹本補「（正旦云）」。〔七〕原本「怎」字殘作「心」，盧冀野本、吴曉鈴本、人民本誤校作「心」，其他各本均校作「怎」。北大本校記云：

「據上半部殘存筆劃并聯繫上下文義推斷，當爲『怎』字。」〔八〕原本「禍」字，盧冀野本誤作「福」。〔九〕「了」下徐沁君本、王學奇本、王季思本補「唱」。

〔注〕①「打救」，即搭救。

【仙吕】【點絳唇】〔一〕錦〔二〕綉華夷①，忽從西北，天兵②起。覷那関口城池，馬到処□□地〔三〕。

〔校〕〔一〕原本僅存「唇」字，應無【仙吕】。隋樹森本、鄭騫本、徐沁君本、甯希元本、吴國欽本、王季思本、王學奇本、康李本、高橋繁樹本補【仙吕】。〔二〕盧冀野本「錦」字誤作「綿」。〔三〕原本「地」字殘存下部，上二字缺。盧冀野本「処」下作九空圍，四屬上句，五獨立成句，誤。原本殘「地」上僅有約兩字空位。王國維本、鄭騫本、王季思本、甯希元本、吴國欽本、王學奇本、康李本、高橋繁樹本校作「成平」，吴曉鈴本、人民本「処」下作三空圍。其他各本均作「□□地」。鄭騫本「據文義補」「成平」二字，徐沁君本云：「據上文語意，似爲『成平地』三字。」

〔注〕①「華夷」，華夏民族與少數民族，代指天下。「錦綉華夷」，謂壯麗山河。②「天兵」，朝廷的軍隊，此指蒙古軍隊。

【混江龍】許來大①中都②城内，各家煩惱各家知。且說君臣分散〔一〕，想俺父子别離。遥想着尊父東行何日還？又隨着車駕、車駕〔二〕③南迁④甚时〔三〕廻〔四〕？（夫人云了）（做嗟嘆科）〔五〕這青湛湛碧悠悠天也知人意，早是⑤秋風颯颯，可更⑥暮雨凄凄。

〔校〕〔一〕原本「君」下殘缺兩字，「散」字殘存下部。鄭騫本據文義補作「臣失散」，王季思本同。徐沁君本、吴國欽本、甯希元本據《幽閨記》補作「臣分散」，王學奇本、康李本同。盧冀野本、隋樹森本、吴曉鈴本、北大本、藍立蓂本、人民本「君」下作三空圍，王國維本該句及下句作「且莫説君臣奔迸，更休提父子别離」，改動過大。高橋繁樹本作「□□散」。〔二〕王國維本、甯希元本「車駕」二字不叠。〔三〕「时」原本作「」，依稀可辨是「时」。覆元槧本誤作「的」，王國維本、盧冀野本、隋樹森本、吴曉鈴本、鄭騫本、北大本、人民本亦誤作「的」。吴國欽本、王季思本據《幽閨記》改作「日」，康李本同。其他各本校作「時」。〔四〕「迴」原本作「[illegible]」，王國維本、盧冀野本、吴曉鈴本、隋樹森本、人民本、藍立蓂本、高橋繁樹本作「迴」，王季思本作「囬」，吴國欽本、徐沁君本、北大本、王學奇本、甯希元本、康李本作「回」，鄭騫本作「迴」。〔五〕隋樹森本作「（夫人云了做嗟嘆科）」，吴國欽本、北大本、康李本作「（夫人云了，做嗟嘆科）」。藍立蓂本指出：「『做嗟嘆科』屬正旦科介，三本誤斷。」「做」上徐沁君本、王學奇本、高橋繁樹本補「正旦」。「科」下徐沁君本、王學奇本補「唱」。

〔注〕①「許來大」，如此大。②「中都」，北京。③「車駕」，代指帝王。④「南迁」，指金貞祐二年，蒙古繼續南進，金遷都南京（開封）。（参見藍立蓂本）⑤「早是」，已經是。⑥「可更」，再加上；兼之。

【油葫芦】分明是風雨催人辭故國！行一步一嘆息，兩行愁泪臉边垂。一點雨間一行恓惶①淚，一陣風對一声長吁氣。（做滑擦〔一〕科）嚥〔二〕！百忙里②一步一撒③！嗨〔三〕！索〔四〕④与他一步一提！這一對綉鞋兒分不得幫和底，稠緊緊粘輭輭〔五〕帶着淤泥。

〔校〕〔一〕「擦」原本作「[illegible]」，王國維本校作「脚」，徐沁君本、藍立蓂本、高橋繁樹本校作「擦」，盧冀野本校作「步」。鄭騫本、吴曉鈴本、隋樹森本、北大本、王學奇本、人民本作「搽」，但吴曉鈴本「疑當作『倒』字」，吴國欽本、王季思本、康李本從，作「倒」。甯希元本改作「鞋」。藍立蓂本校記云：「擦，滑也。……滑擦，又叠擦字作『滑擦擦』，見楊顯之《瀟湘雨》三折。徐州方言猶説路滑難行爲『滑滑擦擦』。」〔二〕「嚥」原本作「[illegible]」，王國維本作「應」，王季思本作「噫」，北大本、吴國欽本、徐沁君本、王學奇本、甯希元本、康李本作「啞」，其他各本均作「嚥」。藍立蓂本注：「嚥：嘆詞。表示驚嘆。」「嚥」上徐沁君本、王學奇本補「唱」。〔三〕「嗨」原本作「海」，盧冀野本、北大本、隋樹森本、徐沁君本、吴國欽本、王學奇本、甯希元本、王季思本、人民本、康李本、高橋繁樹本校作「嗨」，其他各本未改。〔四〕盧冀野本「索」下斷，「嗨索」爲一句，誤，原本「海」爲小字，「索」爲大字。〔五〕「輭輭」原本作「煗」和一重文符號，王國維本改作「㬉㬉」，徐沁君本、吴國欽本、甯希元本、王學奇本、王季思本、藍立蓂本、康李本、高橋繁樹本改作「軟軟」，其他各本未改。徐沁君本校記云：「『軟』亦寫作『輭』，又與上『粘』字左旁類化，因成『㬉』字。」按，「㬉」同「暖」，故應改作「輭輭」。

〔注〕①「恓惶」，驚慌煩惱；心慌意亂。②「百忙里」，慌忙中。③「撒」，（鞋）脱落。④「索」，只好；只得。

【天下樂】阿者！你這般没乱[①]荒〔一〕張到得那里[②]？（夫人云了）（做意[③]了〔二〕）兀的[④]般雲低，天欲黑，至輕〔三〕的道〔四〕店十數里。上面風雨，下面泥水。阿者！慢慢的〔五〕枉步[⑤]顯〔六〕的你没氣力。

（夫人云了）（對夫人云了〔七〕）

〔校〕〔一〕原本「荒」字，鄭騫本、徐沁君本、北大本、甯希元本、吴國欽本、王學奇本、王季思本、康李本、高橋繁樹本改作「慌」，其他各本未改。藍立蓂本注：「没亂荒張，即慌急。」〔二〕「做」上徐沁君本、王季思本、王學奇本補「正旦」，「了」下補「唱」。〔三〕原本「輕」字，盧冀野本、吴國欽本、甯希元本、王季思本、康李本改作「近」，其他各本未改。藍立蓂本注：「至輕，最快。輕，猶快，疾。」〔四〕原本「道」字，盧冀野本、隋樹森本改作「到」。藍立蓂本注：「道店，旅店。」〔五〕甯希元本「慢慢的」改爲小字，處理爲帶白。〔六〕原本「顯」字，甯希元本改作「擰」，校記云：「『步擰』，即『擰步』之倒文。北方方言以用脚跟走路爲『擰』。趙月明《洛陽方言詞彙》：『擰，用脚跟走路。如：她纏過脚，走到路上，一擰一擰，半天走不了多遠。』原本『擰』，省作『寧』。仿刻本誤作『顯』，各本多沿其誤，并以『枉步』二字屬上讀，全句益不可解。」按，甯希元本所改無據。藍立蓂本注：「『枉』疑應是『俇』字。《集韵》上聲養韵『俇』『枉』聲近，『俇』字下注云『遠行也』，俱往切。」〔七〕「對」上徐沁君本、王學奇本、王季思本、高橋繁樹本補「正旦」，「了」下徐沁君本、王學奇本、王季思本補「唱」。

〔注〕①「没乱」，心煩意亂。②「到得那里」，能怎麼樣；有什麼用。③「做意」，元雜劇術語，指演員做某種表情。④「兀的」，如此；這；這般。⑤「枉步」，謂枉費力氣的步行。此指雨天道路泥濘

難行。

【醉扶歸】阿者！我都折〔一〕毁尽些新鐶鏸〔二〕，関扭①碎些旧釵篦②，把兩付③藤纏兒④輕輕得按的褊玭〔三〕，和我那壓釧⑤通⑥三對，都綳⑦在我那睡裹肚⑧薄綿套⑨里，我緊緊的着⑩身繫。

〔校〕〔一〕原本「折」字，藍立蓂本改作「拆」，注曰：「拆毁，拆。毁，改。亦作『毁拆』。」〔二〕藍立蓂本校記云：「『鏸』疑應是『瓗』字。……鏸瓗，金環佩玉。」王學奇本注：「『鐶』同『環』，耳環。『鏸』同『鐬』，鈴聲，見《玉篇·金部》，這裏代指小鈴。」〔三〕原本「褊玭」，藍立蓂本改作「扁秕」，徐沁君本「疑即『扁秕』二字」，甯希元本「疑當作『匾敝』」，王學奇本「疑即『扁平』的聲假字」。吴國欽本、王季思本、康李本「玭」字改作「秕」。按，「褊玭」是「扁秕」的記音字，義爲「扁」。

〔注〕①「関扭」，彎扭。「関」通「彎」。（參見藍立蓂本）②「釵篦」，髮釵和篦子。「釵」是插在頭髮上的首飾，「篦」是齒細密的梳子。③「付」，副。④「藤纏兒」，金、銀絲擰成的狀似藤條的首飾。（參見王學奇本）⑤「壓釧」，手鐲。⑥「通」，共；總共。⑦「綳」，縫。⑧「睡裹肚」，古人睡覺時腰腹間繫的肚兜、腰巾。⑨「綿套」，棉套，衣物中的棉花。⑩「着」，挨著；貼著。

（夫人云了）（哨馬①上，叫住了）（夫人云了）（做慘科）〔一〕（夫人云了，閃下）（小旦上了〔二〕）（便自上了，做尋夫人科〔三〕）阿者！阿者！（做叫兩三科，没乱科）（〔四〕末云了）（猛見末〔五〕，打〔六〕慘害羞科）（末〔七〕云了）（做住了〔八〕）不見俺母親，我這里尋里〔九〕！（末〔十〕云了）（做〔十一〕意）（末云〔十二〕）呵〔十三〕！我每常②幾曾③和个〔十四〕男兒一処④説話來！今日到這里無柰〔十五〕処⑤也〔十六〕，怎生⑥呵是⑦那⑧？〔十七〕

〔校〕〔一〕盧冀野本將「（夫人云了）（哨馬上，叫住了）（夫人云了）（做慘科）」誤置下文科介「（便自上了，做尋夫人科）」下。「做慘科」上徐沁君本、王學奇本、高橋繁樹本補「正旦」。〔二〕「了」下徐沁君本、王學奇本補「閃下」，徐沁君本校記：「上『夫人閃下』，演王瑞蘭與母親的失散；這裏『小旦閃下』，演蔣瑞蓮與兄世隆的失散。」〔三〕「便」上徐沁君本、王季思本、王學奇本、高橋繁樹本補「正旦」,「科」下鄭騫本、徐沁君本、王季思本、王學奇本補「云」。〔四〕「末」上徐沁君本、王學奇本補「正」字。〔五〕「猛」上徐沁君本、王學奇本、王季思本、高橋繁樹本補「正旦」,「末」上徐沁君本、王學奇本補「正」字。〔六〕王學奇本脱「打」字。〔七〕「末」上徐沁君本、王學奇本補「正」字。〔八〕「做」上徐沁君本、王學奇本、王季思本、高橋繁樹本補「正旦」,「了」下徐沁君本、王學奇本、王季思本、鄭騫本、高橋繁樹本補「云」。〔九〕原本「里」字,鄭騫本、北大本、徐沁君本、甯希元本、吴國欽本、王季思本、王學奇本、康李本、高橋繁樹本改作「哩」,其他各本未改。藍立蓂本注:「里,哩。」〔十〕「末」上徐沁君本、王學奇本補「正」字。〔十一〕「做」上徐沁君本、王學奇本、高橋繁樹本補「正旦」。〔十二〕「末」上徐沁君本、王學奇本補「正」字,「云」下徐沁君本、鄭騫本、王學奇本補「了」字。「末」字吴國欽本、康李本誤改作「旦」,或脱(删)「末云」補「旦云」。〔十三〕「呵」上徐沁君本、王季思本、王學奇本、高橋繁樹本補「(正旦云)」。隋樹森本兩科介連作「做意末云」,藍立蓂本校記云:「『做意』屬正旦科介,與末之『云』不屬一色。」盧冀野本、吴曉鈴本「呵」處理爲科介,作「末云呵」,北大本作「(末云:)呵!」藍立蓂本校記云:「本劇係旦本,所列賓白均屬正旦,盧本等誤斷。」徐沁君本亦謂北大本誤斷。〔十四〕「个」上甯希元本衍「一」字。〔十五〕原本「柰」字,王國維本、鄭騫本、北大本、徐沁君本、甯希元本、吴國欽本、王季思本、王學奇本、康李本、人民本、高橋繁樹本改作「奈」。按,「無柰」同「無奈」「無耐」,不必改。〔十六〕「也」字盧冀野本、鄭騫本、隋樹森本、王季思本斷屬下句,誤。〔十七〕此處徐沁君本、王學奇本補「(唱)」。

〔注〕①「哨馬」,刺探情報的騎兵。②「每常」,平日,平時;往日,以前;常常,經常。③「幾曾」,何曾;哪曾。④「一処」,一起;一同。⑤「処」,程度;地步。由「處所」義語法化而成。⑥「怎生」,怎麼;怎樣。⑦「是」,對;好;正確。⑧「那」,同「哪」,疑問語氣詞,「啊」的音變形式。

【后庭花】每常我听得綽的①說②个女婿〔一〕，我早豁地③離了坐〔二〕位，悄地低了咽頸〔三〕，緼地④紅了面皮。如今索⑤強⑥支持，如何廻〔四〕避，藉不的⑦那羞共⑧耻。

（〔五〕末云了）（做陪笑科〔六〕）

〔校〕〔一〕「婿」原本作「𡢄」，盧冀野本、吴曉鈴本、人民本校作「壻」，其他各本均作「婿」。〔二〕原本「坐」字，甯希元本改作「座」。〔三〕「咽」字王國維本改作「脖」。「頸」原本作「脛」，唯吴曉鈴本未改。〔四〕原本「廻」字，鄭騫本、王季思本未改，王國維本、盧冀野本、隋樹森本、吴曉鈴本、藍立蓂本、人民本、高橋繁樹本作「迴」，吴國欽本、徐沁君本、北大本、王學奇本、甯希元本、康李本作「回」。〔五〕「末」上徐沁君本、王學奇本補「正」字。〔六〕「做」上徐沁君本、王學奇本、高橋繁樹本補「正旦」。「科」下徐沁君本、王學奇本補「唱」，王季思本補「（正旦唱）」。

〔注〕①「綽的」，忽然地；一下子。②「說」，説媒、介紹對象謂「說」。③「豁地」，一下子。④「緼地」，吴國欽本注：「緼，本字當作暈。」藍立蓂本注：「緼地，忽地羞慚起來。緼，紅色。」⑤「索」，得；必須。⑥「強」，勉强。⑦「藉不的」，猶「顧不得」。⑧「共」，和；跟。

【金盞兒】您〔一〕昆仲①各東西②，俺子母兩分離，怕哥哥不嫌相辱呵③權④為个妹。（〔二〕末云了）（尋思了〔三〕）哥哥道做〔四〕：軍中⑤男女若相隨，有兒夫⑥的不擄掠，无家長⑦的落便宜⑧。（做意了〔五〕）這般者波⑨！〔六〕怕不問時⑩權做弟兄〔七〕，問着後⑪道做夫妻。

〔校〕〔一〕原本「您」字，王國維本、盧冀野本、甯希元本、人民本改作「你」。〔二〕「末」上徐沁君本、王學奇本補「正」字。〔三〕「尋」上徐沁君本、王季思本、王學奇本、高橋繁樹本補「正旦」，「了」下徐沁君本、王季思本、王學奇本補「唱」。〔四〕鄭騫本、王季思本「做」斷屬下句，誤。藍立蓂本注：「道做，説是。」〔五〕「了」下鄭騫本、徐沁君本、王季思本、高橋繁樹本補「云」。〔六〕「這般者波」原爲大字，鄭騫本、吴曉鈴本、北大本、徐沁君本、甯希元本、吴國欽本、王季思本、藍立蓂本、康李本、人民本、高橋繁樹本改作夾白，是。〔七〕原本「弟兄」，甯希元本乙作「兄弟」。藍立蓂本注：「弟兄，兄妹。弟，妹。」

〔注〕①「昆仲」，兄弟，此指蔣世隆、蔣瑞蓮兄妹。②「各東西」，謂「分離」。③「怕……呵」，如果……的話。「呵」是表假設的後置詞，元代用于對譯蒙古語表假設的後附成分。④「權」，權且。⑤「軍中」，戰火中。⑥「兒夫」，丈夫。⑦「家長」，丈夫。⑧「落便宜」，吃虧。⑨「者波」，表假設的讓步，用于停頓處。⑩「怕……時」，如果……的話。「時」是表示假設的後置詞，相當于「的話」，由時間義語法化而來。⑪「後」，的話，表假設的後置詞，由空間義轉換爲時間義，再語法化爲表假設的後置詞。

(〔一〕末云了)（隨着末行科〔二〕）（外〔三〕云了）(〔四〕打慘科，隨末見外科〔五〕)（外末共正〔六〕末厮①認住了）（做住了，云〔七〕）怎生這秀才却共②這漢是弟兄來③？(做住了)〔八〕

〔校〕〔一〕「末」上徐沁君本、王學奇本補「正」字。〔二〕「隨」上徐沁君本、王學奇本、王季思本、高橋繁樹本補「正旦」，「末」上徐沁君本、王學奇本補「正」字。〔三〕「外」下徐沁君本、王學奇本、高橋繁樹本補「末」字。〔四〕「打」上徐沁君本、王學奇本、高橋繁樹本補「正旦」。〔五〕「隨」上王季思本補「正旦」，「末」上徐沁君本、王學奇本補「正」字，「外」下徐沁君本、王學奇本、高橋繁樹本補「末」字。〔六〕高橋繁樹本删「正」字，藍立蓂本云：「『正末』之『正』字疑衍，似應删。後同，不另出校。」〔七〕「做」上徐沁君本、王學奇本、高橋繁樹本補「正旦」，王季思本「云」上補「正旦」。〔八〕徐沁君本、王學奇本此處補「唱」字，王季思本補「正旦唱」。

〔注〕①「厮」，相，互相。②「共」，和；跟；與。③「來」，句末語氣詞，猶「呢」。

【醉扶歸】你道您〔一〕祖上侵〔二〕文墨，昆仲〔三〕曉書集①，從上流傳直到你〔四〕，輩輩〔五〕兒都及第②。您〔六〕端的③是姑舅〔七〕也〔八〕那叔伯也那兩姨？偏怎生養下這个賊兄弟！

(外末云了)（〔九〕末云了)〔十〕哥哥，你有此心，莫不④錯尋思了末〔十一〕？〔十二〕

〔校〕〔一〕原本「您」字，王國維本、盧冀野本改作「你」。〔二〕原本「侵」字，盧冀野本改作「精」。王國維本、鄭騫本、徐沁君本、甯希元本、吴國欽本、王學奇本、王季思本、康李本、高橋繁樹本改作「親」。北大本「疑當作『浸』」。藍立蓂本注：「侵，近。」〔三〕「仲」字原缺，王國維本補「弟」，盧冀野本、隋樹森本、鄭騫本、北大本、徐沁君本、吴國欽本、甯希元本、王學奇本、王季思本、藍立蓂本、康李本、高橋繁樹本補「仲」，吴曉鈴本「疑是『仲』字」，人民本作一空圍。〔四〕盧冀野本「你」下未斷，「你」字韵。〔五〕第二個「輩」字原作重文符號，盧冀野本脱。〔六〕盧冀野本「您」改作「你」。〔七〕「舅」原本作「旧」，各本均已改。〔八〕盧冀野本第一個「也」下斷，藍立蓂本指出：「也那，疑問語助詞，表選擇問。」〔九〕「末」上徐沁君本、王學奇本補「正」字。〔十〕「哥」上徐沁君本、王學奇本、王季思本、高橋繁樹本補「（正旦云）」。〔十一〕盧冀野本「末」加括弧，作爲角色名稱。誤。「末」是疑問語氣詞，即「麼」。隋樹森本「末」改作「麼」。〔十二〕此處徐沁君本、王學奇本、王季思本補「（唱）」。

〔注〕①「書集」，即書籍。②「及第」，科舉考試考中。③「端的」，到底。④「莫不」，豈不；難道不。

【金盞兒】你心里〔一〕把褐衲襖①脊梁上披，強似②着紫朝衣③，論盆家④飲酒壓着⑤詩詞〔二〕會。嫌這攀蟾折桂⑥做官遲。為那筆尖上⑦發禄⑧晚，見這刀刃上⑨变錢疾。你也待⑩風高學放火，月黑做強賊！

〔校〕〔一〕甯希元本「里」誤作「思」。〔二〕盧冀野本「詞」下點斷，「會」屬下句，誤。

〔注〕①「褐衲襖」，粗布棉襖。「褐」，指粗布。②「強似」，比……强，「似」是比較標記。「A 强似 B」體現 VO 型的語序類型。③「紫朝衣」，古代官員的朝服，「着紫朝衣」謂做官。④「家」，結構助詞，猶「地」。⑤「壓着」，勝過。⑥「攀蟾折桂」，喻科舉高中、及第。⑦⑨兩個「上」均爲方位詞承擔工具格標記功能，表示動作所憑借的工具，相當于後置的「用」或「憑借」，意爲：用筆尖發禄慢，用刀刃變錢快。⑧「發禄」，發財。⑩「待」，要；想。

（正〔一〕末云了）（外末做住了）〔二〕本不甚吃酒了。〔三〕（正末云了）〔四〕你休吃酒也，恐酒後踈〔五〕狂①。（末云了）〔六〕

〔校〕〔一〕高橋繁樹本删「正」字，下同，不再出校。〔二〕王季思本「了」下補「云」，將「本不甚吃酒了」誤作爲外末説白。「本」上徐沁君本、王學奇本、高橋繁樹本補「（正旦云）」。〔三〕盧冀野本、吴曉鈴本、隋樹森本、鄭騫本、甯希元本將「本不甚吃酒了」加括弧作爲科介，隋樹森本、甯希元本將「本」改作「末」，誤。〔四〕「你」上鄭騫本補「（云）」，徐沁君本、王學奇本、王季思本、高橋繁樹本補「（正旦云）」。〔五〕原本「踈」字，王國維本、鄭騫本、盧冀野本、隋樹森本、吴曉鈴本、人民本、高橋繁樹本作「踈」，王季思本、北大本、吴國欽本、徐沁君本、王學奇本、藍立蓂本、康李本作「疏」，甯希元本未改。〔六〕「末」上徐沁君本、王學奇本補「正」字，「了」下徐沁君本、王學奇本、王季思本補「（正旦唱）」。

〔注〕①「踈狂」，輕狂。亦作「踈狂」「疏狂」。

【賺尾】〔一〕然是弟兄心，殷勤意，本酒量窄①推辝少喫。樂〔二〕意開懷雖您〔三〕地，也〔四〕省可里②不記東西。（做扶着末〔五〕科，做尋思科〔六〕）阿!〔七〕我自思憶③，想我那從你〔八〕的行為，被④這地乱天番〔九〕交〔十〕我做不的〔十一〕伶俐〔十二〕⑤。假粧〔十三〕些斷收斷拾〔十四〕，佯做个一家一計⑥，且着⑦這脫身術謾〔十五〕過這打家賊⑧！

（下）

〔校〕〔一〕原本【賺尾】，徐沁君本、藍立蓂本改作【賺煞尾】。「然」上王國維本、盧冀野本、王季思本、人民本補一「雖」字。「然」字吴曉鈴本「疑當作『煞』」。藍立蓂本注：「然，雖。」〔二〕盧冀野本「樂」字誤作「藥」。〔三〕原本「您」字，王國維本、鄭騫本、徐沁君本、甯希元本、吴國欽本、王學奇本、王季思本、康李本、高橋繁樹本改作「恁」，其他各本未改。藍立蓂本注：「您地，即恁地。」〔四〕盧冀野本「也」字屬上句，誤。〔五〕「末」上徐沁君本補「正」字。〔六〕「科」下徐沁君本、王學奇本補「唱」字。〔七〕「阿」原本爲大字，吴曉鈴本、鄭騫本、北大本、徐沁君本、甯希元本、吴國欽本、王學奇本、王季思本、藍立蓂本、人民本、康李本改作小字。徐沁君本、王季思本改作「呵」。盧冀野本、隋樹森本、高橋繁樹本仍爲大字并與下句連爲一句；王國維本仍爲大字，單字成句，均誤。〔八〕原本「你」字不清，但尚可辨認，北大本、王學奇本校作「小」。〔九〕原本「番」字，王國維本、盧冀野本、隋樹森本、北大本、徐沁君本、甯希元本、吴國欽本、王學奇本、王季思本、康李本、人民本、高橋繁樹本改作「翻」。按，「番」同「翻」，不必改。〔十〕原本「交」字，盧冀野本、隋樹森本改作「教」。按，「交」同「教」，不必改。〔十一〕甯希元本「的」改作「得」。〔十二〕「伶俐」原本作「耿[illegible]」，王國維本、鄭騫本、徐沁君本、吴國欽本、王學奇本、王季思本、藍立蓂本、康李本、高橋繁樹本校作「伶俐」，甯希元本作「精俐」，盧冀野本、隋樹森本、人民本作「耿俐」，吴曉鈴本、北大本作「耿[illegible]」，吴曉鈴本、北大本均疑當作「伶俐」。〔十三〕盧冀野本「假」誤作「做」。原本「粧」字，甯希元本、吴國欽本、王季思本、康李本作「裝」，北大本、王學奇本、藍立蓂本作「妝」，其他各本未改。〔十四〕「厮拾」原本作「拾拾」，盧冀野本、隋樹森本、鄭騫本、徐沁君本、甯希元本、吴國欽本、王學奇本、王季思本、藍立蓂本、人民本、康李本、高橋繁樹本改作「厮拾」。王國維本删一「厮」字，作「厮收拾」。吴曉鈴本、北大本未改。吴曉鈴本云：「疑下『拾』字上脱一『收』字。」北大本校記云：「『拾拾』疑是『厮拾』之聲誤。」藍立蓂本注：「厮收厮拾，收拾。施惠《幽閨記》二十齣：『（生）相促相催行步緊，（旦）厮收厮拾去心頻。』謂『收拾』爲『厮收厮拾』，與謂『牽惹』爲『厮牽厮惹』（白仁甫《墻頭馬上》三折）、『拖拽』爲『厮拖厮拽』（王仲文《救孝子》四折）、『推搶』爲『厮推厮搶』（鄭廷玉《冤家債主三折》）、『將領』為『厮將厮領』（闕名氏《神奴兒》二折）等同列。」〔十五〕原本「謾」字，盧冀野本、吴國欽本、王季思本、康李本改作「瞞」，其他各本未改。吴曉鈴本「疑當作『瞞』字」。藍立蓂本校記云：「『謾』字是，不煩校改。《說文解字》三上言部：『謾，欺也。』四上目部『瞞』字下段玉裁注云：『今俗借爲欺謾字。』謾過，瞞。」

〔注〕①「窄」，小。②「省可里」，省得；免得；以免。③「思憶」，想，思考。因押韵用「憶」字。④「被」，因。宋代「被」產生了表原因的用法，如《朱子語類》卷一百三十五：「太史公書項籍垓下之敗，實被韓信布得陣好，是以一敗而竟斃。」（參見蔣紹愚、曹廣順主編《近代漢語語法史研究綜述》，第389頁）。⑤「伶俐」，此處爲「利索」義。⑥「一家一計」，一家人、一條心，此指夫妻。⑦「着」，讓；用。⑧「打家賊」，打家劫舍的强盗。「賊」，强盗。

第二折

（夫人、小旦云了）（孤云了）（店家①云了）（便扶末上了〔一〕）（末臥地②做住了〔二〕）阿！〔三〕從生來誰曾受他③這般煩惱！（做嘆科〔四〕）

〔校〕〔一〕「便」上徐沁君、吴國欽本、王學奇本、王季思本、康李本、高橋繁樹本補「正旦」，王國維本補「旦」字。「扶」上吴國欽本、王季思本、康李本據第三折「便」下補一「扮」字。徐沁君本「末」上補一「正」字。〔二〕「末」上徐沁君本、王學奇本補一「正」字。「地」字盧冀野本誤作「他」。「了」下鄭騫本、王季思本補「（云）」，王國維本補「旦云」，徐沁君本、王學奇本、高橋繁樹本補「（正旦云）」。〔三〕原本「阿」字，徐沁君本、甯希元本、王學奇本、王季思本改作「呵」。〔四〕「科」下徐沁君本補「唱」。「（做嘆科）」王學奇本補「（唱）」，王季思本補「（正旦唱）」。

〔注〕①「店家」，店小二。②「臥地」，猶「卧下」。③「他」，虚指代詞。

【南吕】〔一〕【一枝花】干戈①動地來，横禍事從天降。爺〔二〕娘三不歸②，家國一时亡。龍鬥來魚傷③，情願受消疎〔三〕④况。怎生般⑤不應當〔四〕，脫着⑥衣裳，感得⑦這些天行⑧好纏仗⑨。

〔校〕〔一〕原本無【南吕】，隋樹森本、鄭騫本、徐沁君本、甯希元本、吴國欽本、王學奇本、王季思本、康李本、高橋繁樹本補。〔二〕「爺」原本作「耶」，王國維本、鄭騫本、吴曉鈴本、藍立蓂本未改，其他各本均改作「爺」。〔三〕原本「消」字，王國維本改作「蕭」。原本「踈」字，王國維本、盧冀野本、隋樹森本、吴曉鈴本、人民本、高橋繁樹本作「踈」，王季思本、北大本、吴國欽本、徐沁君本、王學奇本、藍立蓂本、康李本作「疏」，鄭騫本、甯希元本未改。〔四〕盧冀野本「應」下斷，「當」屬下句，誤。

〔注〕①「干戈」，代指戰争。②「三不歸」，無著落。③「龍鬪來魚傷」，謂戰争殃及平民百姓。④「消踈」，凄凉；凄慘；蕭條。亦作「蕭疏」「蕭踈」。⑤「怎生般」，多麼。⑥「着」，猶「了」。⑦「感得」，感慨。⑧「天行」，時疫；流行病。⑨「纏仗」，糾纏；攪擾、麻煩。亦作「纏障」「纏帳」「纏賬」。

【梁州第七】〔一〕恰似邑邑〔二〕的錐挑太陽①，忽忽的火燎胷膛〔三〕②，身沉体重難回項③，口乾舌澀④，聲重言狂⑤。可又别无使數⑥，難倩〔四〕街坊，則我獨自一个婆娘，与他无明夜⑦过⑧藥煎湯。阿！〔五〕早是俺兩口兒背井離鄉，嚜！〔六〕則怏〔七〕他一路上湯〔八〕風打浪，嗨！〔九〕誰想他百忙里臥枕着床。内傷？外傷？怕不大〔十〕傾心吐膽，尽筋竭〔十一〕力⑨把个牙推⑩請，則怕小処尽是打當⑪。只願的依本分〔十二〕⑫傷家〔十三〕没变證〔十四〕，慢慢的傳受〔十五〕陰陽。

〔校〕〔一〕【梁州第七】原本作【梁州】，徐沁君本、甯希元本、王學奇本、王季思本補「第七」。〔二〕原本「邑邑」，徐沁君本、吴國欽本、王季思本、藍立蓂本、康李本改作「悒悒」，其他各本未改。按，不必改，「邑邑」，輕微。〔三〕「胷膛」原本作「胷堂」，「堂」原本下部殘損。王國維本校作「胃瞠」，其他各本均作「胸膛」。〔四〕「倩」原本作「猜」，鄭騫本、徐沁君本、王學奇本、藍立蓂本、高橋繁樹本改作「倩」，盧冀野本、隋樹森本、甯希元本、吴國欽本、王季思本、康李本改作「請」，王國維本删「猜」字，其他各本未改。吴曉鈴本、北大本「疑當作『請』」。徐沁君本校記云：「『倩』與『請』義自有别。本曲下文『把個牙推請』，又白『試請那大夫來』，兩『請』字自不能用『倩』。至『倩』字用法，如王實甫《西厢記》第四本第三折『恨不倩疏林掛住斜暉』，王仲文《救孝子》第三折『怕不要倩外人那裏取工夫』，又皆不用『請』。蓋『請』表敬意，而『倩』則否。」按，今從徐沁君本。

〔五〕原本「阿」字，徐沁君本、王學奇本、王季思本改作「呵」，盧冀野本、隋樹森本作大字并連屬下句。〔六〕「嚥」原本作「[illegible]」，王季思本作「噫」，北大本、吴國欽本、徐沁君本、王學奇本、甯希元本、康李本作「咝」，其他各本均作「嚥」。〔七〕原本「快」字，盧冀野本、人民本改作「怪」，王國維本、鄭騫本、甯希元本、王季思本改作「央」，其他各本未改。藍立蓂本注：「快，猶强，勉强。」〔八〕原本「湯」字，吴國欽本、康李本改作「蕩」。藍立蓂本注：「湯風打浪，冒著風寒雨濕。湯，猶頂，冒。」〔九〕「嗨」原本作「海」，鄭騫本、吴曉鈴本、藍立蓂本未改，其他各本均改作「嗨」。〔十〕原本「大」字，鄭騫本、徐沁君本、甯希元本、王季思本、高橋繁樹本改作「待」。按，不必改，「怕不大」同「怕不待」，義爲「儘管」。〔十一〕原本「筋」字，盧冀野本改作「精」。「竭」原本作「截」，盧冀野本、隋樹森本、甯希元本、吴國欽本、王季思本、康李本、高橋繁樹本改作「竭」，其他各本未改。徐沁君本「疑當作『竭』」。〔十二〕原本「分」字，盧冀野本改作「份」。〔十三〕甯希元本疑「傷家」當作「傷寒」，校記云：「因劇中蔣世隆所患正爲此病。……傷寒患者或亦可稱之爲『傷家』。」藍立蓂本注：「傷家，病人。」〔十四〕「證」原本作「証」，鄭騫本、吴曉鈴本、藍立蓂本作「證」，王季思本作「癥」，其他各本均作「症」。藍立蓂本注：「證，症。」按，「症」字有兩讀，讀陰平時，繁體爲「癥」；讀去聲時，作「症」，係「症狀」「症候」義。古代文獻中「癥」專指腹中結塊之病。《玉篇》：「癥，腹結病也」，《史記 · 扁鵲傳》：「以此視病，盡見五臟癥結，特以診脉爲名耳」，晋王熙《脉經 · 遲疾短長雜病法》：「脉沉重而中散者，因寒食成癥」。故「癥」專指腹病，不泛指一般症狀。指一般症狀的「症」是現代醫學名詞，這一意義在古代中醫學上都寫作「證」，如「證候」「表證」「裏證」「外證」等，「變證」指證候、症狀的變化。故不必改。〔十五〕原本「傳受」，甯希元本改「傳」爲「轉」，稱「原本『轉』（zhuan），音假爲『傳』（chuan）。各本失校。……轉受陰陽，爲中醫術語，就人的生理功能而説。……由于害病，陰陽失調。經過治療，慢慢的陰陽複歸于常，内外功能協調，説明疾病的好轉和痊愈，故云『轉受陰陽』。」徐沁君本、王國維本改「受」爲「授」，藍立蓂本注：「受，授。《韓非子·外儲説上》：『因能而受官。』傳受，轉化。中醫以陰陽表示病理的好壞。此處『陰陽』意指好。」「傳」與「受」是中醫學上用以表示病情變化的兩個專門術語，一般文獻中的「傳」「受」不能與之相提并論。中醫學上，「陽」「陰」各分爲三，「陽」分爲：太陽、陽明、少陽，「陰」分爲：太陰、少陰、厥陰。此六者總稱「六經」。六經之間互爲關聯，存在相互「傳變」的關係。「傳」與「變」也是中醫上一對用以表示病情變化的詞，「傳」指病情循著一定的趨向發展，「變」指病情不依循一般發病規律而出現的性質上的轉變，二者關係密切，故常「傳變」并稱，不必改。

〔注〕①「錐挑太陽」，太陽病症狀。「邑邑的錐挑太陽」，謂太陽穴輕輕跳動著疼痛。②「忽忽的火燎肓膛」，陽明病症狀，胃部高熱。「忽忽」狀火熱的感覺。③「身沉體重難回項」，太陽病症狀。《傷寒論·辨太陽病脉證并治法上第五》云：「太陽之爲病，脉浮，頭項強痛而惡寒。」④「口乾舌澀」，少陽病症狀，《傷寒論·辨少陽病脉證并治法第九》云：「少陽之爲病，口苦、咽乾、目眩也。」⑤「聲重言狂」，陽明病症狀，《傷寒論·辨陽明病脉證并治法第八》云：「夫實則譫語，虚則鄭聲。鄭聲，重語也」，「譫語」即「言狂」，也就是胡言亂語，「重語」即「聲重」，也就是病重時聲音微弱的言語重複。⑥「使數」，辦法。⑦「无明夜」，暗夜。⑧「过」，猶「端」。⑨「傾心吐膽，尽筋竭力」，均謂竭盡全力。⑩「牙推」，亦作「衙推」，是醫卜星算等術士。⑪「打當」，走江湖賣藥行醫的人，此指庸醫。⑫「本分」，此處指病程中病情的正常變化。

（〔一〕末云了）（店家云了）（做尋思科〔二〕）試請那〔三〕大夫來，交〔四〕覷咱。（大夫上，云了）（做意了〔五〕）郎中，仔細的評①這脉咱②！（末共大夫云了〔六〕）（做稱許科〔七〕）

〔校〕〔一〕「末」上徐沁君本、王學奇本補「正」字。〔二〕「做」上王國維本補「旦」，徐沁君本、王學奇本、王季思本、高橋繁樹本補「正旦」。「科」下王國維本、鄭騫本、高橋繁樹本補「云」。

〔三〕「那」下王學奇本衍一「個」字。〔四〕原本「交」字，盧冀野本、隋樹森本改作「教」。〔五〕「做」上徐沁君本、王學奇本、高橋繁樹本補「正旦」。「了」下鄭騫本、徐沁君本、王學奇本、高橋繁樹本補「云」，王國維本補「旦云」，王季思本補「正旦云」。〔六〕「末」上徐沁君本、王學奇本補「正」字。「大夫」原本作「夫人」，盧冀野本、隋樹森本、鄭騫本、吴曉鈴本、人民本未改，其他各本均已改。按，應改作「大夫」，瑞蘭與其母已經失散，不應爲「夫人」。〔七〕「做」上王國維本補「旦」，徐沁君本、王學奇本、王季思本、高橋繁樹本補「正旦」。「科」下徐沁君本、王學奇本補「唱」，王季思本「（做稱許科）」下補「（唱）」。

〔注〕①「評」，診。評脉，即診脉、號脉。②「咱」，祈使語氣詞。

【牧羊関】這大夫好，調理的是①，診候的強〔一〕②，這的十中九③敢藥病相當④。阿的⑤是五夜其高⑥，六日向上，解利⑦呵⑧过了時晌⑨，下过⑩呵正是時光。不用那百解通神〔二〕散，教吃這三一〔三〕承氣湯。

〔校〕〔一〕「這大」至「的強」，王國維本、盧冀野本、北大本、徐沁君本、吴國欽本、隋樹森本、吴曉鈴本、王學奇本、康李本、人民本、高橋繁樹本斷作「這大夫好調理，的是診候的强」，鄭騫本、王季思本作「這大夫好調理的是，診候的强」，甯希元本、藍立蓂本作「這大夫好，調理的是，診候的强」。甯希元本「這大夫好」改作小字。按，甯希元本是。该曲【牧羊関】首二句爲三字正格句，「這大夫好」應爲帶白。「調理是」「診候強」爲正格字。〔二〕原本「神」字，甯希元本、藍立蓂本改作「聖」，甯希元本校記云：「白解通聖散：金代名醫劉完素（1110—1200）方，即『防風通聖散』。……原本『聖』，音假爲『神』。各本失校。」〔三〕原本「一」字，甯希元本、藍立蓂本改作「化」，甯希元本校記云：「金代名醫劉完素，在張仲景『小承氣湯』（由大黄、枳實、厚樸三味組成）的基礎上，外加羌活一味，以治傷寒中因中風閉實、二便不通諸症，俗稱『三化湯』，即『三化承氣湯』。原本『化』，誤作『一』，乃文字待勘符號『卜』之形誤。」按，甯希元本所校不確。「三一承氣湯」是由大承氣湯、小承氣湯、調胃承氣湯合三爲一的處方。出自金代名醫劉完素《宣明論方》。

〔注〕①「是」，對；正確。②「強」，好；厲害。今河北辛集方言猶云「强」，如「念書强」指會讀書、成績好。説某人「强」指人品性好。③「十中九」，猶「百分之九十」。④「藥病相當」，謂藥正對病症。⑤「阿的」，猶「兀的」，這；這個；這樣。⑥「其高」，以上。⑦「解利」，瀉，此指大便、拉痢疾。⑧「呵」，話題標記，猶「的話」，下句「呵」同。話題標記「呵」常兩兩對用，表示提起兩種情況。⑨「時晌」，時間。⑩「下过」，不詳，疑與「解利」義近。

（大夫裹藥了）（做送出來了〔一〕）但較[①]些呵[②]，郎中行[③]别有酬勞。（孤上，云了）是不沙〔二〕[④]？（做叫老孤的科〔三〕）阿馬！認得瑞蘭末〔四〕？（孤云了）〔五〕

〔校〕〔一〕「做」上王國維本補「旦」，徐沁君本、王學奇本、王季思本、高橋繁樹本補「正旦」。「了」下王國維本、鄭騫本、徐沁君本、王學奇本、王季思本、高橋繁樹本補「云」。〔二〕「是」上鄭騫本補「（云）」，王國維本補「旦云」，徐沁君本、王學奇本、高橋繁樹本補「（正旦云）」。原本「沙」字，徐沁君本改作「吵」。〔三〕「做」上王季思本補「正旦」，「科」下王國維本、鄭騫本、徐沁君本、王季思本、王學奇本補「云」。〔四〕原本「末」字，隋樹森本、王季思本改作「麼」，王國維本、王學奇本誤改作「來」。〔五〕此處徐沁君本、王學奇本、王季思本補「（正旦唱）」。

〔注〕①「較」，病情變輕。②「呵」，與「但」共現，「呵」是話題標記，相當于「的話」。③「行」，是方位詞「上」的音變形式，是後置詞，相當于蒙古語静詞的與位格附加成分，表示動作的對象，相當于後置的「對」。句意是：對郎中另有酬謝。④「沙」，是「是」和「啊」的合音。

【賀新郎】自從都下[①]對尊堂[②]，走馬離朝，阿馬間别無恙？（孤認了）〔一〕則恁的由〔二〕自常思想，可更[③]隨車駕[④]南迁汴梁，教俺去住[⑤]无門〔三〕，徊徨[⑥]！家緣[⑦]都撇漾[⑧]，人口尽逃亡，閃的[⑨]俺一雙子母每[⑩]无歸向[⑪]！自從身体上一朝[⑫]出帝輦[⑬]，俺這夢魂无夜不遼陽[⑭]！

〔校〕〔一〕此處徐沁君本、王學奇本補「（正旦唱）」。〔二〕原本「由」字，鄭騫本、甯希元本、吴國欽本、王季思本、康李本、高橋繁樹本改作「猶」，其他各本未改。藍立蓂本注：「由，猶。……由自，猶自，猶，尚。自，後綴。」〔三〕徐沁君本、王學奇本删「無門」。

〔注〕①「都下」，帝都；京都。②「尊堂」，父親。③「可更」，再加上；兼之。④「車駕」，代指帝王。⑤「去住」，去留。⑥「徊徨」，徘徊；彷徨。⑦「家緣」，家産；家業。⑧「撇漾」，抛棄。⑨「閃的」，抛撇。⑩「每」，們，複數標記。⑪「歸向」，歸處。⑫「上一朝」，前一天。⑬「帝輦」，帝王車駕，代指帝都、京都。⑭「遼陽」，地名，在今沈陽西南。古詩詞中常用來代指遥遠的戰場或征人駐戍之地。（參見藍立蓂本）

（孤云了）（做打悲科〔一〕）車駕①起行了，傾城的百姓都走。俺隨那衆老小每②出的中都城子來，當日天色又昏暗，刮〔二〕着大風，下着大雨，早是③趕不上大隊，又被哨馬④趕上，轟散俺子母兩人，不知阿者那里去了！（〔三〕末云了）（〔四〕做着忙的科）（孤云了）（做害羞科〔五〕）是您女婿，不快哩〔六〕。（孤云了）（〔七〕做說関子⑤了）（孤云了）（做羞科）〔八〕

〔校〕〔一〕「做」上王國維本補「旦」字，徐沁君本、王學奇本、王季思本、高橋繁樹本補「正旦」。「科」下鄭騫本、徐沁君本、王學奇本、王季思本、高橋繁樹本補「云」字。〔二〕原本「刮」字，覆元槧本誤作「到」，盧冀野本、吴曉鈴本、人民本沿誤。〔三〕「末」上徐沁君本、王學奇本補「正」字。〔四〕「做」上王國維本補「旦」，徐沁君本、王學奇本、高橋繁樹本補「正旦」。〔五〕「做」上徐沁君本、王學奇本、王季思本、高橋繁樹本補「正旦」。「科」下鄭騫本、徐沁君本、王學奇本、王季思本、高橋繁樹本補「云」。〔六〕「哩」原本作「理」，盧冀野本、隋樹森本、吴曉鈴本、人民本、藍立蓂本未改，其他各本均改作「哩」。〔七〕「做」上王國維本補「旦」，徐沁君本、王學奇本、高橋繁樹本補「正旦」。〔八〕「做」上王國維本補「旦」字，徐沁君本、王學奇本、王季思本、高橋繁樹本補「正旦」。「科」下徐沁君本、王學奇本補「唱」字，王季思本于「（做羞科）」下補「（唱）」。

〔注〕①「車駕」，代指帝王。②「每」，們，複數標記。③「早是」，已經；已是。④「哨馬」，打探消息的騎兵。⑤「說関子」，說故事、情節，介紹來龍去脉。

【牧羊関】您〔一〕孩兒无挨靠①，没倚仗②，深得他本人將傍③。(孤云了)(做意了〔二〕) 當日目下④有身亡，眼前是杀場，刀劍明晃晃，士馬⑤鬧荒荒。那其間⑥這錦綉紅粧女，那〔三〕里不見〔四〕个〔五〕銀鞍⑦白面郎⑧？

〔校〕〔一〕盧冀野本「您」字改作「你」。〔二〕「做」上徐沁君本、王學奇本、王季思本、高橋繁樹本補「正旦」。「了」下徐沁君本、王學奇本、王季思本補「唱」。〔三〕吴國欽本、康李本「那」字改作「哪」。〔四〕原本「不見」，隋樹森本、甯希元本、吴國欽本、王季思本、康李本校作「覓」。〔五〕原本「个」字，盧冀野本誤作「了」。

〔注〕①「无挨靠」，没有依靠。②「没倚仗」，没有依靠。③「將傍」，扶助；支持。④「目下」，眼前。⑤「士馬」，兵馬。⑥「那其間」，那時候；那樣的話。⑦「銀鞍」，銀質馬鞍，代指駿馬。⑧「白面郎」，白面書生，此指俊美男子。

(孤云了)〔一〕是个秀才。(孤交外扯住了〔二〕) (做荒打慘打悲的科〔三〕) 阿馬！你可怎生便与〔四〕這般狠心！(做没乱①意了)〔五〕

〔校〕〔一〕「是」上鄭騫本補「(云)」，王國維本補「旦云」，徐沁君本、王學奇本、王季思本、高橋繁樹本補「(正旦云)」。〔二〕原本「交」字，盧冀野本、隋樹森本、王季思本改作「教」。高橋繁樹本「扯」下斷開。〔三〕「做」上王國維本補「旦」字，徐沁君本、王學奇本、王季思本、高橋繁樹本補「正旦」。「科」下王國維本、鄭騫本、徐沁君本、王學奇本、王季思本、高橋繁樹本補「云」。原本「荒」字，盧冀野本、隋樹森本、藍立蓂本、人民本未改，其他各本均改作「慌」。按，「荒」通「慌」。〔四〕「与」原本作「𠂇」，藍立蓂本注：「助詞，用于句中，無義。」〔五〕「了」下徐沁君本、王學奇本補「唱」字，王季思本「(做没乱意了)」下補「(正旦唱)」。

〔注〕①「没乱」，心煩意亂；心神不寧。

【閗蝦蟆】〔一〕爹爹！〔二〕俺便似遭嚴臘①，久盼望，久盼望你个東皇②，望得些春光豔陽，東風和暢。好也囉！剗〔三〕地③凍剥剥〔四〕④的雪上加霜！（〔五〕末云了）（没乱科〔六〕）无些情腸⑤！緊揪住不把我衣裳放〔七〕。〔八〕見个人殘生喪，一命亡，世人也慚惶⑥。你不肯哀怜憫恤，我怎不感嘆悲傷！

〔校〕〔一〕原本【閗蝦蟆】，吴曉鈴本作【鬥蝦蟆】，人民本作【鬭蝦蟆】，鄭騫本、高橋繁樹本作【鬪蝦蟆】，其他各本均作【鬥蝦蟆】。按，可不改。〔二〕「爹爹」原爲大字，從吴曉鈴本、鄭騫本、北大本、徐沁君本、甯希元本、吴國欽本、王學奇本、王季思本、康李本改作小字。〔三〕原本「剗」字，王季思本誤作「劃」。〔四〕「剥剥」二字，上字僅存右上角，似「刂」之殘形，下作一重文符號，鄭騫本、徐沁君本、甯希元本、吴國欽本、王季思本、王學奇本、康李本、高橋繁樹本校作「剥剥」，其他各本均作二空圍。〔五〕「末」上徐沁君本、王學奇本補「正」字。〔六〕「没」上王國維本補「旦」字，徐沁君本、王學奇本、王季思本、高橋繁樹本補「正旦」。「科」下徐沁君本、王學奇本、王季思本補「唱」。〔七〕盧冀野本脱「放」字。〔八〕盧冀野本「見」上誤增一「眼」字。

〔注〕①「嚴臘」，嚴酷的臘月。②「東皇」，司春神。③「剗地」，反而。④「凍剥剥」，形容極冷。⑤「情腸」，感情。⑥「慚惶」，惶恐。亦作「慚皇」。

（孤云了）〔一〕父親息怒，寬容瑞蘭一步，分付①他本人三兩句言語呵，喒便行波②！（孤云了）父親不知，〔二〕本人於您〔三〕孩兒有恩処③。（孤云了）〔四〕

〔校〕〔一〕此處鄭騫本補「（云）」，王國維本補「旦云」，徐沁君本、王學奇本、王季思本、高橋繁樹本補「（正旦云）」。〔二〕「本」上吴國欽本、王季思本、康李本據上文補一「他」字。〔三〕甯希元本「您」改作「你」。〔四〕此處徐沁君本、王學奇本、王季思本補「（正旦唱）」。

〔注〕①「分付」，同「吩咐」。②「波」，語氣詞，猶「吧」。③「処」，……的地方，虚化處所義。

【哭皇天】教〔一〕了數个賊漢把我相侵傍〔二〕①，阿馬想波〔三〕②，這恩臨〔四〕③怎地忘？閃的他活支沙④三不歸⑤，強交〔五〕俺生吃〔六〕扎⑥兩分張⑦。覷着兀的般着床卧枕⑧，吽喚声疼，撇在他个没人的店房！常言道：相逐百步，尚有徘徊。〔七〕⑨你怎生便交〔八〕我眼睁睁〔九〕的不問當⑩？（做分付末了〔十〕）男兒呵，如今俺父親將⑪我去也，你好生的覷當⑫你身起〔十一〕⑬！（〔十二〕末云了）（做艱難科〔十三〕）男兒！兀的是俺親爺的惡侻〔十四〕⑭，休把您這妻兒⑮怨暢〔十五〕⑯。

〔校〕〔一〕「教」原本作「較」，從盧冀野本、吴國欽本、康李本、人民本改。北大本校記云：「『較』疑當作『教』。」王學奇本校記云：「疑是『教』字之誤。『教了』，讓的意思。」〔二〕盧冀野本「傍」字改作「謗」，誤。〔三〕「阿馬想波」，王國維本、盧冀野本、隋樹森本、王學奇本、高橋繁樹本改作大字。按，此四字爲帶白。「阿」上鄭騫本、王季思本補「（帶云）」。〔四〕原本「臨」字，盧冀野本改作「德」。〔五〕原本「交」字，盧冀野本、隋樹森本、鄭騫本、王季思本、人民本改作「教」。按，「交」同「教」，不必改。〔六〕原本「吃」字，隋樹森本、甯希元本改作「扢」。藍立蓂本注：「生吃扎，同生各扎，猶活活地。吃扎、各扎，并語助，無定字，不煩校改。」〔七〕「常言」至「徘徊」原爲大字，從盧冀野本、徐沁君本、隋樹森本、甯希元本、王學奇本、藍立蓂本、人民本改作小字帶白。王季思本「常言道」改作小字。「常」上徐沁君本、王學奇本、高橋繁樹本補「（帶云）」，「徊」下徐沁君本、王學奇本補「（唱）」。〔八〕原本「交」字，盧冀野本、隋樹森本、甯希元本、王季思本、王國維本改作「教」。按，「交」同「教」，不必改。〔九〕「睁睁」原本作「争」和一個重文符號，各本均已改。〔十〕「末」上徐沁君本、王學奇本補「正」字，「了」下王國維本、徐沁君本、王學奇本補「云」。原本「分付」，王季思本改作「吩咐」。「男」上高橋繁樹本補「（正旦云）」。〔十一〕原本「起」字，王國維本、盧冀野本、隋樹森本、人民本改作「體」。〔十二〕「末」上徐沁君本、王學奇本補「正」字。〔十三〕「做」上王國維本補「旦」字，徐沁君本、王學奇本、高橋繁樹本補「正旦」。「科」下徐沁君本、王學奇本補「唱」。〔十四〕「爺」原本作「耶」，鄭騫本、吴曉鈴本、藍立蓂本未改，其他各本均改作「爺」。原本「侻」字，徐沁君本、王季思本、吴國欽本、藍立蓂本、康李本改作「黨」。〔十五〕盧冀野本「您」改爲「你」。原本「暢」字，甯希元本改作「悵」，藍立蓂本從。甯希元本校記云：「怨悵，怨恨悵望，吾鄉晋南有此詞語。原本誤作『怨一暢』，今删『一』字，改『暢』爲『悵』。」原本「怨暢」，盧冀野本、王季思本、人民本校作「怨一場」，隋樹森本、吴曉鈴本、北大本作「怨□暢」。按，實際上原本「暢」上縮進一字空位，與右夾白平齊，「怨」「暢」間不缺字。「男兒」至「怨暢」應是賓白。鄭騫本、徐沁君本、甯希元本、北大本、吴國欽本、吴曉鈴本、王季思本、人民本、藍立蓂本、康李本僅「男兒」二字改爲小字。文獻中有「怨暢」例，不必改，如明馮夢龍《喻世明言》卷四：「只愁大哥與老官人回來怨暢，怎的了?」

〔注〕①「侵傍」，親近；侵犯。②「波」，語氣詞，猶「吧」。③「恩臨」，恩情。④「活支沙」，活活地。「支沙」，詞綴，無意義。⑤「三不歸」，功不成不歸，名不立不歸，利不就不歸。此指没有歸處。⑥「生吃扎」，生生地。「吃扎」，詞綴，無意義。⑦「兩分張」，兩分離；兩分開。⑧「着床卧枕」，謂卧病在床。⑨「相逐百步，尚有徘徊」，俗語，指相處時間不長分離時也會依依不捨。⑩「問當」，問。「當」，詞綴，無意義。⑪「將」，動詞，猶「帶」。⑫「覷當」，照看；照顧。「當」，詞綴，無意義。⑬「身起」，身體。⑭「惡侻」，凶徒；壞人。亦作「惡黨」。⑭「妻兒」，此指妻子。⑮「怨暢」，怨恨。亦作「怨悵」。

【烏夜啼】天那！一霎兒把這世間愁都撮①在我眉尖上，這場愁不許隄〔一〕防。（末云了）〔二〕既相别此語伊②休忘：怕你那換脉交陽③，是必④省可里⑤掀揚〔三〕⑥。俺這風雹乱下⑦的紫袍郎⑧，不識〔四〕你个雲雷未至⑨的白衣相⑩！喒〔五〕這片霎⑪中，如天樣，一时哽噎，兩処凄凉。（〔六〕末云了）（孤打催科）（做住了）〔七〕

〔校〕〔一〕「隄」原本作「低」，盧冀野本、鄭騫本、隋樹森本、北大本、徐沁君本、甯希元本、藍立蓂本、高橋繁樹本改作「隄」，吴國欽本、王季思本、康李本改作「提」，王學奇本改作「堤」，其他各本未改。〔二〕「末」上徐沁君本、王學奇本補「正」字，「（末云了）」下補「（正旦唱）」。〔三〕「揚」原本作「楊」，各本均已改。〔四〕「識」原本作「失」，王國維本、徐沁君本、甯希元本、吴國欽本、王學奇本、王季思本、藍立蓂本、康李本、高橋繁樹本改作「識」，其他各本未改。〔五〕原本「喒」字，王國維本、北大本、徐沁君本、吴國欽本、王學奇本、王季思本、康李本改作「咱」。〔六〕「末」上徐沁君本、王學奇本補「正」字。〔七〕「做」上王國維本補「旦」，徐沁君本、王學奇本、高橋繁樹本補「正旦」，「了」下徐沁君本、王學奇本補「唱」字。王季思本「（做住了）」下補「（正旦唱）」。

〔注〕①「撮」，聚；攢。②「伊」，你。③「換脉交陽」，謂病情好轉。④「是必」，務必；必須。⑤「省可里」，不要；别。⑥「掀揚」，掀被撩衣。此句是瑞蘭叮囑蔣世隆千萬别掀被子，病情好轉時要注意保暖。⑦「風雹乱下」，亂發脾氣；亂施威勢。⑧「紫袍郎」，指王瑞蘭之父王鎮，做兵部尚書，穿紫色官服，故名。⑨「雲雷未至」，謂際遇未到。⑩「白衣相」，亦作「白衣卿相」，指平民取得功名，做到宰相。「白衣」是平民百姓穿的衣服。⑪「片霎」，極短的時間。

【三煞】男兒！怕你大〔一〕①贖②藥時準備春衫③當，探食④後隄防百物傷。（〔二〕末云了）（〔三〕做艱難科）這側近⑤的佳期休承望⑥！直等你身体安康，來尋覓夷門⑦街巷，恁時節再相訪〔四〕。你這旅店消踈〔五〕⑧病客况，我那驛路⑨上恓〔六〕惶⑩！

〔校〕〔一〕原本「大」字，鄭騫本、徐沁君本、甯希元本、吴國欽本、王季思本、康李本、高橋繁樹本改作「待」，其他各本未改。藍立蓂本注：「大，通『待』。」〔二〕「末」上徐沁君本、王學奇本補「正」字。〔三〕「做」上王國維本補「旦」字，徐沁君本、王學奇本、高橋繁樹本補「正旦」。「科」下徐沁君本、王學奇本補「唱」。〔四〕原本「訪」字，甯希元本正文改作「彷」，注釋中作「仿」。按，甯希元本誤改，無據。〔五〕原本「踈」字，王國維本、盧冀野本、隋樹森本、吴曉鈴本、人民本、高橋繁樹本作「疎」，王季思本、北大本、吴國欽本、徐沁君本、王學奇本、藍立蓂本、康李本作「疏」，鄭騫本、甯希元本未改。〔六〕原本「恓」字，王國維本、隋樹森本、鄭騫本、王季思本、甯希元本、人民本、高橋繁樹本作「悽」。

〔注〕①「大」，同「待」，猶「再」，指某種情況可能出現。②「贖」，買。③「春衫」，年少時穿的衣服。④「探食」，病情好轉後開始進食。⑤「側近」，臨近；迫近。⑥「承望」，指望。⑦「夷門」，本爲戰國時魏國都城大梁（開封）城門名，金貞祐二年遷都開封（稱南京）。「夷門」代指開封。（參見藍立蓂本）⑧「消踈」，淒凉；淒慘；蕭條。亦作「蕭疏」「蕭踈」。⑨「驛路」，驛道；大路，泛指道路。⑩「恓惶」，驚慌煩惱；心慌意亂。

【二煞】則明朝你索綺〔一〕窗①曉日聞雞唱，我索立馬西風數雁行②。（〔二〕末云了）男兒，我交你放心末波！〔三〕只願的南京有俺親娘，我寧可獨自孤〔四〕孀③，怕他大〔五〕④抑勒⑤我則〔六〕尋个家長⑥，那話兒⑦便休想！（末云了）〔七〕你見的差了也！〔八〕那玉砌⑧朱〔九〕簾⑨与畫堂⑩，我可也覷得尋常⑪。

〔校〕〔一〕原本「綺」字，吴國欽本、康李本誤改作「倚」。〔二〕「末」上徐沁君本、王學奇本補「正」字。〔三〕原本只有「末波」二字爲小字，各本均已改作夾白。「男」上王國維本補「旦云」，鄭騫本補「（云）」，徐沁君本、王學奇本、王季思本、高橋繁樹本補「（正旦云）」。「波」下徐沁君本、王學奇本補「（唱）」。原本「交」字，盧冀野本、隋樹森本、鄭騫本、王季思本改作「教」。按，「交」同「教」，不必改。原本「末波」，隋樹森本改作「麼波」，鄭騫本、王季思本改作「者波」。藍立蓂本注：「末波同義連文，猶麼。」〔四〕盧冀野本「孤」誤作「狐」。〔五〕原本「大」字，鄭騫本、徐沁君本、甯希元本、王季思本、高橋繁樹本改作「待」。〔六〕原本「則」字，王國維本、鄭騫本、徐沁君本、甯希元本、吴國欽本、王學奇本、王季思本、藍立蓂本、人民本、康李本、高橋繁樹本改作「别」，其他各本未改。北大本「疑爲『别』字之誤」。按，「則」作「就」義講可通，不煩校改。〔七〕「末」上徐沁君本、王學奇本補「正」字。「你」上鄭騫本補「(云)」，王國維本補「旦云」，徐沁君本、王學奇本、王季思本、高橋繁樹本補「（正旦云)」。〔八〕「也」下徐沁君本、王學奇本補「（唱)」。〔九〕原本「朱」字，王國維本、鄭騫本、徐沁君本、甯希元本、王季思本、高橋繁樹本改作「珠」。

〔注〕①「綺窗」，雕刻、繪畫精美的窗户。②「立馬西風數雁行」，極言凄涼之貌。「雁行」是天上排列成行飛行的大雁。③「孤孀」，寡婦。此指不嫁第二人。④「大」，同「待」，猶「再」，指某種情況可能出現。⑤「抑勒」，逼迫；壓制。⑥「家長」，丈夫。⑦「話兒」，事；事情。⑧「玉砌」，玉砌的臺階。可代指臺階。⑨「朱簾」，朱漆的簾子。⑩「畫堂」，精美、華麗的堂舍。⑪「覷得尋常」，看得平常。謂蔣瑞蘭見過世面。

【收尾】〔一〕休想我為翠屏①紅燭流蘇〔二〕帳②，撇〔三〕了你這黄卷③青灯④映雪窓⑤。(孤云了)(〔四〕末云了)(打別了，囑咐末科〔五〕) 你心間莫惛忘〔六〕，你心間索記當⑥，我言詞更无妄⑦，不須伊再審詳⑧。喒〔七〕兀的做夫妻三个月时光，你末〔八〕不曾見您〔九〕這歹渾家⑨說个謊！
(下)〔十〕

〔校〕〔一〕原本【收尾】，徐沁君本改作【黄鐘尾】。〔二〕「蘇」原本作「酥」，唯吴曉鈴本未改。〔三〕原本「撇」字不清，但尚可辨認，覆元槧本空缺一字。盧冀野本、隋樹森本作「負」，鄭騫本、王季思本作「忘」，吴曉鈴本作一空圍。〔四〕「末」上徐沁君本、王學奇本補「正」字。〔五〕「打」上徐沁君本、王學奇本、高橋繁樹本補「正旦」。「囑」原本簡作「主」，覆元槧本刻作「⿰口主」，吴曉鈴本作「⿰口主」，其他各本均改作「囑」。「末」上徐沁君本、王學奇本補一「正」字，「科」下補「唱」。盧冀野本「科」誤作「云」。〔六〕「惛忘」原本作「緍望」，徐沁君本、吴國欽本、甯希元本、王季思本、康李本、高橋繁樹本改作「昏忘」。王學奇本正文作「昏望」，校注作「昏忘」。王國維本作「□望」。藍立蓂本作「惛忘」，注云：「惛忘，即忘，健忘。」徐沁君本校記云：「『緍』爲『惛』之形誤，『惛』同『昏』。『望』『忘』音同借用。」鄭騫本據文義改作

「絶望」。甯希元本謂「本字或當爲『忘魂』」，甯説無據。〔七〕原本「喒」字，吴國欽本、北大本、王學奇本、王季思本、康李本改作「咱」。按，「喒」同「咱」，不必改。〔八〕原本「末」字，隋樹森本、鄭騫本、吴國欽本、甯希元本、王季思本、康李本改作「莫」。按，「末」同「莫」，不必改。藍立蓂本注：「末不，即莫不，猶莫非。」人民本「你末」單獨爲一句，誤。〔九〕盧冀野本「您」改作「你」。〔十〕吴曉鈴本删「（下）」。

〔注〕①「翠屏」，綠屏風。②「流蘇帳」，有流蘇裝飾的帷帳。③「黄卷」，代指書。④「青灯」，光綫青熒的油燈。⑤「映雪窓」，指孫康映雪苦讀之事。⑥「記當」，記著。「當」，詞綴，無意義。⑦「无妄」，不虚假；無欺騙。⑧「審詳」，詳細明察。⑨「渾家」，古代白話文學中「妻子」的俗稱。

第三折

（夫人一折了）（末〔一〕一折了）〔二〕（小旦①云了）（便扮②上了〔三〕）自從俺父親就那客店上生③扭散④俺夫妻兩个，我不曾有片時忘的下俺那染病的男兒，知他如今是死那活那〔四〕⑤？不知俺爺〔五〕心是怎生主意，提着個秀才便不喜：「窮秀才幾时有發跡⑥？」自古及今，那个人生下〔六〕來便做大官享富貴那〔七〕⑦！（做嘆息科）〔八〕

〔校〕〔一〕「末」上徐沁君本補「正」字。「末」字王學奇本改作「孤」，校記云：「因這折戲中，蔣世隆根本没出場，當是『孤』（瑞蘭父）字。」〔二〕邵曾祺本爲選零折，僅選第三折，開頭無「（夫人一折了）（末一折了）」。〔三〕「便」上王國維本補「旦」字，徐沁君本、王學奇本、康李本、邵曾祺本、高橋繁樹本補「正旦」。「了」下王國維本、鄭騫本、徐沁君本、王學奇本、邵曾祺本、高橋繁樹本補「云」。〔四〕〔七〕原本三「那」字，吴國欽本、康李本均改作「哪」。按，不必校改。〔五〕「爺」原本作「耶」，盧冀野本、鄭騫本、吴曉鈴本、藍立蓂本未改，其他各本均改作「爺」。〔六〕原本「下」字，盧冀野本誤作「不」。〔八〕「科」下徐沁君本、王學奇本補「唱」，王季思本「（做嘆息科）」下補「（唱）」。

〔注〕①「小旦」，扮蔣世隆妹蔣瑞蓮。②「便扮」，便裝打扮。③「生」，生生地；活生生地。④「扭散」，拆散。⑤「那」，即「哪」，用于選擇問句的語氣詞。⑥「發跡」，建立功名。⑦「那」，即「哪」，反問句語氣詞。

【正宫】〔一〕【端正好】我想那〔二〕受官厅①、讀書舍，誰不曾虎困龍蟄②？信着我父親呵③！〔三〕世間人把丹桂都休折④，留着手把雕弓⑤拽。

〔校〕〔一〕原本無宫調名【正宫】，隋樹森本、鄭騫本、徐沁君本、甯希元本、吴國欽本、王學奇本、王季思本、康李本、邵曾祺本、高橋繁樹本補。〔二〕原本「那」字，王國維本誤作「著」。〔三〕原本該句爲大字，鄭騫本、北大本、吴曉鈴本、徐沁君本、甯希元本、吴國欽本、王學奇本、王季思本、藍立蓂本、康李本、人民本、邵曾祺本、高橋繁樹本改作小字、夾白。「信」上鄭騫本、徐沁君本、王學奇本、吴國欽本、王季思本、康李本、高橋繁樹本補「（帶云）」，邵曾祺本補「云」。「呵」下徐沁君本、王學奇本、邵曾祺本補「（唱）」。

〔注〕①「受官厅」，官衙的大堂。②「虎困龍蟄」，謂有才能的人暫不得志。③「呵」，元代白話文獻常見後置詞，表假設，猶「的話」。④「折丹桂」，猶蟾宫折桂，謂科舉高中。⑤「雕弓」，精美的弓。「把雕弓拽」，謂從武。

【滚綉球】〔一〕俺這个背晦①爺〔二〕，听的把古書說，他便惡紛紛〔三〕的腦裂②，麄豪〔四〕③的今古皆絶！您〔五〕這些，富産業，更怕我顧〔六〕戀情惹④，俺向那筆尖上⑤自閣閣〔七〕得些豪奢⑥。捌⑦起柄夫榮婦〔八〕貴三簷傘⑧，抵多少爺飯娘羹駟馬車⑨，兩件兒渾别⑩。

（小旦云了）阿也！〔九〕是敢大〔十〕較⑪些去也。（小旦云了）〔十一〕

〔校〕〔一〕【滚綉球】原本作【袞秀求】，各本均已改，其中藍立蓂本、高橋繁樹本「求」改作「毬」。〔二〕「晦」原本作「會」，徐沁君本、吴國欽本、王季思本、藍立蓂本、康李本、邵曾祺本、高橋繁樹本改作「晦」，其他各本未改。鄭騫本校記云：「［背會］悖憒（或作悖晦）之同音假借字。」甯希元本校記云：「本字或當爲『悖憒』。」王學奇本校注云：「『背』應作『悖』，『會』應作『晦』。」該曲兩

「爺」字，原本均作「耶」，盧冀野本、鄭騫本、吴曉鈴本、藍立蓂本未改，其他各本均改作「爺」。〔三〕「紛紛」吴國欽本、王季思本、藍立蓂本、康李本改作「忿忿」。藍立蓂本注：「惡忿忿，發怒的樣子。」〔四〕原本「麄」字，吴曉鈴本、人民本、邵曾祺本保留，其他各本均作「粗」。「豪」原本作「亳」，各本均已改。按，「麄」同「粗」。〔五〕盧冀野本「您」改作「你」。〔六〕「顧」原本作「雇」，唯藍立蓂本未改，校記云：「雇，用同『顧』。」〔七〕原本「掙閿」，盧冀野本改作「掙挫」，王季思本改作「掙扎」。藍立蓂本注：「掙閿，爭取。」吴曉鈴本「閿」下斷句，誤。〔八〕甯希元本「婦」改作「妻」。〔九〕盧冀野本、邵曾祺本「也」字下未斷。按，「阿也」是感嘆詞，猶「哎呀」。〔十〕原本「大」字，徐沁君本、甯希元本、吴國欽本、王季思本、康李本、高橋繁樹本改作「待」。各本多以「敢大」「敢待」爲一詞。按，「是敢大較些去也」意爲：病情應該大好了。「大」作「好」的狀語，可通。「阿」上王國維本補「旦」，邵曾祺本補「（旦云）」，徐沁君本、王學奇本、高橋繁樹本補「（正旦云）」。〔十一〕此處徐沁君本、王學奇本、王季思本、邵曾祺本補「（正旦唱）」。

〔注〕①「背晦」，頭腦糊塗，做事悖謬。②「腦裂」，謂極生氣，發大脾氣。③「麄豪」，粗魯；魯莽。④「顧戀情惹」，眷戀并使人牽情。⑤「上」是方位詞承擔離格標記功能，相當于後置的「從」，表示從某處得到某物。該句中漢語介詞「向」與後置詞「上」呼應使用，二者義同，構成「向……上」的融合形式，體現了漢語系統對外來的異質成分的調整與融合。句意是：我們自己從筆尖上（指通過科舉考試）掙來些榮華富貴。⑥「豪奢」，猶「榮華富貴」。⑦「搠」，此指「舉起」。⑧「三簷傘」，古代儀仗中所用的三層的傘，指官員品級高。⑨「駟馬車」，四匹馬拉的車，指富貴人家的車馬。⑩「渾別」，完全不同。⑪「較」，病情變輕。

【倘秀才】阿！〔一〕我付〔二〕能①把這殘春捱②徹〔三〕。嗨！〔四〕剗〔五〕地③是俺愁人瘦色〔六〕④。（小旦云了）〔七〕依着妹子只波⑤。（小旦云了）（做意了〔八〕）恰隨妹妹閑行散悶⑥些⑦。到池沼，陌觀絶，越交人嘆嗟。〔九〕

〔校〕〔一〕盧冀野本、隋樹森本、高橋繁樹本「阿」作大字，與下句曲文連讀，誤。邵曾祺本「阿」改作「啊」，徐沁君本、王學奇本、王季思本改作「呵」。〔二〕原本「付」字，王國維本、鄭騫本、王季思本、邵曾祺本改作「甫」，其他各本未改。藍立蓂本注：「付能、甫能，方才，好容易。」〔三〕原本「徹」字，覆元槧本誤作「撤」，盧冀野本沿誤。〔四〕「嗨」原本作「海」，鄭騫本、吴曉鈴本、藍立蓂本未改，其他各本均改作「嗨」。〔五〕原本「剗」字，王季思本誤作「劃」。〔六〕原本「色」字，鄭騫本、甯希元本、吴國欽本、王季思本、藍立蓂本、康李本改作「絶」。藍立蓂本校記云：「『絶』字韵，猶了。」其他各本未改。隋樹森本「色」下補二空圍，不知何據。〔七〕「依」上鄭騫本補「（云)」，王國維本補「旦云」，徐沁君本、王學奇本、王季思本、邵曾祺本、高橋繁樹本補「(正旦云)」。〔八〕「做」上徐沁君本、王學奇本、邵曾祺本、高橋繁樹本補「正旦」，「了」下徐沁君本、王學奇本、邵曾祺本補「唱」。〔九〕「恰隨」至「嘆嗟」，盧冀野本作小字，誤爲賓白。原本「陌」字，王國維本作一空圍，鄭騫本、徐沁君本、甯希元本、吴國欽本、王季思本、邵曾祺本、康李本、高橋繁樹本改作「驀」，其他各本未改。藍立蓂本注：「陌，通『驀』，猶突然。」原本「交」字，盧冀野本、隋樹森本、邵曾祺本改作「教」。按，「交」同「教」，不必改。

〔注〕①「付能」，方纔；好容易。亦作「甫能」。②「捱」，熬；艱難度過。③「剗地」，只是。④「瘦色」，消瘦的模樣。⑤「只波」，句末語氣詞，猶「吧」，亦作「者波」。⑥「散悶」，排遣鬱悶。⑦「些」，語氣詞，猶「吧」。

【呆古〔一〕朵】不似這朝昏晝夜，春夏秋冬！〔二〕這供愁①的景物好②依時月！浮着个錢來大緑嵬嵬〔三〕荷葉。荷葉似花子③般團圞〔四〕，陂塘④似鏡面般瑩潔⑤。阿！〔五〕幾时交〔六〕我腹内无煩惱，心上无縈惹⑥？似這般青銅⑦對面粧，翠鈿⑧侵〔七〕鬢貼⑨！

（做害羞科〔八〕）早是⑩没外人，阿的⑪是甚末〔九〕言語那〔十〕！這个妹子咱⑫。（小旦云了）〔十一〕你説的這話，我猜着也囉⑬。〔十二〕

〔校〕〔一〕原本「古」字，王季思本、邵曾祺本改作「骨」。〔二〕「不似」至「秋冬」，原本爲大字。鄭騫本、甯希元本、王學奇本、王季思本、藍立蓂本、邵曾祺本改作小字、賓白。徐沁君本、王學奇本亦爲賓白，但移至「【呆古朵】」上，上補「（云）」，下補「（唱）」。王季思本亦爲賓白并移至「【呆古朵】」上，上補「（帶云）」，下補「（唱）」。〔三〕「緑」原本不清，徐沁君本校作「緣」，其他各本均校作「緑」。按，應校作「緑」。原本「嵬嵬」，王季思本改作「巍巍」。〔四〕「圞」原本作「欒」，王國維本、藍立蓂本未改，藍立蓂本注：「團欒，圓貌。亦作『團圞』。」〔五〕原本「阿」字，盧冀野本、隋樹森本、高橋繁樹本作大字，與下句連讀。邵曾祺本改作「啊」，徐沁君本、王學奇本、王季思本改作「呵」。〔六〕原本「交」字，盧冀野本、鄭騫本、隋樹森本、吴國欽本、王季思本、康李本、邵曾祺本改作「教」。按，「交」同「教」，不必改。〔七〕原本「侵」字，甯希元本改作「近」。按，「侵」有「近」義，不必改。〔八〕「做」上邵曾祺本補「正旦」。「科」下王國維本、徐沁君本、王季思本、邵曾祺本、高橋繁樹本補「云」，王學奇本誤補「唱」。〔九〕原本「末」字，王季思本、施沈本、邵曾祺本改作「麼」。〔十〕盧冀野本「那」字斷屬下句，誤。「那」是語氣詞。〔十一〕「你」上鄭騫本補「（云）」，王國維本補「旦云」，徐沁君本、王學奇本、王季思本、邵曾祺本、高橋繁樹本補「（正旦云）」。〔十二〕此處徐沁君本、王學奇本、王季思本、邵曾祺本補「（唱）」。「囉」字施沈本、康李本改作簡體「罗」。

〔注〕①「供愁」，給人以憂愁。②「好」，正好。③「花子」，古代婦女貼或畫在臉頰上的裝飾。④「陂塘」，池塘。「陂」，池塘。⑤「瑩潔」，晶瑩光潔。⑥「縈惹」，糾纏的煩惱。⑦「青銅」，即青銅鏡。⑧「翠鈿」，翠玉首飾。⑨「侵鬢貼」，貼在靠近鬢角處。⑩「早是」，幸虧；幸好；幸而。⑪「阿的」，猶「兀的」，那；那個。⑫「咱」，猶「啊」，感嘆詞。⑬「也囉」，猶「了」。

【倘秀才】休着[①]个濫名兒[②]將咱來引惹[③]。噫![〔一〕]待[〔二〕]不你个小鬼頭[④]春心兒動也？（小旦云了）放心，放心。[〔三〕]我与你寬打周遭[⑤]向父親行[⑥]

說[四]。(小旦云了)你不要呵，我要則末⑦那?[五](小旦云了)(唱[六])我又不風欠⑧，不癡呆，要則甚迭⑨?[七]

(小旦云了)[八]喒[九]无那女婿呵⑩快活，有女婿呵受苦。(小旦云了)你听我說波⑪。[十]

〔校〕〔一〕原本「嚥」字，王國維本作「咽」，北大本、吴國欽本、徐沁君本、王學奇本、甯希元本、康李本、施沈本作「啞」，其他各本均作「嚥」。高橋繁樹本「嚥」與下句曲文連讀。〔二〕甯希元本「待」改作「莫」，誤。藍立蓂本注：「待不，要不。」〔三〕兩個「放心」原爲大字，王國維本、盧冀野本、鄭騫本、吴曉鈴本、北大本、徐沁君本、吴國欽本、甯希元本、王學奇本、王季思本、藍立蓂本、康李本、人民本、邵曾祺本、高橋繁樹本改作小字、賓白。隋樹森本、施沈本未改。第一個「放」字上，鄭騫本補「(云)」，王國維本補「旦云」，徐沁君本、王學奇本、王季思本、邵曾祺本、高橋繁樹本補「(正旦云)」。第二個「心」字下，徐沁君本、王學奇本、邵曾祺本補「(唱)」。〔四〕該句盧冀野本誤作賓白。〔五〕「你不要呵，我要則末那」原本爲大字，各本均已改作小字、賓白。「你」上鄭騫本補「(云)」，王國維本補「旦云」，徐沁君本、王學奇本、王季思本、邵曾祺本、高橋繁樹本補「(正旦云)」。「末」字隋樹森本、王季思本、邵曾祺本改作「麼」。〔六〕「唱」上王國維本補「旦」字，徐沁君本、王學奇本、王季思本、邵曾祺本補「正旦」。高橋繁樹本删「(唱)」。〔七〕「我又」至「甚迭」，盧冀野本誤作賓白。〔八〕「喒」上鄭騫本補「(云)」，王國維本補「旦云」，徐沁君本、王學奇本、王季思本、邵曾祺本、高橋繁樹本補「(正旦云)」。〔九〕原本「喒」字，王國維本、北大本、吴國欽本、王學奇本、王季思本、康李本、施沈本改作「咱」。〔十〕「你」上鄭騫本補「(云)」，王國維本補「旦云」，徐沁君本、王學奇本、王季思本、邵曾祺本、高橋繁樹本補「(正旦云)」。「波」下徐沁君本、王學奇本、王季思本、邵曾祺本補「(唱)」。

〔注〕①「着」，用；使。②「爛名兒」，壞名兒。③「引惹」，招惹。④「小鬼頭」，對兒童、少年的愛稱。⑤「寬打周遭」，绕著圈

子説話，慢慢繞到想説的話題。⑥「行」，是「上」的音變形式，元代承擔了來自蒙古語的格標記功能。此「行」是與位格標記，表示動作的對象，相當于後置的「向」或「對」。句中「向」與「行」共現，語法功能相同，體現了漢語系統對蒙古語語法的調整與融合。「向父親行説」即「對父親説」。⑦「則末」，做什麼。「則」是「做」的方言音變記音形式。⑧「風欠」，瘋傻。⑨「則甚迭」，做什麼的。「則」是「做」的方言音變記音形式。「迭」相當于「的」。⑩「呵」，話題標記，相當于「的話」，與下句的「呵」對用，提起相對的兩個話題、兩種情況。⑪「波」，吧，語氣詞。

【滚綉球〔一〕】女婿行①但沾惹，六親②每③早是④説，又〔二〕道是丈夫行⑤親熱，爺〔三〕娘行⑥特地⑦心别⑧。而今要衣呵⑨滿箱篋⑩，要食呵侭⑪餔〔四〕啜，到晚來更綉衾⑫鋪設，我這心兒里牽掛処⑬无些⑭。直睡到冷清清寶鼎⑮沉烟⑯滅，明皎皎紗窓月影斜，有甚唇舌⑰。

〔校〕〔一〕【滚綉球】原本作【衮秀求】，各本均已改，其中藍立蓂本、高橋繁樹本「求」改作「毬」。〔二〕原本「又」字，甯希元本、王季思本改作「説」，甯希元本以「又」爲重文符號，因重「説」字。不從。〔三〕「爺」原本作「耶」，鄭騫本、吴曉鈴本、藍立蓂本未改，其他各本均改作「爺」。〔四〕「餔」原本作「鋪」，各本均已改。藍立蓂本注：「餔啜，吃喝。」

〔注〕①「行」，是方位詞「上」的音變形式，是賓格標記，即「女婿」是「沾惹」的賓語，句意是：只要沾惹女婿。②「六親」，泛指家族親屬。王學奇本列兩種説法：一是父、昆弟、從父昆弟、從祖昆弟、曾祖昆弟、族昆弟；二是父、母、兄、弟、妻、子。③「每」，們，複數標記。④「早是」，早就；早已。⑤⑥「行」，兩個「行」都是與位格標記，表示動作的對象，相當于後置的「對」。意思是：對丈夫親熱，對父母心别。⑦「特地」，突地；忽地。⑧「心别」，猶「生分」。⑨「呵」，話題標記，相當于「的話」，與下句的「呵」對用，提起相對的兩個話題、兩種情況。⑩「箱篋」，箱子。「篋」，竹製的小箱子。⑪「侭」，儘管。⑫「繡衾」，錦綉的被子。⑬「処」，相當于結構助詞「的」。⑭「无些」，一點兒也没有。⑮「寶鼎」，

香爐。⑯「沉烟」，沉香燃燒出的烟。⑰「唇舌」，代指「話；説辭」。「有甚唇舌」，即有什麼話説。（参見王學奇本）

（做入房里科）（小旦云了）〔一〕夜深也，妹子，你歇息去波①。我也待②睡也。（小旦云了）〔二〕梅香，安排香桌〔三〕兒去，我大〔四〕燒炷〔五〕夜香咱。（梅香云了）〔六〕

〔校〕〔一〕「夜」上鄭騫本補「（云）」，王國維本補「旦云」，徐沁君本、王學奇本、王季思本、邵曾祺本、高橋繁樹本補「（正旦云）」。〔二〕「梅」上鄭騫本補「（云）」，王國維本補「旦云」，徐沁君本、王學奇本、王季思本、邵曾祺本、高橋繁樹本補「（正旦云）」。〔三〕「桌」原本作「卓」，鄭騫本、邵曾祺本改作「棹」，藍立蓂本未改，其他各本均作「桌」。藍立蓂本注：「卓，即『桌』。」〔四〕原本「大」字，王國維本、鄭騫本、隋樹森本、徐沁君本、甯希元本、吴國欽本、王季思本、康李本、邵曾祺本、高橋繁樹本改作「待」，盧冀野本改作「要」，其他各本未改。吴曉鈴本「疑當作『待』字」。藍立蓂本注：「大，通『待』。」〔五〕邵曾祺本「炷」誤作「注」。〔六〕此處徐沁君本、王學奇本、王季思本、邵曾祺本補「（正旦唱）」。

〔注〕①「波」，語氣詞，猶「吧」。②「待」，要。

【伴讀書】你靠欄檻①臨臺榭②，我准備名香③爇④。心事悠悠⑤憑⑥誰説！只除⑦向金鼎⑧焚龍麝⑨，与你殷勤⑩参拜遥天⑪月，此意也无别。

〔注〕①「欄檻」，欄杆。②「臺榭」，泛指亭臺樓榭等建築物。③「名香」，著名香料製成的香。④「爇」，燒；燃。⑤「悠悠」，憂思貌。⑥「憑」，向；對。⑦「只除」，只得；唯有。⑧「金鼎」，香爐。⑨「龍麝」，龍涎香與麝香，代指名香。⑩「殷勤」，誠心；懇切。⑪「遥天」，遠天；高天。

【笑和尚】韵悠悠①比及②把角③品④絶⑤，碧熒熒⑥投至⑦那灯兒滅，薄設設⑧衾共枕空舒設，冷清清不恁迭⑨，閑遥遥⑩身〔一〕枝節，悶懨懨⑪怎捱⑫他如年夜！

（梅香云了）（做燒香科〔二〕）

〔校〕〔一〕原本「身」字，王國維本、甯希元本、吴國欽本、王季思本、康李本改作「生」，其他各本未改。藍立蓂本注：「身枝節，身體。枝，通『肢』。」王學奇本注：「枝節——本義爲細小，轉義爲瘦弱。『身枝節』就是身體瘦弱。」〔二〕「做」上王國維本補「旦」字，徐沁君本、王學奇本、王季思本、邵曾祺本、高橋繁樹本補「正旦」。「科」下徐沁君本、王學奇本、王季思本補「唱」字。

〔注〕①「韵悠悠」，號角悠揚貌。②「比及」，及至；等到。③「角」，號角，樂器。④「品」，演奏樂器。⑤「絶」，完。謂吹過號角。⑥「碧熒熒」，光色青緑、閃爍。⑦「投至」，及至；等到。⑧「薄設設」，薄薄的。「設設」，詞綴，使用後形容詞程度升高，不能再受程度副詞修飾。⑨「恁迭」，恁的。⑩「閑遥遥」，無所事事貌。亦作「閑摇摇」「閑約約」「閑夭夭」「閑悠悠」。其他四種重疊式詞綴均是「悠悠」之音轉。(參見王學奇本)⑪「悶懨懨」，煩悶貌，也作「悶厭厭」「悶淹淹」。⑫「捱」，熬；艱難度過。

【倘秀才】天那！這一炷香，〔一〕則①願削減了俺尊君②狠切③！這一炷香，〔二〕則④願俺那抛閃⑤下的男兒較〔三〕⑥些！那一个爺〔四〕娘不間諜〔五〕，不似俺，忒嗻嗻〔六〕⑦！劣缺⑧！

(做拜月科，云〔七〕)願天下心廝⑨愛的夫婦永无分离！教俺兩口兒早得團圓！〔八〕(小旦云了)(做羞科〔九〕)

〔校〕〔一〕「天那！這一炷香」，王國維本、盧冀野本、隋樹森本、王學奇本、施沈本、高橋繁樹本作大字，誤爲曲文。邵曾祺本移至【倘秀才】前，并于「香料」下補「云」字，「這一注香」下補「(唱)」，原本「炷」字改作「注」(沿覆元槧本誤)。原本「那」字，吴國欽本、康李本改作「哪」。〔二〕「這一炷香」，王國維本、盧冀野本、隋樹森本、王學奇本、施沈本、高橋繁樹本作大字，誤爲曲文。邵曾祺本「這」上補「(云)」，「香」下補「(唱)」。〔三〕盧冀野本「較」誤改作「輕」。〔四〕「爺」原本作「耶」，鄭騫本、吴曉鈴本、藍立蓂本未改，其他各本均改作「爺」。〔五〕「諜」原本作「疊」，徐沁君本改作「諜」，藍立蓂本從。吴國欽本、康李本改作「迭」。徐沁君本校記云：「文本(即人民本)注：『間疊：阻碍，作梗。』『疊』與『諜』音同；『諜』有刺探義，又有多言義，與『間』字聯成複詞，于義爲長。《西厢記諸宫調》卷四：『莫不是張珙曾聲揚？莫不是别人曾間諜?』」今從徐沁君本改。〔六〕盧冀野本「嗻」下未斷，「嗻」字韵。〔七〕原本「云」字，盧冀野本奪。〔八〕「頗天」至「團圓」，盧冀野本作大字，誤爲曲文。〔九〕「做」上王國維本補「旦」字，徐沁君本、王學奇本、王季思本、邵曾祺本、高橋繁樹本補「正旦」，「科」下徐沁君本、王學奇本、王季思本、邵曾祺本補「唱」。

〔注〕①④「則」，只。②「尊君」，父親。③「狠切」，凶狠嚴苛。⑤「抛閃」，抛；撇。⑥「較」，病情變輕。⑦「啅嗻」，厲害；凶狠。⑧「劣缺」，狠毒；頑劣；乖戾。⑨「厮」，相；互相。

【叨叨令】元〔一〕來你深深的花底①將身兒〔二〕遮，揣揣〔三〕的背後把鞋兒捻②，溜溜③的輕把我裙兒拽，熅熅④的羞得我腮兒〔四〕熱。小鬼頭〔五〕直到撞破⑤我也末哥，直到撞破我也末哥〔六〕，我一星星⑥的都索⑦從頭兒説。

〔校〕〔一〕原本「元」字，吴國欽本、王季思本、康李本、邵曾祺本改作「原」。〔二〕〔四〕盧冀野本「兒」誤作「見」。〔三〕原本「揣揣」，吴國欽本、王季思本、康李本改作「擦擦」。藍立蓂本注：「揣揣，象聲詞，嚓嚓。」〔五〕原本「小鬼頭」爲小字，王國維本、盧冀野本、隋樹森本、徐沁君本、甯希元本、施沈本、高橋繁樹本爲大字，誤爲曲文。王學奇本、邵曾祺本「小」上補「（云）」，「頭」下補「（唱）」。〔六〕盧冀野本、隋樹森本、吴曉鈴本、北大本、甯希元本、王學奇本、吴國欽本、人民本、康李本、施沈本不重「直到」。原本兩「末」字，盧冀野本、王季思本、隋樹森本、人民本、邵曾祺本均改作「麽」。

〔注〕①「底」，方位詞，猶「下」。②「捻」，音「捏」，同「躡」，輕輕走路。③「溜溜」，象聲詞，狀提起裙子的聲音。④「熅熅」，微熱貌。⑤「撞破」，發現别人秘密；揭穿。⑥「一星星」，一點點。⑦「索」，得；要。

（小旦云了）〔一〕妹子，你不知，我兵火中多得他本人氣力①來，我以〔二〕此上〔三〕忘不下他！（小旦云了）（打悲了）〔四〕您〔五〕姐夫，姓蔣，名世隆，

字彦通，如今二十三歲也！（小旦打悲了）（做猛問科〔六〕）

〔校〕〔一〕「妹」上鄭騫本補「（云）」，王國維本補「旦云」，徐沁君本、王學奇本、王季思本、邵曾祺本、高橋繁樹本補「（正旦云）」。〔二〕「以」原本作「已」，王國維本改作「因」，盧冀野本、吴曉鈴本、藍立蓂本未改，其他各本均改作「以」。吴曉鈴本「疑當作『以』字」。藍立蓂本注：「已，同『以』。」〔三〕「上」，與「以」共現，「以」爲「因爲」義，「上」相當于後置的「因爲」，是元代由漢蒙語言接觸而成的離格標記，元代白話文獻習見。〔四〕「打」上王國維本補「旦」字，徐沁君本、王學奇本、王季思本、邵曾祺本、高橋繁樹本補「正旦」，「了」下王國維本、徐沁君本、王學奇本、王季思本、邵曾祺本、高橋繁樹本補「云」。「（打悲了）」下鄭騫本補「（云）」。〔五〕盧冀野本「您」改作「你」。〔六〕「做」上王國維本補「旦」字，徐沁君本、王學奇本、王季思本、邵曾祺本、高橋繁樹本補「正旦」，「科」下徐沁君本、王學奇本、王季思本、邵曾祺本補「云」。

〔注〕①「氣力」，猶「幫助」。

【倘秀才】來波！〔一〕我怨感①，我合②哽咽！不剌③！〔二〕你啼哭，你為甚迭④？（小旦云了）〔三〕你〔四〕莫不元〔五〕是俺男兒的旧妻妾？阿是，阿是！〔六〕當時只争个、字兒别⑤，我錯呵⑥了應者〔七〕！

（小旦云了〔八〕）您〔九〕兩个是親弟兄⑦？（小旦云了）（做懽喜科〔十〕）

〔校〕〔一〕「來波」盧冀野本、隋樹森本、施沈本、高橋繁樹本作大字，誤爲曲文。邵曾祺本移至【倘秀才】上，并于「正旦做猛問科」下補「云」字，「來波」下補「（唱）」。〔二〕「不剌」盧冀野本、隋樹森本、北大本、吴國欽本、康李本、人民本、施沈本、高橋繁樹本作大字，誤爲曲文。〔三〕「你」上徐沁君本、王學奇本、王季思本、邵曾祺本補「（正旦唱）」。〔四〕原本「你」字，王國維本改作「您」。〔五〕原本「元」字，吴國欽本、王季思本、康李本、邵曾祺本改作「原」。〔六〕原本第一個「阿是」下爲二重文符號，隋樹森本叠作「阿是是是」，邵曾祺本作「啊，是是是」，邵曾祺本「啊」上補「（云）」，「是是是」下補「（唱）」。盧冀野本、隋樹森本、施沈本、高橋繁樹本作大字，誤爲曲文。盧冀野本、高橋繁樹本與下句連讀，隋樹森本與「當時」二字連爲一句。〔七〕「應」原本作「噟」，下字殘損。王國維本、徐沁君本、甯希元本、王季思本、藍立蓂本、邵曾祺本校作「我錯呵了應者」，盧冀野本作「我錯呵了。噟。」鄭騫本作「我錯呵了噟」，并于「我」上補「（云）」。隋樹森本作「我錯呵了噟□□」，吴國欽本、康李本校作「我錯呵了，應者」，人民本作「我錯呵了噟者」，北大本、施沈本作「我錯呵了，啞！啞！」吴曉鈴本作「我錯呵了。啞。」王學奇本作「我錯呵了啞者」。高橋繁樹本作「我錯聽了應□」。此句王國維本、盧冀野本、徐沁君本、甯希元本、王季思本、王學奇本、施沈本、藍立蓂本、邵曾祺本、高橋繁樹本爲大字，作爲曲文。其他各本爲小字、賓白。徐沁君本校記云：「文本（即人民本）補『者』字，至是，但仍作小字，則非。按：曲譜，本曲末句爲二字句。『應者』爲本句正字。《幽閨記》第三十二齣：『是，我曉得了。散失忙尋相應者，那時節只争個字兒差迭。』即本劇曲文的變化運用，可知原當作『應者』。『者』字叶韵。」按，今從徐沁君本。〔八〕原本「小旦」二字缺，「云」字殘損。覆元槧本「小旦云」三字空缺，吴曉鈴本沿作「□□□了」。其他各本均作「小旦云了」。〔九〕「您」上鄭騫本補「（云）」，王國維本補「旦云」，徐沁君本、王學奇本、王季思本、邵曾祺本、高橋繁樹本補「（正旦云）」。王國維本、盧冀野本「您」改作「你」，王國維本「你」上增「原來」二字。盧冀野本、吴曉鈴本「您兩个是親弟兄」作大字，誤爲曲文。〔十〕「做」上王國維本補「旦」字，徐沁君本、王學奇本、王季思本、邵曾祺本、高橋繁樹本補「正旦」。「科」下徐沁君本、王學奇本、王季思本「唱」。原本「懽」字，盧冀野本、隋樹森本、吴曉鈴本、人民本、高橋繁樹本未改，其他各本均改作「歡」。

〔注〕①「怨感」，哀怨、感動。②「合」，該；應該；應當。③「不剌」，《漢語大詞典》釋作：「助詞。亦作『不倈』。表轉接語氣。」④「為甚迭」，爲甚的；爲什麼。「迭」，猶「的」。⑤「字兒别」，字不一様。「只争个、字兒别」，指「瑞蘭」和「瑞蓮」只有一個字

不一樣。⑥「呵」，回應；回答。⑦「弟兄」，此指蔣世隆、蔣瑞蓮兄妹。

【呆古〔一〕朵】似恁的呵〔二〕①，喒〔三〕從今後越索②着疼熱③，休想〔四〕似在先④时節。你又是我妹妹、姑姑⑤，我又是你嫂嫂、姐姐。（小旦云了）這般者⑥〔五〕：俺父母多宗派⑦，您〔六〕昆仲⑧无枝葉⑨，從今後休從俺爺〔七〕娘家根脚⑩排，只做俺兒夫⑪家親眷者⑫。

（小旦云了）〔八〕若說着俺那相别呵⑬，話長。〔九〕

〔校〕〔一〕原本「古」字，王季思本、邵曾祺本改作「骨」。〔二〕「似恁的呵」王國維本、盧冀野本、隋樹森本、王學奇本、施沈本、高橋繁樹本作大字，誤作曲文。邵曾祺本移至【呆古朵】上，并在「正旦做歡喜科」下補「云」字，「呵」下補「（唱）」。〔三〕原本「喒」字，王國維本、北大本、吴國欽本、王學奇本、王季思本、康李本、施沈本改作「咱」。〔四〕盧冀野本「想」改作「像」。〔五〕「這般者」原爲大字，王國維本、吴曉鈴本、鄭騫本、徐沁君本、甯希元本、王學奇本、王季思本、藍立蓂本、人民本、邵曾祺本改爲小字、夾白，是。王國維本「者」下增一「波」字。「這」上鄭騫本補「（云）」，徐沁君本、王學奇本、高橋繁樹本補「（正旦云）」，王季思本補「（正旦唱）」。「者」下徐沁君本、王學奇本補「（唱）」。按，夾白前無須補「（云）」，後無須補「（唱）」。〔六〕盧冀野本「您」改作「你」。〔七〕「爺」原本作「耶」，鄭騫本、吴曉鈴本、藍立蓂本未改，其他各本均改作「爺」。〔八〕「若」上鄭騫本補「（云）」，王國維本補「旦云」，徐沁君本、王學奇本、王季思本、邵曾祺本、高橋繁樹本補「（正旦云）」。〔九〕此處邵曾祺本補「（唱）」。

〔注〕①「似恁的呵」，那樣的話。「呵」是表假設的後置詞，相當于「的話」，元雜劇習見。②「越索」，越要；越應該。③「着疼熱」，知疼知熱。「着」是動詞，與「疼熱」構成動賓關係。④「在先」，以前。⑤「姑姑」，小姑子。王瑞蘭和蔣瑞蓮是姑嫂關係。⑥「者」，語氣詞，猶「吧」。⑦「宗派」，後代；子嗣。⑧「昆仲」，兄弟，此指蔣世隆、蔣瑞蓮兄妹。⑨「枝葉」，宗親；本家；親屬。也

指後代、子嗣。⑩「根脚」，家世；出身。亦作「跟脚」。⑪「兒夫」，丈夫。⑫「者」，祈使語氣詞，猶「吧」。⑬「呵」，表假設的後置詞，相當于「的話」，與「若」一起使用，元代白話文獻習見。

【三煞】他正天行①汗病②，换脉交陽③。〔一〕那其間〔二〕④被俺爺〔三〕把我横拖倒拽出招商舍⑤，硬撕〔四〕強扶上走馬車。誰想俺舞燕啼鶯，翠鸞嬌鳳⑥，撞着那猛虎獰狼，蝮蠍蚖蛇〔五〕⑦！又不敢号咷悲哭，又不敢⿰口主付丁寧〔六〕，空⑧則索⑨感嘆咨嗟⑩！據着那凄凉慘切，則那里一霎兒似痴呆！

〔校〕〔一〕「他正」至「交陽」，原爲大字。鄭騫本、徐沁君本、甯希元本、王學奇本、王季思本、邵曾祺本、高橋繁樹本改作小字、賓白。徐沁君本、王學奇本、王季思本移至【三煞】前，并于「陽」下補「（唱）」，高橋繁樹本亦移至【三煞】前。〔二〕「那其間」原本爲小字，吴曉鈴本、人民本未改，其他各本均作大字。盧冀野本「間」誤作「問」。〔三〕「爺」原本作「耶」，鄭騫本、吴曉鈴本、藍立蓂本未改，其他各本均改作「爺」。〔四〕「撕」原本作「厮」，甯希元本、吴國欽本、王季思本、康李本改作「撕」。甯希元本校記云：「硬撕强扶：與上句『横拖倒拽』一語相對。」〔五〕「蝮」原本作「蝠」，盧冀野本、北大本、徐沁君本、甯希元本、吴國欽本、王學奇本、藍立蓂本、康李本、人民本、施沈本、邵曾祺本、高橋繁樹本改作「蝮」，王國維本改作「毒」，其他各本未改。「蚖」原本作「頑」，徐沁君本、甯希元本、吴國欽本、王學奇本、王季思本、藍立蓂本、康李本、高橋繁樹本改作「蚖」，其他各本未改。徐沁君本校記云：「清桂馥《札璞》卷七『蝠蛇』條：《後漢書·崔琦傳》：『蝠蛇其心。』注以『蝠』爲蝙蝠。馥謂：蝠蛇即蝮蛇，借『蝠』字。又，『頑蛇』當作『蚖蛇』，『頑』、『蚖』音近致誤。《敦煌變文集·佛説阿彌陀經講經文》：『無蚖、蝪（蝮）、蝎及諸毒蟲毒鳥毒獸等。』蚖、蝮、蝎三物已連用。《破魔變文》亦有『蚖虵（蛇）盤結，遍地盈川』之語。關漢卿《哭存孝》第三折：『他兩個似蚖蛇，如蝮蝎，心腸乖劣。』」徐沁君本證之極詳，兹不全引。按，今從徐沁君本校改。「蠍」，同「蝎」。〔六〕原本「⿰口主付」，吴曉鈴本未改，王國維本、鄭騫本、盧冀野本、徐沁君本、隋樹森本、北大本、藍立蓂本、人民本、施沈本、高橋繁樹本作「囑付」，甯希元本、吴國欽本、王學奇本、王季思本、康李本、邵曾祺本作「囑咐」。原本「丁寧」，王季思本、吴國欽本、康李本、邵曾祺本改作「叮嚀」，其他各本未改。

〔注〕①「天行」，時疫；流行病。②「汗病」，汗證，出汗不正常之病。③「換脉交陽」，謂病情好轉。④「那其間」，那時候。⑤「招商舍」，旅店；客店。⑥「舞燕啼鶯，翠鸞嬌鳳」，喻弱女子。⑦「猛虎獰狼，蝮蠍虺蛇」，喻强壯、狠毒男子。⑧「空」，枉。⑨「則索」，只得；只能。⑩「咨嗟」，感嘆；嘆息。

【二煞〔一〕】則就那里先肝腸眉黛千千結①，烟水雲山万万疊②。他便似烈焰飄風③，劣心卒性④，怎禁那後擁前推，亂棒胡枷〔二〕！阿〔三〕！誰无个老父？誰无个尊君⑤？誰无个親爺〔四〕？從頭兒看來，都不似俺那〔五〕狠爹爹！

〔校〕〔一〕原本無「煞」字，王國維本、鄭騫本、徐沁君本、甯希元本、王季思本、王學奇本、康李本、邵曾祺本、高橋繁樹本補。〔二〕「棒」原本似「捧」又似「棒」，盧冀野本、隋樹森本、人民本作「捧」，其他各本均作「棒」。「枷」原本作「茄」，盧冀野本、鄭騫本、隋樹森本、吴曉鈴本、北大本、人民本、施沈本、邵曾祺本未改，高橋繁樹本改作「挾」，其他各本均改作「枷」。藍立蓂本注：「亂棒胡枷，胡亂敲打。……《盛世新聲》戌集闕名氏小令【越調】寨兒令：『若論蛇蝎，尚有潛蜇，不似你娘風火性不曾絶，一覓的亂棒胡茄。』『茄』亦應是『枷』，讀如『茄』。」徐沁君本校記云：「棒、枷都是刑具。胡亂用刑，元劇中頗多反映。『胡枷亂棒』，致成爲當時口頭習語。」甯希元本校記云：「然『枷』爲『家麻』，失協。或當如《中原音韵·正語作詞起例》『爺有衙』、『也有雅』之例，『枷』（jia），仍當如原本讀『茄』（qie）。今陝西關中方言有『胡 qie』一語，意爲胡敲亂打，似爲一源，俟再考。」〔三〕「阿」原本爲大字，徐沁君本、甯希元本、北大本、吴國欽本、王學奇本、王季思本、藍立蓂本、康李本改作小字，徐沁君本、王學奇本、王季思本改作「呵」，甯希元本改作「啊」，其他各本均爲大字「阿」。盧冀野本、鄭騫本、吴曉鈴本、隋樹森本、高橋繁樹本「阿」與下句連讀，誤。〔四〕「爺」原本作「耶」，鄭騫本、吴曉鈴本、藍立蓂本未改，其他各本均改作「爺」。〔五〕原本「那」字，覆元槧本誤刻作「耶」，吴曉鈴本沿誤，盧冀野本、北大本、吴國欽本、人民本、施沈本據覆元槧本校作「爺」。

〔注〕①「肝腸眉黛千千結」，謂擔憂、擔心。②「烟水雲山万万疊」，謂路途遥遠。③「烈焰飄風」，謂性情火暴。「飄風」，大風；暴風；旋風。④「劣心卒性」，心懷性歹。⑤「尊君」，父親。

【尾】〔一〕他把世間毒害①收拾徹②，我將天下憂愁結攬絶③！（小旦云了）没盤纏，在店舍，有誰人，廝擡貼④？那消踈〔二〕⑤，那凄切，生分离，廝抛撇！從相別，恁时節，音書⑥无，信息絶！我這些时眼跳腮紅耳輪⑦热，眠夢交雜〔三〕⑧不寧貼⑨。您〔四〕哥哥暑濕風寒縱〔五〕⑩較〔六〕⑪些，多被那煩惱憂愁上⑫送⑬了也！

（下）

〔校〕〔一〕原本【尾】，鄭騫本、王季思本、甯希元本、康李本、邵曾祺本改作【煞尾】，徐沁君本改作【黄鐘尾】。〔二〕原本「踈」字，王國維本、盧冀野本、隋樹森本、人民本、高橋繁樹本作「疎」，王季思本、北大本、吴國欽本、徐沁君本、王學奇本、藍立蓂本、康李本作「疏」，鄭騫本、吴曉鈴本、甯希元本未改。〔三〕原本「雜」字，盧冀野本誤作「離」，甯希元本誤作「加」。〔四〕盧冀野本「您」改作「你」，甯希元本誤作「恁」。〔五〕「縱」原本作「從」，鄭騫本、吴曉鈴本、藍立蓂本未改，其他各本均改作「縱」。藍立蓂本注：「從，即『縱』，即使。」〔六〕盧冀野本「較」改作「輕」，誤。

〔注〕①「毒害」，猶「狠毒」。②「收拾徹」，謂都受盡了。「收拾」，猶「收聚」。「徹」，完全；都。③「結攬絶」，謂都攬在一起。「結攬」，攬。「絶」，完全；盡。④「擡貼」，照顧、體貼。「擡」，照顧。⑤「消踈」，凄涼；凄惨；蕭條。亦作「蕭疏」「蕭踈」。⑥「音書」，音信、書信。⑦「耳輪」，耳朵外廓。⑧「交雜」，交加。⑨「寧貼」，

安定、平静。亦作「寧帖」。⑩「縱」，縱然；縱使；即使。⑪「較」，病情變輕。⑫「上」，是表原因的離格標記，相當于蒙古語表原因的格附加成分，即後置的「因爲」，「被」表原因（參見蔣紹愚、曹廣順主編《近代漢語語法史研究綜述》，第389頁），在前與之呼應，構成「被……上」式，體現了漢語系統對來自蒙古語的語法形式的調整與融合。⑬「送」，猶「葬送」。

第四折

（老孤、夫人、正末、外末上了）（媒人云了）（〔一〕旦扮上了）（小旦云了）〔二〕可是由我那①？不那？〔三〕

〔校〕〔一〕「旦」上徐沁君本、吴國欽本、王學奇本、王季思本、康李本、高橋繁樹本補「正」字。〔二〕「可」上鄭騫本補「（云）」，王國維本補「旦云」，徐沁君本、王學奇本、王季思本、高橋繁樹本補「（正旦云）」。〔三〕此處徐沁君本、王學奇本、王季思本補「（唱）」。兩「那」字，吴國欽本、康李本均改作「哪」。鄭騫本斷作「可是由我那？不那？」王季思本斷作「可是由我那，不那？」吴曉鈴本斷作「可是由我那。不那。」其他各本均作一句。

〔注〕①「那」，兩「那」字均爲疑問語氣詞，是「啊」的音變形式。

【雙調】〔一〕【新水令】我眼懸懸①整盼了一周年，你也枉〔二〕把您〔三〕這不自由的姐姐來埋怨。恰才②投至③我貼上這縷金鈿④，一霎兒向鏡臺⑤傍〔四〕边，媒人每〔五〕⑥催逼了我兩三遍。

（小旦云了）〔六〕妹子阿〔七〕⑦，你好不知福，猶古自⑧不滿意沙〔八〕⑨。我可怎生过呵〔九〕是也？（小旦云了）〔十〕那的⑩是你有福〔十一〕如⑪我処那〔十二〕⑫！我說与你波⑬。〔十三〕

〔校〕〔一〕原本無【雙調】，鄭騫本、隋樹森本、徐沁君本、吴國欽本、甯希元本、王季思本、王學奇本、康李本、高橋繁樹本補。〔二〕「枉」原本作「柱」，各本均已改。〔三〕盧冀野本、甯希元本「您」改作「你」。〔四〕原本「傍」字，徐沁君本、王學奇本、王季思本改作「旁」。按，「傍」同「旁」。〔五〕王國維本、盧冀野本「每」改作「們」。〔六〕「妹」上鄭騫本補「（云）」，王國維本補

「旦云」，徐沁君本、王學奇本、王季思本、高橋繁樹本補「（正旦云）」。〔七〕原本「阿」字，鄭騫本、徐沁君本、王學奇本、王季思本、甯希元本改作「呵」。〔八〕原本「沙」字，徐沁君本、王學奇本改作「哕」。〔九〕盧冀野本「呵」下斷開，鄭騫本、王季思本斷作：「我可怎生過呵？是也。」藍立蓂本注：「呵，用于句中，表語氣停頓。……也，表反詰。」〔十〕「那」上鄭騫本補「（云）」，王國維本補「旦云」，徐沁君本、王學奇本、王季思本、高橋繁樹本補「（正旦云）」。〔十一〕盧冀野本、吴曉鈴本、北大本、吴國欽本、康李本「福」下點斷。〔十二〕原本「那」字，吴國欽本、康李本改作「哪」。〔十三〕此處徐沁君本、王學奇本、王季思本補「（唱）」。

〔注〕①「眼懸懸」，迫切企盼貌。②「恰才」，剛；剛纔。③「投至」，及至；等到。④「金鈿」，嵌有金花的首飾。⑤「鏡臺」，梳妝臺。⑥「每」，們，複數標記。⑦「阿」，啊。⑧「猶古自」，還；仍。⑨「沙」，表假設的後置詞，相當于「的話」，元代白話文獻習見。⑩「那的」，那。⑪「如」，藍立蓂本校記云：「『有福如我』，比我有福。如，猶於，表示比較。王引之《經傳釋詞》卷七：『如，猶於也。……《吕氏春秋·愛士篇》曰：『人之困窮，甚如飢寒。』言甚於飢寒也。』」⑫「那」，哪，語氣詞，「啊」的音變形式。⑬「波」，語氣詞，吧。

【駐馬聽】你貪〔一〕着个斷簡殘編，恭儉温良好繾綣①；我貪着个輕弓短箭，麄豪勇猛恶因〔二〕緣！（小旦云了）可知噝是也。〔三〕您〔四〕的管夢回酒醒誦詩篇，俺的敢灯昏人静〔五〕誇征戰。少不的〔六〕②向我綉幃③边，說的些磣可可〔七〕④落得的冤魂現。

（小旦云了）這意⑤有甚難見処⑥那⑦？〔八〕

〔校〕〔一〕該曲兩「貪」字，甯希元本改作「攤」。王學奇本注云：「貪著——即『攤著』。……『貪』，『攤』的借字。」藍立蓂本注：「貪，通『探』，求，得。《國語·周語上》：『淫而得神是謂貪禍。』俞樾平議：『貪當讀爲探。貪與探聲近而義通。』」按，藍立蓂本是。〔二〕原本「因」字，吴國欽本、人民本、康李本改作「姻」。〔三〕原本「可知噝是也」作大字，各本均已改作小字、夾白。原本「噝」

字，吴曉鈴本、鄭騫本、北大本、藍立蓂本、人民本未改，其他各本均改作「煞」。藍立蓂本注：「嗍，同『煞』。參看《詩詞曲語辭匯釋》卷四『煞』。嗍是同義連文，猶是。」「可」上鄭騫本補「（云）」，王國維本補「旦云」，徐沁君本、王學奇本、王季思本、高橋繁樹本補「（正旦云）」。「也」下徐沁君本、王學奇本、王季思本補「（唱）」。〔四〕盧冀野本、人民本「您」改作「你」。〔五〕「静」原本作「净」，吴曉鈴本、藍立蓂本未改，其他各本均改作「静」。藍立蓂本注：「净，通『静』。」〔六〕原本「的」字，唯王學奇本改作「得」。〔七〕原本「磣可可」，盧冀野本改作「慘可可」。〔八〕「這」上鄭騫本補「（云）」，王國維本補「旦云」，徐沁君本、王學奇本、王季思本、高橋繁樹本補「（正旦云）」。甯希元本「意」下補一「思」字。「那」下徐沁君本、王學奇本、王季思本補「（唱）」。原本「那」字，吴國欽本、康李本改作「哪」。

〔注〕①「繾綣」，情意纏綿，難捨難分。此指情意纏綿之人。②「少不的」，少不得；少不了。③「綉幃」，錦綉幃帳。④「磣可可」，凄慘可怕。亦作「磣磕磕」。⑤「意」，意思。⑥「処」，相當于結構助詞「的」，由「處」的處所義語法化而成。⑦「那」，哪，語氣詞。

【慶東原】他則〔一〕①圖今生貴，豈問咱夙世緣②。違着孩兒心，只要遂他家願。則③怕他夫妻百年，召〔二〕了這文武兩員，他家里要將相雙權〔三〕。不顧〔四〕自家嫌④，則〔五〕⑤要傍〔六〕人羨〔七〕。

（外〔八〕云了）（做住了〔九〕）（正、外二末做住了）〔十〕

〔校〕〔一〕盧冀野本「則」字改作「只」。〔二〕原本「召」字殘損，覆元槧本刻作「召」，吴曉鈴本、藍立蓂本作「召」，其他各本均校作「招」。按，本折下文【胡十八】下賓白有「你却召取兀那武舉狀元呵」，「召」同「招」。〔三〕吴曉鈴本校記云：「『權』字疑當作『全』字。」藍立蓂本注：「將相雙權，謂掌握文武兩方面的權力。」〔四〕「顧」原本作「雇」，吴曉鈴本、藍立蓂本未改，其他各本均改作「顧」。〔五〕原本「則」字，盧冀野本、人民本改作「只」。〔六〕原本「傍」字，王國維本、徐沁君本、甯希元本、王學奇本、王季思本改作「旁」。〔七〕「羡」字原本缺，高橋繁樹本作一空圍，其他各本均補作「羡」。〔八〕「外」下徐沁君本、王學奇本補「末」字。〔九〕原本「做」字有殘損，覆元槧本空缺，盧冀野本、吴曉鈴本、隋樹森本、鄭騫本、王季思本、人民本從，作「住了」。王國維本補作「旦做住了」，北大本、吴國欽本、甯希元本、藍立蓂本、康李本作「做住了」，徐沁君本、王學奇本、高橋繁樹本補作「正旦做住了」。〔十〕此處徐沁君本、王學奇本、王季思本補「（正旦唱）」。

〔注〕①③⑤「則」，只。②「夙世緣」，前世姻緣，此指舊姻緣。「夙世」，前世。④「自家嫌」，指王瑞蘭不滿其父包辦婚姻。

【鎮江廻〔一〕】俺兀那①姊妹兒的新郎又忒②醜覥③。俺這新女婿那④嘲掀⑤，瞅〔二〕的我兩三番斜僻〔三〕了新粧面⑥，查查胡胡〔四〕⑦的向〔五〕玳筵⑧前。知他⑨俺那主婚人是見也那⑩不見？

（孤云了）（外末把盞⑪科）〔六〕

〔校〕〔一〕原本「廻」字，鄭騫本、王季思本未改，王國維本、盧冀野本、吴曉鈴本、北大本、隋樹森本、藍立蓂本、人民本、高橋繁樹本作「迴」，其他各本均作「回」。〔二〕原本「瞅」字，王國維本、北大本、徐沁君本、甯希元本、吴國欽本、王學奇本、王季思本、康李本、高橋繁樹本改作「瞅」，其他各本未改。〔三〕原本「僻」字，王國維本改作「撇」，徐沁君本、王學奇本、甯希元本改作「擗」，鄭騫本、吴國欽本、王季思本、康李本改作「避」，其他各本未改。徐沁君本校記云：「『擗』，避開義。《西厢記諸宮調》卷二：『擗過鋼槍，刀又早落。』卷五：『甫能相見，擗着個龐兒那下。』據改。此外，如劉兑《嬌紅記》第一折：『爲甚麼見人羞斜蔽了芙蓉面。』無名氏《黄花峪》第二折：『俺哥哥傳將令三四番，可怎生無一個承頭的？來一個燕青將面劈，那一個楊志頭低。』『蔽』、『劈』也都該是『擗』字的異寫。『僻』、『劈』、『蔽』都是『擗』字的同音或音近借用。」藍立蓂本注：「僻，避。……斜僻，側斜着避開。」〔四〕原本「查查胡胡」，甯希元本改作「咋咋呼呼」。〔五〕「向」原本作「尚」，盧冀野本、隋樹森本改作「上」，吴曉鈴本、北大本、人民本未改，其他各本均改作「向」。吴曉鈴本「疑當作『向』字」，北大本「疑當作『上』或『向』」，藍立蓂本注：「向，在。」按，「向」字是，構成「向……前」式。〔六〕此處徐沁君本、王學奇本、王季思本補「（正旦唱）」。

〔注〕①「兀那」，那。②「忒」，太。③「靦覥」，腼腆。④「那」，真。（參見藍立蓂本）⑤「嘲撧」，聒噪；不安静。「嘲」，鳥鳴。「撧」，翻騰。（參見藍立蓂本）⑥「粧面」，妝容。「斜僻了新粧面」，指陀滿興福「瞧」得王瑞蘭害臊，兩三次轉過臉去。⑦「查查胡胡」，咋咋呼呼。⑧「玳筵」，即玳瑁筵，指滿是珍饈美味的豪華奢侈宴席。⑨「他」，虚指代詞，無意義。⑩「那」，即「哪」，疑問語氣詞。⑪「把盞」，本指跪地敬酒，後泛指敬酒。

【步步嬌】見他那鴨子緑衣服①上圈金線，這打扮早②難坐瓊林宴③。俺這新狀元，早難道④花壓得烏紗帽⑤簷偏。把這盞許親酒⑥又不敢慢俄延⑦，則索〔一〕⑧扭廻〔二〕頭⑨半口兒家⑩剛剛〔三〕⑪的嘸〔四〕⑫。

（孤云了）（正末把盞⑬科）（打認⑭末科〔五〕）〔六〕

〔校〕〔一〕盧冀野本「索」誤作「素」。〔二〕原本「廻」字，鄭騫本、高橋繁樹本未改，盧冀野本、吴曉鈴本、隋樹森本、藍立蓂本、人民本作「迴」，其他各本均改作「回」。〔三〕「剛剛」原本作「岡岡」，唯鄭騫本未改。〔四〕原本「嘸」字，盧冀野本、鄭騫本、吴曉鈴本、吴國欽本、隋樹森本、甯希元本、北大本、藍立蓂本、人民本、高橋繁樹本未改，其他各本均作「咽」。〔五〕「打」上王國維本補「旦」，徐沁君本、王學奇本、王季思本、高橋繁樹本補「正旦」。「末」上徐沁君本補一「正」字，「科」下徐沁君本補「唱」。〔六〕此處王學奇本、王季思本補「（正旦唱）」。

〔注〕①「鴨子緑衣服」，鴨緑色衣服。金制：進士考試，考中者分上、中、下三甲，中、下甲服緑，賜銀帶。這裏泛指進士的服色。（參見藍立蓂本）②「早」，猶「真；實在」。③「瓊林宴」，古代朝廷宴請進士的宴會。④「早難道」，豈不聞；怎不知。⑤「花壓得烏紗帽簷偏」，謂科場得志。⑥「許親酒」，答應婚事時喝的酒。⑦「俄延」，耽誤；延誤；拖延。⑧「則索」，只好。「則」，只。「索」，得；

須。⑨「扭迴頭」，即「扭回頭」，回頭；轉身。⑩「家」，助詞，猶「的」，用在數量結構之後。如元代無名氏《殺狗勸夫》楔子：「哥哥比兄弟多一片家狠心腸。」⑪「剛剛」，慢慢。⑫「嚥」，同「咽」，吞食；咽下。⑬「把盞」，本指跪地敬酒，後泛指敬酒。⑭「打認」，認。

【雁兒落】你而今①病疾兒都較痊②？你而今身體兒全康健？當初喒〔一〕那堝〔二〕兒③各間別④，怎承望⑤這答〔三〕兒⑥里重相見！

〔校〕〔一〕原本「喒」字，王國維本、北大本、吴國欽本、王學奇本、王季思本、康李本改作「咱」。〔二〕原本「堝」字，王季思本改作「窩」，徐沁君本、吴國欽本、王學奇本、甯希元本、北大本、康李本作「坞」，其他各本未改。〔三〕原本「答」字，盧冀野本改作「塔」，鄭騫本、甯希元本、王季思本作「搭」，隋樹森本、北大本、吴曉鈴本、人民本、高橋繁樹本作「荅」，其他各本未改。王國維本脱「答」下「兒」字。

〔注〕①「而今」，如今；現在。②「較痊」，痊愈。「較」，病情好轉。③「那堝兒」，那裏。④「間别」，分别；離别。⑤「承望」，指望；料到。⑥「這答兒」，這裏。

【水仙子】今日這半边①鸞鏡②得團圓，早則③那一紙魚封④不更傳。(〔一〕末云了)〔二〕你說這話！（做意了，唱〔三〕）須是⑤俺狠毒爺〔四〕強匹配我成因〔五〕眷⑥，不剌⑦,〔六〕可是誰央及⑧你个蔣狀元〔七〕，一投⑨得官也接了絲鞭⑩？我常把伊⑪思念〔八〕，你不將人掛戀，亏心的上有青天⑫！(〔九〕末云了)（做分辨科〔十〕）

〔校〕〔一〕「末」上徐沁君本、王學奇本補「正」字。〔二〕「你」上鄭騫本補「（云）」，王國維本補「旦云」，徐沁君本、王學奇本、王季思本、高橋繁樹本補「（正旦云）」。〔三〕高橋繁樹本删「唱」字。〔四〕「爺」原本作「耶」，鄭騫本、吴曉鈴本、藍立蓂本未改，其他各本均改作「爺」。〔五〕原本「因」字，王國維本、盧冀野本、吴曉鈴本、隋樹森本、北大本、徐沁君本、甯希元本、吴國欽本、王學奇本、人民本、康李本改作「姻」，鄭騫本、王季思本改作「婚」。〔六〕盧冀野本、隋樹森本、高橋繁樹本「不剌」作大字，誤作曲文。〔七〕王季思本「元」下未點斷，「元」字韵。〔八〕盧冀野本「念」誤作「着」。〔九〕「末」上徐沁君本、王學奇本補「正」字。〔十〕「做」上王國維本補「旦」字，徐沁君本、王學奇本、王季思本、高橋繁樹本補「正旦」，「科」下徐沁君本、王學奇本補「唱」字。王季思本「（正旦做分辨科）」下補「（唱）」。原本「辨」字，徐沁君本、甯希元本、高橋繁樹本改作「辯」，其他各本未改。藍立蓂本注：「辨，通『辯』。」

〔注〕①「半边」，半個。②「鸞鏡」，有鸞鳥圖案的鏡子。藍立蓂本注：「用南朝陳樂昌公主破鏡重圓事。」③「早則」，幸而；幸好。④「魚封」，書信。「魚」「雁」代指書信。⑤「須是」，必須；一定要。⑥「因眷」，即「姻眷」，婚姻；婚配。⑦「不剌」，《漢語大詞典》釋作：「助詞。亦作『不倈』。表轉接語氣。」⑧「央及」，懇求；請求。⑨「一投」，及至；等到。⑩「絲鞭」，絲質馬鞭，古代女方給男方的訂婚信物，男方接受表示同意。⑪「伊」，你。⑫「上有青天」，謂不能做虧心事。

【胡十八】我便[①]渾身上都是口，待交[〔一〕]我怎分辨[〔二〕]？枉了我情脉脉，恨綿綿，我晝忘飲饌[②]夜无眠。則兀那[③]瑞蓮，便是証見[④]，怕你不信後[⑤]没人処[⑥]問一遍。

〔校〕〔一〕原本「交」字，隋樹森本、吴國欽本、王季思本、康李本改作「教」。按，「交」同「教」，不必改。〔二〕原本「辨」字，徐沁君本、吴國欽本、甯希元本、康李本、高橋繁樹本改作「辯」。

〔注〕①「便」，即便；即使。②「飲饌」，飲食。③「兀那」，那。④「証見」，見證，因押韵倒文。⑤「後」，與「怕」構成「怕……後」，相當于「如果……的話」。「怕」由懼怕義語法化爲假設義。「後」由時間義語法化爲假設義，相當于「的話」。⑥「処」，有兩解，「地方」義和「時；時候」義均可通。近代漢語「處」從處所義語法化爲時間義。

（[〔一〕]末云了）[〔二〕]兀的[①]不是您妹子瑞蓮那[〔三〕②]！（[〔四〕]末共小旦打認了）（[〔五〕]告孤科）（[〔六〕]末云了）（老夫人云了）（老孤云了）[〔七〕]你試問您[〔八〕]那兄弟去，我勸和[③]您[〔九〕]姊妹去。（正[〔十〕]末云了）（小旦云了）[〔十一〕]妹子，我和您〔十二〕哥哥廝④認得了也！你却⑤召〔十三〕取兀那⑥武舉狀元⑦呵⑧，如何？（小旦云了）〔十四〕你便⑨信我〔十五〕子末〔十六〕那〔十七〕！（小旦云了）〔十八〕

〔校〕〔一〕「末」上徐沁君本、王學奇本補「正」字。〔二〕「兀」上鄭騫本補「（云）」，王國維本補「旦云」，徐沁君本、王學奇本、王季思本、高橋繁樹本補「（正旦云）」。〔三〕盧冀野本「您」改作「你」。吴國欽本、康李本「那」改作「哪」。〔四〕「末」上徐沁君本、王學奇本補「正」字。〔五〕「告」上徐沁君本、王學奇本、高橋繁樹本補「正旦」二字。〔六〕「末」上徐沁君本、王學奇本補「正」字。〔七〕「你」上鄭騫本補「（云）」，王國維本補「旦云」，徐沁君本、王學奇本、王季思本、高橋繁樹本補「（正旦云）」。〔八〕〔九〕盧冀野本「您」改作「你」。〔十〕高橋繁樹本删「正」字。〔十一〕「妹」上鄭騫本補「（云）」，王國維本補「旦云」，徐沁君本、王學奇本、王季思本、高橋繁樹本補「（正旦云）」。〔十二〕原本「您」字，王國維本、盧冀野本、徐沁君本改作「你」。〔十三〕原本「召」字，盧冀野本、隋樹森本、吴曉鈴本、藍立蓂未、人民本、高橋繁樹本未改，其他各本均改作「招」。藍立蓂本注：「召，招。召取，招。取，後綴。」〔十四〕「你」上鄭騫本補「（云）」，王國維本補「旦云」，徐沁君本、王學奇本、王季思本、高橋繁樹本補「（正旦云）」。〔十五〕王國維本「信我」改作「深信」，不知何據。〔十六〕原本「子末」，隋樹森本改作「怎麼」，王季思本改作「則麼」。藍立蓂本注：「子末，猶怎麼。」〔十七〕原本「那」字，吴國欽本、康李本改作「哪」。〔十八〕此處徐沁君本、王學奇本、王季思本補「（正旦唱）」。

〔注〕①「兀的」，那。②「那」，語氣詞，哪。③「勸和」，勸。「和」，詞綴。④「廝」，相；互相。⑤「却」，就。⑥「兀那」，那。⑦「武舉狀元」，武狀元。⑧「呵」，表假設的後置詞，相當于「的話」，元代白話文獻習見。⑨「便」，就；就算；即便。句意：你就算相信我又能怎麼樣？

【掛玉鈎〔一〕】二百口家屬語笑〔二〕喧，如此般深宅院，休信我一時間①在〔三〕口②言，便那〔四〕里有〔五〕冤魂現。（小旦云了）〔六〕我特故里③說的别④，包彈⑤遍，不嫌些蹬弩開弓⑥，怎說他袒臂揮拳⑦。

〔校〕〔一〕「鈎」原本作「勾」，各本均已改。〔二〕王國維本、徐沁君本「語笑」乙作「笑語」。〔三〕原本「在」字，吴國欽本、王季思本、康李本改作「狂」。〔四〕原本「那」字，吴國欽本、康李本改作「哪」。〔五〕吴國欽本、康李本脱「有」字。〔六〕「我」上徐沁君本、王學奇本補「（正旦唱）」，王季思本補「（旦唱）」。

〔注〕①「一時間」，很短的時間，此指「偶然」「隨意」。②「在口」，口内；嘴裏。③「特故里」，故意；特意。④「别」，特别；與衆不同。⑤「包彈」，批評；褒貶；指摘。⑥「蹬弩開弓」，蹬開弩，拉開弓。謂只會武不會文。⑦「袒臂揮拳」，露出手臂，揮動拳頭。謂只會武不會文。

【喬牌兒】兀的須显出我那不樂願①，量這的有甚難見②？每日我绿窓前不整閑針線，不曾〔一〕將眉黛③展。

〔校〕〔一〕「曾」原本殘缺，高橋繁樹本作一空圍，其他各本均校作「曾」。

〔注〕①「樂願」，樂意；願意。因押韵選用「願」字。②「見」，猶「看出來」「明白」。③「眉黛」，代指眉毛。「黛」，古代畫眉的青黑色顔料。

【夜行舡】須是我心上斜横着①這美少年。你可别无甚悶縷愁牽②。便坐駟馬高車〔一〕③，管〔二〕着滿門良賤④，但⑤出入唾盂〔三〕⑥掌扇⑦。

〔校〕〔一〕「高車」原本作「車」和一重文符號，王國維本、盧冀野本、隋樹森本、鄭騫本、徐沁君本、王學奇本、王季思本、藍立蓂本、人民本、高橋繁樹本校作「高車」，吴國欽本、甯希元本、康李本校作「香車」，吴曉鈴本、北大本作「車車」。本劇第三折藍立蓂本注〔一九〕引《漢書·于定國傳》：「少高大閭門，令容駟馬高蓋車。」〔二〕盧冀野本「管」誤作「官」。〔三〕王國維本「盂」誤作「壺」。

〔注〕①「斜横着」，猶「放著；擱著」。②「悶縷愁牽」，愁悶縈繞。③「駟馬高車」，四匹馬拉的高車，指富貴人家的車馬。④「滿門良賤」，一大家子人。⑤「但」，只要。⑥「唾盂」，痰盂。⑦「掌扇」，古代儀仗中的長柄掌形扇。

【幺篇[一]】但行処①兩行朱衣②列馬前。筭[二]个文章士③發禄④是何年？你想那陋巷顔淵⑤，簞瓢[三]原憲⑥，你又不是不曾受秀才的貧賤！

(外[四]云了)[五]休，休，教他不要則休！昝[六]没事[七]⑦則管⑧央[八]及⑨他則末⑩？[九]

〔校〕〔一〕【幺篇】原本作【么】，徐沁君本、甯希元本、王學奇本、王季思本、康李本改作【幺篇】，吴曉鈴本、人民本作【么】，其他各本均作【幺】。〔二〕原本「筭」字，王國維本、徐沁君本、王學奇本、藍立蓂本未改，吴國欽本、王季思本、康李本改作「等」，其他各本均作「算」。藍立蓂本注：「筭，同『算』。《爾雅·釋詁下》『算，數也』陸德明釋文：『算，字又作筭。』這裏意猶看來。」〔三〕盧冀野本「瓢」改作「瓠」，誤。〔四〕「外」下徐沁君本、王學奇本、高橋繁樹本補一「末」字。〔五〕「休」上鄭騫本補「（云）」，王國維本補「旦云」，徐沁君本、王學奇本、王季思本、高橋繁樹本補「（正旦云）」。〔六〕原本「昝」字，藍立蓂本未改，盧冀野本、吴曉鈴本、隋樹森本、徐沁君本、甯希元本、人民本、高橋繁樹本改作「喒」，王國維本、鄭騫本、北大本、吴國欽本、王學奇本、王季思本、康李本改作「咱」。鄭騫本、王季思本「咱」斷屬上句，誤。按，「昝」同「喒」「咱」，此處爲代詞，非祈使語氣詞。〔七〕「事」原本作「是」，隋樹森本、徐沁君本、甯希元本、吴國欽本、王學奇本、王季思本、康李本改作「事」，其他各本未改。〔八〕「央」原本作「殃」，盧冀野本、隋樹森本、徐沁君本、高橋繁樹本未改，其他各本均改作「央」。〔九〕此處徐沁君本、王季思本補「（唱）」。

〔注〕①「処」，構成「但……処」，義爲：只要……的話。「處」由處所義依次語法化出表時間、表假設和話題標記的用法。此「処」相當于話題標記「的話」。②「朱衣」，紅色官服，代指官員隨從。③「文章士」，讀書人。④「發禄」，發迹。⑤「陋巷顔淵」，居住在陋巷的顔淵。顔淵是孔子的學生。⑥「簞瓢原憲」，簞食瓢飲的原憲。原憲是孔子的學生。⑦「没事」，無原因；無緣無故。⑧「則管」，只管。則，只。⑨「央及」，懇求；懇請。⑩「則末」，猶

「做什麼」。

【殿前歡】忒①心偏，覷重裀列鼎②不直〔一〕錢，把黃虀〔二〕淡飯③相留戀，要徹老終年④。召〔三〕新郎更揀選，〔四〕忒姻眷⑤，不得可〔五〕將人怨。可〔六〕須因〔七〕緣數⑥定，則這人命関天。

（小旦云了）（使命⑦上，封外末了）〔八〕

〔校〕〔一〕原本「直」字，王國維本、吴曉鈴本、鄭騫本、藍立蓂本未改，其他各本均改作「值」。按，「直」同「值」，不必改。〔二〕「虀」字原本簡作「韲」，王國維本、鄭騫本、吴曉鈴本、徐沁君本、北大本、甯希元本、王季思本、高橋繁樹本校作「虀」，盧冀野本、隋樹森本、藍立蓂本、人民本作「齏」，吴國欽本、王學奇本、康李本作「齑」。〔三〕原本「召」字，王國維本、鄭騫本、徐沁君本、甯希元本、王季思本、高橋繁樹本改作「招」，其他各本未改。〔四〕甯希元本「忒」上補二空圍，校記云：「依律，［殿前歡］五、六、七各句，須五字作扇面對，故本句應脱二字。」〔五〕甯希元本「可」改作「呵」，未出校。高橋繁樹本「疑係衍」，删「可」字。藍立蓂本注：「可，猶再。」〔六〕王學奇本「可」字改作「何」。藍立蓂本注：「可，通『何』。」〔七〕甯希元本、人民本「因」字改作「姻」。按，「因緣」即「姻緣」，不必改。〔八〕此處徐沁君本、王學奇本、王季思本補「（正旦唱）」。

〔注〕①「忒」，太。②「重裀列鼎」，比喻富貴的生活，崇高的地位。「重裀」指雙層的坐卧墊褥，亦作「重茵」「重鞇」。「列鼎」指擺列著盛有美食的鼎器。③「黃虀淡飯」，比喻簡樸的飲食。「黃虀」，鹹菜，亦作「黃齏」。「淡飯」，簡單的飯食。④「徹老終年」，謂到死。⑤「姻眷」，姻緣。⑥「數」，定數。「因緣數定」，姻緣定數不可改變。⑦「使命」，受皇帝派遣完成某種使命的官員。

【沽美酒】驟將他職〔一〕位迁，中京①内做行院②，把虎頭金牌③腰内懸，見那金花誥④帝宣⑤，没因由得要團圓。

〔校〕〔一〕「職」原本簡作「耺」，各本均校作「職」。

〔注〕①「中京」，洛陽。②「行院」，「行樞密院」的簡稱，「樞密院」是唐代以後掌管軍事事務的機構。《元史·百官志二》：「國初

有征伐之事，則置行樞密院。大征伐，則止曰行院。爲一方一事而設，則稱某處行樞密院。」③「虎頭金牌」，類似虎符，是武官掌握兵權的憑證。④「金花誥」，古代以金花綾羅紙書製的賜爵封贈的誥書。（參見《漢語大詞典》）⑤「帝宣」，皇帝的敕令、詔書。

【阿忽令〔一〕】昝〔二〕却且①侭教②佯呆③着休勸，請夫人更等三年。你既愛青灯黄卷，却不要隨機而变。把你這眼前、厭倦、物件④，分付⑤与他别人請佃⑥。

（孤云了）（散場）〔三〕

〔校〕〔一〕原本「阿忽令」，鄭騫本、甯希元本、吴國欽本、王季思本、康李本改作「太平令」。〔二〕原本「昝」字，藍立蓂本未改，盧冀野本、吴曉鈴本、隋樹森本、徐沁君本、甯希元本、人民本、高橋繁樹本改作「喒」，王國維本、鄭騫本、北大本、吴國欽本、王學奇本、王季思本、康李本改作「咱」。按，「昝」同「喒」「咱」，可不改。〔三〕原本無「題目」「正名」，盧冀野本于「散場」下另行起，補「題目」和七字空圍兩行，又補「正名」和七字空圍兩行。

〔注〕①「且」，姑且；暫且。②「侭教」，儘管讓。③「佯呆」，裝傻。④「物件」，東西。⑤「分付」，交給；交付。⑥「請佃」，謂承佃、承租，引申爲接受。（參見王學奇本）

新編関目閨怨佳人拜月亭終〔一〕

〔校〕〔一〕吴曉鈴本、隋樹森本、北大本、吴國欽本、王學奇本、王季思本、藍立蓂本、康李本、人民本删尾題。鄭騫本作「閨怨佳人拜月亭終」，盧冀野本、甯希元本作「閨怨佳人拜月亭雜劇終」。其他各本未改。

新刊関目好酒趙元遇上皇

高文秀

校本五種

鄭騫本：鄭騫《校訂元刊雜劇三十種》

徐沁君本：徐沁君《新校元刊雜劇三十種》

甯希元本：甯希元《元刊雜劇三十種新校》

王季思本：王季思《全元戲曲》（第一卷）

盧冀野本：盧冀野《元人雜劇全集》（第一册）

第一折

（等孛老①、旦②一折了）（等外〔一〕③一折了）（正末④扮醉上，便放⑤）

〔校〕〔一〕徐沁君本「外」改作「净」，其他各本未改。甯希元本校記云：「此處『外末』，係酒店小二，脉抄本作『外扮店家上云』，可證。徐本改作『净』，謂指府尹，實非。」

〔注〕①「孛老」，扮趙元妻父。②「旦」，扮趙元妻。③「外」，扮店小二。④「正末」，扮趙元。⑤「放」，雜劇每折正角開唱或説賓白的提示詞。

【仙吕】〔一〕【點絳唇】東倒西歪，後合〔二〕前搶，離席上。這酒興①顛狂，醉魂兒②望③家往。

〔校〕〔一〕原本無【仙吕】，唯盧冀野本未補。〔二〕原本「合」

字，甯希元本改作「磕」，注：「後磕前搶：狀醉態，即身體摇晃，後倒前爬。原本『磕』（ke），音假爲『合』（he）。」按，「後合前搶」可通，猶「前仰後合」。但「前仰後合」多狀大笑貌，「后合前搶」狀醉酒步態。倒覆、俯伏爲「合」，向前捽爲「搶」。

〔注〕①「酒興」，飲酒時的興致。②「醉魂兒」，醉酒的人。③「望」，向；往。

【混江龍】猛然觀望，見風吹青旆①唤高陽②。喫了些潑醅醇糯〔一〕，勝如③玉液瓊漿④。喜的是兩袖清風和月偃⑤，一壺春色⑥透瓶香。花前飲酒，月下忺然〔二〕，髝〔三〕頭垢面⑦，鼓腹謳歌⑧，茅舍中酒瓮边喇噔囉噔〔四〕⑨唱。三盃肚里，由你万古談揚⑩。

（做入酒務⑪喫酒科）（等孛老、旦上，云了）〔五〕

〔校〕〔一〕「潑醅醇糯」原本作「潑醅淳糯」，盧冀野本、鄭騫本改作「潑醅醇糯」，徐沁君本、甯希元本、王季思本作「醱醅醇糯」。按，「潑」本字爲「醱」。「潑醅」是重釀而未過濾的酒，文獻習見，可不改。唐張直《宿顧城二首》：「春酒新潑醅，香美連糟濾。」「醇糯」，醇糯酒，應是糯米釀造的酒。〔二〕「忺」原本作「忺」，盧冀野本校作「欣然」，鄭騫本、徐沁君本、甯希元本、王季思本均據脉望館鈔本校作「掀髯」。徐沁君本校記云：「無名氏《赤壁賦》第一折：『高歌鼓腹，長笑掀髯。』與本曲『月下掀髯……鼓腹謳歌』，極爲相似。」王季思本校記云：「原刻本作『欣然』，『欣』、『掀』形誤，『然』、『髯』音近致誤，據脉望館本改。」〔三〕原本「髝」字，唯王季思本改作「蓬」。〔四〕原本「喇噔囉噔」，盧冀野本、鄭騫本未改，徐沁君本作「剌登哩登」，甯希元本作「喇登哩登」，王季思本作「喇噔哩噔」。〔五〕此處徐沁君本、王季思本補「（正旦唱）」。

〔注〕①「青旆」，酒旗。②「高陽」，地名，在今河南杞縣西南。代指酒徒，是「高陽酒徒」的簡稱。《史記·酈生陸賈列傳》：「走！復入言沛公，吾高陽酒徒也，非儒人也。」③「如」，比較標記，「勝如」，比……好/强。④「玉液瓊漿」，指美酒。⑤「偃」，卧；安卧。⑥「春色」，臉上的紅暈。⑦「髝頭垢面」，同「蓬頭垢面」。⑧「鼓腹謳歌」，一邊拍打腹部，一邊唱歌。比喻豪放不羈而散淡快

樂。⑨「喇噔嚨噔」，擬聲詞，狀樂器伴奏聲。⑩「談揚」，高談闊論。⑪「酒務」，本指與「榷酤」有關的事務。「榷酤」，亦作「榷沽」，指古代與酒類管制及銷售有關的規定或措施。此處「酒務」代指酒店。

【油葫芦】你道我戀酒貪盃斷定當①。你暢好②村③莽壯〔一〕，可知道外名兒④喚做一窩狼〔二〕。你不見桃花未曾來腮上，可早闌珊⑤了竹葉⑥樽〔三〕前唱。嗤嗤⑦把頭髮揪，使脚撞〔四〕，耳根上一迷⑧的直拳搶⑨，都扯破我衣裳。

〔校〕〔一〕原本「壯」字，徐沁君本、甯希元本改作「撞」，其他各本未改。按，「莽壯」同「莽撞」。《西游記》第四十七回：「那行者本來性急，八戒生來粗魯，沙僧却也莽壯。」〔二〕盧冀野本「狼」下未斷，「狼」字韵。〔三〕原本「樽」字，徐沁君本、甯希元本作改作「尊」，其他各本未改。〔四〕「撞」原本作「[illegible]」，盧冀野本校作「莊」，并于「使」上補三空圍，其他各本均校作「撞」。按，「使脚撞」是該曲第七句，據譜，正格三字，故「使」上無須補字。

〔注〕①「定當」，妥帖。②「暢好」，正好；甚好。③「村」，粗野；粗魯。④「外名兒」，外號；綽號。⑤「闌珊」，將盡。⑥「竹葉」，竹葉青，也泛指美酒。⑦「嗤嗤」，狀喧鬧聲。⑧「一迷的」，一味地；一個勁兒地。⑨「搶」，打；撕打。

【天下樂】捨棄〔一〕了今番做一場！打罵恁〔二〕孩兒〔三〕，有甚勾當①？又不曾游手好閑斷定當。動不動要手模②，是不是取招狀③，欺負煞受飢寒窮射粮④！

（等孛老云了）〔四〕這三日喫呵，有些人情來。〔五〕

〔校〕〔一〕甯希元本正文「棄」字改作「拚」，但校記云：「原本『拚』，省寫作『弃』，與『棄』之現行簡體相混。盧、鄭、徐三本并誤。今據脉抄本改正。」其他各本未改。按，「棄」字可通，不必改。〔二〕原本「恁」字，徐沁君本、王季思本改作「您」。〔三〕王季思本「兒」下未斷。〔四〕「這」上鄭騫本補「（云）」，徐沁君本、王季思本補「（正末云）」。〔五〕此處徐沁君本、王季思本補「（唱）」。

〔注〕①「勾當」，事情，多指壞事。②「手模」，按在各種文件上的指紋印，亦作「手摹」。③「招狀」，罪犯招供的文字記録。④「射粮」，古代指當兵吃糧。金初也指兼做雜役的士卒。

【那吒令】前日〔一〕是瞎王五上梁①，昨日是村②李胡賽羊，今日是酒③刘洪貴降④。待不去來⑤，他來相訪，相領相將⑥。

（云）這酒有好処。〔二〕

〔校〕〔一〕甯希元本「前日」「昨日」「今日」下均點斷。〔二〕此處徐沁君本、王季思本補「（唱）」。

〔注〕①「上梁」，蓋房時安裝支撑房頂的大梁。②「村」，粗野；粗鄙。③「酒」，嗜酒；愛酒。④「貴降」，稱他人生日的敬語。⑤「來」，表假設的後置詞，相當于「的話」，與「待」構成「待……來」結構，即「若……的話」。⑥「相領相將」，謂相邀。

【鵲踏枝】有酒後①聚得親房②，有酒後會得賢良。豈不聞古語常言：酒解愁腸。我有酒後寬洪海量，没酒後腹热腸荒〔一〕③。

（等外〔二〕云了）（〔三〕云）交〔四〕我斷酒！〔五〕

〔校〕〔一〕原本「荒」字，徐沁君本、甯希元本改作「慌」，其他各本未改。按，「荒」同「慌」。〔二〕原本「外」字，徐沁君本、王季思本改作「旦」，甯希元本改作「孛老」。徐沁君本「據趙本（脉望館鈔校本）改。按：此處似不應有『外』這一種脚色」。王季思本「據脉望館本説白改。按：此處不應有『外』這一種脚色」。甯希元本校記云：「原本『孛老』誤作『外』。脉抄本作：（孛老云）：『趙元，我著不要吃酒，你怎麼這兩三日又吃酒，不來家?』與元刊本劇情相符，據補。徐本改作『等旦云了』，似非。」〔三〕「云」上徐沁君本、王季思本補「正旦」。〔四〕王季思本「交」改作「教」。按，「交」同「教」，不必改。〔五〕此處徐沁君本、王季思本補「（唱）」。

〔注〕①「後」，該曲四個「後」字均爲表假設的後置詞，相當于「的話」，「後」由時間義語法化出表假設的用法。「有酒後」，有酒的話。②「親房」，家族近支。③「腹热腸荒」，形容焦急、慌亂。元雜劇俗語。亦作「腹熱腸慌」。（參見《漢語大詞典》）

【寄生草】折末〔一〕①為經紀②，做貨郎③，使牛作④豆將田耩〔二〕，搽灰抹土⑤學搬唱⑥，剃頭削髮為和尚。交〔三〕我斷消愁解悶瓮頭春⑦！斷不得！〔四〕願情⑧雲陽〔五〕鬧市⑨伸着脖〔六〕項⑩！

（等〔七〕云了）（〔八〕云）交〔九〕我斷一年，斷不的！我說這四季斷不的！〔十〕

〔校〕〔一〕王季思本「折末」改作「遮莫」。〔二〕「耩」原本作「[illegible]」，唯盧冀野本校作「搆」。按，應校作「耩」。「耩」，耕地或用耬播種。〔三〕〔九〕盧冀野本「交」改作「教」。按，「交」同「教」，不必改。〔四〕盧冀野本「斷不得」爲大字，誤作曲文，并與下句連讀。「斷」上鄭騫本、徐沁君本、王季思本補「（帶云）」。「得」下徐沁君本補「（唱）」。〔五〕「陽」原本作「場」，各本均已改。〔六〕「脖」原本俗寫作「胺」，盧冀野本作「脈」，其他各本均作「脖」。〔七〕「等」下徐沁君本、王季思本補「旦」字。〔八〕「云」上徐沁君本、王季思本補「正末」。〔十〕甯希元本「的」改作「得」。「的」下徐沁君本、王季思本補「（唱）」。

〔注〕①「折末」，不論；不管。亦作「折莫」「折麼」「遮末」「遮莫」「者末」「者莫」「者麼」「者磨」，是近代漢語常見的連詞，還有即使、假如、什麼、爲什麼、莫非、大約等義。②「經紀」，此指做買賣。③「貨郎」，挑擔賣貨的商販。④「作」，耕作。⑤「搽灰抹土」，指畫臉譜。⑥「搬唱」，演戲。⑦「瓮頭春」，酒名，亦泛指好酒、美酒。⑧「願情」，情願；願意。⑨「雲陽鬧市」，指行刑之地；刑場。「雲陽」本爲地名，秦李斯被斬于雲陽街市，後以「雲陽鬧市」代指行刑之地。⑩「伸着脖項」，伸着脖子，謂被殺；就死。趙元嗜酒如命，寧願死也不願斷酒。

【醉中天】春里斷呵〔一〕①，春暖群芳放〔二〕；夏里斷呵，夏暑芰荷②香；秋里斷呵，金井③梧桐敗葉黄；冬里斷呵，瑞雪飛頭上。〔三〕天有晝夜陰晴，人有旦夕禍福！〔四〕人生死子〔五〕④在一時半晌⑤，斷了金波緑醲⑥，却不⑦我等閑的虚度時光。

（等〔六〕云了）（〔七〕云）你交〔八〕村里住，須⑧没酒喫。兩件，更斷不的！〔九〕

〔校〕〔一〕「春里斷呵」「夏里斷呵」「秋里斷呵」「冬里斷呵」盧冀野本、徐沁君本均作大字，誤爲曲文。〔二〕「放」原本作「收」，盧冀野本校作「收」，其他各本均作「放」。〔三〕「天」上鄭騫本、徐沁君本、王季思本補「（帶云）」。〔四〕「福」下徐沁君本、王季思本補「(唱)」。〔五〕盧冀野本「子」改作「衹」。〔六〕「等」下徐沁君本、王季思本補「旦」字。〔七〕「云」上徐沁君本、王季思本補「正末」。〔八〕盧冀野本「交」改作「教」。按，「交」同「教」，不必改。〔九〕甯希元本「的」改作「得」。「的」下徐沁君本、王季思本補「（唱)」。

〔注〕①「呵」，表假設的後置詞，相當于「的話」，元代白話文獻習見。②「芰荷」，菱角與荷花。「芰」是菱角的古稱，一年水生草本植物。③「金井」，井欄上有雕飾的井，常指皇家園林中的井。(參見《漢語大詞典》) ④「子」，只。⑤「一時半晌」，極短的時間。⑥「金波緑醸」，泛指美酒；好酒。「金波」「緑醸」均爲酒名。⑦「却不」，難道不；豈不是。⑧「須」，一定；肯定。

【金盞兒】〔一〕交〔二〕我村舍里伴芒郎①，養皮袋②住村坊，每日風吹日炙③將田耩〔三〕，和那沙三趙四④受風霜。怎能勾〔四〕百年渾⑤是醉，甚的⑥是三万六千場⑦？那兩件〔五〕敢休交野花攢地出⑧，我則怕村酒透瓶香。

〔校〕〔一〕原本無曲牌名【金盞兒】，各本均已補。〔二〕盧冀野本「交」改作「教」。按，「交」同「教」，不必改。〔三〕「耩」原本作「𦔖」，盧冀野本作「搆」，其他各本均作「耩」。〔四〕原本「勾」字，唯盧冀野本未改，其他各本均作「够」。〔五〕「那兩件」原本爲小字，盧冀野本、徐沁君本爲大字，誤作曲文。鄭騫本「那」上補「（帶云)」。王季思本「那」上補「（孛老云)」，「件」下補「（正末唱)」。

〔注〕①「芒郎」，牧童。②「皮袋」，肚子；軀體。③「風吹日炙」，風吹日曬。「炙」，烤。④「沙三趙四」，「沙三」是元雜劇中常見的農村青年的名字，「趙四」亦然。⑤「渾」，全；都。⑥「甚的」，什麼；甚麼。⑦「三万六千場」，一百年，指人的一生。亦作「三萬六千日」。⑧「攢地出」，成簇地從地上長出。

(等孛老扯見外〔一〕科)（等孤上云了)（〔二〕見净住)（净云了)（〔三〕做驚科，云）今番①當别人去也，不干小人事！（净云了)（等旦索休書

了）（〔四〕做䌷忬〔五〕②寫了，哭科）

〔校〕〔一〕徐沁君本、甯希元本「外」改作「孤」。徐沁君本校記云：「據趙本（脉望館鈔校本）科白『（孛老云：）我和你見官去來。（做扯正末同下。）』校改。」〔二〕「見」上徐沁君本補「（正末）」。〔三〕「做」上徐沁君本、王學奇本補「（正末）」。〔四〕「做」上徐沁君本、王季思本補「正末」。〔五〕原本「䌷忬」，唯盧冀野本未改，其他各本均改作「猶豫」。王季思本「豫」下斷開。

〔注〕①「今番」，這次；這回。②「䌷忬」，同「猶豫」，另有「犹夷」「犹移」「犹疑」「犹预」「犹与」「冘疑」「由忬」等詞形。

【遊四門】待將這好花分付①与富家郎，夫婦兩分張②。目下〔一〕③申文書④難回向⑤，眼見的一身亡，他却待⑥配鸞凰⑦。

〔校〕〔一〕「目下」原本作「下目」，鄭騫本未改，盧冀野本校作「下着」，其他各本均乙作「目下」。徐沁君本校記云：「據趙本（脉望館鈔校本）乙轉。」

〔注〕①「分付」，交給。②「分張」，分手；分開。③「目下」，眼下；現在。④「申文書」，呈文。亦作「申文」。⑤「回向」，回轉；逆轉。⑥「待」，要；想要。⑦「配鸞凰」，配夫妻。「鸞凰」，鸞凰配對，喻情侶、夫妻。亦作「鸞皇」。

【柳葉兒】赤緊〔一〕①司公②他厮向③，走將來雪上〔二〕加霜。幽幽地誂的、誂的〔三〕魂飄蕩，何処呈詞狀④？若寫呵⑤免灾殃⑥。呵！不寫後⑦又待何妨！

（做与了休書出來啼哭科）〔四〕

〔校〕〔一〕「緊」下徐沁君本增一「的」字。〔二〕原本無「上」字，各本均已補。徐沁君本校記云：「趙本有『上』字。」按，據曲譜，【柳葉兒】第二句正格七字，當補「上」字。〔三〕第二個「誂的」原本作兩個重文符號。兩「誂」字，徐沁君本、王季思本均作「唬」，甯希元本前字作「誂」，後字作「唬」。〔四〕此處徐沁君本、王季思本補「（唱）」。

〔注〕①「赤緊」，無奈；不料。一般作「赤緊的」。②「司公」，古代對上司的敬稱。③「厮向」，猶「偏向；偏心」。④「詞狀」，起

訴的文書。⑤「呵」，表假設的後置詞，相當于「的話」，元代白話文獻習見。「若寫呵免災殃」，如果寫的話就能免掉災禍。⑥「災殃」，災難；禍殃。⑦「後」，表假設的後置詞，相當于「的話」，由時間義語法化出表假設的用法。

【賞花時】則①為一皃〔一〕②非俗③離故鄉，二四④的司公能主仗〔二〕，三个人狠心腸，做夫妻四年向上⑤，五十次告官房⑥。

〔校〕〔一〕鄭騫本、甯希元本、王季思本「皃」改作「貌」。按，「皃」同「貌」。〔二〕原本「主仗」，甯希元本、王季思本改作「主張」。王季思本校記云：「原刻本作『主仗』，音近致誤，今從脉望館本改。」甯希元本未出校。按，「主仗」無誤，「信賴、依靠」義，元顧德潤《願成雙·憶別》：「長安花酒價如泥，不信敲才主仗得，似恁般情懷説向誰?」該句是趙元數落其妻信賴司公（開封府尹）。

〔注〕①「則」，只。②「一皃」，整個容貌。「皃」同「貌」。③「非俗」，不俗，指趙元妻貌美。④「二四」，有「無賴、放肆、肆無忌憚」等義，據劉敬林《「放二四」「二四」的修辭理據及確義》研究，「二四」是「放二四」之省，「二四」是修辭學上「藏詞」中的「藏腹」，即藏的是「三」，「三」爲「散」之諧音。「放散」即放肆、任意、不拘束等義。宋葉適《覺齋記》：「頽弛放散，而謂之得本心。」「頽弛」與「放散」係同義連文，都爲失去約束之義。「放」「散」亦爲同義連文，亦可作「散放」，晋葛洪《抱樸子·品行》：「士有外形足恭，容虔言恪，而神疏心慢，中懷散放，受任不憂，居局不治，蓋難分之五也。」元尚仲賢《氣英布》第三折：「我不認得恁劉沛公，放二四，拖狗皮，世不回席。」⑤「向上」，多。⑥「官房」，古代政府機構、辦事處。

【幺篇〔一〕】六天下〔二〕曾經你不良，把我七代先灵①信口②傷，八下里③胡論告④廝商量。做夫妻久想目懸，實指望便身亡。〔三〕

〔校〕〔一〕「幺篇」原本作「么」，盧冀野本保留作「么」，鄭騫本作「幺」，徐沁君本、甯希元本、王季思本作「幺篇」。〔二〕原本「天下」，徐沁君本、甯希元本、王季思本均據脉望館鈔校本改作「合内」。按，「六天下」無誤，該詞有宗教色彩，道教將天一分爲六，《雲笈七籤》：「六天者，赤虛天、泰玄都天、清皓天、泰玄天、泰玄倉天、泰清天。」唐代吴筠《游仙》第十九：「導達三氣和，驅除六天静。」「六天下曾經你不良」是趙元説自己的妻子不怕上有神明而做下不良之事。「六合」指天下、天地四方、宇宙，體現的是古人對世界、空間等概念的認識。「六合内」不帶宗教色彩，不能突出趙元妻子不懼神明之意。趙元妻與開封府尹有染，辱駡趙元祖先，到處亂告狀，這些問題都不合神道，但不足以危害天下，故不適合以「六合」言之。〔三〕末二句原本作「做夫妻久想莫懸十指望便身亡」，盧冀野本校作「做夫妻久懸莫想。實指望便身亡」。徐沁君本、王季思本據脉望館本改作「做夫妻久想，莫要實指望便身亡」。鄭騫本作「做夫妻久想，莫懸十指望便身亡」。甯希元本作「做夫妻久想目懸，實指望便身亡」。甯希元本校記云：「『久想目懸』，言其妻長久以來盼望與府尹成親，巴不得趙元早死，故下句云『實指望便身亡』。原本『目』（mu），音假爲『莫』（mo）。元代北方方音中有此異讀，故二音多得相假。」按，今從甯希元本改。該曲爲【賞花時】【幺篇】，第五句應爲七字，「想」下斷則缺二字。「實」原本作「十」，是因爲【賞花時】和【幺篇】共十句，每句含從一到十的一個數字，「實」是「十」的諧音，第九句「久」是「九」的諧音。下一曲【賺煞】則相反，每句含從十到一的一個數字，第二句「久」仍是「九」之諧音。

〔注〕①「七代先灵」，七代祖先，泛指歷代祖先。②「信口」，隨口，説話不經思考。③「八下里」，到處；四面八方。④「論告」，論列他人罪狀并上告。

【賺煞】〔一〕十倍兒養家心，不怕久後傍〔二〕人講，八番價①羅〔三〕街拽巷，七世親娘休过當②，尚自③六親④見也慘〔四〕惶。自度量，五更里〔五〕搭手思量⑤，動不動驚四鄰告社長⑥。我待横⑦三盃在路傍〔六〕，都无二十日索身喪！你休别处招魂！〔七〕我這一灵兒⑧不離了酒糟房⑨！〔八〕

〔校〕〔一〕【賺煞】原本作【尾】，唯盧冀野本未改，其他各本均改作【賺煞】。〔二〕〔六〕原本「傍」字，徐沁君本、甯希元本改作「旁」。〔三〕原本「羅」字，盧冀野本、鄭騫本未改，其他各本均改作「攞」。按，「羅街拽巷」，大呼小叫，驚擾街坊。一般作「拽巷囉街」，亦作「拽巷攞街」「拽巷邏街」。〔四〕鄭騫本、王季思本、甯希元本「慘」改作「慚」。鄭騫本校記云：「慚原作慘，據鈔本改。此字應作平聲。」王季思本校記云：「原刻本『慚』作『慘』，此字應作平聲，故據脉望館本改。」按，「慘惶」義爲「悲傷驚恐」，「慚惶」義爲「羞愧惶恐」。「六親見也慘惶」是説六親見了趙元之妻也害怕，若作「慚惶」則是六親見了趙元之妻也羞愧惶恐。此處是爲突出趙元之妻的惡毒、無禮，故改作「慚惶」似不妥。元雜劇中平仄不諧者也較常見。〔五〕徐沁君本「里」誤改作「頭」。〔七〕原本「你休別処招魂」爲小字，盧冀野本作大字，誤爲曲文。「你」上鄭騫本、徐沁君本、王季思本補「（帶云）」，「魂」下徐沁君本、王季思本補「（唱）」。〔八〕此處鄭騫本、王季思本補「（下）」。〔注〕①「八番價」，屢次；多次。「價」，詞綴。②「过當」，過分。③「尚自」，還；而且。④「六親」，泛指家族親屬。王學奇《關漢卿全集校注・閨怨佳人拜月亭》第三折注［41］列兩種説法：一是父、昆弟、從父昆弟、從祖昆弟、曾祖昆弟、族昆弟；二是父、母、兄、弟、妻、子。⑤「搭手思量」，猶捫心自問。⑥「社長」，古代基層地方組織的領導，一般由德高望重者擔任。⑦「横」，猶放。⑧「一灵兒」，靈魂。⑨「酒糟房」，造酒房；釀酒房。「酒糟」，釀酒過濾出的渣滓。

第二折

（等賣酒的上，云住）（駕①引一行②上，坐，云了）（正末扮冒風雪上，放③）

〔注〕①「駕」扮宋太祖趙匡胤，即本劇之「上皇」。②「一行」，一行人。③「放」，雜劇每折正角開唱或説賓白的提示詞。

【南吕】〔一〕【一枝花】湯着風①把柳絮②迎，冒着雪把梨花③拂。雪遮得千樹老，風剪④得万枝枯。這般風雪程途，雪迷了天涯路。風又緊雪又撲⑤，恰渾如⑥杴〔二〕瀽篩揚⑦，却便似撏綿扯絮⑧。

〔校〕〔一〕原本無宫調名【南吕】，盧冀野本未補，其他各本均已補。

〔二〕「杴」原本作「抆」，盧冀野本未改，其他各本均改作「杴」。按，「杴」字是，「杴」是揚場的工具，「杴瀽」與「篩揚」都是動賓結構。

〔注〕①「湯着風」，頂著風。②「柳絮」，代指雪花。③「梨花」，代指雪花。④「剪」，形容風颳得厲害。⑤「撲」，擊；打。⑥「渾如」，很像；完全像。⑦「杴瀽篩揚」，用杴傾倒，用篩子簸揚，形容雪大。猶如用「瓢潑」形容雨大。⑧「挦綿扯絮」，揪扯棉絮，形容雪大。

【梁州第七〔一〕】假若①韓退之藍関外不前〔二〕駿馬，孟浩然灞陵橋也不肯騎驢②。凍得我手脚如麻□□□〔三〕。天寒日短，迥野③消踈〔四〕④，関山⑤苦楚，風雪交雜，渾身上〔五〕單夾⑥衣服，舞寒〔六〕風亂糁〔七〕⑦真珠⑧。我抬起頭佀出窟的獾雛〔八〕，縮着肩恰便佀水滰〔九〕老〔十〕鼠⑨，弓着腰恰便似人樣蝦朐〔十一〕。幾時〔十二〕，到帝都？刮天刮地狂風鼓〔十三〕，誰曾受這番苦！見三疋金鞍馬拴在老桑樹，多敢⑩是國戚皇族。

（做入去向火，聞得酒香科，云）打二百錢酒來。（等將酒过來科）〔十四〕

〔校〕〔一〕原本無「第七」，盧冀野本、鄭騫本未補，其他各本均已補。〔二〕「前」原本作「迁」，盧冀野本未改，其他各本均已改。徐沁君本校記云：「『前』原作『迁』。據趙本（脉望館鈔校本）改。按：韓愈（退之）《左遷至藍關示侄孫湘》詩：『雪擁藍關馬不前。』」鄭騫本校記云：「前原作遷，據鈔本改。韓愈詩：雪擁藍關馬不前。」〔三〕「麻」下字原本殘作「⼀」，鄭騫本「麻」下作三空圍，甯希元本殘字校作「粟」，其他各本均校作「木」。鄭騫本校記云：「此句鈔本作凍的我戰欽欽手脚難停住。孤本作戰兢兢，妄改，戰欽欽是元曲中常用語。」甯希元本校記云：「因外感風寒皮膚所起之斑疹，大如麻子，小如粟米」，并引《五燈會元》「伎死禪和，如麻似粟」爲證。按，「手脚如麻木」似不通，亦不合曲律。原本「⼀」下無空位，但鄭騫本作三空圍正確。據曲譜，【梁州第七】前三句都是七字句，前兩句須對，第三句爲單句。第三句七字爲「四三」式或「二二三」式。若以「凍得我手」爲前四字，則割裂了「手脚」，故「凍得我」必爲襯字，「手脚如麻」爲前四字。因此，殘字后應脱二字。〔四〕原本「踈」字，徐沁君本、王季思本作「疏」。〔五〕原本無「上」字，鄭騫本、王季思本、甯希元本補。鄭騫本校記云：「原無上字，不合句法。據鈔本補。」按，該句爲【梁州第七】第八句，正格七字，三四式，補「上」合乎曲律。〔六〕「寒」原本殘作「[illegible]」，盧冀野本删此字，徐沁君本、甯希元本均據脉望館鈔校本校作「東」，鄭騫本、王季思本校作「寒」。鄭騫本以覆元槧本爲底本，覆元槧本此處空缺，鄭騫本「據文義補」。王季思本校記云：「原刻本『寒』字殘存上半截，今補。」按，「東風」是春風，不合語境。《水滸傳》第三十一回：「一條青旆舞寒風，兩句詩詞招過客。」〔七〕「糁」原本作「慘」，唯盧冀野本未改，其他各本均作「糁」。〔八〕「獾雛」原本作「雛歡」，盧冀野本作一字「雞」，鄭騫本作「雛鷄」，徐沁君本作「雛鸜」，王季思本、甯希元本作「獾雛」。徐沁君本校記云：「以字形求之，『歡』疑爲『鸜』字之誤。」王季思本校記云：「原刻本作『雛歡』，今改。按，『雛歡』當是『歡雛』之序誤，因此處當韵。『歡』則爲『獾』之誤。徐本校作『雛鸜』，鄭本校作『雛鷄』，此皆不從。」甯希元本校記云：「原本『獾雛』二字誤倒，失韵；又『獾』音假作『歡』。」〔九〕「渰」原本作「[illegible]」，盧冀野本校作「渰」，其他各本均作「淹」。按，「渰」同「淹」。〔十〕「老」原本下部殘損，各本均校作「老」。〔十一〕「蝦朐」原本作「[illegible]巨」，盧冀野本校作「鰕巨」，鄭騫本作「蝦駒」，其他各本均作「蝦朐」。按，「鰕」同「蝦」，「蝦朐」是乾蝦，「朐」之言「屈」。〔十二〕「時」下盧冀野本、徐沁君本、王季思本未點斷。按，據曲譜，【梁州第七】第十三、十四句正格分别爲二字、三字，故「時」下應斷。〔十三〕「鼓」原本作「古」，唯盧冀野本未改，其他各本均改作「鼓」。〔十四〕此處徐沁君本、王季思本補「（正旦唱）」。

〔注〕①「假若」，猶如；好像。②「孟浩然灞陵橋也不肯騎驢」，明張岱《夜行船》卷一「踏雪尋梅」條：「孟浩然情懷曠達，常冒雪騎驢尋梅，曰：『吾詩思在灞橋風雪中驢背上。』」「灞橋」即灞陵橋。此句及第一句均言天寒。③「迥野」，曠野。④「消踈」，凄

凉；凄惨；蕭條。亦作「蕭疏」「蕭疎」。⑤「関山」，寧夏南部山名，泛指高峻險要的大山。「関山苦楚」，言路途艱難。⑥「單夾」，指衣服薄。「夾衣」指有裏有面的雙層衣服，此言其薄。⑦「糁」，本指穀物磨成的碎粒，此處用作動詞，猶「下」。⑧「真珠」，珍珠。此指雪粒。⑨「水渰老鼠」，形容狼狽不堪貌。亦作「水淹老鼠」「水浸老鼠」。⑩「敢」，可能。

【牧羊関】見酒後忙參拜，飲酒後再取覆①，共這酒故人②今日完聚③。酒呵！〔一〕則〔二〕道永不相逢，不想④今番⑤一処⑥。〔三〕為酒上⑦遭風雪，為酒上踐程途。這酒浸頭⑧和你重相遇，哎！〔四〕酒爹爹⑨安樂否？

（做与外把盞⑩科）（等外与酒喫了）〔五〕

〔校〕〔一〕「酒呵」原本爲小字，盧冀野本爲大字，誤作曲文。〔二〕原本「則」字，盧冀野本改作「只」。按，「則」同「只」，不必改。〔三〕盧冀野本「處」下未點斷，「處」字韵。〔四〕原本「哎」字，盧冀野本改作「咳」，并與下句連讀。〔五〕此處徐沁君本補「（正旦唱）」。

〔注〕①「取覆」，禀告；匯報；請示。②「酒故人」，謂趙元把酒當作自己的老朋友。③「完聚」，團聚。④「不想」，不料；想不到。⑤「今番」，這次；這回。⑥「一処」，在一起。⑦「上」，是由元代的漢蒙語言接觸而成的離格標記，表原因。與「為」共現，「為」和「上」均相當于「因爲」，「為酒上」即「因爲酒」。⑧「酒浸頭」，指嗜酒之人，猶「酒鬼」。⑨「酒爹爹」，趙元把酒當作爹，謂極其愛酒。⑩「把盞」，本指跪地敬酒，後泛指敬酒。

【隔尾】小人則是隨驢把馬①喬男女②，你須是說古論文士大夫。這六點兒③運④人不曾把人做。雖〔一〕是愚濁⑤的〔二〕匹夫，不會講先王礼數，嘓嘓〔三〕⑥的咽〔四〕喉中嚥〔五〕下去。

（等外断打了）（听住）〔六〕

〔校〕〔一〕「雖」原本作「雖」，各本均校作「雖」。〔二〕「的」原本作「得」，鄭騫本未改，其他各本均已改。〔三〕「嘓嘓」原本作「摑」和一重文符號，盧冀野本、鄭騫本未改，其他各本均改作「嘓嘓」。〔四〕「咽」原本作「胭」，各本均已改。〔五〕原本「嚥」

字，盧冀野本、鄭騫本、甯希元本未改，另兩本改作「咽」。按，「嚥」同「咽」，吞嚥；吞咽。〔六〕王季思本「（聽住）」下補「（正末唱）」。「（听住）」徐沁君本改作「（正末听住。唱:)」。

〔注〕①「隨驢把馬」，趕驢牽馬的僕從。②「喬男女」，惡徒。③「六點兒」，「天」的隱語。牙牌中六點爲天。④「運」，運行、變化。「運人」指天對人的作用。⑤「愚濁」，愚昧昏濁。⑥「嘓嘓」，擬聲詞，狀大口咽酒聲。

【感皇恩】我恰待自飲芳醑①，是誰唱叫喧呼②？則〔一〕听得〔二〕絮叨叨，不住的，〔三〕罵寒儒③，不住地〔四〕推來搶去④，則管扯拽揪捽〔五〕⑤。可知道李太白，〔六〕留劍飲，典⑥琴沽⑦？

〔校〕〔一〕盧冀野本「則」改作「只」。按，「則」同「只」，不必改。〔二〕「得」原本作「[illegible]」，甯希元本作「的」，其他各本均作「得」。〔三〕盧冀野本、徐沁君本「叨」下、「的」下未斷，王季思本「的」下未斷。按，「叨」下、「的」下均應斷開。據曲譜，「絮叨叨」「不住的」「罵寒儒」爲該曲第三、四、五句，每句正格三字，不斷則不合曲律，該曲句數不够。〔四〕「地」原本作「他」，其他各本均已改。〔五〕「捽」原本作「椊」，甯希元本作「摔」，其他各本均作「捽」。〔六〕「白」下徐沁君本未斷。按，「白」下應斷。據曲譜，「李太白」「留劍飲」「典琴沽」應爲該曲第八、九、十句，每句正格三字，不斷則不合曲律，該曲句數不够。

〔注〕①「芳醑」，美酒。②「唱叫喧呼」，謂喧鬧、吵鬧。③「寒儒」，貧寒的讀書人。④「推來搶去」，厮打貌。⑤「扯拽揪捽」，厮打貌。⑥「典」，典當。⑦「沽」，買酒。

【採茶歌〔一〕】一个扯着衣服，一个更血模糊。秀才！早難道①滿身花影倩人扶②。三个儒人③何消④恐懼，我替還口債⑤出青蚨⑥。

（等駕認做兄弟科）（〔二〕做過來喫酒科，做啼哭〔三〕）（駕問了）（〔四〕做説関子⑦了）〔五〕

〔校〕〔一〕「歌」原本作「哥」，各本均已改。〔二〕「做」上徐沁君本補「正末」。〔三〕「哭」下徐沁君本補「科」。〔四〕「做」上徐沁君本補「正末」。〔五〕「了」下徐沁君本補「唱」，「（做説関子了)」下王季思本補「（正末唱)」。

〔注〕①「早難道」，説什麼；哪裏是。②「滿身花影倩人扶」，出自唐陸龜蒙《和襲美春夕酒醒》：「幾年無事傍江湖，醉倒黄公舊酒壚。覺後不知明月上，滿身花影倩人扶。」「早難道滿身花影倩人扶」，是説讀書人醉後請人相扶，想不到會被人打。「倩」，請。③「儒人」，讀書人。④「消」，須。⑤「口債」，此指趙匡胤喝酒欠的錢。⑥「青蚨」，銅錢。「青蚨」是一種昆蟲，晋干寶《搜神記》記載「青蚨還錢」的傳説，故以代指銅錢。⑦「説関子」，説故事、情節，介紹來龍去脉。

【紅芍藥】丈人丈母狠心毒，司公①做官胡突②。果然這美女戾〔一〕其夫！他可待侶水如魚③。好模樣④、歹做処⑤，〔二〕不覩事⑥、要休書。倚官强拆〔三〕散俺妻夫〔四〕，真乃是馬牛襟裾〔五〕⑦！

〔校〕〔一〕鄭騫本、王季思本「戾」改作「累」，其他各本未改。鄭騫本校記云：「累原作戾，音近致誤，據鈔本改。」王季思本校記云：「原刻本作『戾』，音近致誤，據脉望館本改。」徐沁君本校記云：「趙本『戾』作『累』。按：『美女累其夫』是當時頗爲流行的成語，亦見于關漢卿《魯齋郎》第三折、武漢臣《生金閣》第一折、楊景賢《西游記》第一本第一齣。」〔二〕盧冀野本「処」下未斷，「処」字韵。〔三〕「拆」原本作「折」，各本均已改。〔四〕因押韵「夫妻」倒作「妻夫」。〔五〕「裾」原本作「裙」，唯盧冀野本未改，其他各本均改作「裾」。徐沁君本校記云：語出韓愈《符讀書城南》詩：「人不通古今，馬牛而襟裾。」

〔注〕①「司公」，上司。②「胡突」，糊塗。③「侶水如魚」，指趙元妻過得悠然自得。④「好模樣」，謂貌美。⑤「歹做処」，品行壞。⑥「不覩事」，不明白事理；糊裏糊塗。亦作「不睹事」。⑦「馬牛襟裾」，馬、牛穿上人的衣服。比喻不懂禮節或衣冠禽獸。「襟」「裾」泛指衣服。

【菩薩梁州】我雖是鰥寡孤獨，對誰人分訴①？唧〔一〕冤負屈②，因此上③氣填胷雨〔二〕泪如珠。這書!〔三〕一个舉霜毫④，一个扳〔四〕着臂膊，一个把咱扶着，道兩行字便是我生天疏〔五〕⑤，却交无事還鄉故〔六〕。

這好事〔七〕要人做。不想二百長錢⑥買了命卒〔八〕⑦！哥哥！〔九〕你着⑧㑳修書⑨。

（做辞了）（等駕云了）〔十〕

〔校〕〔一〕原本「啣」字，盧冀野本、徐沁君本、王季思本改作「銜」。按，「啣」同「銜」。〔二〕盧冀野本「雨」誤作「兩」。〔三〕「這書」原本爲大字，盧冀野本仍爲大字，并與下句連讀。其他各本均改作小字，作爲夾白。〔四〕「扳」原本作「班」，唯盧冀野本未改。〔五〕原本「踈」字，盧冀野本、鄭騫本未改，徐沁君本、王季思本、甯希元本作「疏」。按，「踈」同「疏」。〔六〕因押韵「故鄉」倒作「鄉故」。〔七〕「事」原本作「是」，唯盧冀野本未改。〔八〕原本「卒」字，甯希元本改作「處」，校記云：「原本『處』，音假爲『卒』。據脉抄本改。如依假字『命卒』作解，則不文甚矣。各本失校。」按，甯希元本音假説不成立。〔九〕原本「哥哥」爲小字，盧冀野本作大字并與下句連讀。王季思本爲大字，單獨成句。〔十〕此處徐沁君本、王季思本補「（正末唱）」。

〔注〕①「分訴」，傾訴；訴説。②「啣冤負屈」，含冤負屈，即遭受冤枉，忍受委屈。亦作「銜冤負屈」。③「上」，是由元代的漢蒙語言接觸而成的離格標記，表原因。與「因」共現，「因」和「上」均相當于「因爲」。④「霜毫」，本指白色獸毛，代指毛筆。⑤「生天踈」，升天的文書。「生天」，即「升天」。「踈」同「疏」，指書信、簿册等。⑥「長錢」，足數的錢。⑦「命卒」，命亡；死。⑧「着」，拿；用。⑨「修書」，寫信。

【黄鐘尾】〔一〕不想今番①横死②身亡故，回〔二〕首遥指雲中雁寄書③。兩隻脚，不停住。這憂愁，這悽戚〔三〕④，這〔四〕煩惱，對誰訴？怎声揚⑤，〔五〕忒負屈⑥！趙上皇你穩坐皇都⑦，怎知這捱〔六〕⑧風雪的射粮軍⑨干受苦！〔七〕

〔校〕〔一〕【煞尾】原本作【尾】，盧冀野本未改，徐沁君本、甯希元本改作【黄鐘尾】，鄭騫本、王季思本作【煞尾】。〔二〕原本「故」「回」二字作墨丁，盧冀野本作二空圍，中間點斷。鄭騫本、王季思本校作「故」「回」，「故」下點斷。鄭騫本校記云：「（故回）原缺此二字，據文義補。」王季思本從。徐沁君本「亡」下作「得恩顧」，以「首」爲「顧」之誤，「遥」爲下句第一字，徐沁君本「據趙本（脉望館本）補改」。甯希元本「亡」下作「得回首」，「遥」爲下句第一字，校記云：「原本『得回』二字爲墨丁。鄭本依文義補作『故回』，且以二字分屬上、下兩讀，作『横死身亡故，回首遥指雲中雁寄書』，顯誤。因［黄鐘尾］首二句均須七字對句。徐本則依脈抄本補改爲『横死身亡得恩顧』，雖文義可取，然原本『顧』字實爲『首』字，仍失原本之真。今參兩家所校，改校如上。」按，據曲譜，【黄鐘尾】首句末字宜用去聲且押韵，甯希元本所改不符合此要求。「今番横死身亡故，遥指雲中雁寄書」，是不太嚴整的對句，「故」字押韵。〔三〕原本「悽」字，徐沁君本作「恓」，甯希元本作「凄」。「戚」原本作「戚」，鄭騫本、王季思本、甯希元本改作「楚」。按，據曲譜，「戚」字處應押韵，但「戚」字失韵，「楚」字押韵。〔四〕原本無「這」字，唯盧冀野本未補，其他各本均已補。按，「這」字當補，此處要求均爲三字句。〔五〕鄭騫本「揚」下及前「脚」下、「愁」下、「惱」下未點斷，盧冀野本「脚」下、「愁」下、「惱」下未點斷，其他各本均點斷。按，「兩隻」至「負屈」應爲八個三字句，均應斷開。〔六〕「捱」原本作「啀」，各本均已改。〔七〕此處王季思本補「（下）」。

〔注〕①「今番」，這次；這回。②「横死」，非正常死亡；意外死亡。③「書」，信。④「悽戚」，凄惨悲戚。⑤「声揚」，聲張宣揚。⑥「負屈」，背負冤屈。⑦「皇都」，皇城；京城；首都。⑧「捱」，受；忍受，同「挨」。⑨「射粮軍」，指軍人。「射粮」古指當兵吃糧，金初也指兼做雜役的士卒。

第三折

（等孤[①]上，云住）（正末便上，放[②]）

〔注〕①「孤」扮宰相趙光普。②「放」，雜劇每折正角開唱或説賓白的提示詞。

【中吕】[〔一〕]【粉蝶兒】六出花[①]飛，碧天边凍雲[②]不退。抱双肩緊[③]把頭低。醉魂④消，酒才醒〔二〕，四肢无力。眼見得命掩⑤泉埿〔三〕⑥，這場灾怎生⑦回避！

〔校〕〔一〕原本無宮調名【中吕】，唯鄭騫本未補。〔二〕「醒」原本殘作「星」，各本均校作「醒」。〔三〕原本「埿」字，盧冀野本誤作「塗」，其他各本均作「泥」。按，「埿」同「泥」。

〔注〕①「六出花」，雪花。「六出」是雪花形狀。②「凍雲」，寒冬的陰雲。③「緊」，猶「忙」。④「醉魂」，醉夢。⑤「掩」，埋；掩埋。⑥「泉埿」，黄泉和泥土。⑦「怎生」，怎麼；怎樣。

【醉春風】送①了我也竹葉②佀瓮頭春③，花枝④般心愛妻。則為戀香醪⑤尋着永别盃⑥，待怎生悔？悔！悔！悔！〔一〕也是前世前緣，自生自受⑦，怨天怨地⑧！

〔校〕〔一〕原本「怎生悔」下爲三個重文符號，盧冀野僅重一「悔」字，鄭騫本、徐沁君本重三「悔」字，甯希元本、王季思本重「怎生悔」。唯王季思本有校語：「原刻本作三個重復號，當視作『怎生悔』三字重文。鄭、徐校本只重一『悔』字，此不從。」按，徐沁君《元北曲譜簡編》：「【醉春風】次牌。亦可作首曲。與詞牌同，惟詞牌一字句三叠，曲牌只二叠，三叠者不多。一字句上，常多用襯字。」據此要求及原文情況，「悔」字應叠三次。

〔注〕①「送」，斷送；葬送。②「竹葉」，竹葉青，酒名。③「瓮頭春」，指美酒。④「花枝」，喻女子貌美。⑤「香醪」，指美酒。⑥「永别盃」，最後一杯。「盃」同「杯」。⑦「自生自受」，猶自作自受。⑧「怨天怨地」，怨恨天地。

【迎仙客】排着從人①，排着公吏②，這无常③暗來人不知。又不會插翅飛。止不住泪若芭〔一〕推④，嗨！〔二〕這的⑤是自尋的没頭罪⑥。
（做見孤了）（〔三〕交外推轉了）（〔四〕做慌〔五〕云）相公，有你哥哥信將着哩〔六〕！（等孤云了）〔七〕

〔校〕〔一〕原本「芭」字，徐沁君本、王季思本作「杷」，甯希元本作「扒」，其他各本未改。徐沁君本校記云：「『杷推』一詞，寫法不一。……口語流傳，遂致音訛字異。」據其校記，另有「扒推」「爬推」「培推」等詞形。既然詞無定形，「芭推」亦可備一形。

〔二〕「嗨」原本作小字「海」，唯鄭騫本未改。〔三〕「交」上徐沁君本、王季思本補「孤」字。盧冀野本「交」改作「教」。〔四〕「做」上徐沁君本、王季思本補「正末」。〔五〕「慌」原本作「荒」，唯盧冀野本未改。〔六〕「哩」原本作「里」，唯盧冀野本未改。〔七〕此處徐沁君本、王季思本補「（正末唱）」。

〔注〕①「從人」，隨從。②「公吏」，公人和吏人，泛指差役。「公人」，指國家、政府機構辦理公事的人。「吏人」，指國家、政府機構擔任獄訟、賬目、書記等文職的人員。③「无常」，陰司的勾魂使者。④「芭推」，用耙推聚。狀流泪貌。⑤「這的」，這；這個。⑥「没頭罪」，殺頭之罪；死罪。

【上小樓】有你哥哥信息，小人堦〔一〕前分細①。快快疾疾，端端的的②，數説③真實。若趙元，説得來，〔二〕差之毫釐④，情願〔三〕⑤便命歸泉世⑥。

（等〔四〕問了）〔五〕

〔校〕〔一〕原本「堦」字，盧冀野本、鄭騫本未改，其他各本作「階」。〔二〕「元」下、「來」下，盧冀野本、徐沁君本、王季思本未點斷。按，據曲譜，「若趙」至「得來」爲該曲第六、七、八句，正格字數分别爲三、三、四。〔三〕「願」原本作一重文符號，各本均校作「願」。〔四〕「等」下徐沁君本、王季思本補「孤」字。〔五〕此處徐沁君本、王季思本補「（正末唱）」。

〔注〕①「分細」，詳説。②「端端的的」，原原本本。③「數説」，一五一十地説。④「差之毫釐」，差一點兒。⑤「情願」，願意；心甘情願。⑥「泉世」，黄泉；泉下。「世」字韻。

【幺篇〔一〕】一行三个人，殷勤勸一盃。少酒債①，主人家，唱吽〔二〕揚疾②。替還了，二百錢，别无思議③，〔三〕因此上〔四〕④認我做兄弟。

〔校〕〔一〕「幺篇」原本作「么」，盧冀野本作「么」，鄭騫本作「幺」，其他各本均作「幺篇」。〔二〕原本「吽」字，各本均作「叫」。按，「吽」同「叫」。〔三〕「少酒」至「思議」，盧冀野本、徐沁君本、王季思本僅「疾」「議」下點斷。按，據曲譜【上小樓】【幺篇】九句。〔四〕原本「因此上」爲小字，各本均爲大字，作爲曲文，是。

按，該曲末句正格七字，若「因此上」作爲賓白，則正格字數不够。

〔注〕①「酒債」，喝酒欠的錢。②「唱叫揚疾」，高聲吵鬧，互相謾駡。「叫」同「叫」。③「思議」，此處指想法。④「上」，是由元代的漢蒙語言接觸而成的離格標記，表原因。與「因」共現，「因」和「上」均相當于「因爲」。

（等〔一〕問了）（〔二〕云）小人上月〔三〕申解①文書，來到草橋店②上，見三个秀才喫酒没錢，小人替还了。問我姓甚，小人道：「姓趙。」他道：「我也姓趙。」我拜做了哥哥。因此修一封書。他道是相公③哥哥哩〔四〕。（等孤云了，做臂膊上見了科，等孤披秉④了，衹〔五〕候人納坐了）（失驚科〔六〕）

〔校〕〔一〕「等」下徐沁君本、王季思本補「孤」字。〔二〕「云」上徐沁君本、王季思本補「正末」。〔三〕「上月」原本作「下月」，盧冀野本、鄭騫本未改，徐沁君本改作「目下」，王季思本、甯希元本改作「上月」。徐沁君本校記云：「第一折【游四門】曲『目下申文書難回向』可據。」王季思本校記云：「原刻本『上』作『下』，顯誤，今改。徐本改作『目下』，似與下文文義不符，今不從。」甯希元本校記云：「原本誤作『下月』。依文義改。徐本改作『目下』，似非。」〔四〕「哩」原本作「里」，唯盧冀野本未改。〔五〕原本「衹」字，徐沁君本、甯希元本作「祗」。按，「祗候人」正確，作「衹」或因形近而訛。「祗」音 zhī，「衹」音 qí，「祗候人」指古代官府小吏或富貴人家僕從。近代漢語習見。此處指宰相趙光普的侍從給趙元搬來座位。〔六〕「失」上徐沁君本、王季思本補「正末」，「科」下補「唱」。

〔注〕①「申解」，發送押解。②「草橋店」，鄉村小酒店。③「相公」，古代對「宰相」的敬稱。此指宰相趙光普。④「披秉」，穿戴官服及飾物。

【十二月】納我在交椅上坐地①，拿〔一〕②着手脚身起〔二〕③，地鋪着綉褥，香噴金猊〔三〕④。喚大夫是甚脉息⑤，我這病眼⑥難醫。

〔校〕〔一〕甯希元本「拿」改作「挪」，校記云：「即由人擺置著手脚身體。原本『挪』，寫作『拿』，當爲『那』字之假，『挪』字之省。依文義改。」〔二〕王季思本「起」改作「己」，校記云：「原刻本作『身起』。身己，意即身體。」按，「身起」「身己」均指「身體」，不必校改。〔三〕甯希元本「猊」誤作「貌」。

〔注〕①「坐地」，坐著；坐了。②「拿」，拿捏；拘謹；不放鬆。③「身起」，身體。④「金猊」，金狻猊，喜烟，香爐上常有狻猊。「香噴金猊」，即有金狻猊的香爐正在熏香。⑤「脉息」，脉搏。⑥「病眼」，指老眼昏花或眼睛有病。

【堯民歌】幾曾見卑〔一〕田院①土地②拜鍾馗③？判官④當厅⑤問牙推⑥？這神針法灸那般疾，佀藍采和舞不的。看花廻〔二〕冷笑微微，吾皇敕賜与，判斷開封取〔三〕。

（等〔四〕云了）（〔五〕云）交〔六〕我做南京府尹，這衙里有酒末？

〔校〕〔一〕徐沁君本據趙本（脉望館鈔校本）「卑」改作「悲」。〔二〕各本「看花廻」均屬上句，失校。按，「看花廻」應與「冷笑微微」爲一句。據曲譜，【堯民歌】第四、五句均七字，第五句「冷笑微微」字數不足。第四句「舞不的」即「舞不迭」，意爲「舞不停」，「似藍采和舞不的」是對「神針法灸」之「疾」的比擬，加上「看花廻」則不文甚矣，七個正格字也無從確定。故「看花廻」應屬下讀。「疾」「的」「微」及前兩句的「馗」「推」俱屬「齊微」。這樣處理，第四句爲七字，皆爲正格字。蓋諸本皆因「廻」屬「齊微」韵，而從「廻」后點斷，不確。原本「廻」字，徐沁君本、甯希元本作「回」。〔三〕原本「取」字，王季思本、甯希元本校作「位」。王季思本校記云：「原刻本『位』作『取』，出韵，今從脉望館本改。」甯希元本校記云：「本折韵用『齊微』，原本『位』字作『取』，誤入『魚模』，據脉抄本改。」按，疑該曲有脱文，疑「吾皇恩賜与，判斷開封取」係賓白而非曲文。疑「取」是「府」之形誤。「吾皇恩賜与，判斷開封取」二句位置有誤。原本下句賓白前的「云」下有半行空白，「交我做南京府尹，這衙里有酒末」另行空兩格起，疑「云」下空白本爲「吾皇恩賜与，判斷開封取」二句位置。據上所述及【堯民歌】曲譜，該曲第五句後應有脱文，第五句（七字）、第六句（五字）可能爲：「看花回冷笑微微，□□□□□。」科介、賓白應爲：「（等云了）（云）吾皇恩賜与，判斷開封取。交我做南京府尹，這衙里有酒末?」原本「取」字作「𠩄」，不通，疑是「府」之形誤。此備一説，俟再考。〔四〕「等」下徐沁君本、王季思本補「孤」字。〔五〕「云」上徐沁君本、王季思本補「正末」。〔六〕盧冀野本「交」改作「教」。按，「交」同「教」，不必改。

〔注〕①「卑田院」，即「悲田院」。《漢語大詞典》「悲田院」：「唐開元時置病坊，收容乞丐；武宗時改爲悲田養病坊。後泛稱養濟院爲悲田院。俗訛作『卑田院』。」②「土地」，土地神。③「鍾馗」，傳説中能除邪驅祟捉鬼的人，民間以其畫像辟邪。④「判官」，陰司中閻王屬下掌管生死簿的官員。⑤「當斤」，猶「當堂；當場」。⑥「牙推」，亦作「衙推」，指醫卜星算等術士。

【要孩兒】不會做官坐地偷有例〔一〕，五刑①之書整理。着〔二〕蕭曹②律令不曾習，有當案③分令史〔三〕④支持。没酒的休入衙門里，除睡人間捻不知⑤。无縈繫⑥，問甚從人⑦司吏⑧，喫了後回席⑨。

〔校〕〔一〕「坐地偷有例」，原本作「做地偷有例」。盧冀野本未改。鄭騫本改作「傚他傍州例」，校記云：「傚他原作做地，形近之誤，據文義改。傍州原作偷有，傍偷形近，州有音近，據鈔本（脉望館鈔校本）改。」徐沁君本據趙本（脉望館鈔校本）改作「看取旁州例」。王季思本作「傚他傍州例」，校記云：「『傚他』原刻本作『做地』，形近之誤，據文義改。『傍州』原作『偷有』，據脉望館本改。」甯希元本作「仿他傍州例」，校記云：「原本誤作『做地偷有例』。依鄭本改。鄭云前三字形誤，『有』字音誤。此説是。徐本依脉鈔本改作『看取旁州例』，與原本字形不符，不取。」按，疑「坐」音誤爲「做」。「坐地」，即坐着，句意爲：不會做官就坐著偷已有的案例。〔二〕盧冀野本「着」字屬上句，誤。王季思本據脉望館鈔校本將「着」改作「便」，誤。甯希元本改作「咱」，校記云：「原本當省借爲『自』，形誤爲『𦣹』（着）。諸本不察，遂誤爲『着』。今改。」誤。按，「着」字無誤，「縱有；即使有」義，不煩校改。金董解元《西厢記諸宫調》卷三：「著一萬個文君，怎比鶯鶯?」（參見《漢語大詞典》）〔三〕甯希元本「史」改作「吏」，無校語。

〔注〕①「五刑」，不同時代有不同内涵。秦之前指墨、劓、剕、宫、

大辟，《尚書·舜典》「五刑有服」孔傳：「五刑：墨、劓、剕、宫、大辟。」秦漢時指黥、劓、斬左右趾、梟首、菹其骨肉，《漢書·刑法志》：「當三族者，皆先黥，劓，斬左右止，笞殺之，梟首，菹其骨肉于市。」隋唐之後，指死、流、徒、杖、笞，《舊唐書·刑法志》：「有笞、杖、徒、流、死，爲五刑。」②「蕭曹」，蕭何和曹參。③「當案」，主持文案。④「令史」，宋元時代官府中胥吏的通稱。胥吏主要負責文書事務。⑤「除睡人間捻不知」，除了睡覺，什麽也不關心。⑥「縈繫」，牽掛；惦念。⑦「從人」，隨從。⑧「司吏」，古代衙門中負責處理文書的小官吏。⑨「回席」，回請。

【二煞〔一〕】飲酒如李太白，糊突〔二〕①如包待制②，唤我个没底瓶③，普天下人都識。青霄④有路終須到，好酒无名誓〔三〕不歸。每日價⑤醺醺〔四〕⑥醉。問甚三推六問⑦，不如撞酒衝〔五〕席⑧。

〔校〕〔一〕原本無「煞」字，唯盧冀野本未補。〔二〕原本「突」字，鄭騫本、王季思本作「塗」，甯希元本作「涂」。〔三〕「誓」原本作「是」，唯盧冀野本未改。〔四〕「醺醺」原本作「熏熏」，唯盧冀野本未改。〔五〕「衝」原本作「充」，唯盧冀野本未改。

〔注〕①「糊突」，同「糊塗」。②「包待制」，包拯。「待制」，官名，唐代始設，宋因其制，殿、閣均設待制之官，典守文物，位在學士、直學士之下。遼金元明均于翰林院設待制，位亦在學士、直學士之下，但不及宋制隆重。（參見《漢語大詞典》）③「没底瓶」，謂海量。④「青霄」，猶「雲霄」，喻帝都；朝廷。⑤「價」，後綴，無義。⑥「醺醺」，醉酒貌。⑦「三推六問」，謂反復審訊。「推」，推究。「問」，訊問。⑧「撞酒衝席」，衝到酒席上與他們碰杯。

【煞〔一〕尾】問甚①秋泉②竹葉青③，九醖④荷葉盃⑤，不揀⑥你与⑦我滄浪水，也强如⑧忍風雪飢寒半路里。〔二〕

〔校〕〔一〕原本無「煞」字，徐沁君本、王季思本補，其他各本未補。〔二〕此處鄭騫本、王季思本補「（下）」。

〔注〕①「問甚」，問什麽，此處猶「不管；管他什麽」。②「秋泉」，秋日泉水。③「竹葉青」，酒名。④「九醖」，釀酒方法，也指經過重釀的美酒。⑤「荷葉盃」，刺穿荷葉中心凹處與莖相連處做

成的酒器。⑥「不揀」，即使；縱使。⑦「与」，給。⑧「强如」，比……强，「如」是比較標記。「A强如B」體現VO型的語序類型。

第四折

（等孛老、净、旦一折）（駕上云了，宣①住）（正末〔一〕披秉②共③楊戩④上）（等外云了）

〔校〕〔一〕原本無「末」字，唯盧冀野本未補。

〔注〕①「宣」，宣旨。②「披秉」，穿戴官服及飾物。③「共」，和；跟；與。④「楊戩」，徐沁君本校記云：「楊戩爲宋徽宗幸臣，與宋太祖時代不相及，自不應在劇中出場。其所以致有此誤者，蓋因宋徽宗内禪亦稱上皇，而未察本劇之上皇實爲宋太祖也。」

【雙調】〔一〕【新水令】要甚末兩行祗〔二〕從①鬧交參〔三〕②，怎如馬頭前酒瓶十擔〔四〕。這紗幞頭③真紫襴④，怎如白纏〔五〕帶⑤旧紬衫⑥。又不會闊論高談，休想做官濫〔六〕。

（等外云了）（〔七〕云）那里有龍虎，去不得！〔八〕

〔校〕〔一〕原本無宫調名【雙調】，唯盧冀野本未補。〔二〕「祗」原本殘作「衹」，覆元槧本刻作「衹」，盧冀野本、徐沁君本、甯希元本作「衹」，鄭騫本、王季思本作「祇」。按，應校作「祗」，「祗從」，即侍從、隨從。參見本劇第三折【幺篇】下科介校記〔五〕。〔三〕「参」原本作「叅」，盧冀野本校作「泰」，其他各本均作「参」。徐沁君本據脉望館鈔校本改，校記云：「『交参』一詞，亦見《陽春白雪》後集卷五吕止軒【風入松】套：『閑言探，切恐話交参。』」甯希元本校記云：「本折韵用『監咸』，原本『参』，作『泰』，誤入『皆來』。據脉抄本改。」〔四〕「擔」原本作「檐」，各本均已改。〔五〕「纏」原本作「儃」，盧冀野本未改，徐沁君本作「糨」，其他各本均據脉望館鈔校本改作「纏」。徐沁君本校記云：「趙本（脉望館鈔校本）作『纏』，『纏』與『儃』有些形似。」未説明爲何作「糨」。〔六〕「做」下盧冀野本補一空圍。「濫」原本作「攬」，盧冀野本未改，其他各本均據脉望館鈔校本改作「濫」。按，【新水令】曲末句正格五字，無須補字。〔七〕「云」上徐沁君本、王季思本補「正末」。〔八〕此處徐沁君本、王季思本補「（唱）」。

〔注〕①「衹從」，侍從；隨從。②「交參」，交錯，形容雜亂。③「幞頭」，古代男子束髮的頭巾。④「紫襴」，紫色官服。「襴」是古代上下相連的服裝，長衫、袍類。⑤「纏帶」，古代纏腰或腿的帶子。⑥「紬衫」，綢衫。「紬」同「綢」。

【喬牌兒】這言語没掂〔一〕三①，可知水深把杖兒探。對君王休把平人②陷③，趙元酒性淹〔二〕。

〔校〕〔一〕「掂」原本作「店」，盧冀野本未改，甯希元本誤作簡體「据」，其他各本均作「掂」。徐沁君本校記云：「據趙本（脉望館鈔校本）改。《語辭匯釋》卷四『没掂三』條引本曲謂：『蓋『店』與『掂』音近而通用也。』」其他各本未出校。〔二〕原本「淹」字，盧冀野本、鄭騫本未改，徐沁君本、王季思本改作「腌」，甯希元本改作「釅」。《漢語大詞典》「淹」義項十七：「用同『醃』。猶惡劣。元高文秀《遇上皇》第四折：『趙元酒性淹。』參見『淹噆』。」《漢語大詞典》「淹噆」：「腌臢，骯脏。」徐沁君本校記云：「《語辭匯釋》卷五『腌』字條釋：『腌，詈辭，惡劣之義，不限于腌臢不潔義。』」甯希元本校記云：「『釅』，濃烈也。原本音假作『淹』。依文義改。徐本改作『腌』，謂酒性惡劣，亦可。」王季思本校記云：「原刻本『腌』作『淹』，今改。參看脉望館本第四折校記〔一〕。」按，據《漢語大詞典》釋義，可不改。

〔注〕①「没掂三」，欠考慮、糊塗、不知輕重。②「平人」，平民；百姓。③「陷」，誣陷；陷害。

【甜水令】不恋高官，〔一〕休將人賺①，這煩惱怎生擔？你道相逢，〔二〕驚了人膽，不如我住草舍茅庵。

〔校〕〔一〕甯希元本「休」上補一四字句「不圖富貴」，校記云：「不戀高官，不圖富貴，休將人賺：依律，［甜水令］首四字三句，一氣貫穿。原本脱『不圖富貴』一句。依王校据脉抄本補。」〔二〕「逢」下盧冀野本、徐沁君本、王季思本未斷，鄭騫本點斷。甯希元本「逢」下點斷，補四空圍爲一句。甯希元本校記云：「你道相逢，□□□□，驚了人膽：依律，中脱四字一句，待補。脉抄本此三句作『也不索建立廳堂，修改宅舍，粧鑾堆嵌』。」鄭騫本未出校。按，據曲譜，【甜水令】八句，每句正格字數分别爲：四、四、四、五、四、四、四、七。

〔注〕①「賺」，騙；欺騙；哄騙。

【折桂令】不做官〔一〕我怕的是鬧炒炒〔二〕虎窟龍潭①。元〔三〕來這龍有風雲，虎有山岩。子〔四〕怕虎鬪龍争②，惹起奸讒③。〔五〕朝冶〔六〕④里誰人侶俺，懵懂愚〔七〕癡憨〔八〕。語語喃喃⑤，静静㑳㑳〔九〕。早難道〔十〕宰相王侯，到〔十一〕不如李四張三⑥。

（做見駕科）〔十二〕

〔校〕〔一〕原本「不做官」爲大字，鄭騫本改作小字，作爲夾白。〔二〕原本「炒炒」，徐沁君本、王季思本、甯希元本改作「吵吵」。〔三〕原本「元」字，王季思本改作「原」。按，「元來」同「原來」。〔四〕盧冀野本「子」改作「祇」。按，不必改。「子」「祇」同「只」。〔五〕「山岩」至「朝冶」之間脱一四字句，諸本失校。按，據曲譜，【折桂令】全曲十一句，第九句下可增若干四字句。若無增句，末三句應爲三個四字句，該曲末尾有四個四字正格句，故第九句下增一個四字句，應共有十二句，然該曲僅十一句，短一句。十二句每句正格字數及小節劃分爲：七四四/四四四/七七/四四四四。「不做」至「山岩」爲前三句（第一小節），「朝冶」至「癡憨」爲第七、八句（第三小節），「語語」至「張三」爲末四句（第四小節），「子怕」至「奸讒」爲第四、五、六句（第二小節）中的兩句，故第二小節脱一個四字句。《元曲選外編》中該曲第四、五、六句爲：「玉殿金階，龍争虎鬥，惹起奸讒」，可證。〔六〕原本「冶」字，盧冀野本誤作「治」，徐沁君本、王季思本、甯希元本均據脉望館本改作「野」。按，「朝冶」，朝廷。「朝野」，朝廷和民間。此處應作「朝冶」。〔七〕原本「懵」字，甯希元本作「懜」。「愚」下甯希元本補一「濫」字，校記云：「依律，本句當爲六字，原本脱『濫』字，今補。『愚濫』，爲元曲中習語。《西游記》雜劇第四本十三齣［寄生草］曲：『狼心狗行潛闞，鵝行鴨步懷愚濫』，可證。各本失補。盧本以『憨』字屬下，亦失。」徐沁君本亦已指出盧冀野本的錯誤。按，據曲譜，「懵懂愚癡憨」應爲七字句，該句平仄爲「×××、×

仄平平」（×表示平仄不拘），節奏爲三四。隋樹森《元曲選外編》該句作：「衠懵懂愚濁癡憨」，可證。「衠」爲「真；真是；簡直」義，「愚濁」爲「愚昧昏濁」義，合乎語境，可通。「愚濫」義爲「輕浮；淫蕩」，亦作「余濫」「漁濫」，甯希元本所補不當。〔八〕盧冀野本「憨」字屬下句，下句删一「語」字，誤。〔九〕原本「浄浄儳儳」，徐沁君本改作「静静巉巉」，校記云：「趙本（脉望館鈔校本）作『峥峥巉巉』。按：關漢卿《蝴蝶夢》第二折：『静巉巉無人救。』第三折：『静巉巉迥野荒郊外。』『静』字有義，『巉巉』有聲無義。」甯希元本改作「争争攙攙」，校記云：「原本四字音假爲『浄浄儳儳』。今改。『争争攙攙』，爲『争攙』一詞的重疊，義爲争鬥。」按，據語境，此處應與聲音有關，無關争鬥。今從徐沁君本，改「浄」不改「儳」。〔十〕原本無「道」字，各本均已補。「早難道」，説什麼；哪裏是。〔十一〕原本「到」字，盧冀野本未改，其他各本均改作「倒」。按，可不改，「到」同「倒」。〔十二〕「科」下徐沁君本補「唱」字。「（做見駕科）」下王季思本補「（唱）」。

〔注〕①「虎窟龍潭」，比喻極危險之地。②「虎鬥龍争」，比喻激烈的鬥争。此指官場鬥争。③「奸讒」，讒言；進讒言的奸臣。④「朝冶」，朝廷。⑤「語語喃喃」，低語貌。⑥「李四張三」，代指普通人、平民百姓。句意是説趙元不想做官。

【七弟兄】微臣，怎敢，〔一〕大官參，我則〔二〕知苦澀酸渾淡①。清光滑辣②任誰貪，下民易虐③何曾濫。

〔校〕〔一〕「臣」下、「敢」下徐沁君本、王季思本未點斷。按，據曲譜，【七弟兄】前三句正格字數分别爲二、二、三，「臣」下、「敢」下當斷。〔二〕盧冀野本「則」改作「只」。按，「則」同「只」，不必改。

〔注〕①「苦澀酸渾淡」，應指普通味道、飲食。②「清光滑辣」，應指美味、美食。徐沁君本校記指出：「這句話有幾種類似的説法：馬致遠《岳陽樓》第一折：『你道無酒？你聞波，那裏這般清甘滑辣香？』《宣和遺事》元集：『我酒味清香滑辣，最能解暑薦凉。』《水滸傳》第二十九回：『遮莫酸鹹苦澀，問甚滑辣清香。』」③「下民易虐」，欺壓百姓容易。出自後蜀皇帝孟昶《頒令箴》：「下民易虐，

上天難欺。」「下民」，百姓；人民。

【梅花酒】微臣最小膽，則〔一〕待①逐日②醺酣〔二〕③。聖主台鑒〔三〕④，休兩兩三三⑤。也不做明廉共暗察⑥，伯子共公男⑦。自羞慚〔四〕，官高後⑧惱〔五〕兒唵〔六〕，禄重自忒貪。

〔校〕〔一〕盧冀野本「則」字改作「只」。按，「則」同「只」，不必改。〔二〕「醺酣」原本作「薰憨」，唯盧冀野本保留未改。〔三〕「鑒」原本殘作「[illegible]」，盧冀野本、鄭騫本作「鑑」，其他各本均作「鑒」。按，應作「鑒」。〔四〕「慚」原本作「慘」，盧冀野本、甯希元本未改，其他各本均改作「慚」。按，應改作「慚」。「羞慚」，羞耻慚愧。〔五〕盧冀野本「惱」改作「腦」。〔六〕「惱兒唵」，鄭騫本校記云：「此三字待校。鈔本作不心甘，蓋不解此三字而以意改定也。」王季思本校記云：「疑當作『腦兒唵』，蓋頭腦不清净之意。脉望館本作『不心甘』，似不合原意。」其他各本無校語。

〔注〕①「則待」，只想；只要。②「逐日」，每日；每天。③「醺酣」，醉酒。④「台鑒」，敬辭，請對方裁奪。⑤「兩兩三三」，三兩成群。⑥「明廉共暗察」，即「明廉暗察」，明察暗訪，用各種方法察訪。「廉」，通「覝」，考察；察訪。⑦「伯子共公男」，即「伯子公男」，是五種爵位「公侯伯子男」的變式。「共」，和；與。⑧「後」，可作兩解，一是「以後；之後」，二是表假設的「的話」。假設義由時間義語法化而來。

【收江南】我汴梁城則①做酒都監②，自斟自舞自清談③，没煩没惱口劳嚂〔一〕。是非処没俺，這玉堂食④怎如瓮頭⑤甘〔二〕。

（等勾净、旦一行上）（〔三〕云了）〔四〕

〔校〕〔一〕原本「劳嚂」，甯希元本改作「哰㘓」，校記云：「『哰㘓』，原本音假爲『劳嚂』。今改。『哰㘓』，即『㘓哰』之倒文。《方言》卷十：『哰㘓，……拏也。東齊周晋之鄙曰哰㘓。』又見《廣韵》。這裏指酒後言語絮絮叨叨，夾纏不清。」按，王學奇、王静竹《宋金元明清曲辭通釋》「劳藍」條例引孤本元明雜劇《遇上皇》「無煩無惱口劳藍」，注明元刊本作「劳嚂」：「劳藍乃㘓哰的倒轉、通假，謂絮語不清也。漢·揚雄《方言》卷十：『㘓哰，謰謱，拏也。東齊、周、晋之鄙曰㘓哰。㘓哰，亦通語也。南楚曰謰謱，或謂之支注，或謂之詀謕，轉語也。』《廣雅·釋訓》：『㘓哰，謰謱也。』《廣韵》：『㘓哰、扯拿，語不可解也。』《集韵》：『哰，㘓哰，謰謱，語不可解也。』」按，「勞嘈」可不改。〔二〕「甘」原本作「泔」，鄭騫本、甯希元本均據脉望館鈔校本改作「甘」，其他各本未改。徐沁君本校記云：「趙本（脉望館鈔校本）『泔』作『甘』。疑非是。」按，今暫據脉望館鈔校本改。但《齊民要術·白醪酒》記載了以「泔」釀酒的辦法：「取魚眼湯，沃浸米泔二斗，煎取六升；著瓮中，以竹掃衝之，如茗渤。」「瓮頭泔」也有可能指非常一般的酒。〔三〕「云」上徐沁君本、王季思本補「駕」字。〔四〕此處徐沁君本、王季思本補「（正末唱）」。

〔注〕①「則」，只。②「都監」，官職名，不同歷史時期職責、所指不同。三國時指内侍官，唐中葉以後指做監軍的太監。宋代指兵馬都監，也是道教職稱名。「酒都監」，應是監管酒類的官職。③「清談」，本指魏晋士大夫不顧實際空談義理、哲理。後泛指不切實際的談論。④「玉堂食」，宫殿上的美食、珍饈佳餚。⑤「瓮頭」，美酒。

【雁兒落】姜太公顛倒敢①，魯義姑②心中鑑〔一〕③，倚④官府要了手模⑤，也暫〔二〕你遭坑陷⑥。

〔校〕〔一〕原本「鑑」字，徐沁君本、甯希元本、王季思本作「鑒」，其他各本未改。按，「鑑」同「鑒」。〔二〕「也暫」原本作「也[illegible]」，盧冀野本、鄭騫本、王季思本校作「也暫」，徐沁君本據脉望館鈔校本改作「今日」。甯希元本改作「怎也」，校記云：「原本『怎也』二字誤倒；又『怎』字，原作『暫』。今改。」按，「也暫」存疑。

〔注〕①「顛倒敢」，義不詳，存疑。②「魯義姑」，春秋時魯國農婦，危急時刻，棄子抱侄而走。參見《列女傳·魯義姑姊》。③「鑑」，通「鑒」，鏡子。「心中鑒」，心中有明鏡。④「倚」，倚仗。⑤「手模」，按在各種文件上的指紋印，亦作「手摹」。⑥「坑陷」，坑害；陷害。

【得勝令】却不①風月②擔兒③擔④，早則⑤蜻蜓把太山⑥撼。往日忒餘〔一〕濫⑦，今番⑧刀下斬。忍不住拳搔〔二〕，風雪里將人賺⑨，誂〔三〕得臉[四]如藍，索⑩休書却大膽。

（駕断⑪出）

〔校〕〔一〕「餘」原本作「余」，盧冀野本作「餘」，其他各本均改作「愚」。按，「餘濫」同「愚濫」。〔二〕原本「[illegible]」字，盧冀野本、甯希元本校作「攙」，鄭騫本作「[illegible]」，徐沁君本作「揝」，王季思本作「[illegible]」。按，未知孰是，存疑。〔三〕原本「諕」字，徐沁君本、王季思本、甯希元本改作「唬」。〔四〕「臉」原本作「斂」，各本均已改。

〔注〕①「却不」，豈不是；難道不是。②「風月」，男女情愛之事。③「擔兒」，擔子；扁擔。猶「負擔」。④「擔」，動詞，挑在肩上。⑤「早則」，幸而；幸好。⑥「太山」，泰山。⑦「餘濫」，即「愚濫」，指笨拙而又不檢點。⑧「今番」，這次；這回。⑨「賺」，騙；欺騙；哄騙。⑩「索」，要；索要。⑪「断」，元雜劇中指皇帝或官員對案件進行判决。

題目　　丈人丈母狠心腸　司公倚勢要紅粧

正名　　雪裏公人大報冤　好酒趙元遇上皇

新刊関目好酒趙元遇上皇終[一]

〔校〕〔一〕尾題徐沁君本未改，王季思本删。盧冀野本、甯希元本改作「好酒趙元遇上皇雜劇終」，鄭騫本作「好酒趙元遇上皇終」。

大都新編楚昭王疎者下船

鄭廷玉

校本四種

鄭騫本：鄭騫《校訂元刊雜劇三十種》

徐沁君本：徐沁君《新校元刊雜劇三十種》

甯希元本：甯希元《元刊雜劇三十種新校》

王季思本：王季思《全元戲曲》（第四卷）

楔子

【仙吕】〔一〕【端正好】斬了賊臣①，封了兄弟，新安治②楚國華夷③。若是子胥④雪恨忘〔二〕了先帝，怕來時節⑤我當⑥屈斬⑦了功臣罪。

（下）

〔校〕〔一〕原本無宫調名【仙吕】，各本均已補。〔二〕甯希元本「忘」改作「亡」，校記云：「原本『亡』，音假爲『忘』。《中原音韵》『忘』、『亡』二字，并爲一空，故得相假。鄭、徐二本失校。」按，先帝指楚昭王父楚平王。楚平王聽信讒言誅殺伍子胥之父伍奢。聯繫下句可知，楚昭王害怕伍子胥忘了殺父仇人是楚平王，而找自己報仇雪恨。楚平王已死，不必再用「亡」字，故「忘」字無誤。甯希元本音假説不成立。

〔注〕①「賊臣」，亂臣；奸臣。②「安治」，安靖撫治。③「華

夷」，本指漢族與少數民族，後指中國和外國。宋元時代指國家疆域。④「子胥」，即伍子胥，伍奢之子。春秋時期楚國大夫，軍事家，後投奔吴國。⑤「怕……時節」，如果……的話。「怕」由懼怕義語法化出假設義。「時節」由時間義語法化出假設義。⑥「當」，承擔；擔當。⑦「屈斬」，冤殺。

第一折

【仙吕】〔一〕【點絳唇】怕楚國難安①，子胥質辨〔二〕②，直言③諫。早被〔三〕乱言④間⑤，讒臣⑥譖⑦，忠臣⑧叛⑨。

〔校〕〔一〕原本無宫調名【仙吕】，各本均已補。〔二〕「辨」原本作簡體「办」，各本均改作「辨」。徐沁君本校記云：「『办』爲『辦』字的簡寫，『辦』又爲『辨』或『辯』的借字。作『質辨』者：孫仲章《勘頭巾》第四折白：『兀那張鼎，我還要閻王殿下扳告你來，拿去質辨。』又曲：『因此上葫蘆提逞機變，强打掙做質辨。』作『折辨』者：尚仲賢《氣英布》第一折白：『我是個武職將，幾時折辨過來。』吴昌齡《張天師》第三折白：『我本親承帝旨把天門，今朝被你勾攝壇前折辨真。』作『折辯』者，《張天師》第三折白：『荷花，你可怎生不近前來折辯。』『質辨』之作『折辨』。亦猶『質證』之作『折證』。」甯希元本校記云：「質辨：質對、辨白。原本『辦』，形誤爲『辦』。各本已改。」王季思本校記云：「原刻本作『質办』，據文義改。按，『办』爲『辦』字之簡寫，『辦』又爲『辨』或『辯』的借字。『质辨』有當庭對質之義，又作『折辨』，元曲籍中屢見。」鄭騫本未出校。〔三〕「被」原本作「背」，甯希元本、王季思本改作「被」，其他二本未改。甯希元本校記云：「原本音假作『背』。今改。」王季思本校記云：「原刻本作『背』，據文義改。」按，「背」應改作「被」。「被」表被動。

〔注〕①「安」，安定；安靖。②「質辨」，對質辨白。③「直言」，正直、耿直的話。④「乱言」，猶「讒言」。⑤「間」，離間。⑥「讒臣」，好進讒言的佞臣、奸臣。⑦「譖」，音 zèn，誹謗；誣陷。⑧「忠臣」，忠于君王的官吏、大臣。⑨「叛」，背叛。

【混江龍】興亡有恨〔一〕，二人發願①一席間。子胥勝天番〔二〕地乱②，包胥③勝國泰民安。若是子胥舡臨□□□，□□□□□□□。〔三〕多成多敗，非易非難。一龍離水，二虎交山④。只為君臣争氣⑤，將相分顔⑥。九間大殿，百尺高竿〔四〕⑦。我則是側身⑧撒手⑨遭塗炭⑩。怕的城荒国破，常子是⑪膽戰心寒。

〔校〕〔一〕徐沁君本「恨」改作「限」。〔二〕原本「番」字，鄭騫本未改，其他各本均改作「翻」。按，「番」同「翻」，不必改。〔三〕原本「臨」下爲「多成多敗」，鄭騫本、王季思本注：「（此下有脱文）」，甯希元本補三空圍，徐沁君本未改。鄭騫本校記云：「此處應是七字兩句，原本只有此六字，『若是』兩字是襯，正字只餘『子胥船臨』四字。元曲選本及内府本詞句與此迥異，無從校補。」王季思本校記云：「原刻本此句與下句同行緊接，但依曲譜，此處顯有脱文。此處應是七字兩句。今只有此六字，『若是』二字是襯，正字只餘『子胥船臨』四字，且與下句意不銜接。元曲選本及脉望館本詞句與此迥異，無從校補。」甯希元本校記云：「依律，［混江龍］五、六兩句皆應爲七字。此處疑有脱文。」〔四〕「竿」原本作「干」，各本均已改。

〔注〕①「發願」，表達願望；發誓；下决心。②「天番地乱」，國家、社會秩序大亂。「番」同「翻」。③「包胥」，申包胥，又稱王孫包胥、申鮑胥，春秋時期楚國大夫。④「一龍離水，二虎交山」，猶龍争虎鬥，喻發生戰争。⑤「争氣」，意氣相争。⑥「分顔」，猶翻臉。⑦「九間大殿，百尺高竿」，此指伍子胥勝利。⑧「側身」，傾側其身，比喻驚懼不安。⑨「撒手」，無奈放棄。⑩「塗炭」，蹂躪；摧殘。⑪「子是」，只是。「子」同「只」。

【油葫芦】屈斬了功臣血未乾〔一〕，天①好還②，夢中驚覺③兩三番。日西沉朝退群臣散，月〔二〕東生〔三〕燭滅深宫晚。漸④將御酒⑤嘗，恰⑥將御膳⑦飡〔四〕。夜深沉困卧才合眼，驚恐睡難安。

〔校〕〔一〕「乾」原本作「[illegible]」，各本均校作「乾」。〔二〕「月」原本作「日」，各本均已改。〔三〕原本「生」字，鄭騫本未改，徐沁君本改作「升」，王季思本改作「昇」。甯希元本正文未改，校記作「升」，云：

「月東升：原本涉上誤作『日』。各本已改。」按，不必改，「生」有升起義，常稱月升，宋代張耒《和周廉彦》：「新月已生飛鳥外，落霞更在夕陽西。」〔四〕原本「湌」字，各本均作「餐」。按，「湌」同「餐」。

〔注〕①「天」，天道。②「好還」，極易得到報應。③「驚覺」，驚醒。④「漸」，慢慢地。⑤「御酒」，帝王飲用或賞賜的酒。⑥「恰」，剛；纔。⑦「御膳」，帝王的飯食。

【天下樂】子見鉄甲將軍夜過関①，非干，不奈煩。他將斬父報〔一〕讎〔二〕心將天下反。子為咱兵〔三〕將少，以此上②心膽寒③，怎敢將他一例④看。

〔校〕〔一〕「報」原本作「根」，鄭騫本、王季思本校作「報」，徐沁君本、甯希元本作「恨」。按，「根」似「恨」而實非「恨」。同一劇作的刻字習慣一般前後一致，該劇第二折：「來報那殺父母冤讎」之「報」原本刻作「根」，第四折：「報讎的齊和凱歌回」之「報」原本殘作「[illegible]」，但可辨認，與「根」「根」是同一字形。此二例均可證「根」是「報」字。〔二〕原本「讎」字，甯希元本改作「處」，校記云：「『處心』，即居心蓄意。原本『處』(chu)，音假爲『仇』(chou)。此類音假之例，元曲中多有。……徐本『根』字已改，『仇』字未校，似以『恨仇心』爲詞，誤。」按，甯希元本所改無據。〔三〕原本無「兵」字，各本均已補。按，該句爲【天下樂】第五句，正格三字，「子為咱」當爲襯字，故少一正字。

〔注〕①「鉄甲將軍夜過関」，指伍子胥過昭關事。②「以此上」，因爲這。「上」是離格標記，表原因，與「以」共現，均相當于「因爲」，「此」代替具體的原因。「以此上」與「因此上」同。③「膽寒」，非常害怕。④「一例」，同等；一律。

【那吒令】喒〔一〕端坐在常朝殿①九間，列着忠直臣兩班，听說了臨潼會②一番。那里取③這般忠孝人，英雄漢，頓劍摇環④。

〔校〕〔一〕原本「喒」字，徐沁君本、王季思本、甯希元本作「咱」。

〔注〕①「常朝殿」，大臣朝見皇帝的宫殿。②「臨潼會」，指「臨潼鬥寶」事。《漢語大詞典》：「古代故事。其事不見史載，元雜劇中所及，以《臨潼鬥寶》較爲完整。内容爲春秋時秦穆公設謀邀

請十七國諸侯至臨潼赴會，各出傳國之寶比鬥，楚伍子胥在會上舉鼎示威，制服秦穆公。後因用以借指夸富鬥奢、争强賭勝的行爲。」③「取」，擁有；得到。④「頓劍摇環」，按劍揮刀。形容士氣高漲，鬥志昂揚。

【鵲踏枝】秦姬輦[①]怎敢為頭，百里奚[②]不敢邀攔[〔一〕][③]，扯住秦皇[〔二〕][④]，直交他送出潼関。交十二國諸侯每[⑤]□[〔三〕]眼，說的四百員文武無[〔四〕]顔[⑥]。

〔校〕〔一〕「攔」原本作「襴」，各本均已改。徐沁君本「攔」下未點斷。按，「攔」字韵，當斷。〔二〕徐沁君本「皇」改作「王」。〔三〕此字原本殘損不清，甯希元本校作「現」，其他各本均作一空圍。甯希元本校記云：「原本『現』，音假爲『獻』，殘迹可辨。仿刻本空缺，各本失補。」按，殘迹不可辨，音假説不成立。〔四〕「無」原本作「如」，各本均已改。

〔注〕①「秦姬輦」，春秋時秦國將軍。②「百里奚」，春秋時秦國大夫。③「邀攔」，阻攔。「邀」，阻攔。④「秦皇」，秦王，指秦穆公。⑤「每」，們，複數標記。⑥「無顔」，没臉；羞愧。

【寄生草】无祥女[①]顔如玉[②]，楚平王□□[〔一〕]山。當時[〔二〕]則有讒臣反，臨危越[③]把忠臣慢[④]，出師[⑤]不听忠臣諫。誰當敵[〔三〕]借吴兵雪恨伍將軍，子索[⑥]告抱成王[⑦]攝政[〔四〕][⑧]周公旦。

〔校〕〔一〕兩空圍原本殘作「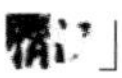」，鄭騫本作二空圍。徐沁君本校作「恨死」，校記云：「『恨』字漫漶，『似』字殘損。覆本（覆元槧本）『恨似』二字均空缺。今補。按：本劇情事，秦穆公之女無祥公主，似爲伍子胥所得，因此楚平王懷恨在心，加以讒臣的挑撥，遂殺害了伍子胥的父兄，以致引起伍子胥借吴兵復仇的一場戰争。」王季思本校作「情似」，校記云：「『山』上二字殘損不易辨認。今補。徐本補爲『恨似』二字。」甯希元本校作「傾江」，校記云：「原本『傾』，音假爲『情』；『情江』二字，依稀可辨。仿刻本（覆元槧本）空缺，鄭本失補。徐本補作『恨似』。……『傾』，即傾覆、滅亡。」〔二〕「時」原本作「的」，徐沁君本改作「初」，其他各本均作「時」。〔三〕「當敵」原本作「」，鄭騫本校作「當敢」，校記云：「敢原作敦，據内本改。」徐沁君本、王季思本校作「擋敵」，

徐沁君本校記云：「『敦』爲『敵』之形誤。關漢卿【石榴花】《閨思》套：『愁山悶海，却怎當敵。』」王季思本校記云：「原刻本作『當敦』，據文義、字形改。按：『敦』爲『敵』字之形誤。元曲選本作『當這』，脉望館本作『敢當』，鄭本據此作『當敢』，皆不從。」甯希元本校作「當敵」，校記云：「原本『敵』，形誤爲『敦』。關漢卿［石榴花］《怨別》套［賣花聲煞］曲：『愁山悶海不許當敵，好著我無個刋劃。』又，《白兔記》第二十七齣［雙勸酒］曲：『打爺大拳，誰敢當敵。』鄭本依脉鈔本改作『當敢』，非。」按，「當敵」，抵擋；對付。「當敵」是同義聯合式雙音詞，非動賓式。〔四〕該句「索」原本作「色」，「抱」原本作「把」，「政」原本作「正」，各本均已改。

〔注〕①「無祥女」，秦穆公之女。②「顔如玉」，謂貌美。③「越」，更。④「慢」，怠慢。⑤「出師」，出兵。⑥「子索」，只須。⑦「成王」，周成王姬誦。⑧「攝政」，代國君處理國家政事。

【幺篇】〔一〕卿呵！你長〔二〕想歸去急，休辞憚〔三〕去路難。止〔四〕不過舡橫古渡〔五〕①垂楊岸②，路逢庾〔六〕嶺灘頭澗，小可如③軍〔七〕騎羸馬④連雲棧⑤。你休憚怛山高水遠路三千，我等你錦衣綉〔八〕襖⑥軍十万。

〔校〕〔一〕【幺篇】原本作【幺】，鄭騫本作【幺】，其他各本均補作【幺篇】。〔二〕原本「長」字，徐沁君本、甯希元本改作「常」。按，「長」同「常」。〔三〕該曲及下曲三個「辞憚」，各本均校作「辭憚」。按，「辞」同「辭」。「辭憚」，指因膽怯而推辭。〔四〕「止」原本作「[illegible]」，鄭騫本、王季思本改作「只」，徐沁君本、甯希元本改作「止」。〔五〕「渡」原本作「度」，各本均已改。〔六〕「庾」原本作「[illegible]」，徐沁君本校作「峻」，其他各本均作「庾」。按，殘形更接近「庾」字。「庾嶺」，即大庾嶺，在江西省大庾縣南。〔七〕「軍」原本作「君」，鄭騫本未改，其他各本均作「軍」。徐沁君本校記云：「『軍』原本作『君』。今改。按：此爲元劇中常用句。亦見金仁傑《追韓信》第一折、戴善夫《風光好》第一折、楊景賢《西游記》第四本第十五齣等劇。」按，元代戴善夫《陶學士醉寫風光好》第一折：「恰便似犬逢餓虎截頭澗，更險似軍騎羸馬連雲棧」，兩句均言「險」，「犬」與「軍」相對，「軍」應指軍隊、軍人。單看「軍騎羸馬連雲棧」，亦應指極險的境地。另有作「單騎」者，義同，元代楊景賢《西游記》雜劇第四本：「有時俯視溪流看，更險似單騎羸馬連雲棧。」〔八〕「綉」原本作「秀」，各本均已改。

〔注〕①「古渡」，古渡口。②「垂楊岸」，有垂楊柳的河岸。「垂楊」指垂楊柳。③「小可如」，不過如。④「羸馬」，瘦馬；劣馬。⑤「連雲棧」，古棧道名。在陝西漢中，是川陝之間的通道。⑥「錦衣綉襖」，泛指華麗的衣服。此處指軍隊、士兵披掛整齊。

【金盞兒】你道一个月借軍還，我道三十日却①得〔一〕身〔二〕安。信着寡人心，天晚〔三〕早違了初限〔四〕②，借秦兵登旧〔五〕路，從日出至夜將闌③。為甚早交賢臣④還楚國，子⑤怕虎將⑥過昭関。我委实⑦當⑧不得〔六〕八〔七〕面威⑨，你休辞憚五更寒。

〔校〕〔一〕「得」原本作「的」，各本均已改。〔二〕徐沁君本「身」誤作「心」。〔三〕鄭騫本、王季思本「心」下點斷。甯希元本「天」改作「嫌」，并于「晚」下點斷。徐沁君本「信着」至「初限」爲一句。按，應在「心」下點斷，「天晚」指申包胥借兵晚還。〔四〕「限」原本作「悢」，各本均校作「限」。〔五〕原本「旧」字，甯希元本改作「陌」，校記云：「陌路：即路陌。原本『陌』字，形誤爲『旧』。各本失校。」按，甯希元本所校失當。「借秦兵登旧路」是楚昭王囑咐申包胥借得秦兵早日返回，「登旧路」指回程。〔六〕原本「當不得」，甯希元本作「當不的」，徐沁君本作「擋不的」。按，「當」同「擋」。〔七〕「八」原本作「入」，各本均已改。

〔注〕①「却」，纔。②「違限」，超過期限。③「夜將闌」，夜深；夜將盡。④「賢臣」，賢德的大臣，此指申包胥。⑤「子」，只。⑥「虎將」，勇猛善戰的將領，此指伍子胥。⑦「委实」，的確；真的。⑧「當」，同「擋」，抵擋；敵擋。⑨「八面威」，即八面威風，義爲神氣十足。此指伍子胥及其軍隊而言。

【賺煞】〔一〕你去後我夜憂到明，明憂到晚。若是秦穆公將卿傲慢①，你子②是必③曲着脊躬着身④將火性⑤減，善取奏⑥你休冒瀆⑦天〔二〕顏⑧。那〔三〕其間，借的金鼓旗幡⑨，你那洗塵酒⑩開懷如送路盞⑪。可為軍民不安，朝廷有難，你卿呵，〔四〕休别時容易見時難⑫！
（下）

〔校〕〔一〕【賺煞】原本作【尾】，各本均已改。〔二〕「天」原本作「大」，各本均已改。〔三〕「那」原本漫漶作「[illegible]」，覆元槧本刻作「這」，甯希元本校作「那」，其他各本均作「這」。按，殘形依稀可辨是「那」字。「那其間」，那樣的話。這幾句是説楚昭王讓申包胥委曲求全，那樣的話纔能借得秦兵救楚。〔四〕「你卿呵」原本爲大字，徐沁君本、王季思本仍爲大字，鄭騫本、甯希元本改作小字。按，今改作小字，作爲夾白。

〔注〕①「傲慢」，猶「怠慢」。②「子」，只。③「是必」，務必；必須；一定。④「曲着脊躬着身」，委曲求全貌。⑤「火性」，急躁、易怒的脾氣、性子。⑥「取奏」，猶「啟奏」。⑦「冒瀆」，冒犯褻瀆。⑧「天顔」，帝王、天子的容顔。⑨「金鼓旗幡」，代指軍隊、士兵。⑩「洗塵酒」，接風洗塵的酒。⑪「送路盞」，代指送行酒。⑫「休别時容易見時難」，是指楚昭王囑咐申包胥快去快回。

第二折

【越調】〔一〕【鬥鵪鶉】他爲〔二〕那兄父竟〔三〕縈心①，借吴兵應口②。離楚國青春，過昭関皓首③。柳盗蹠④為先鋒，孫武子⑤為帥〔四〕首⑥。惡噷噷⑦，雄糾糾⑧。早是⑨狀〔五〕皃⑩威嚴，可更⑪精神抖搜〔六〕。

〔校〕〔一〕原本無宫調名【越調】，各本均已補。〔二〕「爲」原本作簡體「与」，各本均改作「爲」。鄭騫本校記云：「爲原作與，據文義改。」王季思本「據鄭本改」。〔三〕原本「竟」字，鄭騫本、王季思本改作「意」。鄭騫本校記云：「意原作竟，據文義改。」王季思本「據鄭本改」。〔四〕「帥」原本作「師」，唯甯希元本未改，校記云：「徐本改『帥首』。按：『師』、『帥』二字義同，可不煩改。」〔五〕「狀」原本作「壯」，各本均已改。〔六〕原本「搜」字，各本均改作「擻」。按，「抖搜」同「抖擻」，威風；神氣。

〔注〕①「縈心」，心有牽掛。②「應口」，應聲出口，形容應對迅速、敏捷。③「皓首」，白首，指伍子胥過昭關一夜白頭之事。④「柳盗

蹠」，即盜蹠，又名柳下蹠，傳説中春秋時期的大盜。⑤「孫武子」，即孫武，春秋末期齊國軍事家。⑥「帥首」，軍隊主帥。⑦「惡噷噷」，惡狠狠，亦作「惡歆歆」。⑧「雄糾糾」，武威貌，亦作「雄赳赳」。⑨「早是」，早已；已是。⑩「狀皃」，外貌；形狀；形象。⑪「可更」，更；更加。

【紫花兒序】將他乾坤忠孝，蓋世英雄，來報那殺父母冤讎。俺弟兄每①捨棄，將您子母收留。你好悠〔一〕遊，兀的是幾処笙歌幾処愁，你好不交死讎〔二〕君皇后〔三〕。你御宴②上開懷，殺場上鑽頭③。

〔校〕〔一〕徐沁君本、甯希元本「悠」改作「優」。〔二〕甯希元本「交」改作「焦」，并將「你好不焦死」改爲小字、夾白，「讎」改作「儲」。校記云：「原本『焦』，音假爲『交』；『儲』，音假爲『仇』。今改。《介子推》第三折正末歌曰：『忠心替代仇君死，孺子急忙取劍來。』『仇君』，亦爲『儲君』之假。鄭、徐二本于《介子推》一劇，已進行正確的回改，于本劇却未加改正，失考。又，按律，［紫花兒序］曲此句必爲四字，故『你好不焦死』當爲曲中夾白，二本連屬而下，亦誤。」〔三〕鄭騫本校記云：「此句有誤，待校。」

〔注〕①「每」，們，複數標記。②「御宴」，皇帝所設宴會。③「鑽頭」，鑽營。此處義猶「伸頭」。

【小桃紅】眼前煩惱腹中愁，泪落在盃中酒，痛泪偷淹錦袍袖。〔一〕死臨頭，便道錦封未拆香先透。準備着截舌豁口①，剐皮割肉②，休想一醉解千愁。

〔一〕「死」上原有一「一」字，各本均已删。

〔注〕①「截舌豁口」，截斷舌頭，豁開嘴巴。②「剐皮割肉」，劃開皮膚，切割人肉。

【凭闌人】你道簾懶捲空垂玉控鈎〔一〕①，風送兵塵②滿畫樓③。俺殘生頃〔二〕刻休，您逃生疾快走。

〔校〕〔一〕「鈎」原本作「勾」，各本均已改。〔二〕「頃」原本作「頭」，各本均已改。

〔注〕①「玉控鈎」，玉製的彎鈎。「控」，彎；彎曲。②「兵塵」，兵馬揚起的塵土。③「畫樓」，雕飾華麗的樓閣。

【寨兒令】你道腰勝柳[①]，襪如鈎[〔一〕]，亡家敗國有甚羞？身似海底沉舟，命似水上浮漚[〔二〕②]，抵[〔三〕]多少風雨替花愁。急煎煎[③]不敢抬頭，意遲遲[〔四〕④]争[⑤]忍迎[〔五〕]眸。口不做聲兒哭，淚不做點兒流。不自由，怕心去意難留[⑥]。

〔校〕〔一〕「鈎」原本作「勾」，各本均已改。〔二〕「漚」原本作「鷗」，鄭騫本校作「鷗」，其他各本均作「漚」。〔三〕「抵」原本作「低」，各本均已改。〔四〕「遲」原本不疊，各本均已補。〔五〕原本「迎」字，各本均改作「凝」。按，「迎眸」，擡眼；觸目。可通，不必校改。

〔注〕①「腰勝柳」，形容女子腰身比楊柳還柔軟。②「水上浮漚」，水上漂浮的泡沫。③「急煎煎」，異常焦急。④「意遲遲」，神思凝滯貌。⑤「争」，怎。⑥「心去意難留」，心離開了人也就留不住了。比喻心意已决。

【調笑令】他每[①]是有些[〔一〕]父兄讎，可敢[②]一日无常万事休[③]。恨心不捨[④]鞭尸首[⑤]，抵三千个武王伐紂。打的皮開肉綻碎了骨頭，兀的是和後怎生干休[⑥]！

〔一〕鄭騫本校記云：「（首句）此句并常格兩句爲一句，有字是韻，些字是句尾襯字。」

〔注〕①「每」，們，複數標記。②「可敢」，可能。③「一日无常万事休」，一旦死了所有事情就都結束了。「无常」，死。④「捨」，棄；放棄。⑤「鞭尸首」，即「鞭尸」，用鞭子抽打死者尸體，目的是侮辱死者或大報冤仇。⑥「干休」，罷休。

【雪裏梅】俺不曾創盖摘星樓[①]，又不曾烽火戲諸侯[②]。把俺祖宗凌持[③]，欺負兒孫每[④]軟弱，倚[⑤]着他軍權在手。

〔注〕①「摘星樓」，傳説商紂王爲寵妲己所建的極高的樓。②「烽火戲諸侯」，周幽王寵褒姒之事。③「凌持」，即「凌遲」，古代酷刑。④「每」，們，複數標記。⑤「倚」，仗；倚仗。

【紫花兒序】伍子胥除天[〔一〕]可害[①]，楚昭王无地逃生，申包胥有國難投。百里奚你可甚當權積行[〔二〕]，秦莊公却甚納諫如流[②]。你好優悠[〔三〕]，百万貔貅[③]，手段似天歷斗[〔四〕]牛，眼睁睁[〔五〕]的見死不救。

□〔六〕望人急偎親④，顛倒⑤火上澆油⑥。

〔校〕〔一〕「天」原本作「夫」，各本均已改。徐沁君本校記云：「『除天可害』，當時成語。」例句從略。〔二〕「行」原本作「幸」，唯甯希元本改作「行」，校記云：「積行，即積累功行。原本『行』，音假爲『幸』。徐本失校。」鄭騫本校記云：「（積幸）此二字待校，疑當作積善。」王季思本校記云：「積幸：此二字待校，『幸』疑是『行』之音誤。」按，甯希元本所校是。「積行累功」「積行累善」「積行累德」「積行累勤」文獻習見。〔三〕原本「悠」字，徐沁君本、甯希元本改作「游」。按，【紫花兒序】係【越調】曲牌，全曲十句。「百万貔貅」係第六句，第八、九、十句爲「眼睁睁的見死不救，望人急偎親，顛倒火上澆油」，第七句正格七字，「手段似天」不是襯字，「手段」此指「排場；架勢」，「似天」言其大，「手段似天」即秦穆公擁兵百萬，軍事力量雄厚。「力才牛」必爲第七句后三個正格字，因爲「牛」須與第三句的「投」，第五句的「流」，第六句的「貅」，第八句的「救」，第十句的「油」押韻。故「你好優悠」應爲夾白，不是曲文，是楚昭王對秦穆公的慨嘆之詞。〔四〕「歷斗」原本作「力才」，鄭騫本未改，注「待校」。徐沁君本改作「手段衝天射斗牛」，注「以意改」。甯希元本「才」改爲「扯」，校記云：「秦穆公有雄兵百萬，勢可回天，力能扯牛」，并引《三國演義》關于許褚的描述：「雙手掣二牛尾，倒行百餘步。」王季思本改「才」作「賽」，注「音近借用」。明代傳本無此曲。按，「力」係「歷」之同音别字，「才」與「斗」因形近致誤。「斗牛」指二十八宿中的斗宿與牛宿，借指天空，也常稱作「牛斗」。文獻中，常用來形容氣勢宏大，直衝霄漢，與其搭配的動詞有「衝」「貫」「射」「凌」「犯」「干」「侵」「逼」「排」等。與「斗牛」「牛斗」搭配的動詞均有「干犯」之義，「力斗牛」不通，「力」是「歷」之同音别字。「歷」字也有「干犯」義。《文選·揚雄〈羽獵賦〉》「立歷天之旂」，指立起直插雲霄的旗子，李善注引韋昭曰：「歷，干也。」唐李德裕《重憶山居六首·巫山石》：「必是歸星渚，先求歷斗牛。」以「力」代「歷」是以簡代繁，原本字形以簡代繁者習見。「才」應是「斗」之形誤。

該句應校作「手段似天歷斗牛」，意思是：秦國軍隊氣勢宏大，直衝雲霄。顯示出楚昭王巴望申包胥能借得秦軍，抗擊伍子胥，以解國危之心切。〔五〕「睁睁」原本作「争」和一個重文符號，各本均改作「睁睁」。〔六〕鄭騫本校記云：「望字上似有脱文。」王季思本校記云：「『望』字上似有脱文。『人急偎親』，元劇中習用語。」按，「望」上應脱一字。「眼睁睁的見死不救，望人急偎親，顛倒火上澆油」是該曲【紫花兒序】末三句，正格皆爲四字，即見死不救、人急偎親、火上澆油。「人急偎親」是元雜劇中的習語，元刊本《看錢奴》第二折：「終有個人急偎親，否極生泰。」若前邊只用「望」字，意義不明，不能與前後句銜接。「眼睁睁見死不救」是説秦兵未至，楚昭王情急之中説秦穆公見死不救。「人急偎親」義爲人在危急時刻都會依靠親友。「顛倒」表轉折，義爲「反倒；反而」，「顛倒火上澆油」是説反倒火上澆油。通過疏通句意，「望」處應爲「指望、盼望」義，即本指望秦穆公能發兵相救，却反倒火上澆油。補「指」可通。

〔注〕①「除天可害」，只有天可以加害。②「納諫如流」，接受勸諫像流水那樣自然。③「百万豼貅」，比喻衆多勇猛的士兵。④「人急偎親」，人在危急時刻都會依靠親友。⑤「顛倒」，反倒；反而。⑥「火上澆油」，比喻使事態變得更加嚴重。

【禿厮兒】馬到処①敵軍乱走，槍舉処鮮血交流，是他偏〔一〕爱杀伐②争戰鬥。君臣意，不相投③，難休。

〔校〕〔一〕「偏」原本作「[illegible]」，覆元槧本僅刻左旁，鄭騫本作「×」，其他各本均據脉望館鈔校本校作「偏」。

〔注〕①兩「処」字對言，有話題標記化的傾向，其語法化路徑爲：處所義—時間義—假設義—話題標記。②「杀伐」，泛指征戰。③「投」，合。

【聖藥王】他槍侶虬①，馬侶彪②，五六行地下滚死人頭。咱見陣休，一鼓收，片時③間血濺了鳳凰樓④，休想分⑤破帝王憂。

〔注〕①「虬」，虬龍。②「彪」，虎。③「片時」，片刻，很短的時間。④「鳳凰樓」，指華美的樓閣。⑤「分」，分擔。

【麻郎兒】〔一〕您叔姪每①免憂，俺夫婦每②承〔二〕頭③。俺把你殘生搭〔三〕救，你抱④機関⑤休〔四〕泄漏。

〔校〕〔一〕【麻郎兒】原本作【鬼三臺】，鄭騫本、王季思本、甯希元本改作【麻郎兒】。鄭騫本校記云：「【麻郎兒及幺篇】（調名）原本此兩支合爲一曲，題鬼三臺，據律改定。」王季思本校記云：「此調及〔幺篇〕之調名，原刻本題〔鬼三臺〕，并合兩曲爲一曲，鄭本已據律改定。」甯希元本校記云：「［麻郎兒］曲及其［幺篇］：原本二曲誤合爲一，題作〔鬼三臺〕。依鄭本改。徐本失校。」〔二〕「承」原本作「成」，鄭騫本未改，其他各本均改作「承」。徐沁君本校記云：「『承頭』一詞，元曲中習用之。誤作『成頭』者，他處亦有之：《陽春白雪》後集卷二楊西庵【賞花時】『春夜深沉庭院幽』套：『緊推辭不肯成頭。』隋本引《雍熙樂府》作『承頭』。」王季思本校記云：「原刻本『承』作『成』，音近之誤。按，『承頭』一詞。元曲中習用，今粵語中尚保留。」甯希元校記云：「原本『承』，音假爲『成』。今改。」〔三〕「搭」原本作「荅」，各本均已改。〔四〕鄭騫本、王季思本「休」下補「得」字。鄭騫本校記云：「原無得字，據句法補。」王季思本校記云：「原刻本無『得』字，鄭本已補。」

〔注〕①②「每」，們，複數標記。③「承頭」，承當；承擔。④「抱」，胸懷；心中有；藏著。⑤「機関」，計謀；秘密。

【幺篇】俺兩口〔一〕，死後，了〔二〕休〔三〕①！子②怕一家兒潑水難收③，四口兒都遭機彀〔四〕④，幾輩兒君王絶後⑤。

〔校〕〔一〕徐沁君本「口」下增一「兒」字。〔二〕徐沁君本删「了」字。「口兒」下、「後」下未斷。〔三〕原本無「休」字，鄭騫本、王季思本、甯希元本均已補，并于「口」下、「後」下斷開。鄭騫本校記云：「原無休字，據句法及韻補。」王季思本校記云：「原刻本無『休』字，鄭本已補。」甯希元本校記云：「依律，［麻郎兒］曲之［幺篇］需换頭，作短柱體，兩字一韵三句。如《西廂記》第一本第三折之『我忽聽、一聲、猛驚。』原本脱『休』字，依鄭本補。徐本于此失考，以『了』字爲衍文，徑删，又增補一『兒』字，遂改全句爲『我兩口兒死後。』誤甚。」〔四〕「彀」原本作「勾」，各本均已改。

〔注〕①「了休」，罷休；完了。②「子」，只。③「潑水難收」，潑出去的水不能再收回，本事爲漢朱買臣妻求合事。比喻夫妻分手不能再復合，後指局面不能挽回。④「機轂」，圈套；機關。⑤「絶後」，無後代；無子嗣。

【絡絲[一]娘】救您[二]叔姪命則合藏舌閉口①，講甚君臣礼誠惶②頓首③。子④怕扶[三]侍君王不到頭⑤，寡人依卿所奏。

〔校〕〔一〕「絲」原本作「糸」，各本均已改。〔二〕甯希元本「您」改作「你」。〔三〕徐沁君本「扶」改作「伏」。按，「扶侍」同「伏侍」「服侍」，不必改。

〔注〕①「藏舌閉口」，閉嘴不説話，主要指怕惹事而不輕易開口。亦作「閉口藏舌」「閉口結舌」。②「誠惶」，誠惶誠恐。本表示臣子對皇帝十分敬畏，後指十分小心謹慎。③「頓首」，此處指磕頭、跪拜。④「子」，只。⑤「扶侍君王不到頭」，元雜劇習語，指爲君王服務一輩子却不得善終。

【收尾】[一]將文班武職①難收救，最繫②的是嫡[二]親③四口。他來呵[三]眼見的去前殿后宫里搜，子索[四]④向深山大林里走。

〔校〕〔一〕【收尾】原本作【尾】，唯徐沁君本未補。〔二〕「嫡」原本作「滴」，各本均已改。〔三〕鄭騫本「他來呵」改作小字。〔四〕「索」原本作「色」，各本均已改。

〔注〕①「文班武職」，文武官員。②「繫」，牽掛；惦記。③「嫡親」，此指最親近的家屬。④「子索」，只要；只須。此處義爲「只好」。

第三折

【中吕】[一]【粉蝶兒】一勇征夫①，臨潼會你為盟府[二]②。憑着一管③筆三尺昆吾[三]④，你救了姬光⑤，伏⑥了秦帝⑦，不合⑧劍嚇他无祥公主。子落雁沉魚⑨，乱了君臣，間[四]别⑩了子父⑪。

〔校〕〔一〕原本無宫調名【中吕】，各本均已補。〔二〕「盟府」原本作「明甫」，唯鄭騫本未改。徐沁君本校記云：「嚴敦易文引本曲已注改。按：臧本本劇第一折：『怕的那伍盟府天下罕。』又：『你道是伍盟府能雄悍。』李壽卿《伍員吹簫》第一折白：『他在臨潼會上，秦穆公賜他白金寶劍，稱爲盟府。』均作『盟府』。」王季思本校記云：「原刻本作『明甫』，音誤。按：元曲選本本劇第一折、李壽卿伍員吹簫第一折均稱伍員爲『盟府』，據改。」甯希元本注云：「『盟府』，本古代掌管盟約、盟書之官府。《左傳》僖公五年：『勳在王室，藏于盟府。』注：『盟府，司盟之官。』」〔三〕原本「昆吾」，唯甯希元本改作「錕鋙」。按，「昆吾」同「錕鋙」。〔四〕「間」原本作「諫」，各本均已改。

〔注〕①「征夫」，出征的戰士。②「盟府」，司盟之官，即負責盟約、盟誓的官員。③「管」，筆的量詞。④「昆吾」，泛指寶劍。「昆吾」本是美石名，也指昆吾石冶煉鑄造的刀劍，亦作「錕鋙」「錕鋘」。⑤「姬光」，吴王闔閭，姓姬名光。⑥「伏」，降服；使屈服。⑦「秦帝」，秦穆公。⑧「合」，應該；應當。⑨「落雁沉魚」，指女子貌美。⑩「間別」，離間；使分離。⑪「子父」，父子。因押韵倒文。

【醉春風】是你送①了正直臣，是你昏俺明聖②主。自從盤古到如今，數，數。不曾見篡〔一〕③君王江山，弑〔二〕④君王性命，揭君王墳墓。

〔校〕〔一〕「篡」原本作「簒」，各本均已改。〔二〕「弑」原本作「試」，各本均已改。

〔注〕①「送」，葬送；斷送。②「明聖」，聖明；英明。③「篡」，臣子奪取皇位。④「弑」，指臣殺君或子殺父。

【迎仙客】吴邦①助着子胥，楚國陷了包胥，乱②殺〔一〕③弟兄，慌〔二〕殺子母④。急煎煎⑤死臨頭，眼睜睜〔三〕活受苦。後面鬧吵吵〔四〕軍卒⑥，前面番滚滚〔五〕⑦野水⑧无人渡〔六〕。

〔校〕〔一〕原本無「殺」字，徐沁君本「乱」改作「没亂殺」，其他各本均作「亂殺」。〔二〕「慌」原本作「荒」，唯鄭騫本未改。〔三〕「睜睜」原本作「争争」，各本均已改。〔四〕「吵吵」原本作「炒了」，各本均已改。〔五〕「番滚滚」原本作「番衮衮」，各本均改作「翻滚滚」。「番」同「翻」，「番滚滚」文獻習用。〔六〕「渡」原本作「度」，各本均已改。

〔注〕①「吴邦」，吴國。②「乱」，猶「没亂」，心神不定。③「殺」，煞。④「子母」，母子。因押韵倒文。⑤「急煎煎」，十分焦急。⑥「軍卒」，士兵；兵卒。⑦「番滚滚」，水浪翻滚貌。⑧「野水」，野外的河流。

【紅綉〔一〕鞋】不得已殃〔二〕及魚父〔三〕，那里問不分世事①，指斥鑾輿〔四〕②。十數載君臣一〔五〕鄉間③。能〔六〕可④長江中亡〔七〕了性命，也強如⑤短劍下碎了身軀〔八〕。怎下的⑥眼睁睁〔九〕不救主。

〔校〕〔一〕「綉」原本作「秀」，各本均已改。〔二〕原本「殃」字，鄭騫本、甯希元本改作「央」。按，「殃及」有「連累」和「請求」二義，可不改。〔三〕原本「魚父」，甯希元本改作「漁夫」，其他各本均作「漁父」。〔四〕「指斥鑾輿」原本作「止尺樂輿」，王季思本校作「咫尺鑾輿」，其他各本均作「指斥鑾輿」。按，應作「指斥鑾輿」，指摘、斥責帝王。〔五〕王季思本「一」改作「共」，校記云：「原刻本作『一鄉間』，據臧本改。」〔六〕「能」原本省作「[illegible]」，王季思本作「寧」，其他各本均作「能」。〔七〕「亡」原本作「忘」，各本均已改。〔八〕「軀」原本作「區」，各本均已改。〔九〕「睁睁」原本作「争争」，各本均已改。

〔注〕①「不分世事」，不明白世事。②「指斥鑾輿」，指摘、斥責帝王。類似説法還有「指斥乘輿」「指斥朝廷」「指斥陛下」「指斥至尊」「指斥宫闈」「指斥宫禁」等。③「鄉間」，家鄉；故鄉；鄉里。④「能可」，寧可。⑤「強如」，比……强，「如」是比較標記。「A 强如 B」體現 VO 型的語序類型。⑥「下的」，忍心；捨得。亦作「下得」。

【石榴〔一〕花】見雲濤烟浪①接天隅②，這的是雲夢山、洞庭湖。那厮大驚小怪老村夫，叫苦，諕〔二〕的我魄散魂无。他道親〔三〕的身安踈〔四〕的交命卒。四口兒都是親〔五〕那個踈〔六〕？自忚忬〔七〕，怎割情腸③，難分手足④。〔八〕

〔校〕〔一〕「榴」原本俗寫作「[illegible]」，各本均已改。〔二〕原本「諕」字，鄭騫本未改，其他各本均改作「唬」。〔三〕原本無「親」字，各本均已補。〔四〕〔六〕原本兩「踈」字，鄭騫本分别作「疎」「踈」，徐沁君本、王季思本均作「疏」，甯希元本未改。〔五〕原本無「親」字，唯鄭騫本未補。〔七〕「怞忬」原本作「怞忬」，徐沁君本改作「躊躇」，其他各本均改作「猶豫」。按，不必改，「怞忬」同「猶豫」，亦作「怞忬」「由忬」「由與」「猶與」「尤與」「猶夷」「猶移」「猶疑」。〔八〕【石榴花】係【中吕】宫曲牌，全曲九句，要求句句押韵。每句字數分别爲：七、五、七、四、四、七、七、七、五。該曲韵脚字爲：「隅」「湖」「夫」「苦」「無」「卒」「疏」「忬」「足」，符合九句之數。然第四、八句字數不够，疑有脱文。第四句「叫苦」，《元曲選》本作「那裏便叫苦」。第八句「自怞忬」，《元曲選》本作「則被這一家老小同奔赴」，《元曲選外編》作「則俺這一家老小牽腸肚」。鄭騫本校記云：「此曲前半是石榴花，後半與石榴花迥異，又不似中吕之任何一調，詳其文義，亦無脱誤，只可視爲石榴花之又一體。元曲選及内本將此曲後半完全改作，亦是因其不類石榴花也。」因别無他例，鄭本「又一體」説宜暫存疑。

〔注〕①「雲濤烟浪」，像雲烟一樣的浪濤。②「天隅」，天邊，比喻極遠的地方。③「情腸」，代指感情，此指楚昭王與妻子、兒子的感情。④「手足」，代指兄弟，此指楚昭王及其弟弟。

【普天樂】親的身安，踈〔一〕的休疑慮①。踈的休辞性命，親的不放衣服。對面觀〔二〕，排頭②覷，這个那个相牽情腸肚，難分生死，怎辨親踈。你有留人詔書③，你有免死赦書④，你又有义斷休書。

〔校〕〔一〕該曲三「踈」字，鄭騫本、甯希元本未改，徐沁君本、王季思本作「疏」。〔二〕「觀」原本作「歡」，各本均已改。

〔注〕①「疑慮」，因懷疑而有顧慮。②「排頭」，猶「排隊」。③「詔書」，皇帝頒發的命令。④「赦書」，皇帝頒發的可赦免死罪的文告。

【上小樓】我交你名作〔一〕万古，那里有相隨百步①。我交他替了御榻②，道〔二〕了吾當③，救了皇族。忘了祖，善〔三〕兒女，從新〔四〕革故④。交後人説，楚平王家有义夫節婦⑤。

〔校〕〔一〕原本「作」字，鄭騫本、王季思本改作「標」，徐沁君本、甯希元本改作「傳」。鄭騫本校記云：「原作名作，費解，平仄亦誤；據元曲選及内本改。」徐沁君本校記云：「『傳』原作『作』。

今改。」王季思本校記云：「原刻本『標』作『作』，費解，平仄亦誤，據元曲選本、脉望館本改。」甯希元本校記云：「原本『傳』，形誤爲『作』。依徐本改。鄭本依脉鈔本、《元曲選》改作『標』，與原本字形相距較遠，不取。」按，暫存疑。〔二〕甯希元本「道」改作「逃」，校記云：「原本『逃』（tao），音假爲『道』（dao）。元代北方方音有此異讀，二音多得相假。……各本于此失校。」〔三〕徐沁君本、王季思本「善」改作「先」，并與上句連讀。甯希元本「忘了」改作「望老」。鄭騫本未改。甯希元本校記云：「原本『望』，音假爲『忘』；『老』，音假爲『了』。……『老』（lao）、『了』（liao）相假，元曲多有此例。」〔四〕「新」原本作「辛」，各本均已改。

〔注〕①「相隨百步」，謂相處時間短也會依依不捨。②「御榻」，帝王的床、卧具。③「吾當」，我。「當」，詞綴，無意義。④「從新革故」，革除舊的，從立新的。此指楚昭王要犧牲掉妻子，以後再娶。⑤「义夫節婦」，重道義的丈夫和重貞節的妻子。

【幺篇】〔一〕咱兩个親子父①，我和他一父母。他和我近，我和他親，你比伦踈〔二〕。交去水府②，往地獄，兒尋娘去。能〔三〕可③交我无兒，怎肯交你先絶户④。

〔校〕〔一〕【幺篇】原本作【么】，鄭騫本、王季思本作【幺】，徐沁君本、甯希元本作【幺篇】。〔二〕原本「踈」字，鄭騫本、甯希元本未改，徐沁君本、王季思本作「疏」。〔三〕「能」原本簡作「[illegible]」，王季思本校作「寧」，其他各本均作「能」。按，應校作「能」。

〔注〕①「子父」，父子，因押韵倒文。②「水府」，神話傳説中水神、龍王的府邸。③「能可」，寧可。④「絶户」，絶後；無子嗣。

【洞庭芳】哀哉子母①，古今希〔一〕②有，前後俱无。孝子是真賢婦〔二〕，枉〔三〕祭了羣魚。兒呵，你捨命投江救主，妻呵，你抵〔四〕多少出嫁從夫③。知名目④，瞽叟⑤堂中生舜主，堯王殿下長丹朱⑥。

〔校〕〔一〕原本「希」字，甯希元本改作「稀」，其他各本未改。按，「希」同「稀」，可不改。〔二〕原本「孝子是」，鄭騫本未改，王季思本、甯希元本改作「是孝子」。該句徐沁君本改作「兒爲孝子，妻是真賢婦」。按，疑該句有倒錯、脱文。該句是【滿庭芳】第四句，應爲七字句，多爲「四三」節奏，其平仄爲：「×平×仄平平去」（×表示平仄不論）。「真賢婦」符合末三字平仄。「是」位于「孝子」與「真賢婦」之間不通，疑「是」字倒錯，應位于「孝子」之前。這樣此句正格仍短一字。徐沁君本所補義可通，但作兩句，則該曲多一句。《元曲選》本該句作「又不是進膠舟那日昭王渡」，全然不同，無從補校。〔三〕「枉」原本作「往」，唯鄭騫本未改。〔四〕「抵」原本作「低」，各本均已改。

〔注〕①「子母」，母子，因押韵倒文。②「希」，稀少，同「稀」。③「出嫁從夫」，封建社會「三從四德」的「三從」之一，《儀禮·喪服·子夏傳》：「婦人有三從之義，無專用之道。故未嫁從父，既嫁從夫，夫死從子。」④「名目」，名聲。⑤「瞽叟」，舜的父親。⑥「丹朱」，堯的兒子。

【要孩兒】〔一〕怕不待〔二〕①相隨相從相將②去，子怕③逢虎將无人祭祖。各分路逃生，兩下里④禱告青虛⑤。你心肝厚〔三〕休逢柳盜蹠〔四〕，我尸首全休撞着子胥。〔五〕

〔校〕〔一〕【要孩兒】原本作【四煞】，各本均已改。〔二〕「待」原本作「代」，各本均已改。〔三〕「厚」原本作「後」，徐沁君本「後」上補「去」字，其他各本均將「後」改作「厚」。按，「後」應改作「厚」。「心肝」既有心臟、肝臟義，又有心腸義。柳盜蹠係春秋時期農民起義領袖，後爲强盜代稱。元雜劇中有柳盜蹠食人心肝的説法，元刊雜劇《霍光鬼諫》第二折：「子怕吃人心盜蹠，那裏敬有德行顔淵。」無名氏雜劇《爭報恩三虎下山》第四折：「我是粉鼻凹柳盜蹠，偏愛吃人心肺。」以「厚」稱「心」，義爲「敦厚；厚道」，即「宅心仁厚」。唐代元稹《説劍》：「此劍何太奇，此心何太厚！」《唐故李府君墓志之銘》：「府君踵之，事逾于前矣。性和而平，心厚而質。」清魏源《海運全案跋》：「人心風俗日益厚。」「心肝厚」即心腸好，性情敦厚。「肝」係連類而及，「心肝」與下句的「尸首」對言，「厚」與「全」對言。故該句之「心肝」應蘊含了以上兩重意義，而非至親至愛的「心肝寶貝」義，徐沁君本「你心肝去後」，失之。〔四〕「蹠」原本作「拓」，係簡體「跖」之形誤，各本均已改。〔五〕此處鄭騫本、王季思本注「（此下缺三句）」，徐沁君本據脉望館鈔校本補「無拔濟，誰相助，俺弟兄每時乖在咫尺，運拙在須臾」。甯希元本據脉望館鈔校本補「無拔濟誰相助？我弟兄每時乖在咫尺，運拙在須臾」。「子」上各本均補「伍」字，鄭騫本校記云：「據句法及文義補」，王秀思本「從鄭本補」，其他二本未言何據。

〔注〕①「怕不待」，難道不；豈不。②「相將」，相偕；相共；一起。③「子怕」，只怕。④「兩下里」，兩邊；兩方面。⑤「青虛」，上天。

【三煞〔一〕】或是道〔二〕家①菴〔三〕觀②藏，或是僧家③寺院里居，着〔四〕莫④農家鸚鵡洲邊住。吴邦〔五〕軍至听着号令，秦國兵來等着詔書⑤。今年天之禄⑥，子胥退去灾為福，包胥至復旧如初⑦。

〔校〕〔一〕原本無「煞」字，各本均已補。〔二〕「道」原本作「到」，各本均已改。〔三〕原本「菴」字，徐沁君本改作「庵」。按，「菴」同「庵」。〔四〕原本「着」字，甯希元本改作「者」。〔五〕原本無「邦」字，各本均已補。徐沁君本校記云：「曲譜，此爲上四下三句法，觀下句『秦國兵來』可知。」按，本折【迎仙客】「吴邦」與「楚國」對言，當補「邦」字，「吴邦」即吴國。

〔注〕①「道家」，道教。②「菴觀」，尼姑庵和道觀，此處專指道觀。③「僧家」，佛教。④「着莫」，或是；或者。亦作「折末」「折莫」「折麼」「遮末」「遮莫」「者末」「者莫」「者麼」「者磨」，是近代漢語常見的連詞，還有即使、假如、不論、不管、什麼、爲什麼、莫非、大約等義。⑤「詔書」，皇帝頒發的命令。⑥「天之禄」，天賜的福禄。此乃楚昭王向天祈福。⑦「復旧如初」，恢復舊的，就像當初一樣。

【二煞〔一〕】弟兄每有限身〔二〕，别離无限苦，兩下里欲去回頭覷。睁着眼〔三〕刀刃心頭攪，到〔四〕不如咬着牙齸人劍下誅。哭一声行一步，弟兄性〔五〕氣①吁②昏日月，子母恨〔六〕泪洒滿江湖〔七〕。

〔校〕〔一〕原本無「煞」字，各本均已補。〔二〕王季思本、甯希元本「身」改作「生」。按，「有限身」指有限的身體、生命或壽命等。文獻中多有其例，「有」常與「無」對文。《寒山詩》：「生爲有限身，死作無名鬼。」唐元稹《和樂天高相宅》：「莫愁已去無窮事，漫苦如今有限身。」鍾嗣成《雙調·清江引》：「百年有限身，三寸元陽氣，早尋個穩便處閑坐地。」〔三〕原本無「眼」字，「睁着」作「争着」，各本均已校補。〔四〕原本「到」字，各本均改作「倒」。按，「到」同「倒」，可不改，「到不如」文獻習見。〔五〕甯希元本「性」改作「情」，校記云：「原本『情』，形誤爲『性』。據脉抄本、《元曲選》改。」〔六〕「恨」原本作「[illegible]」，鄭騫本、徐沁君本校作「眼」，王季思本、甯希元本校作「恨」。王季思本據《元曲選》本改，甯希元本據脉望館鈔校本和《元曲選》本改。按，原本「恨」左側行間豎綫殘損，作「[illegible]」，鄭騫本、徐沁君本誤視作「眼」。〔七〕「湖」原本作「胡」，各本均已改。

〔注〕①「性氣」，志氣。②「吁」，驚動。

【尾】〔一〕這的是等人天一个人〔二〕，秦穆公一个女〔三〕。九間大殿①交人住，和俺那七代先灵②做不得主！

（下）

〔校〕〔一〕原本**【尾】**，徐沁君本、王季思本補作「煞尾」。〔二〕原本「人天一个人」，鄭騫本未改，校記云：「此句待校。」徐沁君本作「東吴國一個人」，校記云：「『天』为『吴』的殘字，『國』字脱，『人』字誤。」王季思本作「擎天一個人」，校記云：「意指等申包胥自秦國請兵回來。元劇中每以『擎天白玉柱』指代將相。『擎天』原刻本作『人天』，誤。」甯希元本作「人天易得久」，校記見下條。〔三〕「一个女」原本作「一十女」，甯希元本改作「真个丑」，校記云：「『一』、『十』爲文字待勘符號之誤……次句末尾之『女』字，則爲『丑』字之形誤。按：『等人易得久，瞋人易得丑』，本宋元時吴中俗語，見徐度《却掃編》，據改。徐本改二句爲『等吴國一個人，秦穆公一個女。』又疑當作『東吴國伍子胥，秦穆公無祥女。』均誤。」其他各本均作「一個女」。按，甯希元本所校不可信。

〔注〕①「九間大殿」，指君王的宫殿。②「七代先灵」，泛指歷代祖先。

第四折

【雙調】〔一〕【新水令】包胥忠孝子胥知，听得借將軍①來引②軍先退。借軍的重扶③的楚国家〔二〕，報雠的齊和凱歌回。名姓〔三〕与天齊，忠孝兩完備。

〔校〕〔一〕原本無宮調名【雙調】，鄭騫本、王季思本未補，徐沁君本、甯希元本補。〔二〕原本「家」字，徐沁君本、甯希元本改作「安」，徐沁君本據脉望館鈔校本。甯希元本校記云：「與下『凱歌回』均爲三字對句。原本『安』，形誤爲『家』。徐本依脉抄本改，是。今從。」〔三〕「姓」原本作「性」，各本均已改。

〔注〕①「將軍」，將領和軍士。②「引」，帶領。③「扶」，扶助。

【駐馬聽】子胥无敵，雪恨鞭尸惹是非；包胥有智，借兵救主定華夷①。想過昭関②八面〔一〕虎狼威③，怎知〔二〕哭秦庭七日英雄泪④。我身立在宝殿里，子⑤不見同胞〔三〕共乳親兄弟⑥。

〔校〕〔一〕「面」原本作「百」，各本均已改。〔二〕原本「知」字，王季思本、甯希元本改作「如」，王季思本校記云：「原刻本『如』作『知』，形誤，據元曲選本改。」甯希元本校記云：「原本『如』字，形誤爲『知』。今改。」〔三〕「胞」原本作「包」，各本均已改。

〔注〕①「華夷」，此指國家。②「過昭関」，指伍子胥過昭関事。③「八面虎狼威」，喻極其威風。④「哭秦庭七日英雄泪」，申包胥到秦國借兵，連哭七日纔借得秦兵。《左傳·定公四年》：「申包胥如秦乞師，……立依于庭墻而哭，日夜不絶聲，勺飲不入口，七日。秦哀公爲之賦《無衣》，九頓首而坐。秦師乃出。」⑤「子」，只。⑥「乳親兄弟」，一奶同胞。

【沉醉東風】自間別①伯夷叔齊②，殃〔一〕及泪眼愁眉。〔二〕弟兄情，講甚君臣礼。下金階〔三〕③再觀〔四〕天日，惶恐慌張〔五〕為甚的④，又怕是南柯夢⑤里。

〔校〕〔一〕原本「殃」字，鄭騫本、甯希元本改作「央」。按，「殃及」有「連累」和「請求」二義，可不改。〔二〕徐沁君本「弟」上據脉望館鈔校本、《元曲選》本補「既然爲」三字。〔三〕「階」原本作「皆」，各本均校作「階」。〔四〕「觀」原本作「雚」，各本均校作「觀」。〔五〕「惶恐慌張」原本作「皇恐荒章」，各本均已改。

〔注〕①「間别」，分别；離别。②「伯夷叔齊」，代指兄弟。③「金階」，帝王宫殿的台階，也代指朝廷。④「甚的」，什麽。⑤「南柯夢」，比喻一場空。

【滴滴金】雖然更了名姓〔一〕，改了顔皃①，争②着年紀。非是庶子③，不是偏妃④。一般衣冠，一般宫殿，一般官職。問甚貴賤高低？

〔校〕〔一〕「姓」原本作「性」，各本均已改。

〔注〕①「顔皃」，容顔；相貌。「皃」同「貌」。②「争」，差。③「庶子」，古代指非皇后、非正妻生的兒子，皇后、正妻所生兒子爲嫡子。④「偏妃」，皇后以外的妃子。

【折桂令】這的是楚昭王嫡〔一〕子親妻，這的是殿下丹朱①，這的是重添墻〔二〕上泥皮②。暗想當日，舡難行五千〔三〕③水接雲齊④。賢皇后三從四德，孝皇儲⑤百縱〔四〕千隨⑥。〔五〕妻子别離，天數輪回，不防兄弟，再得完備。本待⑦勸化⑧人心，誰想泄漏天機⑨。

〔校〕〔一〕「嫡」原本作「滴」，各本均已改。〔二〕「墻」原本作「嗇」，各本均已改。〔三〕原本「舡難行五千」，徐沁君本、王季思本據脉望館鈔校本、《元曲選》本改作「船小江深」，并于「深」下點斷。鄭騫本、甯希元本未改。〔四〕「縱」原本作「從」，鄭騫本、徐沁君本未改，王季思本、甯希元本改作「縱」。王季思本校記云：「原刻本『縱』作『從』，今改。按，『百縱千隨』爲元曲中習用語。」甯希元本校記云：「原本『縱』，省寫作『從』。今改。」〔五〕「妻」上徐沁君本據脉望館鈔校本、《元曲選》本補「我則道」三字。

〔注〕①「丹朱」，堯的兒子。此指楚昭王新生的太子、皇儲。②「墻上泥皮」，比喻微不足道的人或物。此處當指楚昭王皇后之外的妃子。③「五千」，當指五千里。④「水接雲齊」，猶「天邊」。⑤「皇儲」，儲君，未來的帝王。⑥「百縱千隨」，一切都順從他人。猶「百依百順」。⑦「待」，要；想要。⑧「勸化」，勸人向善。⑨「泄漏天機」，泄露上天的秘密。

【落梅風】他身死在波光①内，名標在書傳里。一个忠則尽命②，一个孝當竭力。救得我為君有子共妻，我交那里尋个〔一〕兄弟。

〔校〕〔一〕「个」原本作「十一」二字，鄭騫本、王季思本改作「個」，徐沁君本作「個親」，甯希元本作「同胞」。鄭騫本校記云：「原作尋十一，个與十形近致誤，一字是衍文。參閱霍光鬼諫第一折賺煞校語。」王季思本校記云：「原刻本『個』作『十一』，『個』與『十』形近致誤，『一』是衍文。」徐沁君本校記云：「兹以意改。」甯希元本校記云：「『同胞』二字，原本誤作『十一』，亦文字待勘符號『卜』之形誤。據《元曲選》改。鄭本僅補一『個』字，徐本補『個親』二字，似非。」

〔注〕①「波光」，水；江水。②「尽命」，喪命；死。

【雁兒落】見耶〔一〕尫羸①愁養耽〔二〕遲②，見娘殘病長回避，見兄貧寒侶世人，見弟愚魯③看作奴婢。

〔校〕〔一〕原本「耶」字，唯鄭騫本未改，其他各本均作「爺」。按，「耶」同「爺」，不必改。〔二〕「耽」原本作「冘」，甯希元本校作「耽」，其他各本均校作「兒」。按，「冘」是「耽」之簡寫。該曲前兩句是批評孩子不孝，后兩句批評兄弟不悌。故「見耶尫羸」的是孩子，不是父親，若改作「兒」，則是站在父親角度而言，前後矛盾，不通。「耽遲」是同義并列結構，義爲「耽誤延遲」，文獻習見，元楊顯之《鄭孔目風雪酷寒亭》第二折：「我急忙忙取得文移，趲程途不敢耽遲。」句意爲：害怕奉養衰病的爺娘而有意耽誤、遲緩。

〔注〕①「尫羸」，瘦弱。②「耽遲」，耽誤延遲。③「愚魯」，愚笨粗魯。

【得勝令】最軟的是房下子、脚頭妻①，最敬的是大舅舅〔一〕②、小姨姨③，見丈母十分怕，見丈人百事隨④。有〔二〕一个富相知⑤，忒ㄖ一輩冘傳一輩冘〔三〕；見一个貧劣〔四〕⑥的親戚，識的他却皮隔皮⑦。

〔校〕〔一〕「舅舅」原本作「旧」和一個重文符號，各本均已改。〔二〕甯希元本「有」誤改作「見」。〔三〕該句鄭騫本、王季思本校作「忒白一輩兒傳一輩兒」，鄭騫本校記云：「（忒白）此二字待校」，王季思本校記云：「『忒白』二字待校，徐本改『白』爲

『舊』，不從。原刻本『兒』字皆作『尣』，校同上條。」徐沁君本校作「忒旧一輩兒傳一輩」，校記云：「下一『輩』字下原有一『兒』字。今删。」甯希元校作「忒皿一輩尣傳一輩尣」，校記云：「此句有誤，待校。」按，該句存疑，待校。〔四〕徐沁君本「劣」改作「窮」。

〔注〕①「脚頭妻」，結髮妻。②「大舅舅」，大舅子。③「小姨姨」，小姨子。④「百事隨」，什麼事都依從，猶「百依百順」。⑤「相知」，知己；知心朋友。⑥「貧劣」，貧弱。⑦「皮隔皮」，不是真心；不真誠。

【水仙子】人乘華輦〔一〕①赴朝疾，我子怕舡到江心補漏遲②。淘淘〔二〕雪浪③添風力，諕〔三〕得他悠悠魄散䰟飛〔四〕。近山村建所墳圍④，蓋座〔五〕賢妻碣〔六〕⑤，立个孝子碑，交後代人知。

〔校〕〔一〕「華輦」原本作「卆輦」，鄭騫本校作「車輦」，其他各本均作「華輦」。〔二〕原本「淘淘」，唯甯希元本未改，其他各本均改作「滔滔」。按，不必改。「淘淘」，水大貌。〔三〕原本「諕」字，唯鄭騫本未改，其他各本均改作「唬」。〔四〕「飛」原本作「非」，各本均已改。〔五〕「座」原本作「坐」，徐沁君本未改，其他各本均改作「座」。〔六〕「碣」原本作「借」，徐沁君本、王季思本校作「廟」，鄭騫本、甯希元本校作「碣」。

〔注〕①「華輦」，華麗的車輦。②「舡到江心補漏遲」，比喻爲時已晚。③「雪浪」，白色的浪花、波浪。④「墳圍」，墳墓。⑤「碣」，圓頂石碑。

大都新編楚昭王踈者下舡終〔一〕

〔校〕〔一〕尾題王季思本删，鄭騫本作「楚昭王踈者下船終」，徐沁君本作「大都新編《楚昭王疏者下船》終」，甯希元本作「楚昭王踈者下船雜劇終」。

新刊関目看錢奴買寃家債主

鄭廷玉

校本五種

鄭騫本：鄭騫《校訂元刊雜劇三十種》

徐沁君本：徐沁君《新校元刊雜劇三十種》

甯希元本：甯希元《元刊雜劇三十種新校》

王季思本：王季思《全元戲曲》（第四卷）

高橋繁樹本：高橋繁樹等《新校訂元刊雜劇三十種》（二）

第一折

（净扮賈弘義上，開，做睡的科）（聖帝①一行上，開了，問净云了）〔一〕（尊子②云了）（净云了）（正末披秉③扮增福神④上，開）小神乃天曹⑤增福之神。今聞聖帝呼召，不知有甚事，只索⑥走一遭去。（做見尊子了）（尊子云了）（〔二〕云）告上聖⑦：此人有歸怨⑧於上天，不宜憫恤⑨。（尊子〔三〕云了）〔四〕

〔校〕〔一〕徐沁君本此處補「（净云了）」，校記云：「原無。今補。」〔二〕「云」上徐沁君本、王季思本、高橋繁樹本補「正末」二字。〔三〕原本無「子」字，各本均已補。〔四〕此處徐沁君本、王季思本補「（正末唱）」。

〔注〕①「聖帝」，天帝。②「尊子」，位尊之人。③「披秉」，穿上

專有服飾。④「增福神」，給人增加福報的神。⑤「天曹」，天上的官署。⑥「只索」，只好。⑦「上聖」，天神；至聖。⑧「歸怨」，把怨恨歸于某人或某方面。⑨「憫恤」，憐憫體恤。

【仙吕】〔一〕【點絳唇】這等人輕視①貧乏②，不恤③鰥寡④，天生下⑤，狡倿奸猾⑥，和⑦我這神鬼都謾嚇〔二〕。

〔校〕〔一〕原本無宫調名【仙吕】，各本均已補。〔二〕「謾嚇」原本作「謾下」，鄭騫本未改，徐沁君本、甯希元本、高橋繁樹本作「謾嚇」，王季思本作「瞞下」。徐沁君本校記云：「息、臧本『謾下』均作『瞞諕』。『瞞』、『謾』，『諕』、『嚇』，均字同。『神鬼都謾嚇』，即『瞞神嚇鬼』，元曲中習用語。」甯希元本校記云：「原本『嚇』，音假爲『下』。今改。」王季思本校記云：「『瞞』原本作『謾』，據息機子、臧晋叔本改。元劇中『謾』、『瞞』二字通用，爲方便今天讀者，統一作『瞞』。」

〔注〕①「輕視」，看不起。②「貧乏」，此指窮苦人。③「恤」，體恤；憐憫。④「鰥寡」，老而喪妻或喪夫的人。也泛指無勞動能力又無親屬贍養的老人。⑤「天生下」，天生地。⑥「狡倿奸猾」，狡猾奸佞。「倿」，「佞」的訛字。⑦「和」，連。

【混江龍】休攬他貪財声價①，子存着心田一寸種根芽。不肯甘〔一〕貧②立事③，子待僥倖〔二〕成家。自拿着殺子殺孫笑里刀，怎存的好兒好女眼前花。這等人夫不行孝道，婦不尽賢達④，爺〔三〕瞞心昧已⑤，娘剜刺挑茶⑥，兒焦波浪劣⑦，女俐齒伶牙；笑穷民寒賤〔四〕，趨富〔五〕漢奢華；他用〔六〕的驅駕⑧，他没的頻拿；挾權⑨処追往，倚勢⑩処行踏〔七〕⑪；少一分也告狀，多半錢也隨衙⑫；買官司上下⑬，請機察⑭鈐轄⑮。這等人忘人恩，背人義，賴人錢，壞風俗，殺風景，傷風化。到能勾〔八〕肥羊法酒⑯，异〔九〕錦輕紗⑰。

(尊子云了)〔十〕

〔校〕〔一〕「甘」原本作「干」，各本均已改。〔二〕「僥倖」原本「狡倖」，鄭騫本、王季思本改作「徼幸」，徐沁君本、甯希元本作「狡幸」，高橋繁樹本未改。徐沁君本校記云：「息、臧本『狡倖』改作『僥幸』，音同異寫。按：馬致遠《黄粱夢》第四折：『道不的殷勤過日災須少，僥幸成家禍必多。』」其他各本未出校。按，應作「僥倖」或「僥幸」，二者同。「狡倖」，狡詐狠毒。「僥幸成家」元雜劇習見。〔三〕「爺」原本作「耶」，唯鄭騫本未改。〔四〕原本「賤」僅殘存右半部，各本均校作「賤」。〔五〕「趨富」原本殘作「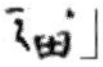」，下字各本均校作「富」；上字鄭騫本、王季思本校作「愛」，徐沁君本校作「羨」，甯希元本校作「趨」，高橋繁樹本作一空圍。甯希元本校記云：「『趨』，即趨附。原本音假作『取』，殘壞，仿刻本空缺。惟何煌所見元本仍作『取』字，據以回改。鄭本補作『愛』。徐本補作『羨』，均與原本殘迹不符，不取。」按，甯希元本所校是。李壽卿《伍員吹簫》雜劇第三折：「都是些傲窮民、趨富漢，不放我同歡同會，空走到十數筵席，有那個堪相酬對。」〔六〕原本「用」字，徐沁君本、甯希元本改作「有」。徐沁君本校記云：「下句『没的』，上句當作『有的』，對應成文。」甯希元本從徐本改。〔七〕「行踏」原本殘損，高橋繁樹本作「□踏」，其他各本均作「行踏」。〔八〕原本「到能勾」，各本均改作「倒能够」。按，可不改，「到」同「倒」，「能勾」同「能够」。〔九〕「异」原本作「衣」，唯鄭騫本未改。按，應改作「异」，「异錦輕紗」對「肥羊法酒」。四詞均爲定中結構。「异錦」習見。〔十〕此處徐沁君本、王季思本補「（正末唱）」。

〔注〕①「声價」，聲望與社會地位。②「甘貧」，甘于清貧。③「立事」，建立事業、功業。④「賢達」，才德、聲望。⑤「瞞心昧己」，違背良心做壞事。⑥「剜剌挑茶」，惹是生非，挑撥離間。⑦「焦波浪劣」，「焦波」，不詳，待考。「浪劣」，浪蕩頑劣。⑧「驅駕」，驅使、駕馭，此謂使用。⑨⑩「挾權」「倚勢」，即「挾權倚勢」「倚勢挾權」，倚仗權勢欺壓他人。⑪「行踏」，行走。⑫「隨衙」，跟隨；侍候。亦作「隨牙」。⑬「買官司上下」，買通官員或官府而上下活動。「官司」，此指官員或官府。⑭「機察」，秘密檢察。此指從事秘密檢察的官員。⑮「鈐轄」，節制管轄。⑯「肥羊法酒」，泛指美食和美酒。「法酒」，按官府法定規格釀造的酒。⑰「异錦輕紗」，泛指錦綉衣服。「异錦」，不常見的奇异錦綉。

【油葫芦】一个胡臉〔一〕兒①閻王不是要，一个捏胎鬼②依正法③，一个注生④的分數⑤不争差⑥。這等人向公侯伯子⑦難安插〔二〕，去驴騾馬象〔三〕⑧剛生下。又不曾油鼎⑨内叉〔四〕，劍樹⑩上蹅〔五〕⑪。據他那阿鼻⑫罪过天來⑬大，得個人身也不亏他。

〔校〕〔一〕「臉」原本作「斂」，各本均已改。〔二〕「插」原本作「察」，各本均已改。徐沁君本「據息、臧本改」。其他各本未出校。〔三〕原本「象」字，徐沁君本、甯希元本改作「豕」。徐沁君本校記云：「『象』與『豕』字形近似致誤。象在驢、騾、馬的行列中頗爲不類，息、臧本蓋有見于此，而又不察『豕』爲『象』之形誤，改作『驢騾狗馬』矣。」甯希元本校記云：「原本『豕』，形誤爲『象』。象非六畜，不可入驢馬之列。依徐本改。」按，佛典文獻中「象」與「驢馬」等并列者較常見，如《佛説大摩裹支菩薩經》：「或蛇虺獮猴野猫驢馬象牛，互相鬥競及侵害人。」〔四〕甯希元本「叉」改作「煠」，校記云：「原本『煠』(zha)，音假爲『叉』(cha)。據息機子、《元曲選》改。鄭、徐二本失校。」按，「叉」字可通，不必改。〔五〕鄭騫本「蹅」誤作「踏」。

〔注〕①「胡臉兒」，黑臉兒。「胡」同「糊」。②「捏胎鬼」，迷信説法，負責捏造胎兒相貌、性格、命運等的鬼。③「正法」，正確的法則。④「注生」，迷信説法，根據人的壽數注定其生日。⑤「分數」，數目；定數。⑥「争差」，差。同義連文。⑦「公侯伯子」，是「公侯伯子男」的省稱，古代爵位名。⑧「驢騾馬象」，代指動物、畜生。⑨「油鼎」，油鍋。⑩「劍樹」，佛教中指劍輪地獄中的景象，也指酷刑；險境。⑪「蹅」，踏。⑫「阿鼻」，佛教音譯詞，指痛苦没有間斷。⑬「來」，助詞，猶「一般；一樣」。

【天下樂】子好①交披上片驴皮受罪罰。他前世托生在京華②，貪財心没命煞，他油鐺内見財也去抓。富了他三五人，穷了他數万家。今世交受貧乏还报他。

(尊子云了)〔一〕告上圣：此人不可憫恤。〔二〕

〔校〕〔一〕此處鄭騫本補「(云)」，徐沁君本、王季思本、高橋繁樹本補「(正末云)」。〔二〕此處徐沁君本、王季思本補「(唱)」。

〔注〕①「子好」，只好。②「京華」，京城。

【那吒令】這等人前世里造下①，今世受〔一〕折罰②；前世里狡猾，今世里叫〔二〕化③；前世里抛撒④，今世里餓殺。但說的事事〔三〕知，子說謾〔四〕心話⑤，不肯做本分生涯⑥。

〔校〕〔一〕原本「受」字，徐沁君本、高橋繁樹本改作「里」。徐沁君本校記云：「據息、臧本改。按：『受折罰』雖可通，但與上下文句式不一律。」〔二〕「叫」原本作「教」，各本均已改。〔三〕原本「事事」，徐沁君本改作「是事」，校記云：「《語辭匯釋》卷一『是（四）』條：『是事，猶云事事或凡事也。』本曲下句『謾心話』，不用疊字，本句亦不應疊。」〔四〕王季思本「謾」改作「瞞」。

〔注〕①「造下」，謂造下業障。②「折罰」，報應懲罰。③「叫化」，乞討；要飯。④「抛撒」，丢棄撒落，此指揮霍浪費。⑤「謾心話」，昧心話。⑥「生涯」，生計；營生；職業。

【鵲踏枝】你亏心也子①由他，造惡也侭〔一〕②交他，謾〔二〕③不过湛湛青天，離〔三〕不了漫漫黄沙④。上圣試鑒察⑤，枉將他救拔⑥，管他甚富那⑦貧那。

〔校〕〔一〕原本「侭」字，徐沁君本、甯希元本改作「盡」。〔二〕王季思本「謾」改作「瞞」。〔三〕「離」字原本簡體誤作「难」，各本均校作「離」。

〔注〕①「子」，只。②「侭」，儘管。③「謾」，欺騙，同「瞞」。④「離不了漫漫黄沙」，謂死後被黄沙掩埋。⑤「鑒察」，鑒别察明。⑥「救拔」，拯救；幫助脱離苦海。⑦「那」，語氣詞。

【寄生草】你爺〔一〕娘在生时常憂飣，死去後奠甚茶。干把些淚珠兒滴尽空消〔二〕洒①，瀽〔三〕②了些漿水飣③那肯停時霎④，巴⑤的帋錢灰燒过无牽掛。瀽了這百壺漿濕不遍墓兒前，干澆了千盃茶浸不透黄泉下。

（云）這等人粧幺〔四〕處更不可恕。〔五〕

〔校〕〔一〕原本「爺」字，鄭騫本誤作「耶」。〔二〕原本「消」字，徐沁君本、甯希元本、高橋繁樹本改作「瀟」。〔三〕「瀽」原本作「蹇」，各本均已改。〔四〕「粧幺」原本作「𤵊么」，鄭騫本、甯希元本作「粧么」，徐沁君本、王季思本作「妝幺」，高橋繁樹本作「粧幺」。〔五〕此處徐沁君本、王季思本補「（唱）」。

〔注〕①「消洒」，同「瀟灑」，凄凉寂寥。②「瀽」，潑；傾倒。③「漿水飰」，酸了的稀飯。「飰」同「飯」。④「時霎」，片刻；極短的時間。⑤「巴」，巴望；盼望。

【幺篇】〔一〕穷漢每① 祗〔二〕揖② 頭也不點，佯呆③ 着手也不叉。動不動掀〔三〕騰④ 七代先灵⑤ 罵，坑陷得一郡眾生⑥ 打，欺負得五嶽⑦ 神祇⑧ 怕〔四〕。這等人直化生⑨ 做十二相屬⑩ 分，敢番身〔五〕到六道輪廻⑪ 罷。（尊子〔六〕云了）（〔七〕云）告上聖：若借与此〔八〕二十年富貴，更是无礼。〔九〕

〔校〕〔一〕【幺篇】原本作【么】，鄭騫本作【幺】，徐沁君本、王季思本、甯希元本作【幺篇】，高橋繁樹本未改。〔二〕「祗」原本作「𥘺」，鄭騫本、王季思本校作「祇」，徐沁君本、甯希元本、高橋繁樹本作「祗」。按，應校作「祗」。〔三〕「掀」原本作「軒」，徐沁君本、甯希元本改作「掀」，其他各本未改。徐沁君本校記云：「『軒』、『掀』音同義通。」甯希元本校記云：「原本『掀』（xian），音假爲『軒』（xuan）。今改。」〔四〕「祇」原本作「祇」，「怕」原本作「帕」，各本均已改。〔五〕原本「番身」，鄭騫本未改，徐沁君本、甯希元本改作「翻生」，王季思本、高橋繁樹本作「翻身」。按，「番」同「翻」。「番身」，此指改换身體，從人輪回爲畜生。〔六〕「子」原本作「了」，各本均已改。〔七〕「云」上徐沁君本、王季思本、高橋繁樹本補「正末」。〔八〕「此」下唯高橋繁樹本未補「人」字，其他各本均補。〔九〕此處徐沁君本、王季思本補「（唱）」。

〔注〕①「每」，們，複數標記。②「祗揖」，行肅拜之禮。③「佯呆」，裝傻；假裝呆傻痴笨。④「掀騰」，攪擾；鬧騰。⑤「七代先灵」，泛指祖先。⑥「眾生」，一切生命體，多指人和各種動物。⑦「五嶽」，中國五大名山。東岳泰山，西岳華山，南岳衡山，北岳恒山，中岳嵩山。⑧「神祇」，泛指神明。「神」，天神。「祇」，地神。⑨「化生」，佛教「四生」之一，指無所依托，借業力而忽然出現者，如諸天神、餓鬼及地獄中的受苦者。（參見《漢語大詞典》）⑩「十二相屬」，十二生肖。「相屬」即屬相。「化生作十二相屬」，輪回爲生肖中的十二種動物。⑪「六道輪廻」，六道，佛教術語，指

天道、人道、阿修羅道、地獄道、餓鬼道、畜生道。生命各因其所行善惡在六道中轉世相續爲「六道輪迴」。

【六幺〔一〕序】這等人斗筲器①難容物，毬〔二〕子心②怎捉拿③？打扮的似宰相人家，聳着肩胛〔三〕，迸〔四〕④着鼻凹⑤，更无些和氣謙洽〔五〕。貧兒⑥乍⑦富把征驍〔六〕⑧跨，早不肯慢慢行咱⑨，马兒上扭捻⑩身子兒詐⑪，鞍橋〔七〕⑫柞木⑬，鐙挑〔八〕葵花⑭。

〔校〕〔一〕「幺」原本作「么」，鄭騫本、王季思本未改，其他各本均作「幺」。〔二〕原本「毬」字，徐沁君本改作「球」。〔三〕「胛」原本作「甲」，各本均已改。〔四〕「迸」原本作「併」，鄭騫本、甯希元本未改，其他各本均作「迸」。〔五〕「洽」原本作「狎」，各本均已改。〔六〕「驍」原本作「鞔」，各本均已改。〔七〕原本「橋」字，各本均改作「橋」。按，「橋」同「橋」。〔八〕「挑」原本作「跳」，各本均已改。

〔注〕①「斗筲器」，比喻氣量狹小。一斗爲十升，一筲爲十二升。「斗」和「筲」都是量小的容器。「筲」是竹器。②「毬子心」，即「毬子心腸」，指心眼兒像球一樣靈活無定。「毬」同「球」。③「捉拿」，捉摸。④「迸」，暴發。此指鼓起。⑤「鼻凹」，鼻翼凹陷處。⑥「貧兒」，乞丐；窮人。「兒」帶貶義色彩。⑦「乍」，突然；一下子。⑧「征驍」，戰馬。⑨「咱」，語氣詞。⑩「扭捻」，扭動。同義連文。⑪「詐」，張揚貌。⑫「鞍橋」，馬鞍拱起處，像拱橋，故名。亦作「鞍橋」「鞍鞽」。「橋」同「橋」。⑬「柞木」，柞樹的木材。⑭「鐙挑葵花」，馬鐙上有葵花紋裝飾。

【幺篇】〔一〕子①是街狹，更人雜，把捧胷②牢拿，玉鞭〔二〕忙加，走咱③行〔三〕咱，攛行④花踏，見的白踏⑤，问甚鄰家，那里肯攀鞍下馬，把穷漢每⑥傲慢杀。他須⑦是家業消乏⑧，礼義先達，也合當礼數還他。你自尊自大无高下⑨，真乃是井底鳴蛙，濟〔四〕⑩穷漢肚腸⑪些娘⑫大。他子好⑬酸寒乞儉⑭，怎消⑮得富貴榮華。

（尊子云了）（浄云了）〔五〕

〔校〕〔一〕【幺篇】原本作【么】，鄭騫本、高橋繁樹本作【幺】，其他各本均作【幺篇】。〔二〕「鞭」原本作「鞍」，唯鄭騫本未改。〔三〕原本重「行」字，各本均刪其一。〔四〕徐沁君本奪「濟」字。〔五〕此處徐沁君本、王季思本補「（正末唱）」。

〔注〕①「子」，只。②「捧㬰」，繮繩。「捧」同「牽」。③「咱」，語氣詞。④「攛行」，快走。⑤「踏」，踏；踩。⑥「每」，們，複數標記。⑦「須」，一定。⑧「消乏」，消减；貧乏。⑨「高下」，尊卑。⑩「濟」，幫助；扶助。⑪「肚腸」，心眼兒；心胸。⑫「些娘」，細小；微小。⑬「子好」，只好。⑭「乞儉」，乞丐。⑮「消」，消受；享受。

【賺煞尾】他成家①人未身安，破家②人〔一〕先生下。借与他个錢龍③入家，有限次④家私交你權⑤掌把⑥，借与你二十年不管⑦消乏。你待告⑧增加，禍福无差，貧富天公定論下。為緣〔二〕何⑨夭桃⑩二月分〔三〕奮發，籬菊九秋⑪開罷，大剛⑫是乾坤不放一時花⑬。

（尊子云了）（净做睡覺科）（〔四〕云了，尋的〔五〕古〔六〕藏科，云了）

〔校〕〔一〕甯希元本「人」據息機子本、《元曲選》改作「鬼」。〔二〕「緣」原本作「元」，各本均已改。〔三〕原本「二月分」，徐沁君本、王季思本改作「三月」，甯希元本作「三月分」，鄭騫本、高橋繁樹本未改。〔四〕「云」上徐沁君本補「净」字。〔五〕徐沁君本「的」改作「得」。〔六〕甯希元本「古」改作「窟」。

〔注〕①「成家」，持家；興家。②「破家」，使家業破敗。③「錢龍」，財神。④「限次」，限期；期限。⑤「權」，權且；暫且。⑥「掌把」，掌握；掌控。⑦「管」，能；能够。⑧「告」，請求。⑨「為緣何」，爲什麼。⑩「夭桃」，艷麗的桃花。⑪「九秋」，秋天；秋季。⑫「大剛」，大概。⑬「乾坤不放一時花」，上天不讓花在同一時間開放。

第二折

（正末藍〔一〕扮，同旦兒〔二〕、俫兒①上，開）小生姓周，名榮祖，字伯誠，洛陽居住。渾家②張氏，孩兒長壽。為家私消乏上③，三口兒去曹州曹南鎮上探親來④。不想⑤命不快⑥，探親不着。又下着這大雪。大嫂，似這般怎生呵！〔三〕

〔校〕〔一〕甯希元本「藍」改作「襤」，校記云：「『襤』，即襤褸。謂正末穿破衣作叫化打扮。原本『襤』，音假爲『藍』。今改。」按，「藍」指「薄藍」，關漢卿《四春園》：「外扮孛老兒薄藍上」，指角色穿破衣服。王學奇、王静竹《宋金元明清曲辭通釋》注：「薄藍、薄襤，皆謂衣服襤褸，疑爲『破爛』之音轉。」〔二〕徐沁君本、王季思本删「兒」字。〔三〕此處徐沁君本補「(正末唱)」，王季思本補「(唱)」。

〔注〕①「俫兒」，扮演小孩的角色名。②「渾家」，「妻子」的俗稱。③「上」，與「為」共現，「為」義爲「因爲」，「上」相當于後置的「因爲」，是元代由漢蒙語言接觸而成的離格標記，元代白話文獻習見。④「來」，助詞，表過去時。⑤「不想」，不料；想不到。⑥「快」，好；順利。

【正宫】〔一〕【端正好】路難通，家何在？乾坤老山也頭白。四野凍雲①垂，万里冰花②蓋。肯分③我三口兒離鄉外。

〔校〕〔一〕原本無宫調名【正宫】，各本均已補。

〔注〕①「凍雲」，寒冬的陰雲。②「冰花」，霧凇。③「肯分」，正好；恰好；凑巧。

【滚綉毬〔一〕】似銀〔二〕沙漫①了山海，瓊瑶砌世界，玉琢成九街千〔三〕陌，粉粧成十二樓臺。似這雪韓退之馬鞍心冷怎當②，孟浩然驴背上凍下來③，剡溪中禁回了子猷訪戴④。三口兒敢⑤凍倒在長街！把不住兩條精腿⑥千般戰，這早晚⑦十謁⑧朱門⑨九不開，凍餓難捱⑩！

(外末扮陳德甫上，做賣酒科，云了)〔四〕

〔校〕〔一〕「滚綉毬」原本作「衮綉毬」，王季思本、高橋繁樹本作「滚繡毬」，其他各本均作「滚綉球」。〔二〕「銀」原本作「艮」，各本均已改。〔三〕原本「千」字，鄭騫本、王季思本未改，徐沁君本、高橋繁樹本改作「阡」。甯希元本改作「十」，校記云：「原本『十』，形誤為『千』。今改。『九街』、『十陌』爲同義複詞，徐本改作『阡陌』，非。」按，「千陌」同「阡陌」。〔四〕此處徐沁君本、王季思本補「(正末唱)」。

〔注〕①「漫」，没過。②該句從韓愈（退之）《左遷至藍關示侄孫

湘》詩：「雪擁藍關馬不前」出。③該句指孟浩然騎驢踏雪尋梅之事，明張岱《夜行船》卷一「踏雪尋梅」條：「孟浩然情懷曠達，常冒雪騎驢尋梅，曰：『吾詩思在灞橋風雪中驢背上。』」④該句指東晋王子猷雪夜剡溪乘舟訪戴安道之事。「韓退」至「訪戴」均寫雪大天冷。⑤「敢」，可能。⑥「精腿」，光腿。此指褲子單薄的腿。⑦「這早晚」，這時候；這時間。⑧「謁」，見。⑨「朱門」，代指大户人家；富貴人家。⑩「捱」，挨；忍受。

【倘秀才】餓的我肚里飢少魂失魄①，凍的〔一〕身上冷无顔落色②。這雪飄在俺穷漢身边冷的分外〔二〕。雪深遮脚面，風緊透人懷，忙將〔三〕手揣③。（云）兀那酒務兒④里，着⑤孩兒去竈窩兒里向把火咱！（做与外末厮見礼數了）（外〔四〕云了，与酒了，再云了）〔五〕

〔校〕〔一〕「的」下唯鄭騫本未補「我」字。〔二〕原本無「外」字，各本均已補。〔三〕原本「將」字，徐沁君本誤改作「把」。〔四〕「外」下徐沁君本、王季思本、高橋繁樹本補「末」字。〔五〕此處徐沁君本、王季思本補「（正末唱）」。

〔注〕①「少魂失魄」，形容精神恍惚、六神無主貌。②「无顔落色」，面無人色。③「揣」，揣手，天冷時左右手互相插在兩個袖筒裏。④「酒務兒」，本指與酒有關的事務，因此代指酒館兒、酒店。⑤「着」，讓；使。

【滚綉毬〔一〕】酒斟着磁〔二〕盞臺①，香濃紅琥珀②。哥哥末〔三〕不見現錢多賣。

（外末云了）〔四〕

管甚末〔五〕潑〔六〕醅③新釀茅〔七〕柴④。這酒勝厨中滿殿香，趕⑤青州從事白，不枉唤做鳳城春色，飲一盃似添上一個綿胎〔八〕⑥。外頭見千團柳絮⑦隨風舞，我這里早兩朵桃花⑧上臉來。便有些和氣開懷。

（外末問了）（正末云）自家共⑨大嫂張氏，孩兒長壽，咱三口兒洛陽居住，往曹州曹南探親來。（外末云了）（正末與旦兒〔九〕商議了，云）哥哥，小生肯过房⑩這孩兒。〔十〕

〔校〕〔一〕「滚綉毬」原本作「衮綉求」，王季思本、高橋繁樹本作「滚繡毬」，其他各本均作「滚綉球」。〔二〕徐沁君本「磁」改作

「瓷」。〔三〕原本「末」字，鄭騫本、王季思本、甯希元本改作「莫」。按，「末」同「莫」，不必改。〔四〕此處徐沁君本、王季思本補「(正末唱)」。〔五〕甯希元本「末」改作「么」。〔六〕原本「潑」字，徐沁君本、甯希元本、高橋繁樹本改作「醱」。按，「潑醅」同「醱醅」，不必改。〔七〕「茅」原本作「毛」，各本均已改。〔八〕「胎」原本作「台」，唯鄭騫本未改。〔九〕徐沁君本、王季思本刪「兒」字。〔十〕此處徐沁君本、王季思本補「（唱)」。

〔注〕①「臺」，盞托兒。這種盞叫作「臺盞」。因押韵此處加「臺」字。②「紅琥珀」，紅色美酒。「琥珀」指美酒。③「潑醅」，重釀而未過濾的酒。亦作「醱醅」。④「茅柴」，即茅柴酒，指薄酒、劣酒、惡酒。亦作「茆柴」。⑤「趕」，趕上；趕超。⑥「綿胎」，棉胎，被褥中的棉花胎。⑦「柳絮」，代指雪花。⑧「桃花」，酒後臉頰上的紅暈。⑨「共」，和；與；跟。⑩「过房」，過繼，將孩子送與他人收養。

【倘秀才】典①與一个有兒女官員是孩兒命乖②，賣与个无子嗣的人家是孩兒大采③，撞見个有道理爺〔一〕娘是他修福來。你救孩兒一身苦，強如④把万僧齋，显的哥哥你敬客。

(外末下〔二〕了)(净同外旦上了)(外末引正末三人上了，外末与净云了)(正末、旦兒〔三〕、倈兒云了，正末做寫文書了)〔四〕

〔校〕〔一〕「爺」原本作「耶」，唯鄭騫本未改。〔二〕「下」原本作「上」，鄭騫本未改，徐沁君本、王季思本、高橋繁樹本改作「下」，該科介甯希元本改作「外末引正末三人下了」。徐沁君本校記云：「此下緊接著是『外末引正末三人上了』，此處自當作『下』。詳言之，應作『外末引正末三人下』，以示這一場的終了。」〔三〕徐沁君本、王季思本刪「兒」字。〔四〕徐沁君本「了」下補「唱」，王季思本括號外補「（唱)」。

〔注〕①「典」，抵押。此指「賣」。②「命乖」，命運不濟。③「大采」，運氣好。「采」，幸運；好運。④「強如」，比……强。「如」是比較標記，相當于「比」。「A 强如 B」體現 VO 型的語序類型。

【滚綉毬〔一〕】我濃濃完〔二〕着墨色，臨臨〔三〕下着筆劃，不得〔四〕已委實无柰〔五〕，想着這子父情斑〔六〕管①難擡。這孩兒是爺〔七〕精膸〔八〕②結就胎，娘腸肚〔九〕上③摘下來。今日把俺子父情都撇在九霄雲外，三口兒生忔〔十〕插④兩處分開。做娘的剜心似痛杀杀〔十一〕刀攢⑤腹，做爺〔十二〕的滴血似撲簌簌淚滿腮，苦痛傷懷！

（净云了〔十三〕）（〔十四〕寫文書了，將过孩兒了）（净打倈兒了）〔十五〕

〔校〕〔一〕「滚綉毬」原本作「衮綉求」，王季思本、高橋繁樹本作「滾繡毬」，其他各本均作「滚綉球」。〔二〕甯希元本「完」改作「研」，校記云：「原本『研』，音假爲『完』。據息機子、《元曲選》改。按：『研』，即『硯』之古體。……由于各處方音的歧出，『圓』（yuan）、『完』（wan）、『研』（yan）各字，在元明民間刊本書籍中，亦多有相互假借者。……元刊本之『完』，即息機子、《元曲選》二本之『研』。可以論定矣。」〔三〕甯希元本「臨臨」改作「淋淋」，校記云：「原本音假爲『臨臨』。今改。」按，「臨臨」，盈滿貌，指筆飽蘸墨汁。〔四〕「得」原本作「的」，唯高橋繁樹本未改。〔五〕原本「柰」字，各本均改作「奈」。按，「柰」同「奈」。〔六〕「斑」原本作「班」，各本均已改。〔七〕「爺」原本作「耶」，唯鄭騫本未改。〔八〕原本「膸」字，各本均改作「髓」。按，「膸」同「髓」。〔九〕原本「腸肚」，鄭騫本誤乙作「肚腸」。〔十〕原本「忔」字，鄭騫本、王季思本、甯希元本改作「扢」。〔十一〕原本「杀」字不叠，各本均改叠，下句「撲簌簌」叠。〔十二〕原本「爺」字，唯鄭騫本改作「耶」。〔十三〕原本無「了」字，各本均已補。〔十四〕「寫」上徐沁君本、高橋繁樹本補「正末」。〔十五〕此處徐沁君本、王季思本補「（正末唱）」。

〔注〕①「斑管」，斑竹製成的毛筆。②「精膸」，精氣真髓。一般作「精髓」。③「上」，是元代由漢蒙語言接觸而成的離格標記，表示動作的起點，相當于後置的「從」。意爲：從母親的腸肚上摘下來。④「生忔插」，活生生地。亦作「生各支」「生各劄」「生各紥」「生扢支」「生扢揸」「生扢紥」等，後二字均爲詞綴，無意義。⑤「攢」，聚集；聚攏。「刀攢腹」，謂刀多次捅、扎腹部。

【倘秀才】這孩兒差訛①了一个字千般兒見責②，查〔一〕③着五个指十分便摑④，打的孩兒連耳通紅了半壁〔二〕⑤腮。他不敢偷眼覷，不敢放哭声來，偷將淚揩⑥。

〔校〕〔一〕原本「查」字，鄭騫本、甯希元本改作「揸」。按，「查」有張開義，不必改字。〔二〕「壁」原本作「比」，各本均已改。

〔注〕①「差訛」，差錯。同義連文。②「見責」，被責備。③「查」，張開。④「摑」，用巴掌打。⑤「壁」，邊。⑥「揩」，擦。

【呆古朵】妳妳可怜見①小冤家把你做七世親娘拜，高擡手饒过這嬰孩。我不怕〔一〕煩惱殺他爺爺，我則怕乞良②煞他妳妳。怕有些不週〔二〕処③權④躭〔三〕待⑤，做一床錦被都遮蓋。把孩兒姓字從今夜交〔四〕，小名兒自來日改。

（正末做欲去請錢科）（浄做賴錢科）（外末做賠錢了）

〔校〕〔一〕該曲三「怕」字原本均作「帕」，各本均已改。〔二〕原本「週」字，鄭騫本、高橋繁樹本未改，其他各本均改作「周」。〔三〕原本「躭」字，唯徐沁君本改作「耽」。按，「躭」同「耽」，不必改字。〔四〕徐沁君本「夜」下補「排」字，「交」字屬下句，甯希元本從。按，徐本補「排」字，大概有兩個原因。其一，「排」能與「改」字押韵，該曲押「皆來」韵，「排」「改」俱屬之；其二，把「交」當作使令動詞，同「教」。據曲譜，【呆古朵】第七句無須押韵。「交」有「改」義，《吕氏春秋·務大》「交相爲贊」高誘注：「交，更也」，《玉篇·交部》：「交，更也」，《小爾雅·廣詁》：「交，易也。」「交」義可通，但似不常用。

〔注〕①「可怜見」，值得可憐。「見」，詞綴，無意義。②「乞良」，悲痛；凄凉。③「怕……処」，如果……的話。「怕」從懼怕義語法化出表假設的用法，「處」從處所義語法化出時間義，進而語法化出表假設的用法。④「權」，權且；姑且。⑤「躭待」，即「擔待」，見諒；原諒。亦作「耽待」。

【倘秀才】今只有錢〔一〕學不的哥哥五湖四海，更他也受用①不的千年万載。你个勒掯②穷民狠員外③！或有典④段疋〔二〕⑤，或是當鐸〔三〕釵，恨不的加一價放解⑥。

〔校〕〔一〕原本「今只有錢」，王季思本據《元曲選》補改作「如今這有錢的」。〔二〕原本「段疋」，鄭騫本、高橋繁樹本未改，徐沁君本、王季思本作「緞匹」，甯希元本作「緞疋」。按，不必改字，「段」同「緞」，「疋」同「匹」。〔三〕原本「錍」字，鄭騫本改作「鐶」，高橋繁樹本改作「篦」。按，「錍」，釵，通「鎞」。文獻中「錍」「釵」連用者習見，不必改字。

〔注〕①「受用」，享受；使用。②「勒揹」，爲難；刁難；索要；壓榨。③「員外」，本指正員之外的官員，後泛指地主、豪紳。④「典」，抵押；典當。⑤「段疋」，成匹的綢緞。「段」同「緞」，「疋」同「匹」。⑥「放解」，以典當盤剥取利。古代當鋪也叫解典庫。

【滾綉毬〔一〕】典玉器有色澤你寫没色澤，解①金子赤顏色寫着淡顏色，你常安排着九分厮賴②，把雪花銀〔二〕③寫做雜白④。解⑤時節將爛鈔揣〔三〕⑥，贖時節將料鈔⑦擡⑧，恨不的十兩鈔先除了〔四〕折錢三百，那里肯周急心重義踈〔五〕財！今日孟嘗君緊把賢門閉，交你个柳盜跖新將解庫⑨開，又不是官差。

（云）他既賴〔六〕了我的恩養錢⑩，你看〔七〕折〔八〕底罵一場出些怨氣咱⑪！

〔校〕〔一〕「滾綉毬」原本作「袞綉求」，王季思本、高橋繁樹本作「滾繡毬」，其他各本均作「滾綉球」。〔二〕「銀」原本簡作「艮」，各本均已改。〔三〕「揣」原本作「択」，鄭騫本未改，甯希元本作「擲」，其他各本均作「揣」。徐沁君本校云：「湯式《筆花集》【南吕】【一枝花】《自省》套：『但有個權勢的姨夫大塊子択，便笑靨兒攢腮。』《全元散曲》隋校引《雍熙樂府》：『「択」作「揣」。』可證。無名氏《劉弘嫁婢》第一折：『人家道那把時節將爛鈔你强揣與，巴的到那贖時節要那料鈔教他贖將去。』亦正與本曲語意相同。」〔四〕「了」原本作「子」，唯鄭騫本未改。〔五〕原本「踈」字，鄭騫本、甯希元本未改，徐沁君本、王季思本作「疏」，高橋繁樹本作「踈」。〔六〕「賴」原本作「買」，鄭騫本未改，甯希元本改作「昧」，其他各本均作「賴」。徐沁君本校記云：「上文『净作賴錢科』，此即指其事。」〔七〕「看」下徐沁君本、王季思本、甯希元本補「我」字。〔八〕甯希元本「折」改作「揭」。按，「折底」俟考。

〔注〕①「解」，大額金錢兑换成小額。②「厮賴」，抵賴。③「雪

花銀」，純度高的白銀。④「雜白」，不純的銀子。⑤「解」，典押；押當。⑥「揣」，强加給。⑦「料鈔」，元初發行的貨幣，因以絲料作合價標準而得名。（參見《漢語大詞典》）⑧「擡」，擡高物價、比率。⑨「解庫」，解典庫，即當鋪。⑩「恩養錢」，撫養費。⑪「咱」，語氣詞。

【脱布衫】那一个開解庫①的曾受宣牌②？〔一〕子③這蟲傷鼠蛀④，並不陪償。〔二〕這是你自立下條劃〔三〕⑤。你做的私倒金銀〔四〕買賣，子⑥是打劫我小民山寨⑦。

〔校〕〔一〕「子」上鄭騫本、徐沁君本、王季思本補「（帶云）」，高橋繁樹本補「（云）」。〔二〕原本僅「子這」爲小字，「蟲傷」至「陪償」爲大字，各本均將「子這」至「陪償」改作小字、夾白。原本「陪」字，甯希元本、高橋繁樹本未改，其他各本均改作「賠」。按，「陪償」同「賠償」。〔三〕原本「劃」字，唯甯希元本改作「畫」。〔四〕「銀」原本作「艮」，各本均已改。

〔注〕①「解庫」，解典庫，即當鋪。②「宣牌」，朝廷授予的證明官員身份的銅牌。③「子」，只是。④「蟲傷鼠蛀」，古代當鋪常用術語。有時是爲壓低價格而故意貶低抵押物的説辭。⑤「條劃」，法律條文。⑥「子」，只。⑦「山寨」，此指山村、農村。

【小梁州】有一日激惱〔一〕①的天公降禍灾，不似你這不義之財，風雹乱下②一齊來，把農桑③壞〔二〕，冲〔三〕不倒您富家宅。

〔校〕〔一〕「激惱」原本作「及腦」，各本均已改。〔二〕「壞」原本作「[illegible]」，各本均已改。〔三〕原本「冲」字，唯王季思本改作「衝」。

〔注〕①「激惱」，因受刺激而惱怒。②「風雹乱下」，喻亂發脾氣。③「農桑」，本指農業、蠶業，代指農業、農事。

【幺篇】〔一〕你子〔二〕與我飢〔三〕餓民為害，您豪家有細米乾柴。飄①不了你放課錢②，失不了你諸〔四〕人債。折末③水渰〔五〕到門外，子把利錢來。

〔校〕〔一〕【幺篇】原本作【幺】，鄭騫本、高橋繁樹本作【幺】，其他各本均作【幺篇】。〔二〕鄭騫本「子」改作「只」。按，不必改字，「子」同「只」。〔三〕「飢」原本作「肌」，各本均已改。〔四〕甯希元本「諸」改作「籌」，校記云：「籌人債：與上句『放課錢』爲對文。『籌』，謀也，算也。原本『籌』（chou），音假爲『諸』（讀 chu）」。按，甯希元本所改無據。〔五〕原本「湌」字，各本均改作「淹」。按，「湌」同「淹」。

〔注〕①「飄」，同「漂」，即「漂賬」，欠賬不付；欠賬不還。②「課錢」，債；債款。③「折末」，即使；縱使。亦作「折莫」「折麼」「遮末」「遮莫」「者末」「者莫」「者麼」「者磨」。

【塞鴻秋】疾忙[①]把公孫弘東閤門桯驀[一][②]，休等他漢孔融北海樽[二]席待[③]，你依着范堯夫肯付舟中麥[④]，他不學龐居士放取來生債[⑤]。搯[三][⑥]破三思臺[⑦]，險攧[⑧]破天灵蓋。早離了晉石崇金谷園[⑨]門外。

〔校〕〔一〕「桯」原本作「程」，「驀」原本作「陌」，各本均已改。徐沁君本校記云：「『程』爲『桯』之形誤，『陌』爲『驀』之同音借用，曲中多有之。無名氏《争報恩》第二折：『見一個碑亭般大漢將這門桯來驀。』」〔二〕徐沁君本「樽」改作「尊」。〔三〕原本「搯」字，徐沁君本、甯希元本改作「掐」。

〔注〕①「疾忙」，急忙。②「把公孫弘東閤門桯驀」，指西漢丞相公孫弘東閣待賢之事。公孫弘任丞相後，別立館閣，門向東開，廣招賢才。「門桯」，門檻。「驀」，跳躍。③「漢孔融北海樽席待」，孔融任職北海，失勢後家中仍賓客盈門，張璠《漢紀》記：「坐上賓常滿，樽中酒不空。」④「范堯夫肯付舟中麥」，范堯夫是范仲淹次子，曾奉父命去蘇州運一船麥子，返回時在丹陽遇見熟人石曼卿，石曼卿喪親却無錢運靈柩回家，范堯夫就將一船麥子送與石曼卿。⑤「龐居士放取來生債」，富人龐藴常放債但不索還，扶危濟困。他信仰佛教，故稱龐居士，最終將家財散盡。⑥「搯」，叩擊。⑦「三思臺」，胸口，心窩，是元代俗語。⑧「攧」，跌；摔。⑨「金谷園」，西晉石崇的别墅。

【三煞】我不是侍親娘弃子明達賣[①]，又不是敬老母踈[一]兒郭巨埋[②]。賣子的四海声揚，埋[二]子的万年名在。干陪[三]了十月懷躭[四][③]，剛博[五][④]的兩貫錢來。怎生擎[⑤]的住我這眼淚，把的住我這情腸[⑥]，放的下我[六]這愁懷[⑦]！明日將印板[⑧]旋開，雕[七]着孩兒年月日時胎[⑨]。

〔校〕〔一〕原本「踈」字，鄭騫本、甯希元本未改，徐沁君本、王季思本作「疏」，高橋繁樹本作「踈」。〔二〕「埋」原本作「賣」，各本均已改。是，此指郭巨埋子之事。〔三〕原本「陪」字，徐沁君本、王季思本改作「賠」。按，不必改字，「陪」通「賠」。〔四〕原本「躭」字，唯徐沁君本改作「耽」。按，「躭」字無誤。〔五〕「博」原本作「剥」，鄭騫本、高橋繁樹本未改，其他各本均已改。徐沁君本校記引《語辭匯釋》卷五「博」字條云：「博，猶换也。」是。〔六〕原本無「我」字，各本均據前兩句補。〔七〕「雕」原本作「彫」，各本均校作「雕」。

〔注〕①「侍親娘弃子明達賣」，二十四孝之劉明達賣子。②「敬老母踈兒郭巨埋」，二十四孝之郭巨埋兒。③「懷躭」，懷孕。④「博」，换。本指以物賭輸贏、角勝負。⑤「擎」，承受；支撑。⑥「情腸」，感情。⑦「愁懷」，憂傷的心懷、感情。⑧「印板」，印刷用的木質或金屬底板。⑨「胎」，孕育；肇始。

【二煞】比及他這曲杈〔一〕兒①歲寒成松柏，閃得我這蓮子花②乾枯了老骨揣〔二〕③。終有个人急偎親④，否極〔三〕生泰⑤。怕孩兒福至〔四〕心灵⑥，便是我苦尽甘來。急去不了斗筲之器⑦，倒不了糞土之墻⑧，壞不了朽木之材⑨。這厮不分个菽麥⑩，恨不的攬尽世間財。

〔校〕〔一〕「杈」原本作「茶」，唯鄭騫本未改。〔二〕「揣」各本均未改，王季思本校記云：「疑當作『老骨柴』，以音近而誤。」〔三〕「極」原本作「及」，各本均已改。〔四〕原本無「至」字，各本均已補。鄭騫本校記云：「原無至字，據文義及句法補。」王季思本、甯希元本從。徐沁君本據邵曾祺《元人雜劇》補。

〔注〕①「曲杈兒」，笤帚、樹枝等用得只剩一短節時稱爲「曲杈兒」。②「蓮子花」，「憐子花」的諧音，指愛子之人。③「老骨揣」，存疑俟考。疑意義略同于「老東西」，是對老年人的蔑稱。④「人急偎親」，人在危急時刻都會依靠親友。⑤「否極生泰」，義同「否極泰來」，厄運結束好運來。⑥「福至心灵」，福來了心思就會靈敏。⑦「斗筲之器」，比喻氣量狭小。一斗爲十升，一筲爲十二升。「斗」和「筲」都是量小的容器。「筲」是竹器。⑧「糞土之墻」，已經腐朽而不能粉刷的墻。出自《論語·公冶長》。⑨「朽木之

材」，腐朽的木頭。出自《論語・公冶長》。⑩「菽麥」，豆與麥。「不分个菽麥」，指五穀不分。

【收尾煞】〔一〕把當的①一周年下架②休贖解③，趲④的五个月還錢本利也該，納了利從頭再取索，還了錢文書又厮賴。陷穷人的心兒毒、性兒歹，罵穷人的舌兒毒、口兒快。打了人衙門〔二〕錢主劃⑤，殺了人官司鈔分拆〔三〕，有鋒利曹司⑥宝貝挨，敢〔四〕決斷的官人賄賂買，強證的凶徒暢⑦不該，代訴的家奴更尀奈⑧，問不問有錢的〔五〕自在，是不是无錢的吃嗔責⑨。无官司勾追⑩不請客，有関節⑪臨危却相待，請人排筵度量窄，待客樽〔六〕席不寬大〔七〕。為錢呵當房惡了叔伯〔八〕，為錢呵族中失了宗派。与他行錢⑫運氣衰，与他交財〔九〕命不快。无仁義愚濁⑬却有財，有德行〔十〕聰明少人債。青湛湛高天眼不開，穷滴滴飢民苦怎捱！錢流轉⑭時辰有該載⑮，天打筭日頭輪到來，發背疔〔十一〕瘡⑯富漢災，反食病根源有錢的害，賊打刼⑰天火⑱燒了院宅，人連累抄估⑲了你旧錢債，合着鍋没錢買米柴，忍着餓无鹽少虀菜⑳，常受飢寒貧不擇，纔〔十二〕有些餘資狠心在。你看他跛匾〔十三〕形骸㉑，毒害心腸，不着㉒他家破人亡那里采㉓，直待㉔失了火遭了喪恁時節改！

（下）（净云了，下）

〔校〕〔一〕原本【收尾煞】，徐沁君本改作【煞尾】。〔二〕「衙門」原本作「牙」，應是「衙」誤作「牙」，「門」字脱，「衙門」與下句「官司」對言。唯徐沁君本未改。〔三〕「拆」原本作「折」，唯徐沁君本未改。此外，太田辰夫《元刊本〈看錢奴〉考》亦作「拆」。按，該曲押「皆來」韵，「折」字屬「車遮」，于韵不諧。「拆」字雖《中原音韵》不收，但明《洪武正韵》中「拆」字爲「耻格切」，「格」字屬《中原音韵》「皆來」韵，故「拆」字亦應屬「皆來」，讀chè，義同「分」。〔四〕原本「敢」字，覆元槧本誤刻作「散」，鄭騫本沿誤。〔五〕「的」下鄭騫本、王季思本補一「得」字。鄭騫本校記云：「原無得字，據文義及句法補。」王季思本校記云：「原刻本無『得』字，據文義及句法補。」〔六〕原本「樽」字，徐沁君本作「尊」。〔七〕甯希元本「大」改作「泰」，未出校。〔八〕「伯」原本殘缺，各本均已補。〔九〕「交財」原本作「才交」，甯希元本作「財交」，其他各本均作「交財」。鄭騫本校記云：「原作才交，據文義改。交財與上句行錢相對。」王季思本從。徐沁君本校記云：「張國賓《羅李郎》第一折：『你交財上不應口，争氣處打破頭。』作『交財』是。」甯希元本校記云：「財交：即錢財來往。原本『財』，音假爲『才』。徐本乙作『交財』，似可不必。」按，甯希元本誤。〔十〕原本無「行」字，各本據息機子本、《元曲選》本補。〔十一〕「疔」原本作「丁」，各本均已改。〔十二〕「纔」原本作「[illegible]」，徐沁君本、甯希元本作「才」，其他各本均作「纔」。〔十三〕「扈」原本作「户」，各本均已改。

〔注〕①「把當的」，當鋪工作人員。②「下架」，典當期満。典當物品在架上備贖，期満則從架上取下，不能再贖。（参見《漢語大詞典》）③「贖解」，贖當。「贖」「解」同義連文。④「趲」，快走；趕。此指催促；逼迫。⑤「主劃」，圖謀，名詞義爲「謀略」，「劃」同「畫」，如《三國演義》第五十八回：「待丞相大軍來，必有主畫。」⑥「曹司」，官署。⑦「暢」，副詞，甚；很；極。⑧「叵奈」，不能忍受；可恨。「叵」同「叵」。⑨「嗔責」，責備；責怪。⑩「勾追」，追捕；拘捕。⑪「関節」，暗中行賄勾通官吏。⑫「行錢」，行賄；高利貸之一種。⑬「愚濁」，愚昧昏濁。⑭「流轉」，資金、商品在流通過程中的周轉。⑮「該載」，詳細記載。⑯「疔瘡」，中醫指發病迅速并有全身症狀的小瘡。⑰「刼」，同「劫」。⑱「天火」，因雷電等自然原因引起的大火。⑲「抄估」，舊時指主人侵吞奴僕錢財、家産的一種手段。（参見《漢語大詞典》）⑳「虀菜」，切碎的鹹菜。㉑「形骸」，外貌；相貌。㉒「着」，讓；使。㉓「采」，好運；幸運。㉔「待」，到；等到。

第三折

（净做抱病①上）（外旦②一行上，云）（正末〔一〕云）二十年前，有炷東嶽香愿，交俫兒替還者③。〔二〕（正末又扮〔三〕莊老④上，開）自曹州曹南莊上賣了長壽孩兒，又早二十年了呵！我曾口许下香愿。婆婆，咱兩口

兒泰安州還了香愿，却來曹州曹南打听孩兒消息咱。〔四〕

〔校〕〔一〕徐沁君本、王季思本、甯希元本「正末」改作「净」，徐沁君本無校語，甯希元本校記云：「原本誤作『正末云』。依劇情改。」〔二〕「净做」至「還者」，鄭騫本屬第二折。校記云：「（正末云二十年前至替還者）據上下文及前後關目，此段白是賈仁所説，正末云應是净云之誤。但此劇只載正末之白，故未改定，存疑俟考。」此處徐沁君本補「（下）」，校記云：「以上演賈弘義生病，教買來的孩子賈長壽替還香願，爲下面周榮祖與其子長壽相會張本。」〔三〕「扮」原本作「抹」，各本均已改。〔四〕徐沁君本、王季思本補「（唱）」。

〔注〕①「抱病」，患病；有病在身。②「外旦」扮賈弘義妻。③「者」，祈使語氣詞。④「莊老」，老年農民。「莊」，莊户；莊農。

【商調】〔一〕【集賢賓】區區①步行離了汴梁，过了些山隱隱水茫茫，盼了些州城縣鎮，經了些道店②村坊③。望見那東岱嶽④万丈巔〔二〕峰，不見泰安州四堵城墻。這安仁殿盖的來接上蒼⑤，映祥煙紫霧紅光。神州三月天，仙闕〔三〕⑥五雲鄉⑦。

〔校〕〔一〕原本無宫調名【商調】，各本均已補。〔二〕「丈巔」原本作「年顛」，鄭騫本作「年巔」，其他各本均作「丈巔」。〔三〕「闕」原本作「闕」，各本均作「闕」。

〔注〕①「區區」，盡力奔走。「區」通「驅」。②「道店」，路邊小飯店、小賓館。③「村坊」，村莊。④「東岱嶽」，泰山。⑤「上蒼」，上天；蒼天。⑥「仙闕」，仙宫；神仙或帝王的宫殿。⑦「五雲鄉」，神仙的居處。「五雲」，五色祥雲，是吉祥、祥瑞的征兆。

【逍遥樂】這的是人间天上①。燒的是御賜名香，盖的是勑〔一〕修廟堂。見這不斷頭②客旅經商，還口愿③百二十行。听的道兒替爺〔二〕燒香交我情慘傷，又見這校〔三〕椅④兒上戴頂着親娘，交我千般想念，万種悽〔四〕惶⑤，百倍思量⑥。

（云）婆婆⑦，咱今夜子⑧這里宿睡⑨，明早五更时赶烧頭⑩炉香咱。（小末⑪、來興⑫上，做住）（正末云）哥哥好狠呵！〔五〕

〔校〕〔一〕原本「勑」字，鄭騫本、高橋繁樹本作「勅」，徐沁君本、王季思本、甯希元本作「敕」。按，「勑」「勅」「敕」三字同，指皇帝命令。〔二〕「爺」原本作「耶」，各本均已改。〔三〕原本「校」字，鄭騫本、王季思本改作「交」。〔四〕原本「恓」字，唯徐沁君本未改，其他各本均作「悽」。按，「恓」同「悽」。〔五〕此處徐沁君本、王季思本補「（唱）」。

〔注〕①「人间天上」，比喻美好的地方。②「不斷頭」，連續不斷，形容客流量大。③「口願」，向神佛口頭許下的願望。④「校椅」，即「交椅」，一種輕便可折叠的椅子。⑤「恓惶」，驚慌煩憂。⑥「思量」，思念；想念。⑦「婆婆」，老妻。⑧「子」，只。⑨「宿睡」，住宿睡覺。⑩「頭」，第一。⑪「小末」扮賈長壽，即周長壽。⑫「來興」，隨從、男僕名。

【金菊香】我子①理會②得雕梁畫棟③聖祠堂，又不是錦帳羅幃④你的卧房。你這里厮推厮搶⑤老丈丈⑥，不顧〔一〕危亡，一迷⑦地先打後商量〔二〕⑧。

〔校〕〔一〕「顧」原本作「雇」，各本均已改。〔二〕「商量」原本作「商良」，各本均已改。

〔注〕①「子」，只。②「理會」，知道；注意。③「雕梁畫棟」，在房屋的棟梁上雕刻花紋、施以彩繪。泛指房屋裝飾、彩繪等華麗。④「錦帳羅幃」，錦綉的幃帳。⑤「厮推厮搶」，推推搡搡。⑥「老丈丈」，對老年男人的尊稱。爲凑足正格字數「老丈」叠「丈」字。⑦「一迷」，一味；一個勁兒。⑧「先打後商量」，先用强使對方屈服再商議事情。

【後庭花】偏向廟官①行②圖些犒賞，咱客人行③有甚盼望。他見有鈔的都心順，子④俺這无錢的不氣長⑤。枉了你獻千章⑥，枉了你沉檀篆降⑦，你攙⑧頭炉⑨意不臧〔一〕⑩，瞞人在斗秤上，一斤秤〔二〕十四兩⑪，籴一斗加二量〔三〕⑫，瞞天地來賽羊，欺穷民心不良，昧〔四〕神祇〔五〕⑬燒襘〔六〕狀⑭。

〔校〕〔一〕「臧」原本作「藏」，各本均已改。〔二〕原本「秤」字，甯希元本改作「稱」。〔三〕「量」原本作「良」，各本均已改。〔四〕甯希元本「昧」誤作「昧」。〔五〕「祇」原本作「祗」，各本均已改。〔六〕「襘」原本作「[illegible]」，鄭騫本、王季思本、甯希元本作「襘」，徐沁君本、高橋繁樹本作「襘」。鄭騫本校記云：「襘字待校。」

〔注〕①「廟官」，道教廟觀的管理者。②③「行」，是「上」的音變形式，是由元代漢蒙語言接觸而成的離格標記，表示從某處得到某物，相當于後置的「向」或「從」。句意爲：多從廟官那兒圖些犒賞，從我們客人這兒有什麼可盼望的？④「子」，只。⑤「不氣長」，倒霉；運氣不好。⑥「千章」，千株大樹。「章」，稱量大樹的量詞。⑦「沉檀箋降」，沉香木、檀香木、箋香木和降香木。⑧「攙」，搶先；搶前。⑨「頭炉」，即「頭爐香」，爲表虔誠在凌晨燒的第一爐香。⑩「臧」，善；好。⑪「一斤秤十四兩」，古代一斤是十六兩，此指少二兩。⑫「粜一斗加二量」，買進糧食時一斗加兩個計量單位，古代昧心財主以斗爲計量單位買賣糧食時有大斗進小斗出者。「粜」，買進（糧食）。⑬「神祇」，天神和地神。泛指神仙。⑭「襜狀」，意義不詳，俟考。

【雙雁兒】這的是你亏心枉爇①万炉香。要兒孫望〔一〕②上長，休把那陷百姓羊羔兒利③錢放。兒開不的敬客坊④，爺〔二〕收〔三〕不的〔四〕不死方〔五〕⑤；兒戀不的富貴鄉⑥，爺〔六〕已卧在安樂堂⑦。

〔校〕〔一〕「望」原本作「忘」，徐沁君本、高橋繁樹本作「望」，其他各本均作「往」。〔二〕〔六〕「爺」原本作「耶」，唯鄭騫本未改。〔三〕原本「收」字，徐沁君本、王季思本改作「修」。〔四〕甯希元本「的」改作「得」。〔五〕「方」原本作「坊」，各本均已改。

〔注〕①「爇」，燒；燃。②「望」，往；向。③「羊羔兒利」，即「羊羔利」，元代常見的一種高利貸，羊産羔時本利對收，故名。（參見《漢語大詞典》）④「敬客坊」，文獻有用例，確切義待考。⑤「不死方」，傳説中讓人長生不老的藥方。⑥「富貴鄉」，榮華富貴的所在。⑦「安樂堂」，安寧快樂的殿堂。

【青哥〔一〕兒】他病在膏肓①、膏肓之上，誰家問间别②、间别無恙③。鋪裀〔二〕褥④重重被一張，又不敢靠着他傍厢⑤，又〔三〕離了門傍〔四〕，離了他方。子⑥怕〔五〕那奉母求魚孝王祥⑦，卧死在冬〔六〕凌⑧上。

（各做睡科）（正末云）婆婆，我怎睡得着！〔七〕

〔校〕〔一〕「青哥」原本作「清歌」，各本均已改。〔二〕「裀」原本作「𧙗」，王季思本誤作「裍」。〔三〕「傍厢」原本作「傍相」，

「又」原本字小似重文符號。「傍相」鄭騫本、高橋繁樹本校作「傍厢」，徐沁君本、王季思本校作「旁厢」，此四種校本均于「厢」下點斷，下字均校作「又」。甯希元本「傍」改作「旁」，并于「旁」下點斷，以「相」爲「行」之音假，以下字爲重文符號，校作「行行」。按，甯希元本音假説不成立。「傍」同「旁」。〔四〕原本「傍」字，鄭騫本、高橋繁樹本未改，其他各本均作「旁」。〔五〕「怕」原本作「帕」，各本均已改。〔六〕「冬」原本作「東」，各本均已改。〔七〕此處徐沁君本、王季思本補「（唱）」。

〔注〕①「膏肓」，人體心臟與膈之間的部分。②「间别」，離别；分離。③「無恙」，没有疾病；安好。④「裀褥」，坐卧的墊子。⑤「傍厢」，旁邊。「傍」同「旁」。⑥「子」，只。⑦「奉母求魚孝王祥」，漢末，王祥之母卧病，需活鯉魚做藥引子。時值隆冬，王祥卧于河面冰上，欲以體温化冰捉魚。孝心感動上天，一條紅鯉魚躍然而出。其母食後病愈。此故事稱爲「王祥卧魚」。⑧「冬凌」，冰的别稱。今河北辛集方言老派稱「冬溜」，新派稱「冰溜」。

【梧葉兒】料是前生罪，今世里當①，末〔一〕不燒了断頭香②？揾不迭③腮邊淚，撓不着心上痒，割不断業心腸④。兒呵！為你但⑤合眼眠思夢想！（云）兒呵！知他你〔二〕那里！（小末打噴㖒〔三〕了）（等神鬼卒子拿净上）（外〔四〕净云了）〔五〕

〔校〕〔一〕原本「末」字，鄭騫本、王季思本改作「莫」。按，「末」同「莫」，不必改。〔二〕「你」下鄭騫本補「在」字。王季思本删「你」補「在」。〔三〕原本「㖒」字，徐沁君本、高橋繁樹本未改，其他各本均改作「嚏」。〔四〕徐沁君本、王季思本、高橋繁樹本删「外」字。甯希元本校記云：「徐本删『外』字，似非。以上科白爲『等神鬼卒子拿净上』，『外』，當扮神鬼。」甯希元本「外」下點斷。〔五〕此處徐沁君本、王季思本補「（正末唱）」。

〔注〕①「當」，承擔；擔當。②「断頭香」，斷折的綫香或棒香。俗謂以斷頭香供佛，來生會得與親人離散的果報。（參見《漢語大詞典》）③「揾不迭」，擦不完。「揾」，擦。「不迭」，不止；不停。④「業心腸」，罪孽之心。⑤「但」，只；只要。

【村里迓鼓】做了个啞子托夢①，說不的這場板障〔一〕②。奴婢和使長③，一合相④風波⑤千丈。看這後生⑥形像，好似孩兒模樣。子⑦為他茶里⑧飯里思，行里坐里念，眠里夢里想。作念⑨着團圓了半晌⑩。

（小末、來興〔二〕云了）〔三〕

〔校〕〔一〕「板」原本作「反」，唯甯希元本未改。甯希元本校記云：「反障：即反常、詭異。徐本改『板障』，似與曲意不合。」按，甯希元本誤。「板障」謂有所阻隔，指「啞子托夢」，啞巴托夢，夢中却不能開口，比喻有話或苦衷却説不出來，故有阻隔之感。〔二〕「興」原本作「兒」，唯鄭騫本未改。〔三〕此處徐沁君本、王季思本補「（正末唱）」。

〔注〕①「啞子托夢」，比喻有話或苦衷却説不出來。「啞子」，啞巴。「托夢」，死去的人在夢中有所囑咐、囑托。②「板障」，阻隔；阻攔。③「使長」，金元時奴僕對家主的稱呼。④「一合相」，佛教謂凡衆人因緣分集合在一起謂一合相。此指「一起；一塊兒」。⑤「风波」，亂子、糾紛等。⑥「後生」，年輕男子。⑦「子」，只。⑧「里」，六個「里」均爲與位格標記，分别表示動作發生的時間或動作正在進行。意思是：不管做什麼事都在思念孩子。⑨「作念」，思念；掛念；想念；懷念。⑩「半晌」，半天；一會兒。

【元和令】睡時節①移在這厢〔一〕②，唤〔二〕③時節倒在身上。元來④是倚強壓弱⑤富家郎，下的手也王伯當⑥。他吽⑦爺爺我這里便應昂⑧，都做了浮生夢一場。

〔校〕〔一〕「厢」原本作「相」，各本均已改。〔二〕「唤」原本作「换」，甯希元本、高橋繁樹本改作「唤」，其他各本未改。甯希元本未出校。高橋繁樹本據太田辰夫《元刊本〈看錢奴〉考》改。

〔注〕①「時節」，時；時候。②「這厢」，這邊；這裏。③「唤」，呼唤。此指呼唤孩子。④「元來」，同「原來」。⑤「倚強壓弱」，倚仗豪强欺壓弱小。⑥「王伯當」，本名王勇，字伯當。隋末瓦崗寨將領，李密親信。⑦「吽」，同「叫」。⑧「應昂」，應答；回應。

【上馬嬌】為他把惡語①傷，劈〔一〕面②搶③，先打後商量。你這般欺良壓善④心偏〔二〕向，將性命償，自身做自身當⑤。

〔校〕〔一〕「劈」原本作「疋」，徐沁君本作「匹」，高橋繁樹本未改，其他各本均改作「劈」。〔二〕「偏」原本作「徧」，各本均已改。

〔注〕①「惡語」，惡毒的話；誹謗性言語。②「劈面」，劈臉；直衝著臉。③「搶」，即搶白。指奚落；指責；頂嘴。④「欺良壓善」，欺壓良善，欺負善良老實的人。⑤「自身做自身當」，自己做的事自己承擔後果。

【遊四門】你也養着親生兒女老爺娘，各自要到家鄉。五陵豪氣三千丈①，打扮的不尋常，強，穿着些慌〔一〕衣裳。

〔校〕〔一〕原本「慌」字，各本均改作「謊」，但均無明確校語、釋義，不知何爲「謊衣裳」，故暫不改字。

〔注〕①「五陵豪氣三千丈」，高門貴族的豪邁氣概。「五陵」是渭水北岸今陝西咸陽附近的五個縣的合稱。五縣爲：長陵、安陵、陽陵、茂陵、平陵，是豪富、外戚的居住地。(參見《漢語大詞典》)

【勝〔一〕葫芦】你子①是驴糞毬〔二〕兒外面光②，賣弄星斗煥文章③，没些个夫子温良恭儉讓④。我人貧志短⑤，你才高語壯⑥，是王子入學堂⑦。

〔校〕〔一〕「勝」原本作「聖」，唯甯希元本未改。〔二〕原本「毬」字，徐沁君本、王季思本改作「球」。

〔注〕①「子」，只。②「驴糞毬兒外面光」，俚語，謂表面光鮮，内裏草包、骯髒。③「星斗煥文章」，文章像星斗一樣閃爍光芒。「煥」，光芒閃爍。④「没些个夫子温良恭儉讓」，謂不懂禮數。⑤「人貧志短」，猶「人窮志短」，人窮了志向也不遠大。⑥「才高語壯」，有才能了就會語氣强硬。⑦「王子入學堂」，貴族子弟進入學校學習。比喻義不詳。

【後庭花】你不肯冬三月開暖堂①，夏三月設玉漿②。情狠敢〔一〕身中病③，心平是海上方④。爺〔二〕休想得安康，情取⑤没人埋葬，〔三〕淚汪汪无兒看孝堂⑥。他急慌慌〔四〕為親爹來獻香，我疼殺殺身軀无倚仗；他絮叨叨活〔五〕咒愿⑦都是謊，我骨〔六〕莊莊⑧傍〔七〕人誰佷〔八〕讓⑨，他氣昂昂不做好勾當⑩。

〔校〕〔一〕「敢」原本作「感」，唯鄭騫本未改。按，「敢」，可能。〔二〕「爺」原本作「耶」，各本均已改。〔三〕「淚」上高橋繁樹本補「我」字。〔四〕「慌慌」原本作「荒」和一重文符號，各本均已改。〔五〕原本「活」字，徐沁君本誤作「話」。〔六〕原本「骨」字，甯希元本改作「孤」。〔七〕原本「傍」字，徐沁君本、甯希元本改作「旁」。〔八〕原本「侭」字，徐沁君本、甯希元本改作「盡」。

〔注〕①「暖堂」，有爐火取暖的房間。②「玉漿」，傳説中仙人的飲料；清泉；美酒。③「中病」，得病；患病。④「海上方」，使人長生不老的仙方。⑤「情取」，只落得。⑥「孝堂」，靈堂。⑦「咒愿」，即「祝願」，向神佛禱告，祈求順遂或心願實現。⑧「骨莊莊」，義不詳，俟考。⑨「侭讓」，禮讓；謙讓；推讓。同「盡讓」。⑩「勾當」，事；事情。

【柳葉兒】一似个人模人様，生一片不本分心腸。有一日打在你頭直①上，天開眼无輕放②，有災殃③，情取④个家破人亡。

〔注〕①「頭直」，頭頂。一般作「頭直上」。②「輕放」，猶「輕饒」。③「災殃」，灾禍；禍事。④「情取」，只落得。

【高過煞】若見我親兒那里怕〔一〕早无常①，欺負我无人侍養②。想我那頑〔二〕子③精神，也似你這般血氣方剛④。暢道⑤想我這受苦糟糠⑥，賣兒時也合⑦把爺〔三〕掙〔四〕當。這養小防備老⑧，栽樹要陰涼。那忤〔五〕逆⑨兒郎，成人也不認爺娘，直待激惱⑩着穹蒼⑪，損壞農桑⑫，兒呵！不怕〔六〕五六月里雷声在半空里響！

〔校〕〔一〕〔六〕「怕」原本作「帕」，各本均已改。〔二〕「頑」原本作「[illegible]」，鄭騫本、王季思本校作「顧」，其他各本均作「頑」。按，「頑」字是。〔三〕「爺」原本作「耶」，各本均已改。〔四〕原本「掙」字，甯希元本改作「攔」，校記云：「原本『攔』，形誤爲『掙』。據息機子、《元曲選》改。鄭、徐二本失校。」〔五〕「忤」原本作「五」，各本均已改。

〔注〕①「无常」，死；去世。②「侍養」，侍候奉養。③「頑子」，頑劣之子，謙稱自己的兒子。④「血氣方剛」，年輕人精力旺盛，充滿活力。⑤「暢道」，真是；正是。⑥「糟糠」，酒糟和米糠，指共過患難的妻子。⑦「合」，應該；應當。⑧「養小防備老」，養兒防老。⑨「忤逆」，違逆；冒犯；不孝順。⑩「激惱」，因受刺激而惱

怒。⑪「穹蒼」，即蒼穹，指上天。因押韻倒文。⑫「農桑」，農事；農業活動。

【浪來里煞】我想一家父母昌，生下一輩子孫壯〔一〕。灵椿①一株〔二〕老，丹桂②五枝芳，古賢人教子有義方。您家里也出不的个伯瑜泣杖③，諒您看錢奴也學不的竇十郎④。

（下）

〔校〕〔一〕徐沁君本據息機子將「壯」改作「旺」。〔二〕「株」原本作「枝」，各本均已改。五代馮道《贈竇十》：「燕山竇十郎，教子有義方。靈椿一株老，丹桂五枝芳。」

〔注〕①「靈椿」，傳説中的長壽之樹。比喻年高德劭的人或父親。②「丹桂」，桂樹之一種。比喻子息。舊稱人子爲桂子。（參見《漢語大詞典》）③「伯瑜泣杖」，伯瑜亦作伯俞，漢代韓伯俞被母責打，感母年老力衰而哭泣。比喻孝順。④「竇十郎」，指五代末宋初的竇禹鈞，其教子故事即《三字經》中的「竇燕山，有義方。教五子，名俱揚」。

第四折

（外末上，提賈員〔一〕外死了）（小末上了）（正末、卜〔二〕兒上，開）咱泰〔三〕安州燒了香，兩口兒去曹州曹南打听孩兒消息。咱共婆婆兩口兒虔〔四〕心①燒香，想神圣②也多灵感③呵！〔五〕

〔校〕〔一〕「員」原本作「元」，各本均已改。〔二〕「卜」原本作「小」，各本均已改。〔三〕「泰」原本作「太」，各本均已改。〔四〕「虔」原本作「虔」，各本均已改。〔五〕此處徐沁君本、王季思本補「（唱）」。

〔注〕①「虔心」，虔誠；誠心。②「神聖」，神灵；神明。③「灵感」，靈驗。

【越調】【鬪鵪鶉】〔一〕賽①五嶽灵神，誰〔二〕不奉一人聖旨〔三〕；惣〔四〕②四大神州③，受千年典祀④；護百二山河，掌七十四〔五〕司。咱献香，醮〔六〕⑤錢㡀。道積善的長生，造惡的便死。

〔校〕〔一〕原本無宫調名【越調】，各本均已補。【鬪鵪鶉】原本作

【閅奄鶉】，鄭騫本、高橋繁樹本作【鬪鵪鶉】，王季思本作【鬭鵪鶉】，徐沁君本、甯希元本作簡體【斗鵪鶉】。〔二〕「誰」原本作「雖」，鄭騫本、王季思本未改。〔三〕「聖旨」原本作「〇〇」，徐沁君本據息機子、《元曲選》校作「聖慈」，但校記云：「二圓圈疑當作『聖旨』二字。元刊本狄君厚《介子推》第二折，遇有『聖旨』、『懿旨』等字樣，均以二圓圈表示之。」其他各本均校作「聖旨」。〔四〕原本「惣」字，各本均改作「總」。按，「惣」是「揔」之俗體，「揔」同「總」。〔五〕原本「四」字，唯徐沁君本改作「二」。甯希元本校記云：「徐本改作七十二司，未言何據。按：《水滸全傳》七十四回叙東嶽廟：『蒿裏山下，判官分七十二司；白螺廟中，土神按二十四氣。』似以『七十二司』爲是，然息機子、《元曲選》皆作『七十四司』，未可遂定是非，姑仍元本之舊，俟再考。」〔六〕「醮」原本作「蘸」，鄭騫本、王季思本未改，其他各本均改作「醮」。

〔注〕①「賽」，賽過；超過。②「惣」，即「總」，總領；總管。③「四大神州」，佛教所説的東勝神洲、西牛賀洲、南瞻部洲、北俱蘆洲。亦作「四大洲」「四大部洲」。「州」同「洲」。④「典祀」，按常禮舉行的祭祀。（參見《漢語大詞典》）⑤「醮」，祭；祭祀；道士設壇祈禱。「醮錢」，文獻習見。

【紫花兒〔一〕序】怎生顔回①短命，盗跖②延年③，伯道④无兒？誰不道灵神有驗，正直无私，勸化⑤的人心慈，便道東嶽⑥新添速報司⑦。孔子言鬼神之事，大剛來⑧把惡事休行，擇善者從之。

（卜兒做急心疼的科）（正末慌〔二〕科）〔三〕

〔校〕〔一〕「紫花兒」原本作「子花」，鄭騫本、高橋繁樹本作「紫花」，其他各本均作「紫花兒」。〔二〕「慌」原本作「荒」，各本均已改。〔三〕徐沁君本「科」下補「唱」，王季思本「正末慌科」下補「（唱）」。

〔注〕①「顔回」，（公元前 521—公元前 481），孔子弟子，孔門七十二賢之首。②「盗跖」，柳盗蹠，又名柳下蹠，傳説中春秋時期的大盗。代指盗賊。③「延年」，長壽。「顔回短命，盗跖延年」，比

喻好人命短，壞人長壽。④「伯道」，晋代鄧攸，字伯道，爲保護侄子而抛棄了親生兒子，最終無子。「伯道無兒」，常指德高望重之人没有子嗣。⑤「勸化」，勸人向善。⑥「東嶽」，東岳大帝，泰山神。⑦「速報司」，迷信謂陰間東岳大帝屬下掌管善惡因果報應的機構，因果報迅速故名。（參見《漢語大詞典》）⑧「大剛來」，大概；總之。

【東原樂】疼的他合了双目，把捉①定冷了四肢。（帶云）恰才②不合③道了一句言語！〔一〕降災禍來疾追魂使④，显灵圣的尊神信有之。全不報我親兒，作螟蛉⑤近來何似！

〔校〕〔一〕此處徐沁君本、王季思本補「（唱）」。

〔注〕①「把捉」，握住；把握。②「恰才」，剛纔；剛剛。③「合」，應該；應當。④「追魂使」，勾取人魂魄的鬼使。⑤「螟蛉」，一種绿色小蟲。蜾蠃常把卵産在螟蛉體内，古人以爲蜾蠃不産子，喂養螟蛉爲子，故以「螟蛉」比喻義子。

【綿搭〔一〕絮】但行处①人間私语，天聞若雷②。一时報應，更不差遲③。專設着未說先知舉意司④，又差着千里眼能听呵順風耳，那謗神道言詞，子是⑤這老丑生⑥不三思⑦。

（外〔二〕做请心疼藥了）（外末与藥了）（外提陳德甫散藥了）〔三〕

〔校〕〔一〕「搭」原本作「荅」，各本均已改。〔二〕甯希元本删「外」字。〔三〕此處徐沁君本、王季思本補「（正末唱）」。

〔注〕①「但……処」，只要……的話。「但」，只要。「処」，由處所義語法化爲時間義，再語法化爲假設義，進一步語法化爲話題標記，相當于「的話」。「但……処」用于必要條件句。②「人間私语，天若聞雷」，人間的竊竊私語，上天聽起來都好像打雷那麼大聲。謂上天洞察一切。③「差遲」，差錯；意外。④「舉意司」，仙界監察人們念頭的機構。⑤「子是」，只是。⑥「老丑生」，老畜生。⑦「三思」，指少思長，老思死，有思窮。泛指仔細考慮。《孔子家語》：「故君子少思其長則務學，老思其死則務教，有思其窮則務施。」

【小桃紅】你這般雪盔頭①髮鬢如絲，和你說的是二十年前事。（外末〔一〕云了）〔二〕劃地②問我姓甚名谁，那里人氏？（外末云了）〔三〕說起來和你也痛嗟咨③！（外〔四〕云了）〔五〕德甫!〔六〕你直待聞鐘始覺山藏寺④！這荅〔七〕兒⑤曾賣了老夫一个小厮，專記着恩人名字。（外云〔八〕）〔九〕德甫!〔十〕怎忘了周急⑥借錢時!

(外〔十一〕云了，外末提賈員外〔十二〕死了)〔十三〕

〔校〕〔一〕「云」上鄭騫本、高橋繁樹本補「外」字，徐沁君本、王季思本、甯希元本補「外末」。〔二〕〔三〕〔十三〕此處徐沁君本、王季思本補「（正末唱）」。〔四〕「外」下徐沁君本、王季思本補「末」字。〔五〕此處鄭騫本補「(云)」，徐沁君本、王季思本補「（正末云)」。〔六〕此處徐沁君本、王季思本補「（唱)」。高橋繁樹本「德甫」爲大字，作爲曲文。〔七〕原本「荅」字，鄭騫本、王季思本、高橋繁樹本作「搭」，徐沁君本、甯希元本作「答」。〔八〕「外」下徐沁君本、王季思本補「末」字，「云」下鄭騫本、王季思本、高橋繁樹本補「了」字。〔九〕「德」上徐沁君本、王季思本補「（正末云)」。〔十〕「甫」下徐沁君本、王季思本補「（唱)」。高橋繁樹本「德甫」爲大字，作爲曲文。〔十一〕「外」下徐沁君本、王季思本補「末」字。〔十二〕「員外」原本作「充」，各本均已改。徐沁君本校記云:「『員』原作『元』，因誤作『充』，脱『外』字。」

〔注〕①「盔頭」，傳統戲曲中人物角色所戴帽子的通稱。「雪盔頭」，白色盔頭，扮白髮。②「剗地」，反而；反倒。③「嗟咨」，慨嘆；感慨。④「聞鐘始覺山藏寺」，比喻看到相關事物纔能想起某事。⑤「這荅兒」，這裏。亦作「這答兒」「這搭兒」。⑥「周急」，周濟急難，猶「救急」。

【鬼三台】説着那龐居士①，做了些亏心事，恨不的把穷民來掯②死。若是筭他与人結交时，也久而敬之③。寃家債主元〔一〕來是，我那兔毛大伯④有鈔使。全壓〔二〕着⑤郭巨埋兒⑥，也強如⑦明達賣子⑧。

〔校〕〔一〕王季思本「元」改作「原」。按，「元來」同「原來」。〔二〕「壓」原本作「押」，各本均已改。

〔注〕①「龐居士」，參見本劇第二折【塞鴻秋】曲注⑤。②「掯」，即勒掯，壓迫；剥削；欺壓。③「久而敬之」，指與朋友交往時間越久越應該互相尊敬，如此纔能長久。④「兔毛大伯」，土財主。

⑤「壓着」，勝過。用于比較句，元雜劇習見。「A 壓着 B」體現 VO 型的語序類型。⑥「郭巨埋兒」，二十四孝之郭巨埋兒。⑦「強如」，比……强，「如」是比較標記。「A 强如 B」體現 VO 型的語序類型。⑧「明達賣子」，二十四孝之劉明達賣子。

【禿厮兒】子①落的三十分燒錢烈〔一〕帋②，一身衣裹骨纏屍。千兩金買不的一个死。將不去③，半分兒④，家私⑤。

（等〔二〕拜了，云住）〔三〕

〔校〕〔一〕「烈」原本作「列」，鄭騫本、王季思本作「裂」，其他各本均作「烈」。按，「烈」字是。〔二〕「等」下徐沁君本、王季思本、甯希元本、高橋繁樹本補「小末」二字。〔三〕此處徐沁君本、王季思本補「（正末唱）」。

〔注〕①「子」，只。②「燒錢烈帋」，焚化紙錢；燒冥幣。「帋」同「紙」。③「將不去」，帶不走。④「半分兒」，半點兒。⑤「家私」，家産；錢財。

【鬼三台】兒親家無行止①，女親家无瑕玼②，當初不合③把小家④兒嫁事⑤。正不是〔一〕爺〔二〕做着縣衙司⑥，□□〔三〕是西臺御史⑦，折末⑧玉皇大帝女艷姿⑨，攢天令公⑩媳婦兒，也合參⑪這皓首⑫婆婆，也合拜我這白頭老子。

（小末云了）〔四〕

〔校〕〔一〕「正不是」原本作「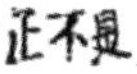」，覆元槧本「正不」下空一字位置，鄭騫本據覆元槧本作「正不□」，校記云：「此三字待校。原作小字，今從之。」王季思本作「止不過」，校記云：「原刻本『正不是』三字經校筆填蓋，當爲『止不過』三字。『过』爲『過』之簡寫。」〔二〕「爺」原本作「耶」，唯鄭騫本未改。〔三〕原本「是」上二字空缺，徐沁君本據上句補作「正不」。王季思本作「並不」，校記云：「『並不』二字原缺，據文義補。」甯希元本據文義補作「又不」。鄭騫本、高橋繁樹本作二空圍。〔四〕此處徐沁君本、王季思本補「（正末唱）」。

〔注〕①「行止」，動作行爲；行蹤。②「瑕玼」，即「瑕疵」，小缺點；小毛病。③「合」，應該；應當。④「小家」，普通家庭；一般家庭。⑤「嫁事」，出嫁、侍候。⑥「縣衙司」，縣衙中負責文書工

作的小吏。⑦「西臺御史」，御史，官職名，本掌文書和記事，後主掌監察、彈劾之權。「西臺」是御史臺的通稱，西漢稱御史府，東漢稱御史臺，後歷代名稱多變，有蘭臺寺、南臺、司憲、憲臺、肅政臺、都察院等。（參見《漢語大詞典》）⑧「折末」，不論；不管。亦作「折莫」「折麽」「遮末」「遮莫」「者末」「者莫」「者麽」「者磨」，是近代漢語常見的連詞，還有即使、假如、什麽、爲什麽、莫非、大約等義。⑨「女艷姿」，指美女。⑩「攢天令公」，指高官。「攢天」，聳立天際，喻位高權重。「令公」，對中書令的尊稱。⑪「參」，參拜。⑫「皓首」，白首；白頭。謂年老。

【金蕉葉】見說罷交我咬牙切齒[①]，他看了我揉腮撧耳[②]。當夜燒香元來是這豪家義兒[③]，我子道是誰家蕩子[④]。

〔注〕①「咬牙切齒」，謂極生氣、氣憤。②「揉腮撧耳」，猶「抓耳撓腮」，狀焦急無措貌。③「豪家義兒」，富豪人家的義子。「義兒」，義子，此指過繼給他人的兒子。④「蕩子」，浪蕩子。

【調笑令】元[〔一〕]來是這厮，捉[〔二〕]拿去告官司，你這般毆[〔三〕]打親爺甚意思？又難同[①]抵觸[②]爺娘事，老賤人一家无二[③]。我行木驴[④]上剮了這忤[〔四〕]逆[⑤]子，他也不是孝順孩兒。

〔校〕〔一〕王季思本「元」改作「原」。按，「元來」同「原來」。〔二〕鄭騫本「捉」誤作「提」。〔三〕「毆」原本作「歐」，鄭騫本作「敺」，其他各本均作「毆」。〔四〕「忤」原本作「五」，各本均已改。

〔注〕①「難同」，難以認同。②「抵觸」，此指冒犯、忤逆。③「一家无二」，一家人没有兩樣。④「木驴」，古代凌遲用的刑具。⑤「忤逆」,違逆；冒犯；不孝順。

【聖藥王】知他[①]是你先死，我先死，我打簸箕糞栲栳[②]送京師。賣了親子[〔一〕]，停了死屍，无兒无女起灵[③]时，能[〔二〕]可[④]交驴駕了轝[〔三〕]車[⑤]兒。

〔校〕〔一〕「子」原本作「了」，各本均已改。〔二〕「能」原本簡作「[illegible]」，王季思本作「寧」，其他各本均作「能」。按，「能可」，寧可。〔三〕「轝」原本作「[illegible]」，鄭騫本、甯希元本作「轝」，其他各本均作「輿」。「轝」，同「輿」。

〔注〕①「他」，虛指代詞。②「栲栳」，用柳條、竹篾等編成的圓筐，也叫笆斗。③「起灵」，是出殯的開始，將靈柩擡起即爲起靈。④「能可」，寧可。⑤「轝車」，本指小車；肩輿。此指靈車。

【調笑令】我看了姓氏，這是正〔一〕明師①，我祖上流傳三輩兒。賈員〔二〕外為錢乾②絶嗣③，說的俺祖公〔三〕④名字，二十年用心把⑤鑰匙，元來都是俺祖上金貲〔四〕⑥。

〔校〕〔一〕原本「正」字，鄭騫本、王季思本改作「證」。〔二〕「員」原本作「元」，各本均已改。〔三〕徐沁君本重「公」字，無校語。〔四〕原本「貲」字，徐沁君本、王季思本、甯希元本改作「資」。按，「貲」同「資」。

〔注〕①「正明師」，證人，也指證物。亦作「正名師」「證明師」。②「乾」，白白地；徒然。③「絶嗣」，無子嗣。④「祖公」，祖父。⑤「把」，拿；把控。⑥「金貲」，金錢。「貲」同「資」。

【收尾煞〔一〕】貧穷富貴輪廻至，積趲下這万万貫資財一分也不使〔二〕。只為折陪〔三〕①口含錢②，干③折④了拖麻拽布⑤子。

〔校〕〔一〕徐沁君本、甯希元本删「煞」字。〔二〕「使」原本作「便」，各本均已改。〔三〕原本「陪」字，徐沁君本、王季思本改作「賠」。按，「陪」同「賠」。

〔注〕①「折陪」，賠，同義連文。「陪」同「賠」。②「口含錢」，人死後口中含的銅錢。富貴人家也有用金銀珠寶者。常用來諷刺貪財而吝嗇的人。③「干」，白白地；徒然。④「折」，猶「賠」。⑤「拖麻拽布」，披麻戴孝。長輩死後，晚輩披麻衣繫白布。

題目　　踈〔一〕財①漢典②孝子順孫③

正名　　看錢奴④買冤家債主〔二〕⑤

新刊関目看錢奴買冤家債主〔三〕

〔校〕〔一〕原本「踈」字，鄭騫本、高橋繁樹本作「疎」，徐沁君本、王季思本作「疏」，甯希元本未改。〔二〕原本無「正名看錢奴買冤家債主」，鄭騫本、高橋繁樹本未補，其他各本均已補。徐沁君本校記云：「據本劇劇名，息、臧本正名及賈仲明本《録鬼簿》鄭廷玉劇目補。」按，「息本」指息機子本，「臧本」指明臧懋循《元曲選》。〔三〕原本尾題「新刊関目看錢奴買冤家債主」，王季思本删，鄭騫本作「看錢奴買冤家債主終」，徐沁君本作「新刊關目《看錢奴買冤家債主》」，甯希元本作「看錢奴買冤家債主雜劇終」，高橋繁樹本作「新刊關目看錢奴買冤家債主」。

〔注〕①「踈財」，疏散錢財幫助他人。「踈」，同「疎」「疏」。「踈財漢」，指周榮祖。②「典」，抵押；典當。此指出賣；過繼。③「孝子順孫」，孝順子孫，指周長壽。④「看錢奴」，看守錢財的奴才，指賈弘義。⑤「冤家債主」，冤家對頭和放債的人，亦指周長壽。

新刊的本泰華山陳摶高卧閺目全

馬致遠

校本四種

鄭騫本：鄭騫《校訂元刊雜劇三十種》
徐沁君本：徐沁君《新校元刊雜劇三十種》
甯希元本：甯希元《元刊雜劇三十種新校》
王季思本：王季思《全元戲曲》（第二卷）

第一折

（外〔一〕①云了）（正末②道扮③上，開）貧道陳摶先生的便是④，能通陰陽妙理。五代間朝梁暮晉⑤，塵世紛紛。這幾日太〔二〕華山⑥頂上，觀見中原地分⑦，旺〔三〕氣⑧非小，當有真命⑨治世。貧道下山，去那長安市上，開个卦肆⑩指迷⑪咱⑫。〔四〕

〔校〕〔一〕徐沁君本「外」下補「末」字。〔二〕甯希元本「太」字改作「泰」。按，「太華山」同「泰華山」。〔三〕原本「旺」字，徐沁君本、甯希元本改作「王」。〔四〕此處徐沁君本、王季思本補「（唱）」。

〔注〕①「外」，即外末，扮鄭恩。②「正末」，扮陳摶。③「道扮」，謂道士打扮。④「貧道陳摶先生的便是」，此句體現了蒙古語的 SOV 語序，「貧道」後省略「是」，實際上是「是」和「的便是」共現，是元代漢蒙語言接觸造成的特殊語法現象。其完全形式是

「貧道是陳摶先生的便是」，叠加方式爲：SVO + SOV = SVOV，即貧道是陳摶先生 + 貧道陳摶先生的便是 = 貧道是陳摶先生的便是。「是」和「的」均可省略。元刊雜劇中人物角色出場的自報家門多爲這種漢蒙混合形式。可參看江藍生《語言接觸與元明時期的特殊判斷句》（《語言學論叢》第二十八輯，商務印書館 2003 年版，第 43 頁）⑤「朝梁暮晉」，此指朝代更迭頻繁。本指五代時馮道爲相，經歷五朝八姓，對于喪君亡國略不在意。自號長樂老，著《長樂老自叙》，歷陳官爵以爲榮，時論卑之。（參見《漢語大詞典》）⑥「太華山」，西岳華山。亦稱「泰華山」「西華山」。⑦「地分」，地區；地域；地段。⑧「旺氣」，旺盛的氣運。⑨「真命」，真命天子。⑩「卦肆」，卦鋪；算卦的店。⑪「指迷」，解惑；指點迷津。⑫「咱」，祈使語氣詞。

【仙吕】〔一〕【點絳唇】定死知生①，指迷歸正②，皆神應③。蓍④插方瓶，香爇⑤雷〔二〕文鼎⑥。

〔校〕〔一〕原本無宫調名【仙吕】，各本均已補。〔二〕「雷」原本作「罍」，唯鄭騫本未改。按，「罍」是一種小口大肚容器，或圓或方。「罍文」不詞，應改作「雷」。

〔注〕①「定死知生」，謂能確定人的死期、死因，能知道人活著的各種情況。②「指迷歸正」，指点迷津使歸正途。③「神應」，神靈感應，此指靈驗。④「蓍」，蓍草，古代用來占卜的草。⑤「爇」，燒；燃。⑥「雷文鼎」，有雷電花紋裝飾的鼎。「雷文」，雷電形的花紋。亦作「雷紋」。

【混江龍】俺今日開壇講命①，斷文②明白鬼神驚。傳聖人清高道業③，筭君子暗昧〔一〕④前程。我這袍袖拂開八卦圖，掌〔二〕中躔度⑤一天星。怕⑥有辨榮枯⑦，问吉凶，冠婚宅葬⑧，求財幹勢〔三〕，若有買卦⑨的閙人静〔四〕，全憑圣〔五〕典⑩，不順人情。

（外〔六〕云了）〔七〕

〔校〕〔一〕「昧」原本作「眛」，唯鄭騫本未改。按，「眛」指日中不明。似可通，然「暗眛」不見于文獻，而「暗昧」習見，今從衆改作「昧」。應係形近而誤。〔二〕「掌」原本作「堂」，各本均已改。

〔三〕「勢」原本作「事」，甯希元本改作「仕」，校記云：「『干仕』，即『干禄』。原本音假爲『幹事』。」其他各本未改。按，甯希元本所改可通，「干」「求」同義，「財」「仕」同類。「干」「求」常互文見義，如干禄求進、干禄求榮、干譽求進、干禄求名、干謁求通、干試求薦、干進求舉、干禄求位、求名干禄等，「干求」同義連文者亦習見，例略。但未見「財」「仕」共現者，而「財」與「勢」則常互文見義，如「趨財慕勢」「有財有勢」「倚財仗勢」等。「求取」義的「干」在文獻中也常作「幹」，例略。〔四〕甯希元本「聞人静」改作「聞人敬」，明《元曲選》作「心尊敬」，明代其他各版本均作「虔心正」。按，疑「聞人静」當作「問人徑」。「人徑」亦作「人逕」，義爲「世途」，「世途」亦作「世塗」，指人生的經歷，塵世的道路。南朝梁沈約《游沈道士館》：「都令人徑絶，惟使雲路通。」「人徑」對「雲路」，「人徑」爲世途，「雲路」爲仕途。「買卦的」自然是來問事的，故「聞」應作「問」，係音近别字。〔五〕甯希元本「圣」下誤衍一「憑」字。〔六〕徐沁君本「外」下補「末」字。〔七〕此處徐沁君本、王季思本補「（正末唱）」。

〔注〕①「講命」，謂講談五行星占、天命氣運。（参見《漢語大詞典》）②「斷文」，剖斷文詞。③「道業」，能够勸化、引導他人的美德、善行。④「暗昧」，隱晦不明。⑤「躔度」，日月星辰運行的度數。古人把周天分爲三百六十度，劃爲若干區域，辨别日月星辰的方位。此處用如動詞，指推演、推算。（参見《漢語大詞典》）⑥「怕」，若；如果。假設義由害怕義發展而來。⑦「榮枯」，本指草木盛放與枯萎。比喻人生的盛衰、窮達。⑧「冠婚宅葬」，指算命先生所擅長的四種卜算内容。「冠」，冠禮，即男子加冠之禮，表示已成人。「婚」，婚禮。「宅」，住宅。「葬」，喪葬。另，「宅葬」也可能指與喪葬、墳墓選址有關的事情，「宅」指墓穴、墓地，即所葬之地、陰宅。鄭玄注《禮記·雜記上》「大夫卜宅與葬日」之「宅」：「葬地也。」⑨「買卦」，來算卦；占卜問吉凶等。⑩「圣典」，當指易經。

【油葫芦】古聖[①]留傳周易經，有幾人能窮究[②]的精？誦讀如坐井[③]，不能明。這《易》伏羲[一][④]以上无人定，仲尼[⑤]之下无人省[⑥]。俺下的數⑦又真，傳的課⑧又灵。待要避凶趣〔二〕吉⑨知天命⑩，試來這簾下问君平⑪。

(外〔三〕云了)〔四〕

〔校〕〔一〕「羲」原本作「犧」，各本均已改。〔二〕原本「趣」字，徐沁君本、甯希元本改作「趨」。按，不必改字，「趣」同「趨」。〔三〕徐沁君本「外」下補「末」字。〔四〕此處徐沁君本、王季思本補「（正末唱）」。

〔注〕①「古聖」，古代聖賢。②「窮究」，深入鑽研。③「坐井」，謂所知甚少、眼界狭小。④「伏羲」，華夏民族人文始祖，三皇之一。⑤「仲尼」，孔子，名丘，字仲尼。⑥「省」，明白；懂得；知曉。⑦「數」，天數；定數；命運。⑧「課」，占卜之一種。⑨「避凶趣吉」，即「趨吉避凶」，趨近吉祥，避開凶險、災難。「趣」同「趨」。⑩「天命」，上天的旨意；上天主宰的命運。⑪「君平」，代指占卜、算卦水平高而隱居的高士。本是漢高士嚴遵的字，隱居不仕，曾賣卜于成都。(參見《漢語大詞典》)

【天下樂】憑着八字①從頭断您一生，叮嚀，不交差半星②。論旺氣相死囚③憑五行。雖然是子丑寅卯，甲乙丙丁，也堪交高士④听。

(外〔一〕上问卦云了)〔二〕

〔校〕〔一〕徐沁君本「外」下補「末」字。〔二〕此處徐沁君本、王季思本補「（正末唱）」。

〔注〕①「八字」，用天干地支表示人出生的年、月、日、時，合起來共八字，故名。迷信認爲據八字可以推算命運。②「半星」，即半點兒。③「相死囚」，相面、算卦的三個術語。④「高士」，僧人；道士；隱居不仕者；修煉者。

【醉中天】我等您呵似投吴文整①，尋您呵似覓吕先生②。交我空踏子〔一〕断麻鞋神倦疲〔二〕，您君臣每③元〔三〕來在這荅〔四〕兒④相隨定。這五代史裏胡厮杀不曾住程⑤，休則管埋名隱姓，却交誰救那苦厭厭〔五〕⑥天下生灵⑦。

〔校〕〔一〕疑「子」字衍。「踏断麻鞋」可通。〔二〕「倦疲」原本作「捲疲」，鄭騫本、王季思本作「倦疲」，徐沁君本作「倦整」，甯希元本「神捲疲」作「繩倦整」。徐沁君本校記云：「白樸《梧桐雨》第一折：『朝綱倦整。』鄭光祖《倩女離魂》第四折：『行李蕭蕭倦修整。』無名氏《雲窗夢》第三折：『金釵倦整。』《太平樂府》卷六孫季昌【端正好】《集雜劇名咏情》套：『抱妝盒寒侵倦整。』皆用『倦整』一詞。」甯希元本以「神」爲「繩」的音假，「繩」是麻鞋上的繩子，「繩倦整」謂懶得整理麻鞋上的繩子。按，徐沁君本、甯希元本改動過大。「神倦疲」可通，且文獻習見，不必校改。〔三〕王季思本「元」改作「原」。按，「元來」同「原來」。〔四〕原本「荅」字，鄭騫本、王季思本作「搭」，徐沁君本、甯希元本作「答」。〔五〕原本「厭厭」，徐沁君本未改，其他各本均改作「懨懨」。〔注〕①「吴文整」，亦作「吴文正」，即元代大儒吴澄，謚號「文正」。吴文正卒于元統元年，即 1333 年，而本劇作者馬致遠已于 1324 年之前去世，日本學者小松謙、金文京據此推斷元刊本此劇在元末被人修改過。（参見小松謙、金文京撰《試論〈元刊雜劇三十種〉的版本性質》，黄仕忠譯，《文化遺産》2008 年第 2 期）②「吕先生」，吕洞賓。「先生」，道士。③「每」，們，複數標記。④「這荅兒」，這裏。亦作「這答兒」「這搭兒」。⑤「住程」，停止行程，此指停止。⑥「苦厭厭」，苦悶；痛苦。亦作「苦懨懨」。⑦「生灵」，生命，此指人民、百姓。

【後庭花】你命幹①是丙丁戊己〔一〕庚，乾元亨利貞。正是一字連珠格②，三重坐禄星〔二〕③。你休道俺不着情④，不應⑤後⑥我敢罰銀十錠〔三〕，未酬勞〔四〕先早陪〔五〕了壺瓶⑦。

(外〔六〕云了)〔七〕

〔校〕〔一〕「己」原本作「巳」，各本均已改。〔二〕「禄星」，原本「禄」字左側殘損，「星」作「生」，各本均已改。〔三〕「錠」原本作「定」，各本均已改。〔四〕「勞」原本作「樂」，各本均已改。〔五〕原本「陪」字，唯徐沁君本改作「賠」。按，「陪」同「賠」。〔六〕徐沁君本「外」下補「末」字。〔七〕此處徐沁君本、王季思本補「（正末唱）」。

〔注〕①「命幹」，即「命干」，古代指人出生時所值的年、月、日、

時相應的天干。②「一字連珠格」，謂命幹好。③「三重坐禄星」，謂命幹多項顯示禄運亨通。「禄星」，掌管人間官位俸禄的天神。④「着情」，合情；合理。⑤「應」，應驗。⑥「後」，表假設，相當于「的話」，假設義由時間義語法化而來。⑦「壺瓶」，本爲酒器，此指占卜、算卦時插蓍草的壺瓶。

【金盞兒】到這戌字上主①冠帶②，水成形，火長生，避乖龍③大小運今年併〔一〕④，若交得丙辰一運大峥嶸⑤。向⑥日犯空亡⑦為將相，垂〔二〕⑧禄馬⑨的作公卿。你是南方赤帝⑩子，上應北極紫微⑪星。（做迎駕⑫科）〔三〕

〔校〕〔一〕原本「併」字，徐沁君本作「并」。〔二〕甯希元本「垂」改作「逢」，校記云：「原本『逢』，當省爲『夆』，形誤為『垂』。據諸本改。鄭、徐二本失校。」按，甯希元本所校無據。〔三〕徐沁君本「科」下補「唱」字，王季思本「（做迎駕科）」下補「（唱）」。

〔注〕①「主」，主宰；掌管。②「冠帶」，帽子和腰帶，代指官職、爵位等。③「乖龍」，傳説中的孽龍。④「併」，集合；聚集。⑤「峥嶸」，卓越不凡；興盛；旺盛。⑥「向」，假如；如果。⑦「日犯空亡」，日子犯了空亡，古代迷信指凶辰。「空亡」，古代用干支紀日，十干配十二支，所餘二支即爲空亡，亦作「空忘」「空房」，又稱「孤虚」。「空亡」亦指凶占。（參見《漢語大詞典》）⑧「垂」，施與；賜予。⑨「禄馬」，禄命。古代相術術語，指人生禄食命運隨乘天馬運行，均有定數。（參見《漢語大詞典》）⑩「南方赤帝」，炎帝神農氏。⑪「紫微」，星官名，三垣之一。紫微垣有十五顆星，以北極爲中樞。亦作「紫薇」。（參見《漢語大詞典》）⑫「駕」，扮趙匡胤。

【後庭花】黄河一旦①清，早子②東方日已明。有興處〔一〕飲緑醑③千鍾醉，无人処倒山呼④万歲声。貧道煞是⑤失祇〔二〕迎⑥，開基真命〔三〕⑦，拚〔四〕今朝醉不醒。

〔校〕〔一〕「處」原本作「[illegible]」，徐沁君本校作「時」，其他各本均作「處」。徐沁君本校記云：「各本均作『處』，不從。按：本句『有興時』云云，與下句『無人處』相對應。」〔二〕原本「祇」字，徐沁君本、甯希元本作「祇」。按，「祇」字是。〔三〕「命」原本作「今」，各本均已改。〔四〕「拚」原本作「拼」，唯甯希元本未改，其他各本均作「拚」。

〔注〕①「一旦」，有朝一日。②「早子」，已經；早已。亦作「早則」。③「緑醑」，緑色美酒。④「山呼」，亦稱「嵩呼」，封建時代對皇帝的祝頌儀式，叩頭高呼「萬歲」三次。（參見《漢語大詞典》）⑤「煞是」，真是；確是；極是。⑥「祇迎」，恭迎。「祇」，恭敬。⑦「開基真命」，開國皇帝。「真命」，真命天子；皇帝。

【金盞兒】左関陝[①]，右徐青〔一〕[②]，背懷孟[③]，附〔二〕[④]襄荆[⑤]，用兵的形勢連着唐鄧[⑥]，太行天塹〔三〕[⑦]壯神京〔四〕[⑧]。折末〔五〕[⑨]江山埋旺〔六〕氣[⑩]，草木動威灵[⑪]。欲尋那四百年興龍地[⑫]，除是八十里卧牛城[⑬]。

〔校〕〔一〕「青」原本作「清」，各本均已改。〔二〕原本「附」字，鄭騫本校作「拊」，徐沁君本、甯希元本校作「俯」，王季思本未改。鄭騫本校記云：「據文義改」，徐沁君本校記云：「本句『俯』，與上句『背』相對而言。」按，「附」同「俯」。〔三〕原本「塹」字，鄭騫本、王季思本未改，徐沁君本、甯希元本據《元曲選》改作「險」。〔四〕原本無「神京」，徐沁君本據《元曲選》將「折末」改作「神京」，其他各本據《元曲選》補「神京」。〔五〕王季思本「折末」改作「遮莫」。〔六〕原本「埋」字，唯徐沁君本校作「理」。原本「旺」字，唯徐沁君本改作「王」。

〔注〕①「関陝」，陝西地區。陝西古稱關中，故稱。「関」同「關」。②「徐青」，徐州和青州，古代地名，均在山東省。③「懷孟」，懷州和孟州，古代地名，均在河南省。④「附」，同「俯」，俯視，此指湖北在河南之南。⑤「襄荆」，襄州和荆州，古代地名，均在湖北省。⑥「唐鄧」，唐州和鄧州，古代地名，均在河南省。⑦「天塹」，天然鴻溝。⑧「神京」，京城；京都。⑨「折末」，大約，亦作「折莫」「折麼」「遮末」「遮莫」「者末」「者莫」「者麼」「者磨」，是近代漢語常見的連詞，還有即使、假如、不論、不管、什麼、爲什麼、莫非、任憑、無論、不管等義。⑩「旺氣」，旺盛的氣運。⑪「威灵」，聲威；威勢。⑫「興龍地」，使帝王興盛不衰的地

方。⑬「卧牛城」，汴京，即開封，因地形似卧牛，故名。

【醉中天】你是五霸諸侯命①，有一品大臣名。干打哄〔一〕②胡厮噥〔二〕③過了半生，注定你不帶破多殘病，命里有愁甚眼睛？兀那④明朗朗群星雖盛，不如孤月獨明。

（外〔三〕云了）（〔四〕云）貧道出家兒⑤，不須酬謝。二公保重者⑥！〔五〕

〔校〕〔一〕「哄」原本作「供」，各本均已改。〔二〕「噥」原本作「濃」，各本均已改。〔三〕「外」下徐沁君本補「云」字。〔四〕「云」上徐沁君本、王季思本補「正末」。〔五〕此處徐沁君本、王季思本補「（唱）」。

〔注〕①「五霸諸侯」，即春秋五霸。②「打哄」，胡鬧；兒戲。③「胡厮噥」，信口嘟噥。④「兀那」，那，那個。⑤「出家兒」，出家人。⑥「者」，祈使語氣詞。

【金盞兒】投至①我石枕上夢魂②清，布袍底白雲生。我但③睡呵④一年半歲没干净〔一〕⑤，子⑥〔二〕看您〔三〕那朝臺暮省⑦幹⑧功名。我睡呵⑨黑甜甜⑩倒身如酒醉，喝婁婁〔四〕⑪的酣睡似雷鳴。誰理會⑫的五更朝馬⑬動，三唱曉雞⑭声！

〔校〕〔一〕「净」原本作「静」，各本均已改。〔二〕原本「子」字，鄭騫本、王季思本改作「只」。〔三〕徐沁君本「您」改作「你」。〔四〕「婁婁」原本作「婁」和一重文符號，鄭騫本、王季思本未改，徐沁君本、甯希元本改作「嘍嘍」。

〔注〕①「投至」，等到。②「夢魂」，古人認爲人睡著後靈魂會離開肉體，故稱「夢魂」。③「但」，只要。④⑨「呵」，的話，話題標記。⑤「没干净」，没完；不停；無休止。⑥「子」，只。⑦「朝臺暮省」，謂仕途亨通。「臺省」，古代中央政府機構。⑧「幹」，求取。⑩「黑甜甜」，狀酣睡貌。⑪「喝婁婁」，擬聲詞，狀鼾聲。⑫「理會」，管；注意。⑬「朝馬」，凌晨大臣上朝時在皇宫騎的馬，是皇帝對年老宰輔、功臣的恩典。⑭「曉雞」，凌晨報曉的鷄。

【賺煞】出世聖人生，天下惡〔一〕乎①定。

（外〔二〕云了）〔三〕

何須把這山野②陳摶拜請。若久後忘了這青眼③相看舊〔四〕弟兄，也不索重酬勞賣卦的先生④。從今後罷刀兵⑤，四海澄清，且放閑人看太平。我也不似出師的孔明⑥，休官的陶令⑦，則待⑧學那釣魚臺下老嚴陵⑨。（下）

〔校〕〔一〕「悪」原本作「嗚」，徐沁君本據《孟子·梁惠王上》改作「悪」，甯希元本從，其他二本未改。按，今從徐本改。〔二〕「外」原本作「往」，各本均已改，徐沁君本補作「外末」。〔三〕此處徐沁君本補「（正末唱）」。〔四〕「舊」原本作「田」，各本均已改。按，原本「田」字應係簡體「旧」之形誤。

〔注〕①「悪乎」，何所，疑问代词。②「山野」，粗鄙。③「青眼」，謂喜愛；器重。④「先生」，道士。⑤「罷刀兵」，謂没有戰争、天下太平。⑥「孔明」，諸葛亮。⑦「陶令」，陶淵明。最後職位爲彭澤縣令，故稱陶令。⑧「則待」，只想；只要。⑨「嚴陵」，東漢隱士嚴光，字子陵，元刊雜劇有《新刊関目嚴子陵垂釣七里灘》。

第二折

（使〔一〕上云了，虚下①）（〔二〕末上，云）貧道自從長安市上，筭了那兩人君臣之命，回歸山中，醒时②煉藥③，醉後④高眠⑤，倒大清閑快活呵！〔三〕

〔校〕〔一〕「使」下徐沁君本、王季思本補「臣」字。〔二〕「末」上徐沁君本補「正」字。〔三〕此處徐沁君本、王季思本補「（唱）」。

〔注〕①「虚下」，元雜劇用語，指角色作背身下場狀，仍在臺上，但觀衆覺得他已下場。（參見《漢語大詞典》）②「时」，時候；的話。可作兩解，「的話」是話題標記，從時間義語法化爲假設義，再進一步語法化爲話題標記，與下句「後」對言。③「煉藥」，煉丹。④「後」，以後；的話。可作兩解，「的話」是話題標記，從時間義語法化爲假設義，再進一步語法化爲話題標記，與上句「时」對言。⑤「高眠」，高枕安眠。

【南吕】〔一〕【一枝花】我往常讀書求進身①，學劍隨時運〔二〕②。讀書匡③社稷④，學劍定乾坤⑤。豪氣凌雲，心志⑥如伊尹⑦。本待交六合⑧入並〔三〕吞⑨，伐天下不義諸侯，救數百載生灵⑩万民。

〔校〕〔一〕原本無宫調名【南吕】，各本均已補。〔二〕「運」原本作「渾」，徐沁君本、甯希元本改作「混」。徐沁君本據《元曲選》改，甯希元本未出校，其他各本未改。王季思本「疑本當作『時運』」。按，王季思本所疑是。「隨時渾」「隨時混」均不通，「隨時運」可通，「時運」即「時勢」。陳摶讀書是爲了步入仕途、匡扶社稷，學劍是爲了順應時勢、定國安邦。文獻中有「隨時運」用例，唐代孔穎達《尚書正義》疏：「不得稱帝者，以三王雖實聖人，内德同天，而外隨時運，不得盡其聖，用逐迹爲名，故謂之爲王」；元代湯舜民《南呂·一枝花》：「别是個家門，飽暖隨時運，詼諧教子孫」；清代王韜《淞隱漫録》卷十一：「然而人才隨時運爲轉移，風氣亦後先而遞變。」〔三〕原本「並」字，唯甯希元本改作「併」。按，「併」同「並」。

〔注〕①「進身」，被任用；提升。亦作「晋身」。②「時運」，時勢。③「匡」，匡扶；幫助；救。④「社稷」，國家。⑤「乾坤」，天下。⑥「心志」，意志；志氣。⑦「伊尹」，古代名臣，是商湯大臣，名伊，尹是官名。代指著名政治家。⑧「六合」，天下。⑨「並吞」，即「吞並」，「並」同「併」。因押韵倒文。⑩「生灵」，生命。

【梁州第七〔一〕】從遇着那買卦的潛龍①帝主，饒恰〔二〕②筭命的開國功臣，便即時③拂袖歸山隱。進時節道行天下，退時節獨善其身。修煉成内丹④龍虎⑤，消磨尽〔三〕姹女嬰兒⑥，〔四〕出世離群⑦，樂陶陶的〔五〕順化存神⑧。想那乱攘攘紅塵中争利的俗人，闹穰穰〔六〕的黄閣⑨上為官的貴人，怎強如⑩那闲遥遥華山中得道仙人。一身，駕雲，山〔七〕溟⑪八表⑫神遊尽，覷浮世⑬暗中哂⑭。坐看蟠桃幾度春，抵多少⑮華屋⑯生存。

〔校〕〔一〕原本無「第七」，鄭騫本未補，其他各本均已補。〔二〕原本「恰」字，徐沁君本、甯希元本改作「却」。按，誤，不須改字。〔三〕原本「尽」下有「降伏」二字，鄭騫本未改，其他各本均删「消磨」二字。按，「降伏」係衍文。據曲譜，【梁州第七】第六、七句須對，每句正格四字。「内丹龍虎」對「姹女嬰兒」。各本蓋因不明「姹女嬰兒」何義，而以其爲妖魔鬼怪，故取「降伏」而去「消磨」，其實不然。「姹女」亦作「奼女」，指水銀；「嬰兒」指鉛，二者皆爲道家煉丹所需材料。「姹女嬰兒」常連用，如元代無名氏

《瘸李嶽詩酒玩江亭》第一折：「龍蟠金鼎，煉華池一液浸通；玉户金闕，使姹女嬰兒鎖定」，所言亦是煉丹之事。陳摶在泰華山「修煉成内丹龍虎」，「消磨尽姹女嬰兒」，即爲了煉丹，耗盡了水銀和鉛。「降伏尽」則不通，「降伏」顯係衍文，或因「龍虎」而衍。襯字「修煉成」對「消磨盡」。〔四〕「出」上徐沁君本、甯希元本據明代各版本補「思飄飄」。按，原句可通，不應補「思飄飄」。補上三字則頭尾不一，「思飄飄」言思緒，「出世離群」則是軀體，不可相連。明代版本不能作爲改易元代版本的絶對依據。以今改古多係段玉裁所謂「淺人」者也。〔五〕甯希元本奪「的」字。〔六〕「攘攘」原本作「襄」和一重文符號，各本均已改。〔七〕原本「山」字，唯鄭騫本未改，其他各本均改作「四」。按，原本「山」字清晰可辨，「山」字亦可通，可不改。

〔注〕①「潛龍」，比喻賢才未遇。②「恰」，却。③「即時」，立即。④「内丹」，道家以自身的精氣修煉成的丹爲「内丹」。⑤「龍虎」，道教指水火。⑥「姹女嬰兒」，水銀和鉛，均爲煉丹材料。「姹女」，指水銀，亦作「奼女」。「嬰兒」，指鉛。⑦「出世離群」，遠離人世，不與他人交往。⑧「順化存神」，順應造化，存養精神。⑨「黄閣」，漢代丞相及漢代後三公工作的官署，因門被塗成黄色故稱。⑩「强如」，比……强，「如」是比較標記，「A 强如 B」體現 VO 型的語序類型。⑪「山溟」，高山和大海。⑫「八表」，八方之外，指極遠之地，也稱八荒。⑬「浮世」，人世；人間。古人認爲人生浮沉聚散不定，故稱。⑭「哂」，譏笑；嘲笑。⑮「抵多少」，頂多少。⑯「華屋」，華麗的房屋，常指朝會、議事之地。

【隔尾】放着這高山流水為檀〔一〕信①，索甚野草闲花作近鄰。滿地白雲掃不尽。你与我闭上洞門，休放个客人，我待静〔二〕倚蒲團②自在盹③。（使〔三〕上，云了）（〔四〕迎接使〔五〕科）〔六〕

〔校〕〔一〕「檀」原本作「澶」，各本均已改。〔二〕「静」原本作「净」，各本均已改。〔三〕〔五〕「使」下徐沁君本、王季思本補「臣」字。〔四〕「迎」上徐沁君本補「正末」二字。〔六〕徐沁君本「科」下補「唱」字，王季思本「（迎接使臣科）」下補「（正末唱）」。

〔注〕①「檀信」，猶施主。謂修檀行的信士。②「蒲團」，用蒲草編成的扁圓坐墊。③「盹」，打盹；小睡。

【牧羊関】我恰遊仙闕①，謁②帝閽③，猛驚得我跨黄鶴飛下天门。你揮的玉麈〔一〕④特遲，打的金鐘暢〔二〕⑤緊。又不是㕑窓明覺曉，布被暖知春。驚的夢莊周〔三〕蝶飛去，尚古自⑥炊黄粮〔四〕⑦鍋未滚⑧。

（使〔五〕云了）（〔六〕云）貧道山间林下，物外⑨之人，无心名利。望天使⑩回朝，方便回奏咱⑪。〔七〕

〔校〕〔一〕「麈」原本作「塵」，唯甯希元本未改。〔二〕「暢」原本殘作「[illegible]」，覆元槧本刻作「鳴」，鄭騫本沿誤，徐沁君本、甯希元本校作「暢」。王季思本校作「煞」，校記云：「原本『暘緊』，鄭本改作『鳴緊』，徐本改爲『暢緊』，此從太和正音譜及明刻諸本。」〔三〕「周」原本作「州」，各本均已改。〔四〕原本「粮」字，鄭騫本未改，甯希元本作「梁」，其他二本均作「粱」。按，「黄粮」同「黄粱」。〔五〕「使」下徐沁君本、王季思本補「臣」字。〔六〕「云」上徐沁君本、王季思本補「正末」二字。〔七〕此處徐沁君本、王季思本補「（唱）」。

〔注〕①「仙闕」，神仙的宫殿。②「謁」，拜見。③「帝閽」，天門；天帝的宫門。「閽」，門；宫門。④「玉麈」，玉柄麈尾。「麈」，鹿屬動物，尾可作拂塵。⑤「暢」，很；甚。⑥「尚古自」，尚且；還。亦作「尚古子」。⑦「黄粮」，黄粱。⑧「滚」，指水開。⑨「物外」，世事之外。⑩「天使」，帝王使者。⑪「咱」，語氣詞。

【紅芍藥】開基創業①聖明君，舜迹〔一〕堯仁②。玉帛③万國尽來尊，一統乾坤。滅狼煙④，掃戰塵，恩澤及万姓黎民。招賢納士礼殷勤，幣〔二〕帛⑤似微塵⑥。

〔校〕〔一〕原本「迹」字，鄭騫本未改，甯希元本作「跡」，徐沁君本、王季思本據明代諸本和《太和正音譜》改作「德」。〔二〕「幣」原本作「弊」，各本均已改。

〔注〕①「開基創業」，開創基業，開國皇帝的功績。②「舜迹堯仁」，舜的足迹和堯的仁德，此是陳摶説趙匡胤做皇帝是循著舜的足迹，具有堯的仁德。③「玉帛」，玉器和絲織品。古代常被用作

外交禮品，象征和平。④「狼煙」，古代邊防報警燃起的烟，喻戰爭。⑤「幣帛」，古代用于祭祀、進貢、饋贈的物品或禮品。⑥「微塵」，微小的塵土，比喻微不足道的人或物。

【菩薩梁州】特遣天臣①，把賢良訪问。當今至尊②，重酬勞筭卦的山人③，過④蒙君寵賜天〔一〕恩。風雲不憶風雷信，琴鶴⑤自有林泉⑥分⑦。想名利有時尽。乞得田園自在身，我怎肯再入紅塵⑧。

〔校〕〔一〕「天」原本作「大」，各本均已改。

〔注〕①「天臣」，皇帝使臣。②「至尊」，此指皇帝趙匡胤。③「山人」，隱士；山野之人。④「過」，太；過分。⑤「琴鶴」，琴和鶴。古人以琴和鶴表示歸隱、清高、廉潔。⑥「林泉」，山林泉石，代指隱居之地。⑦「分」，緣分。⑧「紅塵」，塵世。

【隔尾】俺子是①下棋〔一〕白日闲消困，高柳清風睡杀人，世事無〔二〕由惱方寸②。子③除你个继恩④，使臣，方便向君王行⑤奏得准。
(使〔三〕云了)〔四〕

〔校〕〔一〕「棋」原本作「棊」，各本均校作「棋」。〔二〕「無」原本作「元」，各本均已改。按，「元」是簡體「无」之形誤。〔三〕「使」原本作「外」，唯徐沁君本改作「使臣」，校記云：「『外』爲『外末』之省，本劇以『外末』扮鄭恩，本折使臣爲黨繼恩，而非鄭恩也。各本均作『使臣』，據改。下同。」按，今從徐沁君説，又依前文例將「外」改作「使」。〔四〕此處徐沁君本、王季思本補「（正末唱）」。

〔注〕①「子是」，只是。②「方寸」，内心；心緒。③「子」，只。④「继恩」，黨繼恩。⑤「行」，與位格標記，表示動作的對象，相當于後置的「向」，是「上」的音變形式，因元代漢蒙語言接觸而形成，是漢語方位詞承擔了蒙古語的格標記功能。

【牧羊関】既然海岳①歸明主②，敢放這巢〔一〕由③作外臣④，誰望您那千年調〔二〕⑤高塚麒麟⑥。誰待⑦老年攀蟾⑧，子待⑨闲身卧雲⑩。試看蓬萊尋藥⑪客，岩〔三〕嶺採芝⑫人，天下已歸漢，山中猶避秦。

〔校〕〔一〕「巢」原本作「果」，各本均已改。〔二〕「調」原本作「鈞」，徐沁君本據明代各本改作「吊」，其他各本均改作「調」。

按，「調」字是。〔三〕原本「岩」字，唯鄭騫本未改，其他各本均改作「商」。徐沁君本校記云：「『商嶺』句指商山四皓言也。下兩句『天下已歸漢，山中猶避秦』，即唐李頻《過四皓廟》詩中句。」

〔注〕①「海岳」，大海和高山。猶「江山」。②「明主」，聖明君主。③「巢由」，巢父和許由，均爲堯時隱士，堯欲讓位于二人，均不受。後代指隱居不仕者。④「外臣」，地方官吏。⑤「千年調」，指長久之計。⑥「高塚麒麟」，亦作「高冢麒麟」，指名臣、高官之墓，文獻習見「麒麟塚」「麒麟冢」。⑦「待」，要；想。⑧「攀蟾」，攀登蟾宫，是「攀蟾折桂」的簡略説法，本喻科舉及第，此指做高官。⑨「子待」，只想；只要。⑩「卧雲」，指隱居。⑪「藥」，長生不老之藥。⑫「芝」，靈芝。

【賀新郎】我往常鷄鳴舞劍學劉琨[①]，看三卷天書[②]，名八门壬遁[〔一〕]。説談諸國遊天下，賣卦処逢着聖君，以此[③]入山來訪道修真。看猿鶴知導引[④]，觀山[〔二〕]水爽精神。興藏[〔三〕]存，性於遠，習於近。這黄冠[⑤]野服[⑥]一道士，伴着清風明月兩闲人。

(使[〔四〕]云了)[〔五〕]

〔校〕〔一〕原本「名八门壬遁」，甯希元本改作「演八門五遁」，校記云：「古代術數家語。原本『演』字，誤作『名』；『五』字，誤作『壬』。據諸本改。」按，疑「名」是「占」之形誤。「八門」是術數術語，指「休、生、傷、杜、死、景、驚、開」，用于占卜吉凶。「壬遁」是「六壬」與「遁甲」的合稱。「六壬」是六十甲子中的六個「壬」：壬申、壬午、壬辰、壬寅、壬子、壬戌，也是用于占卜吉凶的。「遁甲」也是術數術語，是以趨吉避凶爲目的的占卜之術。「五遁」是道教仙人的五種遁形方術，指金遁、木遁、水遁、火遁、土遁。該曲第三句之「名」字處應爲一個具體的動詞，與「舞、學、看」相應。「名」雖有「占有」「獨擅；專注」兩種動詞義，但前者不能與「八門壬遁」搭配，後者意義不够具體。「八门」「壬遁」皆爲占卜之術，故疑「名」爲「占」之形誤。甯希元本所改，「演」即「推演」，應是「文王拘而演周易」之「演」，有「占卜」義，故「演八門」可通，但「五遁」不是用來占卜的，不可以

「演」言之，且「演」與「名」字形相去甚遠。不從。〔二〕原本無「山」字，各本均已補。〔三〕原本「藏」字，徐沁君本改作「長」，其他各本均改作「常」。〔四〕「使」原本作「外」，徐沁君本改作「使臣」，其他各本未改。〔五〕此處徐沁君本、王季思本補「（正末唱）」。

〔注〕①「劉琨」，西晋著名政治家、軍事家、文學家，與祖逖一起聞鷄起舞。②「天書」，神仙所寫的書。③「以此」，因此。「以」，因，因爲。④「導引」，引導；帶領。⑤「黄冠」，道士的黄色帽子。⑥「野服」，本指村野平民的衣服，此指道士的樸素衣服。

【牧羊関】也不是九轉火①里燒丹藥，三足鼎②里煉水銀，若會的參同契③便是真人④。教雖没千言，道不离一身。你寸心休勞苦，四躰⑤省殷勤。散誕〔一〕⑥是長生法，清闲真道本⑦。

〔校〕〔一〕「誕」原本作「旦」，各本均已改。

〔注〕①「九轉火」，道教煉丹的火。「九轉」，九次提煉。道教煉丹有一到九轉之分，以九轉爲貴。（參見《漢語大詞典》）②「三足鼎」，三足之鼎，此指道教煉丹藥的鼎。③「參同契」，東漢魏伯陽《周易參同契》，是道教早期經典。④「真人」，道教指修煉得道的人。⑤「四躰」，四肢。「躰」同「體」。⑥「散誕」，悠閑自在；放誕不羈；不受拘束。⑦「道本」，道教思想、主張的根本。

【哭皇天】酒醉漢難〔一〕朝覲①，睡魔王②怎做宰臣③？穿着底紫羅袍④便似酒布袋，秉⑤着白象笏⑥似睡餛飩。若做官後每日家⑦行眠立盹⑧，休！休！枉笑煞凌煙阁⑨上人。早是⑩踈〔二〕慵愚鈍⑪，更孤陋寡闻。

〔校〕〔一〕原本無「難」字，各本據明代各本、《太和正音譜》補。〔二〕原本「踈」字，徐沁君本、王季思本改作「疏」。按，「踈」同「疏」。

〔注〕①「朝覲」，拜見皇帝。②「睡魔王」，嗜睡者。③「宰臣」，宰相；重臣。④「紫羅袍」，官員的朝服。⑤「秉」，手持；拿著。⑥「白象笏」，古代大臣上朝時所執的象牙做的板子，也叫手板，材質除象牙外，還有竹木、玉石等。⑦「家」，後綴。⑧「行眠立盹」，走著路睡覺，站著打盹，形容極困倦。⑨「凌煙阁」，封建帝王爲表彰功臣而建的繪有功臣畫像的高閣。「凌煙阁上人」，指國家

重臣、高官。⑩「早是」，早已；已是。⑪「踈慵愚鈍」，懶散愚笨。「踈」同「疏」。

【烏夜啼】幸然①恁法正天心順②，索甚我横〔一〕枝兒③治国安民？我則④有住山緣，那里有為官分⑤。樂道甘貧⑥，誰羨畫戟朱门⑦。丹砂⑧好煉養閑身，黄金不鑄封侯印。幸〔二〕实帶〔三〕⑨不得展髾⑩緊，着不得公裳⑪坌〔四〕⑫。到〔五〕不如我這拂黄塵〔六〕的布袍，漉〔七〕⑬渾酒⑭的綸巾⑮。

（使〔八〕云了）（〔九〕云）既蒙天使到來，不敢違了聖恩，必索下山。〔十〕

〔校〕〔一〕「横」原本作「㭋」，各本均校作「横」。〔二〕原本「幸」字，唯徐沁君本未改，其他各本據明代版本改作「我」。〔三〕甯希元本「帶」改作「戴」。〔四〕「坌」原本作「分上」二字，各本均已改。〔五〕原本「到」字，各本均改作「倒」。按，「到」同「倒」。〔六〕「塵」原本作「壁」，各本均據明代版本改。〔七〕「漉」原本「氵」旁殘損，各本均校作「漉」。〔八〕「使」下徐沁君本補「臣」字。〔九〕「云」上徐沁君本補「正末」二字。〔十〕此處徐沁君本、王季思本補「（唱）」。

〔注〕①「幸然」，幸好。②「法正天心順」，法度公正，上天順應。③「横枝兒」，旁出；額外；多餘。④「則」，只。⑤「分」，緣分。⑥「樂道甘貧」，甘于清貧，樂于守道。亦作「甘貧樂道」。⑦「畫戟朱门」，畫有戟的豪富之門，代指顯貴、豪富人家。⑧「丹砂」，朱砂。⑨「帶」，同「戴」。⑩「展髾」，俟考。甯希元本注：「疑指展脚（角）幞頭，一名朝天巾。」⑪「公裳」，公服；官服。⑫「坌」，笨；不靈活；不方便。⑬「漉」，過濾。⑭「渾酒」，未過濾的酒。⑮「綸巾」，一種男子頭巾。

【帶〔一〕黄鐘煞】也不索雕〔二〕鞍〔三〕①緩緩的登程②進〔四〕，也不索駿馬驅驅的踐路塵〔五〕，雖〔六〕然聖旨〔七〕緊，請將軍勿心〔八〕困③。侭〔九〕④交山列着屏，草展〔十〕裀⑤，鶴看〔十一〕家，雲鎖了〔十二〕门，子〔十三〕⑥消⑦得順天風駕一片白雲，教他那宣使⑧乘的紫藤兜轎穩。

（同使〔十四〕下山，下）

〔校〕〔一〕徐沁君本、王季思本删「帶」字。鄭騫本校記云：「諸本俱無帶字，黄鐘煞調名上未見加帶字者，俟考。」甯希元本校記云：「『帶』字疑衍。」〔二〕「雕」原本作「鵰」，各本均已改。〔三〕甯希元本「鞍」誤作「輪」。〔四〕原本無「進」字，各本均據明代版本補。〔五〕「塵」原本作「[illegible]」，各本均已改。〔六〕「雖」原本作「[illegible]」，徐沁君本、甯希元本校作「雖」，鄭騫本、王季思本作「既」。〔七〕「旨」原本作「○」，各本均改作「旨」。〔八〕「勿心」原本誤合作「忽」，鄭騫本校作「勿」，其他各本均作「勿心」。〔九〕原本「侭」字，徐沁君本、甯希元本改作「盡」。〔十〕「展」下徐沁君本補「着」字。〔十一〕「看」下徐沁君本補「着」字。〔十二〕原本「了」字，徐沁君本改作「着」。〔十三〕原本「子」字，王季思本改作「只」。按，「子」同「只」。〔十四〕「使」下徐沁君本補「臣」字。

〔注〕①「雕鞍」，雕刻著精美圖案、花紋的馬鞍。代指駿馬。②「登程」，上路；開始趕路。③「心困」，心煩；操心。④「侭」，儘管。⑤「裀」，褥子；墊子。此指草地。⑥「子」，只。⑦「消」，需；需要。⑧「宣使」，負責傳達皇帝詔令的使者。

第三折

【正宮】〔一〕【端正好】下雲臺①，來朝會，不听的華山里鶴唳猿啼。道人不為蒼生②起，子〔二〕③是報聖主④招賢意。

〔校〕〔一〕原本無宮調名【正宮】，各本均已補。〔二〕王季思本「子」改作「只」。按，「子」同「只」。

〔注〕①「雲臺」，雲臺山，西岳華山北峰，是古代道家修煉聖地。②「蒼生」，百姓；生靈。③「子」，只。④「聖主」，聖明君主。

【滚綉球〔一〕】俺便似片闲雲自在飛，心情与世違。可又不貪名利，怎生來交天子達知①？是未發迹②，卦鋪里，恁時節③相識，曾筭着他面南〔二〕登基④。因此上⑤將龍庭⑥御寶⑦皇宣詔。駕賜衣冠，道号⑧希夷。〔三〕賜与我鶴氅⑨金冠碧玉圭⑩，加⑪道号希夷。

(謝恩了)〔四〕

〔校〕〔一〕「滚綉球」原本作「袞秀求」，各本均已改。〔二〕原本「面南」，鄭騫本、王季思本乙作「南面」。〔三〕「駕賜」至「希夷」原本爲小字，徐沁君本加括弧處理爲科介，其他各本均作賓白。「賜」上鄭騫本、王季思本補「（云）」，甯希元本補「（使云）」。按，「駕賜」至「希夷」應是使臣白。〔四〕此處徐沁君本、王季思本補「（正末唱）」。

〔注〕①「達知」，使天子、帝王知道。②「發迹」，發達。③「恁時節」，那時候。④「面南登基」，稱帝。⑤「上」，是由元代的漢蒙語言接觸而成的離格標記，與前置詞「因」構成「因……上」結構，表示原因。⑥「龍庭」，朝廷。⑦「御寶」，帝王的寶璽。⑧「道号」，道士的尊號。⑨「鶴氅」，本指用仙鶴羽毛製成的裘衣，此指奢華的道袍。⑩「碧玉圭」，即玉圭，玉器名，是古代朝見帝王、祭祀、喪葬等莊重場合使用的禮器。⑪「加」，加封；賜封。

【倘秀才】俺這草舍花欄藥畦①，石洞松窓竹〔一〕几，您這玉殿②朱楼③未為貴。您那人間千古事，子〔二〕④是松下一盤棊。富貴把浮雲可比。

〔校〕〔一〕「竹」原本作「[illegible]」，各本均據明代版本改作「竹」。〔二〕王季思本「子」改作「只」。按，「子」同「只」。

〔注〕①「畦」，分成小塊的土地。②「玉殿」，宫殿的美稱。③「朱楼」，華美富麗的樓閣。④「子」，只。

【滚綉球〔一〕】不住地使命①催，奉御②逼〔二〕，便交早朝入内，俺便似野人般不知个遠近高低。至禁幃〔三〕③，上鳳池④，近臨宝砌⑤，列鵷〔四〕鸞⑥簾捲班齊。見這玉階⑦前松擺龍蛇影⑧，金殿上風吹日月旗⑨，天仗⑩朝衣⑪。

(見駕打稽首〔五〕⑫科)〔六〕

〔校〕〔一〕「滚綉球」原本作「袞秀求」，各本均已改。〔二〕徐沁君本「逼」改作「筆」。按，「逼」對上句「催」。〔三〕原本「幃」字，徐沁君本、甯希元本改作「闈」。〔四〕「鵷」原本作「[illegible]」，各本均校作「鵷」。〔五〕「首」原本作「直」，各本均已改。〔六〕徐沁君本「科」下補「唱」，王季思本「（見駕打稽首科）」下補「（唱）」。

〔注〕①「使命」，使者。②「奉御」，官職名。③「禁幃」，即「禁闈」，宫廷門户，也指朝廷、宫内。④「鳳池」，即鳳凰池，禁苑中的水池，也代指宰相職位。⑤「宝砌」，玉石砌成的台階。⑥「鵷

鸞」，二者都是傳説中的祥鳥，比喻朝官；賢者。⑦「玉階」，玉石砌成的台階。⑧「松擺龍蛇影」，松樹搖曳影似龍蛇。⑨「日月旗」，古代帝王儀仗中繪有日月的旗幟。⑩「天仗」，天子儀衛。⑪「朝衣」，上朝時君臣所穿禮服，也代指朝廷官員。⑫「稽首」，本指以頭叩地的跪拜禮，此指道士舉一手向人行禮。

【倘秀才】无那舞蹈揚塵①体例，子打稽首〔一〕②權充拜禮。
（駕云了）〔二〕
願陛下万歲万万歲〔三〕。如今黄阁③功臣少，白髮故人稀，見貧道自喜。（駕云了）〔四〕貧道山野人〔五〕，不能為官。〔六〕

〔校〕〔一〕「首」原本作「直」，各本均已改。〔二〕此處徐沁君本補「（正末唱）」。〔三〕原本第一個「歲」下爲兩個重文符號，各本均校作「万万歲」。〔四〕此處鄭騫本補「（云）」，徐沁君本、王季思本補「（正末云）」。〔五〕原本「人」與「不」之間有一「云」字，各本均删。徐沁君本、甯希元本「人」上補「之」字。〔六〕此處徐沁君本補「（唱）」。

〔注〕①「舞蹈揚塵」，即「揚塵舞蹈」，舞蹈名，用于祭天、地、神，是最隆重的禮儀。②「稽首」，本指以頭叩地的跪拜禮，此指道士舉一手向人行禮。③「黄阁」，指漢代丞相及漢代後三公工作的官署，因門被塗成黄色，故稱。

【叨叨令】向那華山中已覓下①終焉計②，怎生都堂③内才看傍〔一〕州例④。議公事枉淘〔二〕⑤了元陽氣⑥，理朝綱⑦怕攪了安眠睡。貧道做不的也末哥，做不的也末哥，不要紫羅袍⑧，乞賜黄紬被⑨。

〔校〕〔一〕原本「傍」字，唯徐沁君本改作「旁」。〔二〕「淘」原本作「陶」，唯徐沁君本未改。

〔注〕①「下」，猶「好」，作補語。②「終焉計」，安身終老之計。③「都堂」，指官署、衙門的辦公之處。④「傍州例」，例子；慣例；榜樣。⑤「淘」，傾吐；耗費。⑥「元陽氣」，人體的陽氣。⑦「朝綱」，朝廷的法紀。此指國家政務。⑧「紫羅袍」，古代官服。⑨「黄紬被」，道士所用黄綢子做的被子。「紬」同「綢」。

【倘秀才】貪〔一〕睡呵十万根更籌①轉刻②，七八瓮銅壺③漏水，恨不得

生扭④死窓前報曉雞。休想我惜花春起早〔二〕，愛月夜眠遲，道理。（駕云了）〔三〕

〔校〕〔一〕甯希元本「貪」改作「但」，校記云：「原本『但』（dan）字，音假爲『貪』（tan）。今改。各本失校。」按，「貪」字可通，甯希元本濫言音假。〔二〕原本「起早」，徐沁君本誤乙作「早起」。〔三〕此處徐沁君本、王季思本補「（正末唱）」。

〔注〕①「更籌」，古代夜間計時用的竹籤。②「轉刻」，走刻度。③「銅壺」，此指計時用的壺漏。④「扭」，擰。

【滚綉球〔一〕】貧道穿的蔀落衣①，喫的是藜〔二〕藿食②。睡時節③幕天席地④，喝婁婁〔三〕⑤鼻息如雷，二三年，喚不起，若在省部⑥里敢⑦每日晝不着卯暦⑧。子⑨有句話對聖主⑩先題〔四〕：貧道子得身闲心上全无事，除睡人间総不知⑪。交人道苫〔五〕眼鋪眉⑫。

〔校〕〔一〕「滚綉球」原本作「衮秀求」，各本均已改。〔二〕「藜」原本作「黎」，各本均已改。〔三〕「婁婁」原本作「婁」和一重文符號，徐沁君本、甯希元本改作「嘍嘍」。按，「喝婁婁」是擬聲詞，「婁」字可不加口旁。〔四〕原本「題」字，王季思本改作「提」。按，不必改字，「題」同「提」。〔五〕「苫」原本作「[illegible]」，徐沁君本、甯希元本校作「貼」，鄭騫本、王季思本校作「䀡」。唯王季思本有校語：「貼眼舒眉，當時熟語。元曲中屢見，不備舉。」按，「[illegible]」應校作「苫」，音近、形近而誤。「貼眼鋪眉」不詞。《集韵·沾韵》：「䀡，竊視也。」文獻中未見「䀡眼舒眉」用例，王季思本所云屢見于元曲者應爲「展眼舒眉」，「展」「舒」互文，指因心情愉悦而眉舒目展。此義不合該曲語境。「苫眼鋪眉」亦作「鋪眉苫眼」，指裝腔作勢。該詞亦見于元刊本《任風子》第二折：「苫眼鋪眉恰似愚」，元高文秀《須賈大夫誶范叔》第一折：「但有些個好穿著，好靴脚，出來的苫眼鋪眉，一個個納胯挪腰」，無名氏《海門張仲村樂堂》第三折：「打官司處使不著你粉鼻凹，覷不的鋪眉苫眼喬勢殺。」「交人道苫眼鋪眉」即陳摶不願讓人説自己裝腔作勢，與前面所説自己慣于散誕生活，「若在省部里敢每日晝不着卯暦」相契合。今河北方言仍有「鋪眉苫眼」一詞，指年輕人調皮、不務正業之類的裝腔作勢。明代《元曲選》本該條改作「空教人貼眼舒眉」，意爲：白讓他人眉開眼笑。前文未見他人生氣之意，何來此處的眉開眼笑？「空教人」勉强可通，但與「貼眼舒眉」連用則不通之極。

〔注〕①「蔀落衣」，隱者、道士的衣服。《楚辭·九歌·山鬼》：「被薜荔兮帶女蘿」，「薜荔」「女蘿」合稱「薜蘿」，逐漸詞彙化、聯綿化，産生變形，有「蔀落」「勃落」「布懶」，均指隱者、隱者的衣服或居處。②「藜藿食」，泛指粗劣的飲食。「藜」，灰菜。「藿」，豆葉。③「時節」，時；時候。④「幕天席地」，以天爲幕，以地爲席。⑤「喝婁婁」，擬聲詞，狀鼾聲。⑥「省部」，指中央政府。⑦「敢」，可能。⑧「卯曆」，點卯的簿册。⑨「子」，只。⑩「聖主」，聖明君主。⑪「除睡人間総不知」，除了睡覺，什麽也不關心。⑫「苫眼鋪眉」，裝腔作勢。

【倘秀才】陛下説君子周而不比[①]，貧道呵小人窮斯濫矣[〔一〕][②]。俺須索[③]由道義[〔二〕]，依於仁，據於德。本待用賢去不肖[④]，舉枉錯諸直[⑤]，更是不宜。

〔校〕〔一〕「矣」原本作「夫」，各本均已改。〔二〕原本「由道義」，徐沁君本、甯希元本改作「志于道」。按，「志於道，據於德，依於仁，游於藝」，語出《論語·述而》，但并不須將「由道義」改作「志于道」。

〔注〕①「君子周而不比」，君子關係密切但不勾結。「周」，親和。「比」，勾結。出自《論語·爲政》。②「小人窮斯濫矣」，小人身處逆境就會胡作非爲。出自《論語·衛靈公》。③「須索」，應該；必須。④「用賢去不肖」，以賢德消除不賢德。⑤「舉枉錯諸直」，起用邪惡的人，罷黜正直的人。「錯」同「措」。出自《論語·爲政》。成語有「舉枉措直」。

【滚綉球[〔一〕]】四百貫，四百石，一品官，二品職，子[①]落的故紙[②]上兩行史記，雖然重裀卧列鼎而食[③]。臣事[④]君以忠，君使臣以礼，呀！便是死无[〔二〕]葬身之地，敢向那雲陽市[⑤]血染朝衣[⑥]。本居林下[⑦]絶名利[〔三〕]，貧道呵自不合[⑧]剛下山來惹是非，不如歸去來兮。

〔校〕〔一〕「滚綉球」原本作「衮秀求」，各本均已改。〔二〕「无」下徐沁君本、王季思本補「那」字。〔三〕原本脱「利」字，各本均已補。

〔注〕①「子」，只。②「故㕑」，舊書。③「重裀卧列鼎而食」，即「重裀列鼎」，卧在雙層的墊子上，用鼎器盛食物吃飯。比喻生活富貴，位居高官。④「事」，侍候。⑤「雲陽市」，指行刑之地；刑場。「雲陽」本爲地名，秦李斯被斬于雲陽街市，後以「雲陽市」「雲陽鬧市」代指行刑之地。⑥「朝衣」，官服。⑦「林下」，山林中，指隱居之地。⑧「合」，該；應該。

【倘秀才】道有个治家治国，俺索[①]學分个為人為己，不患人之不己知[②]。土炕〔一〕上淡白粥[③]，瓦鉢内醋黄虀[④]，採那首陽山[⑤]蕨薇[⑥]。

〔校〕〔一〕「炕」原本作「坑」，唯甯希元本未改。

〔注〕①「索」，須；應。②「不患人之不己知」，不擔心别人不了解自己。出自《論語·學而》。③「白粥」，白米稀飯。④「黄虀」，鹹菜，亦作「黄齏」。⑤「首陽山」，山名，相傳伯夷、叔齊耻食周粟，在首陽山採薇而食，最終餓死。⑥「蕨薇」，蕨菜和薇菜，均爲野菜。

【三煞】身安静域[①]蟬初蜕，夢遶南園〔一〕蝶正飛。卧一榻清風，看一輪明月，蓋一片白雲，枕一塊頑石。直睡的〔二〕陵〔三〕迁谷变[②]，石爛松枯，斗轉星移[③]。抱元守一[④]，窮妙理[⑤]，造化〔四〕[⑥]玄機[⑦]。

〔校〕〔一〕原本「園」字，徐沁君本、王季思本改作「華」。徐沁君本校記云：「此用莊周夢蝶事。唐玄宗開元二十五年，始稱《莊子》爲《南華真經》，莊周爲南華真人。」〔二〕甯希元本「的」誤改作「到」。〔三〕「陵」原本作「凌」，各本均已改。〔四〕徐君本據《元曲選》删「化」字。

〔注〕①「静域」，寺廟等清静處所；莊嚴潔净的極樂世界。亦作「净域」。②「陵迁谷变」，山丘遷移，山谷變化。猶「滄海桑田」。③「斗轉星移」，星斗變换位置，指時間變化、推移。④「抱元守一」，道教凝神静氣的修煉方法。⑤「妙理」，精微、玄妙的道理。⑥「造化」，創造化育。⑦「玄機」，深奥微妙的義理。

【二煞〔一〕】雞虫得失[①]何須計，鵬鷃〔二〕[②]逍遥各自知。看蟻陣[③]蜂衙[④]，虎争龍鬥，燕去鶴〔三〕來，兔走烏〔四〕飛[⑤]。浮生似透窓飛馬〔五〕[⑥]，光陰似過隙白駒⑦，世人似舞瓮醯雞⑧。一堦半職⑨，何足算，不堪提。

〔校〕〔一〕原本無「煞」字，各本均已補。〔二〕「鵬鷃」原本作「朋晏」，各本均已改。〔三〕「鶴」原本作「鴻」，唯鄭騫本作「鶴」，其他各本均作「鴻」。〔四〕「烏」原本殘作「乌」，鄭騫本、王季思本校作「烏」，徐沁君本、甯希元本校作「鳥」。按，「烏」字是，「兔走烏飛」爲成語。〔五〕原本「馬」字，鄭騫本、王季思本誤作「烏」。

〔注〕①「雞虫得失」，比喻無關緊要的細微得失。（參見《漢語大詞典》）②「鵬鷃」，比喻物有大小，志趣懸殊。（參見《漢語大詞典》）③「蟻陣」，螞蟻戰鬥時的陣勢。④「蜂衙」，群峰簇擁蜂王，如官員到上司衙門排班參見。⑤「兔走烏飛」，日月運行，光陰流轉。「兔」指月中玉兔。「烏」即日中金烏。⑥「飛馬」，即野馬，指塵埃。⑦「白駒」，流逝的時間。成語「白駒過隙」指時間飛逝。⑧「舞瓮醯雞」，在瓮上飛舞的蠛蠓。「蠛蠓」，小蟲名，體細微，將雨，群飛塞路。古人以爲是酒、醋上的白黴變成的，比喻小人物。（參見《漢語大詞典》）⑨「一堦半職」，指低微的官職。亦作「一階半級」。

【煞尾】〔一〕俺那雲间太華①烟霞細，鼎内還丹②日月遲，山上高眠夢寐希〔二〕③，殿下朝元④劍佩齊，玉闕⑤仙堦⑥我曾履，王母蟠桃我曾喫，欲醉不醉酒數盃，上天下天鶴一隻，有客相逢问浮世⑦，无事登臨⑧嘆〔三〕落暉，危坐⑨談玄講道德⑩，静室焚香誦〔四〕秋水⑪，滴露研朱⑫點〔五〕周易，散誕〔六〕⑬逍遥不拘繫⑭。赴〔七〕詔〔八〕离山到朝里，快〔九〕及⑮陳摶受宣勅⑯，送上都堂⑰入八位⑱，掌管台衡〔十〕⑲捻⑳百揆㉑，御史台綱〔十一〕㉒索㉓省會㉔，六部㉕里當該㉖各詳細，穰穰該該〔十二〕㉗没伶俐㉘，是是非非没尽期，好交〔十三〕戰戰兢兢睡不美。

（下）

〔校〕〔一〕【煞尾】原本作【三】，各本均已改。〔二〕甯希元本「希」改作「稀」。按，「希」同「稀」。〔三〕「嘆」原本作「哦」，徐沁君本、甯希元本作「嘆」，鄭騫本、王季思本作「歎」。〔四〕「誦」原本作「漏」，各本均已改。〔五〕「點」原本作「默」，各本均已改。〔六〕「誕」原本作「旦」，各本均已改。〔七〕甯希元本「赴」誤作「超」。〔八〕原本「詔」字，徐沁君本、甯希元本改作「召」。〔九〕原本

「怏」字，徐沁君本未改，其他各均改作「央」。按，「怏」有「勉强；强求」義，可不改字。一般作「央及」或「殃及」。〔十〕「衡」原本作「𧗽」，各本均校作「衡」。〔十一〕「綱」原本作「剛」，各本均已改。〔十二〕「該該」原本作「該」和一重文符號，徐沁君本、甯希元本校作「垓垓」，鄭騫本、王季思本作「該該」。「穰穰」原本有殘損，唯甯希元本作「攘攘」。〔十三〕「交」下徐沁君本、甯希元本補「我」字。

〔注〕①「太華」，即太華山，也即泰華山，西岳華山。②「還丹」，道家合九轉丹與朱砂再次提煉而成的仙丹。（參見《漢語大詞典》）③「希」，少。「希」同「稀」。④「朝元」，朝見帝王。⑤「玉闕」，天帝、仙人的宫殿。⑥「仙堦」，仙宫的台階。「堦」同「階」。⑦「浮世」，人世；人間。古人認爲人生浮沉聚散不定，故稱。⑧「登臨」，此指登高。⑨「危坐」，端坐，以示尊敬、莊重。⑩「道德」，《道德經》。⑪「秋水」，《莊子·秋水》。⑫「滴露研朱」，滴水研磨朱砂。⑬「散誕」，悠閑自在；放誕不羈；不受拘束。⑭「拘繫」，拘束；羈絆。⑮「怏及」，請求；懇求。亦作「央及」「殃及」。⑯「宣勅」，皇帝的宣召和命令。⑰「都堂」，指官署、衙門的辦公之處。⑱「八位」，高官；高位。⑲「台衡」，喻宰輔大臣。「台」，三台星；「衡」，玉衡，北斗杓三星。（參見《漢語大詞典》）⑳「捴」，總領；總管。「捴」同「總」。㉑「百揆」，百官；各種政務。「揆」，管理；掌管。㉒「御史台綱」，御史台的綱紀。㉓「索」，須；應；要。㉔「省會」，明白；理解；懂得。㉕「六部」，古代中央政府的六個職能部門，吏部、户部、禮部、兵部、刑部、工部。㉖「當該」，當班；當值；值班。㉗「穰穰該該」，人多紛雜貌。亦作「穰穰垓垓」。「穰」同「攘」。㉘「没倈俐」，没乾净；没完；無休止。

第四折

【雙調】〔一〕【新水令】半生不識曉來霜，把五更寒打在老夫〔二〕頭上。您滿朝朱紫①貴，怎如我一枕黑甜鄉②。揭起俺那翠巍巍〔三〕③太華山光，那一幅綉幃帳。

〔校〕〔一〕原本無宫調名【雙調】，各本均已補。〔二〕「夫」原本作「天」，各本均已改。〔三〕「巍巍」原本作「魏」和一重文符號，各本均改作「巍巍」。

〔注〕①「朱紫」，紅色和紫色，是官服的顔色，代指高官。②「黑甜鄉」，夢鄉。③「翠巍巍」，形容山、樹青緑高聳貌。

【駐馬听】白酒尊傍〔一〕，闲慰〔二〕眼①金釵②十二行；悮〔三〕了我清風嶺上，不番〔四〕身惡睡③一〔五〕千場。怕您大〔六〕醉蟠桃到処覓刘郎④，我委实⑤畫娥〔七〕眉⑥不會學張敞⑦。好没監量，出家兒⑧怎受闲魔〔八〕障⑨？（女色試探科）〔九〕

〔校〕〔一〕原本「傍」字，唯鄭騫本未改，其他各本均改作「旁」。按，「傍」同「旁」。〔二〕「慰」原本作「尉」，各本均已改。〔三〕原本「悮」字，唯鄭騫本未改，其他各本均改作「誤」。按，「悮」同「誤」。〔四〕原本「番」字，唯鄭騫本未改，其他各本均改作「翻」。按，「番」同「翻」。〔五〕原本脱「一」字，各本均已補。〔六〕原本「大」字，各本均改作「待」。按，不必改字，「大」通「待」。〔七〕原本「娥」字，各本均改作「蛾」。按，「娥眉」可通，不必改字。〔八〕甯希元本「魔」字改作「磨」。〔九〕此處徐沁君本、王季思本補「（正末唱）」。

〔注〕①「慰眼」，猶飽看；有眼福；養眼。②「金釵」，代指美女。③「恶睡」，酣睡很久。④「刘郎」，漢武帝劉徹。⑤「委实」，的確；確實。⑥「娥眉」，指女子秀美的眉毛。⑦「張敞」，西漢張敞，曾爲妻畫眉。⑧「出家兒」，出家人。⑧「魔障」，人爲設置的障礙，阻止其修行成道。

【步步嬌】折末〔一〕①硬厮纏到晨鐘撞，休想我一點〔二〕狂心②蕩。唤陳摶有甚勾當③？命不快上④遭逢着這火〔三〕醉婆娘。干悮〔四〕了我晚夕參聖一炉香，半夜里觀乾象⑤。

〔校〕〔一〕「折末」原本作「折未」，王季思本改作「遮莫」，其他各本均作「折末」。按，「遮莫」同「折末」。〔二〕「點」原本作「黙」，各本均已改。〔三〕原本「火」字，唯王季思本改作「伙」。〔四〕原本「悮」字，唯鄭騫本未改，其他各本均改作「誤」。按，

「悮」同「誤」。

〔注〕①「折末」，任憑；即使，亦作「折莫」「折麽」「遮末」「遮莫」「者末」「者莫」「者麽」「者磨」，是近代漢語常見的連詞，還有無論、假如、不論、不管、什麽、爲什麽、莫非、大約等義。②「狂心」，狂妄或放蕩的心思。③「勾當」，事情。④「上」，表原因的後置詞，是離格標記，相當于後置的「因爲」。「命不快上」，因爲命不快。「快」，好。元代的漢蒙語言接觸使漢語方位詞承擔了蒙古語的格標記功能。⑤「乾象」，天象。

【沉醉東風】這茶採得一旗半鎗①，未從〔一〕五嶺三湘②，泛一甌③瑞雪④香，生兩腋松風⑤響，潤不得七碗⑥枯〔二〕腸。辜負一醉无憂老〔三〕杜康⑦，誰喫恁〔四〕盧仝⑧建湯〔五〕⑨？

〔校〕〔一〕原本「未」字，各本均改作「來」。「從」原本作「泛」，各本均校作「從」。按，「泛」字是，本劇第二折【梁州第七】「從遇着那買卦的潛龍帝王」之「從」字原本作「佊」，第四折【離亭宴帶歇指煞】「從今後飯餘皮袋飽」之「從」原本作「從」，而「彳」常刻作「冫」，該曲「潤不得七碗枯腸」之「得」原本作「淂」，可證「泛」是「從」字。該句《元曲選》作「來從五嶺三湘」。疑「五嶺三湘」前奪一字。【沉醉東風】首二句正格皆七字，節奏均爲三四，須對。首句「茶採得一旗半鎗」爲正格。「五嶺三湘」對「一旗半鎗」，故「五嶺三湘」前應奪一字，但無所從補。〔二〕「枯」原本作「[illegible]」，各本均校作「枯」。〔三〕原本無「老」字，各本均已補。按，應補「老」字，否則正格字數不够。〔四〕原本「恁」字，唯徐沁君本改作「您」。〔五〕「湯」原本殘作「[illegible]」，覆元槧本刻作「[illegible]」，鄭騫本因之校作「術」，徐沁君本校作「湯」，王季思本校作「忘」，甯希元本校作「貢」。鄭騫本校記云：「（建術）此二字待校，疑是茶名。（福建建甌縣之建溪，産茶著名。）諸本此句俱作『誰信您盧仝健忘』，恐非東籬原意。」徐沁君本校記云：「『湯』字變形難辨。覆本『湯』作『[illegible]』，非是。今改。各本均作：『誰信您盧仝健忘。』『建湯』改『健忘』，并改『吃』爲『信』，實非是。按，『建湯』是一種茶的名稱。關漢卿《緋衣夢》第三折白：

『（三婆:）二位哥哥，吃個甚麽茶?（賓:）造兩個建湯來。』茶以『湯』名者，馬氏《岳陽樓》第二折，郭馬兒茶坊有『杏湯』，《水滸傳》第二十四回，王婆茶坊有『梅湯』、『和合湯』。『建湯』亦此類也。『建』指建溪茶。《董西厢》卷四:『只怕我今宵瞌睡呵先點建溪茶。』」王季思本校記云:「健忘:原作『建術』，此從明刻諸本。徐本改作『建湯』，疑非是。按，此用唐盧仝《走筆謝孟諫議寄新茶》詩。」甯希元本校記云:「盧仝建貢:泛指名茶。原本『貢』(gong)字，音假爲『衖』。仿刻本改作『術』。按:福建建安之北苑，産茶著名，自北宋太平興國年間，供奉朝廷，爲龍鳳團茶。……『建貢』，即建州貢奉朝廷之茶。」按，徐沁君本所校是。各本多未言「盧仝」與「建×」關係。唐代詩人盧仝嗜茶，著有《茶譜》，譜中多用「湯」指熱水，故「建湯」是。「建茶」是福建建溪名茶。

〔注〕①「一旗半鎗」，指極嫩的茶葉。「一旗一鎗」，指一芽帶一葉的茶葉。「旗」是已舒展的茶葉，「鎗」是茶芽。「鎗」亦作「槍」。②「五嶺三湘」，均是茶葉産地。「五嶺」，大庾嶺、騎田嶺、都龐嶺、萌渚嶺、越城嶺，是長江與珠江流域的分水嶺。「三湘」，指湖南，泛指湘江流域及洞庭湖地區。③「甌」，杯子。④「瑞雪」，瑞雪所化之水可煮茶。⑤「松風」，松林之風。⑥「七碗」，即七碗茶，典出唐盧仝《走筆謝孟諫議寄新茶》詩，該詞主要用來稱頌飲茶之妙。⑦「杜康」，傳説中最早造酒的人。⑧「盧仝」，唐代詩人，初唐四傑盧照鄰之孫。⑨「建湯」，建茶。

【攪箏琶〔一〕】您好是輕薄相①，我又不寂寞恨更長。干把那蝶夢②驚回，多管胡〔二〕芦③蹄害④癢。早是卧破月昏黄〔三〕，直睡到日出扶桑⑤。知我着忙，不争⑥如此顛狂。早朝听到的〔四〕净〔五〕鞭⑦三下響，識甚斟〔六〕量⑧。

〔校〕〔一〕「琶」原本作「笆」，各本均已改。〔二〕原本「胡」字，唯徐沁君本未改，其他各本均改作「葫」。〔三〕「黄」下原本有「煮絮」二字，鄭騫本保留并與下句連讀，其他各本均删。〔四〕原本「早朝听到的」，甯希元本據《古名家》、息機子《陽春奏》删改作「早聽的」。〔五〕「净」原本作「争」，鄭騫本、王季思本校作「净」，徐沁君本、甯希元本作「静」。按，「净鞭」「静鞭」同，均可。〔六〕「斟」原本作「[illegible]」，徐沁君本據《元曲選》校作「斟」，其他各本均作「酬」。按，「酬量」不詞，應作「斟量」。「斟量」爲「估量；酌量」義，元刊本《七里灘》第一折：「咱人但曉三章，但識斟量，忠孝賢良」，「曉三章」即知曉法律規章，「識斟量」指懂分寸。

〔注〕①「輕薄相」，此指鄭恩的輕佻浮薄之相。②「蝶夢」，指莊周夢蝶，也指超然物外的心境。③「胡芦蹄」，糊塗。亦作「葫蘆蹄」「葫蘆提」「葫蘆題」「葫蘆啼」。④「害」，患病；發病。⑤「扶桑」，日出之處。傳説日出于扶桑樹之下，後指日出之處。⑥「不争」，不想；不料。⑦「净鞭」，古代帝王駕臨時，鳴鞭令肅静。亦作「静鞭」。⑧「斟量」，分寸。

【雁兒落】官封一字王①，位列頭廳相②。那里是有官的我箅着，子〔一〕是無眼的天將傍〔二〕③。

〔校〕〔一〕王季思本「子」改作「只」。按，「子」同「只」。〔二〕「傍」原本作「謗」，王季思本據《元曲選》改作「降」，其他各本均作「傍」。按，「傍」字是。

〔注〕①「一字王」，謂王號以一字爲封。歷朝均有，至遼則以爲尊。金、元僅親王得封。（參見《漢語大詞典》）②「頭廳相」，宰相，也泛指高官。「頭廳」，古代中央政府的最高行政機構。③「將傍」，扶助；幫助；照顧；照應。

【川撥棹〔一〕】恰離高唐①，趓〔二〕巫山②窈窕娘〔三〕③。戰鼎的遊〔四〕仙夢悠揚，則想道邯鄲道④上，元〔五〕來在佳人錦瑟⑤傍〔六〕。

〔校〕〔一〕「撥棹」原本作「卜棹」，各本均已改。〔二〕原本「趓」字，各本均改作「躲」。按，「趓」同「躲」。〔三〕「娘」原本省作「良」，各本均已改。〔四〕原本「戰鼎的遊」，徐沁君本據《元曲選》改作「客舍凄凉」，校記云：「曲譜，本句及下句均爲四字句。」其他各本未改，甯希元本校記云：「此句有誤，待校。按律，此處應爲四字二句。」〔五〕王季思本「元」改作「原」。〔六〕原本「傍」字，各本均改作「旁」。按，「傍」有「旁邊；旁側」義，同「旁」。

〔注〕①「高唐」，戰國時楚國臺觀名。在雲夢澤中。借指男女幽會

之所。②「巫山」，即巫山雲雨典故，借指男女幽會。③「窈窕娘」，美女。④「邯鄲道」，指虚幻之路。該詞從「邯鄲夢」（即黄粱夢）化來。⑤「錦瑟」，漆有織錦紋的瑟。（參見《漢語大詞典》）

【七弟兄】這塲〔一〕，斷央①，不尋常〔二〕，粉白黛緑②粧宫樣③，茜裙④羅襪⑤縷金裳⑥，綉幃⑦中取樂催身喪。

〔校〕〔一〕「塲」原本作「揚」，各本均已改。〔二〕「常」原本作「當」，各本均已改。

〔注〕①「斷央」，相央求；相懇求。指鄭恩懇求陳摶做官之事。②「粉白黛緑」，也説「粉白黛黑」，女子服飾的顔色。③「宫樣」，皇宫中流行的服飾樣式。④「茜裙」，絳紅色裙子，也代指女子。⑤「羅襪」，絲質襪子。⑥「縷金裳」，金縷衣。⑦「綉幃」，錦綉的幃帳。

【梅花酒】會定當①，要論道經邦②，燮〔一〕理陰陽③，却惜玉怜香④。撮合山⑤錯〔二〕了眼光，就里〔三〕⑥我也委實⑦倉惶〔四〕⑧。您休〔五〕使智量⑨，俺樂処是天堂。

〔校〕〔一〕「燮」原本作「奕」，各本均已改。〔二〕「錯」原本作「撮」，鄭騫本未改，其他各本均改作「錯」。〔三〕「里」下鄭騫本、王季思本衍一「的」字。〔四〕原本「惶」字，徐沁君本改作「皇」。〔五〕原本無「您休」二字，各本均據明代版本補。

〔注〕①「定當」，妥當；安排妥帖。②「論道經邦」，研究治國之道以經管國家。③「燮理陰陽」，調和陰陽，指治理國家，也指宰相的政務工作。④「惜玉怜香」，指男子照顧體貼女子。⑤「撮合山」，媒人。謂媒人能説會道，即使是兩座山也能撮合在一起。⑥「就里」，此指内心、心裏。⑦「委實」，的確；確實。⑧「倉惶」，倉促而慌張。亦作「倉皇」。⑨「智量」，智慧；計策；計謀。

【收江南】硬哄〔一〕①我金殿鎖鴛鴦〔二〕②，高燒銀〔三〕烛照紅粧③。出家兒④心地本清涼，纏煞我也〔四〕，便是一千年不見也不思量⑤。

〔校〕〔一〕「哄」原本作「閧」，鄭騫本、王季思本校作「鬨」，徐沁君本、甯希元本作「哄」。鄭騫本校記云：「據息機名家陽春改。」按，「閧」是鬧攘義，哄騙義應用「哄」。「鬨」係明人臆改。〔二〕「鴦」原本作「央」，各本均已改。〔三〕「銀」原本作「艮」，各本均已改。〔四〕「也」下徐沁君本補「恁般鬧攘」，甯希元本補「恁般鬧嚷」。徐沁君本校記云：「『恁般鬧攘』四字原無。據各本補。按：曲譜，本句爲四字句，叶韵。」甯希元本校記云：「『恁般鬧嚷』四字原無。據諸本補。」

〔注〕①「哄」，哄騙；欺騙。②「金殿鎖鴛鴦」，此指强拉陳摶與美女成婚。③「紅粧」，指美女。④「出家兒」，出家人。⑤「思量」，思念；想念。

【水仙子】一靈①暫到華山莊，袖拂白雲出汴〔一〕梁。不争②你拽金環③呀④地把门関上，闷煞人也瞎大王。扭得身化一道金光，索甚你回來回去〔二〕迷羞摩娑⑤荒〔三〕，分付⑥取⑦臭肉皮囊⑧。

〔校〕〔一〕「汴」原本作「卞」，各本均已改。〔二〕「去」下鄭騫本、王季思本補一「疾」字。甯希元本改作「圍來圍去疾」。鄭騫本校記云：「原無疾字，據文義補。少此字則句法不合。」王季思本未出校。甯希元本校記云：「原本兩『圍』字，均形誤爲『回』；又，『疾』字原無。依文義校補。」〔三〕原本「荒」字，各本均改作「慌」。按，「荒」同「慌」。

〔注〕①「一靈」，靈魂。多作「一靈兒」。②「不争」，不料；不想；想不到。③「金環」，金門環。④「呀」，擬聲詞，狀關門聲。⑤「迷羞摩娑」，待考。⑥「分付」，處置；發落。⑦「取」，語助詞，猶「了」。⑧「臭肉皮囊」，肉身；肉體。

【太平令】見〔一〕如今山鬼①吹灯顯像〔二〕，野猿掄〔三〕筆題墻。子怕腐爛了芒鞋②竹杖③，塵没〔四〕了蒲團④㡌帳⑤。塵世⑥上，勾當⑦，頓忘，枉交盹睡⑧了都堂⑨里宰相。

〔校〕〔一〕原本「見」字，徐沁君本、甯希元本改作「現」。〔二〕「像」原本作「橡」，各本均已改。〔三〕「掄」原本作「倫」，各本均已改。〔四〕「没」原本作「沬」，鄭騫本、王季思本作「没」，徐沁君本、甯希元本作「昧」。

〔注〕①「山鬼」，山中鬼魅。唐杜甫《山館》：「山鬼吹燈滅，厨人語夜闌。」②「芒鞋」，草鞋。③「竹杖」，竹子做成的手杖。④「蒲團」，用蒲草編成的扁圓坐墊。⑤「㡌帳」，用藤皮繭紙縫製的帳

子。「帋」同「紙」。⑥「塵世」，人世；人間。⑦「勾當」，事情。⑧「盹睡」，打盹；瞌睡。⑨「都堂」，指官署、衙門的辦公之處。

【離亭宴帶歇指煞】〔一〕把投林高鳥①西風里放，也強如②啣〔二〕花野鹿深宮里養。大王加官賜賞，交臣頭頂紫金冠③，手執碧玉簡④，身着白鶴氅⑤。昔年舊〔三〕草庵，今日新方丈⑥，除睡外別无伎倆⑦。本不是个貪名利的世間人，是一个樂⑧琴書⑨的林下客⑩，絶寵辱的山中相⑪。從今後飯餘皮袋⑫飽，茶罷精神爽，高打起南軒吊窓⑬，煙雨里外〔四〕，雲臺⑭上看仙掌⑮。

〔校〕〔一〕曲牌名原本作【離亭煞】，各本均已改。〔二〕原本「啣」字，徐沁君本、王季思本改作「銜」，鄭騫本、甯希元本未改。〔三〕「舊」原本作「田」，各本均已改。按，原本「田」字應係簡體「旧」之形誤。〔四〕原本「里外」，各本均據明代各本改作「外種蓮花」。

〔注〕①「高鳥」，高飛的鳥。②「強如」，强于；比……强。「如」是比較標記。「A 强如 B」體現 VO 型的語序類型。③「紫金冠」，古代男子用來束髮的華美冠帽。④「碧玉簡」，當指碧玉圭，即玉圭，玉器名，是古代朝見帝王、祭祀、喪葬等莊重場合使用的禮器。⑤「白鶴氅」，本指用仙鶴羽毛製成的裘衣，此指奢華的道袍。⑥「方丈」，此指道觀住持的居室。⑦「伎倆」，本指不正當手段；花招，此指愛好、嗜好。⑧「樂」，愛好；樂于從事。⑨「琴書」，琴與書籍，是文人雅士的常伴之物。⑩「林下客」，隱者；避世之人。⑪「山中相」，亦作「山中宰相」，本指南朝梁陶弘景。他隱居句容句曲山（茅山），梁武帝時隱居不仕，國有大事常往山中咨詢，時稱「山中宰相」。⑫「皮袋」，身體；軀體。⑬「吊窓」，窗扇可以打開吊起的窗子。⑭「雲臺」，雲臺山，西岳華山北峰，是古代道家修煉聖地。⑮「仙掌」，西岳華山仙人掌峰的簡稱。

新刊的本泰華山陳摶高臥畢〔一〕

〔校〕〔一〕尾題鄭騫本作「泰華山陳摶高卧終」，徐沁君本作「新刊的本《泰華山陳摶高卧》畢」，甯希元本作「泰華山陳摶高卧雜劇終」，王季思本删尾題。

新栞関目馬丹陽三度任風子

馬致遠

校本五種

鄭騫本：鄭騫《校訂元刊雜劇三十種》

徐沁君本：徐沁君《新校元刊雜劇三十種》

甯希元本：甯希元《元刊雜劇三十種新校》

王季思本：王季思《全元戲曲》（第二卷）

高橋繁樹本：高橋繁樹等《新校訂元刊雜劇三十種》（一）

第一折

（等衆屠户上，一折下）（等馬①一折下）（正末②扮屠家③引旦④上，坐定，開）自家⑤姓任，任屠的便是⑥。的〔一〕親⑦三口兒，在這終南縣居住。為⑧我每日好吃〔二〕那酒，人口順⑨都叫我做〔三〕任風子⑩。頗⑪有些家私⑫，但⑬見弟兄每⑭生受⑮的，我便借与他些錢物做本，並不要利息。因此上⑯相識伴當〔四〕⑰每，能將我廝敬⑱。今日是自家⑲生日，小孩兒又是滿月，怕有相識弟兄每来時⑳，大嫂！篩㉑着热酒着〔五〕㉒，看有甚麼人來？（外〔六〕㉓上見住）〔七〕

〔校〕〔一〕原本「的」字，各本均改作「嫡」。按，可不改字，「的」通「嫡」。宋劉克莊《書判饒州司理院申張惜兒自縊身死事》：「今後此等詞狀，非的親血屬，勿受達追。」（參見《漢語大詞典》）

〔二〕「吃」原本作「乞」，各本均已改。高橋繁樹本作「喫」，其他各本均作「吃」。〔三〕徐沁君本、王季思本、甯希元本均脱「做」字。〔四〕「當」原本漫漶不清，形略似「書」，覆元槧本刻作「書」，鄭騫本因之校作「書」，其他各本均作「當」。〔五〕原本「着」字，徐沁君本改作「咱」，高橋繁樹本改作「者」。〔六〕「外」下徐沁君本補「末」字。〔七〕此處徐沁君本、王季思本補「（正末唱）」。

〔注〕①「馬」，神仙馬丹陽。②「正末」，扮任風子。③「屠家」，屠夫；屠户。④「旦」，扮任風子妻子。⑤「自家」，我。⑥「任屠的便是」，是元代漢蒙語言接觸造成的特殊語法現象，完全形式是「自家是任屠的便是」。漢語爲 SVO 語序，蒙古語爲 SOV 語序，疊加方式為：SVO + SOV = SVOV，即自家是任屠 + 自家任屠的便是 = 自家是任屠的便是。「任屠的便是」是不完全形式。元刊雜劇中人物角色出場的自報家門多爲這種漢蒙混合形式。可參看江藍生《語言接觸與元明時期的特殊判斷句》（《語言學論叢》第二十八輯，商務印書館 2003 年版，第 43 頁）⑦「的親」，即嫡親，指至親。⑧「為」，因爲。⑨「口順」，順口；隨口。⑩「風子」，瘋子，也指假裝癲狂或浪蕩不羈之人。⑪「頗」，很。⑫「家私」，家産；家財。⑬「但」，只要。⑭「每」，們，複數標記。⑮「生受」，受苦；困難；辛苦。⑯「上」，是由元代的漢蒙語言接觸而成的離格標記，表原因。是漢語方位詞承擔了蒙古語的格標記功能，與「因」共現，「因」和「上」均相當于「因爲」。⑰「伴當」，夥伴；朋友。⑱「厮敬」，相敬。⑲「自家」，自己。⑳「怕……時」，如果……的話。「怕」由懼怕義語法化出假設義，「時」由時間義語法化出假設義。㉑「篩」，斟酒；加熱酒。㉒「着」，祈使語氣詞，同「者」。㉓「外」，外末，扮任屠弟弟。

【仙吕】〔一〕【點絳唇】朋友相怜①，弟兄錯②見，任屠面。今日非專，因賤降③來宅〔二〕院。

〔校〕〔一〕原本無宫調名【仙吕】，各本均已補。〔二〕原本脱「宅」字，各本均據明版本補。

〔注〕①「怜」，憐愛。②「錯」，表謙敬，同「錯愛」之「錯」。③「賤降」，謙稱自己的生日。「降」，降生；出生。

【混江龍】俺屠家[①]開宴，端的[②]肉如山岳酒如川[③]。都是吾兄我弟，等輩齊肩[④]。直喫得月上花梢休〔一〕[⑤]尽酒，風吹荷葉倒垂蓮。我子[⑥]見客圍席上，酒到根〔二〕前[⑦]，何曾側厭[⑧]，並不推辤〔三〕，接入手一盞盞乾乾嚥〔四〕[⑨]。他〔五〕每說掂斤抹〔六〕兩[⑩]，撥万論〔七〕千[⑪]。

〔八〕將[⑫]酒來。(〔九〕云了)〔十〕

〔校〕〔一〕原本「休」字，甯希元本改作「傾」，校記云：「原本『傾』字，形誤爲『休』。據諸本改。」〔二〕原本「根」字，徐沁君本、王季思本改作「跟」。按，「根前」同「跟前」，元代文獻習見。〔三〕原本「辤」字，鄭騫本、高橋繁樹本改作「辭」，徐沁君本、王季思本據《元曲選》改作「言」，甯希元本改作「撚」。甯希元本校記云：「原本作『推辭』，失韵。據脉抄本改。」按，據曲譜，「辤」字處應押平聲韵。〔四〕原本「嚥」字，徐沁君本、王季思本改作「咽」。按，「嚥」同「咽」。〔五〕「他」原本作「[illegible]」，甯希元本校作「他」，其他各本均作「俺」。甯希元本校記云：「原本『他』字，寫作『[illegible]』。仿刻本誤作『俺』，鄭、徐二本沿誤。」按，據文義應作「他」，《元曲選》本該曲末二句作「賣弄他掂斤播兩，撥萬輪千」。〔六〕「抹」原本作「[illegible]」，各本均校作「播」。按，「[illegible]」形不似「播」，更似「抹」。「掂斤播兩」同「掂斤抹兩」。〔七〕「論」原本作「[illegible]」，即「輪」，各本均校作「論」。按，《漢語大詞典》收「撥萬輪千」，注：「同『撥萬論千』」，僅列一個例句，該例句即出自《元曲選》本：「元馬致遠《任風子》第一折：『一盞盞接入手，可都乾乾的嚥，賣弄他掂斤播兩，撥萬論千。』」「輪」本字是「論」。〔八〕「將」上各本均補「（云）」。〔九〕「云」上徐沁君本、王季思本補「外末」，甯希元本、高橋繁樹本補「外」，鄭騫本未補。〔十〕此處徐沁君本、王季思本補「（正末唱）」。

〔注〕①「屠家」，屠户。②「端的」，真的；的確。③「肉如山岳酒如川」，形容酒肉極多，肉堆成山，酒似流水。④「等輩齊肩」，指同輩人。⑤「休」，不。⑥「子」，只。⑦「根前」，同「跟前」，

猶「面前；眼前」。⑧「側厭」，猶「推辭；拒絶」。「側」，歪；側身；向旁邊傾斜身體；轉身。⑨「嚥」，下咽。「嚥」，同「咽」。⑩「掂斤抹兩」，估量輕重。亦喻品評優劣或形容過分計較。亦作「掂斤播兩」「掂斤估兩」。（參見《漢語大詞典》）⑪「撥萬論千」，形容財産極多，花錢以萬千計。（參見《漢語大詞典》）⑫「將」，拿；端。

【油葫蘆】你顯〔一〕那查〔二〕手風①喬〔三〕人②酒量淺③，吃〔四〕不得往外瀽④，啉〔五〕⑤不了的牛肉把⑥指頭填。恰便似餓狼般搶入⑦肥豬圈，便一似乞兒⑧鬧了卑〔六〕田院⑨。吃〔七〕得來眼又睁，氣又喘。都是些豬皮〔八〕臍狗妳子喬親眷⑩，擺坐滿一圓圈〔九〕。

〔校〕〔一〕「顯」原本殘作「[illegible]」，甯希元本校作「覷」，其他各本均作「顯」。〔二〕原本「查」字，鄭騫本、王季思本改作「揸」，甯希元本改作「扎」，徐沁君本、高橋繁樹本未改。按，「查」字可通，不必改字。「查」爲記音字。《漢語大詞典》：「劄手風：手張開而不能自由伸縮的一種病。亦比喻醉態。元馬致遠《任風子》第一折：『你著那些劄手風喬人酒量淺，他喫不的一謎裏瀽。』劄，一本作『查』。」「查」有「張開；分開」義，《西游記》第四回：「一雙怪眼似明星，兩耳過肩查又硬。」但係用字習慣使然，本字當爲「奓」，「查」「劄」均爲記音字，「揸」「扎」亦然。故不必改字。〔三〕「喬」原本形似「咳」，各本均據明本改作「喬」。〔四〕〔七〕「吃」原本作「乞」，高橋繁樹本校作「喫」，其他各本均作「吃」。〔五〕「啉」原本漫漶，作「[illegible]」，鄭騫本、徐沁君本、王季思本作「啉」，甯希元本、高橋繁樹本改作「噇」。甯希元本校記云：「『噇』，吃喝無度的意思。原本寫作『啉』。今改。」按，「啉」是「噇」之俗體，文獻較常見，可不改。〔六〕原本「卑」字，徐沁君本、甯希元本改作「悲」，其他各本未改。〔八〕原本「皮」字，鄭騫本、高橋繁樹本未改，其他各本均改作「脖」。按，「脖臍」，肚臍，亦作「肶臍」。「皮」是記音字，可不改。〔九〕原本該句「坐滿」漫漶不清，「圓」作「园」，覆元槧本「坐滿」刻作「座[illegible]」，鄭騫本因之校作「擺座紙一圓圈」，徐沁君本、甯希元本、高橋繁樹本作「擺坐滿一圓圈」，王季思本作「擺座滿一圓圈」。按，《元曲選》作「坐滿」，今校作「擺坐滿一圓圈」。

〔注〕①「查手風」，手張開而不能自由伸縮的一種病。亦比喻醉態。（參見《漢語大詞典》）②「喬人」，無賴；痞子；壞蛋。③「淺」，小。④「瀽」，潑；傾倒。⑤「咮」，無節制地吃喝。本字爲「噇」。⑥「把」，用。⑦「搶入」，跑進；衝入。⑧「乞兒」，乞丐。⑨「卑田院」，即「悲田院」。《漢語大詞典》「悲田院」：「唐開元時置病坊，收容乞丐；武宗時改爲悲田養病坊。後泛稱養濟院爲悲田院。俗訛作『卑田院』。」⑩「猪皮臍狗妳子喬親眷」，謂無關緊要的假親戚。「皮臍」，肚臍，亦作「脖臍」「肶臍」。「喬」，假；虚假；假裝。

【天下樂】我却甚晝戟門①開見隊〔一〕仙②？許大③來④家緣⑤，不少喫共⑥穿，得一个魔合羅⑦般〔二〕好兒天可怜⑧。花謝了花再開，月缺了月再圓〔三〕，人老何曾再少年。

（外〔四〕云了）〔五〕大嫂，取些錢來，借与兄弟每⑨。（旦云了）〔六〕

〔校〕〔一〕原本「隊」字，鄭騫本、高橋繁樹本未改，其他各本均改作「醉」。按，不必改字，「隊仙」即「墜仙」，「隊」同「墜」。「晝戟門開見墜仙」出自南宋禪宗録《五燈會元·廣德延禪師》：「（僧）問：『如何是佛？』師曰：『晝戟門開見墜仙。』僧後問悟空：『晝戟門開見墜仙，意旨如何？』空曰：『直饒親見釋迦來，智者咸言不是佛。』」廣德延禪師與僧人談論佛法，「晝戟門開見墜仙」是一句蘊含禪機的語録，用來回答「如何是佛」。「墜仙」本指從天上降下的神仙。任風子過生日，其子過滿月，家裏來了很多親朋好友，引用此句是説他在開門宴客。「隊」係「墜」之簡寫，元刊本《貶夜郎》第四折：「晝戟門開見隊仙，聽龍神細説根元。」明代諸本及各校本改作「醉」，皆是以今改古，係臆改。〔二〕「般」原本漫漶作「[illegible]」，鄭騫本、甯希元本、高橋繁樹本校作「娘」，徐沁君本、王季思本據《元曲選》《酹江集》校作「般」。甯希元本校記云：「此處『娘』字爲語助。」按，應校作「般」。「魔合羅般」常用來形容小孩漂亮、可愛。「娘」常用來表示驚訝、怨詈，不合語境。〔三〕「圓」原本漫漶不清，似「員」，各本均作「圓」。〔四〕「外」

下徐沁君本補「末」字。〔五〕此處鄭騫本、王季思本補「（云）」，徐沁君本、高橋繁樹本補「（正末云）」。〔六〕此處徐沁君本、王季思本補「（正末唱）」。

〔注〕①「畫戟門」，唐代三品以上官員門口列畫戟，以爲儀飾。後泛指富貴之家。「戟」，古代長柄兵器，有彩飾者爲畫戟。（參見《漢語大詞典》）②「隊仙」，從天上降下的神仙。「隊」同「墜」。③「許大」，這麼大；這麼多。④「來」，助詞，無義。⑤「家緣」，家業；家産。⑥「共」，和；與。⑦「魔合羅」，梵語 mahoraga 的音譯，本是佛教的摩睺羅神，唐宋時借其名製作成土木偶人，作爲七夕送子的吉祥物，逐漸演變爲玩偶，引申爲漂亮、可愛義，多形容小孩。亦作「磨合羅」「磨喝樂」。⑧「天可怜」，上天憐愛、佑護。⑨「每」，們，複數標記。

【那吒令】非任屠自專①，大河里有船；相知②每③共傳，旱路④上有錢〔一〕；婆娘家不賢，頭直上⑤有天。非是我自誇，伊⑥親眷〔二〕，都是些做屠行院⑦。

〔校〕〔一〕原本「錢」字，徐沁君本、王季思本、甯希元本據明代版本改作「田」。徐沁君本校記云：「趙、孟本作『旱地上有田』，據改。臧本作『囊橐裏有錢』，不從。按：臧本鄭廷玉《看錢奴》第二折白：『我如今旱路上有田，水路上有船，人頭上有錢。』無名氏《漁樵記》第二折白：『旱地上田，水路上船，人頭上錢。』第四折曲：『我如今旱地上也無田，水路上也無船。』知是當時成語。」王季思本校記云：「原『田』作『錢』字，脉望館本、酹江集本作『旱地上有田』，據改。」甯希元本校記云：「與上文『大河里有船』，均爲當時成語。原本『田』字，作『錢』。今從徐本據脉鈔本、《酹江集》校改。」按，「旱路」不同于「旱地」，「旱路上有錢」可通，應指陸路上也有生意。不必改字。〔二〕原本「眷」字，甯希元本改作「見」，校記云：「原本『見』（jian）字，音假爲『眷』（juan）。據諸本改。鄭、徐二本失校。」按，甯希元本音假説不成立。「伊」指任屠妻，「伊親眷」即任屠妻子的親戚們。《元曲選》作「你親曾見」，但元刊本亦通，不可據改。

〔注〕①「自專」，獨斷；一人决定。②「相知」，知己；朋友。③「每」，們，複數標記。④「旱路」，陸路。⑤「頭直上」，頭頂上。⑥「伊」，你；他。⑦「行院」，同行；同一行業。

【鵲踏枝】一个道闕①盤纏〔一〕②，這个道少③人錢，它〔二〕每④鼓〔三〕腦争頭⑤，赤手空拳⑥。謝天地葫芦提⑦過遣⑧，稍有些水陸⑨莊田⑩。

（末〔四〕云）兄弟每，常借与您錢物，您〔五〕尋常〔六〕少盤纏，為何？〔七〕

〔校〕〔一〕「纏」原本作「躔」，各本均已改。〔二〕原本「它」字，各本均改作「他」。〔三〕「鼓」原本作「苦」，唯鄭騫本未改，其他各本均作「鼓」。按，「鼓腦争頭」是成語。〔四〕「末」上高橋繁樹本補「正」字，徐沁君本奪「末」字。〔五〕甯希元本「您」改作「你」。〔六〕原本無「常」字，唯鄭騫本未補。〔七〕此處徐沁君本、王季思本補「（唱）」。

〔注〕①「闕」，同「缺」。②「盤纏」，路費。③「少」，欠；短。④「它每」，他們。⑤「鼓腦争頭」，争著出頭、冒尖兒。⑥「赤手空拳」，没錢；一無所有。⑦「葫芦提」，糊塗。亦作「葫蘆蹄」「葫蘆題」「葫蘆啼」。⑧「過遣」，過活；生活。⑨「水陸」，水上和陸地。⑩「莊田」，田地；土地。

【寄生草】道士每都修善①，他每②更不吃〔一〕羶③。先生④每住滿全真院⑤，道士每鬧了終南縣，莊家⑥每都看神仙傳。到晚來姑姑⑦每住〔二〕滿七真堂⑧，没半年摇車兒⑨擺滿三清殿⑩。

（等旦下）〔三〕

〔校〕〔一〕「吃」原本作「乞」，高橋繁樹本作「喫」，其他各本均作「吃」。〔二〕「住」原本殘作「[illegible]」，甯希元本據明版本校作「屯」，其他各本均作「住」。〔三〕徐沁君本、王季思本將下曲夹白「似恁的呵」移至此處，并于「似」上補「（正末云）」，「呵」下補「（唱）」。

〔注〕①「修善」，修習善行；行善。②「每」，們，複數標記。③「羶」，腥羶；葷腥。④「先生」，道士。⑤「全真院」，道教全真派的道觀。⑥「莊家」，農民；莊户人家。⑦「姑姑」，道姑；出家女性。⑧「七真堂」，道教供奉七真的廟宇，也泛指道觀。「七真」，道教尊崇的七位真人。⑨「摇車兒」，摇籃。⑩「三清殿」，

道教供奉三清祖師的殿堂。

【醉中天】似恁的呵①！都受了清净无為②願，覓不得温煖〔一〕養家錢。百姓每③都將畫䡾〔二〕④懸，但⑤吃〔三〕酒先澆奠⑥。〔四〕有這的呵⑦！〔五〕不動刀砧⑧半年，更撩丁⑨不見，敬〔六〕甚娘⑩利市神仙⑪！

（等外〔七〕云了）〔八〕不争那厮化⑫的俺一方⑬人都吃〔九〕素沙〔十〕⑭，俺屠家却吃〔十一〕甚麽？（等旦〔十二〕云了）〔十三〕你道我近不得他？來〔十四〕，咱白厮打⑮。你贏的我，你便去；我贏的你，我便去。（做厮打科）〔十五〕

〔校〕〔一〕原本「煖」字，各本均改作「暖」。按，「煖」同「暖」。〔二〕「畫䡾」原本作「盡挣」，各本均已改。徐沁君本注：「《太平樂府》卷一喬吉【蟾宫曲】《贈羅真真》小令：『酒盞兒裹殃及出些腼腆，畫䡾上换（唤）下來的嬋娟。』《樂府群玉》卷二，『䡾』或作『幀』，字同。」〔三〕〔十一〕「吃」原本作「乞」，高橋繁樹本作「喫」，其他各本均作「吃」。〔四〕「有」上徐沁君本、王季思本補「（帶云）」。〔五〕「呵」下徐沁君本、王季思本補「（唱）」。高橋繁樹本「有這的呵」作大字，與下句連讀。〔六〕「敬」原本作「𢿘」，高橋繁樹本校作「敬」，其他各本均作「散」。按，應校作「敬」。「利市神仙」即掌管利市（利潤）的神仙，是財神之一種。「敬甚娘利市神仙」，不屠宰挣不到錢，拿什麽敬利市神仙！用「散」則不通。〔七〕「外」下徐沁君本補「末」字。〔八〕此處鄭騫本補「（云）」，徐沁君本、王季思本、高橋繁樹本補「（正末云）」。〔九〕「吃」原本作二「乞」字，當衍一「乞」字，高橋繁樹本作「喫」，其他各本均作「吃」。〔十〕原本「沙」字，徐沁君本、王季思本、甯希元本改作「吵」。〔十二〕原本「旦」字，鄭騫本、王季思本未改，徐沁君本改作「外末」，甯希元本、高橋繁樹本改作「外」。徐沁君本校記云：「下面白中的『你』，指外末，非指旦也。」按，「（等外云了）」和「（等旦云了）」分别是任屠弟弟與妻子勸説任屠。不可改。〔十三〕此處鄭騫本補「（云）」，徐沁君本、王季思本、高橋繁樹本補「（正末云）」。〔十四〕「來」字鄭騫本、王季思本與上句連讀，處理爲助詞；其他各本「來」字均獨立成句。兩種處理均可通。〔十五〕此處徐沁君本、王季思本補「（正末唱）」。

〔注〕①⑦「呵」，的話，表假設，元代白話文獻習見。②「清净无為」，道家哲學思想和主張。③「每」，們，複數標記。④「畫⿰車爭」，意義不明，俟考。⑤「但」，只要。⑥「澆奠」，灑酒祭奠。⑧「刀砧」，刀和砧板。「不動刀砧」，謂不殺生，不屠宰牲畜。⑨「撩丁」，錢。⑩「娘」，詈詞，他娘的。⑪「利市神仙」，掌管利潤、賺錢的財神。「利市」，利潤；賺的錢。類似説法還有「利市神福」「利市之神」「利市仙官」等。⑫「化」，勸化；教化。⑬「一方」，一處；某地。⑭「不争……沙」，如果……的話，表假設。「不争」，如果。「沙」，的話，表假設的後置詞，元雜劇習見。⑮「白厮打」，徒手搏鬥。

【金盞兒】這个拳來到眼根〔一〕前①，趓〔二〕②閃過把臂忙搧③。這个滴溜班⿱艹度〔三〕④的似風車轉，拳來趓〔四〕⑤過似放過一䲸椽⑥。一个胷膛〔五〕里着番〔六〕背⑦，一个嘴縫上⑧中直拳，一个早撲⑨地腮揾⑩土，一个亨⑪地脚稍〔七〕天⑫。

（等外〔八〕云〔九〕）〔十〕兄弟放心，我杀那厮去！〔十一〕

〔校〕〔一〕原本「根」字，徐沁君本、王季思本改作「跟」，其他各本未改。按，「根前」同「跟前」。〔二〕〔四〕原本「趓」字，各本均改作「躲」。按，「趓」同「躲」。〔三〕「班⿱艹度」原本作「班⿰扌⿱艹度」，鄭騫本作「班𧬇」，徐沁君本作「搬⿱艹度」，王季思本作「搬𧬇」，甯希元本作「板𧬇」，高橋繁樹本作「班⿱艹度」。徐沁君本、王季思本據明版本改，各本均無校語。按，「搬」「板」均誤。〔五〕「膛」原本作「堂」，各本均已改。〔六〕原本「番」字，鄭騫本、高橋繁樹本未改，其他各本均改作「翻」。按，「番」同「翻」。〔七〕原本「稍」字，鄭騫本、高橋繁樹本未改，徐沁君本、王季思本改作「捎」，甯希元本作「梢」。按，「稍天」「梢天」，朝天。「稍」「梢」均有「朝向」義，「捎」則無「朝向」義。〔八〕「外」下徐沁君本補「末」字。〔九〕「云」下徐沁君本補「了」字。〔十〕此處鄭騫本補「（云）」，徐沁君本、王季思本、高橋繁樹本補「（正末云）」。〔十一〕此處徐沁君本、王季思本補「（唱）」。

〔注〕①「根前」，跟前。②⑤「趓」，同「躲」。③「搧」，同

「扇」，用手掌打。④「滴溜班趸」，狀快速轉動貌。「班」，盤旋不進。「趸」，同「躉」，盤旋；回轉；繞圈兒；來回走動。⑥「蠶椽」，蠶椽木，架蠶箔的木條或木棍。⑦「番背」，翻覆。「番」同「翻」。⑧「嘴縫上」，嘴上。⑨「撲」，擬聲詞，狀摔倒聲。⑩「搵」，擦；用手按。⑪「亨」，擬聲詞，即「哼」。⑫「稍天」，朝天。亦作「梢天」。

【賺煞】〔一〕我將這拍①老牛力〔二〕昇騰，杀劣馬②心施展，提着過〔三〕性命身輕體健。俺兩个如還廝③撞見，使不着④巧語花言。（外〔四〕云了）〔五〕他若是駕雲軒〔六〕⑤，折末〔七〕⑥平地昇仙，我將這摘膽剜心手段⑦顯。休道在玉皇殿⑧前，直趕到月宮里面，把那廝似死羊兒〔八〕般扯扯扯下九重天⑨！

（下）

〔校〕〔一〕【賺煞】原本作【尾】，唯高橋繁樹本未改。〔二〕「力」原本作「刀」，唯鄭騫本未改。按，「力」字是，與下句「心」對言。〔三〕原本「過」字，徐沁君本、高橋繁樹本改作「這」。甯希元本注：「『過』，過與，給也。『過性命』，即拚命。徐本改爲『這性命』，誤。」〔四〕「外」下徐沁君本補「末」字。〔五〕此處徐沁君本補「（正末唱）」。〔六〕「軒」原本作「輕」，各本均已改。徐沁君本校記云：「無名氏《藍采和》第一折：『遮莫你駕雲軒，白日升天。』與本曲語全同。」〔七〕原本「折末」，王季思本改作「遮莫」。按，「遮莫」同「折末」。〔八〕徐沁君本奪「兒」字。

〔注〕①「拍」，擊；拍擊。②「劣馬」，瘦弱的馬。③「廝」，相；互相。④「使不着」，用不着。⑤「雲軒」，雲車，仙人的車駕。⑥「折末」，即使，亦作「折莫」「折麽」「遮末」「遮莫」「者末」「者莫」「者麽」「者磨」，是近代漢語常見的連詞，還有任憑、無論、不管、假如、不論、不管、什麽、爲什麽、莫非、大約等義。⑦「手段」，本領；能力。⑧「玉皇殿」，供奉玉皇大帝的宫殿。⑨「九重天」，泛指天。古人認爲天有九層。

第二折

（等外〔一〕云了）（等馬上，坐定，云住）（〔二〕末扮刺客上，云）先生，

咱〔三〕子〔四〕不我要杀你！趁着這一弄兒①景，到②來杀你呵！〔五〕

〔校〕〔一〕「外」下徐沁君本補「末」字。該條科介徐沁君本、甯希元本、高橋繁樹本置于第一折末。〔二〕「末」上徐沁君本、王季思本、高橋繁樹本補「正」字。〔三〕「咱」字徐沁君本、甯希元本、高橋繁樹本與「先生」連讀，甯希元本「先生」上補四空圍，未出校。〔四〕王季思本「子」改作「則」。按，「則」「子」均同「只」。〔五〕此處徐沁君本、王季思本補「（唱）」。

〔注〕①「一弄兒」，一派。②「到」，同「倒」。

【正宫】〔一〕【端正好】消酒力①晚風涼，助杀氣②秋天暮，尚兀自③身列〔二〕趄④醉眼模糊。化⑤的俺一方之地都湌⑥素，顯的出家兒⑦无榮辱⑧。（等旦街上見〔三〕末，云了）〔四〕你來這里子末〔五〕⑨？（等旦云了）〔六〕

〔校〕〔一〕原本無宫調名【正宫】，各本均已補。〔二〕原本「列」字，唯鄭騫本未改，其他各本均改作「趔」。按，「列趄」同「趔趄」。〔三〕「見」下徐沁君本、高橋繁樹本補「正」字。〔四〕此處鄭騫本補「（云）」，徐沁君本、王季思本、高橋繁樹本補「（正末云）」。〔五〕原本「子末」，王季思本改作「怎麼」。〔六〕此處徐沁君本、王季思本補「（正末唱）」。

〔注〕①「酒力」，酒醉人的力量。②「杀氣」，殺伐的氣氛。③「尚兀自」，還；仍。④「列趄」，即趔趄，身體摇晃，脚步不穩。⑤「化」，教化；勸化。⑥「湌」，同「餐」，吃，食用。⑦「出家兒」，出家人。⑧「无榮辱」，榮辱不驚。⑨「子末」，做麼，做什麼。

【滚綉球〔一〕】休怕畏，我也不恍忽〔二〕①。常言道避者不做。（旦云了）〔三〕你莫不養着那先生②里〔四〕③麼？（旦云了）〔五〕你莫不共馬丹陽綰角兒④妻夫⑤？一隻手拏⑥住繫腰⑦，一隻手揝⑧〔六〕住道服，我却兩隻手輕舉，的溜撲捽⑨下堦衢〔七〕⑩。咱是个敲⑪牛宰馬任風子。〔八〕渾家⑫放心。〔九〕不帶累⑬你个抱姪攜男魯義姑⑭。此語无虚。
（旦云了）〔十〕

〔校〕〔一〕「滚綉球」原本作「衮秀求」，高橋繁樹本改作「滚繡毬」，其他各本均作「滚綉球」。〔二〕原本「忽」字，各本均改作

「惚」。按，「恍忽」同「恍惚」。〔三〕此處鄭騫本補「（云）」，徐沁君本、王季思本、高橋繁樹本補「（正末云）」。〔四〕原本「里」字，唯徐沁君本未改，其他各本均改作「哩」。按，「里」同「哩」。〔五〕此處徐沁君本、王季思本補「（正末唱）」。〔六〕原本「揝」字漫漶，各本均據明本校作「揝」。〔七〕原本「衢」字，徐沁君本、甯希元本改作「除」。徐沁君本校記云：「臧本『階除』作『街衢』，兩字都誤。按：『階』誤爲『街』，『除』誤爲『衢』，均以同音之故。關漢卿《五侯宴》第一折：『我這裏兩步爲一蹻，急急下街衢。』亦爲『階除』之誤。」〔八〕此處鄭騫本、徐沁君本、王季思本、高橋繁樹本補「（帶云）」。〔九〕此處徐沁君本、王季思本補「（唱）」。〔十〕此處徐沁君本、王季思本補「（正末唱）」。

〔注〕①「恍忽」，恍惚。迷離；心神不寧。②「先生」，道士。③「里」，同「哩」，呢。④「綰角兒」，兒童束髮，借指童年。⑤「妻夫」，夫妻，因押韵倒文。⑥「拏」，同「拿」，揪；攥。⑦「繫腰」，腰帶。⑧「揝」，攥；揪。⑨「的溜撲捽」，狀兩人厮打摔倒貌。「捽」，「摔」的俗體。⑩「堦衢」，堦除；台階。「衢」，「除」的記音字。《水滸傳》第八十五回：「轉進觀後，崎嶇徑路，曲折階衢。」⑪「敲」，本字是「劁」，閹割牲畜、動物。⑫「渾家」，「妻子」的俗稱。⑬「帶累」，連累；拖累。⑭「魯義姑」，春秋時魯國農婦，危急時刻，棄子抱侄而走。參見《列女傳・魯義姑姊》。

【倘秀才】你道苦①勸着不听你个媳婦，常言道壞衣飯②如杀父母。（等旦云了）〔一〕自古道無毒不丈夫！親生子，决〔二〕③啼哭，你与我覷去。（末〔三〕云）我去城外赶兩个猪兒去。我那里杀人？你家去。（旦云了〔四〕）〔五〕婆娘家到得那里，子〔六〕④三句言語，早走將回去。我那里赶猪？我一心待⑤杀那厮去！（做轉一遭科〔七〕）〔八〕兀底⑥是那庵兒，閉着門子里〔九〕⑦。我与你跳過墻去咱。（做攀望科）（等眾叫稽首了）（〔十〕做□□〔十一〕下科〔十二〕）〔十三〕疋〔十四〕頭⑧里見一个先生⑨，後地有五七百个小先生，都叫一聲稽首⑩。末〔十五〕不⑪眼花?〔十六〕到這怕甚麼？（〔十七〕跳墻科〔十八〕）〔十九〕

〔校〕〔一〕此處徐沁君本、王季思本補「（正末唱）」。〔二〕原本「决」字，徐沁君本、甯希元本、高橋繁樹本改作「快」。〔三〕徐沁君本删「末」字，王季思本、高橋繁樹本「末」上補「正」字。〔四〕徐沁君本補科介「下」。〔五〕此處鄭騫本補「（云）」，徐沁君本、王季思本、高橋繁樹本補「（正末云）」。〔六〕王季思本「子」改作「只」。按，「子」同「只」。〔七〕徐沁君本、高橋繁樹本「科」下補科介「云」。〔八〕此處鄭騫本、王季思本補「（云）」。〔九〕原本「里」字，各本均改作「哩」。按，「里」同「哩」。〔十〕「做」上徐沁君本、高橋繁樹本補「正末」。〔十一〕原本「做」與「下」之間約有二三字空白，徐沁君本據常見科介「做意兒」補作「意兒」，王季思本從補，其他各本均作二空圍。〔十二〕徐沁君本、高橋繁樹本「科」下補科介「云」。〔十三〕此處鄭騫本、王季思本補「（云）」。〔十四〕原本「疋」字，高橋繁樹本未改，徐沁君本作「匹」，其他各本均作「劈」。按，「疋頭」「匹頭」「劈頭」均同，不必改字。〔十五〕原本「末」字，唯徐沁君本未改，其他各本均改作「末」。按，「末」同「莫」。〔十六〕原本「到」上有一字空白位置，鄭騫本、王季思本、甯希元本補「既」字。〔十七〕「跳」上鄭騫本、王季思本補「做」字。〔十八〕徐沁君本「科」下補「唱」字。〔十九〕此處王季思本補「（唱）」。

〔注〕①「苦」，極力，竭力。②「衣飯」，衣食。代指維持生計的職業、技能等。③「决」，一定；肯定。④「子」，只。⑤「待」，要；想要。⑥「兀底」，即「兀的」，這；這裏。⑦「里」，同「哩」，呢。⑧「疋頭」，迎頭；當頭。亦作「匹頭」「劈頭」。⑨「先生」，道士。⑩「稽首」，本指以頭叩地的跪拜禮，此指道士舉一手向人行禮。⑪「末不」，即「莫不」，莫不是；難道是。

【滚綉毬】〔一〕土礴墻騰[①]的跳過來，轉茅庵厭的行過去。褪身在背陰黑処，我子〔二〕[②]怕馬丹陽先有埋伏。我則聽得悄悄人説咱，元〔三〕來是消消〔四〕[③]風弄竹，晃的這……影扶踈〔五〕[④]。為甚怕〔六〕馬丹陽刺客心頭怕，杀……

先生呵！您……〔七〕

〔校〕〔一〕【滚綉毬】原本作【衮秀毬】，高橋繁樹本作【滾繡毬】，其他各本均作【滾綉球】。〔二〕王季思本「子」改作「則」。按，「子」「則」均同「只」。〔三〕王季思本「元」改作「原」。〔四〕原本「消消」，各本均改作「瀟瀟」。按，「消消」同「瀟瀟」。〔五〕原本「踈」字，鄭騫本、甯希元本未改，高橋繁樹本作「踈」，徐沁君本、王季思本作「疏」。〔六〕原本「怕」字，鄭騫本、王季思本、甯希元本改作「壞」。〔七〕該曲三處省略號原本均殘損、無字，各本或據明本補，或空缺。今不補。此處徐沁君本、王季思本補「（唱）」。

〔注〕①「騰」，擬聲詞，狀跳墻聲。②「子」，只。③「消消」，同「瀟瀟」，狀風吹竹葉聲。④「扶踈」，即「扶疏」，樹影晃動貌。

【呆古朵】出家兒①……妖精禁持②，怕狼虎掩撲③。怕妖精……也是道高龍虎伏。

（做見馬……）我是一个屠家④……〔一〕你。（馬云了）〔二〕道你是个神仙，你变些本相⑤交我看，我便不杀你。〔三〕

〔校〕〔一〕該曲四處省略號原本均殘損、無字，各本均未補。明代版本無此【呆古朵】曲，徐沁君本校記云：「本曲缺字甚多，無從校補。」〔二〕此處鄭騫本補「（云）」，徐沁君本、王季思本、高橋繁樹本補「（正末云）」。〔三〕此處徐沁君本、王季思本補「（唱）」。

〔注〕①「出家兒」，出家人。②「禁持」，糾纏；折磨；擺布。③「掩撲」，突襲；襲擊。④「屠家」，屠户；屠夫。⑤「本相」，本來面目；原形。

【倘秀才】你揖〔一〕伏①下北極真武②，活請下東華帝主③，我道來你是南方左道術④。便⑤有縮地法⑥，混天圖⑦，与你快取。

（做杀科，做杀不的三科〔二〕）先生嗏⑧，你今日不合⑨死，明日我來杀你。（馬云了）〔三〕你怎生杀的我？（等馬呼神上）（神上）（〔四〕末見神驚放）〔五〕

〔校〕〔一〕原本「揖」字，各本均改作「攝」。「揖」，古同「攝」。〔二〕「科」下鄭騫本、徐沁君本、王季思本、高橋繁樹本補「云」字。〔三〕此處鄭騫本補「（云）」，徐沁君本、王季思本、高橋繁樹本補「（正末云）」。〔四〕「末」上徐沁君本、高橋繁樹本補「正」字。

〔五〕此處王季思本補「（唱）」。按，「放」即「唱」，不必補「（唱）」。

〔注〕①「揖伏」，即「攝服」，收伏，鎮壓。「揖」，古同「攝」。②「北極真武」，北極真武大帝，道教神仙。③「東華帝主」，東華帝君，道家神仙，亦稱「東王公」「東皇公」。④「左道術」，邪法；妖術。⑤「便」，即便；即使。⑥「縮地法」，縮地的法術。「縮地」是傳説中變遠爲近的法術。⑦「混天圖」，即「渾天圖」，古代天象圖，用于風水、占星。⑧「哝」，語氣詞，散曲、雜劇習見，相當于「啊」。⑨「合」，該；當。

【穷河西】覷覷①了悠悠五魂无，你个馬丹陽師父元〔一〕來有護身符。跨〔二〕鶴來怎生插翅羽？他把我當〔三〕攔②住。（等神喝住）吽一聲如何敢过去！

（等神責了，下）（〔四〕做猛省科〔五〕）〔六〕任屠！兀自③不省④里〔七〕⑤！跟〔八〕師父出家去！（做來見馬科，云）稽首⑥！弟子省也！待跟〔九〕師父出家去！〔十〕弟子做得！〔十一〕

〔校〕〔一〕王季思本「元」改作「原」。按，「元來」同「原來」。〔二〕「跨」原本作「誇」，各本均已改。〔三〕原本「當」字，徐沁君本、甯希元本改作「擋」。按，不必改字，「當」同「擋」。〔四〕「做」上徐沁君本、王季思本、高橋繁樹本補「正末」二字。〔五〕「科」下徐沁君本、高橋繁樹本補「云」字。〔六〕此處鄭騫本、王季思本補「（云）」。〔七〕原本「里」字，各本均改作「哩」。按，「里」同「哩」。〔八〕〔九〕「跟」原本作「根」，鄭騫本、甯希元本未改，其他各本均改作「跟」。〔十〕此處原本有兩字空白，鄭騫本補「（馬云了）（云）」，徐沁君本、王季思本、高橋繁樹本補「（馬云了）（正末云）」，甯希元本補「（馬云了）」。〔十一〕此處徐沁君本、王季思本補「（唱）」。

〔注〕①「覷覷」，看；觀看。②「當攔」，擋攔；阻攔。「當」同「擋」。③「兀自」，還；仍然。④「省」，省悟；明白。⑤「里」，同「哩」。⑥「稽首」，本指以頭叩地的跪拜禮，此指道士舉一手向人行禮。

【叨叨令】師父道神仙子〔一〕①許神仙做，凡人只〔二〕尋凡人去。（馬云了）俺爺娘枉受爺娘苦，兒孫自有兒孫福。弟子省得②也末哥，省得也末哥〔三〕，謝師父指引上天堂路。

(旦〔四〕云了)〔五〕

〔校〕〔一〕王季思本「子」改作「則」。按，「子」「則」，只。〔二〕原本「只」字，覆元槧本誤刻作「又」，鄭騫本、王季思本沿誤。〔三〕原本「也末哥」下有三個重文符號，徐沁君本、甯希元本不重「弟子」，其他各本均重。兩「末」字王季思本改作「麼」。〔四〕原本「旦」字，唯鄭騫本未改，其他各本均改作「馬」。徐沁君本校記云：「各本此處科白，亦均無『旦』上場。」〔五〕此處徐沁君本、王季思本補「（正末唱)」。

〔注〕①「子」，只。②「省得」，省悟；明白。

【三煞】從今後栽伍〔一〕株緑柳侵〔二〕①蓬户〔三〕②，種三徑③黄花近草廬④。學師父伏虎降龍⑤，跨鶴乘風，再不去宰馬敲⑥牛，杀狗屠猪。我心中不恍惚⑦，有甚工夫，惡紫奪朱⑧。雖然我愚魯⑨，從〔四〕小里看文書⑩。

〔校〕〔一〕原本「伍」字，各本均改作「五」。〔二〕高橋繁樹本「侵」改作「親」。〔三〕「户」原本作簡體「芦」，各本均已改。〔四〕「從」原本作「看」，唯甯希元本未改，校記云：「『看小里』，即從小裏。今河南方言仍有此語。明刊諸本皆誤改爲『從小裏』。鄭、徐二本沿誤。」

〔注〕①「侵」，接近；靠近；臨近。②「蓬户」，蓬草編成的門，代指破屋陋室。③「徑」，小路。④「草廬」，草房；草屋。⑤「伏虎降龍」，降伏龍虎，謂學習本領。⑥「敲」，本字是「㓖」，閹割牲畜、動物。⑦「恍惚」，迷離；心神不寧。⑧「惡紫奪朱」，原謂壓惡以邪代正，後以喻以邪勝正，以異端充正理。古代以朱爲正色，喻正統，故云。出自《論語·陽貨》：「惡紫之奪朱也；惡鄭聲之亂雅樂也；惡利口之覆邦家者。」（參見《漢語大詞典》）⑨「愚魯」，蠢笨粗魯。⑩「文書」，書籍、文章。

【二煞】高山流水知音許，枯〔一〕木蒼烟入畫圖。我待①學列子乘風②，子房達道③，陶令休官④，范蠡歸湖⑤。搭〔二〕救了蠢蠢之物，泛泛之材，落落之徒。撇下了砧刀活計⑥，待請佃⑦你个藥葫芦⑧。

〔校〕〔一〕甯希元本「枯」改作「古」。按，原句可通，何必臆改。〔二〕「搭」原本作「荅」，各本均已改。

〔注〕①「待」，要；想要。②「列子乘風」，列禦寇乘風禦虚。③「子房達道」，張良得道。「子房」，西漢張良的字。「達道」，得道。傳説張良精通黄老之術，羽化成仙。④「陶令休官」，陶淵明辭官。陶淵明最後職位爲彭澤縣令，故稱陶令。⑤「范蠡歸湖」，勾踐滅吴後，范蠡帶西施泛舟太湖而去。⑥「砧刀活計」，屠宰殺生的工作。⑦「佃」，簽訂契約。此指任屠答應跟隨馬丹陽修道。⑧「藥葫芦」，代指道士，此指馬丹陽。

【收〔一〕尾】每日為屠猪杀狗生涯①苦，都不想玉兔金烏②死限③拘。從今後興无量④，樂有餘，朱頂鶴，献〔二〕花鹿，唳⑤月猿，哨〔三〕⑥風虎，雲滿窓，月满户，花滿堦，酒滿壺，風滿簾，香滿爐，看讀先王〔四〕⑦孔聖⑧書，習學清虚⑨莊列⑩術，閉口藏舌⑪有若无，飲氣吞聲⑫实若虚，苫眼鋪眉⑬恰似愚，縮項潛身⑭子粧〔五〕古，衮衮〔六〕⑮韶華⑯隙内駒⑰，急急光陰風内烛，姹女嬰兒⑱自此□〔七〕，玉鎖金枷⑲已得踈〔八〕⑳，千丈風波再不圖，一厦㉑茅庵足可居，麋鹿獐豝放岩谷，狗彘雞豚遶園圃，茶藥琴棊尽得數，春夏秋冬揔不負，春天園中賞花木，夏日山間避炎暑，秋月籬邊翫〔九〕㉒松菊，冬雪岩前看梅竹，白叟黄童㉓作賓主，皓月清風為伴侶，流水高山是琴譜，古木蒼松作畫圖，壺里乾坤㉔不可拘，風内藍袍自在舞，酒又不飲色又无，財〔十〕又不貪氣又除，酒悮〔十一〕沙陀列〔十二〕飛虎㉕，色迷金陵陳後主㉖，財〔十三〕下〔十四〕滎陽范亞父〔十五〕㉗，氣逼烏江楚項羽，人我鄉中尽不許，名利場中都間阻㉘。淘净溝渠洗□□〔十六〕，鋤了田園種菜蔬，准備麻繩絞〔十七〕轆轤㉙，收拾荆筐㉚擔糞土，先做莊家㉛後做屠，師父呵，更怕我打不的勤〔十八〕勞受不的苦。

(下)

〔校〕〔一〕徐沁君本「收」改作「煞」。〔二〕甯希元本「献」改作「啣」。〔三〕原本「哨」字，徐沁君本、甯希元本、高橋繁樹本改作「嘯」。按，「哨」同「嘯」。〔四〕「先王」原本作「先生」，甯希元本改作「宣王」，其他各本均作「先王」。甯希元本校記云：「『宣王孔聖書』，與下句『清虚莊列術』爲對文。孔子唐代封『文宣王』，宋代封『至聖文宣王』，元大德間又加封爲『大成至聖文宣王』。原本『宣』（xuan）字，音假爲『先』（xian）；『王』字，形誤爲『生』。今改，鄭、徐二本改『先王』，非。」徐沁君本校記云：「據趙本改。按：臧、孟本改作『看讀玄元《道德》書』，以陳摶固一道教徒也，且與下句『習學清虚《莊》《列》術』相一致。但原作有儒道合流的意味，仍應保留。」鄭騫本「據内府本改」。王季思本「據脉望館本改」。〔五〕「粧」原本作「[illegible]」，鄭騫本校作「莊」，徐沁君本、高橋繁樹本作「粧」，王季思本、甯希元本作「裝」。原本「子」字，王季思本改作「只」。王季思本「據脉望館本改」。〔六〕原本「袞袞」，唯鄭騫本未改，其他各本均改作「滾滾」。按，不必改字，「袞袞」同「滾滾」。〔七〕原本此字漫漶，徐沁君本校作「伏」，校記云：「『伏』字漫漶。覆本空缺。今補。按：馬氏《陳摶高卧》第二折：『降伏盡姹女嬰兒。』可證。」王季思本、甯希元本從。鄭騫本、高橋繁樹本作一空圍。〔八〕原本「踈」字，徐沁君本、王季思本作「疏」，高橋繁樹本作「疎」，其他各本未改。〔九〕原本「翫」字，徐沁君本、王季思本、甯希元本改作「玩」。〔十〕〔十三〕「財」原本作「才」，各本均已改。〔十一〕原本「悮」字，鄭騫本、高橋繁樹本未改，其他各本均改作「誤」。按，不必改字，「悮」同「誤」。〔十二〕「陀」原本作「沱」，各本均已改。原本「列」字，各本均改作「裂」。按，「列」同「裂」。〔十四〕甯希元本「下」字改作「壓」，校記云：「『壓』，原由文字待勘符號『卜』形誤爲『下』。……據脉抄本、《酹江集》改。」〔十五〕「父」原本作「夫」，鄭騫本、高橋繁樹本未改，其他各本均改作「父」。〔十六〕此二字漫漶，徐沁君本「以意補」作「衣服」，王季思本從。其他各本均作二空圍。〔十七〕「絞」原本作「繳」，各本均已改。〔十八〕甯希元本「勤」改作「塵」，校記云：「原本『塵』（chen）字，音假爲『勤』（qin）。今改。按：宗教徒以世俗事務之擾爲『塵勞』。《無量壽經》上：『散諸塵勞，壞諸欲塹。』

《維摩慧遠疏》：『煩惱坌污，名之爲塵，彼能勞亂，説以爲勞。』又，元王惲《秋澗集》卷六十一《提點彰州路道教事寂然子霍君道行碣銘》：『全真家禁睡眠，謂之消陰魔；服勤苦，而曰打塵勞，以折其强硬驕吝之氣。』可證。各本失校。」按，「打勤勞」是元代習語，義爲「從事雜務、勞動」。

〔注〕①「生涯」，生計；生意。②「玉兔金烏」，代指時光、時間。「玉兔」，月宫中的玉兔，代指月亮。「金烏」，太陽中的三足烏，代指太陽。③「死限」，壽命的期限。④「无量」，此指道教。⑤「唉」，鳴叫。⑥「哨」，同「嘯」。⑦「先王」，上古賢明君王。⑧「孔聖」，孔子。⑨「清虗」，即清虚，清净虚無。⑩「莊列」，《莊子》和《列子》。⑪「閉口藏舌」，閉口不説話，指不輕易説話，發表議論。⑫「飲氣吞聲」，不喘氣，不作聲。也形容憂懼惶恐。⑬「苫眼鋪眉」，裝腔作勢。此指假裝愚鈍。⑭「縮項潛身」，縮起脖子，隱藏身體。指隱居不出頭露面。亦作「潛身縮首」。⑮「衮衮」，同「滾滾」，時光飛逝貌。⑯「韶華」，時光。⑰「隙内駒」，白駒過隙。指時光飛逝。⑱「姹女嬰兒」，水銀和鉛，均爲煉丹材料。「姹女」，指水銀，亦作「奼女」。「嬰兒」，指鉛。⑲「玉鎖金枷」，喻羈身之物。⑳「踈」，同「疏」，鬆開；打開。㉑「厦」，用作量詞，猶「間」「所」「座」。㉒「翫」，同「玩」。㉓「白叟黄童」，白髮老人和黄髮小孩。㉔「壺里乾坤」，指道家清净悠然的自在生活。亦作「壺裏日月」。㉕「酒悞沙陀列飛虎」，指李克用車裂李存孝之事。李存孝是沙陀人。李克用能征善戰，得號「飛虎子」。㉖「陳後主」，南朝陳最後一個沉迷酒色的君主陳叔寶。㉗「范亞父」，范增，政治家，項羽的重要謀士。㉘「間阻」，間隔；阻隔。㉙「絞轆轤」，摇轆轤，使麻繩纏繞在轆轤上，從而將水從井中提上來。「絞」，纏繞。「轆轤」，井口上的起重裝置。㉚「荆筐」，荆條編成的筐。㉛「莊家」，莊户；農民；農家。

第三折

（等馬云了）〔一〕（外〔二〕、旦上，云了）（等馬上坐定，云了）（正末挑

擔扮先生①上，云）嗨〔三〕，任屠，若不是師父點覺②了沙〔四〕③，倒大來④快活！〔五〕

〔校〕〔一〕徐沁君本、甯希元本、高橋繁樹本將該科介置于第二折末。〔二〕「外」下徐沁君本補「末」字。〔三〕「嗨」原本作「海」，各本均已改。〔四〕原本「沙」字，徐沁君本、王季思本、甯希元本改作「吵」，鄭騫本、高橋繁樹本未改。高橋繁樹本「沙」下注「（疑有脱）」。〔五〕此處徐沁君本、王季思本補「（唱）」。

〔注〕①「先生」，道士。②「點覺」，點醒；點化使省悟。③「若……沙」如果……的話，表假設。「若」，如果。「沙」，的話，表假設的後置詞，元雜劇習見。④「倒大來」，非常；無比。

【中吕】〔一〕【粉蝶兒】每日價①園内修持②，〔二〕猜着我師父的意，〔三〕先交我栽排③下久長活計④。若不是參透玄機⑤，利名場⑥、風波海⑦虚擔〔四〕一世。雖然吃〔五〕淡飯黄虀⑧，淡則⑨淡淡中有味。

〔校〕〔一〕原本無宫調名【中吕】，各本均已補。〔二〕「猜」上鄭騫本、徐沁君本、王季思本、高橋繁樹本補「（帶云）」。〔三〕「先」上徐沁君本、王季思本補「（唱）」。〔四〕原本「擔」字，徐沁君本、甯希元本改作「躭」。〔五〕「吃」原本作「乞」，高橋繁樹本作「喫」，其他各本均作「吃」。

〔注〕①「價」，詞綴。亦作「家」。②「修持」，修行、持戒。③「栽排」，安排。④「活計」，生計；生活。⑤「玄機」，天機；奥妙。⑥「利名場」，名利場，追逐名利的場所。⑦「風波海」，喻是非場所。⑧「淡飯黄虀」，比喻簡樸的飲食。「淡飯」，簡單的飯食。「黄虀」，鹹菜，亦作「黄齏」。⑨「則」，是，猶「雖；雖然」。

【醉春風】閑時節①与師父石鼎②内③煮茶芽，更[illegible]〔一〕瓦瓶〔二〕④添净水。一声雞唱五更鐘，〔三〕師父叫一声任風子！〔四〕我又索⑤起，起。識破這轉眼韶華⑥，迅〔五〕指⑦光景⑧，轉頭⑨時世⑩。

（等旦、外〔六〕上，云）（〔七〕末不睬〔八〕旦科）〔九〕

〔校〕〔一〕原本「[illegible]」字，各本均校作「去」。按，「去」字不通，形亦不似。明本該句「瓦」前無字，無從校改，宜存疑。〔二〕疑「瓶」下脱一字。上句「石鼎」下用「内」字，「内」既是方位詞，又是工具格標記，相當于後置的「用」，「石鼎内煮茶芽」，用石鼎煮茶芽。「瓦瓶添净水」與之對言，故「瓶」下應有一承擔工具格標記的方位詞。《元曲選》此二句作：「石鼎内烹茶芽，瓦缾中添净水。」可證。〔三〕「師」上徐沁君本、王季思本、高橋繁樹本補「（帶云）」。〔四〕「我」上徐沁君本、王季思本補「（唱）」。「師父吽一声任風子」原本爲小字，鄭騫本處理爲大字，作爲曲文。〔五〕「迅」原本作「笋」，鄭騫本、高橋繁樹本未改，其他各本均作「迅」。徐沁君本校記云：「據臧、孟本改。《陽春白雪》後集卷二不忽麻【點絳唇】《辭朝》套：『你看這迅指間烏飛兔走。』《太平樂府》卷五查德卿【醉太平】《春情》小令：『好春能有幾時多，韶華迅指。』卷七沙正卿【鬥鵪鶉】《閨情》套：『渾身上四肢沉困，迅指間一命淹留。』均作『迅指』。亦有作『筍指』者：鄭廷玉《金鳳釵》第一折：『覷功名筍指般休，看榮華眨眼般疾。』《樂府新聲》卷下無名氏【迎仙客】小令：『筍指韶華，又過了今年夏。』『筍』同『笋』，其誤與本曲同。又作『巡指』：李壽卿《度柳翠》第一折：『巡指間春又秋，斬眼間晨又昏。』音近致異。」王季思本「據元曲選本、酹江集本改」。甯希元本「據《酹江集》改」。〔六〕「外」下徐沁君本補「末」字。〔七〕「末」上徐沁君本、王季思本、高橋繁樹本補「正」字。〔八〕「睬」原本作「采」，各本均已改。〔九〕「科」下徐沁君本補「唱」，王季思本「（正末不睬旦科）」下補「（唱）」。

〔注〕①「時節」，時；時候。②「石鼎」，陶製的烹茶用具。③「内」，方位詞承擔工具格標記功能，相當于後置的「用」。④「瓦瓶」，陶製瓶子，亦作「瓦缾」。⑤「索」，應；該；要。⑥「韶華」，時光。⑦「迅指」，轉眼；瞬間；刹那。⑧「光景」，時光；時間。⑨「轉頭」，比喻時間飛快、短暫。⑩「時世」，時代；時光。

【紅綉〔一〕鞋】自撇下①酒色〔二〕財氣②，誰曾离茶藥琴棊③。子規④声里猶道不如歸。（旦云了）〔三〕又不曾遊閬苑⑤，又不曾赴瑶池⑥，止不過在終南山色里。

（旦云了）〔四〕

〔校〕〔一〕「綉」原本作「秀」，各本均已改。〔二〕「色」原本作「氣」，各本均已改。〔三〕〔四〕此處徐沁君本、王季思本補「（正末唱）」。

〔注〕①「撇下」，扔下；抛棄；放棄。②「酒色財氣」，泛指不良習氣、品德。③「茶藥琴棊」，泛指文人休閑之物。「棊」同「棋」。五字則作「茶藥琴棋硯」。④「子規」，杜鵑；杜宇。杜鵑啼聲哀切，猶盼子歸，故名子歸，又曰子規。⑤「閬苑」，傳説中神仙的居處。⑥「瑶池」，傳説中西王母的居處。

【石榴花】我把轆轤①繩直絞②到眾星稀③，我却甚愛月夜眠遲。春里夏里秋里冬里受驅馳④，休想我後悔，又无人把我怏〔一〕及⑤。（等旦云了）〔二〕婆娘家子管⑥里誇賢會〔三〕⑦，有甚早行不的這些田地。范杞良北〔四〕築在長城内，迤〔五〕逗⑧的个孟姜女送寒衣。

（等旦云了）〔六〕

〔校〕〔一〕「怏」原本作「快」，徐沁君本校作「怏」，其他各本均改作「央」。按，「怏」有勉强、强求義。〔二〕〔六〕此處徐沁君本、王季思本補「（正末唱）」。〔三〕原本「會」字，徐沁君本改作「慧」，甯希元本改作「惠」，其他各本未改。按，「賢會」同「賢惠」。〔四〕「北」原本作「𠦝」，徐沁君本校作「比」，其他各本均作「北」。按，「北築長城」習見于古代文獻，指秦始皇修長城之事。西漢賈誼《過秦論》：「乃使蒙恬北築長城而守藩籬，却匈奴七百餘里」，宋《朱子語類》卷十六：「隳名城，殺豪傑，銷鋒鏑，北築長城，皆是自要他利。」該句當是沿用「北築長城」的習慣表達，故應作「北」，「比築在長城内」不通。元刊雜劇中「北」及「背」字上部多刻作似「比」的「𠦝」，《西蜀夢》第一折：「發送的關雲長向北歸」之「北」字原本刻作「𠦝」，《調風月》第二折：「早是俺兩口兒背井離鄉」之「背」字原本刻作「𦝫」，皆其證。〔五〕原本「迤」字，鄭騫本、王季思本改作「拖」。按，「迤逗」與「拖逗」意義不同。「迤逗」，連累；拖累；牽掛。「拖逗」，拖延；耽擱。不可改作「拖逗」。

〔注〕①「轆轤」，井口上的起重裝置。②「絞」，纏繞。③「眾星稀」，謂天晚。④「驅馳」，辛苦；勞累。⑤「殃及」，强求；勉强。也作「央及」。⑥「子管」，只管。⑦「賢會」，同「賢惠」。⑧「迤逗」，連累；拖累。

【鬥鵪鶉】大古里①万水千山，賣弄你三從四德②。（旦云了）（〔一〕打旦科〔二〕）〔三〕我漾③起拳頭，（等旦云了）〔四〕他[illegible]〔五〕④与我个面皮⑤。休，休，休！今世里饒人不是癡。咱兩个善斷离⑥。我來到林下山間⑦，再誰想星前月底⑧。

（等旦討休書科）〔六〕他問我要休書⑨，我問師父咱⑩，与⑪的是？不与的是？（做見馬科，云）有任嫂兒問弟子〔七〕要休書，与的是？不与的是？（等馬云了）（〔八〕末做自退〔九〕）〔十〕師父道：「与和不与，不由你那⑫！」〔十一〕

〔校〕〔一〕「打」上徐沁君本、高橋繁樹本補「正末」二字。〔二〕「科」下徐沁君本補「唱」字。〔三〕此處王季思本補「（唱）」。〔四〕此處徐沁君本、王季思本補「（正末唱）」。〔五〕原本「[illegible]」字，甯希元本作「[illegible]」，高橋繁樹本作一空圍，其他各本改作「揣」。鄭騫本校記云：「揣原不成字形，據元曲選改。內本作[illegible]。」徐沁君本校記云：「覆本作『[illegible]』，非是。趙本作『[illegible]』，不從。此從臧、孟本改。參看朱居易《元劇俗語方言例釋》『揣與』條。」王季思本校記云：「原『揣』字漫漶，據元曲選本、酹江集本改。」甯希元本校記云：「『[illegible]與』，即硬與，硬支著。」〔六〕此處鄭騫本補「（云）」，徐沁君本、王季思本、高橋繁樹本補「（正末云）」。〔七〕原本無「子」字，徐沁君本「弟」上補「徒」字，其他各本均于「弟」下補「子」字。〔八〕「末」上徐沁君本、高橋繁樹本補「正」字。〔九〕「退」下徐沁君本補「云」字，高橋繁樹本補「科、云」。〔十〕此處鄭騫本、王季思本補「（云）」。〔十一〕此處徐沁君本、王季思本補「（唱）」。

〔注〕①「大古里」，大概；總之。②「三從四德」，泛指古代社會束縛女性的封建禮教。三從：未嫁從父，既嫁從夫，夫死從子。四德：婦德、婦言、婦容、婦功。③「漾」，蕩。此指舉起。④「[illegible]」，

疑同「努」，「努嘴」指把嘴凸起伸出去。「我漾起拳頭，他努与我个面皮」，即我舉起拳頭，他就把臉伸給我。⑤「面皮」，臉；臉皮。⑥「善廝离」，好好分開；好好分手。⑦「林下山間」，山林中，指隱居之地。⑧「星前月底」，浪漫戀愛之所，猶「花前月下」。⑨「休書」，舊時男子休妻所立文書。⑩「咱」，語氣詞。⑪「與」，給。⑫「那」，哪。語氣詞。

【普天樂】闌闔〔一〕①出虎狼叢②，拜辝③了鴛鴦〔二〕會④。這的中⑤做布展〔三〕⑥，好做鋪持⑦。急切里無片帋。將〔四〕這的〔五〕鋪在田地，〔六〕水渠中插手在青泥内，与你个泥手模⑧便當休離⑨。我和你恩斷義絶⑩，花殘月缺⑪，〔七〕錦被羅幃⑫。

（等旦云了）〔八〕

〔校〕〔一〕原本「闌闔」，王季思本改作「挣扎」。〔二〕「鴛鴦」原本作「夗央」，各本均已改。〔三〕「展」原本作「碾」，徐沁君本、甯希元本未改，其他各本均據明本改作「撚」。按，「碾」應改作「展」。下句「鋪持」即碎布片，可備縫補、擦洗之用，亦作「鋪遲」「鋪尺」「鋪陳」，「布展」與「鋪持」對言。「布展」是「展布」之倒言，指抹布。今河北方言仍言「搌布」。「展」，同「搌」。《水滸傳》第七十五回：「阮小七叫上水手來，舀了艙裏水，把展布都拭抹了。」「碾」係「展」之音近別字。〔四〕原本「將」字，覆元槧本誤作「持」，鄭騫本、王季思本沿誤。〔五〕原本「這的」，甯希元本改作「手帕」，校記云：「原本『手帕』二字，涉上文『這的中做布碾』，誤作『這的』。據《元曲選》、《酹江集》改。徐本失校。」按，應盡量保持元刊本原貌，不可改作「手帕」。〔六〕「水」上徐沁君本據明本補「就着這」三字。〔七〕「錦」上徐沁君本、甯希元本據明本補「再誰戀」。按，似應補「再誰戀」，「錦被羅幃」與「恩斷義絶」「花殘月缺」語意相違。〔八〕此處徐沁君本、王季思本補「（正末唱）」。

〔注〕①「闌闔」，同「挣揣」，挣扎。②「虎狼叢」，惡人叢。③「拜辝」，辭別的敬辭。「辝」同「辭」。④「鴛鴦會」，情侶相會。⑤「中」，能；可以。⑥「布展」，搌布；抹布。⑦「鋪持」，碎布片，亦作「鋪遲」「鋪尺」「鋪陳」。⑧「手模」，按在各種文件

上的指紋印，亦作「手摹」。⑨「休離」，分手；離婚。⑩「恩斷義絶」，情義斷絶，喻夫妻離異。⑪「花殘月缺」，花朵凋殘，月亮不圓，喻夫妻感情破裂、離異。⑫「錦被羅幃」，喻夫妻恩愛。

【上小樓】你道是夫唱婦隨，夫榮妻貴。〔一〕早起晚息〔二〕，擇菜挑虀〔三〕，打水澆畦①。（等旦云了）你向這里撒⿰歹帝〔四〕殢②，休尋自縊③，菜園中撧葱人脆④。

（旦〔五〕云了）〔六〕

〔校〕〔一〕「早」上徐沁君本、王季思本據明本補「我從那」。〔二〕「息」原本作「夕」，鄭騫本、甯希元本未改，徐沁君本改作「歇」，王季思本、高橋繁樹本改作「息」。按，明本作「息」，是，音同致誤。〔三〕原本「虀」字，徐沁君本、甯希元本改作「薺」。〔四〕原本「⿰歹帝」字，各本均未改。按，「⿰歹帝」本字應是「滯」。「⿰歹帝殢」《元曲選》本作「滯殢」，脉望館鈔校本作「地泥」。「撒滯殢」亦作「撒殢滯」「撒膩滯」，義爲「撒潑；放刁；耍無賴」，元高文秀《黑旋風雙獻功》第三折：「他烟支支的撒滯殢，涎鄧鄧相調戲」；或「撒嬌；撒癡」，元白樸《墻頭馬上》第二折：「是他撒滯殢把香羅帶兒解。」該句「撒滯殢」義爲「撒潑；放刁；耍無賴」，任風子之妻以死相逼，要挾任風子回家，任風子説其妻撒無賴。「滯殢」與「殢滯」係同義的同素异序雙音詞，「地泥」當是「殢滯」「殢膩」的記音形式。另有作「撒地殢」者，元湯式《黄鐘·醉花陰》：「撒地殢百般人行要，半撒嗔半撒囂。」「地」「膩」「⿰歹帝」皆爲「殢」「滯」之音近别字。「⿰歹帝」字不見于文獻、字書，當是元代自創形聲字：受「殢」影響，以「歹」爲形符，以「帝」爲聲符。〔五〕原本「旦」字，徐沁君本改作「外末」，甯希元本改作「外」。〔六〕此處徐沁君本、王季思本補「（正末唱）」。

〔注〕①「澆畦」，澆地。「畦」，小塊土地，多指菜畦。②「撒⿰歹帝殢」，撒潑；放刁；耍無賴。③「自縊」，上吊自殺。④「撧葱人脆」，指尋死很容易。「撧葱」，把葱折斷，比喻毫不費力。「撧」，用雙手掰斷。

【幺篇】〔一〕兄弟，今日你勸我，我笑你：昧己瞞心①，擘〔二〕兩分星②，細切薄批[③]。你道這幾日，做屠的虧折[④]本利[〔三〕][⑤]，到今日管它[〔四〕]甚賤猪[〔五〕]羊貴。

（外[〔六〕]挑擔說重，云了）[〔七〕]

〔校〕〔一〕【幺篇】原本作【么】，鄭騫本、高橋繁樹本作【幺】，其他各本均作【幺篇】。〔二〕「擘」原本作「百」，甯希元本改作「劈」，其他各本均作「擘」。甯希元本未出校，徐沁君本校記云：「臧、孟本『擘』作『劈』，非。參看朱居易《元劇俗語方言例釋》『分星擘兩』條。按：『百』爲『擘』的同音借用。『擘劃』之作『䂍劃』，亦以『䂍』爲『擘』之借字。『䂍』爲『百』與『劃』的偏旁類化。」〔三〕「虧折本利」甯希元本改作「虧本折利」。〔四〕原本「它」字，唯甯希元本未改，其他各本均改作「他」。〔五〕原本「賤猪」，鄭騫本、高橋繁樹本乙作「猪賤」。明代諸本作「猪肥」。按，「賤猪羊貴」無誤，不煩改校。雖然「猪賤羊貴」「猪肥羊貴」讀來更順口，但二者都不合曲律。【中吕】宫【上小樓】【幺篇】末句爲七字句，平仄爲「仄平×、仄平平去」，「賤」爲仄聲，「猪」爲平聲，「賤猪羊貴」符合「仄平平去」的平仄要求，「猪賤」「猪肥」皆失平仄，皆爲臆改。〔六〕「外」下徐沁君本補「末」字。〔七〕此處徐沁君本、王季思本補「（正末唱）」。

〔注〕①「昧己瞞心」，昧著良心幹壞事。②「擘兩分星」，很小的重量也能分得清清楚楚。「兩」「星」都是輕級重量單位。「擘」，同「掰」，分開。③「細切薄批」，把肉切細切薄。④「虧折」，損失；虧耗。⑤「本利」，本金和利潤。

【滿庭芳】這擔輕如[①]你底。你道我擔荆筐[②]受苦，强如[③]你擔火院[④]便宜。兩頭來往搬[〔一〕]興廢[⑤]，休想我擔是擔非[⑥]。（等外[〔二〕]云了）[〔三〕]雖不如張子房[⑦]休官罷職。（外[〔四〕]云了）[〔五〕]我待學陶淵明歸去來兮。喒休罪，今朝斷离[⑧]。（等旦云了）[〔六〕]由[⑨]你做張郎婦李郎妻。

〔校〕〔一〕「搬」原本作「般」，各本均已改。〔二〕〔四〕「外」下徐沁君本補「末」字。〔三〕此處徐沁君本、王季思本補「（正末唱）」。〔五〕〔六〕此處徐沁君本補「（正末唱）」。

〔注〕①「輕如」，輕于，比……輕，「如」是比較標記。「A 輕如

B」體現 VO 型的語序類型。②「荆筐」，荆條編成的筐。③「強如」，强于；比……强。「如」是比較標記。「A 强如 B」體現 VO 型的語序類型。④「火院」，喻苦海。⑤「搬興廢」，搬弄是非，元雜劇習語。⑥「擔是擔非」，雙關語，謂身在俗世是非之中。⑦「張子房」，西漢張良。⑧「厮离」，分手；離婚。⑨「由」，任憑。「由你做張郎婦李郎妻」，任憑你改嫁他人。

【耍孩兒】想人生六合①乾坤内，活到七十都能有幾？人生〔一〕幻化比芳菲，人愁老花怕春歸。人貧人富无多限，花落花開能有幾？咱想着人子有三寸元陽氣②，貫串〔二〕着凡胎濁骨③，使作④那肉眼愚眉⑤。

(旦云了)〔三〕

〔校〕〔一〕甯希元本據《元曲選》《酹江集》將「生」改作「身」。〔二〕「貫」原本作「灌」，各本均已改。原本「串」字，甯希元本改作「穿」。〔三〕此處徐沁君本、王季思本補「（正末唱）」。

〔注〕①「六合」，宇宙；天下；人間。天地四方謂六合。②「三寸元陽氣」，謂一口氣。「三寸氣」，一口氣，代指生命。「元陽」，人體陽氣的根本。③「凡胎濁骨」，凡人的重濁軀體。④「使作」，使用；支配；操作；擺佈。⑤「肉眼愚眉」，比喻見識短淺。

【六煞】〔一〕弟〔二〕①一來將女色再不侵〔三〕②，弟〔四〕二來把香醪③再不吃〔五〕，堆金積玉④成何濟⑤。人生一世心都愛，誰為三般⑥事不迷？跳出紅塵内，尋泛錦槎⑦天浪，爛斧柯⑧仙棊。

(旦云了)〔六〕

〔校〕〔一〕【六煞】原本作【幺】，各本均已改。鄭騫本校記云：「［調名］原作幺，據律改。」徐沁君本校記云：「按譜：［煞］之第三句，在［耍孩兒］爲三四兩句。」王季思本校記云：「原作『幺』，此從鄭本、徐本。」甯希元本校記云：「原本誤作［幺］。今改。」〔二〕〔四〕原本「弟」字，各本均改作「第」。按，「弟」同「第」。〔三〕原本「侵」字，徐沁君本、甯希元本、高橋繁樹本改作「親」。〔五〕「吃」原本作「乞」，高橋繁樹本作「喫」，其他各本均作「吃」。〔六〕此處徐沁君本、王季思本補「（正末唱）」。

〔注〕①「弟」，同「第」。②「侵」，近；親近。③「香醪」，美

酒。④「堆金積玉」，積累財富。⑤「濟」，幫助；用處。⑥「三般」，指上文提到的色、酒、財。⑦「槎」，小木筏。⑧「爛斧柯」，歲月流逝，人事變遷。典出南朝梁任昉《述異記》。亦作「爛柯」。

【五煞】我子待①玄鶴②出入隨，誰想香腮③左右偎，你那綉衾④不耐如⑤黄紬〔一〕被⑥。我待學〔二〕彈夜月琴三弄，誰待細看春風玉一圍。我无福共你諧連理⑦，你爱的是百〔三〕年姻眷⑧，我怕的〔四〕是六道輪回〔五〕⑨。

(旦云了)〔六〕

〔校〕〔一〕「紬」原本作「袖」，鄭騫本、王季思本改作「綢」，其他各本均作「紬」。按，「紬」「袖」形近而誤。「紬」同「綢」。〔二〕「學」下鄭騫本補「閒」字，王季思本補「閑」字。鄭騫本校記云：「原無閒字，據二本補。少此字與下句不成對偶。」王季思本校記云：「原無『閑』字，據元曲選本、酹江集本補。」〔三〕「百」原本作「姻」，各本均已改。〔四〕原本無「的」，各本均補，今從。〔五〕原本「回」字，鄭騫本、高橋繁樹本作「廻」，王季思本作「迴」。〔六〕此處徐沁君本、王季思本補「（正末唱）」。

〔注〕①「子待」，只要；只想。②「玄鶴」，黑鶴。③「香腮」，美女的臉頰，代指美女。④「綉衾」，錦被。⑤「耐如」，耐于；比……耐用。「耐」，耐用；禁用。「如」是比較標記。「A 耐如 B」體現 VO 型的語序類型。⑥「黄紬被」，道士所用黄綢子做的被子。「紬」同「綢」。⑥「共」，和；與。⑦「諧連理」，謂夫妻恩愛。⑧「姻眷」，婚姻；姻緣。⑨「六道輪回」，佛教術語，六道指天道、人道、阿修羅道、地獄道、餓鬼道、畜生道。生命各因其所行善惡在六道中轉世相續爲「六道輪回」。

【四煞】這菜園枯有似我，花枝殘恰似你，喒兩个花殘菜老成何濟①。殘花不可重簪帶②，腌〔一〕菜那能再入畦③？（等旦云了）〔二〕學老圃④尋歸計⑤，但澆得菜蔬清秀，問甚〔三〕麼⑥滄浪之水濁兮。

(等旦云了)〔四〕

〔校〕〔一〕「腌」原本作「淹」，徐沁君本未改，鄭騫本、王季思本、高橋繁樹本作「醃」，甯希元本作「蔫」。甯希元本校記云：

「原本『蔫』，音假爲『淹』。今改。按：上文云『花殘菜老』。菜老，即枯萎將乾也。各本失校。」按，菜老不一定蔫，甯希元本音假説不成立。「醃」同「腌」。〔二〕〔四〕此處徐沁君本、王季思本補「（正末唱）」。〔三〕原本「甚」字，鄭騫本、王季思本改作「什」。

〔注〕①「濟」，幫助；用處。②「簪帶」，插戴在頭上。「帶」同「戴」。③「畦」，分成小塊的土地。多用來種菜。④「老圃」，有經驗的花農、菜農。⑤「歸計」，終老之計。⑥「問甚麽」，猶「管什麽」。

【三煞】一投①匆匆月出東，却早厭厭②日落西，秋鴻塞鴈〔一〕③相催逼。玉天仙④妻子權休罪。（等旦與倈兒⑤云了）（〔二〕末做倈兒摔死）〔三〕魔合羅⑥孩兒誰是誰？（等旦悲云了）〔四〕我見它〔五〕揾不迭⑦腮邊淚。問甚麽水胡花⑧性命，愛惜你花朵兒身起⑨。

（等旦云了）〔六〕

〔校〕〔一〕「鴻」字王季思本空缺。原本「塞鴈」，鄭騫本、王季思本、高橋繁樹本作「塞雁」，徐沁君本據《元曲選》改作「春燕」，甯希元本據《酹江集》改作「社燕」。按，「塞鴈」可通，不必改字。「鴈」同「雁」。〔二〕「末」上徐沁君本、高橋繁樹本補「正」字。〔三〕「死」下徐沁君本補「唱」，高橋繁樹本補「科」。「魔」上王季思本補「（唱）」。〔四〕〔六〕此處徐沁君本、王季思本補「（正末唱）」。〔五〕原本「它」字，各本均改作「他」。

〔注〕①「一投」，一到；一等到。②「厭厭」，秀美貌。③「秋鴻塞鴈」，象徵離别。④「玉天仙」，天上的美貌仙女；像天仙一樣美貌的女子。⑤「倈兒」，元雜劇中的兒童角色。此倈兒扮任屠子。⑥「魔合羅」，亦作「磨喝樂」「摩睺羅」「磨合羅」，本是佛典文獻中印度神名的音譯形式，宋元時代兒童玩具小偶人被稱作魔合羅。⑦「揾不迭」，擦不乾；擦不盡。「揾」，擦；拭。⑧「水胡花」，意義不詳，待考。⑨「花朵兒身起」，花朵般的身體。「身起」，身體。

【二煞】折末〔一〕①你叫丫丫〔二〕叫到明，哭啼啼哭到黑，一任②你打悲③呵休想我還俗④意。（旦云了）〔三〕菉〔四〕豆皮⑤姐姐疾〔五〕忙退。（等外〔六〕、旦〔七〕云了）〔八〕没量〔九〕斗⑥哥哥你枉了提。子管里⑦閑吵〔十〕氣⑧。折末〔十一〕⑨絮⑩得你口困⑪，休想勸的我心回。

（旦云了）〔十二〕

〔校〕〔一〕〔十一〕原本「折末」，王季思本改作「遮莫」。〔二〕原本「丫丫」，鄭騫本、王季思本、甯希元本改作「吖吖」。〔三〕〔八〕〔十二〕此處徐沁君本、王季思本補「（正末唱）」。〔四〕原本「菉」字，甯希元本、高橋繁樹本改作「緑」。按，「菉」同「緑」。〔五〕原本「疾」字，鄭騫本改作「急」。王季思本「疾」下衍一「急」字。〔六〕「外」下徐沁君本補「末」字。〔七〕甯希元本「旦」改作「末」。〔九〕原本「量」字，各本均改作「梁」。按，「没量斗」同「没梁斗」。〔十〕原本「咷」字，王季思本改作「洶」。

〔注〕①⑨「折末」，即使，亦作「折莫」「折麽」「遮末」「遮莫」「者末」「者莫」「者麽」「者磨」，是近代漢語常見的連詞，還有任憑、無論、不管、假如、不論、不管、什麽、爲什麽、莫非、大約等義。②「一任」，任憑。③「打悲」，表演、假裝悲痛。④「還俗」，出家人脱離宗教生活，恢復凡人生活。⑤「菉豆皮」，歇後語，菉豆褪皮則青色退去，諧音「請退」。（參見《漢語大詞典》）⑥「没量斗」，没有横梁的斗，指没有計量標準的斗。比喻言語無定準或反復無常。⑦「子管里」，只管。⑧「咷氣」，閑生氣；招惹閑氣。亦作「啕氣」。⑩「絮」，絮叨；嘮叨。⑪「口困」，口乏；嘴累。謂費口舌。

【收尾】由你死共①死、活後②活，我二則③二、一則④一。休〔一〕道是嬌妻幼子和兄弟，我跳出七代先灵⑤稽首⑥也勸不的！

（下）（等旦共外〔二〕都云〔三〕，下）（等馬云了，下）

〔校〕〔一〕原本「休」字，唯甯希元本保留，其他各本均作「你」。〔二〕「外」下徐沁君本補「末」字。〔三〕「云」下徐沁君本補「了」字。

〔注〕①「共」，就；則。②「後」，的話；就。由時間義語法化爲假設義，進而語法化爲話題標記。③④「則」，就。⑤「七代先灵」，七代祖先，泛指祖先、祖宗。⑥「稽首」，以頭叩地的跪拜禮。

第四折

(〔一〕末上，云）若不是師父點覺①沙〔二〕②，怎能勾〔三〕③如此快活呵！〔四〕

〔校〕〔一〕「末」上徐沁君本、王季思本、高橋繁樹本補「正」字。〔二〕原本「沙」字，鄭騫本、高橋繁樹本未改，其他各本均作「唦」。〔三〕「勾」原本作「句」，各本均改作「够」。按，「句」當是「勾」之形誤。「能勾」同「能够」。〔四〕此處徐沁君本、王季思本補「（唱）」。

〔注〕①「點覺」，點醒；點化使省悟。②「若……沙」如果……的話，表假設。「若」，如果。「沙」，的話，表假設的後置詞，元雜劇習見。③「能勾」，同「能够」。

【雙調】〔一〕【新水令】雖不曾到〔二〕①騎箕尾②上青霄③，子〔三〕為人㕶任風子今日積功〔四〕成道④。編四圍竹寨籬⑤，盖一座草團蔈〔五〕⑥，枕着野水横橋，不听的紅塵⑦内是非鬧〔六〕。

〔校〕〔一〕原本無宫調名【雙調】，各本均已補。〔二〕原本「到」字，各本均改作「倒」。按，「到」同「倒」。〔三〕王季思本「子」改作「則」。按，「子」「則」均同「只」。〔四〕「功」原本作「陀」，各本均據明本改作「功」。〔五〕原本「蔈」字，各本均改作「瓢」。〔六〕原本「是」下闕如，各本均據明本補「非鬧」二字。今從。

〔注〕①「到」，同「倒」。②「騎箕尾」，指仙游，也指高升；青雲直上；去世升天。亦作「騎箕翼」「騎箕」。「箕尾」，箕星和尾星。③「青霄」，青天；高天。④「積功成道」，積累功德得道成仙。⑤「竹寨籬」，竹子編成的圍在寨子周邊的籬笆。⑥「草團蔈」，圓形茅草屋。亦作「草團瓢」「草團標」。「蔈」「標」均是「瓢」的記音字。⑦「紅塵」，俗世。

〔説明〕原本脱頁，各本均指出【新水令】曲下缺七支曲牌。如徐沁君本校記云：「據各本計算，缺【駐馬聽】、【川撥棹】、【雁兒落】、【得勝令】、【川撥棹】、【七兄弟】、【梅花酒】七曲。」鄭騫本、徐沁君本、王季思本、甯希元本均據脉望館鈔校本補，僅録曲文。高橋繁樹本僅補【梅花酒】曲殘存曲文。按，今僅就元刊本現存曲文進行集校、注釋。

……〔一〕會〔二〕赴蟠桃①，又不會上青霄②。不死去〔三〕幾時了，□□〔四〕了便舒眉〔五〕③。

（做跪下科）〔六〕

〔校〕〔一〕該曲爲【梅花酒】曲後半部分，「會」上殘缺。〔二〕原本「會」字，鄭騫本、王季思本作「曾」。〔三〕原本「去」字，覆元槧本誤作「法」，鄭騫本、王季思本沿誤。〔四〕二空圍原本作「」，漫漶不可辨，鄭騫本、徐沁君本、王季思本作二空圍；甯希元本上字校作「把」，下字作一空圍；高橋繁樹本上字作一空圍，下字作「敗」。〔五〕「眉」下鄭騫本、王季思本、甯希元本、高橋繁樹本補三空圍。「眉」字原本殘作「」。徐沁君本校記云：「『眉』字失韵，本句疑有誤。」按，四句殘曲爲【梅花酒】正句後的增句，據曲譜，增句均應爲六字折腰句，「會」「會」「去」「了」下爲各句折腰處。「了」「便」正好語意連貫，「眉」下不應補字。〔六〕徐沁君本「科」下補「唱」字，王季思本「（做跪下科）」下補「（唱）」。

〔注〕①「赴蟠桃」，赴西王母蟠桃盛會。②「青霄」，青天；高天。③「舒眉」，舒展眉頭，喻心情愉悦。

【收江南】來來來，咬着牙喫你杀人刀！〔一〕（等小邦責〔二〕了，下）（〔三〕末扯住，喝〔四〕云）〔五〕有杀人賊！（馬云了）（〔六〕見馬驚唱）元〔七〕來馬丹陽又使這圈套①，把殘生棄与小兒曹②。師父又撞着，我索③區區④每日打勤〔八〕勞⑤。

（下）

〔校〕〔一〕此處鄭騫本注「（下缺若干字）」；王季思本補省略號，校記云：「此下缺若干字，無從校補。」〔二〕「邦責」原本作「」，鄭騫本校作「那責」，徐沁君本、王季思本作「邦殺」，甯希元本、高橋繁樹本作「邦責」。鄭騫本校記云：「那字待校，疑是邦字。責原作貴，據文義改；本劇第二折叨叨令前科白有『等神責了』之語。」徐沁君本校記云：「『殺』字漫漶。覆本『邦』作『那』，『殺』作『貴』，非是。各本關目，均作俫兒殺正末，據補。」王季思本從徐沁君本。甯希元本校記云:「『小邦』即小賊。仿刻本誤作『等小那責了』,鄭本沿誤。徐本改『責了』爲『殺了』,亦非。按《清平山堂話本·蕭琛貶霸王》:『齊永平年間,李太守不信,亦然受責而亡。』又,『君至,言責項籍,曲盡其理』。故此處『小邦責了』,亦當爲怒言喝斥之意。」〔三〕「末」上徐沁君本、王季思本、高橋繁樹本補「正」字。〔四〕「喝」字鄭騫本作「寫」字,高橋繁樹本作「馬」字。〔五〕此處鄭騫本注「(下缺約十一字)」,王季思本補省略號。此處高橋繁樹本補「(正末云)」。〔六〕「見」上徐沁君本、王季思本、高橋繁樹本補「正末」。〔七〕王季思本「元」改作「原」。按,「元來」同「原來」。〔八〕甯希元本「勤」改作「塵」。按,「打勤勞」爲元代習語,不必改字。

〔注〕①「圈套」,比喻引誘人上當、受害的計謀。②「小兒曹」,兒輩。③「索」,應;應該。④「區區」,一心一意。⑤「打勤勞」,從事雜務、勞動。

題目　為神仙休了脚頭妻　菜園中摔杀親兒死

正名〔一〕　王祖師雙赴玉虚宫　馬丹陽三度任風子

新栞関目三度任子風的本全畢〔二〕

〔校〕〔一〕原本無「正名」,各本均已補。〔二〕尾題鄭騫本作「馬丹陽三度任風子終」,徐沁君本作「新刊關目《三度任風子》的本全畢」,甯希元本作「馬丹陽三度任風子雜劇終」。王季思本、高橋繁樹本删尾題。

新刊的本散家財天賜老生兒

武漢臣

校本五種

鄭騫本：鄭騫《校訂元刊雜劇三十種》

徐沁君本：徐沁君《新校元刊雜劇三十種》

甯希元本：甯希元《元刊雜劇三十種新校》

王季思本：王季思《全元戲曲》（第二卷）

高橋繁樹本：高橋繁樹等《新校訂元刊雜劇三十種》（三）

楔子

（正末①引一行上，坐定，開）老夫姓刘名禹，字天錫，渾家②李氏，女孩兒③引璋，女婿〔一〕張郎，嫡親〔二〕④四口兒，在這東平府在城居住。有姪兒刘端，字正一〔三〕，是个秀才，為投⑤不着婆婆⑥意，不曾交家來。如今老夫六十〔四〕歲也！空有万貫家財〔五〕，争奈⑦别無子嗣。往日子是⑧在這幾文〔六〕錢上，不知有神佛。近來〔七〕多做好事，感謝天地。不想這使唤的小梅〔八〕有八个月身孕，倘或得個厮兒⑨，須⑩是刘家後。我有心待〔九〕將這家私⑪三分兒分開：一分婆婆，一分女婿〔十〕，一分我有用処。婆婆，我如今往〔十一〕莊上去計點⑫，怕⑬小梅分娩时分⑭，若得个兒孩兒⑮，千万存留了咱⑯！〔十二〕

〔校〕〔一〕〔十〕「婿」原本作「人」，各本均改作「婿」。鄭騫本校記云：「據文義改。」徐沁君本校記云：「本劇元刊本遇筆劃較多的字，往往用『一』字『人』字代替。」王季思本校記云：「此本中『人』、『一』等字皆刻工偷工所致，須依文意改正。」甯希元本校記云：「原本『婿』，由文字待勘符號『卜』，形誤爲『人』。據《元曲選》改。以下『婿』字誤同，不再出校。」〔二〕「嫡親」原本作「人一」，鄭騫本、甯希元本作「一家」，其他各本均作「嫡親」。鄭騫本校記云：「據文義改。」徐沁君本校記云：「《任風子》、《薛仁貴》、《魔合羅》、《鐵拐李》諸劇，正末開呵，均有『嫡親三口兒』語。」甯希元本校記云：「原本『一家』二字，由文字待勘符號『卜』，形誤爲『人一』。今改。總計全劇此類誤例，不下一百餘處，不再一一細爲說明。」〔三〕原本「一」字，徐沁君本、王季思本改作「已」。徐沁君本校記云：「臆補。」王季思本未出校。〔四〕「十」原本作「才」，各本均已改，高橋繁樹本「十」下補一空圍，原本「才」下有一字空白。按，第一折【青哥兒】：「寫着道六十歲無兒散家財的刘員外」，據此，不應補空圍。〔五〕「財」原本作「才」，各本均已改。〔六〕原本「幾」下爲一字空白，各本均補作「文」。〔七〕「來」原本作簡體「来」，甯希元本校作「煞」，未出校；其他各本均改作「來」。〔八〕「梅」原本作「人」，鄭騫本未改，甯希元本改作「的」，其他各本均改作「梅」。甯希元本校記云：「原本『小的』，誤作『小人』。依元人語例改。」〔九〕「待」原本作「一」，鄭騫本改作「要」，其他各本均校作「待」。均無詳細校語。今從衆。〔十一〕「往」原本作「住」，徐沁君本、高橋繁樹本未改，其他各本均改作「往」。〔十二〕此處徐沁君本、王季思本補「（唱）」。

〔注〕①「正末」，扮劉禹。②「渾家」，妻子的俗稱。③「女孩兒」，女兒；閨女。④「嫡親」，至親；最親近的親屬。⑤「投」，合；合乎；合于。「投意」，合意；合乎心意。⑥「婆婆」，老妻。⑦「争奈」，怎奈；怎耐。⑧「子是」，只是。⑨「厮兒」，男孩兒；兒子。⑩「須」，一定；必定。⑪「家私」，家産；家財。⑫「計點」，稽核查點。此指打點、安排。⑬「怕」，如果。由懼怕義語法化爲假設義。⑭「时分」，猶「時」，可作兩解，一爲時間義的「時；

時候」，一爲假設義的「的話」。假設義由時間義語法化而成。⑮「兒孩兒」，男孩兒；兒子。與「女孩兒」相對。⑯「咱」，祈使語氣詞，相當于「啊」。

【仙吕】〔一〕【端正好】子您治家勤①，齊家儉②，因此上③惹得人見〔二〕，我這子孫缺少子被錢財〔三〕占。從今後錢物〔四〕減，子孫添，且得内人喜，一任④外人嫌，因此上將轉〔五〕世浮財⑤厭〔六〕。

（下）（等一行人下了）〔七〕

〔校〕〔一〕原本無宫調名【仙吕】，各本均已補。〔二〕原本「見」字，甯希元本改作「賤」，高橋繁樹本存疑。其他各本未改。「見」下唯徐沁君本未點斷。〔三〕「財」原本作「才」，各本均已改。〔四〕原本「物」字有校筆痕迹，作「物」，覆元槧本作一空圍，鄭騫本、甯希元本作「財」，其他各本均作「物」。甯希元本校記云：「『財』字原本省借爲『才』。原本校筆改作『物』，不取。仿刻本空缺。」按，「才」小「物」大，當是「才」改「物」，今校作「物」。〔五〕唯鄭騫本「轉」作「人」。按，原本「轉」「人」合爲「轉」，當是改「人」爲「轉」。〔六〕唯鄭騫本「厭」作「散」。按，原本「厭」「人」合爲「厭」，當是改「人」爲「厭」。覆元槧本該字空缺未刻，鄭騫本「據文義補」。〔七〕甯希元將最後兩科介乙轉作「（等一行人下了）（下）」。高橋繁樹本將「（等一行人下了）」置于第一折開頭。

〔注〕①「治家勤」，以勤持家。「治家」，持家；治理家事。②「齊家儉」，以儉治家。「齊家」，治家；持家。③「上」，是由元代的漢蒙語言接觸而成的離格標記，表原因。與「因」共現，「因」和「上」均相當于「因爲」。④「一任」，任憑。⑤「浮財」，泛指各種財物、財産。

第一折

（正末上開）歡來①不佀今朝，喜後②那如今日。我雖在此計點③，一心子④想着小梅若是分娩了时⑤，婆婆决然⑥來報喜也！〔一〕

〔校〕〔一〕此處徐沁君本、王季思本補「（唱）」。

〔注〕①②「來」「後」，話題標記，用于列舉兩個相關話題。

③「計點」，稽核查點。此指打點、安排。④「子」，只。⑤「时」，的話，表假設，由時間義語法化爲假設義。⑥「决然」，一定；肯定；必然。

【仙吕】〔一〕【點絳唇】我量力①求財，在家出外，諸般快，湧迸〔二〕②也佀③錢來，却怎還不了冤家④債？

（云）當日婆婆上席⑤去來，我暗使人喚⑥的个穩婆〔三〕⑦与⑧小梅準〔四〕脉⑨來。〔五〕

〔校〕〔一〕原本無宫調名【仙吕】，各本均已補。〔二〕「湧迸」原本作「潘併」，「潘」字有校筆痕迹，覆元槧本刻作「活」，鄭騫本沿誤，作「活併」。徐沁君本、王季思本、高橋繁樹本作「湧迸」，王季思本作「湧併」。按，「迸」義爲噴湧、冒出，與「湧」義同。音近而誤。〔三〕徐沁君本重「穩」字。〔四〕原本「準」字，甯希元本、高橋繁樹本改作「憑」。〔五〕此處徐沁君本補「（唱）」。

〔注〕①「量力」，根據人的力量或能力。②「湧迸」，湧出；噴湧出。③「也佀」，猶「似的」，亦作「也佀的」「也似的」。「佀」同「似」。④「冤家」，仇人；似恨實愛的人。⑤「上席」，赴宴；去吃宴席。⑥「喚」，請；召請。⑦「穩婆」，收生婆；以接生爲業的女人。⑧「与」，給。⑨「準脉」，義同「憑脉」「評脉」，診脉；斷脉；號脉。

【混江龍】〔一〕喚的个穩婆評〔二〕脉，它〔三〕道老兒①歡喜是个厮兒②胎。頻頻加額③，暗暗傷懷。但得个生分〔四〕子④帶〔五〕孝⑤引魂〔六〕⑥駕轝〔七〕車⑦，煞⑧強如⑨孝順女羅裙包土築〔八〕墳臺⑩。往常我將心硬健〔九〕，信口胡開，將神佛毀謗⑪，把僧道搶白⑫。如今因子孫缺少，為髮鬢班〔十〕白，人說的〔十一〕便去，人叫处忙來，看經的便請，化飯⑬的慌〔十二〕⑭齋⑮，燒香滅罪，捨鈔消灾，急煎煎⑯將藥婆老娘⑰尋，曲躬躬⑱把土塊磚頭拜。使不着⑲人強马壯，則禱〔十三〕告，〔十四〕鬼使神差。

〔校〕〔一〕【混江龍】原本作「[illegible]江竜」，各本均已改。〔二〕「評」原本簡作「平」，鄭騫本未改，甯希元本改作「憑」，其他各本均作「評」。〔三〕原本「它」字，唯高橋繁樹本未改，其他各本均改作「他」。按，「它」同「他」。〔四〕甯希元本「分」誤作「忿」。〔五〕「帶」原本作「布」，鄭騫本未改，其他各本均改作「帶」。按，「帶」字是，「布」與「帶」之俗寫「帯」形近而誤。「帶」同「戴」。〔六〕「魂」原本作「塊」，各本均已改。〔七〕「舉」原本作「挙」，高橋繁樹本作「輿」，其他各本均作「舉」。〔八〕「土築」原本連作「去」，各本均認爲原本「土」誤作「去」，各本均校作「土築」。按，原本「土」下與「築」上竹字頭相連，并非「去」字，「築」原作「人」，係校筆改作「築」。〔九〕「健」原本作「健」，鄭騫本、甯希元本作一空圍，高橋繁樹本作「人」并存疑，徐沁君本「臆補」作「揣」，王季思本從徐沁君本。按，「健」係「人」校改作「健」。「硬健」，健壯有力。〔十〕原本「班」字，各本均改作「斑」。按，「班白」同「斑白」。〔十一〕原本「的」字，高橋繁樹本下加括注「（時?）」。按，「的」與下句「処」對言，均表假設，不必改字。江藍生《跨層非短語結構「的話」的詞彙化》（《中國語文》2004 年第 5 期）指出，元明清時期白話文獻中「的」有假設助詞用法，如《水滸傳》第十四回：「你曉事的，留下那十兩銀子還了我」，第二十八回：「我若是躲閃一棒的，不是好漢」，兩個「的」都相當于「的話」，《老乞大》中亦有用例。〔十二〕「慌」原本作「荒」，各本均已改。〔十三〕「禱」原本作「禱」，高橋繁樹本校作「禱」，并于「禱」上補「索」字。其他各本「禱」均校作「索」。徐沁君本校記云：「『索』字原不明。校筆填寫『禱』字。不從。覆本作□。按：《語辭匯釋》卷四『索』字條：『則索，只得也。』」高橋繁樹本此句正文作「則索人（禱）告鬼使神差」，根據其校勘凡例，「人（禱）」指「人」字應改作「禱」，但其校記作「則人（索）：元本『人』、後校筆填寫成『禱』，鄭、徐本作『索』」。按，「禱」是「人」上填改爲「禱」，看不出「索」字痕迹。「禱告」一詞。〔十四〕「告」下各本均未斷。按，「告」下應斷，疑「則」上或下脱一字。據曲譜，【混江龍】最後三句字數分别爲：七、四、四。「使不着人強馬壯」爲倒數第三句，「鬼使神差」爲末句，則「則禱告」爲倒數第二句，「禱告」一詞，故「則」前或後應脱一字。「則索」可通。

〔注〕①「老兒」，老年男人；老頭兒。②「厮兒」，男孩兒；兒子。③「加額」，雙手放在額前，用于表示祝禱或敬意。④「生分子」，

忤逆子；不孝子。「生分」亦作「生忿」。《漢書 · 地理志下》：「故俗剛强，多豪傑侵奪，薄恩禮，好生分。」「生忿」較晚出，元秦簡夫《晋陶母剪髮待賓》第三折：「我把你個生忿忤逆弟子孩兒。」又，「他走將來便嚇天喝地，道孩兒生忿忤逆」。元無名氏《謝金吾》：「能盡的忠不盡孝，生忿子苦痛傷情。」⑤「帶孝」，戴孝。⑥「引魂」；引導魂靈；招魂。⑦「轝車」，小車；肩轝。此指靈車。「轝」同「輿」。⑧「煞」，很；極。⑨「強如」，强于；比……强。「如」是比較標記。「A 强如 B」體現 VO 型的語序類型。⑩「羅裙包土築墳臺」，本指孝女趙貞女以羅裙包土築墳埋葬翁姑之事。⑪「毁謗」，詆毁、誹謗。⑫「搶白」，猶責備、奚落、頂嘴。⑬「化飯」，僧道化齋。⑭「慌」，忙；趕緊。⑮「齋」，動詞，齋僧道。⑯「急煎煎」，急忙；焦急。⑰「藥婆老娘」，舊指民間以賣藥治病爲業的婦女。⑱「曲躬躬」，俯身恭敬貌。⑲「使不着」，用不着；不需要。

（云）我為甚末來這莊上住？子為城里有幾个閑官①秀才每②，知道我家得了个兒孩兒③，這人每待④去借个㕸驴⑤，交俺騎着，將⑥草棍子打我里〔一〕。有人説与我知道也。你每背地裏〔二〕商量去，我子是⑦歡喜里〔三〕！〔一〕

〔校〕〔一〕〔三〕原本「里」字，各本均改作「哩」。按，「里」同「哩」。〔二〕「裏」原本作「人」，鄭騫本未改，徐沁君本改作「盡」，無校語，其他各本均改作「裏」。按，今從衆作「裏」。〔四〕徐沁君本此處補「（唱）」。

〔注〕①「閑官」，職務清閑的官員。②「每」，們，複數標記。③「兒孩兒」，男孩兒；兒子。④「待」，要；想要。⑤「㕸驴」，不加鞍轡的驢。⑥「將」，拿；用。⑦「子是」，只是。

【油葫芦】那幾个守〔一〕户①閑官老秀才，它〔二〕每都哏〔三〕②利害③，把老夫監押的去遊街。我謝神天便將羊兒賽，我待相知便把〔四〕羔兒宰。折末④將蹇〔五〕驢騎，休道將草棍捱，但得人不罵我做絶户⑤的刘員外，情〔六〕願濕肉伴乾柴⑥。

〔校〕〔一〕原本「守」字，甯希元本改作「首」，校記云：「『首户』，即大户，與閑官、老秀才，都是城裏有地位的人物，故并舉。原本『首户』，音假『守户』。鄭、徐二本失校，《元曲選》、《酹江集》改作『守護』，亦誤。」按，「守户」即看門；看守門户。顯出其「閑」，不必改作「首户」。〔二〕原本「它」字，唯高橋繁樹本未改，其他各本均改作「他」。按，「它」同「他」。〔三〕原本「哏」字，各本均改作「很」。按，「哏」同「很」。〔四〕徐沁君本「把」誤作「將」。〔五〕「蹇」原本作「[illegible]」，甯希元本校作「剗」，其他各本均校作「産」。甯希元本校記云：「『蹇驢』義雖可通，離口語稍遠，兹據曲前説白改作『剗驢』。北方方言以騎無鞍之馬曰『剗騎』，兹不據引。徐本同。」徐沁君本校記云：「今改『蹇』爲『産』。按：上説白：『這人每借個産驢，交俺騎着。』可據。……『産驢』改作『蹇驢』，實非原義，蓋以不明『産』字字義之故；……『産』或寫作『摌』。……『産驢』與『摌馬』同爲無鞍之坐騎。一般寫作『剗』。《語辭匯釋》卷四『剗』字條：凡云『剗騎』或『剗馬』，均指無鞍之馬而言。『産驢』即同此義。《語辭匯釋》又云：字亦作『驏』。并引翟灝《通俗編》卷三十六『雜字』：『驏，初限切，不鞍而騎也。』……是知『産』、『摌』、『剗』、『驏』四字音義率同，實一字異寫也。又：『剗地』亦作『産地』。」按，今校作「蹇」。〔六〕「情」原本作「青」，各本均已改。

〔注〕①「守户」，守門；守門人。②「哏」，同「很」。③「利害」，同「厲害」。④「折末」，即使；縱使。亦作「折莫」「折麽」「遮末」「遮莫」「者末」「者莫」「者麽」「者磨」。⑤「絶户」，詈詞，無子嗣。⑥「濕肉伴乾柴」，俗語，指拷打。

【天下樂】但[1]得一个殘疾小厮[2]來，興衰，天數[3]該，將時辰問甚好共歹。但[4]得它〔一〕車兒上縛，方得我墓子[5]里埋，便[6]死後做一个鬼魂兒也快哉！

（卜〔二〕兒[7]一行云了）〔三〕小梅怎生走了？能有甚人〔四〕見処[8]？這厮每[9]見小梅得个孩兒也，這人每所筭[10]了它〔五〕！它〔六〕若家里快活呵[11]，如何肯走了？罷！罷！〔七〕

〔校〕〔一〕原本「它」字，唯高橋繁樹本未改，其他各本均改作「他」。

「車」上徐沁君本、甯希元本、高橋繁樹本據《元曲選》《酹江集》補「摇」字。〔二〕「卜」原本作「小」，各本均已改。〔三〕此處徐沁君本補「（云）」，徐沁君本、王季思本、高橋繁樹本補「（正末云）」。〔四〕「甚人」原本作「其人」，徐沁君本校作「甚人」，其他各本均作「甚難」。鄭騫本校記云：「據文義改。」王季思本、甯希元本、高橋繁樹本從鄭騫本。按，今從徐沁君本。據前後科白，應是劉禹妻等人騙劉禹説小梅有人要見而走了，實則是劉禹妻給小梅氣受，纔有劉禹「能有甚人見處」之問。「処」，相當于結構助詞「的」。〔五〕〔六〕原本「它」字，唯高橋繁樹本未改，其他各本均改作「他」。〔七〕此處徐沁君本、王季思本補「（唱）」。

〔注〕①「但」，只要。②「小厮」，小子；兒子。③「天數」，上天安排好的命運。④「但」，只；只有。⑤「墓子」，墳墓。⑥「便」，即便；即使。⑦「卜兒」，扮劉禹妻。⑧「処」，相當于結構助詞「的」，由虚化的處所義進一步語法化爲結構助詞。⑨「每」，們，複數標記。⑩「所筭」，暗算；算計。「筭」同「算」。⑪「呵」，表示假設的後置詞，相當于「的話」或後置的「如果」。其本質是蒙古語假設關係的語法標記，是元代由漢蒙語言接觸造成的語言現象。表假設的「呵」還可以構成「X……呵」格式，X多爲假設連詞，是漢語的前置詞（介詞或連詞），X主要有：倘或間、至、至如、便、待、若、但、不争、怕。這種漢蒙「融合式」或「混用式」，既是漢蒙語言接觸過程中蒙古語後置詞成分對漢語産生的影響的體現，同時也是漢語系統對蒙古語成分進行融合與調整的表現。如《七里灘》第四折：「倘或間失手打破這盞兒呵，家裏有幾個七里灘賠得過！」

【那吒令】是你主家的①興心②兒妒〔一〕色！做女的縱心③兒放乖④！為婿〔二〕的貪心兒愛財！閃⑤得我後代絶，便⑥留的它〔三〕殘生在，休想苦〔四〕尽甘來。

〔校〕〔一〕「妒」原本作「[illegible]」，甯希元本、高橋繁樹本校作「妬」，其他各本均作「妒」。〔二〕「婿」原本作「[illegible]」，鄭騫本、高橋繁樹本校作「壻」，其他各本均作「婿」。按，改字是「人」改「婿」，

「人」字撇筆改作「女」字撇點筆畫。〔三〕原本「它」字，各本均改作「他」。按，「它」同「他」。〔四〕「苦」原本作「若」，各本均已改。

〔注〕①「主家的」，管家的；主人婆。②「興心」，存心；起壞心。③「縱心」，放任心意。④「放乖」，耍小聰明；耍心思；耍無賴。⑤「閃」，坑害。⑥「便」，即便；即使；就算。

【鵲踏枝】〔一〕你便待①把它〔二〕賣，不思量②我年迈。然是雙身③，不是重胎④。併〔三〕⑤了它〔四〕也當家⑥的嬌客〔五〕⑦！送⑧了人也轉〔六〕世浮財⑨！

〔校〕〔一〕【鵲踏枝】原本作【鵲橋仙】，徐沁君本、高橋繁樹本未改，其他各本均已改。鄭騫本校記云：「據律改題。」〔二〕〔四〕原本「它」字，各本均改作「他」。按，「它」同「他」。〔三〕徐沁君本「併」改作「并」。〔五〕「嬌客」原本作「嬌容」，上字是「人」改「嬌」。各本均改作「嬌客」。〔六〕「轉」原本作「轉」，係「人」改「轉」，唯鄭騫本作「人」。

〔注〕①「待」，要。②「思量」，思考；考慮。③「雙身」，孕婦。亦作「雙身子」。④「雙胎」，雙胞胎。⑤「併」，打殺；拼殺。⑥「當家」，管家。⑦「嬌客」，對女婿的愛稱；對兒女的愛稱。⑧「送」，斷送；葬送。⑨「浮財」，泛指各種財物、財產。

【寄生草】我當初穷番〔一〕①做了富，誰想福變做灾？為人做小包藏着大，治家有〔二〕成埋〔三〕伏着敗，有本圖利隄〔四〕防②着害。想這錢石季倫③番〔五〕做殺身術，到〔六〕④不如龐居士⑤放做來生債。

（卜兒云了）〔七〕

〔校〕〔一〕原本「番」字，鄭騫本、王季思本未改，其他各本均改作「翻」。按，「番」同「翻」。〔二〕「有」原本作「人」，鄭騫本、甯希元本未改，其他各本均作「有」。徐沁君本校記云：「《水滸傳》第二十六回：『原來這女色坑害得人，有成時必須有敗。』據改『有成』一詞。」王季思本、高橋繁樹本從徐沁君本。按，今從徐沁君本。〔三〕「埋」原本作「人」，甯希元本改作「夭」，其他各本均作「埋」。〔四〕「隄」原本作「低」，各本均已改。〔五〕原本「番」字，各本均改作「翻」。按，「番」同「翻」。〔六〕原本「到」字，鄭騫本、王季思本未改，其他各本均改作「倒」。按，「到」同「倒」。〔七〕此處徐沁君本、王季思本補「（正末唱）」。

〔注〕①「番」，翻轉；變作。「番」同「翻」。②「隄防」，防備；小心。③「石季倫」，晋石崇，字季倫，以生活豪奢著稱。④「到」，同「倒」。⑤「龐居士」，富人龐蘊常放債但不索還，扶危濟困。他信仰佛教，故稱龐居士，最終將家財散盡。

【幺篇】〔一〕不把我人也似①覷〔二〕，可將我謎也似猜〔三〕。它〔四〕道二十有志人先爰，若是三十立身人都待，但到〔五〕四十无子人不拜。我哭呵我子為未分男女小兒胎，誰想甚不施朱粉②天然態③。

〔校〕〔一〕【幺篇】原本作【么】，鄭騫本、高橋繁樹本作【幺】，其他各本均作【幺篇】。〔二〕「覷」原本作「[illegible]」，各本據《元曲選》《酹江集》改作「覷」。〔三〕「猜」原本作「[illegible]」，各本均已改。〔四〕原本「它」字，唯高橋繁樹本未改，其他各本均改作「他」。按，「它」同「他」。〔五〕「到」原本作「道」，鄭騫本、王季思本未改，其他各本均作「到」。

〔注〕①「也似」，猶「似的」，亦作「也似的」。②「不施朱粉」，不化妝。「朱粉」，脂粉、鉛粉等化妝品。③「天然態」，不化妝的自然樣態。

【后庭花】我為治家忒分外①，我為求財〔一〕絶後代。元來慳吝②的招嫉妬，休想慈悲生患害③。我今日捨浮財④，向村城里外，因富家事不諧⑤，見穷家苦怎捱〔二〕⑥，都交它〔三〕請鈔來，強如⑦我將物件買，缺食的買米柴，无衣着截絹帛，正飢寒愁滿懷，得豐荣⑧喜滿腮。咱在时它〔四〕見弊宅⑨，咱死後它〔五〕到外宅⑩。

〔校〕〔一〕「求財」原本作「人」，鄭騫本、高橋繁樹本未改，其他各本均改作「求財」。徐沁君本校云：「上句『我爲治家』，本句『我爲求財』，語意方順適。本折開頭一句：『我量力求財。』據改。」甯希元本、王季思本從徐沁君本。按，今從徐沁君本。〔二〕「捱」原本作「[illegible]」，各本均已改。〔三〕〔四〕〔五〕原本「它」字，唯高橋繁樹本未改，其他各本均改作「他」。按，「它」同「他」。

〔注〕①「分外」，過分。②「慳吝」，吝嗇；小氣。③「患害」，

禍患。④「浮財」，泛指各種財物、財産。⑤「諧」，和諧順利。⑥「捱」，忍；忍受；熬。⑦「強如」，强于；比……强。「如」是比較標記。「A 强如 B」體現 VO 型的語序類型。⑧「豐荣」，豐厚、榮耀。⑨「弊宅」，破敗的房屋、宅院。⑩「外宅」，外面的住宅；其他的住宅。

【青哥兒】敢燒香、燒香礼拜，祖先、祖先般看待。將生葬〔一〕①親修把古道〔二〕挨，將尸首深埋，把松柏多栽。善名②長在，怕後人不解，壘坐〔三〕③墳臺，鐫④面⑤碑牌，將前事⑥該載⑦〔四〕，後事⑧安排，免的疑猜，寫着道六十歲无兒散家財的刘員外。

（做意兒了）（卜儿云了）〔五〕這穷的街上極多。咱散這錢呵不為别，子⑨求俺刘家後嗣⑩來！〔六〕

〔校〕〔一〕原本「葬」字，甯希元本未改，徐沁君本作「壙」，其他各本作「墓」。甯希元本校記云：「活著時自造墓穴，俗語呼『生葬』。」〔二〕徐沁君本「道」下補「長」，校記云：「『長』字原無。臆補。」〔三〕原本「坐」字，唯徐沁君本未改，其他各本均改作「座」。按，「坐」同「座」。〔四〕「載」原本作「[illegible]」，覆元槧本空缺，鄭騫本「據文義及韻補」，作「劃」。其他各本均作「載」。徐沁君本注：「『該載』一詞，元曲中習見之，例略。」〔五〕此處鄭騫本補「（云）」，徐沁君本、王季思本、高橋繁樹本補「（正末云）」。〔六〕此處徐沁君本、王季思本補「（唱）」。

〔注〕①「生葬」，生墓；生壙。人活著時修好的墳墓。②「善名」，善良的名聲。③「坐」，量詞，同「座」。④「鐫」，刻。⑤「面」，墓碑的量詞。⑥「前事」，生前事。⑦「該載」，詳細記載。「該」，詳細；完備。⑧「後事」，死後的事。⑨「子」，只。⑩「後嗣」，後代；後人。

【金盞兒】穷的每①飢難受，冷難捱②，我散与錢和絹，米和柴。敢望天頂礼③望門拜，道俺夫妻寬大。喧起後巷，鬧了前街，諸人皆称贊，衆口必消灾。咱既无房下子④，何用世間財。

〔注〕①「每」，們，複數標記。②「捱」，忍；忍受；熬。③「頂礼」，極恭敬地膜拜。④「房下子」，兒子。

【賺煞】〔一〕我塵世①六十年，做富漢三十載，則是無明夜②擔着利害。眼睜睜因財把我絶嗣了〔二〕，從今後為頭兒仗義踈財〔三〕。不索③把錢懷，壘七〔四〕追齋④。則兩件兒消磨⑤了半世兒灾：再休尋便宜放解⑥，再不惹官司徵債⑦，自〔五〕然一天好事〔六〕過門⑧來。

（下）

〔校〕〔一〕【賺煞】原作【尾】，高橋繁樹本未改，徐沁君本作【賺煞尾】，其他各本均作【賺煞】。鄭騫本校記云：「據律改題。」今從。〔二〕原本「嗣了」，徐沁君本、甯希元本改作「後代」。徐沁君本校記云：「曲譜，本句叶韵。」〔三〕「踈財」原本作「踈才」，徐沁君本、王季思本作「疏財」，高橋繁樹本作「踈財」，其他各本作「踈財」。〔四〕「壘七」原本作「打醮」，各本均校作「壘七」。徐沁君本認作「打醮」，據《元曲選》《酹江集》改作「壘七」，校記云：「《敦煌變文集》卷五《無常經講經文》，已有『壘七修齋』語。關漢卿《蝴蝶夢》第四折，亦作『壘七修齋』。元刊本岳伯川《鐵拐李》第四折作『壘七追齋』，同本劇。臧本《鐵拐李》作『累七修齋』，無名氏《昊天塔》第一折白作『追齋累七』，《水滸傳》第二回作『追齋理七』，皆一詞異寫。」〔五〕「自」原本作「而」，唯甯希元本作「着」，其他各本均作「自」。按，「而」「自」形近而誤。〔六〕甯希元本「事」誤作「處」。

〔注〕①「塵世」，俗世；世間；人間。②「無明夜」，暗夜。③「不索」，不須；不必。④「壘七追齋」，人死後每七日進行追悼、祭奠、超度等活動。「壘七」，人死後每七日齋祭一次，七七而止，也稱「齋七」。亦作「累七」。⑤「消磨」，消减磨滅。⑥「放解」，以典當盤剥取利。古代當鋪也叫解典庫。⑦「徵債」，收債；要債。⑧「過門」，進門；入門。

第二折

（卜兒、壻〔一〕等上云了）（正末〔二〕引眾上，指砌〔三〕末①云）老夫今日散這錢也！俺子为這錢呵！〔四〕

〔校〕〔一〕原本「壻」字，鄭騫本、高橋繁樹本未改，其他各本均作「婿」。按，「壻」同「婿」。〔二〕「末」原本作「人」，各本均已改。〔三〕「砌」原本作「㓦」，各本均已改。〔四〕此處徐沁君本、王季思本補「（唱）」。

〔注〕①「砌末」，戲曲演出時所用簡易道具、布景等，亦作「切末」。

【正宮】〔一〕【端正好】引的我半生忙〔二〕，十年閙，无明夜①攘攘劳劳②。為這快心如意③隨身寶〔三〕④，恨不的盖一座通行廟〔四〕⑤。

〔校〕〔一〕原本無宫调名【正宫】，各本均已補。〔二〕「半生忙」，原本「半」字空白，「忙」作「一」，各本均據《元曲選》《酹江集》補改。〔三〕「隨身寶」原本作「人身生」，各本均據《元曲選》《酹江集》補改。〔四〕「廟」原本作「廣」，各本均校作「廟」。徐沁君本校記云：「元本『庙』本作『廗』，因誤作『廣』。」

〔注〕①「无明夜」，暗夜。②「攘攘劳劳」，忙碌辛劳。③「快心如意」，稱心如意；滿足暢快。「快心」，稱心。④「隨身寶」，不離身的寶貝。⑤「通行廟」，確切詞義俟考。

【滾綉球】〔一〕那时節正年少，為①錢少，恨不得去問人強要，則争②不帶〔二〕③着一頂紅頭巾④仗劍提刀⑤。痛殺殺⑥將父母离，眼睁睁把妻子抛。却是那田地里不到，向賊□窟裹〔三〕把性命剛〔四〕逃。〔五〕錢呵，為你呵！〔六〕去那虎嘯風〔七〕⑦泰山頂過到二十通〔八〕⑧，去〔九〕龍噴〔十〕浪⑨長江里走迭⑩二百遭。但⑪説着後⑫魄散魂消〔十一〕！

〔校〕〔一〕【滾綉球】原本作【衮秀求】，高橋繁樹本作【滾繡毬】，其他各本均作【滾綉球】。〔二〕原本「帶」字，徐沁君本、甯希元本改作「戴」。按，「帶」同「戴」。〔三〕「向賊□窟裏」原本作「何賊　窋一」，「賊」下空一字。鄭騫本作「向賊人窟裡」，徐沁君本作「可賊盗窟裏」，甯希元本、王季思本作「向賊人窟裏」，高橋繁樹本作「向賊□（人？盗?）窟裏」。〔四〕「剛」原本作「一」，徐沁君本作「潛」，校記云：「玆以意改。」高橋繁樹本未定是「剛」是「潛」。其他各本均據《酹江集》改作「剛」。〔五〕此處徐沁君本補「（帶云）」。〔六〕此處徐沁君本補「（唱）」。〔七〕「風」原本作「一」，各本均據《元曲選》《酹江集》改作「風」。〔八〕原本「二十通」，鄭騫本未改。徐沁君本、甯希元本據《元曲選》《酹江集》改作「三千遍」。王季思本作「二十遍」，「遍」字「據元曲選本改」。高橋繁樹本作「三十通」。〔九〕「去」下徐沁君本、甯希元本補「那」字。〔十〕「噴」原本作「人」，各本均據《元曲選》《酹江集》改作「噴」。〔十一〕「魄散魂消」原本作「皃消」，各本均據《元曲選》《酹江集》補改。徐沁君本「後」改作「呵」。

〔注〕①「為」，因爲。②「則争」，只差。「則」，只。「争」，差。③「帶」，同「戴」。④「紅頭巾」，元末農民起義軍戴紅頭巾，此指去强搶。⑤「仗劍提刀」，謂去搶劫、豪奪。⑥「痛殺殺」，極悲痛。⑦「虎嘯風」，即虎嘯風生，虎長嘯則大風起，也喻豪傑奮起。此指泰山險峻。⑧「通」，趟；次。⑨「龍噴浪」，此指長江浪大。⑩「迭」，够；及。⑪「但」，只要。⑫「後」，話題標記，「的話」，由時間義語法化爲假設義，又進一步語法化爲話題標記，與「但」呼應使用。

【倘秀才】想〔一〕正貧〔二〕困奪得富豪，今日做上户①却无了下梢②，幼年亏心老來報。共人瞞着心説呪誓〔三〕③，睁着眼犯王條④，看时節窨約⑤。

〔校〕〔一〕「想」原本作「悲」，各本均認作「悲」。鄭騫本、甯希元本據《元曲選》改作「我」，其他各本均校作「想」。〔二〕「貧」原本作「人」，各本均已改。〔三〕「説呪誓」原本作「譊呪搶」，徐沁君本作「説咒搶」，甯希元本作「賭咒誓」，其他各本均據《元曲選》《酹江集》改作「説咒誓」。甯希元本校記云：「原本『賭』字，當音假爲『讀』，形誤爲『譊』；又『誓』字誤『抱』。」按，甯希元本所校毫無根據，又過于迂折。校勘怎可如此隨意！「譊」是「説」俗體之訛，「搶」原本作「搶」，疑與「誓」形近而誤。「説呪誓」即發誓，爲元雜劇習語，侯克中《醉花陰》套曲：「瞞不過天地神明，説來的咒誓終朝應。」

〔注〕①「上户」，富裕人家。②「下梢」，末尾；結局。此指無子嗣。③「説呪誓」，發誓。④「王條」，王法；法律。⑤「窨約」，苦悶；煩惱。

（云）老夫刘禹，啟告①上蒼②，不絶下民③祭祀④。想刘禹不孝父母，不敬六親⑤上頭〔一〕⑥，折罰⑦刘禹子嗣。今發心散錢燒契〔二〕⑧，禱〔三〕天⑨悔罪，神天⑩鑒察。（做坐定了）（卜兒云了）（〔四〕云）婆婆，咱為人子是這幾文錢上⑪，死生不顧〔五〕，投至⑫積得家緣⑬成，咱又无孩兒！不散呵，要子末⑭?〔六〕

〔校〕〔一〕「上頭」鄭騫本、王季思本斷屬下句，誤。按，「上頭」是表原因的後置詞，句意爲：因爲劉禹不孝父母、不敬六親，所以折罰劉禹子嗣。〔二〕徐沁君本「散錢」下斷句，「燒契」補改作「燒香吃齋」，校記云：「茲以意補。」〔三〕「禱」原本作「到」，徐沁君本、高橋繁樹本據《酹江集》改作「對」，其他各本均改作「禱」。鄭騫本校記云：「音近之誤，據文義改。」今從鄭騫本。〔四〕「云」上徐沁君本、王季思本、高橋繁樹本補「正末」二字。〔五〕「顧」原本作「雇」，各本均已改。〔六〕「末」原本作「未」，各本均已改。此處徐沁君本、王季思本補「（唱）」。

〔注〕①「啟告」，啟奏稟告。②「上蒼」，上天。③「下民」，人間的人民、百姓。④「祭祀」，此指後嗣。⑤「六親」，泛指家族親屬。存在兩種説法：一是父、昆弟、從父昆弟、從祖昆弟、曾祖昆弟、族昆弟；二是父、母、兄、弟、妻、子。⑥「上頭」，由元代的漢蒙語言接觸而成的離格標記，表原因，相當于後置的連詞「因爲」。元代的漢蒙語言接觸使漢語的多個方位詞承擔了來自蒙古語的格標記功能。「上頭」由方位詞「上」加詞尾「頭」而成，語法功能與表原因的「上」相同，「上頭」相當于後置的「因爲」。⑦「折罰」，報應懲罰。⑧「燒契」，燒掉契約。屬散錢辦法之一種。⑨「禱天」，向天祈禱。⑩「神天」，神仙；上天。⑪「上」，表原因的後置詞，相當于後置的「因爲」。⑫「投至」，等到。⑬「家緣」，家業；家産。⑭「子末」，怎麼；做什麼。

【呆古朵】俺〔一〕這做經商的那一个合神道①，甚的是善與〔二〕人交②！往常我〔三〕好賄〔四〕貪財③，今日却除根剪草〔五〕④！因甚散錢把穷民濟⑤，便是悔罪把神灵告，則⑥是問天博換⑦一个兒，却指望養小防備老〔六〕⑧。

〔校〕〔一〕「俺」原本作「作」，各本均據《元曲選》《酹江集》改作「俺」。〔二〕「與」原本作「上」，各本均已改。按，當是「與」字簡體「与」誤作「上」。〔三〕「常我」原本作「當一」，各本均已改。

〔四〕「賄」原本作「有」，各本均已改。〔五〕「草」原本作「早」，各本均已改。〔六〕「小」原本作一點，「老」字原無，各本均已補改。

〔注〕①「合神道」，合乎神明之道。②「善與人交」，善于與他人交往。③「好賄貪財」，喜好賄賂，貪圖財物。亦作「貪財好賄」。④「除根剪草」，比喻除去禍根，以免後患。同「斬草除根」。⑤「濟」，救助；幫助。⑥「則」，只。⑦「博换」，换取。「博」，换。⑧「養小防備老」，養兒防老。

【倘秀才】錢呵！為你搬〔一〕①得□人〔二〕漢為賊落草②，搬〔三〕的人幼女私期③暗約。可知把良吏清官〔四〕困罷了。搬〔五〕的親兄弟分的另住，好相知④惡的絶交，把平人⑤陷一〔六〕。

〔校〕〔一〕「搬」原本作「一」，各本均已改。〔二〕原本「□人」，鄭騫本「據文義改補」作「人貧」，王季思本、甯希元本從。徐沁君本校作「人大」，校記云：「據下句『般的人』句式校補。」高橋繁樹本存疑，作「□（?）人（貧？大?）」。按，疑當作「英雄」。〔三〕〔五〕「搬」原本作「般」，各本均已改。〔四〕「官」原本作「一」，各本均已改。〔六〕原本「一」字，徐沁君本「臆改」作「倒」，高橋繁樹本從。鄭騫本「據文義及韻補」作「了」，王季思本、甯希元本從。按，今存疑，不改。

〔注〕①「搬」，猶「使；讓；累」。②「為賊落草」，做强盗。③「私期」，幽會之期。④「好相知」，知己；好友。⑤「平人」，平民百姓。

【滚綉球】〔一〕錢呵！有你的不讀書便□遊〔二〕，没你的不違法便下牢〔三〕，你搬〔四〕的世間事都顛倒，將我這不顧〔五〕後①的呆漢②般〔六〕調③。有你的不唱喏④便唱喏〔七〕，没〔八〕你的不高傲便高傲。都〔九〕是你鴉青⑤神道⑥。有你没你的我便人〔十〕着：使脱你的眼腦〔十一〕⑦便十分怕，揣着你的胷脯增五寸高，更没〔十二〕差錯分毫。

（穷民一行上了）（〔十三〕做散錢科）（等做住）〔十四〕

〔校〕〔一〕【滚綉球】原本作【衮秀求】，高橋繁樹本作【滚繡毬】，其他各本均作【滚綉球】。〔二〕原本「□遊」，覆元槧本作二空圍，鄭騫本「據文義補改」作「進學」，王季思本從。徐沁君本作「出游」，高橋繁樹本從。甯希元本作「逍遥」，校記云：「原本『逍』字，當省借爲『肖』，散壞如『日』；又『遥』，形誤爲『遊』。今改。鄭本改作『進學』，徐本作『出游』，似均不妥。」按，鄭騫本以覆元槧本爲底本，臆補作「進學」。甯希元本所校無據。今存疑。〔三〕「牢」原本作「叻」，各本均已改。〔四〕「搬」原本作「舨」，各本均已改。〔五〕「顧」原本作「雇」，各本均已改。〔六〕原本「般」字，各本均改作「搬」。〔七〕「喏」原本作「一」，各本均已改。〔八〕原本「没」字，徐沁君本、王季思本改作「有」。按，原句可通，指没錢的人不想高傲也高傲了。〔九〕「都」原本作「人」，鄭騫本未改，徐沁君本、王季思本、高橋繁樹本改作「都」，甯希元本作「認識」。按，今從徐沁君本。〔十〕原本「人」字，鄭騫本「據文義改」作「分」，高橋繁樹本從。徐沁君本改作「猜」，校語僅有「今改」二字，王季思本、甯希元本從。按，今存疑。〔十一〕「腦」原本作「脱」，甯希元本改作「腦」，校記云：「原本『腦』字，形誤爲『脱』。元人稱眼曰『眼腦』或『眼老』，據改。徐本改作『眼睛』，似非。」其他各本均作「睛」。按，今從甯希元本。「眼腦」元雜劇習見。〔十二〕「没」原本作「地」，鄭騫本未改，甯希元本「地」上補「没」，其他各本均改作「没」。〔十三〕「做」上徐沁君本、高橋繁樹本補「正末」。〔十四〕此處徐沁君本、王季思本補「（正末唱）」。

〔注〕①「顧後」，顧及將來。②「呆漢」，痴傻的男人。③「般調」，慫恿；挑唆；戲弄。亦作「搬調」「般挑」「搬挑」。④「唱喏」，出聲應答。⑤「鴉青」，鴉青鈔，用鴉青紙印製的紙幣。「鴉青」，暗青色。⑥「神道」，神靈；神明。⑦「眼腦」，眼睛。

【脱布衫】与你錢不合闲焦〔一〕①，你看我面也合相饒〔二〕。主着意②從心信口③，睁〔三〕着眼大〔四〕呼小叫。

〔校〕〔一〕「焦」原本作「一」，各本均據《元曲選》《酹江集》改作「焦」。〔二〕「饒」原本作「人」，各本均據《元曲選》《酹江集》改作「饒」。〔三〕「睁」原本作「一」，各本均據《元曲選》《酹江集》改作「睁」。〔四〕「大」原本作「天」，各本均據《元曲選》《酹江集》

改作「大」。

〔注〕①「闲焦」，無故争吵。②「主着意」，决意。③「從心信口」，隨著心縱著意信口胡言。

【小梁州】那漢罵絶户①的人才〔一〕敢放刁〔二〕②，只一句道的我肉動〔三〕身摇③，傷〔四〕心痛似熱油澆〔五〕。那漢慌〔六〕④陪笑〔七〕，你敢⑤笑里暗藏刀⑥。

〔校〕〔一〕原本「人才」，徐沁君本、王季思本據《元曲選》《酹江集》改作「窮民」，其他各本未改。〔二〕「刁」原本作「刀」，各本均已改。〔三〕「動」原本作「[illegible]」，係「人」改作「動」，各本均據《元曲選》《酹江集》改作「戰」。按，「動」字可通，且「肉動」文獻習見，不改。〔四〕「傷」原本作「人」，《元曲選》本該句作「我傷心有似熱油澆」，各本均據此改校，鄭騫本、甯希元本取「我」字，徐沁君本、王季思本、高橋繁樹本取「傷」字。按，上句已用「我」字，該句用「傷」似更佳。〔五〕「澆」原本作「一」，各本均據《元曲選》《酹江集》改作「澆」。〔六〕「慌」原本作「荒」，各本均已改。〔七〕「笑」原本作「大」，各本均據《元曲選》《酹江集》改作「笑」。

〔注〕①「絶户」，詈詞，無子嗣；無後。②「放刁」，耍無賴。③「肉動身摇」，狀身體顫抖貌。④「慌」，慌忙；趕緊。⑤「敢」，可能。⑥「笑里暗藏刀」，即笑裏藏刀，指外表和氣而内心陰險。

【幺篇】〔一〕可怎生父親閑了孩兒又要〔二〕，不尋思枉物難消〔三〕①。你自小，合②教，怎由它〔四〕撒拗③，大古④是家富〔五〕小兒驕〔六〕⑤。

（一〔七〕行都下）（外〔八〕⑥上云了）〔九〕

〔校〕〔一〕【幺篇】原本作【么】，高橋繁樹本作【幺】，其他各本均作【幺篇】。〔二〕原本脱「要」字，各本均據《元曲選》《酹江集》補。〔三〕「枉物難消」原本作「在不芸一」，各本均據《元曲選》《酹江集》改作「枉物難消」。「芸」是「難」字簡寫。〔四〕「怎由它」原本作「人世它」，各本均據《元曲選》《酹江集》校作「怎由他」。〔五〕「富」原本爲空白，各本均據《元曲選》《酹江集》補。〔六〕「驕」原本作「人」，各本均據《元曲選》《酹江集》改。〔七〕原本脱「一」字，各本均已補。〔八〕「外」下徐沁君本、高橋繁樹本補「末」字。〔九〕此處徐沁君本、王季思本補「（正末唱）」。

〔注〕①「枉物難消」，不義之財難以消受。「枉物」，不義之財。②「合」，該；應該。③「撒拗」，耍脾氣；撒小性兒；不聽話。「拗」，執拗。④「大古」，總之；大概。⑤「家富小兒驕」，家庭富裕則孩子驕傲。⑥「外」，扮劉禹的侄子劉端。

【倘秀才】有錢时待朋友花花草草，没錢也央①親眷煩煩〔一〕惱惱，你却甚貧不憂愁富不驕。

（外〔二〕云了）〔三〕做經商尋資本，依本分教村學②，便了。

〔校〕〔一〕原本脱一「煩」字，各本均已補。〔二〕「外」下徐沁君本、高橋繁樹本補「末」字。〔三〕此處徐沁君本補「（正末唱）」。

〔注〕①「央」，請求；懇求。②「村學」，鄉村學堂；私塾。

【滚綉球】〔一〕讀書的志氣高，為商的肚〔二〕量①小，是各〔三〕人所好，便苦做②争似③勤學。為商的小錢番〔四〕做大本，讀書的白衣④换了紫袍⑤，休題樂者為樂，則是做官比做客較裝腰〔五〕⑥。若是那功名成就心無怨，抵多少⑦買賣歸來汗未消⑧，枉了劬勞⑨！

（做背着云）我待与這厮〔六〕些錢物，婆婆决⑩是不与！我别有个主意，目下⑪且不与。（〔七〕做怒科，云）嗏！刘大，你來這里子末⑫？去！這錢没与你。（卜兒云了）（外〔八〕云了）〔九〕

〔校〕〔一〕【滚綉球】原本作【衮秀求】，高橋繁樹本作【滚繡毬】，其他各本均作【滚綉球】。〔二〕徐沁君本「肚」字改作「度」。〔三〕「各」原本作「名」，各本均已改。〔四〕原本「番」字，唯鄭騫本未改，其他各本均改作「翻」。按，「番」同「翻」。〔五〕原本「腰」字，鄭騫本改作「么」，王季思本、甯希元本改作「幺」，徐沁君本、高橋繁樹本未改。徐沁君本已辨明：「臧、孟本作『妝幺』。按：此爲一詞異寫。高明《琵琶記》第十七齣：『窮酸秀才直恁喬，老婆與他妝甚腰?』」〔六〕「厮」原本作「斯」，各本均已改。〔七〕「做」上高橋繁樹本補「正末」二字。〔八〕「外」下徐沁君本補「末」字。〔九〕此處徐沁君本、王季思本補「（正末唱）」。

〔注〕①「肚量」，氣量；度量。②「苦做」，辛苦勞作。③「争

似」，怎似。④「白衣」，平民百姓的衣服。⑤「紫袍」，官員的官服。⑥「裝腰」，裝腔作勢。亦作「妝幺」「裝幺」。⑦「抵多少」，頂多少。⑧「買賣歸來汗未消」，言做生意的辛苦勞頓。⑨「劬勞」，辛勞；勞累。⑩「决」，堅决。⑪「目下」，眼下；目前；現在。⑫「子末」，做麽；做什麽。

【煞尾】〔一〕姐姐祭奠何須教，張郎富家索甚教？缺少兒孫我无靠①，祭奠先灵②你當孝。幾句良言耳边道，三載忠心眼前報，一志心懷這一着③，你一日墳〔二〕中走一遭，鄉内尋錢買帋燒，它〔三〕処煩人沽酒澆。你若是執性④迷心⑤不听我教，直交你淡飰黄虀⑥直到老！

（下）（外末做了下）〔四〕

〔校〕〔一〕【煞尾】原本作【尾】，高橋繁樹本未改，徐沁君本改作【黄鐘尾】，其他各本均改作【煞尾】。〔二〕「墳」原本作「人」，各本均已改。〔三〕原本「它」字，各本均改作「他」。〔四〕唯鄭騫本將「（外末做了下）」置于第三折開頭。

〔注〕①「无靠」，没有依靠。②「先灵」，祖先；祖宗。③「着」，手段；辦法；計策。④「執性」，固執；任性。⑤「迷心」，使心智迷惑。⑥「淡飰黄虀」，泛指簡樸的飲食。「淡飰」，簡單、粗淡的飯食。「飰」同「飯」。「黄虀」，鹹菜，亦作「黄齏」。

第三折

（張郎、引璋上，云了）（外〔一〕祭了，忘了水瓶科）（正末引卜兒上，開）俺兩口兒到墳頭也。（卜兒云了，〔二〕做放①）〔三〕

〔校〕〔一〕「外」下徐沁君本、高橋繁樹本補「末」字。〔二〕「做」上徐沁君本、高橋繁樹本補「正末」二字。〔三〕此處王季思本補「（正末唱）」。按，「放」即開唱，不必補「（正末唱）」。

〔注〕①「放」，雜劇每折正角開唱或説賓白的提示詞。

【越調】【鬪鵪鶉】〔一〕誰肯築祭臺①墳臺②？誰再修石墻土墻？都長出些棘科〔二〕荆科③，那里見白楊緑楊？（〔三〕云）婆婆見末？這塌兒④有人上墳〔四〕祭奠來⑤！〔五〕這上墳是女兒姪兒？是近房遠房？光塔塔⑥墳墓前，濕〔六〕浸浸⑦田地上，不聞得肉腥魚腥、茶香酒香？

〔校〕〔一〕原本無宫調名【越調】，各本均已補。【閗鵪鶉】原本作【閗奄享】，鄭騫本、高橋繁樹本作【鬭鵪鶉】，徐沁君本、王季思本、甯希元本作【鬥鵪鶉】。〔二〕「科」原本誤作「利」，各本均已改。〔三〕「云」上徐沁君本補「帶」字。〔四〕「墳」原本作「一」，各本均已改。〔五〕此處徐沁君本補「（唱）」。〔六〕「濕」原本作「温」，各本均已改。

〔注〕①「祭臺」，祭祀用的土臺。②「墳臺」，墳前放祭品的臺子。③「棘科荆科」，荆棘叢。「科」同「棵」。④「這塌兒」，這裏。⑤「來」，猶「來著」，表已然。⑥「光塔塔」，光秃貌。⑦「濕浸浸」，濕潤貌。

【紫花兒序】兀的添到兩杴〔一〕①兒新土，燒到一陌兒②銀錢，瀽③到半椀〔二〕兒凉漿④。這上墳的消〔三〕洒⑤，祭祖的凄凉。斟量⑥，是兩下里人來的希〔四〕⑦，草長的荒。俺可甚子孫荣旺⑧？久以後少不的放真马真牛，休想立石虎石羊⑨。

〔校〕〔一〕原本「杴」字，鄭騫本改作「掀」，王季思本作「鍁」，其他各本均未改。〔二〕原本「椀」字，徐沁君本、甯希元本改作「碗」。〔三〕原本「消」字，唯高橋繁樹本未改，其他各本均改作「瀟」。按，「消洒」同「瀟灑」。〔四〕原本「希」字，徐沁君本、王季思本、甯希元本改作「稀」。按，「希」同「稀」。

〔注〕①「杴」，農具，木鍁或鐵鍁，可用于鏟土、挖坑、施肥等。②「一陌兒」，一百張紙錢，泛指一沓紙錢。③「瀽」，潑灑；傾倒。④「凉漿」，冷菜湯；冷酒。⑤「消洒」，凄凉寂寥，亦作「瀟灑」。⑥「斟量」，酌量；估量。⑦「希」，稀少，同「稀」。⑧「榮旺」，榮耀、興旺。⑨「石虎石羊」，石頭雕刻成的虎、羊。古代顯貴、官員墳墓前常立有石雕動物。

（卜兒云了）〔一〕婆婆，咱兩口兒久已後①葬在那窩兒里？（卜兒云了）（〔二〕云）我和你没主意，不能勾〔三〕②在這窩兒里，子索③葬在兀那絶地④上！（卜兒云了）（〔四〕云）它〔五〕是外嫁了的人，已後自入張家墳〔六〕，如何主⑤得我和您！（卜兒云了）（〔七〕云）有俺姪兒刘大，它〔八〕都主得。

（卜兒云了）〔九〕

〔校〕〔一〕此處鄭騫本補「（云）」，徐沁君本、王季思本、高橋繁樹本補「（正末云）」。〔二〕〔四〕〔七〕「云」上徐沁君本、王季思本、高橋繁樹本補「正末」。〔三〕原本「勾」字，唯高橋繁樹本未改，其他各本均改作「够」。按，「能勾」同「能够」。〔五〕〔八〕原本「它」字，唯高橋繁樹本未改，其他各本均改作「他」。〔六〕「墳」原本作「人」，各本均已改。〔九〕此處徐沁君本、王季思本補「（正末唱）」。

〔注〕①「已後」，同「以後」。②「能勾」，同「能够」。③「子索」，只得；只須。④「絶地」，此指絶户無後者的墳地、墓地。⑤「主」，管；負責。

【調笑令】昝〔一〕一双，老孤椿〔二〕①，為没兒孫不氣長②。百年之後還埋葬，墳穴内尽按陰陽。喒〔三〕這兩把死骨頭葬兀那絶地③上，誰肯來哭啼啼烈〔四〕紙燒香④！

（刘大做取水瓶科）（〔五〕做打科）（卜兒云了）（〔六〕云）婆婆不知，我説与你咱⑤。（等〔七〕問了）〔八〕

〔校〕〔一〕原本「昝」字，鄭騫本、高橋繁樹本作「喒」，其他各本均作「咱」。按，「昝」同「咱」「喒」。〔二〕「椿」原本誤作「樁」，甯希元本未改，其他各本均改作「椿」。按，「椿」「樁」形近而誤。〔三〕原本「喒」字，鄭騫本、高橋繁樹本未改，其他各本均作「咱」。〔四〕「烈」原本作「列」，鄭騫本改作「裂」，其他各本均作「烈」。〔五〕「做」上徐沁君本、高橋繁樹本補「正末」。〔六〕「云」上徐沁君本、王季思本、高橋繁樹本補「正末」。〔七〕「等」下徐沁君本補「卜兒」。〔八〕此處徐沁君本、王季思本補「（正末唱）」。

〔注〕①「老孤椿」，老而無依靠者。②「不氣長」，不争氣；倒霉。③「絶地」，此指絶户無後者的墳地、墓地。④「烈紙燒香」，上墳燒紙錢、燒香。⑤「咱」，語氣詞。

【小桃紅】因甚弟兄兒女揔〔一〕排房①，一个墳塋里葬，輩輩留傳祭祖上？俺兩口兒大如你爺娘，你个蓮子花②放了我這〔二〕過頭杖〔三〕③。咱在时早這般祭祖沒些兒大量④，咱死後便是上墳〔四〕的小樣⑤，我因此〔五〕上⑥先打後商量⑦。

（卜〔六〕兒做住）〔七〕

〔校〕〔一〕「揔」原本作「惚」，各本均校作「總」。按，「揔」同「總」，「揔」「惚」形近而誤。〔二〕徐沁君本脱「這」字。〔三〕「杖」原本作「㭓」，各本均據《元曲選》《酹江集》校作「杖」。〔四〕「墳」原本作「人」，各本均據《元曲選》《酹江集》改作「墳」。〔五〕「此」原本作「北」，各本均已改。〔六〕「卜」原本作「小」，各本均已改。〔七〕此處徐沁君本、王季思本補「（正末唱）」。

〔注〕①「排房」，排行。②「蓮子花」，是「憐子花」的諧音，指愛子之人。③「過頭杖」，長度超過頭的拐杖。亦作「過頭拄杖」「過頭拐杖」。④「大量」，大度的氣量。⑤「小樣」，小氣；小家子氣。⑥「上」，是由元代的漢蒙語言接觸而成的離格標記，表原因。與「因」共現，「因」和「上」均相當于「因爲」。⑦「先打後商量」，指用强制手段使人屈服，再與之商量事情。

【鬼三台】好事從天降，呆廝①回頭望，則拜你那恰〔一〕回心②的伯娘③。見子母哭嚎咷④，兀〔二〕的是泪出痛腸。恰〔三〕才时諕〔四〕的我慌上慌〔五〕⑤，從今後不索你忙上忙⑥。既然墳院兒⑦屬刘，怎肯着⑧家緣⑨姓張？

（外一行擺住了）〔六〕

〔校〕〔一〕〔三〕「恰」原本作「拾」，各本均已改。〔二〕「兀」原本殘作「𠂇」，覆元槧本空缺，鄭騫本、王季思本補作「端」。甯希元本作「難」，校記云：「原本『難』，殘存偏旁『又』。今改。鄭本改作『端』，徐本改作『兀』，似與原本殘迹不符。」徐沁君本、高橋繁樹本作「兀」。〔四〕原本「諕」字，鄭騫本、高橋繁樹本未改，其他各本均作「唬」。〔五〕兩「慌」字原本均作「荒」，各本均已改。〔六〕此處徐沁君本、王季思本補「（正末唱）」。

〔注〕①「呆廝」，詈詞，蠢東西；奴才。②「回心」，回心轉意。③「伯娘」，伯母。④「嚎咷」，放聲大哭。⑤「慌上慌」，很慌；

甚慌。⑥「忙上忙」，很忙；甚忙。⑦「墳院兒」，墳園；墳地。⑧「着」，讓；使。⑨「家緣」，家財；家産。

【金蕉葉】吵鬧了前莊後莊，挨匝①滿高墻矮墻。見它〔一〕擺列着兒孫兩行，把我驚謊〔二〕得痴呆半餉。

〔校〕〔一〕原本「它」字，唯高橋繁樹本未改，其他各本均改作「他」。按，「它」同「他」。〔二〕原本「謊」字，鄭騫本、高橋繁樹本未改，其他各本均作「唬」。

〔注〕①「挨匝」，緊挨著。

【寨兒令】是誰家些賢婦女、孝兒郎？准備的正〔一〕齊①拖拽着慌〔二〕，糖餅每〔三〕②香，酸餡③兒〔四〕光，村酒④透瓶香。動鼓板〔五〕⑤的非常□〔六〕，做雜劇的委實⑥長，妝倬〔七〕歌呆木大⑦，長〔八〕打手浪猪娘。這一場，更強似⑧賽牛王。

(卜兒云了)〔九〕

〔校〕〔一〕原本「正」字，各本均改作「整」。按，「正齊」文獻習見，同「整齊」。〔二〕「慌」原本作「謊」，唯鄭騫本未改，其他各本均改作「慌」。〔三〕原本「每」字，徐沁君本、王季思本改作「兒」，其他各本未改。按，「每」是複數標記，可稱量無生命名詞。〔四〕「兒」原本作「白」，各本均已改。〔五〕「鼓板」原本作「古根」，鄭騫本未改，其他各本均改作「鼓板」。按，「鼓板」是。宋元時代「動鼓板」指民間的一種演奏方式，宋吴自牧《夢粱録》：「有張五牛大夫，因聽動鼓板中有《太平令》或賺鼓板，即今拍板大節抑揚處是也，遂撰爲『賺』。」〔六〕疑「常」下脱一字，各本失校。據曲譜，【寨兒令】第七、八兩句正體均爲七字句，節奏均爲「三四」，可變爲六字句，多對句。本句即爲六字句，兩個「的」爲襯字，否則不合節奏。「動鼓板」對「做雜劇」，「非常」對「委實」，第八句「長」字無所對。故「非常」下應脱一字，各本失校。明代諸本無【寨兒令】曲，故所脱之字無所從補，存疑。〔七〕「妝倬」原本作「粒𭼕倬」，鄭騫本校作「粒快倬」，徐沁君本校作「妝倬」，王季思本校作「粒快棹」，甯希元本校作「快嘲」，高橋繁樹本從徐沁君本作「粧倬」。徐沁君本校記云：「『妝』原作『𭼕』，

『妝』字上原有一『粒』字。今删改。按：『粒』字爲『粧』字形誤，『妝』字亦爲『妝』字形誤，『粧』『妝』字同，一爲衍文。任半塘《唐戲弄》補説三六『呆木大』條引此，即以『粒』字爲衍文。任書及胡忌《宋金雜劇考》第三章《角色名稱》『木大』條引此，均改爲『妝』，從之。」王季思本無校語。甯希元本校記云：「原本句前衍一『粒』字，今删。又，『嘲』，原假作『倬』。今改。徐本依任半塘《唐戲弄》、胡忌《宋金雜劇考》，改『快』爲『妝』，誤。依律，［寨兒令］九、十兩句須對。『快嘲歌呆木大』，與下句『能打手浪猪娘』，正復合調。」按，今從徐沁君本。〔八〕「長」原本作「𠑽」，王季思本、甯希元本校作「能」，其他各本作「長」。按，今從衆。〔九〕此處徐沁君本、王季思本補「（正末唱）」。

〔注〕①「正齊」，整齊。②「每」，們，複數標記。③「酸餡」，蔬菜餡包子。④「村酒」，農家自釀的酒。⑤「動鼓板」，宋元時代民間一種演奏形式。⑥「委實」，確實；的確。⑦「木大」，宋代戲曲角色名。⑧「強似」，比……强，「似」是比較標記。「A 强似 B」體現 VO 型的語序類型。

【雪裏梅】前頭是張郎，後面是引璋〔一〕。（卜兒做住）〔二〕若諕〔三〕的眼若生獐①，使不着携如惡犬〔四〕，子懷着心似餓狼。

〔校〕〔一〕「璋」原本作「章」，各本均已改。〔二〕此處徐沁君本補「（正末唱）」。〔三〕原本「諕」字，鄭騫本、高橋繁樹本未改，其他各本均改作「唬」。〔四〕「携如惡犬」原本作「携如思大」，鄭騫本作「攜如惡犬」，徐沁君本、高橋繁樹本作「攫如惡犬」，王季思本作「携如惡犬」，甯希元本作「携如恩犬」。按，「攜」「攫」均不通，疑當作「聲」，「思大」爲「惡犬」之形誤。據曲譜，【雪裏梅】第三、四、五句正格均爲四字，三、五兩句正格爲「眼若生獐」「心似餓狼」。原本第四句正格爲「攜如思大」，不通。三、四、五句應為排比，句式相同，「眼」「心」皆爲名詞，「攜」「攫」均爲動詞，故均不妥。「若」「如」「似」均爲比擬詞，「生獐」「餓狼」均爲定中式，故「思大」亦應如此。原本「思」刻作「𢙣」，應係「惡」之形誤，「惡」還寫作「悪」。第四折【梅花酒】「腰棚上悪了伶倫」

之「悪」刻作「悪」。「大」係「犬」之誤。「生獐」「惡犬」「餓狼」均以獸類作比，可通。明代版本已删掉【雪裏梅】曲，「攙」字無所從校。疑當作「聲」，暫備一説。從意思上來説，獐子之膽小尤其表現在眼神上；惡犬之惡主要表現是聲音凶煞，餓狼則是心狠「手」辣之獸。三句大意爲：若把女兒女婿嚇得像獐子一樣，用不著聲音像惡犬一樣，你心狠如餓狼。

〔注〕①「生獐」，怕生的獐子。

【紫花兒序】勸〔一〕你个擇隣的孟母，休打這刻木的丁蘭①，則问這跨虎的楊〔二〕香②。交女婿兒出舍，閨女兒回房。相將，得意的梁鴻引着孟光③，早則名留在太〔三〕公莊上〔四〕。

（小末云）（云〔五〕）噤聲④！〔六〕你不把俺一分錢財〔七〕，我也无半米兒〔八〕公房⑤。

〔校〕〔一〕「勸」原本作「觀」，各本均已改。〔二〕「楊」原本作「揚」，各本均已改。〔三〕「太」原本作「大」，各本均據《元曲選》《酹江集》改作「太」。〔四〕「上」原本作「下」，各本均據《元曲選》《酹江集》改作「上」。〔五〕「云」原本作「二人」，高橋繁樹本未改，其他各本均已改。高橋繁樹本注：「『二人』當作『云』」。「云」上徐沁君本、王季思本補「正末」，高橋繁樹本「二」上亦補「正末」二字。〔六〕此處徐沁君本補「（唱）」。〔七〕「財」原本作「才」，各本均已改。〔八〕「兒」原本作「旦」，甯希元本改作「咱」，其他各本均改作「兒」。甯希元本校記云：「原本『咱』，音假爲『旦』。今改。鄭、徐二本改作『兒』，似非。」

〔注〕①「丁蘭」，漢代人，父母早喪，及長刻父母木像，事之如生。代指孝子。②「楊香」，晋代人，隨父割稻遇虎，虎叼走其父，楊香奮力與虎搏鬥，救下父親。③「梁鴻、孟光」，東漢賢士梁鴻娶財主之女孟光，夫妻二人隱居山間，舉案齊眉典故即指此二人。④「噤聲」，禁止出聲。⑤「公房」，國家、共有的房屋。

【禿厮兒】這招女婿〔一〕的别无望想①，要補後代〔二〕②祭奠灵堂③。家私④裹外在你〔三〕行⑤，待父母，有〔四〕情腸，子待⑥等我身亡。

〔校〕〔一〕原本「婿」字，鄭騫本、高橋繁樹本改作「壻」。〔二〕「代」

原本作「伐」，各本均已改。〔三〕「你」原本殘缺。原本「在」字，覆元槧本誤作「枉」，鄭騫本沿誤，二字校作「枉□」。徐沁君本校補作「在你」，其他各本從。〔四〕「有」原本作「[illegible]」，高橋繁樹本校作「村」，并于「父母」後斷開。其他諸本皆校作「有」，「父母」下不斷句。按，「有」更合適，「父母」下應斷開。從字形來看，「[illegible]」更像「村」，但「村」字不合平仄。據曲譜，【秃厮兒】全曲六句，四、五兩句均爲三字句，平仄爲：「×××，仄平平」。三十種元刊雜劇中，共有【秃厮兒】曲九例，另八例第五句首字皆爲仄聲字，《竦者下船》第二折「不相投」，《看錢奴》第四折「半分兒」，《介子推》第四折「卧麒麟」，《東窓事犯》第三折「這冤仇」，《七里灘》第二折「掛金魚」，《周公攝政》第三折「小民每」，《小張屠》第二折「不須我」「鬧呵呵」。因此，「[illegible]」字處應爲仄聲，《中原音韵》中「村」屬陰平「真文」韵，而「有」屬上聲「尤侯」韵，爲仄聲。故應校作「待父母，有情腸」。再從字義、文意上來説，「村」多爲貶義，有「傖俗」「狠戾」「惡劣」「忙急」等義。「家私裏外在你行，待父母，有情腸，子待等我身亡」，是劉禹夫妻將家産管理權交給侄兒後，對侄兒説的話。此時，老兩口已經與侄兒和解，也知道了侄兒的善良，故不應用「村」字，「有情腸」更合適。末句是指劉禹夫妻死後，家産由侄兒繼承。

〔注〕①「望想」，指望；期望。②「補後代」，即「補代」，入贅女婿的俗稱。③「灵堂」，停放靈柩、骨灰、牌位、遺像供人吊唁的房間。④「家私」，家産；家財。⑤「行」，處；地方。「在你行」，即在你那裏；屬于你。⑥「子待」，只等。

【聖藥王】想這一場，胡主張〔一〕，你家熱鬧我凄凉。您理〔二〕短①，我見長②。姓刘的家業姓刘的當，您沒埋〔三〕怨爺娘。

〔校〕〔一〕「張」原本作「仗」，甯希元本、高橋繁樹本改作「張」，其他各本未改。按，應作「張」。「一場」要求該詞爲名詞，「主仗」只有動詞義「依賴；依靠」，「主張」有動詞、名詞義，此處「胡主張」義爲「鬧劇」，指劉禹散財留子之事。可參看《單刀會》「硬主仗」。〔二〕「理」原本爲簡寫的「里」，作「[illegible]」，各本均改作「理」。

甯希元本「您」改作「你」。〔三〕原本「没埋」，徐沁君本改作「没理」，甯希元本改作「莫理」，其他各本未改。按，不改。

〔注〕①「理短」，理虧；没道理。②「見長」，見識長；有見識。

【收尾】〔一〕休和它争〔二〕竞①休和它〔三〕強②，從來女生外向③。你待要重對面且休提，再踏門便休想！

（下）（小末④再云了）（外〔四〕下）（提住）〔五〕

〔校〕〔一〕【收尾】原本作【尾】，徐沁君本、高橋繁樹本未改，其他各本均作【收尾】。〔二〕「它争」原本作「他急」，鄭騫本校作「他急」，高橋繁樹本校作「它争」，其他各本均作「他争」。按，「它」同「他」。「急」「争」形近而誤。〔三〕原本「它」字，高橋繁樹本未改，其他各本均改作「他」。按，「它」同「他」。〔四〕「外」下徐沁君本補「末」字。〔五〕鄭騫本科介「（小末再云了）（外下提住）」置于第四折開頭。

〔注〕①「争竞」，争論；理論。②「強」，即「犟嘴」，强行争辯；頂嘴。③「外向」，指女性心向夫家。④「小末」，扮引璋夫，即張郎。

第四折

（正末引卜兒、外〔一〕上，放）〔二〕

【雙調】〔三〕【新水令】一席闲話勸諸〔四〕親，我有滿懷愁一言難尽。只因我万貫財〔五〕，纏杀我也百年身。万苦千辛，吃〔六〕①了半生罵，受了一生揹②。

〔校〕〔一〕徐沁君本、高橋繁樹本「外」下補「末」字。〔二〕此處王季思本補「（正末唱）」。按，「放」即有「唱」義，不必補「（正末唱）」。〔三〕原本無宫調名【雙調】，各本均已補。〔四〕「諸」原本作「措」，唯鄭騫本未改，其他各本均據《酹江集》改作「諸」。〔五〕「財」原本作「才」，各本均已改。〔六〕「吃」原本作「乞」，各本均已改。

〔注〕①「吃」，猶「受」。②「揹」，壓制；刁難；限制。

【駐馬聽】着①布素②粧貧③，疋絹〔一〕綾羅④不挂身；用虀鹽⑤守分⑥，茶甌⑦酒盏〔二〕不沾〔三〕唇。不看經乾斷了二十年葷，怕回席⑧整〔四〕受了三十年闷。我共那⑨受用人⑩，都一般白髮侵⑪双鬢。

〔校〕〔一〕「絹」原本簡作「[illegible]」，各本均已改。〔二〕「盞」原本作「我」，各本均已改。徐沁君本校記云：「『盞』的另一種寫法作『琖』，因與『我』字形似致誤。」〔三〕「沾」原本作「活」，各本均已改。〔四〕「整」原本作「正」，各本均已改。

〔注〕①「着」，穿。②「布素」，布衣素服，泛指儉樸的衣服。③「粧貧」，裝窮。④「疋絹綾羅」，成匹的綾羅綢緞。⑤「虀鹽」，鹹菜和鹽。代指簡樸的飯食、生活。⑥「守分」，安守本分。⑦「茶甌」，茶杯。⑧「回席」，回請他人的宴席。⑨「共」，和；與。⑩「受用人」，享受、受益的人。⑪「侵」，侵染。

【七弟兄】那錢兒一文，兩文，似車輪，為貪〔一〕婪①不共②高人③論，爱家財〔二〕真共④弟兄分，放錢債多把穷民⑤掯⑥。

〔校〕〔一〕「貪」原本作「貧」，各本均已改。〔二〕「財」原本作「才」，各本均已改。

〔注〕①「貪婪」，貪得無厭。②「共」，和；與。連詞。③「高人」，高尚的人；才識超群的人。④「共」，和。介詞。⑤「穷民」，窮人。⑥「掯」，勒索；壓制；限制。

【梅花酒】見買賣人塞户屯門①，巧語花唇②，謊〔一〕鬼謾神③。我那困時〔二〕節不識④爺、不識娘、也无遠近⑤，那里肯使半文。墳臺〔三〕里忘了房親⑥，街巷里閙了親隣，酒店中撒〔四〕了風塵⑦，腰棚〔五〕⑧上恶了伶〔六〕倫⑨。錢引了我一生魂，土埋〔七〕了半截身，捨了命拴家門，睁〔八〕着眼的〔九〕了别人！

〔校〕〔一〕原本「謊」字，鄭騫本、高橋繁樹本未改，其他各本均改作「唬」。〔二〕原本無「時」字，鄭騫本、王季思本、高橋繁樹本補。徐沁君本、甯希元本「困」改作「時」。〔三〕「墳臺」原本作「[illegible]云」，鄭騫本、甯希元本校作「墳塋」，其他各本均作「墳臺」。〔四〕甯希元本「撒」改作「散」。〔五〕「棚」原本作「掤」，各本均已改。〔六〕「伶」原本作「怜」，各本均已改。〔七〕「埋」原本作「里」，各本均已改。〔八〕「睁」原本作「争」，各本均已改。〔九〕原本「的」字，鄭騫本改作「送」，校記云：「據文義改」，王季思本從。徐沁君本、甯希元本改作「與」，徐沁君本無校語，甯希元本校記云：「原本『與』字誤作『的』。今改。」高橋繁樹本存疑未改。按，今存疑。

〔注〕①「塞户屯門」，堵塞門户。「屯」，堵塞。②「巧語花唇」，即巧語花言。因押韵改用「唇」字。③「謊鬼謾神」，欺瞞鬼神。④「識」，認。⑤「遠近」，指關係或遠或近的親朋好友。⑥「房親」，家族近支宗親。⑦「風塵」，妓女；風塵女子。⑧「腰棚」，古代戲院、演藝場兩側的看棚。⑨「伶倫」，古代音樂人、戲曲演員。

【收江南】因此上①看錢奴②番〔一〕做了孟嘗君③。見穷姪兒祭奠祖先墳，將家緣〔二〕④分付⑤交養双親，免了人議論。常言道女聘⑥是它〔三〕人⑦。（小末、〔四〕旦禮了）（〔五〕旦云了）〔六〕

〔校〕〔一〕原本「番」字，唯鄭騫本未改，其他各本均改作「翻」。按，「番」同「翻」。〔二〕「緣」原本作「绿」，各本均已改。〔三〕原本「它」字，唯高橋繁樹本未改，其他各本均改作「他」。〔四〕〔五〕「旦」上徐沁君本、甯希元本補「小」字。〔六〕此處徐沁君本、王季思本補「（正末唱）」。

〔注〕①「上」，是由元代的漢蒙語言接觸而成的離格標記，表原因。與「因」共現，「因」和「上」均相當于「因爲」。②「看錢奴」，指有錢但吝嗇的人。③「孟嘗君」，戰國時齊國貴族田文，號孟嘗君，以善養賢士聞名。④「家緣」，家産；家業；家財。⑤「分付」，分别付與。⑥「女聘」，女子出嫁。⑦「它人」，同「他人」，此指别人家的人。

【落梅風】你自①合②學賢會〔一〕，誰交你不孝順，做賢達③变成生分④。順着這夫婦情，忘了養育恩，你這老爺娘恨也那⑤不恨？

〔校〕〔一〕原本「會」字，鄭騫本、高橋繁樹本未改，其他各本均改作「慧」。按，「賢會」同「賢慧」。

〔注〕①「自」，自然；當然。②「合」，該；應該。③「賢達」，賢明通達，也指有才德有聲望的人。④「生分」，乖戾；忤逆；陌生；疏離。⑤「那」，同「哪」，疑問語氣詞。

【江兒水】听得它〔一〕女孩兒女壻〔一〕來探問①，交我氣忿忿②難吞忍。

你使了刘家錢，却上張家墳，俺這兩口兒好无氣分[3]！

〔校〕〔一〕原本「它」字，唯高橋繁樹本未改，其他各本均改作「他」。按，「它」同「他」。〔二〕原本「壻」字，鄭騫本、高橋繁樹本未改，其他各本均改作「婿」。

〔注〕①「探問」，探望；探親。②「氣忿忿」，很氣憤。③「氣分」，臉面；體面。

【碧玉簫〔一〕】您言而无信，來呵[1]吃搶問〔二〕[2]，世〔三〕做的[3]生分，爺娘不倸問[4]。我想這等人，真个不孝順。不听我処分[5]，踏〔四〕[6]着正房門，我狠〔五〕剁[7]你娘三行棍[8]。

（云）俺今日有甚親？你自姓張，你自交夫家去了！（〔六〕旦云了）〔七〕可知里〔八〕！（小梅引梅香[9]、倈〔九〕[10]上了）（小梅〔十〕云了）〔十一〕

〔校〕〔一〕「簫」原本作「筲」，各本均已改。〔二〕「問」原本作「聞」，唯甯希元本改作「問」，校記云：「搶問：即搶白、質問。原本『問』，音假爲『聞』。今改。」〔三〕「世」原本作「旧」，鄭騫本作「舊」，其他各本均改作「世」。徐沁君本校記云：「《語辭匯釋》卷一『世（二）』條：『「世做的」爲一熟語，猶云業已弄到如此也。』例略。」〔四〕「踏」原本作「𨂂」，覆元槧本刻作「踏」，鄭騫本、甯希元本作「踏」。〔五〕「狠」下高橋繁樹本點斷，其他各本未斷。按，據曲譜，【碧玉簫】第九句正格一字，可減去。「狠」修飾「剁」，似不應斷。〔六〕「旦」上徐沁君本、甯希元本補「小」字。〔七〕此處鄭騫本、王季思本補「（云）」，徐沁君本、高橋繁樹本補「（正末云）」。甯希元本未改。〔八〕原本「里」字，各本均改作「哩」。〔九〕「倈」下徐沁君本、高橋繁樹本補「兒」字。按，「倈」義同「倈兒」。〔十〕「梅」原本不清，似「人」字，各本均改作「梅」。〔十一〕此處徐沁君本、王季思本補「（正末唱）」。

〔注〕①「呵」，表示假設的後置詞，相當于「的話」或後置的「如果」。其本質是蒙古語假設關係的語法標記，是元代由漢蒙語言接觸造成的語言現象。②「搶問」，搶白；責問。③「世做的」，業已如此；由來已久。④「倸問」，關心；掛心；過問。⑤「処分」，決定；處置；指揮。⑥「踏」，踩；踏。此指雙脚岔開站立。⑦「剁」，

打；敲；擊。⑧「行棍」，武術用的一種棍子。⑨「梅香」，丫鬟、婢女名，元雜劇中習見。⑩「倈」，即「倈兒」，扮演小孩的角色名。扮劉禹與小梅之子。

【水仙子】你道我三十〔一〕年别尽數年親，你却甚一夜夫妻百夜恩。誰非誰是都休論〔二〕，早子有拖麻拽孝人①。（倈兒喚了）〔三〕吽一声險引了我三魂②！因貪財〔四〕心一片，為龜背③錢幾文，險送④的我剪草除根⑤。（小梅云了）（〔五〕云）元〔六〕來是恁地⑥！今日俺子父每能勾〔七〕團圓，无过⑦謝我女兒一个。孩兒，你不家來子末⑧？（小旦還科了）（〔八〕云）我〔九〕是一时閗〔十〕⑨你來，□□□兒……。〔十一〕

〔校〕〔一〕徐沁君本、王季思本、甯希元本據《元曲選》《酹江集》删「十」字。〔二〕「論」原本作「誰」，各本均已改。〔三〕此處徐沁君本補「（正末唱）」。〔四〕「財」原本作「才」，各本均已改。〔五〕〔八〕「云」上徐沁君本、高橋繁樹本補「正末」二字。〔六〕王季思本「元」改作「原」。按，「元來」同「原來」。〔七〕原本「勾」字，甯希元本、高橋繁樹本未改，其他各本均改作「够」。按，「能勾」同「能够」。〔九〕原本「我」字僅存一撇，各本均校作「我」。〔十〕原本「閗」字，鄭騫本、王季思本、高橋繁樹本作「鬪」，徐沁君本作「聞」，甯希元本作「閂」。〔十一〕末句残損，僅「兒」字清晰，鄭騫本、高橋繁樹本作「□□□兒（此下有缺文若干）」，徐沁君本作「□□□兒□□」，王季思本作「□□□兒」，甯希元本補作「從善老兒歡喜也」。甯希元本校記云：「原本『從善老兒』四字殘迹可辨。『歡喜也』三字，依文義補。」末句後徐沁君本、王季思本補「（唱）」。

〔注〕①「拖麻拽孝」，戴孝送終。一般作「拖麻拽布」。②「三魂」，道教認爲人有爽靈、胎元、幽精三魂。③「龜背」，代指錢、貨幣。「龜」，龜甲。「背」，本字是「貝」，貝殼。龜甲、貝殼均曾被用作貨幣。④「送」，葬送；坑害。⑤「剪草除根」，比喻除去禍根，以免後患。同「斬草除根」。⑥「恁地」，這樣；如此。⑦「无过」，只不過；無外乎。⑧「子末」，做麼，做什麼。⑨「閗」，同「逗」，開玩笑。

【雁兒落】元來親的子是①親，恨後②須當恨。那裏〔一〕是女不將娘敬重，却是錢引③的人生分④。

〔校〕〔一〕「那裏」二字，原本「那」字下部殘損，「裏」字處空白。覆元槧本二字均空缺。鄭騫本「據文義補」作「並非」，甯希元本校作「那裏」，其他各本作「那的」。按，從與下句語意關係來看，校作「那裏」更合適。

〔注〕①「子是」，只是；就是。②「後」，話題標記，相當于「的話」，由時間義語法化爲假設義，進一步語法化爲話題標記。上句「的」字，亦可理解爲話題標記「的話」，由「的」的假設用法語法化而成。③「引」，引誘；使得。④「生分」，陌生；疏離；乖戾；忤逆。

【得〔一〕勝令】咱早子絶地上不安墳，向孝堂里有親人。你却行〔二〕病能醫病，女呵我怎肯知恩不報恩？一世兒為人，姪兒呵大富貴十年運。（〔三〕云）當时若不是女兒賢會〔四〕，將小梅藏在姑姑家里，怎能勾〔五〕子父團圓？這家私：女孩兒一分，姪兒一分，我孩兒一分。子是這踈財〔六〕留子之法。（唱〔七〕）咱四口兒都親，把這潑家緣三分兒分。

〔校〕〔一〕「得」原本作「德」，唯徐沁君本未改。〔二〕高橋繁樹本「行」改作「得」。〔三〕「云」上徐沁君本補「帶」字。〔四〕原本「會」字，鄭騫本、高橋繁樹本未改，其他各本均改作「慧」。按，「賢會」同「賢慧」。〔五〕原本「勾」字，甯希元本、高橋繁樹本未改，其他各本均改作「够」。按，「能勾」同「能够」。〔六〕「踈財」原本作「踈才」，鄭騫本、高橋繁樹本作「踈財」，徐沁君本、王季思本作「疏財」，甯希元本作「踈財」。〔七〕「唱」原本作「喝」，高橋繁樹本正文未改，校記改作「唱」。其他各本均改作「唱」。

題目　　　舉〔一〕家妻從夫別父母　　　卧冰兒祭祖發〔二〕家私

正名　　　指絶地死勸糟糠婦　　　散家財天賜老生兒

新刊散家財天賜老生兒終〔三〕

〔校〕〔一〕徐沁君本「舉」改作「主」，校記云：「本劇第一折【那吒令】曲：『是你主家的興心兒妒色。』所説『主家的』即指其妻言。」

〔二〕「發」原本作「𤼵」，覆元槧本作「𤼵」，鄭騫本作「×」，其他各本均作「發」。按，今從眾。〔三〕尾題鄭騫本作「散家財天賜老生兒終」，徐沁君本作「新刊《散家財天賜老生兒》終」，甯希元本作「散家財天賜老生兒雜劇終」，高橋繁樹本作「新刊散家財天賜老生兒終」，王季思本删尾題。

古杭新刊的本尉遲恭三奪槊

尚仲賢

校本八種

鄭騫本：鄭騫《校訂元刊雜劇三十種》

徐沁君本：徐沁君《新校元刊雜劇三十種》

甯希元本：甯希元《元刊雜劇三十種新校》

王季思本：王季思《全元戲曲》（第三卷）

盧冀野本：盧冀野《元人雜劇全集》（第五册）

隋樹森本：隋樹森《元曲選外編》（第二册）

王國維本：王國維《二牖軒隨録》（《王國維全集》第三卷，謝維揚、房鑫亮主編）（選零折－第一、二折）

赤松紀彦本：赤松紀彦等《元刊雜劇の研究》（一）

題目校記

「尉」原本作「蔚」，各本均改作「尉」。「槊」原本作「搠」，鄭騫本改作「槊」，其他各本均改作「槊」。

第一折

（末〔一〕先扮建成①、元吉②上，開）〔二〕咱兩个欲待〔三〕③篡位④，争柰〔四〕⑤秦王根〔五〕底⑥，有尉〔六〕遲无人可敵。（元吉道）〔七〕我有一計，將美良川⑦圖子⑧献与官里⑨，道的〔八〕不是反臣⑩那〔九〕⑪甚麼？交〔十〕壞了尉〔十一〕遲，哥哥便能勾〔十二〕官里做⑫也。（駕云了）（呈圖科）（高祖云了，大怒）將尉〔十三〕遲拿〔十四〕下！〔十五〕（〔十六〕末扮刘文静〔十七〕⑬將榆窠〔十八〕園圖子上了〔十九〕）〔二十〕

〔校〕〔一〕「末」原本作「疋」，徐沁君本、王季思本改作「匹」，其他各本未改。鄭騫本校記云：「疋先，未詳。鐵拐李頭折金盞兒曲亦有劈先字樣，劈疋音近，二者疑是一事。」赤松紀彦本認爲「疋先」同「劈先」，指最初出現的人物名稱。按，「疋」應是「末」之形誤。「劈先」皆須帶詞尾「裏」，作「劈先裏」，元刊本《鐵拐李》第一折：「這老子我交他劈先裏著司房中勾一遭更肩禍。」「劈先裏」指做一系列事情時，先做某事，義略同于「首先」。不能毫無由來地説「劈先裏」，因此，「劈先」顯然不能出現在開頭。元雜劇最顯著的特點是「四折一楔子」和「一人主唱」。《三奪槊》四折，是末本戲曲。第一折正末主要扮演劉文静，第二折扮演秦叔寶；第三、四折扮演尉遲恭。第二、三、四折開頭分别有「末扮上了」「末扮敬德上」「末扮上了」三條科介。與其他雜劇不同的是，第一折正末扮演了兩個角色，一開頭「末先扮建成」即正末先扮演李建成，與李元吉一起完成向唐高祖李淵誣告尉遲恭的任務，然後就要扮演劉文静。高祖説「將尉遲拿下」後，科介爲：「末扮劉文静將榆窠園圖子上了。」將這兩條科介聯繫起來，可以判定「疋」爲「末」之誤，二者因形近致誤。元雜劇中一人扮演兩個甚至多個角色都是可以的，元刊本《替殺妻》第三折開頭有「（外扮鄭州官，問成員外解開封府了）（外扮包待制上）」，表明「外」這一角色先後扮演了「鄭州官」和「包待制」兩個角色，此爲同一折内一人先後飾演兩個角色；元刊本《單刀會》全劇「正末」一人扮演三個角色，第一折扮演喬國老，「正末扮喬國老上」，第二折扮演司馬德操，「正末重扮先生」，第三、四折扮演關羽，「正末扮尊子燕居」，「正末扮文子席間引卒子做船上坐」，此爲同一劇内一人先後扮演多個角色。該句之「先」，《單刀會》第二折之「重」，均爲一人扮演不同角色之先後順序的提示語。〔二〕此處王季思本補「（建成云）」。〔三〕「待」原本作「帶」，各本均已改。〔四〕原本「柰」字，唯隋樹森本未改，王國維本誤作「待」，其他各本均作「奈」。〔五〕徐沁君本「根」改作「跟」。〔六〕〔十一〕〔十三〕「尉」原本作「蔚」，各本均已改。〔七〕鄭騫本、盧冀野本、赤松紀彦本將「元吉道」作爲賓白，其他各本均作科介。按，該劇不只録正末賓白，故「元吉道」應處理爲科介。〔八〕「的」下王國維本補「尉遲」二字。〔九〕「那」下鄭騫本點斷。〔十〕盧冀野本、隋樹森本「交」改作「教」。〔十二〕原本「勾」字，隋樹森本、甯希元本、赤松紀彦本未改，其他各本均改作「够」。〔十四〕「拿」原本作「那」，各本均已改。〔十五〕鄭騫本、王季思本、赤松紀彦本將「將尉遲拿下」與「大怒」連爲一個科介。〔十六〕「末」上徐沁君本補「正」字。〔十七〕「静」原本作「靖」，鄭騫本、王季思本、王國維本、赤松紀彦本未改，其他各本均改作「静」。〔十八〕「窠」原本作「科」，盧冀野本、隋樹森本、徐沁君本、王季思本改作「窠」，其他各本未改。徐沁君本校記詳引嚴敦易《元劇斟疑》關于「榆窠」「榆科」的論述，不能斷定二者孰是。按，本劇第一折【後庭花】作「榆窠園」，今改作「窠」。〔十九〕「了」下徐沁君本補「唱」字。〔二十〕此處王季思本補「（唱）」。

〔注〕①「建成」，李建成，唐高祖李淵長子。②「元吉」，李元吉，唐高祖李淵第四子。③「欲待」，想要。④「篡位」，奪取帝位。⑤「争柰」，怎耐；怎奈。⑥「根底」，身邊；旁邊；附近。亦作「跟底」。⑦「美良川」，地名，在今山西聞喜縣南。李世民在此地打敗劉武周大將尉遲恭。⑧「圖子」，圖形；圖樣。⑨「官里」，皇帝。⑩「反臣」，逆臣；叛變之臣。⑪「那」，同「哪」，疑問語氣詞。⑫「官里做」，即「做官里」，做皇帝。⑬「刘文静」，唐朝宰相，開國功臣。

【仙吕】〔一〕【点絳唇】想當日霸業圖王①，豈知李氏〔二〕②，把江山掌。雖〔三〕不是外國它〔四〕邦，今日做僚宰③為卿相④。

〔校〕〔一〕原本無宫調名【仙吕】，盧冀野本、王國維本未補，其他各本均已補。〔二〕原本「李氏」，徐沁君本改作「今上」。按，「『今上』原作『李氏』。今改。按：曲譜，本句應叶韵。『今上』一詞，在宫天挺《范張鷄黍》第四折、鄭光祖《周公攝政》第一折中均用之」。〔三〕徐沁君本「雖」改作「須」，校記云：「『須』原作『雖』。今改。按：『須不是』一詞，康進之《李逵負荊》第四折、鄭光祖《㑳梅香》第三折均用之。參看《語辭匯釋》卷一『須（三）』條。『須』與『雖』亦可通用（參看《語辭匯釋》卷一『須（六）』條），以是致誤。」〔四〕原本「它」字，王國維本、赤松紀彦本未改，其他各本均作「他」。按，「它」同「他」。

〔注〕①「霸業圖王」，亦作「圖王霸業」，謀求稱王稱霸大業。②「李氏」，李淵。③「僚宰」，官僚；官員；宰相。④「卿相」，官員；大臣；宰相。

【混江龍】不着①些寬洪〔一〕海量，剗地②信讒言佞語③損忠良。誰不曾忘生捨死？誰不曾展土開疆④？不枉了截髮搓繩穿斷甲⑤，征旗作帶勒金瘡⑥。我与你不避金瓜⑦下喪，直言⑧在寶殿⑨，苦諫⑩在昭陽⑪。

〔校〕〔一〕「洪」原本作「紅」，各本均已改。

〔注〕①「不着」，不用；没有。②「剗地」，反而；反倒。③「讒言佞語」，壞話；誣陷他人的話；挑撥離間的話。④「展土開疆」，擴展領土，開闢疆域。⑤「截髮搓繩穿斷甲」，戰場上截斷頭髮，搓成繩子，將斷裂的鎧甲連起來。⑥「征旗作帶勒金瘡」，戰場上將戰旗當作繃帶包扎刀槍等金兵器造成的創傷。⑦「金瓜」，古代衛士所執金色銅質瓜形兵仗，可用來擊殺他人。⑧「直言」，直言進諫。⑨「寶殿」，此指帝王的金殿。⑩「苦諫」，苦苦勸諫。⑪「昭陽」，漢代宫殿名，後泛指妃嬪所居宫殿。

【油葫芦】陛下，想當日背暗投明①歸大唐，却須是真棟樑②，剗地③厮□□□厮隄〔一〕防。比及④武官砌壘⑤个元戎將⑥，文官掙揣〔二〕⑦个頭厅相⑧，知它〔三〕是幾个死？知它〔四〕是幾処傷？今日太平也都指望請官賞⑨？剗劃地胡羅〔五〕惹⑩斬在雲陽⑪。

〔校〕〔一〕「厮□□□厮隄」原本作「厮〻低」，盧冀野本作「裏厮厮隄」，王國維本作「裏厮低」，隋樹森本作「厮厮隄」，鄭騫本作「□□□□厮隄」，徐沁君本作「厮□□□厮隄」，王季思本作「厮

□□□厮提」，甯希元本作「□□厮提」，赤松紀彦本作「厮□□□隄」。鄭騫本校記云：「依句法及文義校訂。」徐沁君本校記云：「按譜：本句共七字，疑有脱字。」王季思本校記云：「此句依曲譜當爲七字，疑有脱漏。」甯希元本校記云：「依律，本句當爲七字，疑有脱誤，待補。」〔二〕王季思本「揣」誤作「扎」。〔三〕〔四〕原本「它」字，唯赤松紀彦本未改，其他各本均作「他」。按，「它」同「他」。〔五〕王國維本「羅」誤作「惹」。

〔注〕①「背暗投明」，同「棄暗投明」，本指背棄暗弱之主，投靠賢明之主。後指斷絶與黑暗勢力的關係，走向光明大道。（參見《漢語大詞典》）②「棟樑」，棟梁之材，國家的有用之才。③「剗地」，反而；反倒。④「比及」，等到。⑤「砌壘」，壘起，喻高升。⑥「元戎將」，主將；統帥。⑦「挣揣」，努力挣得。⑧「頭厅相」，宰相，也泛指高官。「頭厅」，古代中央政府的最高行政機構。⑨「官賞」，加授官爵和賞賜，也泛指對官吏的賞賜。⑩「胡羅惹」，胡亂牽扯。⑪「雲陽」，即「雲陽鬧市」「雲陽市」，指行刑之地；刑場。「雲陽」本爲地名，秦李斯被斬于雲陽街市，後代指行刑之地。

【天下樂】誰似俺出氣力功臣不氣長①！想當時，〔一〕反在晋陽②，若不是唐元帥③少年有紀綱〔二〕④，義伏了徐茂公⑤，礼赦〔三〕了褚遂良⑥，智降了蘇定方⑦。

〔校〕〔一〕「時」下王國維本、徐沁君本、甯希元本未斷，其他各本均斷開。按，「時」下應斷開，但「時」字失韵。據曲譜，【天下樂】應有七句，每句正格字數分别爲：七、二、三、七、三、三、五。除第五句外，皆須入韵。該曲第五句「公」不入韵，「長」「陽」「綱」「良」「方」爲韵脚。若「時」下不斷開，則該曲短一句。從句意來看，「想當時反在晋陽」只能在「時」下點斷，但「時」字失韵。〔二〕「綱」原本作「岡」，各本均已改。〔三〕「赦」原本作「設」，盧冀野本、王國維本、隋樹森本、鄭騫本未改，徐沁君本、王季思本改作「懾」，甯希元本、赤松紀彦本改作「説」。徐沁君本校記云：「『懾』、『設』音同致誤。『懾』，與上句『服』、下句『降』，義同。」王季思本從。甯希元本校記云：「禮説了：即以禮説服。原本『説』，形誤爲『設』。今改，徐本改爲『禮慑了』，不取。」按，「設」應改爲「赦」，音同致誤。「慑」「説」均嫌牽强。此處應從褚遂良生平事迹入手。入唐之前，褚遂良與其父褚亮爲薛舉服務。薛舉在金城郡（今甘肅蘭州）稱帝，後進攻首都長安，病死途中，其子薛仁杲繼之。兵敗，爲李世民所擒。薛被斬首，褚遂良被李世民重用。「禮赦」當指此事。「唐元帥」即爲李世民，關漢卿《尉遲恭單鞭奪槊》楔子：「（正末扮唐元帥同徐茂公引卒子上，云）某姓李，名世民，現爲大唐元帥」，可證。「禮赦」有文獻用例。宋李心傳《舊聞證誤》卷三：「後二人以大禮赦得歸。」

〔注〕①「不氣長」，倒霉；運氣不好。②「晋陽」，即晋陽城，在山西太原附近。李淵在晋陽起兵反隋。③「唐元帥」，李世民。④「紀綱」，法度；謀略。⑤「徐茂公」，即徐懋功，唐朝開國大將，原名徐世勣，字懋功，李淵賜其姓李，名李勣。⑥「褚遂良」，唐朝宰相、政治家、書法家。⑦「蘇定方」，唐初名將。

【醉扶歸】當日都是那不主事①蕭〔一〕丞相②，更合着那没政事③漢高皇④，把韓元帥⑤葫芦蹄⑥〔二〕斬在未央⑦。今日个⑧人都講，若有舉鼎拔山的霸王⑨，哎，漢高呵〔三〕！你怎敢正眼⑩兒把韓侯⑪望。

〔校〕〔一〕「蕭」原本作「肖」，各本均已改。〔二〕盧冀野本、隋樹森本、王季思本「蹄」改作「提」。〔三〕盧冀野本、隋樹森本「呵」改作「呀」。

〔注〕①「主事」，此指主持政務。②「蕭丞相」，漢代蕭何。③「政事」，政務，也指處理政務的才能。④「漢高皇」，漢高祖劉邦。⑤「韓元帥」，漢代韓信。⑥「葫芦蹄」，糊塗；糊裏糊塗。亦作「葫蘆提」「葫蘆題」「葫蘆啼」。⑦「未央」，漢代未央宫。韓信死在未央宫。⑧「个」，語助詞，無意義。⑨「舉鼎拔山的霸王」，項羽。⑩「正眼」，目光正視目標，表示注意和重視。⑪「韓侯」，漢代韓信。

【后庭花】陛下，則①將這美良川里冤恨②想，却把那榆窠園里英雄③忘。更做道④世事雲〔一〕千变⑤，敬德呵則消得⑥功名帋半張。陛下，試參詳⑦，更做道貴人多忘⑧，咱數年間有倚仗⑨。

〔校〕〔一〕「雲」原本作「紜」，各本均已改。

〔注〕①「則」，只；僅。②「美良川里冤恨」，指李世民和尉遲恭曾在美良川打仗之事。③「榆窠園里英雄」，指尉遲恭。④「更做道」，縱使；即使。亦作「更做」「更做到」「更則道」。⑤「世事雲千变」，世事像雲一樣千變萬化。⑥「消得」，值得；配得上；禁得起。⑦「參詳」，考慮；斟酌；思量。⑧「貴人多忘」，用于嘲諷顯貴者不念舊情、舊交，也説人健忘。⑨「倚仗」，依靠。

【金盞兒】那敬德自歸了唐，到咱行①，把六十四處煙塵②蕩③。杀得敵軍膽喪，馬到処不能當④，苦相持⑤一万陣，惡戰〔一〕⑥九千場。全憑着竹節鞭，生⑦併〔二〕⑧了些草頭王⑨。

〔校〕〔一〕「戰」下徐沁君本、王季思本補「討」字，甯希元本補「鬥」字，赤松紀彦本補一空圍。〔二〕徐沁君本「併」改作「并」。

〔注〕①「行」，猶「處；跟前；某人處」，是「上」的音變形式，元代文獻習見。②「煙塵」，烽烟和戰場上的塵土，代指戰争；戰亂。③「蕩」，掃除；平定。④「當」，敵擋。⑤「相持」，兩方對立，互相牽制，難分勝負。⑥「惡戰」，激烈、艱難的戰鬥。⑦「生」，活活地。⑧「併」，拼殺；打殺。⑨「草頭王」，草寇的首領。

【賞花時】元帥不合①短箭輕弓②觀它〔一〕洛陽，怎想闊劍長槍③埋在淺岡④，映着秋草半蒼黄⑤。初间⑥那唐元帥怎想，腦背後不隄〔二〕防⑦。

〔校〕〔一〕原本「它」字，王國維本、赤松紀彦本未改，其他各本均作「他」。按，「它」同「他」。〔二〕「隄」原本作「低」，王國維本未改，徐沁君本改作「堤」，甯希元本、王季思本作「提」，其他各本均作「隄」。

〔注〕①「合」，該；應該。②「短箭輕弓」，短小的箭，輕便的弓。此指兵力弱。③「闊劍長槍」，大的劍，長的槍。此指兵力强。④「淺岡」，小山崗。「岡」同「崗」。⑤「蒼黄」，草木暗黄色或黄而帶青。⑥「初间」，起初；當初。⑦「隄防」，小心防備，亦作「堤防」「提防」。

【幺篇】〔一〕呵！則見①那骨剌剌②征旗③遮了太陽，赤力力④征鼙⑤振動上蒼⑥，那單雄信⑦恁高強⑧。它〔二〕猛覷了敵軍勢况⑨，忙撥轉紫〔三〕絲繮⑩。

〔校〕〔一〕【幺篇】原本作【么】，盧冀野本、赤松紀彦本未改，王國維本、鄭騫本作【幺】，其他各本均作【幺篇】。〔二〕原本「它」字，唯赤松紀彦本未改，其他各本均作「他」。按，「它」同「他」。〔三〕「紫」原本簡作「[illegible]」，盧冀野本校作「些」，其他各本均改作「紫」。

〔注〕①「則見」，只見。②「骨剌剌」，擬聲詞，狀風吹旗子聲。③「征旗」，戰旗。④「赤力力」，擬聲詞，狀戰鼓聲。亦作「赤歷歷」。⑤「征鼙」，戰鼓。⑥「上蒼」，上天。⑦「單雄信」，隋末唐初猛將。⑧「高強」，武藝高强。⑨「勢況」，態勢；情况。⑩「撥轉紫絲繮」，謂調轉馬頭。「紫絲繮」，紫色絲製成的繮繩。

【勝葫芦】打得疋不剌剌①征駹②走電光，藉不得③眾兒郎④，過沿坡尋路慌〔一〕。過了些亂烘烘的荊棘，密稠稠⑤榆柳，齊臻臻〔二〕⑥長成行。

〔校〕〔一〕「慌」原本作「荒」，盧冀野本、隋樹森本未改，其他各本均改作「慌」。〔二〕「臻臻」原本作「[illegible]」和一重文符號，盧冀野本作「鏶」，不重。其他各本均作「臻臻」。

〔注〕①「不剌剌」，擬聲詞，狀馬快跑聲。②「征駹」，戰馬。③「藉不得」，顧不得，亦作「藉不的」。④「兒郎」，將士；兵將。⑤「密稠稠」，很稠密。⑥「齊臻臻」，齊整整。

【幺篇】〔一〕是他氣撲撲①慌〔二〕攢入里面藏，眼見的一身亡，將弓箭忙拈②胡抵〔三〕當③，呀呀〔四〕④宝雕弓⑤拽滿，咊咊〔五〕⑥紫〔六〕金鈚⑦連發，火火〔七〕⑧都閃在兩边廂〔八〕。

〔校〕〔一〕【幺篇】原本作【么】，盧冀野本、赤松紀彦本未改，王國維本、鄭騫本作【幺】，其他各本均作【幺篇】。〔二〕「慌」原本作「荒」，盧冀野本、王國維本、隋樹森本未改，其他各本均改作「慌」。〔三〕「抵」原本作「底」，盧冀野本、隋樹森本未改，其他各本均改作「抵」。〔四〕〔五〕〔七〕「呀呀」原本爲一字帶一重文符號。「咊咊」原本爲一字帶「[illegible]」，似兩個重文符號。「火火」原本爲一字帶一重文符號。此三者徐沁君本均改作三疊。原本「咻〻〻」，盧冀野本作「咻从」并從「咻」下斷開；王國維本作「咻咻」。其他各本均二疊。〔六〕「紫」原本簡作「𬙊」，盧冀野本、隋樹森本校作「些」，其他各本均作「紫」。甯希元本「紫金」誤乙作「金紫」。按，「紫」字是，「紫金鈚」對「寶雕弓」。〔八〕「廂」原本作「相」，各本均已改。

〔注〕①「氣撲撲」，因生氣而呼吸急促的樣子。②「拈」，拿起。③「抵當」，抵擋。④「呀呀」，擬聲詞，狀拉弓聲。⑤「宝雕弓」，雕刻有花紋的弓，泛指精美的弓。⑥「咻咻」，擬聲詞，狀放箭聲。⑦「紫金鈚」，紫金的箭頭，指紫金箭頭的箭。⑧「火火」，擬聲詞，狀人迅速躲閃聲。

【金盞兒】元帥却是那些①兒慌〔一〕，那些〔二〕忙。（帶云）忙不忙，元帥〔三〕也記得。（唱）把一領②錦征袍③扯攞〔四〕④得没頭當⑤。單雄信先地趕上，手撚⑥着六〔五〕沉槍⑦，槍尖兒看看⑧地着⑨脊背，着脊背〔六〕透过胷膛〔七〕。那时若不是胡敬德⑩，〔八〕陛下圣鑑：〔九〕誰搭〔十〕救小秦王⑪？

〔校〕〔一〕「慌」原本作「荒」，各本均已改。〔二〕盧冀野本「些」下補「兒」字。〔三〕甯希元本「帥」誤作「師」。〔四〕「攞」原本作「裸」，各本均未改。徐沁君本校記云：「『裸』疑當作『攞』。」是。〔五〕原本「六」字，盧冀野本、隋樹森本、赤松紀彦本未改，其他各本均改作「綠」。赤松紀彦本「沉」改作「沈」。按，「六沉槍」同「綠沉槍」。〔六〕原本「着脊背」下爲「又」，盧冀野本、王國維本校作「又」字，其他各本均處理爲重文符號，隋樹森本重「脊背」二字，其他各本均重「着脊背」三字。〔七〕「膛」原本作「堂」，盧冀野本、隋樹森本、王國維本未改，其他各本均改作「膛」。〔八〕此處鄭騫本、徐沁君本、王季思本補「（帶云）」。〔九〕此處徐沁君本補「（唱）」。「陛下圣鑑」原本爲小字，係賓白，盧冀野本、隋樹森本、赤松紀彦本爲大字，處理爲曲文。〔十〕「搭」原本簡作「荅」，各本均已改。

〔注〕①「那些」，那麼。②「領」，量詞，稱量征袍。③「錦征袍」，錦綉的戰袍。④「扯攞」，撕扯。「攞」，撕。今河北方言仍説

「攞」，尤指撕布、衣服等。⑤「没頭當」，零落散亂；亂七八糟。⑥「撚」，拿；提。⑦「六沉槍」，即「绿沉槍」，绿沉竹製成的槍。「绿沉」，竹子名。⑧「看看」，眼看著；漸漸；轉瞬間。⑨「着」，此指打到。⑩「胡敬德」，尉遲敬德，因他是胡人，故稱。⑪「小秦王」，李世民登基前爲秦王。

【醉扶歸】索甚①把自己千般獎，齊王呵！不如交〔一〕别人道一声強。若共②胡敬德③草草④的鞭閗槍，分明立了执結⑤并文狀⑥，則它〔二〕家自賣弄伶俐⑦半晌，把一条虎眼鞭直攬頭直上⑧。

〔校〕〔一〕盧冀野本、隋樹森本、王國維本「交」改作「教」。按，「交」同「教」。〔二〕原本「它」字，唯赤松紀彦本未改，其他各本均改作「他」。按，「它」同「他」。

〔注〕①「索甚」，需要什麼；爲什麼。②「共」，和；與。③「胡敬德」，尉遲敬德，因他是胡人，故稱。④「草草」，草率；不認真。⑤「执結」，表示承諾或負責的字據。⑥「文狀」，文書；字據；訴狀；軍令狀。⑦「伶俐」，聰明。⑧「頭直上」，頭頂上。

【賺煞】〔一〕這厮則除了鉄天灵，銅脖〔二〕項，銅腦袋、石鐫①就的脊梁。那鞭上常有半㭊〔三〕血糊塗②的人腦漿〔四〕，則那鞭則〔五〕是鉄頭中取命的閻王。若論高強，鞭着处③便④不死十分地也帶重傷。也是青天⑤會對當⑥，故交〔六〕這尉遲恭磨障⑦，磨障這弑君殺父的劣心腸⑧！

（下）

〔校〕〔一〕【賺煞】原本作【尾】，隋樹森本、盧冀野本、王國維本未改，其他各本均改作【賺煞】。〔二〕「脖」原本作「鈸」，盧冀野本、隋樹森本改作「顐」，其他各本均作「脖」。〔三〕原本「㭊」字，甯希元本改作「指」，校記云：「原本『指』字，音假爲『紙』。今改。」王季思本「據文意改」作「指」。王季思本誤作「帶」。〔四〕盧冀野本「漿」字誤作「槳」。〔五〕王國維本脱「則」字。盧冀野本「則」字改作「只」。〔六〕原本「交」字，盧冀野本、隋樹森本改作「教」。按，「交」同「教」。

〔注〕①「鐫」，刻；雕刻。②「血糊塗」，血肉模糊。③「处」，的話，表假設的後置詞。由處所義轉指時間，由時間義語法化出假設

義。「鞭着処」，鞭子打到的話。④「便」，即使；就算。⑤「青天」，上天。⑥「對當」，安排；擺布。⑦「磨障」，同「魔障」，阻礙；折磨；糾纏；使麻煩。⑧「劣心腸」，壞心腸。

第二折

（末扮上了）〔一〕

【南吕】〔二〕【一枝花】箭空攢①白鳳翎②，弓閑掛烏龍角③，土培④損金鎖甲⑤，塵昧⑥了錦征袍⑦。空喂得那疋戰馬咆哮，皮楞簡〔三〕⑧生疎〔四〕却⑨。那些兒俺心越焦。我往常雄糾糾的陣面⑩上相持⑪，惡喑喑⑫的沙場⑬上戰討⑭。

〔校〕〔一〕此科介徐沁君本改作「（正末扮秦叔寶上了。唱：）」，王季思本改作「（末扮秦叔寶上了）（唱）」，盧冀野本、王國維本、甯希元本作「（末扮秦叔寶上了）」。〔二〕原本無宫調名【南吕】，盧冀野本、王國維本未補，其他各本均已補。〔三〕原本「皮楞簡」，盧冀野本、隋樹森本、甯希元本改作「劈楞鐧」，王國維本作「皮楞鐧」，徐沁君本作「劈楞簡」，其他各本未改。按，「皮楞簡」同「劈楞簡」「劈楞鐧」，文獻中均有用例。〔四〕原本「踈」字，鄭騫本未改，盧冀野本、王國維本、隋樹森本、甯希元本、赤松紀彦本改作「疎」，徐沁君本、王季思本作「疏」。

〔注〕①「攢」，此指插著。②「白鳳翎」，白鳳翅膀或尾巴上的長羽毛。③「烏龍角」，黑龍頭上的角。④「培」，覆蓋；掩埋。⑤「金鎖甲」，金綫連綴甲片製成的鎖子甲。⑥「昧」，蒙蔽；掩蓋。⑦「錦征袍」，錦綉戰袍。⑧「皮楞簡」，古代三棱或四棱的鞭屬兵器。「楞」本字爲「棱」。亦作「劈楞簡」「劈楞鐧」「劈棱簡」。⑨「却」，猶「了」。⑩「陣面」，戰場。⑪「相持」，兩方對立，互相牽制，難分勝負。⑫「惡喑喑」，惡狠狠。⑬「沙場」，戰場。⑭「戰討」，戰爭；討伐。

【梁州】〔一〕這些時但①做夢早和敵軍對壘②，才合眼早不剌剌③地戰馬相交。則听的韵悠悠④的耳畔吹寒角⑤，一回價⑥不鼕鼕⑦的催軍皷⑧擂，響當當⑨的助戰鑼⑩敲。稀撒撒⑪地珠〔二〕簾篩日，滴溜溜⑫的綉幙⑬

番〔三〕風，只疑是古刺刺⑭雜綵⑮旗摇。那的是急煎煎⑯心痒難揉。往常則⑰許咱遇水疊橋⑱，除了咱逢山開道⑲，嗨〔四〕！如今央⑳别人跨海征遼。壯懷㉑，怎消？近新來㉒病躰兒直然㉓較〔五〕㉔。我自暗約㉕，也枉了醫療。被㉖這秋氣㉗重金瘡㉘越發作，好交〔六〕我痛苦難消！

〔校〕〔一〕原本【梁州】，徐沁君本、王季思本補作【梁州第七】。〔二〕原本無「珠」字，盧冀野本未補，隋樹森本、鄭騫本、甯希元本、赤松紀彦本補「朱」，王國維本補「畫」，徐沁君本、王季思本補「珠」。按，今從徐沁君本補。〔三〕原本「番」字，盧冀野本、隋樹森本未改，其他各本均改作「翻」。按，「番」同「翻」。〔四〕「嗨」原本作「海」，王國維本删，其他各本均改作「嗨」。〔五〕「較」原本作「覺」，盧冀野本、隋樹森本、王國維本、王季思本未改，其他各本均改作「較」。徐沁君本校記云：「據雍本改。按：王實甫《西厢記》第四本第四折：『害不了的愁懷，恰才覺些。』王季思本注：『《雍熙樂府》作「恰才較些」。「覺」通作「較」。較，痊可也。』」〔六〕原本「交」字，盧冀野本、隋樹森本、王國維本改作「教」。按，「交」同「教」。

〔注〕①「但」，只要。②「對壘」，兩軍對峙、交戰。③「不剌剌」，擬聲詞，狀馬疾馳聲。④「韵悠悠」，狀音樂悠揚貌。⑤「寒角」，寒夜吹響的號角。⑥「一回價」，即一會兒家。「價」同「家」，詞綴。⑦「不鼕鼕」，擬聲詞，狀戰鼓聲。⑧「催軍皷」，催動軍隊奮戰的鼓。「皷」同「鼓」。⑨「當當」，擬聲詞，狀鑼聲。⑩「助戰鑼」，鼓舞士氣的鑼。⑪「稀撒撒」，稀疏貌。⑫「滴溜溜」，旋轉貌。⑬「綉幙」，錦綉帷幕。「幙」同「幕」。⑭「古剌剌」，擬聲詞，狀風吹旗子聲。亦作「骨剌剌」。⑮「雜綵」，雜色的絲織品。⑯「急煎煎」，狀焦急貌。⑰「則」，只。⑱「遇水疊橋」，遇到水就搭起橋梁。⑲「逢山開道」，遇見山就開出路來。⑳「央」，求；懇求。㉑「壯懷」，豪壯的胸懷。㉒「近新來」，近來；最近。㉓「直然」，分明地；明顯地。㉔「較」，病情好轉。㉕「暗約」，思量；忖度。㉖「被」，因；因爲。㉗「秋氣」，秋季的凄凉、肅殺之氣。㉘「金瘡」，刀劍等金屬兵器造成的創傷。

【賀新郎】我欠①起這病身軀〔一〕出户急相邀，你知我迭不的②相迎，〔二〕不沙〔三〕③，賊丑生④！〔四〕你也合⑤早些兒通报。見齊王元吉⑥都來到，半晌〔五〕不迭⑦手脚，我強強地⑧曲脊低腰⑨。恠早〔六〕來⑩喜蛛兒⑪的溜溜⑫在簷外垂，灵鵲兒⑬咋咋⑭地頭直上⑮噪，昨夜个⑯銀〔七〕臺⑰上剥〔八〕⑱地灯花⑲爆。它〔九〕兩个是九重天⑳上皇太子，來探㉑俺這半殘不病㉒旧臣僚㉓。

〔校〕〔一〕「軀」原本作「[illegible]」，各本均校作「軀」。〔二〕此處徐沁君本補「（帶云）」。〔三〕徐沁君本「沙」改作「唦」。鄭騫本「不沙」與上連爲一句。〔四〕此處徐沁君本補「（唱）」。「不沙，賊丑生」盧冀野本、隋樹森本、赤松紀彦本處理爲大字，作爲曲文。〔五〕「晌」原本作「[illegible]」，各本均已改。〔六〕「早」原本作「日」，隋樹森本、盧冀野本、王國維本、王季思本、鄭騫本未改，其他各本均改作「早」。徐沁君本校記云：「『早來』與下『昨夜』相銜接。」〔七〕「銀」原本作「艮」，各本均已改。〔八〕王季思本重「剥」字。〔九〕原本「它」字，王國維本、赤松紀彦本未改，其他各本均改作「他」。按，「它」同「他」。

〔注〕①「欠」，將上身擡起、挺起。②「迭不的」，來不及。③「沙」，的話，表假設的後置詞，元雜劇習見。④「賊丑生」，賊畜生，此指負責通報的奴僕。「丑」記録的是「畜」的方言音變形式。⑤「合」，該；應該。⑥「齊王元吉」，李淵之子李元吉被封齊王。⑦「不迭」，不動。⑧「強強地」，勉强地。⑨「曲脊低腰」，弓背彎腰，表示恭敬。⑩「早來」，早上。⑪「喜蛛兒」，蜘蛛的一種，體細脚長，古人以其爲喜兆。⑫「的溜溜」，從高處垂下、旋轉貌。⑬「靈鵲兒」，喜鵲，因其能報喜，故稱。⑭「咋咋」，擬聲詞，狀喜鵲叫聲。⑮「頭直上」，頭頂上。⑯「个」，語助詞，無意義。⑰「銀臺」，銀質燭臺。⑱「剥」，擬聲詞，狀燈花爆裂聲。⑲「灯花」，燈芯燃燒後形成的花狀餘燼，預兆吉祥。⑳「九重天」，天。也代指朝廷、帝王。古人認爲天有九層。㉑「探」，看望；探望。㉒「半殘不病」，言體弱多病。㉓「臣僚」，大臣；官僚。

【牧羊關】這些淹潛〔一〕病①，都是俺業②上③遭，也是俺殺人多一還一〔二〕报[4]。折倒[5]的黄甘甘[6]的容顔，白絲絲地鬢脚[7]，展不開猿猱[8]臂，称〔三〕[9]不起虎狼腰[10]。好羞見程咬金[11]知心友，尉遲恭老故交。

〔校〕〔一〕原本「淹潛」，盧冀野本改作「俺潛」。鄭騫本改作「淹漸」，校記云：「漸原作潛，據摘艷改。」徐沁君本改作「腌臢」，校記云：「鄭光祖《倩女離魂》第三折：『知他這賠臢病何日起。』『賠臢病』同『腌臢病』。」王國維本、王季思本改作「腌臢」，未出校。甯希元本改作「腌臢」，未出校。隋樹森本、赤松紀彦本未改。按，「淹潛」無誤，「腌臢」不妥。「淹潛」指疾病長期淹留，不易治好，略相當于現代所謂慢性病，亦作「淹漸」「淹尖」「淹煎」「淹纏」「懨煎」「懨尖」「厭煎」「厭漸」「延纏」「淹延」等。元代曾瑞《蝶戀花·閨怨》套曲：「淹漸病晝夜家厮纏繳」，「纏繳」即疾病纏身；《全元散曲·賞花時》套曲：「覷了這淹尖病，比東陽無異」，「東陽」指南朝沈約，曾任東陽太守，因日夜操勞而形體消瘦，「東陽守」「東陽瘦」「東陽瘦體」「東陽銷瘦」皆指沈約。「比東陽無異」即因長期疾病纏身，形體消瘦與沈約無異。上【梁州】曲中秦叔寶説自己「被這秋氣重金瘡越發作」，「被」表原因，相當于「因爲」，「金瘡」指刀劍之傷，不易好，會因季節變化而反復發作，故以「淹潛」言之是很合適的。「淹潛」與「腌臢」不同，後者指骯髒、不乾净。除「淹潛病」等之外，另有「淹病」「淹疾」「淹痼」「淹病滞疾」等詞，皆指難以治愈之病。〔二〕王國維本脱「一」字。〔三〕原本「称」字，盧冀野本、隋樹森本、王國維本、鄭騫本改作「撑」。鄭騫本校記云：「撑原作稱，同音借用。」徐沁君本校記云：「金仁傑《追韓信》第四折：『腰項斜稱。』《太平樂府》卷九王伯成【哨遍】《項羽自刎》逃：『舉太阿將咽頸稱。』王實甫《西厢記》第二本第四折：『我這裏手難擡稱不起肩窩。』均以『稱』代『撑』。」

〔注〕①「淹潛病」，長期淹留、不易治好的慢性病。②「業」，業障；罪業。③「上」，是表原因的離格標記，相當于蒙古語表原因的格附加成分，也就是後置的「因爲」，是由元代的漢蒙語言接觸造成的語言現象。「業上遭」，因爲業障而遭受。④「一還一报」，做一件壞事必受到一次報應、報復。⑤「折倒」，折磨；摧殘。亦作「折

到」。⑥「黄甘甘」，臉色乾黄貌。⑦「鬢脚」，鬢角。⑧「猿猱」，猿猴。⑨「稱」，撑。⑩「虎狼腰」，健壯的腰背。⑪「程咬金」，唐代開國元勛。

【隔〔一〕尾】我從二十三〔二〕上早驅軍校①，經到四五千場惡戰討②，怎想頭直上③輪还〔三〕④老來到。我喑約⑤，慢慢的想度⑥，嗨〔四〕！刮〔五〕馬⑦似三十年過去了。

〔校〕〔一〕「隔」原本作「鬲」，各本均已改。〔二〕原本「三」字，徐沁君本據明代《盛世新聲》改作「一二」，王季思本從。〔三〕盧冀野本、隋樹森本「还」改作「環」。王國維本「还」改作「迴」。〔四〕「嗨」原本作「海」，盧冀野本未改并與上下連作一句。王國維本亦未改。〔五〕甯希元本「刮」改作「過」，校記云：「原本『過』字，音假爲『刮』。『過馬』，指春日天空浮動之游氣，奔馳如馬。吴克齋小令［醉高歌］《嘆世》：『風塵天外吹沙，日月窗間過馬。』所用正爲本字，據改。」按，甯希元本所據與本句無關。「刮馬」習見，不煩校改。

〔注〕①「驅軍校」，參軍。②「惡戰討」，激烈、堅苦的戰鬥。③「頭直上」，頭頂上。④「輪还」，循環；輪流。亦作「輪環」。⑤「喑約」，思量；忖度。⑥「想度」，思量；忖度。⑦「刮馬」，迅疾。「刮」言快。

【牧羊関】當日我和胡敬德①兩个初相見，正在美良川厮撞着，咱兩个比並〔一〕②一个好弱低高③。它〔二〕滴溜④着虎眼鞭彪⑤，我吉丁⑥地着〔三〕⑦皮楞〔四〕簡〔五〕⑧架却⑨，我得空便也難相從〔六〕，我見破綻也怎擔〔七〕饒⑩。我不付〔八〕能⑪卒卒⑫地兩簡〔九〕才彪中〔十〕，它〔十一〕搜搜〔十二〕⑬地三鞭却还报⑭了。

〔校〕〔一〕盧冀野本「並」改作「併」。〔二〕原本「它」字，王國維本、赤松紀彦本未改，其他各本均改作「他」。按，「它」同「他」。〔三〕王國維本、徐沁君本脱「着」字。〔四〕「皮楞」原本作「脾[illegible]」，盧冀野本作「四楞」，王國維本、鄭騫本、王季思本改作「皮楞」，赤松紀彦本作「皮[illegible]」，其他各本作「劈楞」。〔五〕原本「簡」字，隋樹森本、盧冀野本、甯希元本改作「鐗」。〔六〕原本「從」字，徐沁君本、甯希元本改作「縱」，王國維本改作「捨」。徐沁君本校記云：「無名氏《陳州糶米》第四折：『你犯了蕭何律難寬縱，便自有蒯通謀怎解救。』『難相縱』與『難寬縱』意同，據改。」甯希元本從。按，「從」字可通，不必改字。「難相從」，謂招架不住。〔七〕甯希元本「搶」改作「觥」。〔八〕王季思本「付」改作「甫」。〔九〕「簡」原本作「揀」，隋樹森本、盧冀野本、甯希元本改作「鐧」，其他各本均改作「簡」。〔十〕「中」原本作「重」，盧冀野本、鄭騫本未改，王國維本改作「著」，隋樹森本、徐沁君本、王季思本、甯希元本改作「去」。按，「重」應改作「中」，去聲，音同致誤。「去」與「重」形、音均相去甚遠，不從。而「中（去聲）」與「重」同音，詞義也更合適。「兩簡才颩中」即秦叔寶纔用劈棱簡打中尉遲恭兩下，「三鞭却还報了」指尉遲恭馬上就還了秦叔寶三鞭，言二人武功不相上下，難分伯仲，也爲了突出尉遲恭之勇猛。秦叔寶意在勸阻李元吉與尉遲恭比武。明代郭勛《雍熙樂府》收本劇第二折，該句變作：「搜搜兩簡方將中」，亦可證。〔十一〕原本「它」字，唯赤松紀彦本未改，其他各本均改作「他」。按，「它」同「他」。〔十二〕原本「搜搜」，徐沁君本、王季思本改作「颼颼」，其他各本未改。按，不必改字，「搜搜」同「颼颼」。

〔注〕①「胡敬德」，尉遲敬德，因他是胡人，故稱。②「比並」，比試。③「好弱低高」，高下；高低。④「滴溜」，提著。⑤「颩」，用兵器打。⑥「吉丁」，擬聲詞，狀金屬、玉器等互相撞擊聲。⑦「着」，用；使用。⑧「皮楞簡」，古代三棱或四棱的鞭屬兵器。「楞」本字爲「棱」。亦作「劈楞簡」「劈楞鐧」「劈棱簡」。⑨「却」，猶「住」。⑩「搶鐃」，鐃恕。⑪「不付能」，亦作「不甫能」，義爲好容易，同好不容易。「不」無義。⑫「卒卒」，倉促急迫。⑬「搜搜」，擬聲詞，狀鞭子抽起的風聲。亦作「颼颼」。⑭「还报」，回報；報復。

【隔〔一〕尾】那鞭却似一條玉蟒〔二〕生鱗角，便是半截烏龍去了牙爪，那鞭着〔三〕①遠望了吸吸②地腦門上跳。那鞭休道十分地正着③，則④若輕輕地抹着[⑤]，敢交[〔四〕]你睡夢里驚急列[⑥]地怕到[〔五〕]曉[⑦]。

〔校〕〔一〕「隔」原本作「鬲」，各本均已改。〔二〕「蟒」原本作「莽」，各本均已改。〔三〕王國維本「着」改作「但」。〔四〕原本「交」字，盧冀野本、隋樹森本改作「教」。按，「交」同「教」。〔五〕「到」原本作「道」，盧冀野本、隋樹森本未改，其他各本均改作「到」。

〔注〕①「着」，讓；使。②「吸吸」，摇動、游動貌。③「正着」，正正地打到。④「則」，只。⑤「抹着」，打著一點。⑥「驚急列」，驚慌不安。亦作「驚急力」。⑦「曉」，早晨；清晨。

【鬪蝦蟆】[〔一〕]那將軍剗馬[①]騎、單鞭揣[〔二〕][②]，論英雄半勇[〔三〕]躍。它[〔四〕]立下功勞，怎肯伏低做小[③]，倚強壓弱[④]。不用吕望六韜[⑤]，黄公三畧[⑥]。但[⑦]征敵処[⑧]躁暴[〔五〕]，相持処憋[〔六〕]懆。那鞭若脊梁上抹着，忽地[⑨]咽喉中血我道。來來來[〔七〕]它[〔八〕]煩煩惱惱，焦焦燥燥[〔九〕]。滴溜撲[〔十〕][⑩]那鞭着，交你悠悠地魄散魂消。你心[〔十一〕]自量度！匹頭[⑪]上把他標寫在凌煙閣[⑫]。論着雄心力[⑬]，劣牙爪[⑭]，今日也合消[⑮]、合消[〔十二〕]封妻廕[〔十三〕]子[⑯]，禄重官高[⑰]。

〔校〕〔一〕【鬪蝦蟆】原本作【鬪奄亨】，鄭騫本「據律改題」作【鬪蝦蟆】，徐沁君本改作【鵪鶉兒】，盧冀野本、隋樹森本改作【鬭鵪鶉】，王國維本、王季思本作【鬥鵪鶉】，甯希元本「依鄭本改」作【鬥蝦蟆】，赤松紀彦本亦作【鬪蝦蟆】。徐沁君本校記云：「盧、隋本均作【鬥鵪鶉】，非是。按：【鬥鵪鶉】爲【中吕宫】和【越調】屬曲，格律與【鵪鶉兒】不同。」按，【鬪蝦蟆】是。【鬥鵪鶉】【鵪鶉兒】首二句正格均四字，【鬪蝦蟆】首二句正格三字。〔二〕鄭騫本、王季思本「揣」改作「搦」。〔三〕原本「半勇」，盧冀野本、隋樹森本、甯希元本、赤松紀彦本未改，王國維本、鄭騫本作「半踴」。徐沁君本作「果勇」，王季思本從徐沁君本。〔四〕〔八〕原本「它」字，王國維本、赤松紀彦本未改，其他各本均改作「他」。按，「它」同「他」。〔五〕「暴」原本作「抱」，王國維本改作「咆」，盧冀野本、隋樹森本「躁抱」改作「操抱」，其他各本均將「抱」改作「暴」。〔六〕「憋」原本簡作「敝」，盧冀野本、隋樹森本校作「𠿸」，其他各本均改作「𢟸」。〔七〕「我道來來來」原本作「我道來」和兩個重文符號，盧冀野本校作「忽地咽喉中血到。我道來道來他煩煩惱惱」。王國維本作「忽地咽喉中吐血。我道來道來」。隋樹森本作「忽地咽喉中血到。我道來我道來他煩煩惱惱」。鄭騫本、王季思本作「忽地咽喉中血冒。我道來。我道來」。徐沁君本、甯希元本作「忽地咽喉中血幾道。來來來他煩煩惱惱」。赤松紀彦本作「忽地咽喉中血幾道。來來來、它煩煩惱惱」。〔九〕「燥燥」原本作「燥」和一重文符號，徐沁君本、王季思本改作「躁躁」。〔十〕「撲」原本作「[illegible]」，盧冀野本、甯希元本校作「擗」，隋樹森本作「拊」，王國維本作一空圍，其他各本均作「撲」。按，今校作「撲」。〔十一〕原本「你心」，甯希元本、王季思本合爲「您」。〔十二〕隋樹森本重「也合消」三字。〔十三〕原本「廕」字，徐沁君本、甯希元本改作「蔭」。

〔注〕①「剗馬」，不加鞍的馬。②「搭」，握；拿。③「伏低做小」，形容低頭，放低姿態。④「倚強壓弱」，依靠强者，欺壓弱者。⑤「吕望六韜」，「吕望」指姜太公，名尚，字子牙，號飛熊，傳説他著有軍事類著作《六韜》。⑥「黄公三畧」，傳説漢初隱士黄石公著有軍事著作《三略》。⑦「但」，只要。⑧「処」，的話，話題標記。構成「但……処」，義爲：只要……的話。「処」由處所義依次語法化出表時間、表假設和話題標記的用法。⑨「忽地」，一下子。⑩「滴溜撲」，狀摔倒、墜落貌。⑪「匹頭」，當頭；迎頭；開頭。⑫「凌煙閣」，唐代爲表彰功臣而建的懸掛功臣畫像的高閣。⑬「心力」，心思與能力；思維與才智。⑭「牙爪」，即爪牙，指勇士、武將。⑮「合消」，應該享受。「合」，該；應該。「消」，消受；享受。⑯「封妻廕子」，妻子受到封誥，子孫襲得爵位、官禄、特權等。亦作「封妻蔭子」。⑰「禄重官高」，豐厚的俸禄，職位高的官位。

【哭皇天】交〔一〕我忍不住微微地笑，我迭不得①把你慢慢地教〔二〕。來日你若見〔三〕那鉄幞頭②，紅抹額③，烏油甲④，皂羅袍⑤，敢交〔四〕你就鞍心里驚倒。若是來日到御園⑥中，〔五〕忽地⑦門旗⑧開処⑨，脱地⑩戰馬相交。〔六〕哎，齊王呵！〔七〕這一番要把交〔八〕⑪。那鞭不比衡〔九〕鋼槍槊〔十〕⑫，雙眸〔十一〕劍鑿⑬。

〔校〕〔一〕隋樹森本、盧冀野本「交」改作「教」。按，「交」同「教」。〔二〕「教」原本作「交」，各本均已改。〔三〕原本無「見」字，隋樹森本、王國維本未補，盧冀野本補「看見」，其他各本均補「見」。按，今從衆補「見」字。〔四〕原本「交」字，隋樹森本、盧冀野本改作「教」。〔五〕「若是來日到御園中」原本爲大字，徐沁君本、甯希元本改作夾白。徐沁君本「若」上補「（帶云）」，「中」下補「（唱）」。〔六〕此處鄭騫本、徐沁君本、王季思本補「（帶云）」。〔七〕此處徐沁君本補「（唱）」。隋樹森本、盧冀野本、赤松紀彦本「哎，齊王呵」處理爲大字。〔八〕原本「把交」，隋樹森本改作「把教」，徐沁君本改作「把捉」，甯希元本、王季思本改作「爬交」，其他各本未改。甯希元本校記云：「『爬交』，即跌交，栽跟頭。原本『爬』（pa）字，音假爲『把』（ba）。今改。鄭本失校。徐本改作『把捉』，誤；盧、隋二本改作『把教』，屬下讀，亦誤。」按，盧冀野本并未改作「把教」。「把交」無誤，義爲「交付；交代」，猶「完結」，不煩改校。〔九〕盧冀野本「衠」改作「點」，王國維本改作「道」。〔十〕「槊」原本作「搠」，隋樹森本、盧冀野本、王季思本未改，其他各本均作「槊」。〔十一〕原本「雙眸」，鄭騫本改作「雙鋒」，甯希元本改作「霜毛」。甯希元本校記云：「與上句『衠鋼槍槊』爲對句。言劍鑿霜白鋭利，吹毛可斷。原本『霜毛』二字，音假作『雙眸』。《盛世新聲》改作『霜鋒』，《詞林摘艷》改作『雙鋒』，俱誤，元代北方方音讀『毛』（mao）若『眸』（mou），故得相假。」

〔注〕①「迭不得」，來不及。②「鉄幞頭」，鐵頭巾。「幞頭」，古代男子束髮的頭巾。③「紅抹額」，戴在額頭上的紅色髮帶。④「烏油甲」，烏黑油亮的鎧甲。⑤「皂羅袍」，黑色絲織品做成的袍子。⑥「御園」，皇帝的苑囿。亦作「御苑」。⑦「忽地」，一下子。⑧「門旗」，軍營、陣前的旗子，也指帝王儀仗之一。⑨「処」，時；的話。⑩「脫地」，迅疾；快速。⑪「把交」，交付；交代。猶「完結」。⑫「衠鋼槍槊」，純鋼的槍和槊。⑬「雙眸劍鑿」，待考。

【**烏夜啼**】雖是没傷損難貼金瘡藥①，敢②二十年青腫③難消。若不去脊梁上〔一〕，敢④向鼻凹⑤里落。諕〔二〕的怯怯喬喬⑥，難畫難描⑦。我則⑧見的留〔三〕⑨的立不住腿脡⑩摇，忔〔四〕撲撲⑪地把不住心頭跳。不如告休和⑫，伏低弱⑬，留得性命，落得軀殼⑭。

〔校〕〔一〕「上」下徐沁君本、甯希元本補「彫」字。徐沁君本校記云：「下句『敢向鼻凹里落』，上句應補一字。」甯希元本從。〔二〕原本「諕」字，徐沁君本、甯希元本、王季思本改作「唬」。〔三〕原本「留」字，王國維本改作「溜」，徐沁君本、王季思本改作「溜溜」二字。甯希元本「的留」改作「滴溜溜」。其他各本未改。〔四〕原本「忔」字，鄭騫本、王季思本、甯希元本、赤松紀彦本改作「圪」，其他各本未改。

〔注〕①「金瘡藥」，治療刀劍等金屬兵器創傷的藥。②④「敢」，可能。③「青腫」，淤青紅腫。⑤「鼻凹」，鼻翼兩側的凹陷處。⑥「怯怯喬喬」，膽小、謹慎、拘謹、驚恐貌。亦作「怯怯僑僑」。⑦「難畫難描」，難以形容。⑧「則」，只。⑨「的留」，顫抖貌。亦作「滴溜」「滴溜溜」。⑩「腿脡」，腿。⑪「忔撲撲」，擬聲詞，狀劇烈心跳聲。⑫「休和」，休戰和解。⑬「伏低弱」，猶「服軟；認輸」。⑭「軀殼」，軀體；身體。

【**煞尾**】〔一〕可知道金風未動蟬先覺①，那寶劍得來你怎消。不比〔二〕②君王行③厮般〔三〕調④，侵〔四〕⑤着眉楞〔五〕⑥，祭〔六〕⑦着眼角。則⑧若是輕輕的虎眼鞭抹〔七〕⑨着，穩⑩情取⑪你那天灵盖⑫半截不見了。

（下）

〔校〕〔一〕【煞尾】原本作【尾】，鄭騫本、王季思本、甯希元本、赤松紀彦本改作【煞尾】，徐沁君本改作【黄鐘尾】，其他各本未改。鄭騫本校記云：「據律改題。」〔二〕「比」原本作「出」，赤松紀彦本校作「比」，其他各本均作「出」。按，「出」字不通，當作「比」。「不比」，不同于。〔三〕原本「般」字，王國維本、鄭騫本、徐沁君本、王季思本、甯希元本改作「搬」，其他各本未改。〔四〕甯希元本「侵」誤作「近」。〔五〕「楞」原本簡作「罗」，盧冀野本、隋樹森本、徐沁君本作「楞」，其他各本作「稜」。〔六〕「祭」

原本作「際」，隋樹森本、盧冀野本、王國維本未改，其他各本均改作「擦」。按，疑當作「祭」，古代小說中使出兵器、暗器叫作「祭」。〔七〕「抹」原本作「末」，盧冀野本誤作「未」，其他各本均改作「抹」。

〔注〕①「金風未動蟬先覺」，秋風未到，蟬已感覺到。比喻能够事先察覺。②「不比」，不同于。③「行」，後置詞，相當于蒙古語静詞的與位格附加成分，是元代漢蒙語言接觸造成的特殊語法現象，相當于後置的「向；對」。「君王行厮般調」即向/對君王搬弄是非。④「般調」，慫恿；挑撥；搬弄是非。亦作「搬調」。⑤「侵」，此指「打」。⑥「眉楞」，長眉毛的部位。亦作「眉棱」「眉稜」。⑦「祭」，此指被兵器所傷。⑧「則」，只。⑨「抹」，此指略微打到。⑩「穩」，猶「肯定；一定」。⑪「情取」，落得。⑫「天灵盖」，頭蓋骨，也泛指頭顱。

第三折

(〔一〕末扮敬德上〔二〕)〔三〕

【雙調】〔四〕【新水令】你今日太平也不用俺旧將軍，呀！來來！把這厮豁惡氣①建〔五〕②您娘一頓。可知道家貧显孝子，直到國難〔六〕用功臣。如今面南成〔七〕尊③，便撇在三限里④不偢問⑤。

〔校〕〔一〕「末」上徐沁君本補「正」字。〔二〕「上」下徐沁君本補「唱」字。〔三〕此處王季思本補「（唱）」。〔四〕原本無宫調名【雙調】，盧冀野本未補，其他各本均已補。〔五〕原本「建」字，甯希元本改作「鍵」，其他各本均未改。甯希元本校記云：「『鍵』，本指鑼鼓之槌。……引申作捶打解，故改。各本失校。」徐沁君本校記云：「『建』字，與本劇第四折【伴讀書】曲『看元吉將天靈健』的『健』字，疑同爲一字，但均未得其解。」〔六〕「難」下原有一簡體「显」字，盧冀野本保留，其他各本均删去。徐沁君本校記云：「上句『家貧顯孝子』，本句『顯』字即係涉上而衍。這兩句是當時成語。」〔七〕原本「成」字，各本均改作「稱」。按，「稱尊」指稱帝，然「成尊」亦通，不改。《明史》列傳第七十九：「《禮》無生而貴者。雖天子諸侯之子，苟不受命於君父，亦不敢自成尊也。」

〔注〕①「豁惡氣」，出惡氣。②「建」，打；擊打。「建」有「執持；拿起」義，《孔子家語·六本》：「曾子耘瓜，誤斬其根。曾皙怒，建大杖以擊其背。」「打；擊打」義當由「執持；拿起」義引申而來。③「面南成尊」，南面稱帝。④「三限里」，角落裏。⑤「倸問」，關心；掛心；過問。

【駐馬聽】想我那撞陣衝〔一〕軍①，百戰功名百戰身；枉与你開疆展土②，也合③半由天子半由臣④。俺沙場⑤上經歲⑥受辛勤⑦，撇妻男⑧數載无音信。剗地⑨信別人閑議論，將俺胡羅惹⑩没淹潤⑪。

〔校〕〔一〕「衝」原本作「充」，各本均已改。

〔注〕①「撞陣衝軍」，撞開敵陣，衝擊敵軍。形容作戰勇猛。②「開疆展土」，開拓疆域，擴展領土。③「合」，該；應該。④「半由天子半由臣」，指治理國家一半要靠皇帝，一半要靠大臣。⑤「沙場」，戰場。⑥「經歲」，整年；成年累月。⑦「辛勤」，辛苦；勞累。⑧「妻男」，妻子和兒子。⑨「剗地」，反而；反倒。⑩「胡羅惹」，胡亂牽扯。⑪「淹潤」，客氣；和氣。

【步步嬌】便折末①爛剉②得我尸骸為泥糞，折末③金瓜④打碎我天灵尽。既然俺不怨恨，問那斯損壞忠臣佞⑤詞因⑥。咱那亢金〔一〕⑦上圣明君，則但般〔二〕⑧着半句兒十分地信。

〔校〕〔一〕「金」下盧冀野本補「殿」字，徐沁君本補「椅」字。按，「亢金上」爲元代習語，不須補「椅」字。元刊雜劇中「亢金上」凡三見，《趙氏孤兒》中另有二例，均見于第四折：「吃緊亢金上鑾輿」，「我與亢金上君王做的主」。「鑾輿」代指君王。可見，「亢金上」均與「君主」「君王」連用。「亢」本爲星宿名，李崇興《〈新校元刊雜劇三十種〉商榷》認爲，「蓋古人以亢宿四星爲朝廷之象」，近代星曆學家以七曜（謂日、月、金、木、水、火、土）配二十八宿，「金」配「亢」，是以「亢金」成詞，代指朝廷。「亢金上圣明君」即朝廷上的聖明君主。徐沁君本《趙氏孤兒》二例未補「椅」字。〔二〕原本「般」字，盧冀野本、隋樹森本、赤松紀彦本未改，其他各本均改作「搬」。按，「般」同「搬」。

〔注〕①③「折末」，要麼；或者。亦作「折莫」「折麽」「遮末」「遮莫」「者末」「者莫」「者麽」「者磨」，是近代漢語常見的連詞，還有即使、假如、不論、不管、什麽、爲什麽、莫非、大約等義。②「爛剉」，剉爛；剉碎。④「金瓜」，古代衛士所執金色銅質瓜形兵仗，可用來擊殺他人。⑤「倿」，奸邪，同「佞」。⑥「詞因」，訴訟的因由。⑦「亢金」，代指朝廷。星曆學家以七曜（謂日、月、金、木、水、火、土）配二十八宿，「金」配「亢」，亢宿爲朝廷之象。⑧「般」，同「搬」，搬弄；搬嘴；挑撥。

【攪箏琶】我便①手段②施呈③尽，剗地④罪过不離身。俺那沙場⑤上武〔一〕藝僻〔二〕合⑥，它〔三〕每枕頭边関節⑦兒更緊。他每⑧親父子，俺然〔四〕⑨是旧忠臣，則〔五〕是⑩四海它〔六〕人⑪，比它〔七〕是龍子龍孫⑫！〔八〕則軍師想度⑬，元帅尋思⑭。休！休！〔九〕是它〔十〕每親的到頭來也則是親。怎辨〔十一〕清渾⑮！

〔校〕〔一〕「武」原本作「我」，各本均已改。〔二〕原本「僻」字，鄭騫本、王季思本改作「擗」。〔三〕〔六〕〔七〕〔十〕原本「它」字，赤松紀彦本未改，其他各本均改作「他」。按，「它」同「他」。〔四〕盧冀野本「然」改作「雖」，隋樹森本「然」上補「雖」字。鄭騫本校記云：「（俺然是）原本如此。元曲中每以然字作雖然解，原本不誤。全集（盧冀野本）改然字爲雖字，非是。」〔五〕盧冀野本「則」改作「只」。按，「則」，只。〔八〕此處徐沁君本補「（帶云）」。〔九〕此處徐沁君本補「（唱）」。「則軍」至「休休」，原本爲小字，徐沁君本、甯希元本處理爲夾白，鄭騫本、王季思本僅二「休」字處理爲夾白。其他各本均作大字。〔十一〕「辨」原本作「办」，盧冀野本校作「辯」，其他各本均作「辨」。按，「辨」字是。

〔注〕①「便」，即便；即使；就算。②「手段」，本領；能力。③「施呈」，施展。④「剗地」，反而；反倒。⑤「沙場」，戰場。⑥「僻合」，躲避和交戰。「僻」，躲避；躲開。亦作「擗」。「合」，交戰；交鋒。⑦「関節」，關係。⑧「每」，們，複數標記。⑨「然」，雖；雖然。⑩「則是」，只是。⑪「四海它人」，陌生人；無關的人。⑫「龍子龍孫」，帝王後代。⑬「想度」，思量；忖度。⑭「尋

思」，想；思考。⑮「清渾」，清澈和渾濁。也指是非、好壞。

【沉醉東風】我也曾箭厮〔一〕射疊着面門①，刀厮劈咬着牙根，也曾殺的槍桿上濕〔二〕漉漉②血未乾，馬頭前古鹿鹿〔三〕③人頭滾，滅了六十四処煙塵④！剗地⑤信佞語讒言⑥損害人，因此上⑦别了西府秦王⑧処分⑨。

〔校〕〔一〕原本無「厮」字，盧冀野本、隋樹森本未補，其他各本均據下句補「厮」字。〔二〕「濕」原本作「温」，盧冀野本未改，其他各本均改作「濕」。〔三〕盧冀野本「鹿鹿」改作「漉漉」。

〔注〕①「面門」，頭的前面；臉。②「濕漉漉」，潮潤貌。③「古鹿鹿」，滾動貌。④「煙塵」，戰争；戰火。⑤「剗地」，反而；反倒。⑥「佞語讒言」，中傷、誣蔑、討好他人的話。⑦「上」，是由元代的漢蒙語言接觸而成的離格標記，表原因。與「因」共現，「因」和「上」均相當于「因爲」。⑧「西府秦王」，李世民。⑨「処分」，決策；措施；吩咐。

【川撥〔一〕棹】聽元帥説元〔二〕因①，心頭上一千團火塊滾〔三〕，氣的肚里生嗔②，愁的似地慘天昏，恰便似心内火滾〔四〕，好交〔五〕人怎受忍③。

〔校〕〔一〕「撥」原本作「卜」，各本均已改。〔二〕原本「元」字，盧冀野本、隋樹森本、王季思本改作「原」。〔三〕「塊滾」原本作「魂衮」，各本均已改。〔四〕「滾」原本作「衮」，徐沁君本、甯希元本改作「焚」。徐沁君本校記云：「『焚』原本作『衮』。今改。盧、隋本『衮』改作『滾』，不從，因上句已有『火塊滾』，此再用『滾』字韵犯複。」甯希元本從徐沁君本改。〔五〕原本「交」字，盧冀野本、隋樹森本改作「教」。按，「交」同「教」。

〔注〕①「元因」，原因。②「生嗔」，生氣；發怒。③「受忍」，忍受。因押韵倒文。

【七弟兄】這的是聖恩，重臣，休看我發回村。他雖是金枝玉葉①齊王②印，我好煞則〔一〕是堦下的小作軍③，也是痴呆老〔二〕子今年命。

〔校〕〔一〕原本「則」字，盧冀野本改作「只」。按，「則」同「只」。〔二〕「老」原本作「[illegible]」，盧冀野本、鄭騫本校作「孝」，其他各本均作「老」。按，「老」字是。「[illegible]」是「老」之俗體，本劇多見，如第二折第一支【牧羊関】「尉遲恭老故交」之「老」刻作「[illegible]」，第一支【隔尾】「怎想頭直上輪還老來到」之「老」刻作「𡵨」。

〔注〕①「金枝玉葉」，比喻皇族子孫。②「齊王」，李元吉。③「小作軍」，不詳，待考。

【梅花酒】你看我發回村，惱〔一〕犯①魔君②，撞着喪〔二〕門③，我想那榆窠園實〔三〕是狠。他不弱〔四〕如④單雄信⑤，則我這鞭穩⑥打死須定⑦无論⑧。

〔校〕〔一〕「惱」原本作「腦」，各本均已改。〔二〕「喪」原本作「桑」，各本均已改。〔三〕「實」原本作「宊」，盧冀野本、隋樹森本作「災」，其他各本均作「實」。〔四〕「弱」原本作「若」，唯王季思本改，校記云：「『弱』原作『若』，同音借用。」按，王季思本所校是。

〔注〕①「惱犯」，惹怒；惹惱；冒犯。②「魔君」，魔王。③「喪門」，凶煞之一。④「弱如」，弱于；比……弱。「如」是比較標記。「A 弱如 B」體現 VO 型的語序類型。⑤「單雄信」，隋末唐初猛將。⑥「穩」，一定；肯定。⑦「須定」，一定是確定的。「須」，一定。⑧「无論」，不必説；無須議論。

【收江南】水磨鞭①來日再開葷②。大王怎做圣明君，信讒言佞語③損忠臣。好交〔一〕我氣忿④，元吉打死須並无論⑤。

〔校〕〔一〕原本「交」字，隋樹森本、盧冀野本改作「教」。按，「交」同「教」。

〔注〕①「水磨鞭」，水磨鋼鞭，短兵器之一種。②「開葷」，此指鞭子打人。③「讒言佞語」，中傷、誣蔑、討好他人的話。④「氣忿」，氣忿；生氣。⑤「无論」，不必説；無須議論。

【鴛鴦煞】〔一〕來日鬧垓垓①列着軍卒陣，就着哭啼啼接送齊王②殯。恨不得待③摘膽剜心④，剔髓挑筋⑤。唱道〔二〕⑥待交〔三〕這虎將難存忠信，向那龍床⑦側近⑧，調泛⑨得君王一星星〔四〕⑩都隨順⑪。咱則待⑫剪草除根⑬，直把〔五〕這坑陷⑭我的冤讎証了本⑮！〔六〕

〔校〕〔一〕【鴛鴦煞】原本作【尾】，隋樹森本、盧冀野本未改，其他各本均改作【鴛鴦煞】。〔二〕原本「唱」爲小字，「道」爲大字。盧冀野本删「唱」字，「道」爲大字。鄭騫本、王季思本「唱道」改作小字，其他各本均爲大字。〔三〕原本「交」字，隋樹森本、盧冀野本改作「教」。按，「交」同「教」。〔四〕「星星」原本作「惺」和一重文符號，隋樹森本、盧冀野本作「惺惺」，其他各本均作「星星」。〔五〕原本「把」字殘作「[illegible]」，覆元槧本誤作「上」，鄭騫本沿誤。〔六〕此處王季思本、甯希元本補「（下）」。

〔注〕①「鬧垓垓」，喧鬧、雜亂貌。②「齊王」，李元吉。③「待」，要；想要。④「摘膽剜心」，摘下膽，剜下心。形容極其讎恨。⑤「剔髓挑筋」，剔下骨髓，挑出筋脉。形容極其讎恨。⑥「唱道」，真是；正是。亦作「暢道」。⑦「龍床」，皇帝的床。⑧「側近」，旁邊；附近。⑨「調泛」，惹得；挑逗；挑唆。⑩「一星星」，一點點；一件件。⑪「隨順」，依隨；順從；聽從。⑫「則待」，只要；只想要。⑬「剪草除根」，比喻除去禍根，以免後患。同「斬草除根」。⑭「坑陷」，坑害；陷害。⑮「証本」，够本；保本。

第四折

（末扮上了）〔一〕

【正宫】【端正好】〔二〕如今罷①了干戈②，絶了征戰，扶持俺這唐十宰〔三〕③文武官員。那回是真个今番演，越顯得俺經④熬煉⑤。

〔校〕〔一〕該科介徐沁君本改作「（正末扮敬德上了。唱:）」，王季思本作「（末扮尉遲恭上了）（唱）」，甯希元本作「（末扮敬德上了）」。其他各本未改。〔二〕原本無曲牌名【端正好】，各本均已補。〔三〕「十宰」原本作「十在」，徐沁君本、王季思本改作「世界」，鄭騫本、甯希元本改作「十宰」，盧冀野本改作「世在」，隋樹森本、赤松紀彦本未改。徐沁君本校記列多個元雜劇之「唐世界」「唐朝世界」「劉家世界」例句，據改，王季思本從。鄭騫本未出校，甯希元本校記云：「唐十宰文武官員：指唐初十家文武功臣。汪元亨小令［朝天子］《歸隱》：『漢室三傑，唐世十宰，數英雄如過客。』又，『且休説漢三傑，更和這唐十宰，他每都日轉千階。』可證。原本『宰』字，音假爲『在』。今改。此條，唯鄭本已改。盧本作『唐世在』，徐本作『唐世界』，均誤。」按，甯希元本所校是，今從。元雜劇常見「唐十宰」，楊梓《功臣宴敬德不伏老》第二折：「請起來唐十宰文武公侯。」

〔注〕①「罷」，停止。②「干戈」，戰爭。③「唐十宰」，唐初的十位文武功臣，尉遲恭是其一。④「經」，禁得住。⑤「熬煉」，磨煉；折磨。

【滚綉球】〔一〕却〔二〕受着帝王宣①，要施展，显我〔三〕那旧時英健②，不索③說在駿馬之前。我身上不曾掛鎧〔四〕甲，腰间不曾帶弓箭，手中不曾將④着六〔五〕沉槍⑤撚〔六〕⑥，我則〔七〕⑦是赤手空拳⑧。我坐〔八〕⑨下剗騎⑩着追風馬⑪，腕〔九〕上只彪⑫着打將鞭⑬，我与你出馬當先。

〔校〕〔一〕【滚綉球】原本作【衮綉求】，各本均已改，盧冀野本、隋樹森本、赤松紀彦本「球」作「毬」。〔二〕徐沁君本「却」作「恰」，未出校。〔三〕徐沁君本「我」改作「俺」，未出校。〔四〕「鎧」原本作「凱」，各本均已改。〔五〕原本「六」字，隋樹森本、盧冀野本、赤松紀彦本未改，其他各本均改作「緑」。赤松紀彦本「沉」改作「沈」。按，「六沉槍」同「緑沉槍」。〔六〕「撚」義與前「將」字重複，因須押韵故用「撚」字。〔七〕盧冀野本「則」改作「只」。按，「則」同「只」。〔八〕王季思本「坐」改作「座」。按，「坐」同「座」。〔九〕「腕」原本作「剜」，各本均已改。

〔注〕①「宣」，宣召；召見。②「英健」，英勇矯健。③「索」，須。④「將」，拿；握；持。⑤「六沉槍」，即「緑沉槍」，緑沉竹製成的槍。「緑沉」，竹子名。⑥「撚」，拿；捏；握。⑦「則」，只。⑧「赤手空拳」，手中没有武器。⑨「坐」，同「座」。⑩「剗騎」，不加鞍而騎（馬、驢等）。⑪「追風馬」，快馬；千里馬。⑫「彪」，打；抽打。⑬「打將鞭」，懲罰軍官的鞭。

【倘秀才】這里是競〔一〕①性命的沙場②地面，且講不得君臣体面③，則怕〔二〕犯〔三〕風流見〔四〕罪愆〔五〕④。我呵圪〔六〕塔⑤地勒住征駒⑥，立在這邊。

〔校〕〔一〕「競」原本作「竟」，各本均已改。〔二〕「怕」原本作「帕」，各本均已改。〔三〕「犯」原本作「祀」，隋樹森本、鄭騫本未改，盧冀野本改作「肆」，其他各本均改作「犯」。徐沁君本校記云：「曾瑞《留鞋記》第一折：『便犯出風流罪，暗約下雨雲期。』無名氏《陳州糶米》第三折：『可不先犯了個風流罪。』自應作『犯』，『祀』爲『犯』之形誤。」王季思本校記云：「今據文意改」，甯希元本校記云：「原本『犯』字，形誤爲『祀』。今改。」〔四〕原本「見」字，王季思本誤作「兒」。〔五〕「愆」原本作「[illegible]」，隋樹森本、盧冀野本未改，其他各本均改作「愆」。〔六〕原本「我呵」爲小字，無「圪」字，盧冀野本、隋樹森本、鄭騫本、赤松紀彦本未補，王季思本將「呵」改作「坷」，徐沁君本、甯希元本補「圪」字。

〔注〕①「競」，争。②「沙場」，戰場。③「体面」，面子；體統。④「罪愆」，罪過；罪惡。⑤「圪塔」，猶「一下子」，形容動作迅速。⑥「征騌」，戰馬。

【滚綉球】〔一〕我則見御園①，怎生迭〔二〕②這戰場寬展③，却𤎅〔三〕④強如⑤那亂烘烘地荆棘侵天⑥。我則見嫩茸茸緑〔四〕莎⑦軟，〔五〕轉轉翠袖⑧展，撒撒⑨地馬蹄兒輕健⑩，你便丹青⑪巧筆⑫也難傳⑬。我則見皂羅袍⑭都掠〔六〕显宫花⑮露，深烏馬冲開緑柳烟，殺氣盤旋⑯。

〔校〕〔一〕【滚綉球】原本作【衮綉求】，各本均已改，盧冀野本、隋樹森本、赤松紀彦本「球」作「毬」。〔二〕「迭」原本殘作「[illegible]」，隋樹森本、盧冀野本、赤松紀彦本作「送」，鄭騫本、甯希元本、王季思本作「選」，徐沁君本作「迭」。按，「迭」字是，「迭」有「及；比；够」義。〔三〕原本「𤎅」字，鄭騫本、赤松紀彦本未改，其他各本均作「煞」。按，「𤎅」同「煞」。〔四〕「緑」原本殘作「[illegible]」，各本均校作「緑」。〔五〕盧冀野本「軟」字誤斷屬下句。「轉」上鄭騫本補一空圍，徐沁君本補「宛」字，甯希元本、王季思本補「寬」字。其他各本未補。甯希元本校記云：「原本無『寬』字，今補。徐本補作『宛轉轉』，似不文。」王季思本「依文意補」。〔六〕「掠」原本作「畧」，盧冀野本、隋樹森本作「略」，其他各本均改作「掠」。徐沁君本校記云：「鄭光祖《倩女離魂》第二折：『向沙堤款踏，莎草帶霜滑，掠濕湘裙翡翠紗。』元刊本范康《竹葉舟》第三折：『露寒掠濕蓑衣透。』本曲『掠濕宫花露』與上例同。『略』與『掠』音同致誤。」按，此字與下句「冲」對言，合用動詞，「掠」字是。

〔注〕①「御園」，皇帝的苑囿。亦作「御苑」。②「迭」，比；及。③「寬展」，寬敞；寬闊。④「瞧」，同「煞」，很；極；甚。⑤「強如」，强于；比……强。「如」是比較標記。「A 强如 B」體現 VO 型的語序類型。⑥「荊棘侵天」，荊棘多而高大。「荊棘」泛指多刺灌木。「侵天」即靠近天，言其高。⑦「綠莎」，綠色的莎草，泛指綠草地。⑧「翠袖」，青綠色的衣袖，也代指美麗女子。⑨「撒撒」，擬聲詞，狀馬在草地上跑的聲音。⑩「輕健」，輕捷强健。⑪「丹青」，紅色和青色；丹砂和青雘。代指畫工、畫家。⑫「巧筆」，妙筆。⑬「傳」，傳達；展示。⑭「皂羅袍」，黑色絲織品製成的袍子。⑮「宮花」，皇宮中的花。⑯「盤旋」，旋轉；打轉。

【倘秀才】那廝門旗[①]下把我容顏望見，則〔一〕諕〔二〕得那廝鞍心里身軀倒偃[②]，則〔三〕看你再敢人前說大言[③]。這廝為甚麼則管里[④]斯俄延[⑤]，不肯動轉[⑥]？

〔校〕〔一〕〔三〕盧冀野本「則」改作「只」。按，「則」同「只」。〔二〕原本「諕」字，徐沁君本、王季思本、甯希元本改作「唬」。

〔注〕①「門旗」，軍營、陣前的旗子，也指帝王儀仗之一。②「倒偃」，倒。③「大言」，大話。④「則管里」，只管。⑤「俄延」，延緩；耽擱。⑥「動轉」，行動；活動。

【呆古朵】那廝管見我這单雄信[①]屈死的冤魂見〔一〕，嗏！你今日合交〔二〕替他生天[②]。這的又〔三〕打不得関節[③]，立不得證〔四〕見[④]。你也難把殘生[⑤]免，你則照管[⑥]着天灵片[⑦]。你待变黿來難入水，化鶴來難上天。

〔校〕〔一〕原本「見」字，鄭騫本、赤松紀彥本未改，其他各本均改作「現」。按，「見」同「現」。〔二〕原本「交」字，盧冀野本、隋樹森本改作「教」。按，「交」同「教」。〔三〕盧冀野本「又」字認作重文符號，校作二「的」字。〔四〕「證」原本作「正」，各本均已改。

〔注〕①「單雄信」，隋末唐初猛將。②「生天」，升天；行善者轉生天道。③「関節」，關係；關鍵。④「證見」，證據。⑤「殘生」，殘餘的歲月、生命。⑥「照管」，照看；照顧。⑦「天灵片」，天靈蓋。

【叨叨令】那廝槍尖兒武藝都呈遍[①]，被我遮截架隔[②]難施展。這廝輸贏勝〔一〕敗登時③現，〔二〕存亡死活分明見。嗏！論〔三〕到打也末哥，論〔四〕到打也末哥，這番交馬④應无善。

〔校〕〔一〕「輸贏勝」原本「輸贏」殘損，「勝」原本作「盛」，各本均校作「輸贏勝」。〔二〕「存」上原本有一「見」字，隋樹森本保留并斷屬上句，其他各本均删去。〔三〕〔四〕赤松紀彦本「論」改作「輪」。

〔注〕①「呈遍」，都呈現完。②「遮截架隔」，攔截阻隔，比武的接招動作。③「登時」，立時；馬上。④「交馬」，騎馬交戰、交鋒。

【伴讀書】則〔一〕①見颯颯②地陰〔二〕風③剪④，將這昏澄澄〔三〕⑤塵埃踐，不剌剌⑥征駹⑦似紗灯⑧般轉，都速速⑨把不定⑩渾身戰。看元告將元吉天灵建〔四〕⑪，見元帅到根〔五〕前⑫。

〔校〕〔一〕盧冀野本「則」改作「只」。按，「則」同「只」。〔二〕「陰」原本作「因」，各本均已改。〔三〕原本「澄澄」，鄭騫本、王季思本改作「沉沉」。鄭騫本校記云：「音近致誤，據文義改」，王季思本從。〔四〕該句「天」原本作「吴」，「建」原本作「徤」，隋樹森本、盧冀野本校作「看元吉將元吉吴靈健」，鄭騫本、赤松紀彦本作「看元告將元吉天靈健」，徐沁君本、甯希元本作「看元吉將天靈健」，王季思本作「看原告將元吉天靈健」。鄭騫本校記云：「（看元告）此三字待校」，徐沁君本校記云：「盧、隋本已將『元告』改作『元吉』矣，但猶存下『元吉』，似贅，今删改。『吴』自爲『天』之形誤。」王季思本校記云：「句中『天』字原作『吴』，從鄭校本改。」甯希元本校記云：「『元告』二字當爲衍文；『吴』，爲『天』之形誤。」〔五〕原本「根」字，隋樹森本、徐沁君本、王季思本改作「跟」。按，「根前」同「跟前」，元代文獻習見。

〔注〕①「則」，只。②「颯颯」，擬聲詞，狀風聲。③「陰風」，陰冷的風；帶有殺伐之氣的風。④「剪」，颳（風）。⑤「昏澄澄」，塵土飛揚貌；昏暗。亦作「昏鄧鄧」。⑥「不剌剌」，擬聲詞，狀馬跑聲。⑦「征駹」，戰馬。⑧「紗灯」，用紗籠罩的可旋轉的燈。⑨「都速速」，顫抖貌。⑩「把不定」，控制不住；把控不住。⑪「建」，打；擊打。「建」有「執持；拿起」義，《孔子家語·六

本》：「曾子耘瓜，誤斬其根。曾晳怒，建大杖以擊其背。」「打；擊打」義當由「執持；拿起」義引申而來。⑫「根前」，同「跟前」，面前；身邊；眼前；附近；旁邊。

【笑和尚】您您您弟兄每①斷顧〔一〕恋②，俺俺俺臣宰③每实埋怨，休休休終久④是他親眷，嗏嗏嗏〔二〕這鉄鞭，你你你合請奠〔三〕⑤，來來來俺且⑥看俺西府秦王⑦面⑧。

〔校〕〔一〕「顧」原本作「雇」，各本均已改。〔二〕「嗏嗏嗏」原本作一個「嗏」和一個重文符號，隋樹森本、盧冀野本作「嗏嗏」，其他各本均作「嗏嗏嗏」。〔三〕原本「奠」字，徐沁君本、王季思本改作「佃」，其他各本未改。按，「請佃」亦作「請奠」。

〔注〕①「每」，們，複數標記。②「顧恋」，顧念留戀。③「臣宰」，大臣宰輔。④「終久」，終究。⑤「請奠」，多作「請佃」，接受；承受。⑥「且」，姑且；權且。⑦「西府秦王」，李世民。⑧「面」，面子；臉面。

【倘秀才】我接住槍待①使些兒空〔一〕便②，是誰班〔二〕③住手不能動轉④？把這厮不打死呵⑤朝中又弄權⑥。他苦〔三〕哀告⑦，意懸懸⑧，赦免。

〔校〕〔一〕「空」原本作「控」，盧冀野本、隋樹森本未改，其他各本均作「空」。〔二〕原本「班」字，徐沁君本、王季思本改作「扳」，隋樹森本作「搬」，其他各本未改。〔三〕「苦」原本作「若」，隋樹森本、盧冀野本未改，其他各本均改作「苦」。

〔注〕①「待」，要。②「空便」，方便；機會。③「班」，同「扳」。④「動轉」，行動；活動。⑤「呵」，的話，表假設的後置詞。⑥「弄權」，濫用權力。⑦「哀告」，哀求。⑧「意懸懸」，心神不定貌。

【滚綉球】〔一〕我瞧〔二〕①不待言，不近前，你也不分良善，又不是不知我抱虎而眠②。這厮不納賢〔三〕③，不可怜，不送〔四〕俺一遍，交〔五〕這厮落不的个尸首完〔六〕全。這厮不彫折〔七〕脊梁也難消我這恨，把這厮〔八〕不打碎天灵沙〔九〕④怎报我冤？怎不交〔十〕我忿氣⑤冲天！

〔校〕〔一〕【滚綉球】原本作【衮綉求】，各本均已改，盧冀野本、隋樹森本、赤松紀彦本「球」作「毬」。〔二〕原本「瞧」字，鄭騫本、赤松紀彦本未改，王季思本作「默」，其他各本均改作「煞」。按，「嗻」同「煞」。〔三〕盧冀野本「賢」改作「賦」。〔四〕甯希元本「送」改作「鬆」，校記云：「原本『鬆』字，音假爲『送』。今改。各本失校。」〔五〕〔十〕原本「交」字，隋樹森本、盧冀野本改作「教」。按，「交」同「教」。〔六〕「完」原本作「元」，各本均已改。〔七〕「折」原本作「拆」，盧冀野本、隋樹森本未改，其他各本均改作「折」。〔八〕原本無「厮」字，盧冀野本、隋樹森本未補，其他各本均已補。〔九〕原本「沙」字，徐沁君本、甯希元本改作「吵」，其他各本未改。盧冀野本「沙」字自成一句。

〔注〕①「嗻」，同「煞」，呵；啊。②「抱虎而眠」，抱著老虎睡覺，形容戰戰兢兢、謹言慎行。③「納賢」，任用賢人。④「沙」，表假設的後置詞，相當于「的話」，元代白話文獻習見。⑤「忿氣」，怒氣。

【快活三】謝吾皇把罪愆〔一〕①免，打元吉丧黄泉②。我這里曲躬躬③的朝拜怎敢訛言〔二〕④，再把天顔⑤見〔三〕。

〔校〕〔一〕「愆」原本作「僁」，盧冀野本、隋樹森本未改，其他各本均改作「愆」。〔二〕原本「訛言」，徐沁君本改作「俄延」。〔三〕「見」原本作「現」，盧冀野本、徐沁君本、甯希元本改作「見」，其他各本均未改。

〔注〕①「罪愆」，罪惡；罪過。②「丧黄泉」，死。③「曲躬躬」，彎著身體，以示恭敬。④「訛言」，撒謊；説假話。⑤「天顔」，帝王的容顔。

【鮑老兒】我吃一万金瓜①也不怨天，則称了我平生願。元吉那厮一灵兒②正訴冤，敢論告③它〔一〕閻王殿。這厮那嚚〔二〕浮詐偽④，輕薄諂佞⑤，那里有納士招賢⑥。那凶頑狠劣⑦，奸滑狡倖〔三〕⑧，則待⑨篡位奪權⑩！〔四〕

〔校〕〔一〕原本「它」字，赤松紀彦本未改，其他各本均改作「他」。按，「它」同「他」。〔二〕「嚚」原本作「器」，盧冀野本、隋樹森本未改，其他各本均改作「嚚」。〔三〕「奸滑狡倖」原本作「奸滑校幸」，隋樹森本、盧冀野本校作「奸滑僥倖」，鄭騫本、徐沁君本作「奸滑狡倖」，王季思本作「奸猾狡倖」，甯希元本、赤松紀彥本作「奸滑狡幸」。〔四〕此處王季思本補「（下）」。

〔注〕①「金瓜」，古代衛士所執金色銅質瓜形兵仗，可用來擊殺他人。②「一灵兒」，靈魂。③「論告」，論列罪狀上告。④「囂浮詐僞」，虚浮、欺詐、虚僞。⑤「輕薄諂佞」，輕佻浮薄，阿諛逢迎。⑥「納士招賢」，招納、任用有才能的人。⑦「凶頑狠劣」，凶惡、頑劣、狠毒。⑧「奸滑狡倖」，奸詐、狡猾、凶狠。⑨「則待」，只要；只想。⑩「篡位奪權」，篡奪皇位，奪取政權。

題目　　齊元吉兩争鋒

正名　　尉遲恭三奪槊〔一〕

古杭新刊的本尉遲恭三奪槊〔二〕

〔校〕〔一〕正名與尾題「尉」原本作「蔚」，「槊」原本作「搠」，各本均已改。〔二〕尾題盧冀野本、甯希元本作「尉遲恭三奪槊雜劇終」，鄭騫本作「尉遲恭三奪槊終」，徐沁君本作「古杭新刊的本《尉遲恭三奪槊》」，隋樹森本、王季思本、赤松紀彥本删尾題。

新刊関目漢高皇濯足氣英布全

尚仲賢

校本五種

鄭騫本：鄭騫《校訂元刊雜劇三十種》

徐沁君本：徐沁君《新校元刊雜劇三十種》

甯希元本：甯希元《元刊雜劇三十種新校》

王季思本：王季思《全元戲曲》（第三卷）

赤松紀彦本：赤松紀彦等《元刊雜劇の研究》（一）

第一折

（正〔一〕末扮英布引卒子①上，開）某〔二〕乃黥額夫英布②。□□〔三〕霸王③麾下④，鎮守着揚〔四〕州、六合、淮地。漢中王⑤有意東迁，重〔五〕臣子房⑥已奏，陛下不可⑦。有于子琪〔六〕告变⑧，不合⑨襲於殿后。〔七〕漢王不從，濉水大敗⑩，折⑪漢軍四十六萬，片甲⑫不回。〔八〕

〔校〕〔一〕「正」原本作「止」，各本均已改。〔二〕「某」原本作「厶」，各本均已改。〔三〕此二字漫漶不清，覆元槧本空缺，鄭騫本「據文義補」作「在楚」，徐沁君本、王季思本作「今在」，甯希元本作「佐于」，赤松紀彦本作二空圍。徐沁君本校記云：「藏本第二折，正末白：『咱英布一向在項王麾下，擁四十萬眾，鎮守九江。』以彼例此，第一折正末的開場白，當爲『今在霸王麾下』云云。」王季思本從徐沁君本。甯希元本校記云：「原本『佐于』二字漫漶不清，姑依文義補。鄭本補作『在楚』，徐本補作『今在』。」〔四〕「揚」原本作「楊」，各本均已改。〔五〕「重」原本作「眾」，鄭騫本、王季思本、赤松紀彥本未改，徐沁君本改作「宰」，甯希元本改作「重」。徐沁君本校記云：「據第三折正末白，稱子房爲丞相，今改。」甯希元本校記云：「原本『重』字，音假爲『眾』。今改。」〔六〕原本「于子琪」，徐沁君本、王季思本改作「虞子期」，甯希元本作「虞子琪」，鄭騫本、赤松紀彥本未改。按，「虞子期」是明代甄偉《西漢通俗演義》中虛構的人物。不改。〔七〕「陛下」至「殿後」，徐沁君本、甯希元本、王季思本置于引號内，當作子房的話。按，「某乃」至「不回」皆爲英布的賓白，「某乃」至「淮地」是英布自我介紹，「漢中」至「不回」是英布轉述戰勢，「陛下不可」等三句并不是張子房的話，故不須加引號。〔八〕此處徐沁君本、王季思本補「（唱）」。

〔注〕①「卒子」，士卒；士兵。②「黥頟夫英布」，秦末漢初名將，曾受黥刑，額上刺字，以墨塗之。故英布亦稱「黥布」。③「霸王」，楚霸王項羽。④「麾下」，旗下；部下。⑤「漢中王」，劉邦。⑥「子房」，張良，字子房。⑦「不可」，不同意。⑧「告变」，報告發生變故。⑨「合」，該；應該。⑩「濉水大敗」，楚漢戰争之濉水大戰劉邦慘敗。⑪「折」，折損；損失。⑫「片甲」，一副鎧甲，代指一兵一卒。

【仙吕】〔一〕【點絳唇】楚將極多，漢軍微末①，特輕可②，戰不到十合③，向④濉水河邊破⑤。

〔校〕〔一〕原本無宫調名【仙吕】，各本均已補。

〔注〕①「微末」，微小；細微。此指軍事力量弱。②「輕可」，尋常；一般；輕易。此指軍事力量弱。③「合」，量詞，稱量交戰的次數。④「向」，往。⑤「破」，潰敗；失敗。

【混江龍】今番①已過，這回不索②起干戈③。主公④倚仗着范增⑤、英布，怕甚末韓信⑥、蕭何⑦。我則待⑧獨分兒⑨興隆⑩起楚社稷，怎肯交劈半兒⑪停分⑫做漢山河？（外〔一〕云了）〔二〕堦直下⑬人來報，不由我嗔容⑭忿忿⑮，冷笑呵呵⑯。

〔三〕隋〔四〕何來？他是漢家臣，這的是楚軍寨，他來這里有甚事？這漢好大膽呵！（怒唱）

〔校〕〔一〕徐沁君本「外」改作「探子」，校記云：「據臧本改。按：本劇以『外』（『外末』）扮隨何，故這裏改去『外』字，從臧本徑稱探子，以免混淆。」〔二〕此處徐沁君本、王季思本補「（正末唱）」。〔三〕此處鄭騫本、徐沁君本、王季思本、赤松紀彦本補「（云）」。〔四〕原本「隋」字，鄭騫本、徐沁君本、王季思本改作「隨」。

〔注〕①「今番」，這回；此次。②「索」，須。③「干戈」，戰爭；戰火。④「主公」，臣下對君主的稱呼。⑤「范增」，秦末楚霸王項羽的主要謀士。⑥「韓信」，西漢開國功臣、軍事家。⑦「蕭何」，西漢開國功臣、政治家。⑧「則待」，只想；只要。⑨「獨分兒」，一人包攬；一人擔當。⑩「興隆」，使興旺、興盛。⑪「劈半兒」，一分爲二。⑫「停分」，平分；等分。⑬「堦直下」，台階下。「堦」同「階」。⑭「嗔容」，怒容。⑮「忿忿」，憤怒不平貌。⑯「呵呵」，擬聲詞，狀冷笑聲。

【油葫芦】這漢佀三歲孩兒小覷①我，怎生敢恁末②！是③他不尋思到此怎收羅④？恰便佀寒森森⑤劍戟傍〔一〕邊過，有如⑥他明颩颩⑦斧鉞叢中坐。是他忒不合，忒騁〔二〕過。恰便佀个飛蛾兒急颭颭⑧來投火，便是他自攬下一頭蹉⑨。

〔校〕〔一〕原本「傍」字，鄭騫本、赤松紀彦本未改，其他各本均改作「旁」。按，「傍」同「旁」。〔二〕「騁」原本作「聘」，各本均已改。

〔注〕①「小覷」，小看；輕視。②「恁末」，那樣。③「是」，如果。④「收羅」，收場；了結。⑤「寒森森」，形容寒氣逼人。⑥「有如」，好像；就像。⑦「明颩颩」，形容十分明亮。⑧「急颭颭」，焦急貌。⑨「一頭蹉」，一場災禍。

【天下樂】這漢滅相①自〔一〕家②煞③小可④，如還我，不壞了他，則俺那楚王知到〔二〕做了咱的罪過。他待要⑤使見識⑥，厮勾羅⑦，不由我按不住心上火。

〔校〕〔一〕甯希元本「自」改作「咱」。〔二〕原本「到」字，赤松紀彦本未改，鄭騫本作「道」，其他各本均作「倒」。按，「到」同「倒」。

〔注〕①「滅相」，輕視；藐視。②「自家」，我。③「煞」，太；甚。④「小可」，細小；低微；尋常。⑤「待要」，想要。⑥「使見識」，用計謀；使手段。⑦「勾羅」，引誘；勾引。

〔一〕小校①那里！如今那漢過來，持刀斧手便与我殺了〔二〕者！交那人過來。（等隋〔三〕何過來見了）（唱賓）〔四〕住者②！你休言語！我根〔五〕前③下説詞④那！（等隋〔六〕何云了）〔七〕

〔校〕〔一〕此處鄭騫本、徐沁君本、王季思本、赤松紀彦本補「（云）」。〔二〕「我殺」原本不清，「了」原本作「丁」，鄭騫本「與」與「了」間作三個空圍，其他各本三字均作「我殺了」。〔三〕〔六〕「隋」原本作「隋」，甯希元本、赤松紀彦本改作「隋」，其他各本均作「隨」。〔四〕此處徐沁君本補「（正末云）」。〔五〕原本「根」字，徐沁君本、王季思本改作「跟」，其他各本均未改。〔七〕此處徐沁君本、王季思本補「（唱）」。

〔注〕①「小校」，小卒。②「者」，祈使語氣詞。③「根前」，同「跟前」，本是方位詞，元代承擔了蒙古語的與位格標記功能，相當于後置的「對」或「向」。「我根前」，即對我；向我。④「下説詞」，指下勸説、游説之詞，亦作「下説辭」。

【那吒令】三對面先生①行②道破③，那里是八拜交④仁兄來探⑤我，是你个兩賴子⑥隋〔一〕何來説⑦我。（等外〔二〕云了）〔三〕你待要着死撞活⑧，將功折過⑨，你休那里信口開呵〔四〕⑩。

〔校〕〔一〕「隋」原本作「隋」，甯希元本、赤松紀彦本改作「隋」，其他各本均作「隨」。〔二〕「外」下徐沁君本補「末」字。〔三〕此處徐沁君本補「（正末唱）」，王季思本補「（唱）」。〔四〕王季思本「呵」改作「合」，校記云：「原作『呵』，音近致誤，今據元曲選本改。」

〔注〕①「三對面先生」，指説客。②「行」，是「上」的音變形式，是由元代的漢蒙語言接觸而成的與位格標記，是漢語方位詞承擔了蒙古語的格標記功能，相當于後置的介詞「對」「向」。「三對面先生行道破」，對三對面先生道破。③「道破」，説破；説明白。④「八

拜交」，指結拜。⑤「探」，探望；看望。⑥「兩賴子」，無賴。⑦「説」，説服；游説。⑧「着死撞活」，待考。⑨「將功折過」，用功勞抵消過錯。⑩「信口開呵」，不假思索、不負責任隨口胡説。亦作「信口開河」「信口開喝」「信口開合」。

【鵲踏枝】你那里話兒多，着①言語斯勾〔一〕羅②。你正是剔蝎撩蜂③，暴虎馮河④。誰交你自創〔二〕入龍潭虎窩⑤，飛不出地網天羅⑥。

〔校〕〔一〕「勾」原本作「多」，徐沁君本、赤松紀彦本未改，其他各本均改作「勾」。〔二〕原本「創」字，徐沁君本、赤松紀彦本未改，鄭騫本、王季思本改作「闖」，甯希元本改作「撞」。徐沁君本校記云：「『創入』同『搶入』『撞入』」，例句略。鄭騫本未出校，王季思本從鄭騫本改。甯希元本校記云：「原本『撞』字，音假爲『創』。今改。」

〔注〕①「着」，用。②「勾羅」，引誘；勾引。③「剔蝎撩蜂」，比喻惹是生非。④「暴虎馮河」，徒手打虎，徒步過河。比喻有勇無謀，冒險蠻幹。⑤「龍潭虎窩」，比喻危險之地。⑥「地網天羅」，到處都是羅網。亦作「天羅地網」。

【寄生草】你將你舌尖來扛，我將我劍刃磨。我心頭怎按無明火①，我劍鋒磨的吹毛過②，你舌頭便是亡身③禍。你道是特來救我目前憂，嗽！你正是不知自己在壕中卧。

〔一〕你道是救我來，你説我有甚罪過？（等外〔二〕云三个「死」字了〔三〕）（〔四〕做背驚云）打呵④打着实処，道呵⑤道着虚処。這漢怎生知道？我雖〔五〕有這罪過，如今赦了我也！（等天臣⑥上云〔六〕了）〔七〕

〔校〕〔一〕此處唯甯希元本未補「（云）」，其他各本均補。〔二〕「外」下徐沁君本補「末」字。〔三〕鄭騫本、王季思本脱「了」字。〔四〕「做」上徐沁君本補「正末」二字。〔五〕「雖」原本作「[illegible]」，覆元槧本刻作「或」，鄭騫本、王季思本作「或」，其他各本均作「雖」。〔六〕「云」原本作「去」，各本均已改。〔七〕此處徐沁君本、王季思本補「（正末唱）」。

〔注〕〔注〕①「無明火」，怒火。②「吹毛過」，吹毛可斷，謂刀劍鋒利。③「亡身」，殺身；喪命。④⑤「呵」，的話，話題標記，一

般用于列舉兩種相關或相對應的情况。⑥「天臣」，同「天使」，帝王的使者。

【玉花秋】那里發付①這殃人貨②，势到來怎生奈何！楚國天臣③还見呵，其实也難收歛，怎求和?〔一〕小校装香來。〔二〕我与你一下里④相迎你且一下里趓。

〔三〕你且兀那⑤屏風背後趓者。(等使命⑥開了)〔四〕我道楚使來取我首級⑦，却元來⑧不是，到〔五〕赦了我罪過。〔六〕

〔校〕〔一〕「小」上鄭騫本、王季思本、赤松紀彥本補「（云)」，徐沁君本補「（帶云)」。〔二〕此處徐沁君本、王季思本、赤松紀彥本補「（唱)」。〔三〕「你」上鄭騫本、徐沁君本、王季思本、赤松紀彥本補「（云)」。〔四〕「我」上鄭騫本、王季思本、赤松紀彥本補「(云)」，徐沁君本補「(正末云)」。〔五〕原本「到」字，唯赤松紀彥本未改，其他各本均改作「倒」。按，「到」同「倒」。〔六〕此處徐沁君本、王季思本補「（唱)」。

〔注〕①「發付」，打發；發落；對付。②「殃人貨」，連累、坑害他人的家伙。③「天臣」，同「天使」，帝王的使者。④「一下里」，一邊；一處；一方面。⑤「兀那」，那；那個。⑥「使命」，使者；使臣。⑦「首級」，被斬下的人頭。⑧「元來」，原來。

【后庭〔一〕花】不争①這楚天臣②明道破③，却把你个漢隋〔二〕何謊對脫④。〔三〕去了天臣呵!〔四〕我如今喚你來從頭兒问，隋〔五〕何，看你支吾⑤咱說个甚末？這風波，忒來的歇禍⑥！元來⑦都番〔六〕⑧成他的佐〔七〕科。(等外〔八〕出來共⑨使命⑩相見了）(〔九〕做門外猛見科〔十〕)〔十一〕这漢大膽麼！誰請你來？自走出來了！（做共外〔十二〕打手势科〔十三〕)〔十四〕你且⑪藏者⑫!〔十五〕

〔校〕〔一〕「庭」原本作「亭」，各本均已改。〔二〕〔五〕「隋」原本作「隋」，甯希元本、赤松紀彥本改作「隋」，其他各本均作「隨」。〔三〕此處鄭騫本、徐沁君本、王季思本、赤松紀彥本補「（帶云)」。〔四〕此處徐沁君本、王季思本、赤松紀彥本補「（唱)」。〔六〕原本「番」字，鄭騫本、赤松紀彥本未改，其他各本均改作「翻」。按，「番」同「翻」。〔七〕原本「佐」字，鄭騫本改作「作」，甯希元本改作「做」，其他各本未改。〔八〕「外」下徐沁君本補「末」字。〔九〕「做」上徐沁君本補「正末」二字。〔十〕「科」下徐沁君本、赤松紀彦本補「云」字。〔十一〕此處鄭騫本、王季思本補「（云）」。〔十二〕「外」下徐沁君本補「末」字。〔十三〕「科」下徐沁君本、赤松紀彦本補「云」字。〔十四〕此處鄭騫本、王季思本補「（云）」。〔十五〕此處徐沁君本、王季思本補「（唱）」。

〔注〕①「不争」，不想；想不到。②「天臣」，同「天使」，帝王的使者。③「道破」，説破；説明白。④「對脱」，拆穿；戳穿。⑤「支吾」，應付；對付。⑥「歇禍」，確切義待考。徐沁君本云，該詞亦作「歇和」「協和」「叶和」，「歇禍」當爲「協和」或「叶和」的音誤。甯希元本云，河南方言以上緊、厲害爲「歇禍」，另有作「解火」者，本字或當爲「蠍虎」。⑦「元來」，原來。⑧「番」，同「翻」。⑨「共」，和；與。⑩「使命」，使者；使臣。⑪「且」，暫且；姑且。⑫「者」，祈使語氣詞。

【金盞兒】諕〔一〕的我面沒羅①，呆荅〔二〕合②，想伊③膽到〔三〕④天來大！料應把那口⑤吹毛過⑥的劍先磨，坑察〔四〕⑦的着咽頸⑧，血瀝瀝〔五〕⑨帶着肩窩⑩。不争⑪你杀了他楚使命，則被你送⑫了我也漢隋〔六〕何！

〔七〕拿着那漢者⑬！這人大膽！俺楚家使命，你如何敢杀了他！（等外〔八〕云了）〔九〕我門外摇着手做意里〔十〕！道你且休出來，且藏者⑭！我幾時交你殺了他使命來？（等外〔十一〕再云了）（〔十二〕怒云）小校！拿着這漢！咱見楚王去來！（等外〔十三〕云了）（〔十四〕做惨科，背云）我若拿將這漢見楚王去，這漢是文字官⑮，不曾問一句，敢説一堆老婆舌頭⑯！我是个武職將⑰，幾時折辨⑱過來？（做尋思科，住〔十五〕）〔十六〕

〔校〕〔一〕原本「諕」字，鄭騫本、赤松紀彦本改作「唬」。〔二〕「呆」原本作「口」，各本均失校。甯希元本「荅」改作「搭」。按，「口」是「呆」之誤，「口荅合」不詞，「荅合」即「答孩」「打孩」「打頦」，此四形僅用于「呆」字之後，狀發呆、痴呆之貌。因押韵改用「合」字，【金盞兒】第一、二、三、四、六、八句押韵，韵脚字依次爲：「羅」「合」「大」「磨」「窩」「何」，具屬「歌戈」韵。而「孩」「頦」均爲「皆來」韵，不能押韵。

〔三〕原本「到」字，徐沁君本、甯希元本改作「倒」，其他各本未改。〔四〕原本「坑察」，徐沁君本改作「圪擦」，甯希元本作「圪察」，其他各本未改。〔五〕「瀝瀝」原本作「嚦嚦」，各本均已改。〔六〕「隋」原本作「隋」，甯希元本、赤松紀彦本改作「隋」，其他各本均作「隨」。〔七〕「拿」上鄭騫本、徐沁君本、王季思本、赤松紀彦本補「（云）」。〔八〕「外」下徐沁君本補「末」字。〔九〕此處鄭騫本、王季思本、赤松紀彦本補「（云）」，徐沁君本補「（正末云）」。〔十〕「做意里」，原本無「做」字，徐沁君本、甯希元本補「做」字，「里」改作「哩」，「哩」下點斷。其他各本「手」下點斷，「意里」斷屬下句，鄭騫本作「意裡」，王季思本作「意裏」，赤松紀彦本作「意里」。〔十一〕「外」下徐沁君本補「末」字。〔十二〕「怒」上徐沁君本補「正末」二字。〔十三〕「外」下徐沁君本補「末」字。〔十四〕「做」上徐沁君本補「正末」二字。〔十五〕「住」下徐沁君本補「唱」字。〔十六〕此處王季思本補「（唱）」。

〔注〕①「面沒羅」，發痴；發呆；面無表情。②「呆荅合」，發呆；痴呆。亦作「呆答孩」「呆打孩」「呆打頦」。③「伊」，他。④「到」，同「倒」。⑤「口」，量詞，稱量刀劍。⑥「吹毛過」，吹毛可斷，謂刀劍鋒利。⑦「坑察」，擬聲詞，咔嚓。⑧「咽頸」，脖子。⑨「血瀝瀝」，血淋淋；鮮血淋漓貌。⑩「肩窩」，肩膀凹陷處。⑪「不爭」，不想；想不到。⑫「送」，斷送；葬送。⑬⑭「者」，祈使語氣詞。⑮「文字官」，文官。⑯「老婆舌頭」，謂善説花言巧語，搬弄是非。⑰「武職將」，武官；武將。⑱「折辨」，分辨；申明。

【雁兒】楚王若是問我:〔一〕「英布，他是漢家，咱是楚家，你不交書吽他去沙〔二〕，他如何敢來?」〔三〕到底難將伊①着末②。你恰施劣缺③，显雄合④。你个哥!〔四〕哎！你殺了他楚使!〔五〕却不道我如何!

〔六〕侶此怎生了！（等外〔七〕云降漢了）〔八〕你交我降你漢家？這楚王不曾亏我。我使⑤降漢，肯重用麽？（外〔九〕云了）〔十〕

〔校〕〔一〕此處鄭騫本、徐沁君本、王季思本補「（帶云）」，赤松紀彦本補「（云）」。〔二〕原本「沙」字，徐沁君本、甯希元本改作

「吵」。〔三〕此處徐沁君本、赤松紀彦本補「（唱）」。〔四〕「你个哥」原本作小字，各本均改爲大字，作爲曲文。徐沁君本校記云：「今改作大字，作爲曲文。按：曲譜，『哥』字爲一字句（『你個』二字是襯字），叶韵。」「哥」下鄭騫本、徐沁君本、王季思本補「（帶云）」，赤松紀彦本補「（云）」。〔五〕此處徐沁君本、王季思本、赤松紀彦本補「（唱）」。〔六〕此處鄭騫本、徐沁君本、王季思本、赤松紀彦本補「（云）」。〔七〕「外」下徐沁君本補「末」字。〔八〕此處鄭騫本、王季思本、赤松紀彦本補「（云）」，徐沁君本補「（正末云）」。〔九〕「外」下徐沁君本補「末」字。〔十〕此處徐沁君本、王季思本補「（正末唱）」。

〔注〕①「伊」，他。②「着末」，撩撥；沾染；折磨；捉弄。猶「怎麽樣」。③「劣缺」，狠毒；頑劣；乖戾。④「雄合」，待考。⑤「便」，若；如何。

【賺煞】〔一〕休把我厮催逼①，相攛掇②，英布去〔二〕今番去波！我若是不反了重瞳③楚項籍〔三〕，赤緊的④做媳婦兒先惡了翁婆⑤。怎存活？便佀睁着眼跳黄河⑥。你則⑦着⑧我歸順您君王較面闊⑨。你這里怕不⑩千般兒啜摩⑪，却將我一時间謾過⑫，友〔四〕人，我則⑬怕你沒實誠闲話我赤心⑭多。

（下）

〔校〕〔一〕【賺煞】原本作【收尾】，唯赤松紀彦本未改。〔二〕原本「去」字，徐沁君本、王季思本、甯希元本據《元曲選》改作「也」，鄭騫本、赤松紀彦本未改。〔三〕「籍」原本作「藉」，各本均已改。〔四〕「友」原本作「㚢」，有校改痕迹，「㚢人」原本爲小字。鄭騫本校作「交」，并于「人」下「據文義補」一「道」字，三字改爲大字與下句連讀。徐沁君本、王季思本、甯希元本校作「友」，「友人」下點斷，并作爲夾白。赤松紀彦本校作「交」，「交人」爲大字并與下句連讀。

〔注〕①「催逼」，催促逼迫。②「攛掇」，慫恿；挑唆。③「重瞳」，一個眼球上有兩個瞳孔。④「赤緊的」，無奈何；没辦法。⑤「翁婆」，公婆。⑥「睁着眼跳黄河」，比喻走投無路、死路一

條。⑦⑬「則」，只。⑧「着」，讓；使。⑨「面闊」，重用；看重。⑩「怕不」，恐怕；也許。⑪「啜摩」，待考。⑫「謾過」，瞞過；騙過。⑭「赤心」，赤誠之心；専一的心。

第二折

（正末上〔一〕）隋〔二〕何，咱闲口論闲話。這里离城〔三〕皋関則是一射之地①，你言請我降漢，交天子擺半張鸞〔四〕駕②，出境來接，兀的天子為甚不來接？（等外末云了）〔五〕你是个謊說的好！〔六〕

〔校〕〔一〕「上」下鄭騫本、徐沁君本、王季思本、赤松紀彦本補「云」字。〔二〕「隋」原本作「随」，甯希元本、赤松紀彦本改作「隋」，其他各本均作「隨」。〔三〕原本「城」字，鄭騫本、赤松紀彦本未改，其他各本均改作「成」。〔四〕原本「鸞」字，各本均改作「鑾」。按，「鸞駕」同「鑾駕」。〔五〕此處徐沁君本補「（正末云）」，鄭騫本、王季思本、赤松紀彦本補「（云）」。〔六〕此處徐沁君本、王季思本補「（唱）」。

〔注〕①「一射之地」，一箭所能達到的距離。②「鸞駕」，帝王的車駕，也代指帝王。亦作「鑾駕」。

【南吕】〔一〕【一枝花】抵多少不〔二〕欽奉皇○〔三〕宣，不〔四〕遵敬將軍令。不由我不背反①，不由我不掀騰②。兩國攙〔五〕争③，難使風雷性④。三不歸⑤，一滅行⑥。着死圖生⑦，劍斫⑧了差來的使命⑨。

〔校〕〔一〕原本無宫調名【南吕】，各本均已補。〔二〕甯希元本「不」改作「个」，以「不」爲「个」之形誤。〔三〕原本「○」，徐沁君本校作「命」，其他各本均校作「帝」。〔四〕甯希元本删「不」字，以「不」爲衍字。〔五〕「攙」原本作「巉」，唯徐沁君本未改，其他各本均改作「攙」。

〔注〕①「背反」，反叛；叛國。②「掀騰」，折騰；鬧騰。③「攙争」，争鬥；争戰。④「風雷性」，像風雷一様的性格，比喻脾氣急躁、暴躁、易怒。義同「風火性」。⑤「三不歸」，無著落。⑥「一滅行」，任意妄爲，不顧一切。⑦「着死圖生」，死裏尋生。⑧「斫」，砍。⑨「使命」，使者；使臣。

【梁州第七〔一〕】不由我实丕丕①興刘滅楚，却這般笑吟吟②背暗投明③。太平只許將軍定。折末④提人頭厮捽，噙热血相噴，折末⑤势雄雄⑥厮併〔二〕⑦，威糾糾⑧相持〔三〕⑨，齊臻臻⑩領將排兵，鬧垓垓⑪虎鬥龍争。俺也曾湿浸浸⑫卧雪眠霜⑬，圪搭搭⑭登山驀嶺⑮，俺也曾緝〔四〕林林⑯劫寨偷营⑰。隋〔五〕何！喒是綰角兒⑱弟兄，漢中王不把咱欽敬⑲，都說他是真命⑳。侶這般我覷㉑重瞳㉒煞㉓輕省㉔，那武藝我手里怎地施呈㉕。（做到寨科，城外屯軍㉖了）（等外末云了）〔六〕我則這营門外等者㉗！你則疾出來！〔七〕

〔校〕〔一〕原本無「第七」，鄭騫本、赤松紀彦本未補，其他各本均補。〔二〕徐沁君本「併」改作「并」。〔三〕鄭騫本校記云：「（勢雄雄相併　威糾糾相持）上句不應協韻而協，下句必須協韻而不協，此兩句疑是誤倒。」〔四〕王季思本「緝」改作「漆」，未出校。〔五〕「隋」原本作「随」，甯希元本、赤松紀彦本改作「隋」，其他各本均作「隨」。〔六〕此處鄭騫本、王季思本、赤松紀彦本補「（云）」，徐沁君本補「（正末云）」。〔七〕此處徐沁君本、王季思本補「（唱）」。

〔注〕①「实丕丕」，實實在在。亦作「實坯坯」「實呸呸」。②「笑吟吟」，微小貌。③「背暗投明」，同「棄暗投明」，本指背棄暗弱之主，投靠賢明之主。後指斷絶與黑暗勢力的關係，走向光明大道。（参見《漢語大詞典》）④⑤「折末」，或者；要麽。⑥「勢雄雄」，氣勢雄壯貌。⑦「併」，拼殺；戰鬥。⑧「威糾糾」，威風貌。⑨「相持」，兩方對立，互相牽制，難分勝負。⑩「齊臻臻」，齊整貌。⑪「鬧垓垓」，喧鬧、雜亂貌。⑫「濕浸浸」，濕潤貌。⑬「卧雪眠霜」，卧在霜雪上睡覺，比喻艱苦。⑭「圪搭搭」，擬聲詞，狀步履聲。⑮「登山驀嶺」，翻山越嶺。⑯「緝林林」，悄悄地。⑰「劫寨偷营」，偷襲地方營寨。⑱「綰角兒」，兒童束髮，借指童年。⑲「欽敬」，欽佩尊敬。⑳「真命」，真命天子。㉑「覷」，看；看待。㉒「重瞳」，一個眼球有兩個瞳孔。此指項羽。㉓「煞」，很；甚。㉔「輕省」，輕微；微小。㉕「施呈」，施展、呈現。㉖「屯軍」，駐軍；駐扎軍隊。㉗「者」，祈使語氣詞。

【隔尾】我這里撩衣破步①寧心②等，瞑〔一〕目攢眉③側耳听。我恰待高叫声隋〔二〕何，〔三〕那漢一步八个謊！〔四〕却也喚不應〔五〕。我則道是有人覷了這動静。〔六〕元〔七〕來不是人！〔八〕却是這古剌剌④風擺動营門前是這綉旗影。

（等外〔九〕出來了，〔十〕做怒云）鸞〔十一〕駕⑤那里也？隋〔十二〕何！我知道，自古已來⑥，那里有天子接降將⑦礼來！隋〔十三〕何！一句話，則是你忒説口〔十四〕⑧了些个！（做過去見駕，拜住，做猛見濯足⑨科，做氣煩惱意科，怒唱）

〔校〕〔一〕王季思本「瞑」改作「瞋」，校記云：「原本『瞑』，據元曲選本改。」〔二〕〔十二〕〔十三〕「隋」原本作「陏」，甯希元本、赤松紀彦本改作「隋」，其他各本均作「隨」。〔三〕〔六〕此處鄭騫本、徐沁君本、王季思本補「（帶云）」，赤松紀彦本補「（云）」。〔四〕〔八〕此處徐沁君本、赤松紀彦本補「（唱）」。〔五〕「應」原本作「𠼝」，各本均改作「應」。〔七〕王季思本「元」改作「原」。按，「元來」同「原來」。〔九〕「外」下徐沁君本補「末」字。〔十〕「做」上徐沁君本補「正末」二字。〔十一〕原本「鸞」字，各本均改作「鑾」。按，「鸞駕」同「鑾駕」。〔十四〕王季思本「口」改作一空圍。

〔注〕①「撩衣破步」，提起衣服，大步前進。②「寧心」，安心。③「瞑目攢眉」，閉上眼睛，皺起眉頭。④「古剌剌」，擬聲詞，狀風吹旗子聲。⑤「鸞駕」，帝王的車駕，也代指帝王。亦作「鑾駕」。⑥「已來」，以來。⑦「降將」，投降的將領。⑧「説口」，誇口；吹牛。⑨「濯足」，洗脚。

【牧羊関】分明見刘沛公①濯双足，慢②自家③有四星④，却交我撲鄧鄧⑤按不住雷霆⑥。眼睁睁謾打回合⑦，氣撲撲⑧还添意挣⑨，怒從心上起，惡向膽边生。却不見客如為客，您做的个輕人⑩还自輕。

（做怒住，出來氣科〔一〕）濯足而待賓，我不如你脚上糞草！衆軍聽我將令，則今日便回去！（等外〔二〕云了）〔三〕住！住！我若見楚王，楚王問我：「英布！你降漢家，今日不用你也，你却來！与推轉⑪者！」嗨〔四〕！這的便好道：有家難奔，有国難投！〔五〕

〔校〕〔一〕「科」下鄭騫本、徐沁君本、王季思本、赤松紀彦本補「云」字。〔二〕「外」下徐沁君本補「末」字。〔三〕此處鄭騫本、王季思本、赤松紀彦本補「（云）」，徐沁君本補「（正末云）」。〔四〕「晦」原本作「海」，各本均已改。〔五〕此處徐沁君本、王季思本補「（唱）」。

〔注〕①「劉沛公」，劉邦。②「慢」，怠慢。③「自家」，我；自己。④「四星」，十分。「四星」本是北斗七星的斗魁四星，借指秤上的四星，古人以二分半爲一星，「四星」即十分，形容程度深。（參見《漢語大詞典》）⑤「撲鄧鄧」，氣盛貌。⑥「雷霆」，喻指暴怒、盛怒。⑦「打回合」，猶交手、過招兒。⑧「氣撲撲」，生氣時呼吸急促的樣子。⑨「意挣」，發呆；發怔。⑩「輕人」，輕佻無威之人。⑪「推轉」，推出；推出斬首。

【哭皇天】誰將我這背〔一〕膊來牢扶定？（外〔二〕云了）（〔三〕怒放）待古〔四〕①你是知心好伴等②。潑刘三端的③是、端的是負功臣！既刘沛公無君臣義分④，嗏！漢隋〔五〕何啗有甚麽相知面情⑤。（帶云）你把刘邦来奚落〔六〕⑥，將英布相負〔七〕！〔八〕這公事其中間都是你的㢢〔九〕倖⑦！你殺了他生性⑧，你失了他信行⑨。（帶云）若不看从来相識，往日班行⑩，这埚儿⑪番〔十〕⑫了面皮⑬！〔十一〕

〔校〕〔一〕原本「背」字，甯希元本、赤松紀彦本改作「臂」。〔二〕「外」下徐沁君本補「末」字。〔三〕「怒」上徐沁君本補「正末」二字。〔四〕王季思本「待古」改作「特故」，未出校。按，「特故」義爲特意、故意，誤。〔五〕「隋」原本作「随」，甯希元本、赤松紀彦本改作「隋」，其他各本均作「隨」。〔六〕「落」下徐沁君本補「我」字。〔七〕「負」原本作「扶」，徐沁君本改作「欺」。按，「扶」字不通，徐沁君本據語意改爲「欺」，語意可通，但讀音相去甚遠。改爲「負」字更合適。隋何殺了楚使迫使英布投漢，劉邦卻濯足氣英布，英布備感受到侮辱，所以責怪隋何負了自己。〔八〕此處徐沁君本、赤松紀彦本補「（唱）」。〔九〕原本「㢢」字，徐沁君本、甯希元本據《元曲選》改作「弊」。〔十〕原本「番」字，唯赤松紀彦本未改，其他各本均改作「翻」。按，「番」同「翻」。〔十一〕此處徐沁君本、王季思本補「（唱）」。

〔注〕①「待古」，大概；大多。②「伴等」，夥伴；朋友。③「端的」，的確；確實。④「義分」，情分。⑤「面情」，情面；情分和

面子。⑥「奚落」，譏諷；嘲笑。⑦「嬖倖」，受寵愛。亦作「嬖幸」。⑧「生性」，生命。⑨「信行」，誠信的品行。⑩「班行」，行輩；行列；官位；官階。⑪「這堝儿」，這裏。⑫「番」，同「翻」。⑬「面皮」，臉皮；臉面。

【烏夜啼】敢交你這漢隋〔一〕何，這荅兒①里償了俺那天臣②命！漢中王見面不如聞名，分明見把自家倩〔二〕，交你做了人情，交我□□滕〔三〕。覷③楚江山〔四〕侶火上弄冬凌④，漢乾坤如碗内拿蒸餅⑤。你也不言語，不荅應，却不但行好事，莫問前程⑥。

（等外〔五〕云了）（〔六〕做氣怒科〔七〕）四十万大軍听者⑦：我也不歸漢，也不歸楚，一發⑧驪山内落草為賊⑨！隋〔八〕何！我説与你：我若反呵⑩，抵一千個霸王便筭。（做氣不忿科〔九〕）〔十〕

〔校〕〔一〕〔八〕「隋」原本作「陏」，甯希元本、赤松紀彦本改作「隋」，其他各本均作「隨」。〔二〕「倩」原本作「𣷉」，覆元槧本刻作「清」，鄭騫本、王季思本沿作「清」，徐沁君本作「請」，甯希元本改作「輕」。赤松紀彦本未改，但疑當作「請」。甯希元本校記云：「意謂劉邦怠慢于己，不過是『輕人還自輕』。原本『輕』，音假爲『清』。今改。」其他各本無校語。〔三〕「□□滕」原本殘作「[illegible]」，覆元槧本第一字空缺，後二字作「浦滕」。鄭騫本作「□□浦滕」四字，校記云：「（浦滕）未詳。此句脱去兩字，元曲選與此全異，無從校訂。」徐沁君本作「氣撲騰」，校記云：「『氣』字原空缺。『撲騰』原作『浦滕』。今補改。按：『浦滕』與『撲騰』爲同音字。」王季思本從徐沁君本補改。甯希元本作「枉了撲騰」四字，校記云：「依律，[烏夜啼] 第五句四字當韵。原本作『交我□浦騰（實爲滕）』，顯脱一字，故校補如上。徐本補作『氣撲騰』，不取。」赤松紀彦本作「□浦滕」。〔四〕「山」原本作「上」，各本均改作「山」。〔五〕「外」下徐沁君本補「末」字。〔六〕「做」上徐沁君本補「正末」二字。〔七〕「科」下鄭騫本、徐沁君本、王季思本、赤松紀彦本補「云」字。〔九〕「科」下徐沁君本補「唱」字。〔十〕此處王季思本補「（唱）」。

〔注〕①「這荅兒」，這裏。②「天臣」，帝王的使臣。③「覷」，

看；看待。④「火上弄冬凌」，比喻容易。「冬凌」，冰。⑤「碗内拿蒸餅」，比喻容易；有把握。⑥「但行好事，莫問前程」，只管做好事，不要問結果。⑦「者」，祈使語氣詞。⑧「一發」，一起；一齊；一同。⑨「落草爲賊」，落草爲寇；入山林作賊寇、强盗。⑩「呵」，表假設的後置詞，相當于「的話」。

【收尾】〔一〕不争①漢中王這一遍無行逕〔二〕②，单注③着刘天下争十年不太平！心中焦，意下顈〔三〕④，氣如虹⑤，汗侣傾。刘家邦，怎要清？刘家邦，至不寧！怨隋〔四〕何，枉保奏〔五〕！自摧殘，自争競〔六〕⑥！幾番待共⑦這說我的隋〔七〕何不干净⑧！（等外末云了）（打喝，唱〔八〕）你那里噤声⑨！噤声！〔九〕誰待將您那沒道理〔十〕的君王他那聖○〔十一〕來等！（下）

〔校〕〔一〕原本【收尾】，徐沁君本改作【黄鐘尾】，王季思本改作【煞尾】。〔二〕原本「逕」字，徐沁君本、甯希元本、赤松紀彦本改作「徑」。〔三〕原本「顈」字，徐沁君本改作「懀」，無詳細校語。甯希元本作「穎」，校記云：「徐本改『穎』爲『懀』，未言所出。按：原本作『穎』不誤。《禮記 · 少儀》：『枕几穎杖。』《困學紀聞》引文作『穎』，謂『穎然警悟也』。義當出此。」其他各本未改。〔四〕〔七〕「隋」原本作「随」，甯希元本、赤松紀彦本改作「隋」，其他各本均作「隨」。〔五〕原本「保奏」，徐沁君本改作「奏請」，校記云：「此句應叶韵。『保奏』的『奏』字失韵。」〔六〕「争競」原本作「急竟」，徐沁君本、甯希元本改作「争競」，王季思本改作「争竞」，鄭騫本、赤松紀彦本未改。按，「急」與「争」形近而誤。「竟」與「競」音同而誤。〔八〕徐沁君本「打」上補「正末」二字，删「唱」字。鄭騫本「喝」誤作「唱」。〔九〕「你那里噤声！噤声！」原本爲大字，徐沁君本改作小字、夾白，并補「（唱）」。〔十〕「理」原本作「禮」，各本均已改。〔十一〕原本「○」，鄭騫本、王季思本、甯希元本、赤松紀彦本校作「旨」，徐沁君本作「明」。

〔注〕①「不争」，不想；想不到。②「無行逕」，猶「無德行」。「行逕」同「行徑」。③「单注」，偏偏注定。④「顈」，驚覺。同「穎」。⑤「氣如虹」，精神高昂；氣勢壯盛。⑥「争競」，競争；争

强；愛計較。⑦「共」，和；與。⑧「不干净」，牽扯不清。⑨「噤声」，不作聲；閉口。

第三折

（正末上，怒云）休動樂者！英布，你自尋下這不快活來受！〔一〕

【正宫】〔二〕【端正好】鎮淮南，无征閗，倒大來①散袒〔三〕優遊②。信隋〔四〕何説謊謾人〔五〕口，待把富貴奪，功名就。

〔校〕〔一〕此處徐沁君本、王季思本補「（唱）」。〔二〕原本無宫調名【正宫】，各本均已補。〔三〕原本「袒」字，甯希元本、赤松紀彦本未改，其他各本均改作「誕」。〔四〕「隋」原本作「陏」，甯希元本、赤松紀彦本改作「隋」，其他各本均作「隨」。〔五〕原本「人」字，徐沁君本、甯希元本據《元曲選》改作「天」。

〔注〕①「倒大來」，非常；無比。②「散袒優遊」，逍遥自在；優哉游哉。「散袒」義同「散誕」。

【滚綉球】〔一〕折末①恁〔二〕皓齒②謳③，錦臂韝〔三〕④，列兩行翠裙紅袖⑤，製造下百味珍羞〔四〕⑥。顯的我越出醜，好呵！我元來則為口，待古〔五〕里⑦不曾喫酒肉，您送的我荒荒〔六〕⑧有国難投。恁〔七〕便做下那肉麵山也壓不下我心頭火，造下那酒食海也冲〔八〕不了我臉上羞！須有日报冤讐！（等外〔九〕把盞⑨科）（〔十〕做不吃酒科〔十一〕）〔十二〕

〔校〕〔一〕【滚綉球】原本作【衮秀求】，各本均已改，赤松紀彦本「球」作「毬」。〔二〕王季思本「恁」改作「您」。〔三〕「韝」原本作「𩋆」，甯希元本改作「鞲」，其他各本均改作「韝」。〔四〕甯希元本「羞」改作「饈」。〔五〕王季思本「待古」改作「特故」。〔六〕徐沁君本「荒荒」改作「慌慌」。〔七〕原本「恁」字，徐沁君本、王季思本、甯希元本改作「您」。〔八〕「冲」原本作「充」，徐沁君本改作「冲」，其他各本均改作「洗」。甯希元本校記云：「原本『洗』字，當省借爲『先』，形誤為『充』。據《元曲選》改。」〔九〕「外」下徐沁君本補「末」字。〔十〕「做」上徐沁君本補「正末」二字。〔十一〕「科」下徐沁君本補「唱」字。〔十二〕此處王季思本補「（唱）」。

〔注〕①「折末」，即使；縱使。亦作「折莫」「折麽」「遮末」「遮莫」「者末」「者莫」「者麽」「者磨」。②「皓齒」，潔白的牙齒。③「謳」，歌頌；歌咏。④「臂鞲」，臂衣，套在手臂上的套子。亦作「臂韝」。⑤「翠裙紅袖」，代指美女。⑥「百味珍羞」，各種美味佳餚。「羞」同「饈」。⑦「待古里」，大概；大多。亦作「待古」。⑧「荒荒」，受驚匆忙、倉促貌。⑨「把盞」，本指跪地敬酒，後泛指敬酒。

【倘秀才】既共俺參辰〔一〕卯酉①，誰吃恁〔二〕這閑茶浪酒②？你一个燒棧道的先生③忒絶後！你當日施謀畧，運機籌〔三〕④，煞有！

〔校〕〔一〕「辰」原本作「[illegible]」，甯希元本校作「差」，其他各本均作「辰」。按，「參辰卯酉」是習語，「參」即參星，酉時出于西方；「辰」即辰星，卯時出于東方，唐孟郊《雜曲歌辭·出門行二首》之二：「參辰出没不相待，我欲横天無羽翰。」「參」與「辰」「卯」與「酉」各自相互對立，不能同時出現。古人用「參辰卯酉」比喻互不相干或勢不兩立。該句正用此義，張良來勸説英布，英布説與其勢不兩立，不會吃他的茶與酒。〔二〕原本「恁」字，徐沁君本、王季思本改作「您」。〔三〕「籌」原本作「疇」，各本均已改。

〔注〕①「參辰卯酉」，元代習語，比喻互不相干或勢不兩立。「參」即參星，酉時出于西方；「辰」即辰星，卯時出于東方。「參」與「辰」、「卯」與「酉」各自相互對立，不能同時出現。②「閑茶浪酒」，風月場上的茶酒、飲食。③「燒棧道的先生」，喻斷絶後路，與「絶後」構成歇後語。④「機籌」，計謀；計策。

（等子房①云臣僚②了）〔一〕丞相，你説漢朝有好將軍，好宰相，有誰？你説。（等子房云王陵③了）〔二〕王陵比我會沽酒④！（等又云周勃⑤了）〔三〕周勃比我會吹簫〔四〕送殯⑥！（等又云隋〔五〕何了）〔六〕您〔七〕漢朝子⑦一个好隋〔八〕何！（等隋〔九〕何云了）〔十〕他隋〔十一〕何祖上是燕國上大夫⑧，他家里會鑚秤⑨！（等子房云樊噲⑩了）〔十二〕您子⑪一个好樊噲！（等子房云了）〔十三〕

〔校〕〔一〕〔二〕〔三〕〔六〕〔十〕此處鄭騫本、王季思本、赤松紀彦本補「（云）」，徐沁君本補「（正末云）」。〔四〕「簫」原本作「箾」，各本均已改。〔五〕〔八〕〔九〕〔十一〕「隋」原本作「隋」，甯希元本、赤松紀彦本改作「隋」，其他各本均作「隨」。〔七〕鄭騫本「您」改作「你」。〔十二〕原本「鑽秤」與「您子」之間無科介，各本均補。鄭騫本、王季思本、赤松紀彦本補「（等子房云樊噲了）（云）」，徐沁君本補「（等樊噲云了）」。〔十三〕此處徐沁君本補「（正末唱）」，王季思本補「（唱）」。

〔注〕①「子房」，張良，字子房。②「臣僚」，官員。③「王陵」，西漢開國功臣。④「沽酒」，買酒。⑤「周勃」，西漢開國功臣，名將周亞夫之父。⑥「送殯」，出殯時陪送靈柩；運送靈柩下葬。⑦⑪「子」，只；只有。⑧「上大夫」，大夫中最高級的一等。周王朝及各諸侯國官階分爲卿、大夫、士三等，每等又分上、中、下三級。⑨「鑽秤」，不詳，待考。⑩「樊噲」，西漢開國功臣，鴻門宴上曾救劉邦。

【滚綉球】〔一〕一个樊噲封做萬户侯①，他比我會殺狗，托賴②着帝王親旧③，統領着百万貔貅④。和我不〔二〕故友，枉插手，他怎肯去漢王行⑤保奏⑥。我料來子房公子你傖頭⑦。一池緑水渾都占，却怎不放傍〔三〕人下釣鈎？不許根求⑧！

（等外〔四〕云了）〔五〕丞相，這般說，我來降漢，我須沒歹意。您濯足而待賓，我不如您脚上糞草！〔六〕是天子從小里得來的証〔七〕候⑨！〔八〕

〔校〕〔一〕【滚綉球】原本作【衮秀求】，各本均已改，赤松紀彦本「球」作「毬」。〔二〕徐沁君本據《元曲選》將「不」改作「非」。〔三〕原本「傍」字，鄭騫本、赤松紀彦本未改，其他各本均改作「旁」。按，「傍」同「旁」。〔四〕「外」下徐沁君本補「末」字。〔五〕此處鄭騫本、王季思本、赤松紀彦本補「（云）」，徐沁君本補「（正末云）」。〔六〕此處鄭騫本、王季思本、赤松紀彦本補「（等子房云了）（云）」，甯希元本補「（等子房云了）」。〔七〕原本「証」字，徐沁君本、王季思本、甯希元本改作「症」，鄭騫本、赤松紀彦本未改。按，「証候」無誤，不必改校。

〔注〕①「萬户侯」，漢代最高一級的侯爵，享有萬户農民的賦税。也泛指高官貴爵。②「托賴」，依賴；倚仗；被庇護。③「親旧」，親朋舊友。④「百万貔貅」，比喻衆多勇猛的士兵。⑤「行」，那

裏；某處。是「上」的音變形式。⑥「保奏」，向朝廷、皇帝推薦人選并做擔保。⑦「傖頭」，懦夫。⑧「根求」，從根本上溯求。⑨「証候」，症狀，同「症候」。

【脫布衫】那時節豐沛縣里草履①團頭②，早晨間〔一〕露水里③尋牛，驪山驛④監夫⑤步走⑥，拖狗皮⑦醉眠石臼⑧。

〔校〕〔一〕甯希元本「間」改作「向」，未出校。

〔注〕①「草履」，草鞋。②「團頭」，古代各行業均有市肆，叫作團行。行有行老，團有團頭，是各行業的首領。（參見《漢語大詞典》）「草履團頭」，草鞋行業首領；草鞋協會會長。③「里」，既是方位詞，又承擔了離格標記功能，相當于「從……裏」。④「驛」，驛站。⑤「監夫」，監工；監督奴僕的人。劉邦曾押勞役赴驪山服役。⑥「步走」，大步快走。⑦「拖狗皮」，死皮賴臉；幫閑吃白食。⑧「石臼」，此指大石頭凹陷處。

【小梁州】那時節偏沒這般淹証〔一〕候①！陡②恁的③納諫如流〔二〕④，輕賢傲士慢諸侯⑤。无勤厚⑥，惱犯我如潑水⑦怎生收？

〔三〕我不認得恁〔四〕刘沛公，放二四⑧，拖狗皮⑨，誓〔五〕不回席。〔六〕兀的不⑩羞杀微臣！（等駕⑪做住，把盞⑫了）（〔七〕唱）

〔校〕〔一〕原本「淹証」，徐沁君本、王季思本、甯希元本改作「腌症」，鄭騫本、赤松紀彦本未改。徐沁君本校記云：「『腌』原本作『淹』。據臧本改。」王季思本、甯希元本未出校。按，「腌」爲「不潔」義，不通。「淹」指長期淹留，病不容易治好。「証」同「證」。「淹證候」習見于元曲，如王仲元【中吕·粉蝶兒】《集曲名題秋怨》：「歎姻缘節節高天際，這淹證候越隨煞愁的。想兩相思病體，把紅芍藥枉吃，有聖藥五難醫。」〔二〕甯希元本「流」誤作「洗」。〔三〕「我」上鄭騫本、徐沁君本、王季思本、赤松紀彦本補「（云）」。〔四〕王季思本「恁」改作「您」。〔五〕「誓」原本作「是」，徐沁君本、王季思本改作「世」，甯希元本改作「誓」，鄭騫本、赤松紀彦本未改。徐沁君本校記云：「『世』原作『是』。今改。參看《語辭匯釋》卷一『世（一）』條，釋云：『世，猶從也；終也。』」王季思本從徐沁君本改。甯希元本校記云：「原本『誓』，音假爲『是』。今改。」按，今從甯希元本改。〔六〕此處鄭騫本、王季思本、赤松紀彦本補「（駕上）（云）」，甯希元本補「（等駕上云了）」。〔七〕「唱」上徐沁君本補「正末」二字。鄭騫本删「（唱）」。赤松紀彦本「（唱）」改作下一曲曲牌名【幺】。

〔注〕①「淹証候」，長期淹留而不易治好的病症。②「徒」，白白地。③「恁的」，那麼；那樣。④「納諫如流」，像流水一樣接受他人建議、意見。⑤「輕賢傲士慢諸侯」，怠慢有才能的人、諸侯。⑥「勤厚」，珍惜、敬重他人。⑦「潑水」，潑出去的水。「潑水怎生收」，猶「覆水難收」。⑧「放二四」，耍無賴；放肆。「二四」是修辭學上「藏詞」中的「藏腹」，即藏的是「三」，「三」爲「散」之諧音。「放散」即放肆、任意、不拘束等義。⑨「拖狗皮」，死皮賴臉；幫閑吃白食。⑩「兀的不」，難道不；怎地不。表反問。⑪「駕」，代指皇帝。本劇駕扮劉邦。⑫「把盞」，本指跪地敬酒，後泛指敬酒。

【幺篇】〔一〕被聖恩①威懾〔二〕的忙饒後，見笑吟吟②滿捧着金甌③，見他忙勸酒，施勤厚④。〔三〕怎生見天子待花白⑤一會來，却又无言語了？哎！〔四〕無知禽獸！英布！你如鑞槍頭⑥！

（等駕跪着把盞⑦科）（〔五〕做接了盞兒，慌科，背云）後代人知，漢中王幾年幾月幾日⑧，在館驛⑨内跪着英布，吃了一盞酒。便死呵⑩也死的着也！（拜唱）

〔校〕〔一〕原本脱曲牌名【幺篇】，鄭騫本補作【幺】，赤松紀彦本將上科介「（唱）」改作【么】，其他各本均補作【幺篇】。〔二〕「懾」原本作「揖」，各本均已改。〔三〕「怎」上鄭騫本、王季思本、赤松紀彦本補「（云）」，徐沁君本補「（帶云）」。〔四〕「哎」下徐沁君本補「（唱）」，「哎」上赤松紀彦本補「（唱）」。〔五〕「做」上徐沁君本補「正末」二字。

〔注〕①「聖恩」，皇帝的恩寵。②「笑吟吟」，微笑貌。③「金甌」，金杯。④「勤厚」，珍惜、敬重他人。⑤「花白」，搶白；奚落；譏諷。⑥「鑞槍頭」，比喻中看不中用的人。亦作「銀樣鑞槍頭」。「鑞」，鉛錫合金，外觀色澤似銀，實際不中用。⑦「把盞」，

本指跪地敬酒，後泛指敬酒。⑧「幾年幾月幾日」，某年某月某日。⑨「館驛」，驛站上的賓館、旅舍。⑩「便……呵」，即便……的話。「便」，即便；即使。「呵」，表假設的後置詞，的話。

【叨叨令】請你一〔一〕个漢中王龍椅上端然①受，早來②子房③公半句兒無虚繆〔二〕④。光禄司〔三〕⑤幾替⑥兒分着前後，教坊司⑦一派簫韶⑧奏。英布！你早到⑨快活也末哥，你早到快活也末哥〔四〕，這般受用⑩誰能勾〔五〕⑪！

〔校〕〔一〕徐沁君本、甯希元本删「一」字。〔二〕原本「繆」字，各本均改作「謬」。按，「虚繆」同「虚謬」。〔三〕原本「司」字，徐沁君本、甯希元本據《元曲選》改作「寺」。〔四〕此句原本作五個重文符號，徐沁君本不重「你」字。原本「到」字，鄭騫本、王季思本改作「倒」，甯希元本改作「則」。徐沁君本、赤松紀彦本未改。甯希元本校記云：「原本『則』字，形誤爲『到』，次句同。今改。」〔五〕原本「勾」字，赤松紀彦本未改，其他各本均改作「够」。按，「能勾」同「能够」。

〔注〕①「端然」，端正地。②「早來」，剛纔。③「子房」，張良，字子房。④「虚繆」，虚假。同「虚謬」。⑤「光禄司」，古代禮部機構。⑥「替」，量詞，批；次。⑦「教坊司」，隸屬禮部，負責重大典禮或迎接貴賓時樂曲演奏事務。⑧「簫韶」，舜樂名，也泛指美妙的音樂。⑨「到」，同「倒」。⑩「受用」，享受；享用。⑪「能勾」，同「能够」。

【剔銀灯】舌剌剌①言十妄九②，村棒棒③的呼么喝六④。查〔一〕沙⑤着打死麒麟手，這的半合兒⑥敢慢〔二〕罵⑦諸侯。就里⑧則是个大村叟⑨，龍椅上把身軀不收。

〔校〕〔一〕鄭騫本「查」改作「揸」。按，「查」「揸」均爲記音字，本字當爲「奓」。〔二〕王季思本「慢」改作「謾」。按，「慢」的「輕慢」義可通，不必改字。

〔注〕①「舌剌剌」，調舌；耍嘴皮子；誇口。亦作「舌支剌」「舌枝剌」。②「言十妄九」，説的話十分之九是假的，指愛説假話、撒謊。③「村棒棒」，匆忙倉促貌。亦作「村村棒棒」。④「呼么喝

六」，本指賭博時喧嘩吵鬧，泛指喧嘩吵鬧、咋咋呼呼。「么」「六」是骰子的點數。⑤「查沙」，張開貌。「查」本字當爲「奓」，「沙」是詞綴。「查沙着打死麒麟手」，張開着能打死麒麟的手。⑥「半合兒」，一會兒；刹那；瞬間。⑦「慢罵」，輕慢辱罵。⑧「就里」，内裏；内中；實際上。⑨「大村叟」，村野老頭兒。

【蔓菁〔一〕菜】捋袒開①龍袍叩〔二〕，依法次②坐着那豐沛縣里麥場頭③䡎〔三〕軸④。舉〔四〕止雖然不風流，就里⑤沒㖶〔五〕和⑥，衠⑦寬厚。

〔校〕〔一〕「菁」原本作「精」，各本均已改。〔二〕原本「叩」字，各本均改作「扣」。按，「叩」同「扣」，扣子；紐扣。〔三〕原本「䡎」字，徐沁君本、甯希元本改作「碌」，其他各本未改。〔四〕「舉」原本作「夅」，各本均改作「舉」。〔五〕鄭騫本「㖶」改作「添」。

〔注〕①「捋袒開」，解開；打開。②「法次」，待考。③「麥場頭」，打麥的場地上。④「䡎軸」，輾軋穀物的石頭磙子。亦作「碌碡」。⑤「就里」，内裏；内中。⑥「㖶和」，待考。⑦「衠」，真正；純粹。

【柳青娘】早是①君王帶酒，休驚御，莫聞奏。子房②公免憂，看英布統戈矛③，今番不是誇強口④，楚項籍〔一〕天喪宇宙⑤，漢中王合⑥霸軍州⑦。此番絶，今後了，這回休！

〔校〕〔一〕「籍」原本作「藉」，各本均已改。

〔注〕①「早是」，已是；已經。②「子房」，張良，字子房。③「戈矛」，戈和矛，泛指兵器。④「誇強口」，誇口；吹牛。⑤「天喪宇宙」，注定失去天下。⑥「合」，該；應該。⑦「霸軍州」，占有、擁有天下。「軍州」，戰略要地；軍事要地。

【道和】把軍收，把軍收，江山安穩揔①屬刘。不剛求②，看咱看咱恩臨③厚，交咱交咱難消受④，終身荅报志難酬。恨無由，直杀的喪荒坵〔一〕⑤，遥觀着征騐⑥驟，都交他望風走⑦。看者看者咱征鬪，您每⑧您每休來救。看者看者咱征鬪，都交死在咱家手。荒郊野外横尸首，直杀的馬頭前急留古魯⑨、急留古魯〔二〕亂滚〔三〕死、死、死〔四〕人頭！

〔校〕〔一〕原本「坵」字，各本均改作「丘」。按，「坵」同「丘」。

〔二〕原本第一個「魯」下有三個重文符號，徐沁君本、甯希元本重「急留古魯」四字，其他各本均重三個「魯」字。按，今從徐沁君本、甯希元本。〔三〕「滾」原本作「衮」，各本均已改。〔四〕原本第一個「死」與「死人頭」之間有三個重文符號，鄭騫本、王季思本、赤松紀彦本作「死死死死死人頭」，徐沁君本、甯希元本作「死死死人頭」。按，今從徐沁君本、甯希元本。

〔注〕①「揔」，同「總」。②「剛求」，强求。③「恩臨」，長上的照顧與關懷，此指皇帝的恩典、恩寵。④「消受」，享受。⑤「荒坵」，荒野的土丘。⑥「征駹」，戰馬。⑦「望風走」，遠遠望見就逃走。⑧「每」，們，複數標記。⑨「急留古魯」，狀滾動貌。

【隨煞】〔一〕免了魏〔二〕豹①憂，报了濉水讐②，杀的塞斷中原江河溜。早子③不從今已後④，兩分家国指鴻溝⑤。

（下）

〔校〕〔一〕原本【隨煞】，徐沁君本據《元曲選》改作【啄木兒尾】。〔二〕「魏」原本作「𡣢」，各本均已改。

〔注〕①「魏豹」，秦末漢初群雄之一。魏豹叛漢降楚，是爲「魏豹憂」。②「濉水讐」，楚漢戰争中的濉水大戰，劉邦慘敗。③「早子」，早則。早已；早該。幸好。④「已後」，以後。⑤「鴻溝」，大溝；大河。代指事物間的明顯界綫。

第四折

（正末〔一〕拿砌末①扮探子②上〔二〕）〔三〕

【黄鐘】〔四〕【醉花陰】楚漢争鋒競〔五〕寰宇③，楚項籍〔六〕難贏〔七〕敢④輸。此一陣⑤不尋俗⑥，英布誰如，據慷慨⑦堪⑧推舉⑨。〔八〕

〔校〕〔一〕原本「末」下衍一「上」字，各本均已删。〔二〕「上」下徐沁君本補「唱」字。〔三〕此處王季思本補「（唱）」。〔四〕原本無宫調名【黄鐘】，各本均已補。〔五〕「競」原本作「竟」，各本均已改。〔六〕「籍」原本作「藉」，各本均已改。〔七〕「贏」原本作「羸」，各本均已改。〔八〕甯希元本此處補「多應敢會兵書，没半霎兒，嗏！出馬來熬翻楚霸主」。校記云：「此二句原本移至下曲

［喜遷鶯］之先，然按之文義，曲律，均當屬上［醉花陰］。《盛世新聲》、《詞林摘艷》、《雍熙樂府》、《元曲選》均屬［醉花陰］，從改。」按，徐沁君《元北曲譜簡編》【醉花陰】條云：「套數首牌。古近二體。古體五句。」又，「近體七句，前五句同古體，北曲多用之。必接用［喜遷鶯］近體，末二句即從［喜遷鶯］古體首二句移前」。可知，該曲五句無誤。

〔注〕①「砌末」，戲劇表演中所用道具、布景等。②「探子」，軍隊中負責打探、偵察的人。③「寰宇」，天下；全國；世界。④「敢」，可能。⑤「一陣」，一仗；一次戰鬥。⑥「尋俗」，尋常；平凡。⑦「慷慨」，豪爽；大方。⑧「堪」，能勝任；能承受。⑨「推舉」，推薦；舉薦。

【喜迁鶯】多應①敢②會兵書，沒半霎兒，〔一〕嗏！出馬來，〔二〕熬番〔三〕楚霸主。他那壁③古剌剌④門旗⑤開處⑥，楚重瞳⑦陣上高呼。无徒，杀人可恕，情理難容，相欺負，厮耻辱。他道我看伊不輕，我負你何辜⑧！

〔校〕〔一〕此處鄭騫本、王季思本補「（帶云）」，赤松紀彦本補「（云）」。〔二〕「來」下赤松紀彦本補「（唱）」。〔三〕原本「番」字，唯赤松紀彦本未改，其他各本均改作「翻」。按，「番」同「翻」。

〔注〕①「多應」，大概；很可能；多半是。②「敢」，可能。③「那壁」，那邊；那廂。④「古剌剌」，擬聲詞，狀風吹旗子聲。亦作「骨剌剌」。⑤「門旗」，軍營、陣前的旗子，也指帝王儀仗之一。⑥「處」，時；的話。⑦「重瞳」，一個眼球上有兩個瞳孔。「楚重瞳」，項羽，傳説項羽目生重瞳。⑧「何辜」，何罪；有什麼罪。

【出隊子】喒這壁①先鋒前部，會支分②，能對付。床③床床〔一〕響颼颼陣上發金鏃〔二〕④，沙⑤沙沙〔三〕齊〔四〕臻臻⑥坡〔五〕前排士卒，呀！〔六〕僕〔七〕剌剌⑦的垓心⑧里驟⑨戰駒⑩。

〔校〕〔一〕三「床」字，徐沁君本、甯希元本改作三「咮」字。其他各本未改。〔二〕「鏃」原本作「錊」，各本均已改。〔三〕三「沙」字，徐沁君本改作三「吵」字。〔四〕徐沁君本「齊」誤作「各」。〔五〕「坡」原本作「披」，各本均已改。〔六〕「呀」原本作「牙」，赤松紀彦本未改，鄭騫本、王季思本改作「呀」，徐沁君本、甯希元本作三「呀」字。〔七〕原本「僕」字，徐沁君本、甯希元本改作「撲」，其他各本均未改。

〔注〕①「這壁」，這邊；這厢。②「支分」，安排；處置。③「床」，狀箭發射聲。④「鏃」，箭頭；箭。⑤「沙」，狀脚步聲。⑥「齊臻臻」，整齊貌。⑦「僕刺刺」，狀馬匹跑動聲。亦作「撲刺刺」。⑧「垓心」，重圍之中。⑨「驟」，馬快跑；馬奔馳。⑩「戰駒」，戰馬。

【刮地風】鼕鼕〔一〕不待的①三聲凱〔二〕戰鼓②，火火〔三〕③古剌剌④兩面旗舒，脱脱〔四〕⑤僕〔五〕剌剌〔六〕⑥二馬相交処，喊振天隅⑦。我子⑧見一來一去，不當⑨不堵〔七〕，兩疋馬兩个人有如星注。使火尖鎗的楚項羽，是他便剌胷脯。

〔校〕〔一〕「鼕鼕」原本作一「鼕」字和一重文符號，鄭騫本、王季思本、赤松紀彦本作「鼕鼕」，徐沁君本作「咚咚咚」，甯希元本作「鼕鼕鼕」。〔二〕徐沁君本據《盛世新聲》《詞林摘艷》將「凱」改作「索」。〔三〕「火火」原本作一「火」字和一重文符號，鄭騫本、王季思本、赤松紀彦本作「火火」，徐沁君本、甯希元本作「火火火」。〔四〕「脱脱」原本作一「脱」字和一重文符號，鄭騫本、王季思本、赤松紀彦本作「脱脱」，徐沁君本、甯希元本作「脱脱脱」。〔五〕原本「僕」字，徐沁君本、甯希元本改作「撲」，其他各本未改。〔六〕甯希元本「剌剌」誤作「刺刺」。〔七〕「堵」原本作「覩」，徐沁君本、王季思本改作「堵」，其他各本未改。

〔注〕①「不待的」，不等地。②「凱戰鼓」，勝利凱旋的戰鼓聲。③「火火」，擬聲詞，狀旗子迅速抖動聲。④「古剌剌」，擬聲詞，狀風吹旗子聲。亦作「骨剌剌」。⑤「脱脱」，擬聲詞，狀馬步輕快迅疾貌。⑥「僕剌剌」，狀馬匹跑動聲。亦作「撲剌剌」。⑦「天隅」，天邊；極遠的地方。⑧「子」，只。⑨「當」，擋；抵擋。

【四門子】九江王①那些兒英雄処，火尖鎗〔一〕輕輕早放過去。兩員將各自尋門路。動〔二〕彪軀②，輪〔三〕③巨毒④。虚里着实，实里着虚，厮過謾⑤各自依法度。虚里着实，实里着虚，呵，連天⑥喊舉⑦。

〔校〕〔一〕「尖鎗」原本作「出」，鄭騫本、赤松紀彦本補改作「尖鎗」，其他各本均作「尖槍」。按，本折【刮地風】有「火尖鎗」。〔二〕徐沁君本「動」改作「踊」，無校語。〔三〕原本「輪」字，徐沁君本、甯希元本改作「掄」。

〔注〕①「九江王」，英布。英布在項羽麾下時屢敗秦軍，被封爲九江王。②「彪軀」，彪悍雄壯的身軀。③「輪」，同「掄」。④「巨毒」，指大型兵器。⑤「過謾」，瞞過；騙過。亦作「過瞞」。⑥「連天」，喊聲接連不斷而强烈。⑦「舉」，起；興起。

【水〔一〕仙子】紛紛紛〔二〕①濺土雨②，靄靄〔三〕③黑氣黄雲遮太虚④。騰騰〔四〕⑤馬蕩動征塵⑥，隱隱〔五〕⑦人盤在杀雾⑧，吁吁〔六〕⑨馬和人都氣出〔七〕。道⑩吉丁丁⑪火鎗和斧籠罩着身軀，道足吕吕⑫忽斧迎鎗數番烟焰舉，道坑察察〔八〕⑬着鎗和斧万道霞光注，道斯郎郎郎〔九〕⑭呀断鎧〔十〕甲，落兜鍪⑮。

〔校〕〔一〕「水」原本作「山」，各本均已改。〔二〕「紛紛紛」原本作一「分」字和三個重文符號，各本均改作三個「紛」字。〔三〕「靄靄」原本作一「靄」字和一重文符號，各本均校作三「靄」字。〔四〕「騰騰」原本作一「滕」字和一重文符號，各本均校作三「騰」字。〔五〕「隱隱」原本作一「隱」字和一重文符號，各本均校作三「隱」字。〔六〕「吁吁」原本作一「吁」字和一重文符號，各本均校作三「吁」字。〔七〕原本「出」字，鄭騫本、赤松紀彦本未改，徐沁君本、王季思本據明代諸本改作「促」。甯希元本改作「粗」，校記云：「原本『粗』(cu)字，音假爲『出』(chu)。今改。」〔八〕徐沁君本「坑察察」改作「圪擦擦」。〔九〕原本「郎」下有二重文符號，鄭騫本、王季思本、甯希元本、赤松紀彦本二叠作「郎郎」，徐沁君本二叠改作「琅琅」。〔十〕「鎧」原本作「凱」，唯鄭騫本未改，其他各本均改作「鎧」。

〔注〕①「紛紛紛」，狀多而雜亂貌。②「土雨」，像雨一樣落下的塵土。③「靄靄」，霧氣籠罩貌。④「太虚」，天空；宇宙。⑤「騰騰」，狀塵土飛揚貌。⑥「征塵」，征戰騰起的塵土。⑦「隱隱」，狀隱匿模糊貌。⑧「杀雾」，帶殺氣的霧。⑨「吁吁」，狀急促喘氣貌。⑩「道」，待考。⑪「吉丁丁」，狀金屬、玉器碰撞聲。此狀兵

器撞擊聲。⑫「足吕吕」，此狀兵器撞擊聲。⑬「坑察察」，此狀兵器撞擊聲。⑭「厮郎郎郎」，狀鎧甲斷裂聲。⑮「兜鍪」，古代士兵的頭盔。

【收尾】把那坐①下征馱騌〔一〕②猛兜住③，嗔忿忿④氣夯⑤破胸脯，生掿⑥損那柄黄烘烘⑦簸箕來⑧大金蘸〔二〕斧⑨。

（趕霸王出）（駕封王了）

（散場）

〔校〕〔一〕「騌」原本作「騌」，各本均已改。〔二〕「蘸」原本殘作「[illegible]」，各本均校作「蘸」。

〔注〕①「坐」，同「座」。②「征騌」，戰馬。③「兜住」，勒住。④「嗔忿忿」，生氣貌。⑤「夯」，膨脹。⑥「掿」，握；捏；持。⑦「黄烘烘」，狀金黄色。⑧「來」，助詞，表概數。⑨「金蘸斧」，兵器，刃部鍍金的斧子。

題目　　張子房附耳妬隋〔一〕何

正名　　漢高皇〔二〕濯足氣英布

新刊的本関目漢高皇濯足氣英布全〔三〕

〔校〕〔一〕「隋」原本作「陏」，甯希元本、赤松紀彦本校作「隋」，其他各本均作「隨」。〔二〕徐沁君本「皇」改作「王」。〔三〕尾題鄭騫本作「漢高皇濯足氣英布終」，徐沁君本作「新刊的本關目《漢高皇濯足氣英布》全」，甯希元本作「漢高皇濯足氣英布雜劇終」。王季思本、赤松紀彦本删尾題。

趙氏孤兒

紀君祥

校本五種

鄭騫本：鄭騫《校訂元刊雜劇三十種》

徐沁君本：徐沁君《新校元刊雜劇三十種》

甯希元本：甯希元《元刊雜劇三十種新校》

王季思本：王季思《全元戲曲》（第三卷）

高橋繁樹本：高橋繁樹等《新校訂元刊雜劇三十種》（一）

題目校記

該劇元刊本題目爲「趙氏孤兒」，鄭騫本補作「冤報冤趙氏孤兒」，王季思本補作「新刊關目冤報冤趙氏孤兒」，甯希元本補作「冤報冤趙氏孤兒雜劇」，徐沁君本、高橋繁樹本未補改。

楔子

【仙吕】〔一〕【賞花時】晉灵公江山合①是休②，屠岸賈〔二〕③賊臣④權在手，挾天子令諸侯⑤，把俺雲陽⑥中斬首，兀的是出氣力下場頭⑦！

〔校〕〔一〕原本無宫調名【仙吕】，各本均已補。〔二〕「賈」原本作「古」，各本均已改。下同，不再出校。

〔注〕①「合」，該；當。②「休」，完；完結。③「屠岸賈」，春秋

時晋國大夫。「屠岸」，復姓，亦作「屠顔」。④「賊臣」，反臣；逆臣；奸臣。⑤「挾天子令諸侯」，挾制帝王并以帝王的名義發號施令。本作「挾天子以令諸侯」，出自《左傳·魯僖公四年》。⑥「雲陽」，即「雲陽鬧市」「雲陽市」，指行刑之地；刑場。「雲陽」本爲地名，秦李斯被斬于雲陽街市，後代指行刑之地。⑦「下場頭」，下場；結局；結果。

【幺篇】〔一〕落不的身埋土一坵〔二〕①，分付②了腮边雨泪③流〔三〕，將别話不遺留，怕④孩兒成人長後，交与俺子父母〔四〕报冤讎！

〔校〕〔一〕【幺篇】原本作【么】，鄭騫本、高橋繁樹本作【幺】，其他各本均作【幺篇】。〔二〕原本「坵」字，各本均改作「丘」。〔三〕「流」原本作「淚」，各本均已改。〔四〕原本「母」字，鄭騫本、甯希元本改作「每」，其他各本未改。

〔注〕①「坵」，同「丘」。②「分付」，處置；發落。③「雨泪」，像雨一樣的眼泪。④「怕」，若；如果。由懼怕義語法化爲假設義。

第一折

【仙吕】〔一〕【點絳唇】拒敵西秦①，立成東晋②，才安穩。被屠岸賈賊臣③，將金堦④下公卿損。

〔校〕〔一〕原本無宫調名【仙吕】，各本均已補。

〔注〕①「西秦」，春秋時期的秦國，因位于西方，故稱。②「東晋」，春秋時期的晋國，因位于秦國東方，故稱。③「賊臣」，反臣；逆臣；奸臣。④「金堦」，帝王、朝廷宫殿的台階。

【混江龍】晋灵公偏順①，朝廷重用這般人。忠正的市曹②中斬首，讒佞③的省府④内安身。為王〔一〕有功的當⑤重刑，於民无益的受君恩。縱得⑥交〔二〕欺淩天子，恐嚇諸侯，但⑦違它〔三〕的都誅尽。誅尽些朝中宰相，閫外將軍⑧。

〔校〕〔一〕「王」原本殘作「王」，鄭騫本作「王」，甯希元本作「國」，其他各本均作「主」。〔二〕王季思本「交」改作「教」。按，「交」同「教」。〔三〕原本「它」字，各本均改作「他」。按，「它」同「他」，不必改。

〔注〕①「偏順」，偏聽偏信。②「市曹」，市場人多熱鬧處，猶「雲陽市」「雲陽鬧市」，古代常在此類地方處决犯人。③「讒佞」，讒邪奸佞。④「省府」，朝廷；王府。⑤「當」，承當；承受。⑥「縱得」，縱然；即使。⑦「但」，只要。⑧「閫外將軍」，不在朝廷、京城任職的將軍；外任的將軍。

【油葫芦】見〔一〕如今天下荒荒起戰塵①，各將边界分，信讒言播弄②了晋乾坤。目今③世乱英雄困，看何時法正天心順④。那漢虐上蒼⑤，損下民⑥。試將碧悠悠⑦陽府〔二〕⑧高天問，腆⑨着个青臉〔三〕子⑩不饒人。

〔校〕〔一〕原本「見」字，鄭騫本、高橋繁樹本未改，其他各本均改作「現」。〔二〕「府」原本作「福」，甯希元本改作「府」，校記云：「『陽府高天』，即上天，老天。原本『府』字，音假爲『福』。今改。《大唐秦王詞話》五十三回：『建成雙手加額，朝著上蒼，口内宣誓：「青湛湛陽府高天，綠沉沉陰司后土，我建成若有害世民之心，日後死在秦叔寶箭下。」』又，《薛仁貴跨海征遼故事》云：『唐天子離鞍下馬，拈土焚香禱告：「清湛湛陽府，綠沉沉陰司。若世民果有洪福齊天，拍馬跳過清波。」』均可爲證，各本失校。」按，今從甯希元本改。〔三〕「臉」原本作「𰻝」，各本均已改。

〔注〕①「戰塵」，代指戰争。②「播弄」，操縱；擺布。③「目今」，目前；現今。④「法正天心順」，法制公正，上天也會順應。⑤「上蒼」，上天。⑥「下民」，平民；百姓。⑦「碧悠悠」，湛藍色。⑧「陽府」，天；上天。⑨「腆」，厚著臉皮。⑩「青臉子」，黑臉。

【天下樂】子①怕你遠在兒孫近在身②。待把江山它〔一〕併〔二〕吞③，為趙盾不從厮記恨。它〔三〕興心④使歹心⑤，道賢臣是反臣，朦朧〔四〕⑥向君王行⑦胡奏准⑧。

〔校〕〔一〕〔三〕原本「它」字，各本均改作「他」。按，「它」同「他」。〔二〕原本「併」字，徐沁君本、甯希元本改作「并」。〔四〕「朧」原本作「竜」，各本均已改。

〔注〕①「子」，只。②「遠在兒孫近在身」，對惡人的報應，遠在兒孫輩，近的就在自身。③「併吞」，吞併。④「興心」，存心；故意。⑤「歹心」，壞心；害人之心。⑥「朦朧」，糊塗。⑦「行」，

因宋元時代漢蒙語言接觸而產生的後置詞，是方位詞「上」的音變形式，相當于「向」。與前置詞「向」共現，是漢語系統對外來成分調整、吸收、融合產生的新用法。⑧「奏准」，啟奏并得到恩准。

【那〔一〕吒令】想趙盾濟民，曾分飦待賓①；讒鉏麑〔二〕②為人，曾觸槐捨身③；救灵輒〔三〕④受窘，曾扶輪报恩⑤。治百姓有功勞，扶一人无私徇〔四〕⑥，落不得尸首胡倫⑦！

〔校〕〔一〕王季思本「那」改作「哪」。〔二〕「讒鉏麑」原本作「讒鋤霓」，鄭騫本校作「讒鋤麑」，徐沁君本、王季思本、甯希元本作「慚鉏麑」，高橋繁樹本作「讒鉏麑」。〔三〕「輒」原本作「轍」，各本均已改。〔四〕「徇」原本作「循」，各本均已改。

〔注〕①「分飦待賓」，指趙盾救助桑下餓人事。②「鉏麑」，春秋時晉國大力士。③「觸槐捨身」，屠岸賈命鉏麑殺趙盾，鉏麑不忍，撞槐樹而死。④「灵輒」，即桑下餓人，被趙盾救助、捨飯。⑤「扶輪報恩」，靈輒助趙盾登車脱離危險。「扶輪」指報恩。⑥「私徇」，徇私枉法。⑦「胡倫」，同「囫圇」，完整；完全。

【鵲〔一〕踏枝】枉了掃烟坌〔二〕①，立功勳，不能勾〔三〕高卧麒麟②，古墓荒墳。断頸〔四〕分尸了父親，剗地③狠〔五〕毒心所筭④兒孫！

〔校〕〔一〕「鵲」原本作「雀」，各本均已改。〔二〕原本「坌」字，各本均改作「塵」。徐沁君本校記云：「『坌』即『塵』字，唐人或寫作『尘』、『尘』等字形，爲會意字。」按，「坌」，塵土；塵埃。〔三〕原本「勾」字，各本均改作「够」。按，「能勾」同「能够」。〔四〕「頸」原本作「脛」，鄭騫本、王季思本未改，其他各本均改作「頸」。〔五〕「狠」原本作「很」，各本均已改。

〔注〕①「掃烟坌」，征戰；掃蕩戰亂。②「高卧麒麟」，建功立業、功成名就，死後葬入麒麟冢。③「剗地」，反倒；反而。④「所筭」，算計；謀害；陷害。「筭」同「算」。

【寄生草】那孩兒難逃遁，屠岸賈有議論。讒臣①便有讒臣弄〔一〕②，讎人自有讎人恨，兒孫自有兒孫分③。朝朝挾恨④幾時休，冤冤相报何時尽？

〔校〕〔一〕徐沁君本「弄」改作「論」，校記云：「今臆改。按譜，此句叶韵，『弄』字失韵。論，論告、論罪。」

〔注〕①「讒臣」，奸臣；反臣。②「弄」，收拾。③「分」，福分。④「挾恨」，懷恨；懷恨在心。

【后庭花】〔一〕説你是趙駙〔二〕馬①堂上賓，我是屠岸賈門下人。道你藏着一歲麒麟子②，也飛不出九重龍鳳門③。我若不関心，不將伊④盤問，有恩的合⑤报恩。

〔校〕〔一〕王季思本據《元曲選》將【后庭花】改作【河西後庭花】。〔二〕「駙」原本作「附」，各本均已改。

〔注〕①「駙馬」，帝王的女婿。②「麒麟子」，帝王家族的兒子，此指趙氏孤兒。③「九重龍鳳門」，皇宫的門。④「伊」，他。⑤「合」，該；應該。

【金盞〔一〕兒】子〔二〕①見它〔三〕腮臉〔四〕上泪成痕，口角内乳食②噴，子③轉的一雙小眼將人認；緊幫幫④匣子⑤内束着腰身，窄狹狹⑥難回轉，低矮矮⑦怎舒伸⑧。正是成人不自在，自在不成人⑨。

〔校〕〔一〕「盞」原本作「琖」，各本均改作「盞」。〔二〕王季思本「子」改作「只」。按，「子」同「只」。〔三〕原本「它」字，各本均改作「他」。按，「它」同「他」。〔四〕「臉」原本作「斂」，各本均已改。

〔注〕①③「子」，只。②「乳食」，奶；乳汁。④「緊幫幫」，狹促貌。⑤「匣子」，盒子。⑥「窄狹狹」，狹窄貌。⑦「低矮矮」，低矮貌。⑧「舒伸」，伸展。「舒」，伸；伸展。⑨「成人不自在，自在不成人」，要想有所成就就不能貪圖安逸，貪圖安逸就不能有所成就。

【醉中天】我若獻利便①圖名分②，便是安自己損它〔一〕人。三百口家屬斬滅門③，枝葉④都誅尽。若見這小厮〔二〕，决定⑤粉骨碎身，不留齠齔⑥。你白甚⑦替别人剪草除根⑧？

〔校〕〔一〕原本「它」字，各本均改作「他」。按，「它」同「他」。〔二〕「若見這小厮」原本爲大字，徐沁君本、甯希元本據《元曲選》改作夾白。徐沁君本「若」上補「（帶云）」，「厮」下補「（唱）」。

〔注〕①「獻利便」，提供便利、方便。②「圖名分」，貪圖名位與身份。③「滅門」，全家被殺。④「枝葉」，宗親；本家；親屬。

⑤「決定」，一定；肯定。⑥「齠齔」，孩童。「齠」同「髫」，指孩童下垂的短髮。「齔」，孩童换牙。⑦「白甚」，爲什麽。⑧「剪草除根」，比喻除去禍根，以免後患。同「斬草除根」。

【賺煞】〔一〕我待①自身上受凌持②，怎肯那厮行③捱〔二〕④推問⑤，能可⑥三尺龍泉⑦下自刎。眼見的畫影圖形⑧尋覓緊，向深山曠野潛身⑨。這孩兒近初旬⑩，便交它〔三〕演武修文⑪。若學得文武双全那時分，將有讎的記恨，把有恩人尋趂⑫，若殺了有讎人休忘了有恩人！

〔校〕〔一〕【賺煞】原本作【尾】，高橋繁樹本未改，王季思本改作【賺煞尾】，其他各本均作【賺煞】。〔二〕「捱」原本作「啀」，各本均改作「捱」。〔三〕原本「它」字，各本均改作「他」。按，「它」同「他」。

〔注〕①「待」，要；想要。②「凌持」，古代酷刑，一刀刀將犯人的肉割下去。亦作「凌遲」。③「行」，那裏；某人處。④「捱」，挨；受。⑤「推問」，審問；訊問。⑥「能可」，寧可。⑦「三尺龍泉」，寶劍。⑧「畫影圖形」，古代通緝罪犯時給罪犯畫肖像。⑨「潛身」，藏身。⑩「初旬」，一旬；十歲。⑪「演武修文」，習武讀書。⑫「尋趂」，尋找；尋覓。

第二折

【南吕】〔一〕【一枝花】屈沉①殺②大丈夫，損壞了真梁棟③。好臣强也屠岸賈，好君弱了〔二〕晉灵公。把讒佞④來听從，賊子⑤掌軍權重，功臣難尽忠。怎不交〔三〕我忿氣⑥填胸，吃〔四〕緊⑦君王在小兒彀〔五〕中⑧。

〔校〕〔一〕原本無宫調名【南吕】，各本均已補。〔二〕甯希元本「了」改作「也」。〔三〕王季思本「交」改作「教」。按，「交」同「教」。〔四〕「吃」原本作「乞」，唯徐沁君本未改，其他各本均改作「吃」。〔五〕「彀」原本作「勾」，各本均已改。

〔注〕①「屈沉」，委屈埋没。②「殺」，同「煞」，極言程度之高。③「梁棟」，棟梁；國家的有用之材。④「讒佞」，讒邪奸佞的人。⑤「賊子」，壞人。⑥「忿氣」，怒氣。⑦「赤緊」，真的；真是。⑧「彀中」，箭的射程範圍内。「彀」，拉滿弓弩。

【梁州第七〔一〕】自從它〔二〕朝野①裹封侯拜相，謔〔三〕得我深村②裹罷職歸農③，便有安民治國的難隨衆〔四〕④。它〔五〕官極一品⑤，位至三公⑥，户封八縣⑦，禄受千鍾〔六〕⑧。見不平事有眼如盲，听居民罵有耳如聾。如今挾天子的進禄加官，害百姓的隨朝請俸，令諸侯的受賞請功。且向困中，受穷，問甚死將不葬麒麟塚〔七〕⑨。非是我樂耕種⑩，跳出傷身餓虎叢⑪，且養踈〔八〕慵⑫。

〔校〕〔一〕原本無「第七」，鄭騫本、高橋繁樹本未補，其他各本均補。〔二〕「它」原本作「定」，徐沁君本未改，甯希元本改作「它」，其他各本均作「他」。甯希元本校記云：「原本『它』字，形誤爲『定』。依李崇興《〈新校元刊雜劇三十種〉商榷》一文改。」按，「定」原本作「㝎」，應係「它」之形誤。〔三〕原本「謔」字，徐沁君本、甯希元本改作「唬」。〔四〕原本「衆」字，徐沁君本、甯希元本改作「從」。徐沁君本校記云：「臧本作『再休想鵷班豹尾相隨從』，據改。」甯希元本亦據此改。按，「難隨衆」指公孫杵臼難以與屠岸賈等賊臣爲伍，不能從衆繼續做官，只得罷職歸農。該曲末三句爲：「非是我樂耕種，跳出傷身餓虎叢，且養踈慵」，表明罷職歸農是公孫杵臼出于無奈做出的選擇。「便有安民治國的」，表明公孫杵臼是想參政的，只是因爲權臣當道纔不願與之同流合污。故「隨衆」可通，不必改作「從」。據曲譜，【梁州第七】第三句末字須押韵且宜用去聲，「衆」屬「東鍾」去聲，「從」屬「東鍾」陽平。故「衆」比「從」更佳。〔五〕原本「它」字，各本均改作「他」。按，「它」同「他」。〔六〕原本「鍾」字，鄭騫本、王季思本誤作「鐘」。〔七〕甯希元本「塚」改作「冢」。〔八〕原本「踈」字，鄭騫本未改，甯希元本、高橋繁樹本改作「疎」，徐沁君本、王季思本改作「疏」。按，「踈」「疎」均同「疏」。

〔注〕①「朝野」，朝廷與民間。此偏指朝廷。②「深村」，僻遠的村莊。③「罷職歸農」，辭官務農。④「隨衆」，跟隨大多數。⑤「一品」，古代官職的最高一級。⑥「三公」，古代中央三種最高官銜的合稱。周代指太師、太傅、太保，西漢指丞相（大司徒）、太尉（大司馬）、御使大夫（大司空），東漢、唐宋指太尉、司徒、司

空，明清代沿周制。（參見《漢語大詞典》）⑦「户封八縣」，有八個縣的封地。⑧「禄受千鍾」，享受千鍾的俸禄。「千鍾」本指糧食極多，後指優厚的俸禄。⑨「麒麟塚」，高官、貴人的墳墓。亦作「麒麟冢」。⑩「樂耕種」，樂于從事農業生産活動。⑪「傷身餓虎叢」，比喻惡人群中。⑫「踈慵」，散誕慵懶的性子、生活。「踈」同「疏」。

【隔尾】您〔一〕道讒臣①自古朝中用，須是好本〔二〕從來天下同。越交〔三〕万人罵，千人嫌，一人重。更不廉不公，不孝不忠。如今普天下居民个个噥②。

〔校〕〔一〕原本「您」字，覆元槧本誤刻作「俺」，鄭騫本沿誤。高橋繁樹本誤作「你」。〔二〕原本「本」字，徐沁君本改作「事」，甯希元本從。按，「好本天下同」，禪宗語録中常見，意義待考。〔三〕王季思本「交」改作「教」。按，「交」同「教」。

〔注〕①「讒臣」，奸臣；逆臣；反臣。②「噥」，低聲絮語、抱怨。

【賀新郎】誰敢着①一封書奏帝王宫！順着屠岸賈東見東流，搬〔一〕②的晋灵公百隨百從③。諕〔二〕的兩班文武常驚恐，向班部④裏都粧懵董〔三〕⑤，緊潛身⑥秉笏當胷⑦，佀鰾〔四〕膠⑧粘住口角，佀魚刺哽〔五〕⑨了喉嚨，低着頭佀啞子尋夢⑩。也是世間多少事，尽在不言中。

〔校〕〔一〕「搬」原本作「般」，各本均已改。〔二〕原本「諕」字，徐沁君本、甯希元本改作「唬」。〔三〕原本「董」字，鄭騫本未改，其他各本均改作「懂」。甯希元本「懵」改作「懞」。〔四〕「鰾」原本作「膘」，鄭騫本、高橋繁樹本未改，其他各本均改作「鰾」。徐沁君本校記云：「鰾膠，粘性甚强，曲中習用語。」〔五〕原本「哽」字，徐沁君本改作「嗄」。

〔注〕①「着」，用。②「搬」，挑唆；搬弄。③「百隨百從」，完全聽從。④「班部」，班列；朝廷早朝時大臣的行列。⑤「懵董」，糊塗；不懂。同「懵懂」。⑥「潛身」，藏身。⑦「秉笏當胷」，古代大臣上朝時手持笏板放在胸前。⑧「鰾膠」，用魚鰾或猪皮熬成的膠，黏性極大。⑨「哽」，就著菜餚把飯吃下去，此指卡喉嚨。⑩「啞子尋夢」，比喻有話或苦衷説不出來。亦作「啞子做夢」「啞

子托夢」。（參見《漢語大詞典》）

【牧羊關】〔一〕未生時絶了親戚，懷着時滅了祖宗，養到大子〔二〕是少吉多凶。他爺斬首在雲陽①，他娘囚死在冷宫②。也不是有血性的白衣相③，子〔三〕是个无恩念④黑頭蟲⑤。你道是报父母真男子，我道子〔四〕是个妨⑥爺娘小業種⑦。

〔校〕〔一〕「未」上徐沁君本、王季思本據《元曲選》補「這孩兒」。〔二〕〔三〕〔四〕原本「子」字，王季思本改作「則」。按，「子」「則」均同「只」。

〔注〕①「雲陽」，即「雲陽鬧市」「雲陽市」，指行刑之地；刑場。「雲陽」本爲地名，秦李斯被斬于雲陽街市，後代指行刑之地。②「冷宫」，古代犯錯或被帝王冷落的嬪妃所住的宫院。③「白衣相」，未建立功名的讀書人，亦作「白衣卿相」。④「恩念」，恩情；恩德。⑤「黑頭蟲」，吃父母的蟲，喻忘恩負義者。⑥「妨」，克；有害于。⑦「業種」，詈詞，孽種；造業的人。

【紅芍藥】你二十年可报主人公，恁時節正好峥嶸①。我遲疾②死後一場空，精神比往日難同，閃下③這小孩兒怎建功？你急切老不動你儀容④。我怕不大〔一〕⑤盛〔二〕活一日顯威風，難熬它〔三〕暮鼓晨鐘〔四〕⑥。

〔校〕〔一〕原本「大」字，唯鄭騫本未改，其他各本均改作「待」。按，「怕不大」同「怕不待」。〔二〕原本「盛」字，王季思本改作「剩」，甯希元本改作「賸」。王季思本校記云：「音近借用。」甯希元本校記云：「原本『賸』字，音假爲『盛』。今改。以下不另出校。」按，「剩」「賸」「盛」均同，義爲「多」。〔三〕「熬」原本作「𢽾」，鄭騫本作「教」，其他各本均作「熬」，無詳細校語。原本「它」字，各本均改作「他」。按，「它」同「他」。〔四〕「鐘」原本作「鍾」，各本均已改。

〔注〕①「峥嶸」，正當年；卓越不凡。②「遲疾」，遲早；早晚。③「閃下」，抛下；撇下。④「儀容」，儀表；容貌。⑤「怕不大」，豈不；難道不。同「怕不待」。⑥「暮鼓晨鐘」，本指寺院中晚敲鼓、晨撞鐘，此指時間、時光。

【菩薩〔一〕梁州】向傀儡棚①中，鼓笛兒般〔二〕弄②，韶華③又断送，断送的老尽英雄。有讎不报枉〔三〕相逢，見義不為非為勇，言而无信成何用。你不索把我陪奉，大丈夫何愁一命終，况兼我白髮蓬松！

〔校〕〔一〕原本無「菩薩」，高橋繁樹本未補，其他各本均已補。〔二〕原本「般」字，各本均改作「搬」。按，「般弄」同「搬弄」。〔三〕「枉」原本作「在」，各本均已改。按，形近而誤。

〔注〕①「傀儡棚」，演戲的場所，喻官場。②「般弄」，搬演；演奏。同「搬弄」。③「韶華」，時光。

【罵玉郎】咱兩个誰先為首誰為從，少不得都斬首在市曹①中。你為趙家恩念②着③疼痛，我為弟兄，厮敬重，侶親昆仲④。

〔注〕①「市曹」，市場人多熱鬧處，猶「雲陽市」「雲陽鬧市」，古代常在此類地方處决犯人。②「恩念」，恩情；恩德。③「着」，忍受；承受。④「昆仲」，兄弟。

【感皇恩】怕甚三尺霜鋒①，折末②九鼎鑊③中，快刀誅，毒藥喫，滚油烹。嘆英魂④杳杳⑤，對慘霧朦朦〔一〕。散愁雲，隨落日，趂悲風⑥。

〔校〕〔一〕徐沁君本「朦朦」改作「濛濛」。

〔注〕①「霜鋒」，明亮鋒利的刀劍。②「折末」，任憑、無論、不管，亦作「折莫」「折麽」「遮末」「遮莫」「者末」「者莫」「者麽」「者磨」，是近代漢語常見的連詞，還有即使、假如、什麽、爲什麽、莫非、大約等義。③「九鼎鑊」，大鍋，此處用于刑罰。④「英魂」，英靈。敬稱。⑤「杳杳」，昏暗、隱約、渺茫貌。⑥「悲風」，悲凉的風。

【楚江秋〔一〕】這老村翁①，和小孩童，都一般②瀟灑月明中。怨氣冲冲恨无穷，十年往事一場空！

〔校〕〔一〕「秋」原本作「雲」，該曲牌徐沁君本改作【採茶歌】，其他各本「雲」均改作「秋」。【採茶歌】亦名【楚江秋】。

〔注〕①「老村翁」，農村老者。②「一般」，一樣；同樣。

【二煞】那个麒麟閣①上功臣種，我不信大蟲②門前有犬脚蹤③，成人長大立綱宗④。把屠岸賈万剮⑤猶⑥輕，报不了三百口家屬苦痛。也不索⑦做齋供⑧，把腔子⑨里血拗⑩將來潑在半空，祭你那父親和公公⑪。

〔注〕①「麒麟閣」，漢代閣名，用于供奉功臣。②「大蟲」，猛虎；

老虎。③「脚蹤」，脚印。④「綱宗」，綱要、宗旨。⑤「万剮」，即千刀萬剮，將人肉一刀刀割下來。⑥「猶」，還；尚。⑦「索」，須。⑧「齋供」，以供品祭祀死者、神佛。⑨「腔子」，軀體；胸腔。⑩「拗」，此指「舀」。⑪「公公」，祖父；爺爺。

【煞尾】〔一〕憑着趙家枝葉[1]千年永〔二〕，扶立晋室山河百二[2]雄。恁的显八面威風統軍衆，擺〔三〕兩行朱衣[3]列車從[4]。却想扶輪[5]的灵輒志威猛，觸槐[6]的鉏麑〔四〕命斷〔五〕送，把門的宫官[7]不善終[8]，殺身的公孫[9]老无用，新生的孩兒受劍鋒，棄子程〔六〕嬰[10]心不動，青史標名枉落空，那的是當來斷知重[11]，不要它〔七〕立碑碣[12]乱墓叢中，子為俺虚葬北邙山[13]下塚！

〔校〕〔一〕【煞尾】原本作【尾】，高橋繁樹本未改，其他各本均改作【煞尾】。〔二〕「永」原本作「勇」，各本均已改。〔三〕「擺」原本作「𥢌」，各本均已改。〔四〕「鉏麑」原本作「鋤霓」，鄭騫本作「鋤麑」，其他各本均作「鉏麑」。〔五〕「斷」原本爲墨丁，各本均校作「斷」，今從。〔六〕「程」原本作「陳」，各本均已改。〔七〕原本「它」字，各本均改作「他」。按，「它」同「他」。

〔注〕①「枝葉」，宗親；本家；親屬。也指後代、子嗣。②「百二」，謂以二敵百，指山河險固。③「朱衣」，紅色官服，代指官員隨從。④「車從」，車騎與侍從。⑤「扶輪」，靈輒助趙盾登車脱離危險。「扶輪」指報恩。⑥「觸槐」，屠岸賈命鉏麑殺趙盾，鉏麑不忍，撞槐樹而死。⑦「把門的宫官」，韓厥。⑧「善終」，正常死亡；好的結局。⑨「公孫」，公孫杵臼，春秋時晋國趙盾、趙朔父子的門人。⑩「程嬰」，春秋時晋國義士，趙盾友人，爲救趙孤捨棄了自己的親生兒子。⑪「知重」，賞識；看重。⑫「碑碣」，石碑；石刻。⑬「北邙山」，邙山，在河南洛陽市北，黄河南岸，屬秦嶺支脉，是古人理想的葬身之地。

第三折

【雙調】〔一〕【新水令】我子[1]見踐征坌〔二〕[2]飛過小溪橋，多管[3]是令諸侯反臣來到。齊臻臻[4]擺着士卒，明晃晃[5]列着鎗刀。眼見的死在今朝，更避甚痛凌虐〔三〕⑥。

〔校〕〔一〕原本無宫調名【雙調】，各本均已補。〔二〕原本「坌」字，各本均改作「塵」。按，「坌」，塵土；塵埃。〔三〕「虐」原本作「𧆛」，各本均校作「虐」。徐沁君本校記云：「『凌虐』一詞，曲中習用之。」

〔注〕①「子」，只。②「征坌」，征塵；戰塵。③「多管」，多半；大概；很可能。④「齊臻臻」，整齊貌。⑤「明晃晃」，刀槍明亮貌。⑥「凌虐」，凌辱虐待。

【駐馬听】俺虽是將老兵驕①，共②趙盾曾為刎頸交③；道了个臣强君弱④，想公孫舌是斬身刀⑤。大丈夫英勇結英豪，聖人言有道伐无道。把全〔一〕家兒絶嗣⑥了，天呵！嚴霜偏殺无根草⑦。

〔校〕〔一〕甯希元本「全」改作「傳」，校記云：「原本『傳』字，音誤爲『全』。今改。鄭、徐二本失校。」

〔注〕①「將老兵驕」，將士已老，兵卒驕傲輕敵。②「共」，和；與。③「刎頸交」，友誼真摯，可以同生死的朋友。④「臣强君弱」，大臣强勢，君主弱勢。⑤「舌是斬身刀」，謂亂説話會惹來殺身之禍。⑥「絶嗣」，無後代，此指家人、族人大部分被殺。⑦「嚴霜偏殺無根草」，嚴酷的霜雪偏打在無根的草上，比喻災禍偏偏降臨在無抵抗能力的人身上。

【沉醉東風】休想大丈夫魂飛九霄①，由它〔一〕屠岸賈棒有千条。我疾招②呵③快察詳④，遲招呵⑤難疑覺⑥，我能可⑦捱〔二〕⑧一下有一下功勞。欲要不拔樹尋根⑨覓下落，我子索⑩盛〔三〕⑪吃些絣扒吊拷〔四〕⑫。

〔校〕〔一〕原本「它」字，各本均改作「他」。按，「它」同「他」。〔二〕「捱」原本作「啀」，各本均改作「捱」。王季思本「能可」改作「寧可」。按，「能可」同「寧可」。〔三〕原本「盛」字，王季思本改作「剩」，甯希元本改作「賸」。按，「剩」「賸」「盛」均同，義爲「多」。〔四〕徐沁君本「拷」誤作「挎」。王季思本「絣」改作「繃」。

〔注〕①「魂飛九霄」，指受到極大驚嚇。②「招」，招供。③⑤「呵」，的話，話題標記，用于列舉兩種相關、相對的情況。④「察詳」，詳細了解。⑥「疑覺」，感覺蹊蹺；懷疑。⑦「能可」，

寧可。⑧「捱」，挨；受。⑨「拔樹尋根」，比喻追查到底、尋根究底。⑩「子索」，只須。⑪「盛」，多。⑫「絣扒吊拷」，扒掉衣服，捆綁起來，吊起來拷打。亦作「繃扒吊拷」。

【雁兒落】搬〔一〕公孫你泛調①，順賊子把咱陳告②。謕〔二〕的我立不住篤速速③膝盖摇，把不定④可丕丕⑤心頭跳。

〔校〕〔一〕「搬」原本作「般」，各本均已改。〔二〕原本「謕」字，徐沁君本、甯希元本改作「唬」。

〔注〕①「泛調」，譏刺；譏諷；欺騙；玩弄。是「調泛」之倒文。亦作「挑泛」「調犯」「調法」「調發」。（參見徐沁君本校記）②「陳告」，陳訴；控告。③「篤速速」，顫抖貌。④「把不定」，控制不住。⑤「可丕丕」，狀心跳聲。

【水仙子】俺二人商議我先招，〔一〕來到舌尖却嚥①了，我死呵②休想把你个程嬰〔二〕道。我怎肯有上梢③无下梢④。〔三〕休道打！〔四〕折末⑤便⑥支起九鼎油鑊⑦。老的來没顛倒⑧，便死也死得着，一任⑨你乱下風雹⑩。

〔校〕〔一〕「來」上王季思本據《元曲選》補「一句話」。〔二〕「程嬰」原本作「陳英」，各本均已改。〔三〕「休」上鄭騫本、徐沁君本、王季思本、高橋繁樹本補「（帶云）」。〔四〕「打」下徐沁君本補「（唱）」。

〔注〕①「嚥」，同「咽」。②「呵」，的話，表假設的後置詞。③「上梢」，事情的開頭或前邊的部分。亦作「上稍」。④「下梢」，結果；結局；事情的結尾。⑤「折末」，即使，亦作「折莫」「折麼」「遮末」「遮莫」「者末」「者莫」「者麼」「者磨」，是近代漢語常見的連詞，還有任憑、無論、不管、假如、什麼、爲什麼、莫非、大約等義。⑥「便」，即便；即使。⑦「九鼎油鑊」，大油鍋，此處用于刑罰。⑧「没顛倒」，猶「糊塗」。⑨「一任」，任憑。⑩「乱下風雹」，喻亂發脾氣。

【川撥棹】你當日養神獒①，把忠臣良將咬。你待②篡奪③皇朝，所筭④臣僚⑤。它〔一〕把三百口全家老小，滿門都斬在市曹⑥，把九族⑦都滅了。將這小孩兒尋覓着，不鄧鄧⑧生怒惡。

〔校〕〔一〕原本「它」字，各本均改作「他」。按，「它」同「他」。

〔注〕①「神獒」，猛犬。②「待」，要；想要。③「篡奪」，奪取君位、帝位。④「所筭」，算計；陷害。「筭」同「算」。⑤「臣僚」，大臣；官員。⑥「市曹」，市場人多熱鬧處，猶「雲陽市」「雲陽鬧市」，古代常在此類地方處决犯人。⑦「九族」，以自己爲本位，上推至四世之高祖，下推至四世之玄孫爲九族。（參見《漢語大詞典》）⑧「不鄧鄧」，憤怒貌。亦作「不登登」。

【七弟兄】是它〔一〕变却，相貌〔二〕，怎生饒，五蘊山①當下通紅了。獅蠻帶②上提起錦征袍③，把龍泉刀〔三〕④扯離沙魚鞘⑤。

〔校〕〔一〕原本「它」字，各本均改作「他」。按，「它」同「他」。〔二〕「貌」原本作「皃」，各本均已改。〔三〕徐沁君本據《元曲選》删「刀」字。

〔注〕①「五蘊山」，即「五蘊」，指色蘊、受蘊、想蘊、行蘊、識蘊，體現人身體和精神的狀態。②「獅蠻帶」，帶獅子、蠻王圖案的玉帶。③「錦征袍」，錦綉的戰袍。④「龍泉刀」，此指龍泉寶劍。⑤「沙魚鞘」，用鯊魚皮製成的刀劍套。「沙魚」即「鯊魚」。

【梅花酒】呀！可早①臥血泊②，訴生長劬勞③。它〔一〕天數④難逃，你子嗣難消。程嬰〔二〕！你可甚養子防備老？不信你不煩惱！這孩兒離蓐草⑤，和⑥今日却十朝，磣可可⑦剁三刀！

〔校〕〔一〕原本「它」字，各本均改作「他」。按，「它」同「他」。〔二〕「程嬰」原本作「陳英」，各本均已改。

〔注〕①「可早」，早已；已經。②「血泊」，受傷、被殺時流出的大片的血。③「劬勞」，辛勞；辛苦。④「天數」，定數。⑤「蓐草」，即「褥草」，可用作褥子、墊子的填充物。「離蓐草」指降生。⑥「和」，連；連帶。⑦「磣可可」，凄慘可怕。亦作「磣磕磕」。

【收江南】早難道①家富小兒嬌②！見它傍〔一〕邊廂〔二〕心痒難揉，双眸中不敢把泪珠抛，背背地③搵④了，滿腹内有似熱油澆。

〔校〕〔一〕原本「它傍」，鄭騫本、王季思本、高橋繁樹本作「他傍」，徐沁君本、甯希元本作「他旁」。按，「它」同「他」，「傍」同「旁」。〔二〕「廂」原本作「相」，各本均已改。

〔注〕①「早難道」，説什麽；哪裏是。②「家富小兒嬌」，家庭富

裕則子女容易嬌慣。③「背背地」，背地裏；偷偷地。④「搵」，擦；擦拭。

【鴛鴦煞】〔一〕我六旬①死後偏何老，這孩兒一歲死後偏何小！我兩个一処②身亡，須落得个万代名標。唱道③我祝付〔二〕④你个程嬰〔三〕，想着那橫亡⑤的趙朔⑥，把孩兒擡舉⑦的成人，將殺父母冤讎报，把這厮爛剁千刀，我不要輕輕素放⑧了！

〔校〕〔一〕【鴛鴦煞】原本作【尾】，高橋繁樹本未改，其他各本均改作【鴛鴦煞】。〔二〕原本「祝付」，鄭騫本未改，其他各本均改作「囑咐」。〔三〕「程嬰」原本作「陳英」，各本均已改。

〔注〕①「六旬」，六十歲。②「一処」，一起。③「唱道」，同「暢道」，真是、正是。④「祝付」，同「囑咐」。⑤「橫亡」，橫死；非正常死亡。⑥「趙朔」，趙盾之子。⑦「擡舉」，照顧；教養；撫養。⑧「素放」，白白放過。

第四折

【中呂】〔一〕【粉蝶兒】也不用本部下兵卒，天子有百灵①咸②助，待③交〔二〕我父親道寡稱孤④。要江山，奪社稷，佀懷中取物⑤。吃〔三〕緊⑥亢金⑦上鸞輿〔四〕⑧，蠍膽〔五〕佀把咱怯怚〔六〕⑨。

〔校〕〔一〕原本無宫調名【中呂】，各本均已補。〔二〕王季思本「交」改作「教」。按，「交」同「教」。〔三〕「吃」原本作「乞」，徐沁君本未改，高橋繁樹本改作「喫」，其他各本均改作「吃」。〔四〕原本「鸞輿」，甯希元本誤作「鑾與」，其他各本均作「鑾輿」。按，「鸞輿」同「鑾輿」。〔五〕「蠍膽」原本作「歇膽」，徐沁君本改作「蝎螫」，校記云：「『蝎螫』一詞，曲中習用。」王季思本從改。其他各本均未改。按，「蠍膽佀」即像蠍子一樣膽小。〔六〕原本「怚」字，各本均改作「懼」。按，「怚」，恐懼，同「懼」。

〔注〕①「百灵」，各種神明。②「咸」，都；皆。③「待」，要；想要。④「道寡稱孤」，稱帝。⑤「懷中取物」，謂容易。⑥「吃緊」，無奈。⑦「亢金」，代指朝廷。星曆學家以七曜（謂日、月、金、木、水、火、土）配二十八宿，「金」配「亢」，亢宿爲朝廷之象。

⑧「鸞輿」，帝王的車駕，也指帝王。亦作「鑾輿」。⑨「怯怚」，懼怕；恐懼。

【醉春風】俺待①反故主晋灵公，助新君屠岸賈。交平天冠②、碧玉帶、衮龍服③，别④换个主！主！問甚君聖臣賢，既然父慈子孝，管甚主憂臣辱⑤。

〔注〕①「待」，要；想要。②「平天冠」，冕冠，此指帝王的冠冕。③「衮龍服」，帝王的朝服。④「别」，另；另外。⑤「主憂臣辱」，君主有憂患，臣子應以爲耻。

【迎仙客】因甚淹〔一〕泪痕，氣長吁？我却才①叉定手向前緊取覆〔二〕②。憋支支③惡心煩，惡歆歆④生忿怒。低首躊躇〔三〕⑤，那的是話不投機⑥处。

〔校〕〔一〕甯希元本「淹」改作「掩」。按，以「淹」言「泪」者習見。〔二〕王季思本「取覆」改作「趨伏」，校記云：「音近借用，今據文意從元曲選本改。」〔三〕甯希元本「躊躇」改作「踟蹰」。

〔注〕①「却才」，剛纔。②「取覆」，禀告；請求答復。③「憋支支」，煩躁氣惱貌。④「惡歆歆」，惡狠狠，亦作「惡噷噷」。⑤「躊躇」，思考；考慮。⑥「話不投機」，彼此談話時意見、志趣不一致。

【紅綉〔一〕鞋】畫着青鴉鴉①幾株桑樹，閙炒炒〔二〕一簇村夫②，這一人血漉漉③臂扶着一輪車，這一个槐樹下死，這一个劍鋒誅，這个老丈丈④，將个小孩兒分付⑤与。

〔校〕〔一〕「綉」原本作「秀」，各本均已改。〔二〕「閙炒炒」原本作「閑炒炒」，鄭騫本、高橋繁樹本校作「閙炒炒」，徐沁君本、王季思本、甯希元本校作「閙吵吵」。

〔注〕①「青鴉鴉」，濃青色。②「村夫」，農夫；鄉里人。③「血漉漉」，鮮血淋漓貌。④「老丈丈」，老者；老年男人。⑤「分付」，囑咐。

【石榴花】這一人〔一〕惡歆歆①手内揢②鋸鋙〔二〕③，這一人膝跪〔三〕在階隅④，這个小孩兒劍鋒下一身卒，殺下个婦女血泊⑤里躺〔四〕着身軀，這个老丈丈⑥為甚遭誅戮⑦？這个穿紅袍的大〔五〕故⑧心毒！想絶故事无猜处，畫着个奚幸〔六〕⑨我的悶葫芦⑩。

〔校〕〔一〕甯希元本「人」改作「個」。〔二〕徐沁君本「錕鋙」改作「昆吾」。〔三〕甯希元本「跪」誤作「跑」。〔四〕「躺」原本作「倘」，各本均已改。〔五〕王季思本「大」改作「特」。〔六〕原本「奚幸」，鄭騫本、王季思本、高橋繁樹本改作「傒倖」。按，「奚幸」同「傒倖」。

〔注〕①「惡歆歆」，惡狠狠，亦作「惡噷噷」。②「掿」，拿；握。③「錕鋙」，寶劍名。亦作「昆吾」。④「階隅」，臺階的角落。⑤「血泊」，受傷、被殺時流出的大片的血。⑥「老丈丈」，老者；老年男人。⑦「誅戮」，誅殺；殺戮。⑧「大故」，特别；非常。⑨「奚幸」，疑惑。亦作「傒倖」。⑩「悶葫芦」，使人疑惑的話語或事情。

【鬪鵪鶉〔一〕】這殺場上是那个孩兒？這車車〔二〕①里是誰家上祖②？這个更藉不得③兒孫！這个更救不得父母！這手〔三〕卷④是誰家宗祖⑤圖？從頭兒對你兒數。這人是犯法違条⑥？這人是啣冤負屈⑦？

〔校〕〔一〕「鵪鶉」原本作「奄享」，各本均已改。〔二〕「車車」原本作一「車」字和一重文符號，徐沁君本、高橋繁樹本改作「市曹」。徐沁君本校記云：「藏本這一曲末句作『這市曹中殺的也不知是誰家上祖』，據改。」〔三〕「手」原本作「年」，各本均已改。

〔注〕①「車車」，此當指囚車。②「上祖」，祖上；先祖。③「藉不得」，顧不得。④「手卷」，横幅長卷。⑤「宗祖」，祖宗。⑥「犯法違条」，違反法律。⑦「啣冤負屈」，心含冤枉，身受委屈。「啣」同「銜」。

【普天樂】我待〔一〕問從初①，拔刀相助。交〔二〕我愁縈心腹②，氣夯胷脯③。元〔三〕来這壞了的是俺父親，咱家宗祖！説到凄凉傷心処，便是鉄頭〔四〕人也放声啼哭！屠岸賈！你為帝主④，咱為宰輔⑤，天意⑥何如〔五〕？

〔校〕〔一〕「待」原本作「大」，各本均已改。〔二〕王季思本「交」改作「教」。按，「交」同「教」。〔三〕王季思本「元」改作「原」。按，「元来」同「原来」。〔四〕王季思本據《元曲選》將「頭」改作「石」。〔五〕「何如」原本作「如何」，各本均乙轉。按，「如」字韵。

〔注〕①「從初」，當初。②「愁縈心腹」，心内被憂愁縈繞。③「氣

夯曾脯」，怒氣填滿胸膛。④「帝主」，帝王；君主。⑤「宰輔」，輔政大臣；宰相。⑥「天意」，上天的意旨；帝王的意旨。

【上小樓】若不是爹爹覷付①，將孩兒擡舉②，二十年前，断頸〔一〕分尸，死在郊墟③。屠岸賈，那匹夫④，尋根拔樹⑤，斬了我全家兒滅門絶户⑥！

〔校〕〔一〕「頸」原本作「脛」，各本均改作「頸」。

〔注〕①「覷付」，照管；照看。②「擡舉」，照顧；教養；撫養。③「郊墟」，郊外；荒野。④「匹夫」，詈詞，猶東西、傢伙。⑤「尋根拔樹」，猶「斬草除根」，比喻除去禍患，以免後患。⑥「滅門絶户」，全家被殺。

【幺篇】〔一〕既那厮背着一人，便合①交滅了九族②。刬地③將天下軍儲④，滿国黎庶⑤，交那厮區処⑥。元〔二〕来你做主，你佑護，交〔三〕它〔四〕將諸侯欺負，元來你交〔五〕他弑君⑦殺父！

〔校〕〔一〕【幺篇】原本作【幺】，鄭騫本、高橋繁樹本作【幺】，其他各本均作【幺篇】。〔二〕王季思本「元」改作「原」。按，「元来」同「原來」。〔三〕〔五〕王季思本「交」改作「教」，該曲前兩個「交」字未改。按，「交」同「教」。〔四〕原本「它」字，各本均改作「他」。按，「它」同「他」。

〔注〕①「合」，該；當。②「九族」，以自己爲本位，上推至四世之高祖，下推至四世之玄孫爲九族。（参見《漢語大詞典》）③「刬地」，反而；反倒。④「軍儲」，軍用物資。⑤「黎庶」，百姓；平民。⑥「區処」，處理；安排。⑦「弑君」，殺死君王。

【十二月】〔一〕想着啣冤①父母，拿住那讒〔二〕佞賊徒②，着那厮騎着木驢③，剮那厮身軀，爛剁了它〔三〕嬌兒幼女，不落下一口兒親屬。

〔校〕〔一〕【十二月】原作【堯民歌】，各本均已改。按，原本【堯民歌】當從下一曲誤移至此，而脱【十二月】。〔二〕「讒」原本爲墨丁，徐沁君本、高橋繁樹本作「讒」，其他各本作「奸」。按，該劇第一折【混江龍】用「讒佞」。〔三〕原本「它」字，各本均改作「他」。按，「它」同「他」。

〔注〕①「啣冤」，含冤。「啣」同「銜」。②「賊徒」，賊人；壞

人。③「木驢」，古代凌遲用的刑具。

【堯民歌】今日人還害你你何如〔一〕？子你是趙氏孤兒護身符①！着那廝滿門良賤②尽遭③誅，你看我三尺龍泉④血模糊。須臾⑤，須臾，前生斷少負⑥，今日填還⑦去。

〔校〕〔一〕「何如」原本作「如何」，各本均乙轉。按，「如」字韻。

〔注〕①「護身符」，借以保佑人的人或物。②「滿門良賤」，全家人。③「遭」，被；遭受。④「龍泉」，龍泉寶劍。⑤「須臾」，短時間；片刻。⑥「少負」，虧欠；虧負。⑦「填還」，償還；加倍償還。

【耍孩兒】到明朝若把讎人遇，將反賊長街上當〔一〕①住，扯龍泉②在手拽了衣服，撑動馬熊腰〔二〕將猿臂③輕舒④。班番〔三〕⑤玉勒金鞍馬⑥，捽⑦下金花皂蓋車⑧。无輕恕，猛虎恤忬〔四〕⑨，不如蜂蠆⑩之毒。

〔校〕〔一〕原本「當」字，徐沁君本、甯希元本改作「擋」。按，「當」同「擋」。〔二〕「撑動馬熊腰」原本作「稱動馬熊」和一墨丁，鄭騫本「據文義補」作「撑動馬熊腰」，王季思本、高橋繁樹本從。徐沁君本校作「打動馬如熊」。甯希元本校作「稱動馬熊腰」。徐沁君本校記云：「以熊喻馬，曲中多有之。」甯希元本校記云：「熊腰虎背，爲小説戲曲中形容勇士之常語。徐本改作『打動馬如熊』云云，直爲改寫古書，不取。」〔三〕原本「班番」，鄭騫本、高橋繁樹本未改，徐沁君本、王季思本作「扳翻」，甯希元本作「班翻」。按，「班」同「扳」，「番」同「翻」。〔四〕原本「恤忬」，各本均改作「猶豫」。按，「恤忬」同「猶豫」。

〔注〕①「當」，同「擋」。②「龍泉」，龍泉寶劍。③「猿臂」，謂手臂長，像猿臂一樣運轉自如。④「舒」，伸展。⑤「班番」，扳翻。⑥「玉勒金鞍馬」，裝飾華貴的馬。「玉勒」，有玉飾的馬銜、馬嚼子。「金鞍」，有黄金裝飾的馬鞍。⑦「捽」，同「摔」。⑧「金花皂蓋車」，有金花裝飾和黑色幃蓋的馬車。⑨「恤忬」，同「猶豫」。⑩「蜂蠆」，蜂和蠆都是有毒的螫蟲，比喻恶人、狠毒凶殘之人。

【三煞】不將讎恨雪，難將冤恨除，想俺横亡①爺囚死的生身母！我若不报泉下②双親恨，羞見桑間一〔一〕餓夫③！休疑慮④，索甚辨別好弱⑤，審察实虚。

〔校〕〔一〕「一」原本作「二」，各本均改作「一」。

〔注〕①「横亡」，横死；非正常死亡。②「泉下」，黄泉之下；陰間。③「桑間一餓夫」，即桑下餓夫靈輒，被趙盾所救。④「疑慮」，懷疑顧慮。⑤「好弱」，好壞；好歹。

【二煞〔一〕】把那厮剜了眼睛，豁開肚皮，摘了心肝，卸了手足，乞〔二〕支支①抛〔三〕折那厮腰截骨②。常言恨小〔四〕非君子，〔五〕无毒不丈夫！③難遮護④，我不怕前遮侍從⑤，左右軍卒⑥。

〔校〕〔一〕原本無「煞」字，各本均已補。〔二〕原本「乞」字，甯希元本改作「圪」。〔三〕原本「抛」字，徐沁君本改作「撧」，無校語。甯希元本、高橋繁樹本改作「拗」。甯希元本校記云：「原本『拗』字，形誤爲『抛』。今改。」〔四〕「小」原本作「消」，各本均已改。〔五〕「无」上徐沁君本補「自古」二字，無校語。

〔注〕①「乞支支」，即「咯吱吱」，擬聲詞，狀折斷、破裂聲。②「腰截骨」，腰椎骨。③「恨小非君子，无毒不丈夫」，俗語，指要成就大事須心狠手辣，心腸狠毒。④「遮護」，遮擋保護。⑤「侍從」，隨從、侍奉的人。⑥「軍卒」，士兵；士卒。

【煞〔一〕尾】欲報俺横亡①的父母恩，托賴②着聖明皇帝福。若是御林軍③肯把趙氏孤兒護，我与亢金④上君王做的主。

〔校〕〔一〕原本無「煞」字，徐沁君本、王季思本補，其他各本未補。

〔注〕①「横亡」，横死；非正常死亡。②「托賴」，依賴；倚仗；被庇護。③「御林軍」，護衛皇帝的禁衛軍。④「亢金」，代指朝廷。星曆學家以七曜（謂日、月、金、木、水、火、土）配二十八宿，「金」配「亢」，亢宿爲朝廷之象。

題目〔一〕　　韓厥救捨命烈士　　程嬰〔二〕説妬賢送子

正名　　義逢義公孫杵臼〔三〕　　冤报冤趙氏孤兒

趙氏孤兒終〔四〕

〔校〕〔一〕原本無「題目」二字，各本均已補。〔二〕「程嬰」原本作「陳英」，各本均已改。〔三〕「臼」原本作「旧」，各本均已改。〔四〕尾題鄭騫本、甯希元本補作「冤報冤趙氏孤兒終」，其他各本未補改。

古杭新刊的本関目風月紫雲亭

石君寶

校本六種

鄭騫本：鄭騫《校訂元刊雜劇三十種》

徐沁君本：徐沁君《新校元刊雜劇三十種》

甯希元本：甯希元《元刊雜劇三十種新校》

王季思本：王季思《全元戲曲》（第三卷）

盧冀野本：盧冀野《元人雜劇全集》（第六册）

隋樹森本：隋樹森《元曲選外編》（第二册）

題目校記

題目中「亭」原本作「庭」，隋樹森本、鄭騫本未改，盧冀野本、徐沁君本、王季思本、甯希元本作「亭」。今改作「亭」。

楔子

（卜兒①上一折了）（旦②末〔一〕③上了）（正末共外〔二〕④云住）（〔三〕旦云，共〔四〕末把盞⑤辞〔五〕科，云）伯伯好去者呵！兀的是花發多風雨〔六〕，人生足〔七〕別離！〔八〕

〔校〕〔一〕原本「旦末」，徐沁君本、王季思本改作「正旦、正末」。〔二〕「外」下徐沁君本補「末」字。〔三〕「旦」上徐沁君本、王季思本補「正」字。〔四〕「共」下徐沁君本、王季思本補「正」字。〔五〕徐沁君本脱「辤」字。〔六〕原本無「風雨」二字，盧冀野本、隋樹森本未補，其他各本均已補。〔七〕「足」原本作「是」，盧冀野本、隋樹森本作「是」，其他各本均作「足」。按，「花發多風雨，人生足别離」出自武瓘《勸酒》詩。(参見徐沁君本校記)〔八〕此處徐沁君本、王季思本補「（唱)」。

〔注〕①「卜兒」，扮韓楚蘭之母。②「旦」，正旦，扮韓楚蘭，諸宫調女藝人。③「末」，正末，扮完顔靈春。④「外」，外末，扮完顔靈春的朋友，韓楚蘭稱其爲「伯伯」。⑤「把盞」，本指跪地敬酒，後泛指敬酒。

【仙吕】〔一〕【賞花時】客舍①青青楊柳新，驛路②茸茸③芳草䄄〔二〕④，朝雨⑤浥⑥輕塵⑦。一盃酒尽，歌罷渭城⑧春。

〔校〕〔一〕原本無宫調名【仙吕】，盧冀野本未補，其他各本均補。〔二〕原本「䄄」字，鄭騫本未改，其他各本均改作「茵」。按，「䄄」通「茵」。

〔注〕①「客舍」，旅館；旅舍。②「驛路」，驛道；大道。古代驛站之間的大路，也泛指道路。③「茸茸」，毛髮、草等柔軟細密貌。④「䄄」，通「茵」，墊子、褥子、毯子之類，此指柔軟的绿草地。⑤「朝雨」，早晨的雨。⑥「浥」，濕潤；浸潤。⑦「輕塵」，塵土；飛塵。⑧「渭城」，咸陽。

【幺篇】〔一〕西出陽関①无故人，則〔二〕②見俺在這南国梁园③依旧親。舍人呵！誰不知俺娘劣，恁爺〔三〕狠。伯伯〔四〕，兩陣狂風是④緊，也不到得⑤交〔五〕吹散楚城⑥雲。

（下）

〔校〕〔一〕【幺篇】原本作【么】，盧冀野本未改，隋樹森本、鄭騫本作【幺】，其他各本均作【幺篇】。〔二〕盧冀野本「則」改作「只」。按，「則」同「只」。〔三〕「爺」原本作「耶」，唯盧冀野本未改，其他各本均作「爺」。徐沁君本、王季思本「恁」改作「您」。〔四〕「伯伯」原本爲小字，甯希元本改作大字「拍拍」，并與下句連讀，校記云：「原本『拍拍』（paipai）二字，音假爲『伯伯』（baibai)。今改。

按，此爲古音之遺留，各本多誤爲叔伯之『伯』，失考。敦煌變文《秋吟》：『畫角口口，伯伯而傷殘侶夢。』『伯伯』，即『拍拍』之假，可證。」按，甯希元本所校不能成立，失之迂遠。上文賓白已有「伯伯」，此處不必改校，且「伯伯」爲小字，顯係夾白。〔五〕原本「交」字，盧冀野本、隋樹森本、王季思本改作「教」。按，「交」同「教」。

〔注〕①「陽関」，古關名，在甘肅敦煌西南。②「則」，只。③「梁园」，本指西漢梁孝王的東苑，亦作「梁苑」。亦指皇家園林或民間劇場、戲園。此指劇場、戲園，是韓楚蘭演出諸宮調的地方。（參見《漢語大詞典》）④「是」，雖然；即使。⑤「不到得」，到不了；不能到。⑥「楚城」，本指古楚國都城，泛指楚地城邑。

第一折

（外末云）（老孤[①]做住）（卜兒云）（正末做住）（卜兒呌住）（〔一〕旦云）娘呵！没錢事呌喚則甚[②]？（卜〔二〕云了）〔三〕俺勾當[③]呵，没一日曾净[④]！〔四〕

〔校〕〔一〕「旦」上徐沁君本、王季思本補「正」字。〔二〕「卜」下徐沁君本、王季思本補「兒」字。〔三〕「俺」上鄭騫本補「（云）」，徐沁君本、王季思本補「（正旦云）」。〔四〕此處徐沁君本、王季思本補「（唱）」。

〔注〕①「老孤」，扮完顔靈春之父。②「則甚」，做甚；做什麼。③「勾當」，事情。④「净」，乾净。此指無雜事。

【仙吕】〔一〕【點絳唇】怎想俺這月館風亭[①]，竹溪花徑，变得這般嘿[②]光景[③]。我每日撇嵌[④]為生，俺娘向諸宮調里尋争競〔二〕[⑤]。

〔校〕〔一〕原本無宮調名【仙吕】，盧冀野本未補，其他各本均補。〔二〕「競」原本作「竟」，各本均已改。

〔注〕①「月館風亭」，此指演藝、風月場所。②「嘿」，待考。③「光景」，情況；地步。④「撇嵌」，弄虛作假。⑤「争競」，計較；爲名利而争。

【混江龍】他那里問言多傷倖〔一〕[①]，絮[②]得些家宅[③]神長〔二〕[④]是不安寧。

我勾欄⑤里把戲⑥得四五廻鉄騎，到家來却有六七場刀兵⑦。我唱的是三国志先饒⑧十大曲⑨，俺娘便五代史續添⑩八陽經⑪。尔〔三〕覷波⑫，比及⑬攛断⑭那唱叫，先索打拍⑮那精神。起末⑯得便热閙，團掿⑰得更滑熟⑱，並无那唇甜句美，一刬⑲地崎嶮〔四〕艱難，衠撲⑳得些掂人髓、敲人腦、剥人皮、釘人〔五〕腿得回頭硬。（卜〔六〕云了）〔七〕娘呵！〔八〕我看不的尔〔九〕這般麄枝大葉㉑，聽不的尔〔十〕那里〔十一〕野調山声㉒。

（卜〔十二〕云了）〔十三〕

〔校〕〔一〕原本「倖」字，徐沁君本、王季思本改作「行」。徐沁君本校記云：「『言多傷行』，當時成語。關漢卿《金綫池》第三折：『不是我把不定，無記性，言多傷行。』古名家本、顧曲齋本均作『言多傷幸』。『倖』、『幸』爲『行』（去聲）字的同音借用。」〔二〕原本「長」字，徐沁君本、甯希元本改作「常」。〔三〕〔九〕〔十〕原本「尔」字，各本均改作「你」。〔四〕「崎嶮」原本作「希𡽹」，鄭騫本作「希險」，徐沁君本、王季思本、甯希元本作「崎險」，盧冀野本、隋樹森本作「崎嶮」。〔五〕原本無此「人」字，盧冀野本、隋樹森本未補，其他各本均補。鄭騫本校記云：「原無人字，據上文補。」徐沁君本校記云：「元劇中常見此類詞語，如：關漢卿《魯齋郎》第二折：『動不動挑人眼、剔人骨、剥人皮。』石君寶《曲江池》第二折：『俺娘呵則是個吃人腦的風流太歲，剥人皮的娘子喪門，油頭粉面敲人棍。』楊景賢《劉行首》第四折：『當日個敲人骨髓剥人皮。』賈仲明（署武漢臣）《玉壺春》第三折：『則是個敲人腦的活妖怪。』又白：『則爲你坑人財、陷人物、敲人腦、剥人皮。』《對玉梳》第一折：『陷人坑埋没的準，釘人釘够二百斤，鑽人鑽有十數根，秤人秤安頓的穩。』」王季思本從鄭騫本、徐沁君本補。甯希元本校記云：「原本脱『人』字。依上文『掂人髓、敲人腦、剥人皮』語例補。」〔六〕「卜」下徐沁君本補「兒」字。〔七〕「娘」上徐沁君本補「（正旦云）」，王季思本補「（正旦唱）」。〔八〕此處徐沁君本補「（唱）」。〔十一〕盧冀野本衍一「裏」字，作「裏裏」。〔十二〕「卜」下徐沁君本、王季思本補「兒」字。〔十三〕此處徐沁君本、王季思本補「（正旦唱）」。

〔注〕①「言多傷倖」，話多易導致言行不一，使品行受損害。亦作「言多傷幸」「言多傷行」。「倖」「幸」本字爲「行」。②「絮」，話多、嘮叨得使人膩煩。③「家宅」，家庭；家裏。④「長」，常常；經常。⑤「勾欄」，宋元時代的演藝場所。⑥「把戲」，此指演藝、表演。⑦「刀兵」，戰爭。此指争吵、打架。⑧「饒」，多給；額外白給。⑨「十大曲」，宋金人所作并廣泛流傳的十首詞。即蘇小小《蝶戀花》、鄧千江《望海潮》、蘇軾《念奴嬌》、辛棄疾《摸魚兒》、晏幾道《鷓鴣天》、柳永《雨霖鈴》、吴激《春草碧》、朱淑真《生查子》、蔡松年《石州慢》、張先《天仙子》。（參見《漢語大詞典》）⑩「續添」，繼續；接著。⑪「八陽經」，全稱《八陽神咒經》。元曲中常用作諷刺説話絮叨、嚕蘇的隱語。（參見《漢語大詞典》）⑫「波」，語氣詞，猶「吧」。⑬「比及」，如果；假如。⑭「擫斷」，演奏樂器。⑮「打拍」，振作。⑯「起末」，扮演角色。⑰「團掿」，團弄；擺弄。此指反復打磨。⑱「滑熟」，熟練；成熟；順暢。⑲「一剗」，一概；全都。⑳「衠撲」，待考。㉑「麄枝大葉」，謂不够精細、細緻。㉒「野調山声」，村野、鄙俗的曲調、腔調。

【油葫芦】我但①有些卧枕着床腦袋疼，他委实②却也心内驚，他急慌〔一〕的請醫人③診〔二〕了脉却笑容生。他道是喜的女孩兒感得些風寒証〔三〕，慚愧呵謝天地不是相思病。〔四〕尔〔五〕交〔六〕俺尽世④兒厮守着！娘呵！〔七〕尔〔八〕這般毒害心，狠劣⑤情！但⑥見對錦鴛鴦〔九〕他水上才交頸⑦，尔〔十〕早子⑧着⑨棒打過蓼花汀⑩。

〔校〕〔一〕「慌」原本作「荒」，盧冀野本、隋樹森本未改，其他各本均改作「慌」。〔二〕「診」原本作「胗」，各本均已改。〔三〕原本「証」字，各本均改作「症」。按，「症」是現代醫學名詞用字，「証」同「證」，中醫學上都用「證」字，如「證候」「表證」「裏證」「外證」等，故不須改字。〔四〕此處鄭騫本補「（云）」，徐沁君本、王季思本補「（帶云）」。〔五〕〔八〕〔十〕原本「尔」字，各本均改作「你」。〔六〕原本「交」字，盧冀野本、隋樹森本、王季思本改作「教」。按，「交」同「教」。〔七〕此處徐沁君本、王季思本補「（唱）」。〔九〕「鴛鴦」原本作「夗央」，各本均已改。

〔注〕①⑥「但」，只要。②「委实」，確實；的確。③「醫人」，醫生；大夫。④「尽世」，整世；一輩子。⑤「狠劣」，狠毒乖戾。⑦「交頸」，雌雄動物頸部相互依摩。比喻男女親昵、夫妻恩愛。⑧「早子」，早已；早就；已經。⑨「着」，用。⑩「蓼花汀」，生有蓼花的小洲或水邊平地。

【天下樂】呵！尔〔一〕肯交〔二〕双宿双飛①过一生？便則〔三〕②我子弟每③行〔四〕④依凴〔五〕⑤，休有情，交〔六〕我打迭〔七〕⑥起那暖和⑦出落⑧着冷，滿臉兒半指⑨霜，通身⑩兒一塊冰。娘呵！我到処⑪也畫堂⑫春自生。

（〔八〕末云）〔九〕

〔校〕〔一〕原本「尔」字，各本均改作「你」。〔二〕〔六〕原本「交」字，盧冀野本、隋樹森本、王季思本改作「教」。按，「交」同「教」。〔三〕盧冀野本「則」改作「只」。按，「則」同「只」。〔四〕盧冀野本「行」下斷句，「依平」與「休有情」爲一句。〔五〕「凴」原本作「平」，各本均未改。按，「依平」不詞，「平」是「凴」之同音別字，「依凴」即「依靠」。「子弟每」即「子弟們」，指流連風月場所的風流子弟。「行」是賓格標記，其語法作用是將賓語「子弟每」提到動詞「依凴」之前，體現的是蒙古語的 SOV 語序特征。〔七〕原本「迭」字，徐沁君本、王季思本、甯希元本改作「疊」。按，「打迭」同「打疊」。〔八〕「末」上徐沁君本、王季思本補「正」字。〔九〕此處徐沁君本、王季思本補「（正旦唱）」。

〔注〕①「双宿双飛」，本指雌雄鳥兒成雙栖息，成雙飛翔。比喻夫妻恩愛，形影不離。②「便則」，即使。③「每」，們，複數標記。④「行」，賓格標記，由元代漢蒙語言接觸造成，是漢語方位詞承擔了蒙古語的格標記功能。「行」是「上」的音變形式。⑤「依凴」，依靠。⑥「打迭」，收拾。亦作「打疊」。⑦「暖和」，此指熱情。⑧「出落」，展示；展現。⑨「半指」，此指半指厚。⑩「通身」，全身；整個身體。⑪「処」，的話，表假設的後置詞，由處所義轉指時間義，後語法化爲假設義。⑫「畫堂」，有彩繪的殿堂。泛指華麗

的堂舍。

【醉中天】我唱到〔一〕那双漸①臨川令，他便腦〔二〕袋不嫌听；提〔三〕起那馮員外②便望空里助采声③，把个蘇媽媽④便是上古賢人般敬。我正唱到不肯上販茶船的小卿⑤，向那岸边厢刁〔四〕蹬⑥。〔五〕俺這虔婆⑦道：〔六〕「兀得不好拷末娘⑧七代先灵⑨！」

（卜〔七〕云住）〔八〕

〔校〕〔一〕「唱到」原本作「昌道」，盧冀野本、隋樹森本、鄭騫本校作「唱道」，徐沁君本、王季思本、甯希元本校作「唱到」。徐沁君本校記云：「下『正唱到』可證。」〔二〕「腦」原本作「惱」，各本均已改。〔三〕「提」原本作「𢱢」，盧冀野本誤認作「搔」。按，該字右部是「是」字俗寫，元刊雜劇中習見。〔四〕「厢刁」原本作「相刀」，隋樹森本校作「相刁」，其他各本均作「厢刁」。〔五〕「俺」上鄭騫本、徐沁君本、王季思本補「（帶云）」。〔六〕此處徐沁君本、王季思本補「（唱）」。〔七〕「卜」下徐沁君本、王季思本補「兒」字。〔八〕此處徐沁君本、王季思本補「（正旦唱）」。

〔注〕①「双漸」，北宋文學故事人物，與知縣之女蘇小卿相愛。②「馮員外」，馮魁，蘇小卿落魄後所嫁之人，是茶商。③「采声」，喝彩聲。「助采聲」，喝彩。「采」通「彩」。④「蘇媽媽」，蘇小卿的母親。⑤「小卿」，蘇小卿。⑥「刁蹬」，爲難；捉弄。亦作「刁鐙」「刁頓」。⑦「虔婆」，老鴇子；賊婆娘；不正派的中老年女人。⑧「末娘」，詈詞，用來表示怨恨、憤怒等感情。亦作「麽娘」。⑨「七代先灵」，七代祖先，泛指歷代祖先。

【金盞兒】娘呵！為甚這鷂子懶飛騰①？我也是〔一〕惜毛翎②，委实③怕〔二〕這秋天万里西風冷。誰似尔〔三〕把个嫩鸛〔四〕兒④丫〔五〕定怎將擎？嘴尖嚵脖〔六〕子，爪快撮天靈〔七〕。娘呵！委实道搊⑤錢〔八〕的天上鷂，不如尔〔九〕个挐⑥雁的海東青⑦。

（卜〔十〕云了）〔十一〕

〔校〕〔一〕「是」下甯希元本補「冥鴻」，校記云：「冥鴻惜毛翎：元人常語。原本脱『冥鴻』二字。今補。」李崇興《〈新校元刊雜劇三十種〉商榷》一文，認爲當補「飛鴻」二字，稱「飛鴻惜毛翎」

「飛鴻惜羽毛」習見于元劇。按，據曲譜，【金盞兒】首二句均爲三字句，第二句「惜毛翎」爲正格字，不必補字。另從整支曲子來看，韓楚蘭自比「鷂子」「天上鷂」，與「鴻」無關，補「冥鴻」亦無必要。〔二〕「怕」原本作「帕」，各本均已改。〔三〕〔九〕原本「尔」字，各本均改作「你」。〔四〕原本「懃」字，王季思本、甯希元本改作「勤」。按，「懃兒」同「勤兒」。〔五〕甯希元本「丫」改作「掗」，校記云：「掗定：『掗』，强也。原本音假爲『丫』。今改。各本失校。」按，「丫」疑當作「壓」或「押」。「壓定」或「押定」即鴇兒看準一個年輕嫖客（懃兒）就要狠狠宰一刀。〔六〕「脖」原本作「頛」，盧冀野本、隋樹森本校作「穎」，鄭騫本、王季思本作「頸」，徐沁君本作「脖」，甯希元本作「嗓」。按，今從徐沁君本。〔七〕「爪快撮天靈」原本作「爪快撮天令」，覆元槧本刻作「瓜抉撮天令」，盧冀野本、隋樹森本校作「瓜抉撮天令」，鄭騫本作「爪抉撮天靈」，徐沁君本、王季思本、甯希元本作「爪快撮天靈」。徐沁君本校記云：「此以鷂自喻，而以海東青比虔婆，嫩勤兒之脖子與天靈，徒供彼嘴尖爪快之蹂躪。」按，徐沁君本所校是。〔八〕「錢」原本作「尔」，甯希元本校作「鴉」，王季思本校作「綫」。甯希元本校記云：「搦鴉的天上鷂：與下句『拿雁的海東青』爲對文。原本『鴉』字，當省借爲『牙』，形壞如『[illegible]』。仿刻本誤改爲『[illegible]』（錢），各本遂沿其誤。今正。」王季思本校記云：「『搦綫』原『綫』作『尔（錢）』，形近致誤，今改。按，『搦綫的天上鷂』謂被人用綫牽著在天上飛的鷂。」按，元刊雜劇原本中「綫」均刻作「線」，無一例外，應不存在形誤的可能。「搦錢」即抓錢、挣錢，是韓楚蘭自比會抓錢的「天上鷂」。〔十〕「卜」下徐沁君本、王季思本補「兒」字。〔十一〕此處徐沁君本、王季思本補「（正旦唱）」。

〔注〕①「飛騰」，飛起來。②「毛翎」，羽毛。③「委实」，確實；的確。④「嫩懃兒」，浪蕩公子或嫖客，因其勤于聲色，故名。亦作「勤兒」「琴兒」「禽兒」。⑤「搦」，抓；拿；握。⑥「拏」，即「拿」，抓；捉；捕。⑦「海東青」，隼科小型猛禽。

【醉扶歸】這逗鏝[①]的是咱些權柄，呵，索[〔一〕]就事便是尔[〔二〕]得人情。那厮每②拏着二分鈔便害疼。〔三〕害疼，咱每③就呵便廿錠、卅錠呵，〔四〕更磕着如今等。干嚥〔五〕唾④相思得後生，那个不害這般干使鈔⑤干〔六〕嘿病⑥。

(〔七〕末云住)〔八〕

〔校〕〔一〕「索」原本作「色」，徐沁君本、王季思本改作「索」，其他各本未改。甯希元本校記云：「徐本改作『索就事』。按：『色』、『索』二字，《中原音韵》同爲一空，故元曲中常得通假，似可不改。」〔二〕原本「尔」字，各本均改作「你」。〔三〕「害」上徐沁君本、王季思本補「（帶云）」。〔四〕第二個「害疼」至「錠呵」原本爲大字，徐沁君本、王季思本、甯希元本改作小字、夾白。鄭騫本「咱每就呵」四字爲小字、夾白。「廿」原本爲「廾」，徐沁君本未改，盧冀野本、王季思本作「廿」，其他各本均改作「二十」。原本「卅」字，隋樹森本、鄭騫本、甯希元本改作「三十」，其他各本未改。兩「錠」字原本均作「定」，鄭騫本未改，其他各本均改作「錠」。「卅錠呵」下徐沁君本、王季思本補「（唱）」。〔五〕「嚥」原本作「燕」，各本均已改。〔六〕原本兩「干」字，盧冀野本、隋樹森本校作「千」。〔七〕「末」上徐沁君本、王季思本補「正」字。〔八〕此處徐沁君本、王季思本補「（正旦唱）」。

〔注〕①「逗鏝」，以錢的正反面定輸贏的賭博方式。②③「每」，們，複數標記。④「干嚥唾」，白白地呑咽唾液，謂羡慕而不能得到。⑤「使鈔」，花錢。⑥「干嘿病」，待考。

【金盞兒】上俺門來的酒客①每②為我這妙唱若雛〔一〕鶯，引的他每豪飲似長鯨③。我委实④為甚停盃听曲教快成病？我安排桃花扇影〔二〕他每便破香棖〔三〕⑤。尚自⑥着瓦磁為巨器⑦，也則是⑧陶瀉⑨慶新声。嗽，若還更酒斟〔四〕金瀲〔五〕灩⑩，大〔六〕⑪的好歌立玉娉婷⑫。

(〔七〕末云）（卜〔八〕云住)〔九〕

〔校〕〔一〕盧冀野本「雛」字誤作「鸝」。〔二〕原本「影」下有一重文符號，徐沁君本、甯希元本刪，盧冀野本、隋樹森本重「影」字，鄭騫本、王季思本重「扇影」。按，今從徐沁君本、甯希元本刪。〔三〕「棖」原本作「帳」，盧冀野本未改，隋樹森本、徐沁君本改作「棖」，其他各本均改作「橙」。徐沁君本校記云：「棖即橙。」〔四〕「斟」原本作「㪷」，各本均校作「斟」。〔五〕「瀲」原本作「歛」，盧冀野本、隋樹森本校作「款」，其他各本均作「瀲」。〔六〕徐沁君本「大」改作「待」。按，「大」通「待」。〔七〕「末」上徐沁君本、王季思本補「正」字。〔八〕「卜」下徐沁君本、王季思本補「兒」字。〔九〕此處徐沁君本、王季思本補「（正旦唱）」。

〔注〕①「酒客」，好飲酒的人；飯店、宴席上的客人。②「每」，們，複數標記。③「長鯨」，大鯨。「豪飲似長鯨」是「長鯨飲」的變用，指豪飲。④「委实」，確實；的確。⑤「香棖」，香橙；橙子。⑥「尚自」，還；仍然。⑦「巨器」，大型器皿。⑧「則是」，只是。⑨「陶瀉」，發泄；排遣。⑩「瀲滟」，水波流動、蕩漾、明亮貌。⑪「大」，通「待」，等；等待。⑫「玉娉婷」，玉一般美好，代指美女。

【後庭花】俺這老婆肚皮里將六韜①三畧②盛，面皮③上把四时八節④擎。未見錢啰〔一〕，呀，冬雪嚴霜降⑤；得了鈔啰〔二〕，噟〔三〕，春風和氣生⑥。俺這个狠精靈〔四〕⑦，他那生时節决定，犯着甚愛錢巴鏝⑧的星！（卜兒云）〔五〕

〔校〕〔一〕〔二〕「囉」原本作「羅」，盧冀野本、隋樹森本未改，其他各本均改作「囉」。〔三〕「噟」原本作「應」，盧冀野本、隋樹森本未改，其他各本均改作「噟」。〔四〕「狠精靈」原本作「狠精令」，盧冀野本、隋樹森本改作「很精伶」，其他各本均改作「狠精靈」。〔五〕此處徐沁君本補「（正旦唱）」。

〔注〕①「六韜」，軍事類著作，傳説是姜太公所著。②「三畧」，軍事著作，傳説是漢初隱士黄石公所著。③「面皮」，臉上。④「四时八節」，四時是春、夏、秋、冬，八節是立春、春分、立夏、夏至、立秋、秋分、立冬、冬至。⑤「冬雪嚴霜降」，此謂面若冰霜、冷酷。⑥「春風和氣生」，此謂面帶春風、和善。⑦「精靈」，精怪。⑧「巴鏝」，巴望贏錢，也指愛錢。

【賞花时】我知尔〔一〕這一片心分明銜①志誠，則〔二〕因咱二意②諧和便惹〔三〕鬧争。俺這屋里三句話不相應，便見世間泗洲大圣③，交〔四〕五岳④動天兵〔五〕⑤。

〔校〕〔一〕原本「尔」字，各本均改作「你」。〔二〕盧冀野本「則」字改作「只」。按，「則」同「只」。〔三〕「惹」原本作「若」，隋樹森本未改，盧冀野本改作「落」，徐沁君本、甯希元本校作「惹」，鄭騫本、王季思本改作「苦」。按，「惹」字更佳。〔四〕原本「交」字，盧冀野本、隋樹森本、王季思本改作「教」。按，「交」同「教」。〔五〕「兵」原本作「岳」，隋樹森本未改，盧冀野本改作「地」，其他各本均改作「兵」。按，當是承上「岳」字并形近而誤。

〔注〕①「衠」，真；純粹。②「二意」，兩人的心意、感情。③「泗洲大圣」，西域僧人，因定居泗洲，故名。④「五岳」，中國五大名山。東岳泰山，西岳華山，南岳衡山，北岳恒山，中岳嵩山。⑤「天兵」，神兵。

【幺篇】〔一〕也難柰何俺那六臂那〔二〕吒般狠〔三〕柳青①。我唱的那七国②里龐涓③也没這短命，則是个八恠洞里愛錢精。我若還更九番家厮併〔四〕，他比的十惡罪④尚尤〔五〕⑤輕。

〔校〕〔一〕【幺篇】原本作【么】，盧冀野本未改，隋樹森本、鄭騫本作【幺】，其他各本均作【幺篇】。〔二〕王季思本「那」改作「哪」。〔三〕原本「狠」字，盧冀野本、隋樹森本作「很」。〔四〕原本「併」字，徐沁君本、甯希元本改作「并」。〔五〕「尤」原本作「尢」，盧冀野本、隋樹森本校作「尤」，其他各本均作「猶」。

〔注〕①「柳青」，「娘」的歇後語。因曲牌有【柳青娘】，故云。指鴇母。（參見《漢語大詞典》）②「七国」，戰國時代的秦、楚、齊、燕、趙、魏、韓七國。③「龐涓」，戰國時期魏國名將。④「十惡罪」，封建社會的十種大罪。《隋書·刑法志》記載：「一曰謀反，二曰謀大逆，三曰謀叛，四曰惡逆，五曰不道，六曰大不敬，七曰不孝，八曰不睦，九曰不義，十曰内亂。」⑤「尤」，猶；還；尚。

【賺尾〔一〕】郎君每①我行②有十遍雨雲〔二〕③期，除是害九伯風魔病④。俺家里七八下里⑤窩弓⑥陷坑⑦，尔〔三〕便⑧有七步才⑨无錢也不許行，六藝⑩全便休賣聰明。哎！為甚恁〔四〕這五陵人把俺這等嘿交易難成？

尔〔五〕便⑪是四付馬上驪來也索⑫兩平。俺這里别是个三街市井⑬，另置下二連等秤⑭，恰〔六〕好的交恁〔七〕一分銀〔八〕買一分情。

（下）

〔校〕〔一〕徐沁君本「尾」改作「煞」。〔二〕「雲」原本作「至」，盧冀野本、隋樹森本未改，其他各本均改作「雲」。〔三〕〔五〕原本「尔」字，各本均改作「你」。〔四〕徐沁君本、王季思本「恁」改作「您」。〔六〕原本「恰」字，盧冀野本改作「拾」。〔七〕原本「交恁」，盧冀野本、隋樹森本、王季思本作「教恁」，徐沁君本作「交您」，鄭騫本、甯希元本未改。〔八〕「銀」原本作「艮」，甯希元本改作「錢」，其他各本均作「銀」。

〔注〕①「每」，們，複數標記。②「行」，是由元代的漢蒙語言接觸造成的與位格標記，表示動作的對象，是「上」的音變形式，是方位詞承擔了蒙古語的格標記功能。③「雨雲」，雲雨，指男女歡會。④「九伯風魔病」，瘋魔痴癲病。⑤「七八下里」，到處。⑥「窩弓」，獵人用于捕捉動物的伏弩。⑦「陷坑」，陷阱。⑧⑪「便」，即便；即使。⑨「七步才」，七步成詩的才華。⑩「六藝」，儒家六經，即《禮》《樂》《書》《詩》《易》《春秋》。也指禮、樂、射、御、書、數等六種古代教學科目。⑫「索」，要。⑬「三街市井」，市井。⑭「等秤」，戥子和秤。泛指衡器。

第二折

（〔一〕末云）（卜兒云，喚〔二〕旦了）（〔三〕旦引侍婢上，云，住）（外旦云）〔四〕這妮子，却整五日也，却四日不來。則這五年里呵！然這好事无间阻①，幽歡②却是尋常看。〔五〕

〔校〕〔一〕「末」上徐沁君本、王季思本補「正」字。〔二〕〔三〕「旦」上徐沁君本、王季思本補「正」字。〔四〕此處徐沁君本、王季思本補「（正旦云）」。按，「外旦云」後不應補「正旦云」，「這妮」至「常看」皆爲外旦賓白，并不包含正旦賓白。全劇外旦僅此一見，此數句賓白是外旦所説，話語指向正旦韓楚蘭。「這妮子」就是韓楚蘭，説她五天有四天不來，五年裏與完顏靈春幽會却是常事。

推測外旦應是勾欄的女主人。韓楚蘭是諸宮調藝人，勾欄就是她與完顔靈春的幽會之地。故不應補「正旦云」。〔五〕此處徐沁君本、王季思本補「（唱）」。

〔注〕①「间阻」，阻隔；間斷。②「幽歡」，幽會的歡樂。

【南吕】〔一〕【一枝花】〔二〕（全佚）

（此下佚數曲）

〔校〕〔一〕原本無宫調名【南吕】，盧冀野本、鄭騫本未補，其他各本均補。〔二〕該曲曲文全佚。徐沁君本校記云：「本折套曲開頭脱簡，缺曲若干。元本【一枝花】曲牌在上頁的末行行末，下頁首行『只教我』等句，係另一曲曲文。細按之，實爲【感皇恩】之下半曲，其下【幺】實爲【採茶歌】，知其上所缺之曲應爲【罵玉郎】，因爲這三曲照例是連用的。元曲聯套慣例，【南吕】開頭，率爲【一枝花】、【梁州第七】二曲連用。其後接用之曲，據蔡瑩《元劇聯套述例》一書所引各例：在【一枝花】【梁州第七】後，接用【罵玉郎】【感皇恩】【採茶歌】者，有《忍字記》一劇；中間間以【牧羊關】者，有《張生煮海》、《謝金吾》、《風花雪月》、《金線池》、《墻頭馬上》五劇；間以【隔尾】者，有《殺狗勸夫》、《揚州夢》二劇等例。今姑以《忍字記》爲例，本劇本折應缺【一枝花】、【梁州第七】、【罵玉郎】及【感皇恩】之上半曲。蔡書説：『惟《紫雲庭》于【一枝花】後，接用【幺篇】。』蓋猶未察本劇之有脱簡也。」盧冀野本、隋樹森本將「只教我」數句誤作【一枝花】曲文。

【感皇恩】……〔一〕只教我立化做一塊望夫石①。我便似病人冲太歲②，他管也小鬼見鍾馗③。腌才〔二〕料④，風短命⑤，欠東西〔三〕⑥。

〔校〕〔一〕鄭騫本此處加括注「（以上缺二句）」，徐沁君本以空圍補四句，字數分别爲四、四、三、三。王季思本此處加括注「（以上有缺句）」。甯希元本以空圍補二句，字數分别爲四、四。〔二〕「腌才」原本作「𦞦才」，盧冀野本、隋樹森本作「俺才」，鄭騫本作「唵材」，其他各本均作「腌材」。〔三〕原本無「西」字，盧冀野本、隋樹森本未補，其他各本均補。

〔注〕①「望夫石」，民間傳説婦人站立企盼夫君歸來，久而化爲石

頭。②「太歲」，太歲之神，不可衝犯。③「鍾馗」，傳説中的驅鬼除邪之神。④「腌才料」，詈詞，猶言「髒東西」。「才」同「材」。⑤「風短命」，詈詞，瘋癲的短命鬼。⑥「欠東西」，傻東西。「欠」，呆；痴呆。

【採茶歌】〔一〕百忙里〔二〕，演收拾。嗏！早則①不席前花影坐间移。恰便似鵰鶚②分開鶯燕期③，虎狼④衝散鳳鸞棲。

（孤、末〔三〕云了）〔四〕

〔校〕〔一〕【採茶歌】原本作【幺】，盧冀野本未改，隋樹森本作【幺】，其他各本作【採茶歌】。〔二〕「忙里」原本作二「里」字，徐沁君本、甯希元本改作「忙裏」，其他各本均未改。〔三〕徐沁君本「孤末」改作「老孤」，校記云：「下【隔尾】曲，即針對老孤而言。」〔四〕此處徐沁君本、王季思本補「（正旦唱）」。

〔注〕①「早則」，早已；早就。②「鵰鶚」，鵰和鶚，均爲猛禽。比喻有才能的人。③「鶯燕期」，男女歡會之期。④「虎狼」，虎和狼，比喻惡人、壞人。

【隔〔一〕尾】嗨〔二〕！比俺娘那熬煎增十倍〔三〕，恰才這些崎〔四〕嶮艱難好做一回。哎！不做美①的恩官②干壞了他把戲③。哎！唱話④的小一〔五〕，則好打恁〔六〕兀那把門⑤的老嘿⑥，切不可放过這没錢雁看⑦的。

（〔七〕末云住）（卜兒打撞了）〔八〕

〔校〕〔一〕「隔」原本作「鬲」，各本均已改。〔二〕「嗨」原本作「海」，各本均已改。〔三〕「增十倍」原本作「争十培」，盧冀野本、隋樹森本、鄭騫本作「争十倍」，其他各本均作「增十倍」。徐沁君本校記云：「争，猶差也。本曲言老孤比之『俺娘』，其『熬煎』更『增十倍』，非『争』、『差』之意。關漢卿《陳母教子》第三折：『人都説孟母三移，今日個陳婆婆更增十倍。』王實甫《西廂記》第四本第三折：『我諗知這幾日相思滋味，却元來此别離情更增十倍。』皆比較而言。」〔四〕「崎」原本作「希」，盧冀野本、鄭騫本未改，其他各本均改作「崎」。〔五〕疑「一」爲代替「厮」字的符號。元刊雜劇有將漢字用「一」代替的刻印習慣，「一」非漢字，只能視作符號。「唱話」是宋元時代的一種講唱藝術形式。根據上列四句唱詞，可以判斷此時故事發生在演藝場所，與該折開頭外旦賓白透露的信息相符。「恩官」指看客，從「壞了他把戲」「唱話的」等字句判斷，似乎是攪了正在演出的唱話。「小一」本指物質無窮小，《莊子・天下》：「至大無外，謂之大一；至小無内，謂之小一」，然此義與該條無涉，此「小一」不詞，疑是「小厮」。被攪了局的唱話小厮只好打把門的「老嘿」，怪「老嘿」不該把「没錢雁看的」放進來。〔六〕原本「恁」字，徐沁君本、王季思本改作「您」。盧冀野本「恁」下斷句。〔七〕「末」上徐沁君本、王季思本補「正」字。〔八〕此處徐沁君本、王季思本補「（正旦唱）」。

〔注〕①「不做美」，不成全他人好事。②「恩官」，賣藝的人對觀衆、看客的尊稱。③「把戲」，表演；演出。④「唱話」，宋元時代的一種講唱藝術形式。⑤「把門」，看門；守門。⑥「老嘿」，同「老默」，沉默不語的老人。⑦「雁看」，待考。

【牧羊関】嚥，恁〔一〕那狠〔二〕爹爹才趄〔三〕①過，呵，俺這善婆婆却來這里。嗽，我能藏波②尔〔四〕也能覓。我則是个五歲兒精靈〔五〕③，他是幾〔六〕年的老鬼。我挪〔七〕動脚囉〔八〕過的何方去？咱那舉意④他早先知。我便日赴三千処，他也坐觀十万里。

（卜〔九〕云住）〔十〕

〔校〕〔一〕原本「恁」字，徐沁君本、王季思本改作「您」。〔二〕原本「狠」字，盧冀野本、隋樹森本改作「很」。〔三〕「趄」原本作「[illegible]」，各本均已改。〔四〕原本「尔」字，各本均改作「你」。〔五〕「靈」原本作「伶」，盧冀野本、隋樹森本、鄭騫本未改，其他各本均改作「靈」。〔六〕王季思本、甯希元本「幾」改作「積」。甯希元本校記云：「積年的老鬼：即多年的老鬼。原本『積』字，音假爲『幾』。今改。各本失校。」〔七〕「挪」原本作「那」，盧冀野本、隋樹森本未改，其他各本均改作「挪」。〔八〕「囉」原本作「羅」，盧冀野本、隋樹森本校作「經」，其他各本均改作「囉」。徐沁君本校記云：「盧、隋本『羅』改作『經』，蓋『羅』原作『[illegible]』，與『經』形似故也，全句遂成『我那動脚經過的何方去』，『動脚經過』又勉强成文，而不覺其割裂文義之非是。『挪動脚囉』，與第一折【後庭花】曲『未見錢囉』、『得了鈔囉』，『囉』字同爲語氣詞，例多不備舉。」〔九〕「卜」下徐沁君本、王季思本補「兒」字。〔十〕此處徐沁君本、王季思本補「（正旦唱）」。

〔注〕①「趔」，走；離開。②「波」，吧，語氣詞。③「精靈」，精怪。④「舉意」，起意；動念。

【紅芍藥】兀的那般惡緣惡業①鎮②相隨，好交〔一〕人難摘難離③。也是某年某月不曾離，无是无非。妳妳尔是老人家！〔二〕須知些道理，有的事便捱〔三〕④不到家里？（卜〔四〕云住）〔五〕越道着越查声破嗓⑤越罵得精細，前面他老相公⑥听的！

〔校〕〔一〕原本「交」字，盧冀野本、隋樹森本、王季思本改作「教」。按，「交」同「教」。〔二〕「妳妳尔是老人家」原本为大字，徐沁君本改作小字、夹白，「妳妳」上徐沁君本補「（帶云）」，「家」下徐沁君本補「（唱）」。甯希元本「妳妳」改作小字「奶奶」。原本「妳妳」，徐沁君本、王季思本亦改作「奶奶」。原本「尔」字，各本均改作「你」。〔三〕「捱」原本作「啀」，盧冀野本、隋樹森本未改，其他各本均改作「捱」。〔四〕「卜」下徐沁君本、王季思本補「兒」字。〔五〕此處徐沁君本、王季思本補「（正旦唱）」。

〔注〕①「惡緣惡業」，罪孽、冤業。②「鎮」，常；長久。③「難摘難離」，去掉；甩掉。④「捱」，挨；熬。此猶「等」。⑤「查声破嗓」，嗓音嘶啞難聽。⑥「相公」，意義衆多，有宰相、官吏、丈夫、對讀書人的敬稱、對學徒的戲稱、對男子的敬稱、古代男旦演員、男妓。此處「老相公」所指不明了。

【菩薩梁州】告母親咱疾歸〔一〕，恁〔二〕孩兒也知罪。這里却是那里，則管里①唇三口四②，唱叫揚疾③。不比咱那潑街衢④妓館⑤畫樓⑥西，這的是好人家大院深宅内。我交〔三〕人道尿盆兒刷煞腥臊〔四〕氣！直這般显相兒，騁〔五〕⑦威勢⑧！它〔六〕見一日三万場魋〔七〕焦⑨到不得里〔八〕！咱正踏〔九〕⑩着他泛子⑪消息⑫！
（卜〔十〕云住）〔十一〕

〔校〕〔一〕「歸」原本俗寫作「𰈓」，盧冀野本、隋樹森本、鄭騫本校作「疣」，其他各本均作「歸」。〔二〕原本「恁」字，徐沁君本、王季思本改作「您」。〔三〕隋樹森本、王季思本「交」改作「教」。按，「交」同「教」。〔四〕「腥臊」原本作「將搔」，盧冀野本、隋樹森本作「將搔」，鄭騫本作「將臊」，徐沁君本作「腥臊」，王季思本、甯希元本作「净臊」。徐沁君本校記云：「此爲當時諺語。無名氏《争報恩》第一折：『那瓦罐兒少不的井上破，夜盆兒刷殺到頭臊。』《樂府群珠》卷三喬吉【折桂令】《勸求妓者》：『溺盆兒刷煞終臊。』可證。『將搔』與『腥臊』形似致誤。『臊』亦寫作『⿰月蚤』，因誤爲『搔』；今再改作『搔』，則歧中有歧矣。『腥臊氣』爲元曲中習見語。如孟漢卿《魔合羅》第一折：『莫不是腥臊臭氣把神道觸。』（臧本作『腥臊臭穢』）無名氏《盆兒鬼》第二折：『似這般腥臊臭穢怎存活。』《太平樂府》卷九無名氏【耍孩兒】《拘刷行院》套：『聞不得腥臊臭。』」甯希元本校記云：「尿盆兒刷煞净臊氣：此爲宋元俗語，謂尿盆兒再洗，也去不了臊味。原本『净』字，音假爲『將』；『臊』，音假作『搔』。今改。徐本改作『腥臊』，義同，惟『腥』、『將』音讀不類，故不取。」王季思本校記云：「『净臊氣』原作『將搔氣』，今改，徐本改作『腥臊氣』。」〔五〕「騁」原本作「騪」，各本均已改。〔六〕原本「它」字，各本均改作「他」。按，「它」同「他」。〔七〕徐沁君本「魋」字改作「頺」，校記云：「《語辭匯釋》卷五『頺（魋）』條，引本曲曰：『焦者，焦急炒鬧之意。魋焦，猶言頺鬧也。魋之與頺，蓋以音近而假借也。』據改。《語辭匯釋》又説：『頺，詈辭，惡劣之義。』」〔八〕原本「里」字，盧冀野本、隋樹森本、鄭騫本未改，其他各本均改作「哩」。徐沁君本「他見」至「得哩」改作小字、夾白，前補「（帶云）」，後補「（唱）」。〔九〕「踅」原本作「查」，盧冀野本、隋樹森本、鄭騫本未改，其他各本均改作「踅」。徐沁君本校記云：「踅，踏義。岳伯川《鐵拐李》楔子：『火坑内消息兒我敢踅。』臧本作『踏』。」〔十〕「卜」下徐沁君本、王季思本補「兒」字。〔十一〕此處徐沁君本、王季思本補「（正旦唱）」。

〔注〕①「則管里」，只管。②「唇三口四」，胡説；胡説八道；説三道四。③「唱叫揚疾」，高聲吵鬧，互相謾罵。「叫」同「叫」。

④「街衢」，四通八達的街道。⑤「妓館」，妓院。⑥「畫樓」，裝飾華麗的樓。⑦「騁」，施展；顯示。⑧「威勢」，威風；權勢。⑨「魋焦」，極其焦急。「魋」同「頺」，詈辭，惡劣。⑩「踏」，踩；踏。⑪「泛子」，機關的樞紐，比喻陰謀。⑫「消息」，機關；機關的樞紐。

【三煞】交〔一〕我這里恨无地縫藏身体，這番早則難云〔二〕床頭揭壁衣①。嵂嵂乱下風雹②的又没巴臂③。更做尔〔三〕是開封府同知④，却不取招平人⑤无罪，却便硬〔四〕監押⑥，莽⑦迭配⑧。尔〔五〕這般竈〔六〕窩⑨里清談〔七〕⑩怎立碑？那公廳⑪上施為⑫！

〔校〕〔一〕盧冀野本、隋樹森本、王季思本「交」改作「教」。按，「交」同「教」。〔二〕鄭騫本「云」改作「去」，甯希元本從改。〔三〕〔五〕原本「尔」字，各本均改作「你」。甯希元本「做」改作「作」。〔四〕「硬」原本作「哽」，各本均已改。〔六〕「竈」原本作「皂」，盧冀野本、隋樹森本未改，鄭騫本、王季思本作「竈」，徐沁君本、甯希元本作「灶」。〔七〕「談」原本作「⿸广炎」，盧冀野本、隋樹森本作「⿸广炎」，鄭騫本、王季思本作「廉」，徐沁君本、甯希元本作「談」。徐沁君本校記云：「關漢卿《謝天香》第三折【煞尾】曲『相公這一句言語可立碑』，是正説；本曲『清談怎立碑』是反問。這兩句語意，正好相反相成，參互合看，可以加深理解。元本『炎』字有刻成『焱』字者，如鄭廷玉《看錢奴》第二折：『剡溪中禁回了子猷訪戴。』『剡』原作『⿰焱刂』，即是一例。（參看該劇校記。）『談』之『讠』旁，又誤作『广』。于是『談』字遂成『⿰焱刂』形。又下句『那公廳尚施行』，本句『灶窩』，正與『公廳』相對。」甯希元本從改。按，今從徐沁君本改。

〔注〕①「壁衣」，古代裝飾墻壁的帷幕。②「乱下風雹」，亂發脾氣。③「巴臂」，來由；根據。亦作「巴鼻」。前多用否定詞「没」「無」等。④「同知」，官職名，副職。⑤「平人」，良民；無罪之人。⑥「監押」，監督押送。⑦「莽」，魯莽；莽撞。⑧「迭配」，充軍發配。⑨「竈窩」，竈肚；竈臺内部。⑩「清談」，閑談。⑪「公廳」，官衙；衙門。⑫「施為」，作爲；施行；行動。

【二煞】當日那梁〔一〕公①曾施行②虎豹是真鋒〔二〕利③！哎！包龙圖呵尔〔三〕這般拆散鴛鴦〔四〕箅甚正直！我也覷不得這光景④掩〔五〕不迭⑤這泪！我這壁⑥道防送⑦早催逼，他那壁⑧帶鉄鎖囚人監繫〔六〕⑨，俺兩処各心碎！是有遭间阻⑩的也不似俺不吉利，兀的是甚末〔七〕娘⑪别離！

〔校〕〔一〕「梁」原本作「良」，盧冀野本、隋樹森本未改，王季思本補校作「狄梁」，其他各本均作「梁」。鄭騫本校記云：「梁原作良，同音借用。」徐沁君本校記云：「梁公，指唐狄仁傑，其斷虎事元劇多言之。無名氏《斷冤家債主》第三折：『想當日有一個狄梁公曾斷虎。』無名氏《神奴兒》第三折：『那裏也昌平縣狄梁公敢斷虎。』《古今圖書集成》博物匯編禽蟲典虎部引《昌平州志》，載狄仁傑初令昌平斷虎事。」甯希元本校記云：「梁公：指狄仁傑。原本『梁』字，音假爲『良』。今改。」王季思本校記云：「此曲『狄梁公』原作『良公』，誤。按，狄梁公指唐狄仁傑，其斷虎事元劇多引用。」〔二〕「鋒」原本作「夆」，各本均已改。〔三〕原本「尔」字，各本均改作「你」。〔四〕「鴛鴦」原本作「夗央」，各本均已改。〔五〕「掩」原本作「奄」，鄭騫本作「淹」，其他各本均作「掩」。〔六〕「繫」原本作「計」，盧冀野本、隋樹森本未改，其他各本均改作「繫」。鄭騫本校記云：「繫原作計，音近借用，據文義改。」徐沁君本校記云：「『計』爲『繫』之同音字。『監繫』一詞，亦見他曲。鄭光祖《周公攝政》第三折：『老妻留繫，伯禽監繫（原誤『撃』），俺一家兒當納（原作『内』）質。』（参看該劇校記）《太平樂府》卷九曾瑞【哨遍】《羊訴冤》套：『便似養虎豹牢監繫。』」甯希元本校記云：「原本『繫』字，音假爲『計』。今改。」王季思本校記云：「『監繫』原『繫』作『計』，同音致誤。」〔七〕鄭騫本、王季思本「末」改作「麽」。

〔注〕①「梁公」，唐代狄仁傑。文獻多作「狄梁公」。②「施行」，處置。此指斷案。③「鋒利」，尖鋭；犀利。④「光景」，情景；狀况。⑤「掩不迭」，擦不乾。⑥「這壁」，這邊；這厢。⑦「防送」，護送、押送犯人。⑧「那壁」，那邊；那厢。⑨「監繫」，監守拘囚。⑩「间阻」，間隔；阻隔。⑪「娘」，詈詞，他媽的。

【收尾】〔一〕幾曾見遞流①南浦②人千里？怎飲這配役③陽関④酒一杯？到如今，說甚的！比别得，記相識〔二〕。尔〔三〕情知，我心意。尔〔四〕知咱，我知尔〔五〕。歹処⑤無，好処記。休想我，再出入。我寸腸⑥中，似刀刺！恁〔六〕尊君〔七〕⑦，忒情理！合〔八〕⑧舍了，怕甚的！哎！連〔九〕子花⑨官人愿的你一千歲！嗨〔十〕！怎直恁般下得⑩！（卜〔十一〕云了）〔十二〕咭！則是你了得！吡！都是你个吸人髓虔婆⑪直攘⑫到〔十三〕底！

（下）

〔校〕〔一〕原本【收尾】，徐沁君本改作【黄鐘尾】。〔二〕「識」原本作「失」，盧冀野本、隋樹森本、鄭騫本未改，其他各本均改作「識」。〔三〕〔四〕〔五〕原本「尔」字，各本均改作「你」。〔六〕原本「恁」字，徐沁君本、王季思本改作「您」。〔七〕「君」原本作「居」，盧冀野本、隋樹森本未改，其他各本均改作「君」。徐沁君本校記云：「尊君指正末（靈春）之父，即老孤扮演之人物。」〔八〕原本「合」字，盧冀野本、隋樹森本、鄭騫本未改，其他各本均以「同音致誤」改作「割」。按，「合」字「該；當；應該」義可通。〔九〕原本「連」字，盧冀野本、隋樹森本、鄭騫本未改，其他各本均改作「連」。按，「連」通「蓮」。〔十〕「嗨」原本作「海」，各本均已改。〔十一〕「卜」下徐沁君本補「兒」字。〔十二〕此處徐沁君本、王季思本補「（正旦唱）」。〔十三〕「攘到」原本作「㜷倒」，盧冀野本、隋樹森本、鄭騫本校作「壞到」，其他各本均作「攘到」。按，今從「攘到」。

〔注〕①「遞流」，放逐、流放犯人。②「南浦」，地名，代指送别之地。③「配役」，發配罪犯從事苦役。④「陽関」，古關名，在甘肅敦煌西南。代指送别之地。⑤「歹処」，壞處。⑥「寸腸」，心中；心意。⑦「尊君」，尊稱他人父親。⑧「合」，該；應該。⑨「連子花」，即「蓮子花」，是「憐子花」的諧音，指愛子之人。⑩「下得」，忍心；捨得。⑪「虔婆」，老鴇子；賊婆娘；不正派的中老年女人。⑫「攘」，擾亂；胡鬧。

第三折

（卜〔一〕云了）（正末云）（外末云）（〔二〕旦上了〔三〕）〔四〕吁！灵春，思

量①殺②我也！一股〔五〕③鸞釵④半邊鏡，世間多少斷腸人⑤！〔六〕

〔校〕〔一〕「卜」下徐沁君本、王季思本補「兒」字。〔二〕「旦」上徐沁君本、王季思本補「正」字。〔三〕「了」下徐沁君本補「云」字。〔四〕此處鄭騫本、王季思本補「（云）」。〔五〕「股」原本作「肱」，各本均已改。〔六〕此處徐沁君本、王季思本補「（唱）」。

〔注〕①「思量」，想念。②「殺」，猶「死」，極言程度之高。亦作「煞」。③「股」，量詞，稱量髮釵。④「鸞釵」，鸞鳥形的髮釵。⑤「斷腸人」，極度思念他人或極度悲痛的人。

【中吕】〔一〕【粉蝶兒】我本是个邪祟①妖魔，他那〔二〕俏魂灵到〔三〕將咱着末②。阿〔四〕！大岡〔五〕來③意氣相合④。今日把我情腸⑤，他肺腹〔六〕⑥，都混成一个。雖隔〔七〕着千里関河⑦，不曾有半个时辰意中⑧捱〔八〕⑨过。

〔校〕〔一〕原本無宫調名【中吕】，盧冀野本未補，其他各本均補。〔二〕鄭騫本、王季思本「那」誤作「郡」。〔三〕原本「到」字，盧冀野本、鄭騫本未改，其他各本均作「倒」。按，「到」同「倒」。〔四〕原本「阿」字，盧冀野本、隋樹森本未改，其他各本均改作「呵」。〔五〕原本「岡」字，鄭騫本、王季思本改作「剛」。〔六〕原本「腹」字，盧冀野本、隋樹森本未改，其他各本均改作「腑」。按，「肺腹」同「肺腑」。〔七〕「隔」原本作「鬲」，各本均已改。〔八〕「捱」原本作「[illegible]」，盧冀野本未改，其他各本均改作「捱」。

〔注〕①「邪祟」，作祟害人的鬼怪。②「着末」，撩撥；沾染；折磨；捉弄。猶「怎麼樣」。③「大岡來」，大概；總之；通常。亦作「大剛來」「大綱來」「待剛來」。「來」，詞綴。④「意氣相合」，彼此志趣相一致。亦作「意氣相投」「意氣相得」。⑤「情腸」，感情；情感；心緒。⑥「肺腹」，肺腑；内心。⑦「関河」，函谷關和黄河。泛指山川河流。⑧「意中」，内心；心裏。⑨「捱」，熬；心焦地等待。

【醉春風】人害兀那瘦〔一〕病①有時潛②，則這相思无処趓〔二〕③。直到再團圓〔三〕被兒里得些温存④，恁地⑤後便可！可！我想世上這一點情緣，百般纏繳⑥，有幾人識〔四〕破⑦！

（卜兒云）（外住）〔五〕

〔校〕〔一〕原本「瘣」字，盧冀野本校作「疾」，隋樹森本、徐沁君本、王季思本校作「魔」，鄭騫本、甯希元本校作「鬼」。鄭騫本未出校，甯希元本校記云：「鬼病：即相思病。原本『鬼』字，誤增爲『瘣』。依鄭本改。盧本改『疾』，隋、徐二本改作『魔』，均失。」按，「瘣」指腫瘤、瘿瘤類疾病，也指子宫下垂之病。似可通，不改。〔二〕原本「趓」字，各本均改作「躲」。按，「趓」同「躲」。〔三〕「圓」原本作「园」，各本均已改。〔四〕「識」原本作「失」，各本均已改。〔五〕「（卜兒云）（外住）」，徐沁君本改作「（卜兒云住）」。王季思本「外」下補「云」字。按，「外」當指完顔靈春的朋友，不應删去。此科介後徐沁君本、王季思本補「（正旦唱）」。

〔注〕①「瘣病」，腫瘤、瘿瘤類疾病，也指子宫下垂之病。②「潛」，藏；隱。③「趓」，躲。④「温存」，撫慰；體貼；温暖。⑤「恁地」，如此；這樣。亦作「恁的」「恁底」。⑥「纏繳」，糾纏；攪擾；纏擾。⑦「識破」，看破；懂得。

【迎仙客】姨姨，我為甚罷了雨雲①？却也是避些風波。做這些淡生涯②，且熬那穷过活③。這些時調④不上懃〔一〕兒⑤，却则⑥是忙着俺老婆⑦。都则⑧為我不肯張羅⑨，以此上⑩閑放着盤千斤磨⑪。

（卜〔二〕云住）〔三〕

〔校〕〔一〕原本「懃」字，王季思本、甯希元本改作「勤」。按，「懃兒」同「勤兒」。〔二〕「卜」下徐沁君本、王季思本補「兒」字。〔三〕此處徐沁君本、王季思本補「（正旦唱）」。

〔注〕①「雨雲」，雲雨，指男女歡會。②「淡生涯」，不追慕名利的生活。此指不賺錢的生意。③「过活」，生活；日子。④「調」，挑逗；逗引；逗弄。⑤「懃兒」，浪蕩公子或嫖客，因其勤于聲色，故名。亦作「勤兒」「琴兒」「禽兒」。⑥⑧「则」，只。⑦「老婆」，此指母親、娘。⑨「張羅」，此指做事情，迎接客人。⑩「以此上」，因爲這。「上」是離格標記，表原因，與「以」共現，均相當于「因爲」，「此」代替具體的原因。「以此上」與「因此上」同。

⑪「閑放着盤千斤磨」，謂不幹活、不工作。

【紅綉〔一〕鞋】我則〔二〕①想别後雲行地末②，呵，嘆人生會少離多③。（卜〔三〕云住）〔四〕呵，兀的是俺那心愛的龐〔五〕兒④旧哥哥！自從這人北渡，渾一似⑤夢南柯⑥。伯伯，间别⑦來安樂末⑧？

（外末云了）〔六〕

〔校〕〔一〕「綉」原本作「秀」，盧冀野本未改，其他各本均已改。〔二〕原本「則」字，盧冀野本改作「只」。按，「則」同「只」。〔三〕「卜」下徐沁君本、王季思本補「兒」。〔四〕此處徐沁君本、王季思本補「（正旦唱）」。〔五〕「龐」原本作「朧」，各本均已改。〔六〕此處徐沁君本、王季思本補「（正旦唱）」。

〔注〕①「則」，只。②「雲行地末」，待考。③「會少離多」，聚少離多。④「龐兒」，臉龐。⑤「渾一似」，渾似；就像。⑥「夢南柯」，南柯夢，比喻一場空。⑦「间别」，離别。⑧「末」，同「麼」，猶「嗎」。

【石榴〔一〕花】常記得玉鞭驕馬①宴鳴珂〔二〕②，長安市少年他似那〔三〕，鄰〔四〕舟一听惜蹉跎③。聽一曲艷歌④，細捲紅羅⑤。呵！我今日守空房也墮下千金貨。（外末云）〔五〕却則〔六〕⑥是央及⑦杀那象板⑧銀鑼⑨。况兼⑩俺正廳⑪兒雖是則〔七〕⑫些娘⑬大，坐着俺那愛〔八〕鈔的劣虔婆⑭！

〔校〕〔一〕「榴」原本作「留」，各本均已改。〔二〕「珂」原本作「呵」，各本均已改。〔三〕盧冀野本「年」下斷句，「似」誤作「以」，「他以那」屬下句。隋樹森本、徐沁君本、王季思本、甯希元本「他」下斷句，「他」爲上句末字，「似那」屬下句。鄭騫本「那」下斷句，「他似那」屬上句。按，今從鄭騫本。〔四〕「鄰」原本作「鄰」，各本均已改。〔五〕此處徐沁君本、王季思本補「（正旦唱）」。〔六〕盧冀野本「則」改作「只」。按，「則」同「只」。〔七〕盧冀野本「則」改作「這」。〔八〕盧冀野本「愛」誤作「受」。

〔注〕①「玉鞭驕馬」，手柄有玉裝飾的鞭子和健壯的馬。②「鳴珂」，顯貴者所乘的馬以玉爲飾，行則作響，因名。亦指居高位。（參見《漢語大詞典》）③「蹉跎」，浪費時間；虛度光陰。④「艷歌」，情歌；戀歌。或指古樂府《艷歌行》。⑤「紅羅」，紅色紗帳。

⑥⑫「則」，只。⑦「央及」，懇求；請求。⑧「象板」，打擊樂器，象牙拍板。⑨「銀鑼」，打擊樂器，銀質的鑼。⑩「況兼」，況且；再説。⑪「正廳」，劇場中一樓正對舞臺的部分。⑬「些娘」，細小；微小。⑭「虔婆」，老鴇子；賊婆娘；不正派的中老年女人。

【鬥鵪鶉〔一〕】縱〔二〕①有些燕友鶯朋②，似望着龍樓鳳閣③。（外末云）〔三〕咱若是跎漢④呵⑤由他，提着那覓錢後⑥在我。（外〔四〕云了）〔五〕俺那老婆⑦抄〔六〕直⑧見閻王〔七〕也没柰何⑨。伯伯，你是〔八〕⑩想波⑪，若是共⑫别人並枕同床，他便不送⑬得我披枷帶鎖⑭。（外〔九〕云）〔十〕

〔校〕〔一〕「鵪鶉」原本作「奄享」，各本均已改。〔二〕「縱」原本作「從」，盧冀野本、隋樹森本未改，其他各本均改作「縱」。〔三〕〔五〕〔十〕此處徐沁君本、王季思本補「（正旦唱）」。〔四〕「外」下徐沁君本補「末」字。〔六〕「抄」原本作「衤少」，隋樹森本、王季思本未改，盧冀野本、鄭騫本作「杪」。徐沁君本作「抄」。甯希元本作「沙」，處理爲語助詞。〔七〕「王」原本作「正」，各本均改作「王」。〔八〕原本「是」字，王季思本、甯希元本改作「試」。〔九〕「外」下徐沁君本補「末」字。

〔注〕①「縱」，縱然；即使。②「燕友鶯朋」，成群結伴的黄鶯和燕子。比喻好朋友。亦作「鶯朋燕友」。③「龍樓鳳閣」，指帝王的樓閣、宫殿。④「跎漢」，駝背的男子。⑤「呵」，的話，表假設的後置詞，與「若」一起使用。⑥「後」，的話，表假設的後置詞，由時間義語法化出假設義。⑦「老婆」，此指母親、娘。⑧「抄直」，猶「抄近路」。⑨「没柰何」，没辦法。「柰何」，同「奈何」「耐何」。⑩「是」，用同「試」，試；嘗試。元雜劇常見其例，無名氏《小尉遲》第一折：「你是穿上這袍鎧，披掛了我看。」⑪「波」，吧，語氣詞。⑫「共」，和；與。⑬「送」，坑害；斷送；葬送。⑭「披枷帶鎖」，犯人身上戴上枷鎖等刑具，謂犯法、被拘、坐牢。

【上小樓】外相①兒行户②小可③，就里④最實襟洒落⑤。我覷了這般勢殺〔一〕⑥，不發〔二〕閑病⑦，决定⑧風魔⑨。既不呵〔三〕⑩，便恁末⑪，人行�躲〔四〕⑫。（〔五〕末云了）〔六〕取將个托兒來快疾赸⑬過。（外〔七〕云）〔八〕

〔校〕〔一〕「勢殺」原本作「世殺」，盧冀野本、隋樹森本未改，鄭鶱本、王季思本改作「勢煞」，徐沁君本、甯希元本改作「勢殺」。〔二〕「發」原本作「法」，盧冀野本、隋樹森本未改，其他各本均改作「發」。〔三〕「呵」原本作「阿」，盧冀野本、隋樹森本未改，鄭鶱本、王季思本改作「啊」，徐沁君本、甯希元本改作「呵」。按，「呵」字更習用。〔四〕「躲」原本作「剁」，盧冀野本、隋樹森本、鄭鶱本、甯希元本未改，徐沁君本、王季思本改作「躲」。甯希元本「踸」改作「超」。〔五〕「末」上徐沁君本、王季思本補「正」字。〔六〕〔八〕此處徐沁君本、王季思本補「（正旦唱）」。〔七〕「外」下徐沁君本補「末」字。

〔注〕①「外相」，外貌。②「行户」，行院；妓院。③「小可」，尚可；還行；不錯。④「就里」，内心；裏面。⑤「洒落」，灑脱。⑥「勢殺」，樣子；模樣。亦作「勢煞」「勢霎」。⑦「閑病」，即「癇病」，癲癇、痙攣、抽搐類疾病。⑧「決定」，一定；必定。⑨「風魔」，即「瘋魔」，瘋癲；痴迷。⑩「呵」，的話，與「既」一起使用。⑪「恁末」，那麼；那樣。⑫「踸躲」，站立不動、躲避。⑬「趉」，走開；離開。

【幺篇】〔一〕你道你少甚的，不剌①，你却是召甚末〔二〕？俺這外路②打扮，其实没這異錦輕羅③。（正末云住）〔三〕你若打死它〔四〕，路上呵〔五〕，你独自難过，却交〔六〕誰捧你那虎皮馱騀〔七〕④？

（〔八〕末云住）（〔九〕做艱難了，〔十〕帶云）不争⑤這厮提起那打〔十一〕毬詐柳⑥，寫字吟詩，彈琴擘阮⑦，擸竹⑧分茶⑨，交〔十二〕我兜地⑩皮〔十三〕痛，乍地⑪心酸！伯伯阿〔十四〕！〔十五〕

〔校〕〔一〕【幺篇】原本作【么】，盧冀野本未改，隋樹森本、鄭鶱本作【幺】，其他各本均作【幺篇】。〔二〕王季思本「末」改作「麼」。〔三〕此處徐沁君本、王季思本補「（正旦唱）」。〔四〕原本「它」字，各本均改作「他」。按，「它」同「他」。〔五〕原本「呵」字，鄭鶱本、王季思本改作「啊」。〔六〕〔十二〕原本「交」字，盧冀野本、隋樹森本、王季思本改作「教」。按，「交」同「教」。〔七〕原本「馱騀」，盧冀野本未改，隋樹森本作「馱馳」，鄭鶱本作「馱駝」，徐沁君本作「馱馱」，王季思本作「馱馱」，甯希元本作「馱駝」。徐沁君本校記云：「『馳』、『馱』字同。……所謂『虎皮馱馱』，蓋即『虎皮包』。」〔八〕「末」上徐沁君本、王季思本補「正」字。〔九〕「做」上徐沁君本、王季思本補「正旦」二字。〔十〕原本下一曲曲牌【十二月】位于此處。「帶云」及後賓白原在曲牌名【十二月】之下，徐沁君本移至其上并删「帶」字，甯希元本從改。按，今從徐沁君本將「帶云」及後賓白移至曲牌名【十二月】之上。〔十一〕盧冀野本、鄭騫本「打」改作「燈」。〔十三〕徐沁君本「皮」改作「腹」，甯希元本從改。均無詳細校語。〔十四〕原本「阿」字，盧冀野本、隋樹森本未改，其他各本均改作「呵」。〔十五〕此處徐沁君本、王季思本補「（唱）」。

〔注〕①「不剌」，《漢語大詞典》釋作：「助詞。亦作『不倈』。表轉接語氣。」②「外路」，外地；非本地。③「異錦輕羅」，奇异的錦緞，輕盈的上等綾羅。④「虎皮馱馳」，虎皮包。⑤「不争」，不料；不想；想不到。⑥「詐柳」，即射柳，遼金時期一種騎馬射柳的競技活動。⑦「擘阮」，彈琴。阮，撥弦樂器，形似月琴，竪抱懷中，兩手齊奏。⑧「攧竹」，顛動竹筒，抖出其中一支竹簽，視簽上内容以决勝負。⑨「分茶」，烹茶待客。⑩「兜地」，馬上；立刻；突然。亦作「兜的」「兜底」。⑪「乍地」，一下子；忽然；突然。

【十二月】交〔一〕我越思量俺、俺〔二〕完顔小哥，他端的①所為兒有誰過？豈止〔三〕這模樣兒俊俏，則〔四〕那些舉止兒忒謙和。哎！不索〔五〕②你把阿那忽③那身子④兒搊〔六〕撮⑤，你賣弄你且休波。

〔校〕〔一〕原本「交」字，盧冀野本、隋樹森本、王季思本改作「教」。按，「交」同「教」。〔二〕原本第一個「俺」字下有一重文符號，盧冀野本、隋樹森本重「俺」字，徐沁君本、甯希元本重「思量俺」三字，鄭騫本、王季思本删重文符號。〔三〕「止」原本作「上」，各本均已改。〔四〕盧冀野本「則」改作「只」。按，「則」同「只」。〔五〕「索」原本作「色」，盧冀野本、隋樹森本未改，其他各本均改作「索」。〔六〕「搊」原本作「㥮」，盧冀野本、隋樹森本未改，甯希元本改作「掐」，其他各本均作「搊」。

〔注〕①「端的」，到底；究竟。②「不索」，不需。③「阿那忽」，

體態優美，身段苗條。④「身子」，身體；軀體。⑤「搊撮」，彈撥揉搓。

【堯民歌】你則〔一〕①是風流不在着衣多②，你這般浪子③何須自開阿〔二〕。嗐！這廝白日街上打呆歌〔三〕④，却怎生到晚人前逞〔四〕偻儸⑤。哎！哥哥，你明日吃〔五〕甚末〔六〕，古〔七〕自⑥忍不到那十分餓。

〔校〕〔一〕盧冀野本「則」改作「只」。按，「則」同「只」。〔二〕原本「阿」字，盧冀野本、隋樹森本未改，其他各本均改作「呵」。〔三〕甯希元本「歌」改作「科」。按，甯希元本係誤改。〔四〕「逞」原本作「程」，各本均已改。〔五〕「吃」原本作「𠯗」，盧冀野本校作「阣」，其他各本均作「吃」。〔六〕王季思本「末」改作「麼」。〔七〕「古」原本作「右」，盧冀野本、隋樹森本改作「兀」，其他各本均作「古」。

〔注〕①「則」，只。②「風流不在着衣多」，風流瀟灑不在于衣著多少。③「浪子」，不務正業的浪蕩公子；流浪者；風流英俊豪放不羈的男子；風流子弟。此指流浪者。④「打呆歌」，沿街唱歌乞討。⑤「偻儸」，擬聲詞，狀人言語不清、難懂之聲。⑥「古自」，還；仍然。亦作「尚古自」。

【快活三】无明火①怎收撮②？摑打③會看如何。則交〔一〕我烘④地了半晌口難合，不覺我這身起⑤是多來⑥大！

〔校〕〔一〕原本「交」字，盧冀野本、隋樹森本、王季思本改作「教」。按，「交」同「教」。

〔注〕①「无明火」，怒火。②「收撮」，了結；結束。③「摑打」，掌摑；抽打。④「烘」，同「哄」，勸說。⑤「身起」，身體。⑥「來」，助詞，表概數。

【鮑老兒】從來撒欠颩風①爱恁末〔一〕②，敲才〔二〕③古〔三〕自④不改動些兒个。你這般忍冷躭〔四〕飢⑤覓着我，越引起我那色膽⑥天來⑦大。我每日千思万想，行〔五〕眠立盹〔六〕⑧，不是存活。這般山長水遠，天遥地濶，不想你直來阿〔七〕！

(〔八〕云住)〔九〕

〔校〕〔一〕王季思本「末」改作「麼」。〔二〕原本「才」字，盧冀野本改作「手」，并在「手」下點斷，「敲手」屬上句。〔三〕「古」原本作「右」，盧冀野本、隋樹森本改作「兀」，其他各本均作「古」。〔四〕徐沁君本「躭」改作「耽」。按，「躭」同「耽」。〔五〕「行」原本爲一重文符號，盧冀野本作「想」，其他各本均改作「行」。按，「行」「想」音近而誤。〔六〕「盹」原本作「肫」，盧冀野本、隋樹森本未改，其他各本均已改。按，「行眠立盹」是元雜劇習語。〔七〕原本「阿」字，盧冀野本、隋樹森本未改，鄭騫本、王季思本作「啊」，徐沁君本、甯希元本作「呵」。〔八〕「云」上徐沁君本補「正末」二字。〔九〕此處徐沁君本、王季思本補「（正旦唱）」。

〔注〕①「撒欠颩風」，發呆發瘋。②「恁末」，那麼；那樣。③「敲才」，詈詞，猶「欠打的東西」。④「古自」，還；仍然。亦作「尚古自」。⑤「忍冷躭飢」，忍受飢寒。⑥「色膽」，好色犯奸的膽量。⑦「來」，助詞，表概數。⑧「行眠立盹」，行走中睡著，站立著打盹。形容極度困倦、疲乏。

【哨遍】〔一〕送①的人赤手空拳②難過，都是俺舌尖上一點砂糖唾。越精細的越着他，怎出俺這打多情地網天羅③。且說俺這小哥哥，為俺躭〔二〕驚受怕④，波迸流移⑤，冷落了讀書院，一就⑥把功名懶墮⑦。自伾交〔三〕⑧萱堂⑨有夢，并不想蘭省⑩登科⑪。幾時得兩扶⑫紅日上青天，空望着一片白雲隔〔四〕黄河。則〔五〕共⑬我這般攜手兒相將，舉步兒〔六〕同行，他想所事滿心兒快活。

〔校〕〔一〕該曲原本脱曲牌名，盧冀野本、隋樹森本與上一曲連爲一曲。鄭騫本、王季思本、甯希元本補【哨遍】，徐沁君本補【古鮑老】。按，檢各句正格字數，該曲應是【哨遍】。〔二〕徐沁君本「躭」改作「耽」。按，「躭」同「耽」。〔三〕原本「伾交」，盧冀野本、隋樹森本、王季思本作「儘教」，鄭騫本未改，徐沁君本、甯希元本作「盡交」。〔四〕「隔」原本作「鬲」，各本均已改。〔五〕盧冀野本「則」改作「只」。按，「則」同「只」。〔六〕「兒」原本作「而」，盧冀野本未改，其他各本均改作「兒」。

〔注〕①「送」，坑害；斷送；葬送。②「赤手空拳」，指兩手空空，手裏什麼也没有。③「地網天羅」，比喻四方上下都被嚴密包圍，無

法逃脱。④「躭驚受怕」，擔驚受怕。「躭」同「耽」「擔」。⑤「波迸流移」，運氣不佳，顛沛流離。⑥「一就」，一味；一個勁兒地。⑦「懶墮」，此指倦怠，不積極從事。⑧「侭交」，儘管讓。⑨「萱堂」，母親的居室，也代指母親。⑩「蘭省」，秘書省。⑪「登科」，古代科舉中第、考中。⑫「扶」，扶助；扶持。⑬「共」，和；與。

【要孩兒】早是①你不合②將堂上双親趓〔一〕③，你却待④改換你家門小可〔二〕⑤。這李亞仙苦勸你个鄭元和，再休提〔三〕那撒板鳴鑼⑥。若還俺娘知咱這暗私奔⑦到〔四〕毒似⑧那倒宅〔五〕計⑨，若還恁爺〔六〕見你這諸宮調更狠如⑩那唱挽歌⑪。你脖〔七〕項上新開鎖〔八〕。俺娘難道那風雲氣⑫少，恁爺〔九〕却甚末兒女情多！

(外〔十〕云住)〔十一〕

〔校〕〔一〕原本「趓」字，各本均改作「躲」。〔二〕盧冀野本「小可」斷屬下句。〔三〕鄭騫本、王季思本「提」改作「題」。〔四〕原本「到」字，盧冀野本、隋樹森本、鄭騫本未改，其他各本均改作「倒」。按，「到」同「倒」。〔五〕「宅」原本作「寨」，盧冀野本、隋樹森本、鄭騫本未改，其他各本均改作「宅」。按，徐沁君本已辨明應作「宅」，校記云：「『倒宅計』與下句『唱挽歌』，爲鄭元和、李亞仙故事，出唐白行簡《李娃傳》。石君寶另一雜劇《曲江池》即演此故事，其第三折有云：『早把倒宅計安排定。』明朱有燉《曲江池》劇亦演此故事，第三折白：『自家是鄭元和，在李亞仙家中使錢，過了一年，被他老虔婆用了個倒宅計，哄我出城去，投至我回來，鎖了房門，不知搬的那裏去了，尋不見他。』倒宅，猶云換宅或搬家也。」王季思本校記云：「原『宅』作『寨』，音近致誤，徐本已改。按，『倒宅計』與下句『唱挽歌』，爲鄭元和、李亞仙故事，出唐白行簡《李娃傳》。『倒宅計』一詞亦見石君寶《曲江池》第三折。」甯希元本校記云：「原本『宅』字，音假爲『寨』。今改。此爲鄭元和、李亞仙故事，見唐白行簡《李娃傳》。」〔六〕〔九〕「恁爺」原本作「恁耶」，盧冀野本未改，徐沁君本作「您爺」，隋樹森本、鄭騫本、王季思本、甯希元本作「恁爺」。〔七〕「脖」原本作「孛」，盧冀野本、隋樹森本、鄭騫本、王季思本作「頦」，徐沁君本、甯希元本作「脖」。〔八〕「鎖」原本作「銷」，各本均已改。〔十〕「外」下徐沁君本補「末」字。〔十一〕此處徐沁君本、王季思本補「（正旦唱）」。

〔注〕①「早是」，早已；已經。②「合」，該；應該。③「趓」，同「躲」。④「待」，要；想要。⑤「小可」，尋常；微小。⑥「撒板鳴鑼」，演劇時打響兩塊板，敲響鑼。「撒」，打板時一開一合、一收一放的動作。⑦「私奔」，男女因爲愛情逃至他處。⑧「似」，比，比較標記。「A 毒似 B」，即 A 比 B 毒，體現 VO 型的語序類型。⑨「倒宅計」，用計謀騙取他人住宅。⑩「如」，比，比較標記。「A 狠如 B」，即 A 比 B 狠，體現 VO 型的語序類型。⑪「挽歌」，悼念、哀悼死者的歌。⑫「風雲氣」，英雄氣。

【四煞】楚蘭明〔一〕道①是做場②養老小，俺娘則是个敲③郎君置过活④，他這幾年間衠⑤儹⑥下〔二〕胡倫課⑦。這条衝州撞府⑧的紅塵路，是俺娘剪徑截商⑨的白草⑩坡。兩隻手衠⑪捞〔三〕摸⑫，恁〔四〕逢着的瓦解⑬，俺到处是鳴珂⑭。

〔校〕〔一〕徐沁君本、甯希元本「明」改作「則」。按，「明」字可通。〔二〕甯希元本「下」下衍一「些」字。〔三〕「捞」原本作「劳」，盧冀野本、隋樹森本、鄭騫本未改，其他各本均改作「捞」。按，「捞」字是。〔四〕徐沁君本、王季思本「恁」改作「您」。

〔注〕①「明道」，明說；直接說。②「做場」，演出；賣藝。③「敲」，敲詐；壓榨；欺騙。④「过活」，生活。⑤⑪「衠」，真正；純粹。⑥「儹」，同「攢」。⑦「胡倫課」，整錠的銀子。「胡倫」，同「囫圇」，整個。⑧「衝州撞府」，衝到州，撞到府。形容四處奔走。⑨「剪徑截商」，攔路搶劫商人。「剪徑」，攔路搶劫。⑩「白草」，牧草。⑫「捞摸」，尋取；搜刮。⑬「瓦解」，像瓦片一樣碎裂。比喻崩潰、分裂。⑭「鳴珂」，顯貴者所乘的馬以玉爲飾，行則作響，因名。亦指居高位。（參見《漢語大詞典》）

【三煞〔一〕】今後去了這驢漢子①的小鬼頭，看怎結末②那吃㦣〔二〕兒③的老業魔④，再怎施展那个打鴛鴦〔三〕抖搜〔四〕⑤的精神兒大。則明日管⑥舞旋旋⑦空把个裙〔五〕兒繫〔六〕，勞穰穰〔七〕⑧干⑨將条柱〔八〕杖⑩兒拖。早則没着末⑪，致仕⑫了弟子⑬，罷任⑭波⑮虔婆⑯。

〔校〕〔一〕原本無「煞」字，隋樹森本、盧冀野本未補，其他各本均補。〔二〕原本「懃」字，王季思本、甯希元本改作「勤」。〔三〕「鴛鴦」原本作「夗央」，各本均已改。〔四〕原本「搜」字，盧冀野本、隋樹森本、鄭騫本未改，其他各本均改作「擻」。按，「抖搜」同「抖擻」。〔五〕「裙」原本作「桾」，各本均已改。〔六〕「鬆」原本作「擊」，盧冀野本未改，其他各本均已改。〔七〕「穰穰」原本作「穰」和一個重文符號，盧冀野本校作「攘攘」，其他各本均作「穰穰」。〔八〕原本「柱」字，盧冀野本、隋樹森本、甯希元本未改，其他各本均改作「拄」。按，「柱杖」即「拄杖」，不必改字。

〔注〕①「駞漢子」，駝背男子。「駞」同「駝」。②「結末」，結束；結果；收場；了結。③「懃兒」，浪蕩公子或嫖客，因其勤于聲色，故名。亦作「勤兒」「琴兒」「禽兒」。④「業魔」，造業的魔鬼。⑤「抖搜」，即「抖擻」，振奮精神。⑥「管」，肯定；一定。⑦「舞旋旋」，旋轉起舞。⑧「劳穰穰」，紛亂；煩躁；劳碌。「穰」亦作「攘」。⑨「干」，白白地。⑩「柱杖」，手杖；拐棍。⑪「着末」，撩撥；沾染；折磨；捉弄。猶「怎麼樣」。⑫「致仕」，辭官；辭掉官職。⑬「弟子」，古代歌舞、演劇藝人。⑭「罷任」，免職；卸任。⑮「波」，語氣詞，吧。⑯「虔婆」，老鴇子；賊婆娘；不正派的中老年女人。

【二煞〔一〕】這一件件〔二〕得歇心①，此一椿②椿〔三〕得解脱，暫不見那官身③衹候〔四〕④閑差撥⑤。委实⑥倦〔五〕⑦那月斜楊柳樓心舞，風軟桃〔六〕花扇底歌。欲將這把戲⑧都參破⑨，怎肯尽陶〔七〕元陽真炁⑩，直变做了虚損⑪沉痾〔八〕⑫。

〔校〕〔一〕原本無「煞」字，隋樹森本、盧冀野本未補，其他各本均補。〔二〕「件件」原本作「件又」，徐沁君本、王季思本、甯希元本將「又」當作重文符號，校作「件件」，盧冀野本、隋樹森本、鄭騫本作「件又」。按，原本應是誤將重文符號寫成大號「又」字。〔三〕「椿椿」原本作「椿又」，徐沁君本、王季思本、甯希元本將

「又」當作重文符號，校作「樁樁」，盧冀野本、隋樹森本、鄭騫本作「樁又」。按，原本應是誤將重文符號寫成大號「又」字。〔四〕「衹候」原本作「衹侯」，盧冀野本、鄭騫本校作「衹使」，隋樹森本、王季思本、甯希元本作「衹候」，徐沁君本作「祗候」。按，「衹候」正確，作「衹」或因形近而訛。「衹」音 zhī，「祗」音 qí，「衹候」亦作「衹候人」，指古代官府小吏或富貴人家的僕從。近代漢語習見。〔五〕「倦」原本有殘損，盧冀野本作「捲」，其他各本均作「倦」。〔六〕「桃」原本作一重文符號，盧冀野本作「軟」，其他各本均作「桃」。〔七〕原本「尽陶」，盧冀野本、隋樹森本未改，其他各本均乙轉，鄭騫本、王季思本作「淘盡」，徐沁君本、甯希元本作「陶盡」。〔八〕「痾」原本作「屙」，盧冀野本、鄭騫本、王季思本校作「痾」，隋樹森本、徐沁君本、甯希元本作「疴」。按，「痾」「屙」形近而誤，「痾」同「疴」，病、疾病。

〔注〕①「歇心」，死心；不操心。②「樁」，同「樁」。③「官身」，官員身份；有官職的人。④「衹候」，亦作「衹候人」，指古代官府小吏或富貴人家的僕從。⑤「差撥」，支使；派遣；差遣。⑥「委实」，的確；確實。⑦「倦」，厭倦。⑧「把戲」，此指演藝、表演。⑨「參破」，明了；透徹地領悟。⑩「元陽真炁」，人體的陽氣。「炁」是「氣」之俗體。⑪「虛損」，中醫病證名。⑫「沉痾」，久治不愈的病。「痾」同「疴」。

【收[一]尾】此行折末[二]①山村野店[三]上藏，竹籬茅舍里躲[四]。能勾[五]得个桑榆景②内安闲的过，也強如③鑼板声中④断送了我！

（下）

〔校〕〔一〕原本「收」字，徐沁君本、甯希元本改作「煞」。〔二〕盧冀野本「末」下斷句。〔三〕原本「山村野店」，徐沁君本誤作「山野村店」。〔四〕「躲」原本作「剁」，各本均已改。〔五〕原本「勾」字，各本均改作「够」。按，「能勾」同「能够」。

〔注〕①「折末」，任憑、無論、不管，亦作「折莫」「折麼」「遮末」「遮莫」「者末」「者莫」「者麼」「者磨」，是近代漢語常見的連詞，還有即使、假如、什麼、爲什麼、莫非、大約等義。②「桑

榆景」，指晚年時光。日落時陽光照在桑樹、榆樹枝頭，借指日暮、晚年。亦作「桑榆晚景」「桑榆之景」。③「強如」，强于；比……强。「如」是比較標記。「A 强如 B」體現 VO 型的語序類型。④「鑼板声中」，指演藝生涯。

第四折

（卜〔一〕云了）（〔二〕孤云了）（樂探①上云）（〔三〕梅香②將衫子③鑼板④上了〔四〕）〔五〕

【雙調】〔六〕【新水令】當日个⑤為多情一曲滿庭芳，曾貶得蘇東坡〔七〕也趂波逐浪⑥。何況這鶯花燕市⑦客，更逢着云雨⑧楚山娘⑨。我憑那想像高唐〔八〕⑩，怎強如⑪俺滿意宿鴛鴦〔九〕。

〔校〕〔一〕「卜」下徐沁君本、王季思本補「兒」字。〔二〕「孤」上徐沁君本補「老」字。〔三〕「梅」上徐沁君本、王季思本補「正旦引」三字。〔四〕「了」下徐沁君本補「唱」。〔五〕此處王季思本補「（唱）」。〔六〕原本無宮調名【雙調】，盧冀野本未補，其他各本均已補。〔七〕原本「坡」下衍「也趂坡」三字，徐沁君本、王季思本、甯希元本删，其他各本改作「也趁波」。〔八〕「唐」原本作「堂」，盧冀野本、隋樹森本未改，其他各本均已改。〔九〕「鴛鴦」原本作「夗央」，各本均已改。

〔注〕①「樂探」，古代教坊司管理僧尼道俗和官妓的小吏。（参見《漢語大詞典》）②「梅香」，婢女、侍女名。③「衫子」，古代婦女穿的袖子寬大的上衣。（参見《漢語大詞典》）④「鑼板」，演劇的伴奏樂器鑼和板。⑤「个」，詞綴。⑥「趂波逐浪」，奔波；顛沛流離。⑦「鶯花燕市」，指妓院。「鶯花燕市客」，嫖客。⑧「云雨」，男女歡會。⑨「楚山娘」，巫山神女。⑩「高唐」，戰國時期楚國雲夢澤中的臺觀名，即楚襄王與巫山神女雲雨之處。代指男女幽會之處。⑪「強如」，强于；比……强。「如」是比較標記。「A 强如 B」體現 VO 型的語序類型。

【駐馬听】他為我墮落①文章，生②纏③得携手同行不断腸；直這般學成說唱，更則便受恩深処便為鄉。則〔一〕④為這情緣千尺藕絲〔二〕長，悮〔三〕尽禹門⑤三月桃花浪⑥。我若是不正當，枉了他那呆心腸⑦，一向在咱心〔四〕上。

〔校〕〔一〕盧冀野本「則」改作「只」。〔二〕「絲」原本作「系」，各本均已改。〔三〕原本「悮」字，盧冀野本、隋樹森本、鄭騫本未改，其他各本均改作「誤」。按，「悮」同「誤」。〔四〕甯希元本「心」改作「身」，校記云：「原本『身』字，涉上文誤作『心』。今改。各本失校。」

〔注〕①「墮落」，荒廢；廢棄。②「生」，活生生。③「纏」，糾纏。④「則」，只。⑤「禹門」，龍門，指科舉考場。⑥「桃花浪」，傳説河津桃花浪起，江海之魚集聚龍門下，躍過龍門的化爲龍，否則點額暴腮。比喻春闈。（參見《漢語大詞典》）⑦「呆心腸」，猶「痴心」。

【落梅風】我恰猛可①地向這廳〔一〕堂中見，諕〔二〕得我又待尋幔幙②中藏。哎！狠阿公③间〔三〕别④來无恙⑤。（做意了〔四〕）〔五〕可知我恰輕敲着他那邊厢〔六〕越分外的響，相公呵，這的是那打香印⑥使來的鑼棒⑦。

〔校〕〔一〕「廳」原本作「亭」，盧冀野本、隋樹森本、鄭騫本未改，其他各本均已改。〔二〕原本「諕」字，徐沁君本、甯希元本改作「唬」，其他各本未改。〔三〕盧冀野本「間」誤作「閒」。〔四〕「了」下徐沁君本補「唱」字。〔五〕此處王季思本補「（唱）」。〔六〕「邊厢」原本作「辺相」，盧冀野本作「還相」，其他各本均作「邊厢」。

〔注〕①「猛可」，突然；忽然。②「幔幙」，帷幕。「幙」同「幕」。③「阿公」，古代女子對丈夫父親的稱呼。此指完顏靈春之父。④「间别」，離别。⑤「无恙」，無疾病；無憂患。⑥「香印」，印香，用多種香料製成的一種香。⑦「鑼棒」，敲鑼的槌。

【水仙子】相公那日正暴雷急雨①怒在書房，幾曾這般和氣春風滿畫堂②？（〔一〕孤云）〔二〕舍人③也没那五陵豪氣三千丈④。脖〔三〕項上連鉄索兩托〔四〕⑤長，却雖是妾煩惱歡喜杀家堂⑥。路岐〔五〕人⑦生死心難忘，謝相公齎發⑧覷當⑨，直把俺牒〔六〕配⑩還鄉。

〔校〕〔一〕「孤」上徐沁君本補「老」字。〔二〕此處徐沁君本、王季思本補「（正旦唱）」。〔三〕「脖」原本作「孛」，盧冀野本、隋樹森本、鄭騫本、甯希元本作「顙」，徐沁君本、王季思本作「脖」。〔四〕王季思本「托」改作「託」，未出校。〔五〕原本「岐」字，盧冀野本、隋樹森本未改，其他各本均改作「歧」。〔六〕「牒」原本作「唻」，盧冀野本作「發」，隋樹森本作「嗓」，鄭騫本、王季思本、甯希元本作「牒」，徐沁君本作「遞」。鄭騫本校記云：「全集作發配，非是。」徐沁君本校記云：「孫楷第《滄洲集》卷下《元曲新考·路岐》，引本曲已改。盧本改作『發』，隋本改作『嗓』，均不從。」王季思本校記云：「『唻』爲『喋』之草體簡寫，乃『牒』之形誤。」甯希元本校記云：「原本『牒』字，形誤作『嗓』。今改。依王校、鄭本改。徐本作『遞』，不取。」按，鄭騫本、王季思本所校是，今從。

〔注〕①「暴雷急雨」，形容暴怒、發脾氣。②「和氣春風滿畫堂」，謂關係融洽和諧。③「舍人」，宋元時代的顯貴子弟。④「五陵豪氣三千丈」，高門貴族的豪邁氣概。「五陵」是渭水北岸今陝西咸陽附近的五個縣的合稱。五縣爲：長陵、安陵、陽陵、茂陵、平陵，是豪富、外戚的居住地。（參見《漢語大詞典》）⑤「托」，量詞，長度單位，成人兩臂向側伸展，兩手之間的長度爲一托。⑥「家堂」，家裏的堂屋，也指安放祖先牌位的房間，故可借指祖先神位。⑦「路岐人」，宋元時代流動賣藝的民間藝人。⑧「齎發」，資助；資助的財物。⑨「覷當」，照看；照顧。⑩「牒配」，發配。

【雁兒落】相公把孩兒兒〔一〕腹内①想，越交〔二〕妾小鹿兒心頭撞②。我如今引來這园圃〔三〕中，莫不是賺③到這筵席上。

〔校〕〔一〕「兒兒」原本作「兒」和一重文符號，盧冀野本、隋樹森本、鄭騫本重文符號改作一空圍，甯希元本重文符號改作「呵」，徐沁君本、王季思本重文符號改作「兒」。徐沁君本校記云：「『兒兒』與『孩兒』同義，此特牽連疊用之。」甯希元本校記云：「原本『呵』字，係上文『兒』字之重文符號。今改。」〔二〕盧冀野本、隋樹森本、王季思本「交」改作「教」。按，「交」同「教」。〔三〕「圃」原本作「浦」，各本均已改。

〔注〕①「腹内」，心内；心裏。②「小鹿兒心頭撞」，狀激動、欣喜時心跳貌。③「賺」，騙；哄騙。

【得勝令】却又休金殿鎖鴛鴦〔一〕，一似書幃①中拆鸞凰②。恁〔二〕那秀才憑學藝，他却也男兒當自強。他如今難當，目〔三〕③寫在招兒④上。相公試参詳⑤，這的喚〔四〕功名帋半張⑥。

〔校〕〔一〕「鴛鴦」原本作「夗央」，各本均已改。〔二〕原本「恁」字，徐沁君本、王季思本改作「您」。〔三〕「目」原本殘作「日」，覆元槧本刻作「日」，盧冀野本、隋樹森本、鄭騫本、甯希元本沿作「日」，徐沁君本、王季思本作「目」。徐沁君本校記云：「『目』即題目之簡稱，今謂劇目。」王季思本從徐沁君本校。〔四〕盧冀野本「喚」誤作「换」。

〔注〕①「書幃」，書齋；書房。②「鸞凰」，比喻夫妻或情侶。③「目」，劇目。④「招兒」，招牌；招貼；水牌子。⑤「参詳」，仔細思量、考慮。⑥「帋半張」，即半張紙，喻微不足道。

【川撥〔一〕棹】不索①尔〔二〕自誇揚②，我可也知道尔〔三〕打了个好散場③。休得行唐④，火速疾忙，見咱个旧日个恩官⑤使長⑥，与咱多多的准備重賞。

〔校〕〔一〕「撥」原本作「卜」，各本均已改。〔二〕〔三〕原本「尔」字，各本均改作「你」。

〔注〕①「不索」，不需。②「誇揚」，誇讚；讚揚。③「散場」，本指演藝活動結束，演員下場，觀衆離去。引申指人或事物的結局。④「行唐」，遲慢；彷徨。⑤「恩官」，賣藝的人對觀衆、看客的尊稱。⑥「使長」，金元時期奴僕對主人的稱呼。亦作「侍長」。（参見《漢語大詞典》）

【七弟兄】他也大岡〔一〕①、尔〔二〕行②、也有些情腸，尔〔三〕那起初时敷演〔四〕③时曾听尔〔五〕唱，轉街衢〔六〕④行至短垣墻⑤，入花园尽〔七〕⑥步蒼苔⑦上。

〔校〕〔一〕鄭騫本、王季思本「岡」改作「綱」。〔二〕〔三〕〔五〕原本「尔」字，各本均改作「你」。〔四〕盧冀野本「演」改作「衍」。〔六〕甯希元本「衢」改作「除」，校記云：「原本『街除』二字，音誤爲『街衢』。按：此時二人已入府中，『短垣墻』，指花園之小園墻，自不應尚在街上，因改。各本失校。」〔七〕王季思本、甯希元本「尽」改作「進」。王季思本校記云：「原『進』作『盡』，音同致誤，今改。」甯希元本校記云：「原本『進』字，音假爲『盡』。今改。按：元曲中多有此例，如《周公攝政》楔子：『叔鮮盡封管叔』。同劇三折［東原樂］曲：『盡退兩難為』。以上二『盡』字，皆爲『進』字之假。」

〔注〕①「大岡」，大概；總之；通常。亦作「大剛來」「大綱來」「待剛來」。②「行」，是「上」的音變形式，是後置詞，是元代漢蒙語言接觸造成的結果，相當于蒙古語静詞的與位格附加成分，表示動作的對象。「你行」即「對你」，該句意思是：他大概對你也有些情腸。③「敷演」，表演。④「街衢」，四通八達的街道。⑤「短垣墻」，低矮的圍墻、院墻。⑥「尽」，儘管；任意。⑦「蒼苔」，青色的苔蘚。

【梅花酒】厭地[①]轉〔一〕過秉〔二〕墻[②]，携手兒相將，輕踏〔三〕踐[③]殘芳[④]，直望着廳堂，將蛾眉[⑤]澀〔四〕道[⑥]登，到求〔五〕樓[⑦]軟門[⑧]外，尔〔六〕却則末〔七〕[⑨]得慌〔八〕張，房中旧名望[⑩]，到今日怎遮藏，打扮的死床相[⑪]。

〔校〕〔一〕「轉」原本作「囀」，各本均校作「轉」。〔二〕原本「秉」字，盧冀野本改作「垣」，隋樹森本、徐沁君本、王季思本改作「東」，鄭騫本、甯希元本未改。甯希元本校記云：「『秉墻』，即屏墻，俗名照壁。各本或改作『東墻』，或改作『垣墻』，皆失。」按，甯希元本所校是。〔三〕「踏」原本作「沓」，盧冀野本、隋樹森本、鄭騫本、王季思本作「踏」，徐沁君本、甯希元本作「踏」。〔四〕「澀」原本作「址」，盧冀野本、隋樹森本、鄭騫本未改，其他各本均改作「澀」。按，「澀」字是。〔五〕原本「求」字，盧冀野本、徐沁君本未改，隋樹森本、鄭騫本改作「毬」，王季思本改作「球」。甯希元本校記中作「毬」，正文誤作「毬」。王季思本校記云：「『球樓』原『球』作『求』，據文義改。」甯希元本校記云：「原本『毬』字，省借爲『求』。今改。」按，「求樓」亦作「毬樓」「虯樓」「虯鏤」「求樓」「球樓」。〔六〕原本「尔」字，各本均改作「你」。〔七〕鄭騫本、王季思本「末」改作「莫」。〔八〕「慌」原本作「荒」，盧冀野本、隋樹森本未改，其他各本均改作「慌」。

〔注〕①「厭地」，忽然；突然；猛然；一下子。亦作「厭的」。②「秉墻」，照墻，起遮擋作用，類似影壁、影壁墻。亦作「屏墻」「禀墻」。③「踏踐」，踐踏；踩踏。④「殘芳」，殘花；破敗之花。⑤「蛾眉」，遠山。⑥「澀道」，爲防滑而鑿刻有紋路無臺階的道路。⑦「求樓」，古代雕有花紋圖案的窗門。因其上多有球形紋路格眼，故稱。亦作「毬樓」「虯樓」「虯鏤」「求樓」「球樓」。（參見《漢語大詞典》）⑧「軟門」，古代房屋上輕便帶格子、鏤空的門。⑨「則末」，怎麼，亦作「則麼」。⑩「旧名望」，指先前有名望的人。⑪「死床相」，待考。

【收江南】嚥，老官人①分付②取③小學郎④。（〔一〕孤云了）〔二〕則交尔〔三〕住构欄⑤，不交尔〔四〕坐監房⑥。（〔五〕末云住〔六〕）〔七〕相公呵〔八〕！當日个尔〔九〕分開這沙上宿鴛鴦〔十〕，怎生般對當⑦，却交〔十一〕俺芰荷⑧香裏再成双。（卜兒云〔十二〕）（下）〔十三〕

〔校〕〔一〕「孤」上徐沁君本補「老」字。〔二〕此處徐沁君本、王季思本補「（正旦唱）」。〔三〕原本「交尔」，盧冀野本、隋樹森本、王季思本改作「教你」，鄭騫本、徐沁君本、甯希元本作「交你」。按，「交」同「教」。〔四〕原本「交尔」，隋樹森本、王季思本改作「教你」，盧冀野本、鄭騫本、徐沁君本、甯希元本作「交你」。按，「交」同「教」，「尔」同「你」。〔五〕「末」上徐沁君本補「正」。〔六〕「住」原本作大字「在」，盧冀野本、隋樹森本、鄭騫本未改，其他各本均改作「住」，處理爲科介。〔七〕此處徐沁君本、王季思本補「（正旦云）」。〔八〕「呵」原本殘作「吅」，盧冀野本、隋樹森本、鄭騫本作「廳」，其他各本均作「呵」。「呵」下徐沁君本、王季思本補「（唱）」。〔九〕原本「尔」字，各本均改作「你」。按，「尔」同「你」。〔十〕「鴛鴦」原本作「夗央」，各本均已改。〔十一〕原本「交」字，盧冀野本、隋樹森本改作「教」。〔十二〕徐沁君本「云」誤作「去」。〔十三〕徐沁君本、王季思本補「（散場）」。徐沁君本校記云：「原無。今補。按：元刊三十種中，《拜月亭》、《氣英布》、《薛仁貴》、《介子推》、《霍光鬼諫》、《竹葉舟》、《博望燒屯》七劇，劇末皆寫明『散場』。元夏庭芝《青樓集》魏道道小傳説：『勾欄内獨舞《鷓鴣》四篇打散。』打散，即打散場。本劇套曲後的【鷓鴣天】和詩，蓋即打散時歌舞之用。據補。」王季思本校記云：「散場：原無，從徐本補。……因以下詞詩不入套曲，故低一格排，以示區別。」

〔注〕①「官人」，對男子的敬稱。「老官人」指完顔靈春之父。②「分付」，處置；發落。③「取」，語助詞，猶「了」。④「小學郎」，年輕的讀書人，此指完顔靈春。⑤「构欄」，宋元時代雜劇、曲藝等的演藝場所。⑥「監房」，牢房；監獄。⑦「對當」，安排；擺布。⑧「芰荷」，菱與荷。

【鷓鴣天】玉軟香嬌[1]意更真，花攢柳襯[2]足〔一〕消魂。半生碌碌〔二〕[3]忘丹桂[4]，千里駸駸〔三〕覓彩云。鸞鑑[5]破，鳳釵[6]分，世間多少断腸人[7]。風流公案[8]風流傳，一度搬[9]着〔四〕一度新。

〔五〕象板[10]銀鑼[11]可意娘[12]，玉鞭[13]驕馬[14]畫眉郎[15]。兩情迷到忘形〔六〕處，落絮隨風上下狂。

〔校〕〔一〕「襯足」原本作「寸是」，盧冀野本、隋樹森本未改，其他各本均已改。按，「寸」是「衬」之省，「是」「足」形近而誤。〔二〕「碌碌」原本作「逯」和一重文符號，各本均已改。〔三〕「駸駸」原本作「区」和一重文符號，盧冀野本作「迢迢」，隋樹森本作「侵侵」，鄭騫本作「悠悠」，徐沁君本、王季思本作「駸駸」，甯希元本作「驅驅」。徐沁君本據《詩・小雅・四牡》之「載驟駸駸」改，王季思本從改。甯希元本校記云：「『驅驅』，勞碌奔波之意，原本省作『區區』。今改。盧本作『迢迢』，徐本作『駸駸』，鄭本作『悠悠』均非。《西厢記》四本二折紅娘云：『張生非慕小姐顔色，豈肯區區建此退軍之策！』『區區』，即『驅驅』之假。」按，原字不清，未知孰是，姑從徐沁君本。〔四〕「搬着」原本作「般着」，盧冀野本校作「相看」，其他各本均作「搬着」。〔五〕此處鄭騫本、徐沁君本、王季思本補「（詩曰）」。盧冀野本删此四句詩。〔六〕「忘形」原本作「志刑」，隋樹森本未改，其他各本均作「忘形」。

〔注〕①「玉軟香嬌」，女子身體柔嫩温香，也代指美麗女子。②「花攢柳襯」，代指美麗女子。③「碌碌」，勞苦而無所得。④「丹

桂」，喻科舉中第。⑤「鸞鑑」，鸞鏡；化妝鏡。⑥「鳳釵」，鳳凰形的髮釵。⑦「断腸人」，極度思念他人或極度悲痛的人。⑧「公案」，話本、戲曲、小説的分類之一，有「公案戲」「公案小説」等説法。⑨「搬」，搬演；表演。⑩「象板」，打擊樂器，象牙拍板。⑪「銀鑼」，打擊樂器，銀質的鑼。⑫「可意娘」，合心意的女子，此指妻子。⑬「玉鞭」，手柄有玉裝飾的鞭子。⑭「驕馬」，健壯的馬。⑮「畫眉郎」，給妻子畫眉毛的男人，即丈夫。

題目〔一〕　灵春馬①適意②悞〔二〕功名　韓楚蘭守志③待〔三〕前程

正名〔四〕　小秀才琴書青瑣幃④　諸宫調風月紫雲亭〔五〕

古杭新刊的本関目風月紫雲亭〔六〕

〔校〕按，盧冀野本删題目、正名及尾題。〔一〕原本無「題目」二字，隋樹森本未補，鄭騫本、徐沁君本、王季思本、甯希元本均補。〔二〕原本「悞」字，隋樹森本、鄭騫本未改，徐沁君本、王季思本、甯希元本均改作「誤」。按，「悞」同「誤」。〔三〕「待」原本作「侍」，隋樹森本、鄭騫本、徐沁君本、王季思本、甯希元本均改作「待」。〔四〕「正名」二字原本在「象板」二字前，隋樹森本移至「灵春」二字前。鄭騫本、徐沁君本、王季思本、甯希元本均移至「小秀才」前。〔五〕「亭」原本作「庭」，隋樹森本、鄭騫本未改，徐沁君本、王季思本、甯希元本均改作「亭」。〔六〕尾題隋樹森本、王季思本删，鄭騫本作「諸宫調風月紫雲庭終」，徐沁君本作「古杭新刊的本關目《風月紫雲亭》」，甯希元本作「諸宫調風月紫雲亭雜劇終」。

〔注〕①「灵春馬」，即完顔靈春，又名完顔靈春馬。②「適意」，稱心、合意。③「守志」，堅守自己的志向，也指女子不改嫁。④「青瑣幃」，即青閨，以青色爲裝飾的閨房。